MICHAEL WEAVER

RASTRO DE SANGRE

MICHAEL WEAVER

RASTRO DE SANGRE

MICHAEL WEAVER

RASTRO DE SANGRE

Traducción de
Gemma Rovira

CÍRCULO DE LECTORES

Para Rhoda, quien, afortunadamente para mí,
sigue compartiéndolo todo.

Mi agradecimiento especial a Maureen Edgen,
editora brillante y, además, razonable.

Gracias también a Arthur y Richard Pine.
Como amigos y como agentes literarios
son sencillamente los mejores.

1

Gianni Garetsky tenía treinta y ocho años y llevaba su primer esmoquin no alquilado la noche que el Metropolitan Museum of Art le rindió homenaje con una grandiosa recepción.

Distinguidos hombres y mujeres vestidos con elegancia le dedicaban sonrisas, que él devolvía a pesar de que sólo conocía a unos pocos. Como se trataba de una ocasión festiva, nada malo había en ello. Como solía decir su madre, para sonreír hacían falta menos músculos que para fruncir el entrecejo. Claro que su madre siempre lo decía en aquel italiano tan lírico que lo hacía mucho más agradable al oído. Pero el significado era el mismo.

Uno de los ingredientes principales del homenaje de aquella noche consistía en una exposición retrospectiva de la obra de Gianni, junto con la primera exhibición pública que el museo hacía de *Solitario*, su cuadro más reciente. Un destacado crítico ya había elogiado el lienzo describiéndolo como un «obsesionante paisaje urbano que encarnaba la poética y desolada imaginería por la que Gianni se había hecho tan justamente famoso».

A Gianni no le impresionó el comentario entusiasta. Tenía demasiado fresco el recuerdo de aquella misma autoridad desacreditándolo, diez años atrás, y calificándolo de «pintor *naïf* de cajas de caramelos sin una verdadera teoría intelectual detrás de su obra y, por lo tanto, sin verdadero valor como artista».

Vaya con el juicio de los expertos.

Un camarero entregó una copa a Gianni, quien siguió paseando lentamente entre la multitud. Antes, el conservador del Metropolitan se había tomado la molestia de presentarle a todos los invitados potencialmente importantes para el buen funcionamiento político y financiero del museo, y el artista les había estrechado la mano y había intercambiado formalidades con todos ellos. Ahora bastaba con sonreír al pasar, y podía ahorrarse oír su nombre de pila mal pronunciado, con una «G» fuerte, en lugar de la «G» suave correcta de «Johnny».

Acababan de dar las diez cuando vio a don Carlo Donatti entrar en el vestíbulo.

El don se conducía con su majestuosidad habitual; era un hombre de impecable aspecto físico, mediana estatura y corpulencia, que conseguía proyectar un rotundo vigor debido a la firmeza de su mandíbula y la rectitud de su espalda.

El artista se fijó en los tres jóvenes de cabello lacio que acompañaban a Donatti; era la primera vez que Gianni los veía. Iban ataviados, al igual que el don, con esmóquines a la última moda. En lugar de seguirlo hasta la sala donde se celebraba la recepción, se apostaron a la entrada, observando con atención cómo su jefe avanzaba despreocupadamente sobre el suelo de mármol.

Gianni se acercó al recién llegado para saludarlo. Le había enviado una invitación, por supuesto, pero sólo como muestra de respeto y afecto. Gianni, que conocía la variedad e importancia de los compromisos de Donatti, había supuesto que el don no se presentaría a la cita. El pintor se sintió conmovido al ver a Donatti allí, pues sabía que muy raramente asistía a aquella clase de celebraciones, lujosas y ceremoniales.

–Don Donatti –dijo–. Qué gran honor.

Se abrazaron, y Gianni sintió los poderosos músculos de la espalda bajo la tela de la chaqueta del don. Gianni lo conocía desde la infancia, y siempre le sorprendían ligeramente su juventud y su fuerza, en apariencia insensibles al paso del tiempo, y aquellos ojos oscuros que relucían como canicas.

Donatti besó a Gianni en las dos mejillas.

–Eres tú quien me honra a mí, Gianni. ¿Creías que iba a perderme semejante ocasión? –rió–. Los habría obligado a traerme aquí en mi ataúd, si hubiera sido necesario, con tal de no perdérmelo.

–No diga eso ni en broma, padrino.

Gianni acompañó a Donatti a una pequeña mesa en un rincón. «Qué poco me cuesta», pensó. Los respetuosos, casi delicados, rituales del viejo continente, el afectuoso uso del término «padrino» dictado por la tradición despertaron en él una súbita oleada de cariño que le hacía sentirse mucho menos solo de lo que estaba pocos momentos antes. Gianni había sido educado como no creyente por su padre, pero ambos habían vivido según los preceptos sicilianos de su madre. Al final su padre y su madre murieron a causa de aquellos preceptos.

Ya en la mesa, don Donatti sacó unas gafas, las limpió con su pañuelo y examinó el elegante salón y la gente allí reunida. Luego se inclinó y se fijó con especial atención en la colección de cuadros iluminados que formaban la retrospectiva.

Gianni Garetsky también observó los lienzos. «Trozos de mí mismo.» Sin embargo, también se preguntaba: «¿Los he pintado yo?». Aquel determinado trazo. Empezabas con un lienzo en blanco, aplicabas algún color y... ¡listo! Un mundo nuevo. Y era todo tuyo. Veías lo que desearas ver; lo que querías que ocurriera ocurría. Impresionante. A veces le temblaba el pincel, se le empañaba la vista, se le hacía un nudo en el estómago. ¿Quién se creía que era? ¿Dios? Si no Dios, por lo menos un hechicero.

Donatti asintió en silencio, como si aquel leve movimiento de la cabeza contuviera su juicio definitivo de todo cuanto veía.

–Es una lástima, Gianni. –Gianni lo miró–. Es una lástima que ellos no puedan estar contigo esta noche –dijo Donatti en voz baja.

El pintor guardó silencio. Aquel «ellos» abarcaba a su madre, su padre y su esposa. Sus padres habían sido asesinados hacía mucho tiempo, cuando él no había cumplido todavía los diecisiete años. Teresa, su esposa, había muerto de cáncer recientemente. Por ese motivo esa noche se sentía, ante todo, frustrado.

El don lo entendía mejor que nadie. La cuestión era, ¿qué valor tenía hasta, lo mejor que pudiera sucederte, si no contabas con tus seres queridos para que lo compartieran contigo?

Un camarero sirvió champán, y ellos permanecieron en silencio hasta que se hubo marchado. Donatti miró al pintor con serenidad.

–Suele ocurrir, Gianni. Con el tiempo, perdemos nuestros recursos para animarnos. Entonces es bueno tener un amigo. Por eso estoy aquí. –El don levantó una copa y se la llevó a los labios lentamente. Sus ojos tenían una expresión solemne–. Y no sólo esta noche –añadió.

Gianni reflexionó. «Con el tiempo, perdemos nuestros recursos para animarnos.» No habría podido expresarlo mejor.

¿Cuánto tiempo había pasado Teresa animándole? Casi media vida. Lo había reconfortado cuando estaba deprimido, había hecho que se sintiera mejor de lo que él mismo creía que era capaz de sentirse...

¿Tendría algún día otro amor? Gianni lo dudaba. Sabía que con el tiempo todo, incluso el dolor, acaba por desaparecer, pero ignoraba qué ocuparía su lugar. Allí, entonces, aquella noche tan especial, la mente del pintor se acercó un poco más a la imagen de Teresa, que guardaba como un talismán. Vio su cabello rubio, que captaba la luz del amanecer, sobre la almohada; su boca, demasiado vulnerable para lo que la vida tenía que ofrecer; la delicada punta de la nariz, que siempre le había recordado algo a punto de alzar el vuelo; los amplios y centelleantes ojos cuyo color nunca dejaba de asombrarlo.

Luego sus pensamientos derivaron hacia lo peor, hacia la parte que no podía soportar, pero a la que todavía se aferraba como a una espantosa reliquia que le atemorizaba rechazar. Eso significaba que también la veía tal como estuvo al final, consumida, con el cabello reducido a una maraña; la fuente de su amor mirándolo fijamente desde la misma almohada mientras Teresa luchaba por reunir las fuerzas necesarias para sonreír. Él no podía reprocharle que no lo consiguiera.

Su esposa tenía una forma de decir las cosas que él jamás habría podido imitar; cosas sumamente extravagantes que dichas por él o por cualquier otra persona habrían sonado ridículas, y que sin embargo adquirían sentido cuando ella las expresaba. Como decir que estaban hechos el uno para el otro desde el principio de los tiempos, y sin exagerar...; o que las caricias de sus manos la dejaban sin respiración...; o que cuando él exploraba en el interior de ella, estaba segura de que llegaba hasta Dios. Todo eso dicho por una chica devotamente religiosa que antes de conocerlo a él no había sido tocada por ningún otro hombre.

Dios se puso celoso, naturalmente, y se la llevó. Los estúpidos médicos, ignorantes, lo llamaron cáncer.

Era cerca de la una de la madrugada cuando Gianni pagó al taxista ante el edificio donde se hallaba su estudio.

Había una espesa niebla, y las calles del *downtown* de Manhattan estaban desiertas, abandonadas a la bruma como si la misma noche fuera un desastre público que los habitantes del Soho quisieran sabiamente evitar quedándose dentro de sus apartamentos. Cuando se alejó el taxi, un sedán oscuro apareció por la esquina y se detuvo junto a la acera.

Gianni observó que se apeaban dos hombres ataviados con esmoquin y recordó haberlos visto en el museo. El más alto portaba un maletín. Fue él quien habló cuando se le acercaron.

–FBI, señor Garetsky. Soy el agente Jackson, y éste es el agente Lindstrom.

Sacaron sendas carteras y mostraron a Gianni sus credenciales. El pintor las examinó a la luz de una farola.

–¿Qué he hecho? ¿He puesto mal los sellos en una carta?

Sonrieron educadamente, y Gianni tuvo la impresión de que les habían enseñado a sonreír así en un curso de la Academia del FBI.

–No es nada importante, señor Garetsky –le tranquilizó Jackson–. ¿Le molesta que subamos con usted para hablar un momento, por favor?

Gianni permaneció inmóvil. Si no era nada importante, ¿qué hacían allí a la una de la madrugada de un domingo? Luego se dio la vuelta y los dos hombres le siguieron por la entrada principal del edificio hasta un viejo montacargas.

Subieron lentamente, acompañados de un ruido amortiguado y metálico, mientras Gianni notaba cómo sus pulmones se vaciaban de aire. Era como si se hubiera quedado dormido en un frondoso bosque y al despertar hubiera visto los árboles en llamas. Se esforzó por buscar algún motivo que justificara la presencia de los agentes, pero no encontró ninguno que le convenciera. «No será nada», se dijo, pero ni él mismo se lo creía. En algún rincón oculto de sí mismo sabía que llevaba más de veinte años esperando aquel momento.

Subieron en silencio, sin apenas mirarse. El montacargas se detuvo en el décimo piso, y los tres salieron.

Sólo había una enorme puerta metálica a prueba de incendios delante de ellos; Garetsky la abrió, cruzó él primero el umbral y encendió la luz.

El estudio, que había pertenecido a un fabricante de ropa de caballero, ocupaba el último piso del edificio. Había tres claraboyas y una pared acristalada en un extremo, orientadas al norte; allí era donde Gianni trabajaba. Más cerca de la entrada había unas pocas habitaciones separadas para tener más intimidad. El resto del espacio quedaba abierto.

El pintor observó todo junto con los agentes del gobierno. Todos veían las mismas cosas, pero lo que él veía estaba marcado dentro de él.

Los dos agentes permanecieron de pie en el centro del salón, esperando educadamente que les indicaran dónde debían sentarse.

Gianni señaló un sofá y él eligió una silla. Todos se acomodaron. La corpulencia de los hombres hacía que el descomunal sofá pareciera pequeño.

–Sólo necesitamos que conteste unas cuantas preguntas –dijo el que se llamaba Jackson, un hombre calvo de cutis terso y ojos inexpresivos. Había colocado el maletín sobre su regazo y evidentemente era el agente de mayor graduación–. Luego nos iremos y usted podrá acostarse.

–¿Unas preguntas sobre qué?

–Referentes a un viejo amigo suyo. –Jackson abrió su maletín, extrajo unos papeles y los hojeó–. Estoy hablando de Vittorio Battaglia. –Gianni no se inmutó–. Nos gustaría saber cuándo lo vio por última vez y dónde podemos encontrarlo.

–¿Por qué?

El agente Lindstrom intervino por primera vez.

–Me temo que no disponemos de esa información, señor. Nuestras instrucciones son sólo localizar al señor Battaglia.

–¿Y por qué acuden a mí?

Lindstrom tenía la cara llena de marcas de acné, que la luz del techo ensombrecía.

–Porque ustedes dos crecieron juntos, y usted siempre ha estado más cerca de él que nadie.

–Eso fue hace más de veinte años. No he visto a Vittorio ni he sabido nada de él desde que teníamos diecisiete años.

–Cuesta creerlo –comentó Jackson.

–Es la verdad.

Gianni vio que los dos agentes se miraban y decidían algo en silencio.

Lindstrom se levantó y caminó hasta las ventanas del otro extremo del estudio. Se quedó mirando la hilera de edificios oscuros del otro lado de la calle.

El agente Jackson continuó sentado en silencio. Fingía examinar el fajo de papeles que sostenía, pero Gianni supuso que en estos papeles no había nada que aquel hombre no supiera ya de memoria.

–Le expondré unos cuantos hechos elementales, señor Garetsky –dijo Jackson–. El mismo año en que usted y Vittorio Battaglia tenían diecisiete años, su padre y su madre fueron asesinados por un mafioso llamado Ralph Curcio, al que luego usted mató. Dos días después abandonó el país y se marchó a Italia con documentación falsa, y no regresó hasta pasados siete años. Utilizó una Smith and Wesson de calibre 38, y todavía conservamos el arma y sus huellas como prueba. –Jackson hizo una pausa para dirigir al pintor su más ingenua sonrisa de agente del gobierno–. Como ve, tenemos todo en el informe, señor Garetsky. El asesinato no tiene atenuantes. Pero si accede a cooperar con nosotros respecto a Vittorio Battaglia, podremos hacer algo en relación a Curcio, que, dicho sea de paso, era un canalla.

Algo se desató dentro de Gianni Garetsky, como un escalofrío. Se preguntó si se notaría. En aquel momento parecía muy importante que aquellos dos hombres no advirtieran lo que estaba pasando dentro de él.

Lindstrom se apartó de las ventanas.

–¿Qué dice, señor Garestky? ¿Acepta el trato?

El pintor permaneció absolutamente inmóvil.

–No sea estúpido –dijo Jackson–. Es usted un pintor famoso y de éxito. Tiene una larga y maravillosa vida por delante. ¿Por qué echarlo todo a perder por un desgraciado?

–No podría decirles dónde está Battaglia aunque quisiera porque no lo sé.

El agente Jackson suspiró.

–Creo que el señor Garetsky no se ha dado cuenta de que hablamos en serio. ¿No te parece que ya es hora de que se lo demostremos, Frank?

–Sí –contestó Lindstrom, que se había situado detrás de Gianni–. Creo que ya es hora.

Gianni no vio venir el golpe. Le llegó por el hombro derecho y le alcanzó la mejilla sin apenas fuerza. No fue más que un ligero y rápido impacto con los nudillos, y sin embargo su efecto fue mayor que el de un poderoso puñetazo porque le hizo achicarse y comprender exactamente lo que les importaba a aquellos hombres; no les importaba nada.

El agente Jackson, sentado en el sofá delante de Gianni, seguía mirándolo sin especial malicia; un perfecto profesional con traje de etiqueta cuyos inexpresivos ojos no ofrecían ninguna pista de lo que estaba pasando por su mente.

–Intentémoslo de nuevo –susurró–. ¿Cuándo vio o habló con Vittorio Battaglia por última vez?

–Hace... –Gianni movió la lengua lentamente, casi sin sentirla, y tuvo que volver a empezar–. Hace veinte años.

Esta vez el golpe le llegó por el hombro izquierdo. Fue tan flojo como el anterior, pero llevaba consigo el peso añadido de una orden establecida. Le indicaba que ni él ni su cuerpo eran inviolables y que aquello no era más que el principio. El artista notó que se acaloraba. Le dio un vuelco el corazón. «No son agentes del FBI», pensó. Hasta que recordó ciertas cosas desagradables que había visto y oído hacía muchos años, y entonces no estuvo tan seguro.

–¿Dónde está Vittorio Battaglia? –volvió a preguntar el agente Jackson con paciencia. Era un hombre controlado, con tiempo de sobra para hacer cualquier cosa que fuera necesaria.

–No lo... –Gianni movió la cabeza de un lado a otro e intentó prepararse para recibir el siguiente golpe por la derecha.

Pero esa vez no le asestaron ningún golpe. En lugar de eso, Jackson sacó un revólver de su pistolera y le enroscó un silenciador de diez centímetros. Sostuvo el arma apuntando hacia el suelo. Para Gianni, el silenciador era la muestra más clara de las verdaderas intenciones de aquellos individuos. ¿O no se trataba más que de una farsa, una escenificación?

–Hemos venido aquí para cumplir una misión, señor Garetsky –dijo Jackson–. Y vamos a cumplirla, de una forma u otra. De modo que ¿por qué no nos facilita la tarea y contesta la pregunta?

–Porque no conozco la respuesta.

Jackson levantó su revólver hasta que quedó apuntando el pecho de Gianni.

–Vamos a aclarar unas cuantas cosas –dijo–. Las credenciales que le hemos enseñado son falsas, lo que significa que ya puede olvidarse de cualquier sutileza que pudiera esperar de nosotros como agentes federales. De manera que o empieza usted a hablar, o yo empezaré a disparar.

Gianni permaneció inmóvil; tenía la boca seca.

–¿Sería capaz de matarme por esto?

–Matándolo no averiguaremos el paradero de Battaglia. Sin embargo, unas cuantas balas bien colocadas podrían animarlo a hablar.

Se miraron fijamente.

Gianni pensó que había llegado el momento de contarles algo. Sabía qué era un interrogatorio bajo amenaza de dolor físico; al final había que hablar, aunque sólo fuera para mentir.

–¿Puedo beber un poco de agua? –preguntó para ganar tiempo. Jackson hizo una señal a Lindstrom con la cabeza, y éste fue a la cocina y volvió con un vaso lleno de agua.

Gianni se lo llevó a los labios con manos temblorosas mientras los hombres lo observaban.

–¿Cuándo vio a Battaglia por última vez? –insistió Jackson.

Gianni agarró el vaso de agua con las dos manos para impedir que temblara.

–Hace tres semanas.

–¿Dónde?

El pintor dio otro sorbo y tosió, con la intención de alargar la conversación.

–¿Dónde? –repitió Jackson. Sin apenas moverse, levantó una pierna y de un puntapié arrancó a Gianni el vaso de las manos, que salió rodando por el suelo, derramando agua y sin romperse.

–En Chicago.

–¿Dónde exactamente?

–En Oak Park.

–¿Dirección?

Gianni inspiró. Miró fijamente a Jackson y se vio muerto. Quienesquiera que fueran, seguro que no se marcharían de allí sin matarlo. «Y nunca sabré por qué.»

–No lo recuerdo con precisión... –El pintor respiró hondo, fingiendo hacer memoria.

–La dirección –insistió Jackson. Su voz empezaba a denotar aburrimiento.

Gianni negó con la cabeza lentamente y siguió moviéndola como si de pronto se hubiera convertido en un anciano de cuya mente se habían esfumado todos los detalles.

–Quiero su dirección.

Jackson levantó la pierna una vez más, pero en esta ocasión la patada iba dirigida a la entrepierna de Gianni. El pintor la vio venir. Agarró el pie al vuelo, lo levantó y lo hizo girar hasta que Jackson cayó al suelo. Gianni, encima de él, le hizo rodar por si Lindstrom llevaba también un arma e intentaba disparar.

«Si no le quitas la pistola eres hombre muerto», se dijo Gianni.

Por un momento le invadieron una calma y una parsimonia asombrosas. Vio el rostro terso de Jackson mientras lo miraba a los ojos, vio sus ojos azules, fríos como el hielo, y sintió una loca alegría, como si en aquel momento la muerte no fuera en realidad lo peor que pudiera ocurrirle.

Algo explotó en la mente de Gianni, que vio la imagen de una brillante cascada roja que se abría como una grieta en la tierra. Luego se produjo un impacto y las cosas empezaron a girar, pero no perdió el conocimiento ni soltó la mano con que Jackson empuñaba la pistola.

Los siguientes golpes llegaron uno detrás de otro, en una sucesión tan rápida que no tardó en perder la cuenta. Le dieron en la cara y el cuello, y Gianni se atragantó, tragó sangre y vomitó sobre Jackson y sobre sí mismo. Lindstrom estaba utilizando una porra de plomo forrada de piel y sabía cómo manejarla lo suficientemente bien para que el impacto y el dolor empezaran a apagar la luz, dejando a Gianni flotando en un mar de desagradables fluidos vitales.

De pronto la ira se apoderó de él y Gianni sintió que su cerebro se llenaba de sangre; clavó los dientes en la muñeca de Jackson con tanta fuerza que llegaron hasta el hueso y allí se quedaron hasta que el agente del FBI gritó y arrojó el arma.

Casi con un solo movimiento, Gianni cogió la pistola, se apartó rodando de los incesantes golpes de la porra de Lindstrom y apretó el gatillo. Sólo oyó el amortiguado sonido del silenciador cuando la bala se incrustó en el rostro de Jackson, que de pronto se volvió viejo.

Gianni se dio la vuelta.

Lindstrom había soltado la porra e intentaba desenfundar el revólver, que se le había enganchado en el forro del esmoquin. De pronto su rostro marcado de acné mostró terror. Gianni lo advirtió y también sintió terror. Luego tragó saliva, y sangre, y disparó dos veces.

Lindstrom cayó hacia atrás. Dos flores carmesíes brotaron en su camisa blanca. Cayó al suelo y ya no se movió.

Gianni Garetsky se quedó tendido en el suelo. Respiró el amargo olor de la pólvora y dejó que la ira saliera de él, pero la náusea y el malestar permanecieron.

2

El pintor se levantó lentamente. La cabeza, el cuello y la espalda eran una sola masa de dolor, veía puntitos que flotaban, y apestaba a las diversas descargas de su propio cuerpo.

¿Por qué habían actuado así? ¿Qué les había hecho Vittorio Battaglia?

Gianni no buscaba respuestas, pero las preguntas hacían que le resultara más fácil mirar a los dos hombres.

Los agentes yacían tal como habían caído, boca arriba, con los ojos tan fijos en una de las claraboyas como si estuvieran contando las estrellas. Y estaban muertos. De eso no cabía duda; estaban muertos, seguro.

Gianni luchó contra la súbita necesidad de entrar en su dormitorio, acostarse y quedarse dormido con la ridícula esperanza de que al despertar los dos cuerpos hubieran desaparecido y todo volviera a ser igual que antes.

Sin embargo estaba tranquilo. Era una tranquilidad frágil, que adquiría fuerza poco a poco. Y sabía que acabaría haciendo lo que hubiera que hacer.

Mientras tanto se sirvió un generoso trago de coñac, se acercó a las ventanas de la parte norte del estudio y contempló la calle, diez pisos más abajo. Nada se movía. Había varios coches aparcados junto a la acera, y Gianni consiguió distinguir el sedán oscuro del que habían bajado Jackson y Lindstrom. Hacía más de diez años que el pintor vivía y trabajaba en aquella calle, de modo que la conocía bien. Aun así, de pronto se sintió como perdido en una tierra extraña.

Consultó su reloj; todavía no eran las dos. No hacía ni una hora que había llegado a su casa. Parecía mentira que hubiera ocurrido en tan poco tiempo.

Gianni se acercó con la copa en la mano adonde todo había sucedido. Todo estaba igual que antes. Los muebles, las lámparas y los cuadros seguían en su sitio y no habían sufrido ningún daño. De no ser por los dos cadáveres, parecía un escenario bastante pacífico donde había tenido lugar un encuentro breve.

Gianni respiró hondo y notó cómo el dolor le traspasaba. Dejó la copa de coñac e intentó enterarse de algo. Revisó las carteras de los agentes y sus credenciales del FBI. Todo parecía auténtico; tarjetas de crédito y seguros, carnets de conducir y otros documentos diversos, todo confirmaba sus presuntas identidades. Si había algún fallo, Gianni no supo descubrirlo. Aquello sólo contribuyó a que aumentara su confusión. ¿Eran auténticos o no?

El maletín de Jackson contenía bastantes objetos interesantes, entre ellos un repugnante aparato de electrochoque que habría sido aplicado a sus partes más sensibles si los otros métodos no hubieran conseguido sacarle las respuestas deseadas. En un sobre había una fotografía desvaída de Vittorio Battaglia y él, dos alegres adolescentes en la playa, tomada en un soleado día de verano.

En otra fotografía aparecía Vittorio de pie junto a una hermosa chica asiática que miraba solemnemente a la cámara con unos luminosos ojos almendrados. En el dorso de la fotografía había un nombre y una dirección, que identificaban a la chica como Mary Yung, con domicilio en Soundview Drive, Greenwich, Connecticut.

Garetsky se preguntó si los dos presuntos agentes habrían interrogado a la chica antes de visitarlo a él. Si así era, ¿estaría ella muerta o herida en algún sitio? Esperaba que no. Confiaba en que Mary Yung estuviera viva y dispuesta a comunicarse con él.

El maletín contenía también dos informes extraídos de un ordenador. Uno se refería a Mary Yung, el otro a él. Primero leyó el de la chica.

Mary Chan Yung (uno de los diversos apodos de Mopei Linley Foo). Nacida en Hong Kong, Reino Unido; vino a Estados Unidos de niña con sus padres, ya fallecidos. Actualmente tiene treinta y cuatro años. Yung trabaja eventualmente de actriz, cantante, modelo fotográfica, reportera de modas. Económicamente independiente por ser heredera única de sus padres. Soltera. Mantuvo una prolongada e íntima relación con Vittorio Battaglia poco antes de la desaparición de éste, hace aproximadamente diez años. Yung ha trabajado y viajado por toda Europa y Extremo Oriente.

El pintor pasó a su informe.

Gianni Sebastiano Garetsky. Nacido en Nueva York, N.Y. Actualmente tiene treinta y ocho años. Único apodo conocido: John Carpella. Padres, María y David Garetsky, asesinados durante las luchas internas de la mafia de principios de los años ochenta.

Garetsky vengó el asesinato de sus padres matando a Ralph Curcio; se marchó a Italia, donde vivió bajo el nombre de John Carpella. Amigo íntimo y confidente de Vittorio Battaglia desde la infancia.

Evaluación del FBI: No hay ninguna prueba concluyente, pero se supone que los dos hombres han mantenido contactos secretos durante los pasados veinte años. Aunque el padre de Garestky fue militante del clan criminal de los Donatti hasta su muerte, nada demuestra que Gianni Garetsky, después de los diecisiete años, estuviera involucrado alguna vez en ningún asunto de la mafia. En la actualidad se le considera uno de los más destacados pintores de América.

Gianni dejó los dos informes lentamente. Ya no albergaba ninguna duda de que aquello no fuera una auténtica operación del FBI. ¿Y quién iba a creer que había tenido que matar a los dos en defensa propia?

Se quedó escuchando su propia respiración.

Verdaderamente no había nada más en que pensar. Ocurriera lo que ocurriese a continuación, primero tenía que lavarse y encargarse de los cuerpos.

Se situó, desnudo, delante del espejo del cuarto de baño y miró lo que le habían hecho. Una extraña criatura sangrienta temblaba con su propia y violenta luz. Debajo de la sangre veía su carne, hinchada, deformada, violácea. Apenas veía a través de una bruma aterciopelada.

–¿Por qué? –preguntó en voz alta a aquella cosa que lo miraba desde el espejo.

Cuando salió del cuarto de baño, Gianni se puso una camisa limpia y unos tejanos y empezó a limpiar la sangre del suelo.

Después envolvió los cuerpos con sábanas y los ató con una fuerte cuerda de nailon. Trabajaba metódicamente y muy concentrado, haciendo todo lo posible por mantener la mente en blanco.

Al cabo de un rato tuvo un acceso de ira que le hizo odiar a los dos agentes a pesar de que ya estaban muertos. Le habían robado su futuro, habían echado a perder todo lo bueno de que habría podido disfrutar en la vida. En vano deseó poder hacerles todavía más daño.

Lo único que hizo al final fue lo que había que hacer. Bajó a la calle y aparcó el coche de los agentes unas cuantas manzanas más lejos. Después estacionó su automóvil, un todo terreno, en el espacio recién desalojado enfrente de su edificio, cargó los dos cadáveres, sudando a causa del esfuerzo y del pánico, y poco después de las tres de la madrugada salió del *lower* de Manhattan y se dirigió hacia el oeste, hacia el río Hudson, y luego hacia el norte, en dirección a la zona alta de Putnam County.

Condujo con cuidado, respetando los límites de velocidad. ¿Qué prisa tenía? Por muy deprisa que fuera, llevaría dos presuntos agentes del gobierno muertos en el maletero de su todo terreno, y seguiría encontrándose en uno de los momentos más difíciles de su vida.

¡Vittorio Battaglia!

Hasta el nombre era imposible. Imagínate a un niñito indefenso que se lanza a la vida con el nombre de Víctor Batalla. Parecía un chiste. A no ser que, como Vittorio, se tomara muy en serio su nombre desde el principio.

Por lo visto Vittorio seguía con vida. Gianni no mentía cuando dijo a Jackson y Lindstrom que hacía veinte años que no veía a Vittorio. Su amigo ya había desaparecido cuando Gianni regresó de Italia. Ni siquiera se acordaba de la última vez que lo vio.

En cambio sí recordaba Gianni la primera vez que lo vio, cuando los dos tenían ocho años y estudiaban en la Escuela de Arte de Mulberry Street. Vittorio decidió inmediatamente hacer honor a su nombre intentando matar a golpes a Gianni con sus huesudos puñitos. Casi todos los alumnos de la escuela eran italianos, y Gianni consideraba que su sangre, medio judía, era un impedimento casi fatal. ¿Cómo podía un mediocre medio italiano competir artísticamente con descendientes directos de Miguel Ángel, Da Vinci y Rafael?

Vittorio, que era puro, italiano ciento por ciento, no tenía aquellos problemas, lo que se manifestó en su trabajo desde el primer día. Tenía un gusto y una brillantez que Gianni admiraba y sentía que nunca podría alcanzar.

A veces Gianni todavía se sentía así. Y no era sólo modestia ridícula. Sabía exactamente qué había conseguido. Pero cuando contemplaba lo mejor que él era capaz de hacer, y lo imaginaba junto a algo pintado por Vittorio, era como ver un buen diamante falso al lado de un diamante perfecto. El diamante falso estaba creado a base de técnica, disciplina y mucho trabajo, mientras que el diamante auténtico era un regalo de la naturaleza, un resplandor de la más pura luz que sólo estaba relacionado con Dios.

Gianni enterró los restos mortales de los agentes Jackson y Lindstrom en un denso bosquecillo de la carretera noventa y cinco y sintió el primer frío punzante del animal perseguido. No sentía nada por los hombres en sí, ni siquiera la rabia de antes. Al fin y al cabo, ellos sólo obedecían órdenes. Ahora sólo sentía el frío.

3

El pistolero estaba sentado cerca del lindero de un bosque, a unos treinta kilómetros al norte de Zagreb, Yugoslavia, esperando el amanecer, para el que todavía faltaba una hora.

Tenía un rifle sobre el regazo y palpaba la culata, el gatillo y el cañón con un orden ritual. «Mi rosario», pensó, pero no tenía plegarias que recitar, sólo el vago deseo de que todo marchara bien, deprisa y sin sorpresas.

Se hallaba cerca de la cima de una empinada colina que se alzaba sobre un grupo de casas que se extendía a poca distancia. Más cerca de donde él se encontraba había otra casa alejada de las demás. Había luces encendidas en varias habitaciones; llevaban así toda la noche y no significaban nada.

Vislumbraba claramente a través de las ventanas iluminadas con sus gemelos de campaña, y de vez en cuando había visto a los guardianes hablar y pasear. Eran cinco, y preferían estar juntos para hacerse compañía a montar guardia dentro y alrededor de la casa. Croatas. Quizá tuvieran sus virtudes, pero desde luego la disciplina no se contaba entre ellas. Si hubieran realizado bien su trabajo, él no habría podido aproximarse tanto. Dada su posición, podría apuntar bien, desde un buen escondite y una distancia adecuada.

El cielo se iluminó lentamente. Le encantaba aquella hora, antes de la salida del sol, cuando las sombras se apagaban progresivamente para adquirir la suave tonalidad gris de Whistler. Hoy en día la gente sólo parecía recordar a Whistler por aquel tieso retrato de su madre, pero lo mejor eran sus brumosas acuarelas de Londres. Bastaba con mirarlas para respirar el aire del Támesis. Siempre había envidiado a Whistler por aquellos cuadros. Se percibía en ellos tanta pureza de propósito, una conciencia tan clara de lo que estaba bien que se preguntaba si el pintor habría dudado alguna vez de algo.

Como empezaban a entumecérsele las piernas, cambió de

postura y se tumbó boca abajo, procurando que el cañón del rifle no tocara el suelo. Ahora veía con claridad los pocos árboles que crecían abajo, una mesa y varias sillas en el balcón, que estaba abierto, del segundo piso de la solitaria casa y detrás, a lo lejos, la línea de rascacielos de la parte más moderna de Zagreb, que se alzaba sobre las murallas medievales.

Hacia el oeste, el primer vuelo de la mañana despegaba del aeropuerto de la ciudad, y observó las luces del avión hasta que desaparecieron. Si todo salía bien, él también estaría allí arriba dentro de pocas horas, camino de casa. ¿Y si no salía bien? Entonces era posible que se retrasara, quizá para siempre.

Permaneció un rato inmóvil mientras el cielo se iluminaba aún más y amanecía, una reluciente mañana primaveral sin nubes, y los colores se transformaban en suaves rosas y púrpuras. Para distraerse y entretener el tiempo, imaginó cómo lo pintaría. Había que tener cuidado con la suavidad, no tanto del color como del tono, que debía ser de una serenidad absoluta.

«Pintas un gran cuadro en tu mente –se dijo–. Veremos si puedes pintarlo de forma tan magnífica cuando estés en casa con un pincel en la mano, en lugar de aquí con un rifle.»

El pistolero deseó estar en su casa en aquel instante. Toda aquella misión resultaba desconcertante. Hasta que recibió las órdenes, creía que Stefan Milokov era uno de los personajes de los Balcanes mejor considerados por el Departamento de Estado: un sólido líder croata con tendencias democráticas y un interés auténtico por una Yugoslavia unida. Evidentemente se equivocaba. Hoy en día había tantos cambios en las alineaciones políticas, tanta gente que pasaba de ser amiga a enemiga, y de enemiga a amiga, que se precisaba un informe nuevo cada mañana.

Salió el sol e iluminó la casa que estaba observando. Consultó su reloj. Pronto el coronel Milokov, un hombre de hábitos inalterables, saldría al balcón para desayunar café con cruasanes como cada mañana.

Había llegado el momento de prepararse. Primero colocó una pequeña roca para que le sirviera de punto de apoyo. Luego se estiró al máximo en el suelo, descansó el cañón del rifle sobre la roca y aplicó el ojo a la mira telescópica. La silla en que el coronel pronto se sentaría se dibujaba con claridad tras la retícula. El pistolero introdujo un cargador de cartuchos explosivos especiales en la recámara, accionó el cerrojo que enviaba un cartucho a la cámara de disparo, quitó el seguro y esperó.

Primero salió uno de los vigilantes. Se desperezó, se rascó y se recostó con indolencia contra una pared del balcón. Una mujer corpulenta sacó una bandeja y puso en la mesa un cubierto, una cafetera, un cesto de cruasanes y un periódico doblado. Luego volvió a entrar.

A continuación apareció Milokov. Dirigió unas palabras al vigilante, que rió y entró en la casa.

El coronel, un hombre moreno, fornido y de torso voluminoso se sentó solo a la mesa, al sol. Se sirvió una taza de café y contempló con aire pensativo la ladera boscosa.

El pistolero hincó los codos en la tierra húmeda, se afirmó bien, sintiendo la suavidad de la culata del rifle contra su mejilla. Dejó que la retícula descendiera sobre el cabello de Milokov hasta centrarse entre sus ojos. «Lo siento, coronel», pensó, y era sincero, porque aquél siempre había sido el peor momento para él, lo que no había variado con los años. Era el mejor en aquella clase de trabajos y seguía creyendo en su propósito final, pero matar nunca le había producido ninguna alegría. Daba gracias a Dios por no ser uno de ésos.

Entonces, con un movimiento tan suave y ligero como la respiración de un bebé, liberó el cartucho y lo vio explotar en el blanco. No había necesidad de efectuar otro disparo.

Y entonces se accionaron las sirenas. Una sonaba cerca de la casa, y las otras parecían proceder de donde el pistolero había estacionado su coche.

Masculló una maldición. No había contado con las sirenas, y eso le preocupaba, pues aquélla era precisamente la clase de imprevisto que no debería haber ocurrido.

Agachado entre los arbustos, por aquella tierra verde y luminosa echó a correr, sin pánico, concentrado en sí mismo, como si el resto del mundo no existiera. Se adaptaba perfectamente al medio en que se encontraba. Se arrastró entre árboles y bajo viñedos, esquivando los latigazos de las ramas, mientras bajo el sonido de las sirenas, los pájaros piaban y aleteaban asustados.

Empezó a bajar, y el aire se tornó más frío y olía más a pino. Respiraba profunda y regularmente, y sentía que podría seguir corriendo eternamente por un terreno fresco y sombrío, mientras el sol lo atrapaba de vez en cuando y le proporcionaba breves momentos de calor. Atravesaba uno de esos tramos de oscuridad verde púrpura cuando de repente se encontró a los soldados.

Debía de haber un pelotón entero patrullando a no más de cincuenta metros de donde había escondido su coche bajo matorrales y ramas. Los soldados, que estaban demasiado juntos para patrullar con eficacia, se quedaron sorprendidos al verlo bajar corriendo por la ladera.

Era demasiado tarde para cambiar de dirección o esconderse, y estaba dispuesto a afrontar la muerte tras su descuido. Y por lógica tendría que haber muerto, porque siguió corriendo directamente hacia ellos como un maníaco, con el rifle colgado al hombro y las manos ocupadas con las granadas, tirando y lanzando, tirando y lanzando, como un enloquecido, tirando de las anillas de latón y lanzando bolas de fuego. Pero todas las fuerzas cósmicas que habrían podido acudir en su ayuda en aquellos momentos lo hicieron. El sol asomaba por la colina que se extendía detrás, cegando a los soldados, demasiado atónitos ante su lunático ataque para dispararle. Las granadas explotaron justo en el lugar idóneo. Y si el cielo se hubiera abierto y hubiera empezado a llover acero, la lluvia no habría podido resultar más mortífera.

Luego, sin dejar de correr, empuñó su rifle y empezó a disparar hacia la tierra humeante que olía a pólvora y carne quemada, y hacia las caras que se levantaban de ella con la boca abierta y con la piel manchada de sangre y barro.

Pasados unos segundos concluyó la carnicería.

Las sirenas seguían sonando, pero no vio más soldados. Corrió hasta su coche, retiró las ramas que lo habían camuflado y salió de la maleza hasta el camino de tierra. Quince minutos después se había mezclado ya con el tráfico de la autopista principal que conducía a Zagreb.

Antes de llegar a la ciudad, hizo una breve parada para deshacerse del rifle y el resto del material arrojándolos a un río que consideró adecuado. Luego continuó hasta su hotel.

Una vez allí se duchó y se retocó el espeso bigote y la pulida barba Vandyke que se había convertido en una parte ya asimilada de su disfraz, meticulosamente elegido, hasta el punto de que le costaba recordar qué aspecto tenía sin ellos. El cambio de imagen incluía también las lentillas que transformaban en azul eléctrico sus ojos color avellana, y el cabello rubio que había sustituido el negro casi azulado con que había nacido.

Se vistió y revisó sus papeles.

Tenía en casa pasaportes, carnets de conducir y tarjetas de crédito con media docena de nombres y nacionalidades diferentes. Ese viaje lo emprendería bajo la identidad de Peter Walters, un hombre de negocios americano nacido en Miami, Florida, y residente en Positano, Italia; un nombre con el que había vivido casi diez años.

Con sólo una bolsa de lona, salió de la habitación del hotel y pagó la factura en efectivo. Luego condujo hasta el aeropuerto y devolvió su coche de alquiler en la terminal central.

Su vuelo de las 17.00 a Nápoles despegó a las 17.17 exactamente. «Me voy a casa.»

En el itinerario del vuelo había intensas tormentas, de modo que fue desviado hacia Roma y obligado a esperar varias horas. Cuando finalmente el hombre llamado Peter Walters desembarcó en Nápoles, era entrada la noche, y se sentía desagradablemente frustrado.

Había dejado el coche aparcado en el aeropuerto, y en cuanto se sentó al volante y arrancó, empezó a sentirse mejor. Había luna llena, cuya luz iluminaba el mar en calma, de modo que el trayecto por la carretera de Amalfi resultaba aún más espectacular de lo normal.

Walters conducía despacio para disfrutar de la panorámica. Llevaba casi nueve años viviendo en la costa amalfitana. Se había convertido en una zona muy familiar. Todavía recordaba el agudo dolor que acompañó su primera visión de aquel paisaje, porque comprendió cuántas cosas se había perdido en la vida y cuántas se habían perdido sus padres y nunca tendrían ocasión de experimentar.

Cuando finalmente llegó a Positano, la luna teñía de plata las viejas casas de estilo árabe que ascendían por la montaña desde el mar, y sintió que amaba aquel lugar. Su casa se hallaba entre las más altas, casi a mitad de camino del acantilado. Salió de la carretera principal y enfiló el sinuoso camino. Aquí y allá, árboles retorcidos y matorrales brotaban entre las formaciones rocosas... cansados, pensó, de luchar para alcanzar la luz del sol. Lo entendía, pues a él tampoco le habría gustado quedarse tapado.

Aparcó junto al pequeño Fiat rojo de su esposa y empezó a subir los diecisiete escalones de piedra que conducían al porche de su casa. Contaba en silencio cada paso que daba, como de costumbre. Ya no recordaba cuándo ni por qué inició aquel pequeño rito, que se había convertido en una especie de amuleto para el bienestar de su familia, una absurda ofrenda a los dioses que seguramente seguiría haciendo hasta que muriera.

En el recibidor había una luz encendida; se descalzó y dejó los zapatos en el suelo de baldosas, junto a su bolsa. Arriba, la puerta del dormitorio de su hijo estaba abierta, y entró sin hacer ruido.

«Mi hijo duerme –pensó– como si guardara un secreto tan desesperado como el mío.» Y para él, sin duda, lo era. Paulie, que tenía ocho años, todavía se chupaba el pulgar, pero no tan secretamente. Cuando dormía no podía controlarlo, y ahora tenía el pulgar en la boca. Incluso estando despierto, de vez en cuando tenía un desliz y los otros niños se reían de él despiadadamente.

«Mi hijo sufre un intenso dolor sin quejarse y sin compadecerse de sí mismo, como Jesús, y yo no puedo hacer nada para ayudarle.»

Walters se inclinó y le besó la mejilla, sintiendo la piel todavía suave y tierna como la de un bebé contra sus labios. Paul se estremeció, e inmediatamente retiró el pulgar de la boca.

–¿Papá?

Lo dijo en inglés, aunque era bilingüe y también habría podido despertarse hablando en italiano.

Walters le acarició el cabello, tan sedoso y rubio como el de Peggy antes de que se lo tiñera. Físicamente, Paul se parecía más a su madre, con aquella belleza clásica que todo el mundo considera un derroche en un chico, pero que Walters esperaba que su hijo algún día aprendiera a utilizar. Había heredado de su padre la boca ancha, los ojos hundidos, y un vago aire de melancolía, así como la sonrisa fácil y una profunda tenacidad. Cuando todo lo demás fallara, eso podría ser la salvación.

–Chist... Duérmete. Hablaremos mañana.

Pocos segundos después, la respiración de Paulie se hizo ligera y regular, y volvió a introducirse el pulgar en la boca.

Peter Walters se desnudó y se duchó sin despertar a Peggy. Cuando se acostó, su mujer se despertó a medias y se acercó a él.

–Mucho mejor –suspiró, ajustando su cuerpo al de él–. Detesto dormir sola.

Walters sonrió, abrazándola.

–No lo sabía.

–¿Va todo bien? –preguntó Peggy.

–Todo bien.

–¿Me has echado de menos?

–Muchísimo.

–Qué bien –susurró ella, y se quedó dormida, abrazada a su marido.

Peggy ignoraba a qué se dedicaba su esposo, por supuesto, aunque en una ocasión él intentó contárselo, pues hasta ese punto sentía la necesidad de compartirlo todo con ella.

–¿Cuánto me quieres? –preguntó Walters.

–Todo lo que puedas imaginar.

–¿Por encima de todo?

–A estas alturas, deberías saberlo.

–Sí, pero a veces tengo que hacer ciertas cosas que no siempre me hacen sentir muy digno de amor.

–Si las haces –dijo Peggy, con la certeza absoluta de alguien muy joven, loco o enamorado–, no pueden ser demasiado malas.

–Hay gente que pensaría que sí.

–¿Tú lo piensas?

–A veces, pero incluso entonces pienso que tienen que hacerse.

–Entonces no pasa nada –dijo Peggy, otorgándole la absolución final.

4

Gianni estaba sentado en el todo terreno, a unos cincuenta metros de su taller. Era media tarde, y llevaba observando el edificio desde primera hora de la mañana. Quería averiguar si enviaban a alguien a buscar a Jackson y Lindstrom.

En el barrio era un día como cualquier otro. La gente caminaba por las aceras deprisa y sin entretenerse. Coches, taxis y camiones pasaban en una corriente ininterrumpida. El sol primaveral se reflejaba en latas y trozos de cristal, en los escaparates de tiendas y ventanas de edificios. Gianni respiraba lenta y regularmente, y el aire parecía respirar con él.

Aquella mañana, poco antes del amanecer, había dormido a ratos en el todo terreno, y después desayunó en un restaurante de camioneros que no cerraba por la noche. Era típico del local que nadie se fijara demasiado en su rostro magullado. Estando allí sentado de pronto envidió a los camioneros por la dulce y sencilla claridad de sus vidas, de su ir y venir cotidiano. Comprendió mejor que nunca el atractivo de lo que hacían en sus enormes camiones. Todo era diáfano, conocido, todo estaba explicado, como las reglas de una cómoda religión. A diferencia de él, no tenían que tomar decisiones definitivas mientras comían huevos fritos con patatas.

La pregunta que se planteaba era si sería mejor volver al Soho para comprobar si acudían más visitas, o dirigirse a Greenwich para averiguar si Mary Yung estaba viva o muerta. Gianni decidió marcar el número de teléfono de la chica. Lo único que oyó fue un contestador automático que decía que Mary Yung no estaba en aquel momento y que dejara su nombre y su número de teléfono.

Sí, pero ¿está viva o muerta?

Gianni estaba sentado detrás de los cristales tintados de su Cherokee, en su calle del Soho, comiendo el bocadillo y bebiendo la soda que había comprado antes aquella mañana.

También tomó una aspirina para impedir que su cabeza estallara como si fuera una bomba.

Poco después de las cuatro de la tarde, dos hombres a quienes Gianni no reconoció se detuvieron en la acera delante de su edificio. Vestidos con trajes y corbatas oscuros parecían, desde lejos, hermanos de Jackson y Lindstrom. Después de examinar durante un rato la fachada de hierro colado del viejo edificio y mirar a ambos lados de la manzana, entraron.

Gianni fijó la mirada en la entrada y no la apartó de allí durante casi dos horas, hasta que por fin los hombres salieron, bajaron por la calle y desaparecieron. Gianni esperó quince minutos más y subió.

Parecía que un huracán hubiera pasado por su apartamento. No había nada entero.

Las tablas del suelo estaban levantadas y astilladas como si fueran madera flotante. Los muebles tapizados, sillas y sofás, estaban destripados. Todos los cuadros que tenía en el taller, tanto acabados como esbozados, estaban hechos jirones. Los armarios y cajones habían sido vaciados en el suelo. Ni siquiera las pertenencias de Teresa, de las que todavía no se había desprendido después de tantos meses, se habían salvado. Nada de todo aquello había tenido vida, pero todos aquellos objetos habían muerto allí, pensó Gianni, y sintió que acababa de perder a su esposa en otra sima de separación.

Con los dientes apretados, caminó entre las ruinas, obra de aquellos hombres con impecables trajes y elegantes corbatas. Estaban buscando información sobre Vittorio, pero aquello era algo más. ¿De dónde surgía semejante salvajismo y rabia? ¿Cuál era su propósito? Lo sabía. En la Primera Guerra Mundial los invasores alemanes lo habían llamado *Schrecklichkeit,* horror, y era una técnica para desmoralizar al enemigo; un horror tranquilo y deliberado.

Buscando respuestas, lo único que Gianni encontró fueron los mejores residuos de un vertedero de basura. Allí ya no había nada para él. Pero no. Todavía había unas cuantas cosas.

Encontró una pequeña bolsa de piel que había escapado de la destrucción general y metió en ella unos cuantos artículos de baño, un par de camisas y algunos pantalones y calzoncillos.

Por último se subió a una escalera de mano, tentó detrás de una bovedilla iluminada que había bajo el techo y sacó una automática de 9 milímetros envuelta en una tela empapada de aceite. Abrió el cargador y comprobó que estaba lleno de munición.

Se la guardó en el cinturón, la tapó con la chaqueta y traspuso la puerta sin mirar hacia atrás.

Intentó llamar a Mary Chan Yung una vez más, pero de nuevo respondió el contestador automático.

Poco después de las ocho de la tarde, cruzaba en coche el Williamsburg Bridge camino de Long Island.

5

Carlo Donatti residía en una casa relativamente modesta para las dos hectáreas de terreno que la rodeaban y su dirección de Sands Point, pero al menos era una casa de ladrillo y piedra. Para los italianos, pensó Garetsky, las casas siempre tenían que ser de ladrillo y piedra, pues de lo contrario se las consideraba poco consistentes y poco merecedoras de respeto.

Una verja controlada electrónicamente cerraba el acceso al camino, y Gianni Garetsky descolgó el auricular del teléfono de seguridad que había junto a ella. Aquellas precauciones parecían un vestigio de los viejos tiempos. Ahora las cosas se hacían con más calma, inteligencia y más organizadamente. La tendencia actual era la legitimidad, y la *famiglia* dominante desaprobaba la violencia gratuita por juzgarla la peor forma posible de relaciones públicas. En los últimos tiempos, el hecho de que de vez en cuando apareciera un cadáver en el maletero de un coche era una excepción a la regla y generalmente obra de algún pistolero no demasiado listo.

En términos generales, prevalecían las mentes más sabias, y don Carlo Donatti era considerado uno de los más inteligentes; licenciado en Derecho por Yale, cultivaba cuidadosamente una imagen pública que por lo menos hacía que aparentara encajar en cualquier parte. A los veinticinco años fue nombrado *consigliere* de su padre, y dos años después, tras la muerte del antiguo don, lo sustituyó en el cargo.

Gianni descolgó el auricular del teléfono de seguridad y esperó a que contestaran.

–¿Quién es? –preguntó una voz masculina.

–Gianni Garetsky.

–¿Quién?

Gianni repitió su nombre. Muy pocos de los nuevos lo conocían, y a él le convenía que las cosas siguieran así.

–¿Qué quiere?

Encantador, pensó Gianni.

–Quiero ver a don Donatti.

–¿Para qué?

–Dígale que estoy aquí.

–No recibe visitas a estas horas.

–Usted limítese a decirle quién soy.

Gianni hablaba con tono moderado, pero el vigilante debió de captar algo en su voz.

–Espere un momento –dijo el hombre.

La verja de hierro se abrió poco después, y Gianni condujo el coche a lo largo del camino bordeado de adoquines. Estacionó el todoterreno delante de una entrada porticada y se apeó, iluminado por unos focos.

Un hombre corpulento y de anchas espaldas esperaba junto a la puerta. En persona parecía tan poco amistoso como por teléfono.

–¿Va armado? –preguntó.

Gianni asintió con la cabeza.

El hombre tendió una mano enorme, y Gianni sacó la automática de su cinturón y se la entregó. A continuación el vigilante lo cacheó de arriba abajo, por delante y por detrás, sin olvidar las piernas, por si llevaba una cartuchera en el tobillo.

–Muéstreme su carnet de conducir.

Miró la fotografía y tras compararla con la cara hinchada y pálida de Gianni, sonrió.

–Antes era más guapo. ¿Qué le ha pasado? ¿Los sorprendió el marido de ella?

–¿Cómo lo ha adivinado?

–A mí también me ha ocurrido. –El hombre señaló hacia dentro–. La primera habitación de la derecha. La puerta está abierta.

Era una habitación grande que servía de sala de estar y despacho. El don se levantó de una gran butaca junto a una chimenea. Llevaba un batín de seda de corte exquisito encima del pijama, y estaba jugueteando con un cigarrillo por encender, con boquilla, que tenía en la mano.

Gianni Garetsky cumplió con los saludos rituales y luego se sentó lejos del fuego. Tenía el calor dentro; una lenta quemazón.

–Siento mucho molestarle a estas horas, padrino.

Don Donatti, sentado de nuevo en su butaca, lo miró a los ojos, como si estuviera pesando y valorando los daños para obtener una cifra total.

–¿Quién te ha hecho eso?

–Dos hombres. Dijeron que eran del FBI y me enseñaron las credenciales, pero no estoy seguro de que fuera cierto.

–¿Dónde están ahora?

–Enterrados en un bosque.

El don permaneció en silencio. Cambió de postura sin apenas mover el batín y el pijama.

–¿Tienes fuego? –preguntó.

Gianni sacó una caja de cerillas y encendió el cigarrillo del don. El hombre cerró los ojos e inhaló profundamente.

–¿Qué ha pasado, Gianni?

El pintor encendió un cigarrillo e inició su infernal relato. El ambiente de la habitación, escasamente iluminada por una lámpara y el resplandor del fuego de la chimenea, parecía el de una cueva. Cuando Garetsky terminó, se sentía como un extraño para sí mismo.

Donatti suspiró.

–¿Tienes la fotografía de esa mujer?

Gianni se la mostró.

–¿La vio alguna vez con Vittorio?

–Nunca vi a ninguna de las chicas de Vittorio –respondió con frialdad–. Sus grandes comedias de amor siempre las representaba en otra parte –añadió con tono desaprobador–. *Cinese.*

–¿Por qué estará el FBI tan interesado en él después de tantos años?

–Con esos *zotichi* nunca se sabe. Se pasan la vida husmeando sus propios culos. De todos modos, tengo la impresión de que no eran del FBI. Respecto a Vittorio, se marchó un buen día para realizar un trabajo para nosotros y nunca volvió.

–¿Y a usted no le extrañó?

Donatti forzó una sonrisa.

–Déjame decirte una cosa sobre tu amigo. Era bueno en su trabajo. Yo confiaba en él porque nunca perjudicó a la familia, pero siempre hubo sitios dentro de él a los que yo no podía llegar. En fin, la vida te enseña que nada es extraño. Esas cosas pasan. –Al don se le cayó un poco de ceniza de cigarrillo en la bata, y se la limpió–. Pero ahora quien tiene problemas eres tú, y no Vittorio –dijo–. Me alegro de que acudieras a mí. Pero no quiero engañarte, Gianni. Tienes problemas graves. ¿Y sabes adónde irán a continuación? Vendrán a verme a mí.

–Lo siento.

Donatti agitó el cigarrillo en el aire con impaciencia.

–Vittorio era uno de los míos. Es lógico que vengan a verme si lo buscan. Todavía puedo enfrentarme a esos *strunzi*. Lo que me inquieta es que tú no puedes quedarte aquí. Por la mañana vendrán zumbando como moscas atraídas por la mierda.

–No tenía intención de quedarme. Sólo esperaba que usted supiera aclararme de qué va todo esto.

El don agitó la cabeza. Clavó por un momento la mirada en una pared llena de fotografías, en las cuales aparecía el don con diversos famosos y poderosos de todos los ámbitos.

–Los líderes de América, Gianni. Y todos están encantados de recibir nuestro dinero. Pero sólo anónimamente. –Donatti se levantó, abrió una caja fuerte oculta en la pared y sacó una bolsa negra–. ¿Tienes una buena pistola? –preguntó al pintor.

–Sí.

–Bueno, en esta bolsa tienes otra. El número de serie está cambiado y tiene un bonito silenciador. También te daré cien mil dólares en efectivo para que no tengas que preocuparte de que te pillen en algún banco.

–Yo no...

–Escúchame. No sabes cuánto durará esta *contaminazione*, ni hasta dónde te llevará. Si necesitas un pasaporte, tarjeta de crédito o carnet de conducir limpios, tienes uno de cada en la bolsa, con nombres seguros. Lo único que necesitas es hacerte una fotografía y pegarla.

Don Carlo Donatti cerró la caja fuerte, se acercó a Gianni Garetsky y depositó la bolsa negra en el regazo de éste. Gianni quiso protestar, pero el don levantó una mano para hacerle callar.

–Quiero que te mantengas en contacto conmigo, Gianni. Escucha este número: 2462468. Recuérdalo. No lo anotes. Es mi teléfono más seguro, a prueba de pinchazos. Si oyes otra voz que no sea la mía, significa que estoy *morto.* En tal caso, cuelga. El número es fácil de recordar. Ni siquiera el pánico te haría olvidarlo. Repítelo.

Gianni repitió el número. «Como un estudiante –pensó–, recitando una lección importante de supervivencia.»

–Yo no puedo llamarte –prosiguió Donatti–. Tienes que hacerlo tú. No te preocupes. No me quedaré sentado con los *coglioni* en la mano. No todos mis viejos amigos están muertos. Alguien tiene que saber algo. –Se aproximó al pintor y le miró a los ojos–. ¿Cómo te sientes después de haber matado a esos dos hombres?

–Ellos se lo buscaron. No siento nada.

–Estupendo. –El don acarició la nuca de Gianni, como si fuera un niño–. A estas alturas ya debería saber de qué eres capaz. Cuando tenías diecisiete años te cargaste a un asesino como pocos hombres maduros hubieran podido hacer. Tienes la cabeza en su sitio. Continúa siendo precavido.

Se miraron. Estando con el don en aquella habitación, escuchándolo, Gianni supo exactamente en qué se había convertido Donatti en el estricto orden que él mismo había impuesto en la vida que había elegido. Era un hombre educado, el mejor de la nueva generación de la familia, pero seguía insistiendo en el control.

–¿Y Vittorio? –preguntó Gianni–. ¿Cuál fue ese último trabajo que le encargaste antes de que desapareciera?

Donatti se encogió de hombros.

–Creo que entonces tú estabas en Italia. Teníamos problemas con un payaso, un *pazzerello.* Gritaba como un condenado, no había manera de hacerle entrar en razón, de modo que enviamos a tu amigo para que lo tranquilizara antes de que causara graves problemas a la familia. Eso es todo. Nadie volvió a ver a Vittorio ni al *pazzerello* nunca más.

–¿Quién era el payaso?

El don tuvo que pensar un momento.

–Frank Alberto, un pueblerino del *downtown.* No creo que lo conocieras.

Gianni permaneció sentado con la bolsa negra en el regazo. Había conocido al hijo de aquel hombre en la escuela de arte; un chiquillo gordo con el cabello rizado que se llamaba Angie y al que siempre pegaban. Gianni recordaba que en una ocasión lo protegió y luego se arrepintió porque el niño estaba tan agradecido que se convirtió en un pelmazo.

–Una cosa más –dijo el don–. Cuando te vayas de aquí no me digas adónde vas, y cuando me llames no me informes de dónde estás. Así te asegurarás de que no empezaré a cantar si me ponen un hierro al rojo en las pelotas.

–Usted no me preocupa, padrino.

Los ojos de Donatti se oscurecieron.

–Tú no eres estúpido, Gianni, de manera que no digas estupideces. Tarde o temprano todo el mundo canta.

6

Peter Walters se despertó con el canto de un pájaro y con el anciano tuerto contemplándolo desde el caballete. El ojo era un ámbar reluciente que reflejaba la luz del sol como si fuera un trozo de vidrio. El otro ojo, el ciego, era un agujero blanco. Lo habían dejado ciego los alemanes cuando el anciano era un joven partisano.

Ahora, casi cincuenta años después, el resultado lo contemplaba desde un lienzo todavía húmedo colocado en un rincón de su dormitorio. El anciano, influido por las supersticiones de los pueblerinos, tenía miedo de las imágenes y se resistía a posar. Pero como necesitaba las liras acabó por sentarse tres horas en el taller de Peter, a ratos adormilado y a ratos acariciándose la barba.

El cuadro tenía vida; el anciano estaba allí, no sólo carne y hueso, harapos y cabello, sino también el espíritu, que centelleaba por su ojo sano y se enganchaba en el pecho del pintor. El anciano lo odiaba, como a cualquiera que fuera joven, fuerte, entero... Odiaba lo poco que había tenido y lo aún menos que le quedaba. Cada pincelada proclamaba aquel sentimiento a gritos.

En la habitación no se oía nada más que la suave respiración de Peggy detrás de Peter, quien se empapó de aquel sonido, se perdió en él. Sintió una maravillosa dulzura en la garganta. Aquella mañana, Peter era pintor.

Aquella primera mirada al despertar lo decía todo. Bueno o malo, te golpeaba en cuanto abrías los ojos. El caballete siempre estaba colocado de forma que el lienzo inacabado se viera de inmediato, sin dejar tiempo para preparar las defensas. Y ese día, por lo menos, Peter había ganado.

Se desperezó, estiró su cuerpo sobre los márgenes fríos de la cama, y notó que Peggy se despertaba.

–¿Qué hora es? –susurró.

–Hora de amar –contestó él, y la abrazó.

«Mi recompensa.»

Hicieron el amor casi sin preliminares. Sin embargo hasta el calor tenía un carácter frío, como si no hubiera prisa por conseguir placer. Peter tenía los ojos cerrados, pero los abrió y miró a Peggy a la tenue luz del amanecer. Qué familiar, qué querida se había vuelto.

Una vez, años atrás, antes de que se marcharan de América, ella se le acercó en una sala enorme abarrotada de gente y, en voz baja, le dijo: «No me abandones. Si algún día me abandonaras, no lo soportaría».

Ella se quedó de pie, como si no viera a cuantos los rodeaban, mirándolo a los ojos con expresión muy seria. Él, maravillado, pensó: «Lo dice en serio. Verdaderamente lo dice en serio».

Aquella misma noche, cuando hicieron el amor por primera vez, ella lo llamó «su primera resurrección.» ¿Acaso no estaba resucitando de una peculiar forma de muerte? Sin embargo, cuando vio todas las cicatrices del cuerpo de Peter, parte de su alegría se desvaneció. Lloró abrazada a él.

Él había intentado prepararla diciéndole que había luchado en Vietnam. Era mentira. No había participado en la guerra. Por lo menos no en aquélla.

Después ella desató su ira.

–¡Esos hijos de puta! Los odio a todos.

–¿A quién?

–A los políticos, a los generales, a todos los malditos amantes de la guerra –dijo con amargura–. A todos los que se hicieron ricos y famosos y pronunciaban gloriosos discursos mientras miles de criaturas como tú se exponían a que les dispararan por Dios y por la patria. Cómo odio esas dos palabras.

–¿Por qué?

–Porque tarde o temprano se pide a la gente que muera por ellas.

«Que Dios me ayude –pensó Peter– si algún día descubre a qué me dedico.»

Lo único que ella sabía era que su trabajo estaba relacionado con algo oficiosamente gubernamental, nada más. Establecieron las normas básicas desde el principio: amar y confiar sin formular preguntas. Así habían vivido más de nueve años y así vivían todavía.

Ella estaba ahora encima de él, un dulce bálsamo para su cuerpo. Cuántas cosas despertaba en él. Era un misterio que después de tanto tiempo la excitación permaneciera. ¿Cómo?

Finalmente, la frialdad del principio desapareció y fue sustituida por el apremio, aquella salvaje mezcla de carne y sentimiento que siempre impulsaba a empezar. Luego ella lo cogió con una urgencia desmesurada, y Peter sintió que ella se deshacía, y él también.

Como el curso escolar había terminado, Peter llevó a Paul a pintar unas horas. Nunca había intentado imponer el arte a su hijo, pues éste tenía una inclinación natural por él. Y Paulie era bueno. No sólo en la técnica, que podía aprenderse, sino en la silenciosa y tenaz pasión que se poseía o no.

Su hijo miraba las cosas, las observaba. Pasaba horas sentado en el taller de su padre, en silencio, inmóvil, mirando cómo Peter pintaba. Notaba el vacío de una habitación antes de entrar en ella, se encerraba en el silencio hasta que la ausencia de sonido cobraba forma propia. A veces la forma lo llenaba hasta tal punto que temía que no hubiera espacio suficiente dentro de él para respirar.

Sabía esas cosas de su hijo porque Paul se las contaba. El niño ignoraba lo extraordinarias que eran. Creía que todo el mundo experimentaba sensaciones parecidas, y su padre se cuidaba de que no se enterara de que no era así. Para un niño, ser diferente significaba no ser tan bueno.

Aquel día instalaron sus caballetes sobre un promontorio rocoso desde donde se divisaban la bahía de Salerno y las casas, los olivos y los limoneros de Positano. Al borde del agua se colgaban las torres de piedra que mil años atrás habían defendido a los habitantes de los piratas sarracenos. Quizás a dos kilómetros de la costa se hallaban las enormes rocas negras desde las que hermosas sirenas tentaron una vez a Ulises.

Trabajaban separados unos diez metros entre sí, con los caballetes a la sombra de unos algarrobos. Pintaban sin parar y en silencio, aunque a veces uno se giraba para ver qué estaba haciendo el otro. Cuando sus miradas se encontraban, sonreían, aunque Paul siempre esperaba a que su padre lo hiciera primero, pues temía que, si sonreía demasiado, su padre pensara que no se tomaba muy en serio lo que estaba pintando.

Además de pintar con su padre, a Paul le encantaba estar sencillamente con él, aunque sólo se tratara de pasear por el pueblo y quizás a lo largo de la playa para finalmente detenerse un rato donde el agua rompía contra las rocas.

El domingo anterior habían bajado a las rocas. Era una mañana soleada, y su padre permaneció sentado fumando y contemplando el mar, sin oír otro sonido que el del viento azotando las ramas de los árboles. Su padre miró hacia las hojas, y más allá, hacia el amplio cielo azul, sin sonreír, pero con el rostro más satisfecho y joven de lo que Paul lo había visto nunca. Entonces Paul notó la mano de su padre en su cabeza. Le retiró el cabello de la frente y se lo acarició mientras Paul apretaba la cabeza hacia atrás contra aquella gran mano hasta que ésta se deslizó por la mejilla de Paul apoyándole la cabeza contra el pecho de su padre. Paul notaba el latido del corazón de su padre. Oyó a su padre suspirar. Luego su padre retiró la mano y los dos se pusieron en pie. De regreso a casa, Paul le cogió la mano a su padre. Le gustaba estar junto a él sin que ninguno de los dos hablara.

Esta tarde pintaron hasta que el cielo se nubló y la luz empezó a escasear. Entonces recogieron sus bártulos e iniciaron el camino de vuelta al pueblo, una larga escalada por caminos empinados y sinuosos. Se pararon un momento para descansar.

–Papá –dijo Paul.

Paul había hablado en italiano casi todo el día, y Peter le contestó en ese idioma.

–¿Qué?

–¿Puedo hacerte una pregunta importante?

–¿Por qué no?

–Pero ¿me dirás la verdad?

–¿Acaso no te digo siempre la verdad?

–No.

–¡Oye! ¿Estás llamando mentiroso a tu padre?

–Ya sabes qué quiero decir –respondió el niño–. A veces no quieres que yo me entere de algo, y haces una especie de chiste sobre eso.

–Está bien. ¿Cuál es la pregunta?

–¿Eres un mafioso?

Peter Walters se rió.

–Vaya pregunta.

–¿Lo ves? Ya estás riéndote, estás convirtiéndolo en un chiste.

Peter miró a su hijo, que estaba serio, como siempre. Le habría gustado que su hijo riera más.

–Perdona –dijo–. Es que no es muy corriente que los hijos pregunten eso a sus padres. A ver, ¿cuál de tus amigos ha dicho que yo soy un mafioso?

–Pietro Dolti. Se lo oyó decir a su padre.

–¿Qué fue exactamente lo que dijo su padre?

–Que había que andarse con cuidado contigo, que creía que conocías a un montón de peces gordos de Palermo; que siempre tenías mucho dinero y nadie sabía de dónde lo sacabas.

–¿Y qué piensas tú, Paulie? ¿Crees que soy un gángster?

El chico bajó la vista y se miró las manos, preguntándose si llegarían a ser tan grandes y fuertes como las de su padre algún día, si todas las cosas que su padre guardaba en secreto dentro de sí estarían también dentro de él.

–No lo sé –contestó, y se tomó unos momentos para hacer acopio de valor–. Siempre te vas de viaje, y yo no sé adónde vas. Me pregunto qué haces.

–Trabajo para una gran empresa americana. A veces tengo que reunirme con gente. Todos viven en diferentes sitios. Ya lo sabes.

–No me importa que seas un mafioso, papá. No me importa lo que seas. –Paul advirtió que le temblaba el labio y se lo cubrió con el dorso de la mano–. No quiero que te pase nada malo.

–No soy ningún mafioso, Paulie. Olvídate del viejo de Pietri Dolti. Tiene la boca llena de mierda.

Paul miró a su padre con aire ausente. Se lo imaginó echado en una cuneta, con sangre saliéndole por la boca. Había visto *El Padrino,* las tres partes. Sabía perfectamente qué les ocurría incluso a los mejores, a los gángsters más duros. Intentó hablar, pero tenía un nudo en la garganta y no consiguió pronunciar ni una palabra.

–Escúchame, Paulie. –Peter cogió a su hijo por los brazos, notando lo delgados y delicados que eran–. Ya sabes qué siento por Nuestro Señor Jesucristo, ¿verdad?

El chico asintió, aunque no tenía ni idea de qué sentía su padre por Jesucristo. De hecho no recordaba que su padre hubiera dicho jamás nada sobre Él.

–Muy bien –añadió su padre–. Juro solemnemente en nombre de Nuestro Señor Jesucristo que no soy un mafioso. –Se miraron fijamente–. ¿Me crees o no? –preguntó Peter.

Paul, que todavía no estaba seguro de poder contar con su voz, asintió con la cabeza.

–Estupendo. ¿Y qué tienes que decir del comemierda del padre de Pietro Dolti?

Finalmente el chico encontró una especie de voz.

–Que se joda –dijo.

Era la primera vez que decía aquella palabra delante de su padre, pero fue la única palabra que parecía capaz de pronunciar.

–Exactamente –dijo Peter Walters.

7

Gianni supuso que a aquellas alturas seguramente estarían buscando su todo terreno por todas partes, de modo que lo primero que hizo fue dejarlo en un aparcamiento del aeropuerto J.F. Kennedy y alquilar un Ford Fairlane gris de Hertz. Utilizó una de las tarjetas de crédito que le había entregado el don. Estaba a nombre de Jayson Fox, de Richmond, Virginia, y pasó por el ordenador sin ningún problema.

A continuación volvió a intentar contactar con Mary Chan Yung. Esta vez contestó una voz, y Gianni sintió un alivio inmediato. Todavía no la habían visitado.

–¿Harriet? –dijo.

–Aquí no vive ninguna Harriet. ¿A qué número llama?

Era una voz agradable, ligera, sin acento extranjero. Pero ¿qué esperaba? ¿Una mujer dragón?

Gianni recitó el número correcto alterando un dígito.

–Ha marcado mal –dijo la voz.

–Lo siento –replicó Gianni, y colgó el auricular.

Tardó casi cuarenta minutos en llegar a Greenwich, y otros quince en encontrar la casa, un rancho de cedro con vistas a Long Island Sound. En el camino no había ningún coche, y varias habitaciones estaban iluminadas.

Sin embargo, por precaución, siguió unos cien metros con su Fairlane, dejando atrás el camino de la casa, salió de la carretera y lo estacionó detrás de unos arbustos. Luego se encaminó hacia la casa, se escondió detrás de unos matorrales y miró por la esquina de una ventana del salón.

La visión de aquella mujer leyendo junto a una lámpara despertó en él un extraño sentimiento de ternura al pensar que sobre aquella hermosa extraña se cernía la misma amenaza de dolor y muerte que sobre él y puso en marcha una pequeña maraña de nervios dentro de él.

Mary Chan Yung, sentada, inmóvil, tenía la quietud de una fotografía. Entonces, como si hubiera advertido la presencia de Gianni, miró hacia la ventana tras la que él estaba agachado. Era imposible que lo hubiera visto, pero su mirada le hizo temer que lo habían iluminado. Mary reanudó la lectura, y Gianni fue a comprobar las otras habitaciones cuyas luces estaban encendidas; una cocina, un estudio, y un dormitorio. Todas estaban vacías.

Volvió hacia la entrada y tocó al timbre.

Un foco se encendió, y Mary Yung abrió la puerta sin mirar antes y sin preguntrar quién había. A Gianni le parecía más una cuestión de estilo que de descuido o valor.

Lo que Mary vio fue a un extraño con el rostro destrozado y ni rastro de coches en el camino.

Se llevó una mano a la boca.

–Dios mío. Ha sufrido un accidente.

Gianni obligó a sus labios a dibujar lo más parecido a una sonrisa.

–Esto me pasó anoche, señorita Yung. Y no fue ningún accidente. –Seguía sonriendo mentalmente, pero en realidad era más bien una mueca–. Me llamo Gianni Garetsky –prosiguió–. Soy un viejo amigo de Vittorio Battaglia.

–Claro. Usted es pintor –dijo Mary Yung–. He visto su fotografía en el *Times* de esta mañana. Vittorio hablaba mucho de usted. –Hizo una pausa–. Pero ¿qué...?

–Tengo que hablar con usted. Es importante. ¿Puedo entrar?

Ella asintió.

–Pase, por favor.

Una vez dentro del salón, generosamente iluminado, Gianni se sintió expuesto. Podía llegar alguien en cualquier momento, y temía estar desprevenido. Fuera todo estaba oscuro.

–Sé que esto le parecerá una locura –dijo–, pero aquí corre un grave peligro. Anoche estuvieron a punto de matarme a golpes porque dos hombres armados querían saber dónde está Vittorio, y yo no pude decírselo. Sospecho que usted es la siguiente de la lista.

Ella se quedó mirándolo con la boca abierta. La luz de la

lámpara le iluminaba la frente y proyectaba una sombra sobre el resto de su cara. Lo que quedaba visible habría podido ser alguna estatuilla clásica.

–¿Quiénes eran esos hombres? –preguntó por fin.

–Dijeron que eran del FBI.

–¿Está diciendo que el FBI va por ahí dando palizas a pintores famosos?

Gianni se encogió de hombros. No tenía ni idea de qué estaba pensando ella, pero le impresionó su aparente tranquilidad.

–Dudo de que fueran verdaderos agentes del FBI, y estoy seguro de que no estaban dispuestos a dejarme suelto para que se lo contara a todo el mundo.

–Hace años que no veo a Vittorio. ¿Qué le hace pensar que yo pueda ser la próxima?

Gianni mostró a Mary Yung la fotografía en que aparecía ella con Vittorio, junto con su resumen biográfico. Ella, una sorprendente mujer de frescas sombras de lavandas y fantasmas ocultos, los examinó.

–¿Se lo dieron ellos? –preguntó.

–Ellos no me dieron nada, señorita Yung.

Mary lo miró con ojos inexpresivos.

–Vittorio siempre decía que usted era un testarudo, incluso de niño.

Gianni no hizo ningún comentario.

–¿Y qué hacemos, señor Garetsky?

–Primero tenemos que hablar, pero no en esta habitación, ni con la luz encendida.

Acabaron en el estudio contiguo con una botella de Napoleón, y la casa en silencio y a oscuras. En la habitación donde se hallaban, la luna teñía de plata un pedazo de suelo.

–¿Sabe dónde está Vittorio? –preguntó Gianni.

–No.

–¿Cuándo lo vio por última vez?

–Hará unos nueve años.

–¿Fue entonces cuando rompieron?

–Sí.

–¿Qué sucedió?

Mary alzó su copa y aspiró el aroma del coñac.

–Lo típico. Primero la emoción se desvanece y todo se vuelve rutinario. Luego uno de los dos conoce a otra persona.

–¿Quién de los dos conoció a otra persona?

–Vittorio.

A Gianni le costaba imaginárselo.

–¿Quién era ella?

–Nunca lo supe. –Mary Yung se levantó y se apoyó contra una pared; parecía que se hubiera recostado contra una sombra–. Usted es un pintor reconocido –dijo–. No es un don nadie. ¿Por qué no llama a la policía?

–¿Y qué voy a decirles? ¿Que una pareja de presuntos agentes federales me dieron una paliza y que como se proponían torturarme y matarme opté por acabar yo con ellos?

El hecho de que Gianni se expresara con tanta claridad pareció afectar a Mary, que empezó a pasear por la habitación. La veía, por partes, en el reflejo de la luna: piernas delgadas y esbeltas, la curva de una cadera, pechos altos y perfectos, un rostro de muñeca china bajo el lacio flequillo negro como el azabache. «¿Cómo se le ocurriría a Vittorio dejarla?»

–¿Y qué hacemos? ¿Pasarnos el resto de la vida escondidos en habitaciones oscuras? –preguntó ella.

–Claro que no. –Distinguía sus ojos, hundidos en el óvalo de su rostro–. Pero no podemos hacer gran cosa hasta que averigüemos por qué de pronto Vittorio es tan importante para esos dos hombres que se presentaron ante mí de esa forma.

–¿Y cómo supone que lo averiguaremos?

–Yendo paso por paso. Cogiendo a cualquiera que venga aquí preguntando por usted e interrogándolo. Ése será mi trabajo. Me gustaría que usted hiciera ahora mismo una maleta, se registrase en un motel de la ciudad y esperara a que yo la llamara.

Ella lo estudió en la oscuridad.

–¿Y si lo matan y no puede telefonearme? ¿Adónde voy entonces?

–No creo que me maten.

–¿Ah, no? ¿Quiere decir que eso no está incluido en su plan paso por paso? –Mary Yung se acercó y se sentó frente a él–. Mire, señor Garetsky, voy a decirle qué creo yo. No pienso estar en ningún otro sitio que no sea aquí mismo, junto a usted, cuando algún extraño entre en mi casa. No soy ninguna inocente delicada de pestañas seductoras. Tengo licencia de armas, sé utilizar una pistola y he metido mano por debajo de la mesa a unos cuantos tipos bastante gamberros. De modo que, como por lo visto Vittorio ha puesto en peligro mi vida junto con la suya, hágase a la idea de que va a tener compañía.

Gianni consideró que no tenía sentido discutir. Además, estar con ella podía serle útil.

Había varias cosas que debían tener en cuenta. ¿Cuántos hombres se presentarían? ¿Lo harían correctamente y pulsarían el timbre de la puerta principal, o forzarían una cerradura? Si llamaban a la puerta, ¿sería mejor que Mary Yung abriera la puerta, o permitir que entraran furtivamente para luego sorprenderlos?

Lo discutieron todo como iguales; sus vidas pesaban lo mismo en una especie de balanza invisible. La tranquilidad de ella era algo más que superficial, pensó Gianni; aquella mujer era fría como el hielo.

Mary enseñó a Gianni su revólver, un 38 de cañón corto, niquelado, que en su mano parecía diseñado especialmente para ella por Ralph Lauren. Gianni nunca había conocido a una mujer que tuviera un arma. Su esposa las odiaba, y temblaba sólo de verlas. Detestaba la violencia. Para ella la vida era sagrada, hasta la de una mosca. Al principio él se burlaba de ella, pero pronto dejó de hacerlo, pues ella se lo tomaba demasiado en serio.

–¿Por qué tiene eso? –preguntó a Mary.

–Porque vivo y viajo sola y corren muchos locos sueltos por ahí.

–¿Ha disparado alguna vez a alguien?

–De momento nunca he tenido que hacerlo.

–¿Ha practicado en un campo de tiro?

–Sí.

–¿Y lo hace bien?

–Acierto lo que apunto.

–Cuando apuntas a una persona es diferente.

–Lo supongo –replicó ella–, pero haré lo que haya que hacer.

Gianni la creyó.

A las dos de la madrugada estaban tomando café, apagando un cigarrillo tras otro en los ceniceros de cerámica y atentos por si oían algún ruido. Gianni estaba cansado, pero sorprendentemente tranquilo. Ya sólo cabía esperar, tal vez minutos, acaso horas o incluso días.

Se turnaron para dormir un poco.

Una vez, mientras Mary dormía en la butaca con expresión sosegada, casi infantil, un sueño repentino hizo que sus facciones se tornaran violentas, sensuales, como las de una mujer dispuesta a vender su mercancía. Después esa máscara se disolvió, y Gianni volvió a contemplar a una chiquilla de dieciocho años de rostro suave y cutis casi luminoso, una virgen china con toda una vida de bondad por delante.

Mary abrió lentamente los ojos.

–Eso es injusto –se quejó–. Observar a una mujer dormida es más íntimo que verla desnuda. Ahora conoce todos mis secretos.

Gianni aspiró la fragancia del aire que la rodeaba. Rozaba los bordes de recuerdos que se le escapaban por muy poco.

–Yo también lo sé todo de usted –añadió Mary Yung–. Hace años que estudio detenidamente cada uno de los cuadros que ha pintado. Usted no oculta nada.

–¿Por qué había de hacerlo?

–Siempre es más seguro quedarse algo en reserva.

–Yo no pinto para estar seguro.

Al amanecer Mary Yung volvía a pasearse por la habitación, y Gianni observaba su silueta pasar una y otra vez por delante de las ventanas.

–Quizá no vengan –dijo ella.

–Vendrán. Como ahora es de día, no entrarán por la fuerza, sino que llamarán a la puerta. Tenemos que estar preparados para eso. ¿Lo ha entendido todo bien?

–Sí.

Mary Yung preparó zumo de naranja, tostadas y café para desayunar. Gianni comió cuatro tostadas. Tenía más hambre de lo que imaginaba. Mientras hablaban, empezaron a tutearse y siguieron esperando.

8

A las 9.10 un coche entró en el camino y se detuvo delante del garaje.

Mary Yung y Gianni observaron escondidos detrás de las cortinas del salón aquel sedán azul Chevrolet con una gran antena y faros de niebla amarillos que penetraban la luz gris oscura de la mañana y la intensa lluvia.

Dos hombres se apearon del coche, y Gianni los reconoció: eran los mismos que habían destrozado su estudio. Luego apareció un tercero que llevaba un maletín. Dos no bastaban, pensó Gianni, y de pronto empezó a palpitarle una vena del cuello. Tocó el hombro de Mary Yung y notó su calor. Luego salió del salón y se dirigió al estudio.

Sonó el timbre de la puerta, y a continuación Gianni oyó los pasos de Mary Yung en el recibidor y la puerta principal que se abría.

Encerrado en su propia quietud, Gianni escuchó la doble farsa: los falsos agentes, interpretando su educado ritual de autoridad... Mary Chan Yung, fingiendo sorpresa y consternación. Después Gianni oyó cómo todos entraban en el salón. Habían acordado que los tres hombres debían sentarse de espaldas a la puerta y Mary Yung frente a ellos, lo que no resultaría fácil de conseguir. «Cuánta responsabilidad recae de pronto en esta mujer.»

Sin embargo, utilizando su propia y sutil mezcla de encanto, deferencia y sensualidad, Mary Yung parecía estar haciéndolo bastante bien.

¿Y los hombres?

Pese a no verlos, Gianni casi podía olfatear su excitación ante la perspectiva de interrogar a una mujer como Mary Chan Yung, eso aun antes de exponer su carne a sus macabros juguetitos.

«Estoy preparado, hijos de puta.»

Esperó la señal de Mary Yung. En cuanto los tres hombres estuvieran adecuadamente instalados en el sofá, de espaldas a la puerta, la mujer preguntaría si alguno tenía un cigarrillo, y al oír esas palabras Gianni saldría disparado. El revólver de Mary estaba oculto bajo el borde del cojín de su butaca, y ella lo cogería en cuanto apareciera Gianni.

Lo peor que podía suceder era que uno de los hombres decidiera de pronto salir del salón y registrar la casa. Si eso ocurría, Mary Yung avisaría a Gianni fingiendo un ataque de tos. Entonces empuñaría su arma y apuntaría a los agentes hasta que Gianni entrara y los desarmara.

En teoría todo parecía bastante sencillo, pero Gianni sabía que no podía confiarse.

Escuchó el interrogatorio de los tres hombres aplicando la oreja en la pared. No oía sólo palabras; uno de los hombres estaba caminando, y Gianni siguió el sonido de sus pasos por el suelo. El sonido estaba prendido en el aire, entumeciéndolo todo, provocando que lo que a continuación ocurrió pareciera lento e irreal.

Cuando los pasos comenzaron a sonar más fuertes y próximos, Gianni tuvo conciencia por primera vez de que se inclinaba hacia la puerta, de que su cuerpo se preparaba, empezando por los más pequeños huesos de los pies. Supo al instante qué sucedería después, como si la pistola que le había entregado el don poseyera poderes mágicos de percepción.

Él y la pistola lo sabían.

No se equivocaba. Se movió unos cuantos segundos antes de que la tos de Mary Yung atravesara la pared. Se fijó en un par de acuarelas al deslizarse delante de ellas, junto con su propio reflejo borroso en un espejo. Luego se encontraba ya en el salón, y uno de los hombres se acercaba a él, con los ojos como platos mientras buscaba a tientas su pistolera. Gianni comenzó a levantar su pistola, pero se produjo una explosión antes de que pudiera apuntar, y el hombre cayó de rodillas y luego quedó tendido de bruces.

Gianni miró al resto de las personas que había en la habitación. Le zumbaban los oídos por la detonación de la pistola, y veía líneas que parecían lluvia. Mary Yung continuaba sentada en su butaca. Los otros dos hombres se pusieron en pie y estaban desenfundando sus pistolas, cuando ella volvió a disparar.

Uno de los hombres se desplomó de espaldas. El otro todavía tiraba de su pistolera cuando Gianni le golpeó en la cabeza con la culata de su pistola. El hombre cayó y quedó en el suelo, inmóvil.

Mary Yung seguía sentada con el arma cogida con las dos manos, apuntando hacia donde había estado el hombre antes de que Gianni le golpeara. Entonces bajó el arma lentamente.

–¿Lo has olvidado? –dijo Gianni–. Necesitamos a alguno vivo para interrogarlo.

Ella se quedó mirándolo. Había humo flotando en la luz gris. El aire olía a quemado y estaba húmedo de sangre. Gianni se agachó para ver a los dos hombres a quienes Mary Yung había disparado; ambos estaban muertos.

–¿Crees que los vecinos habrán oído los tiros? –preguntó.

–No. El más cercano está a varios kilómetros de distancia.

Gianni tumbó al hombre que había quedado inconsciente en el sofá. Le quitó las esposas que llevaba y con ellas le inmovilizó las manos en la espalda.

Mary Yung lo observaba.

–¿Te encuentras bien? –preguntó Gianni.

–¿Por qué no había de encontrarme bien? Entraron en mi casa para hacerme daño y probablemente para matarme. Ojalá pudiera hacerlo otra vez.

Gianni no la creyó.

–Será mejor que demos un poco de brandy a éste –propuso–. Hemos de hacerle hablar.

Gianni registró el maletín y comprobó que su contenido era un duplicado exacto del que habían llevado a su estudio: las mismas fotografías, los mismos informes en papel de ordenador, el mismo aparato de electrochoque. Por lo visto aquél era el equipo estándar en la búsqueda de Vittorio Battaglia.

Oyó un gruñido y vio a Mary Yung verter el coñac en la boca del agente, un hombre robusto y atlético con una mandíbula como una hoja de hacha, y unos ojos animales de color ocre que parecían ávidos de lucha. Según su identificación se trataba del agente especial Tom Bentley.

Gianni esperó unos minutos a que se reanimara.

–Tus amigos están muertos –le dijo–, de modo que eres el único que puede contestar nuestras preguntas. Tú decides si lo haces por las buenas o por las malas; es asunto tuyo.

El agente miró a Gianni y a Mary Chan Yung. Luego echó un vistazo al aparato eléctrico de tortura, que yacía al lado del sofá.

–¿Qué queréis saber?

–¿Por qué persiguen a Battaglia? ¿Quién lo busca? ¿Sois verdaderamente del FBI o sólo lo fingís?

–¿Nada más?

–No.

Bentley reflexionó. Tenía muy presentes las cosas que sabía, con una certeza que no aceptaba malentendidos.

–¿Y si me niego a contestar?

Mary Yung intervino:

–Entonces acabarás tan muerto como nosotros, sólo que mucho antes.

Bentley la miró con sus pálidos ojos amarillos.

–Es usted una mujer verdaderamente hermosa, señorita Yung. –Sonrió–. Y también tiene buena puntería.

–Esto no es una broma –dijo ella.

–Ya sé que no lo es. No sé qué me ocurrirá si contesto sus preguntas.

–No le haremos daño –respondió Gianni–. Le dejaremos en el sótano. Cuando nos marchemos de aquí, llamaremos a la policía para informarles de dónde se encuentra.

El agente seguía contemplando a Mary y cuando habló se dirigió directamente a ella, como si Gianni hubiera abandonado la habitación.

–Si me matan no obtendrán ninguna respuesta –dijo– y tampoco si me hacen daño. Soportaría todo lo que pudieran hacerme. Por tanto, sólo les queda una forma de conseguir lo que quieren.

–¿Cómo?

–Concederme lo que yo pida –respondió Bentley–. Media hora en la cama contigo.

Mary no se inmutó.

–¿Habla en serio?

–Nunca he tenido ocasión de acostarme con una mujer tan hermosa como tú, y seguramente nunca la tendré. ¿Por qué no iba a hablar en serio?

–Porque si yo acepto y usted no contesta nuestras preguntas, le mataré.

Gianni movió la cabeza.
–No puedo creer lo que estoy oyendo.
–¿Por qué? –dijo Mary–. ¿Tan ofensivo te resulta?
El pintor miró a la chica y luego a Bentley, como si quisiera medir la distancia que los separaba. El agente tenía las pupilas dilatadas.
–Mira, Gianni –dijo ella sin emoción–. Mi cuerpo no es sagrado. Tengo treinta y cuatro años y ni siquiera recuerdo los nombres de la mitad de los hombres que me he tirado. ¿Qué puede pasarme por tirarme a uno más? Sobre todo si con eso obtenemos las respuestas que podrían salvarnos la vida.
–Hay otras formas de conseguir esas respuestas.
–¿Cómo? ¿Torturando a un hombre hasta la muerte? ¿Crees que eso es mejor, más moral?
Gianni guardó silencio. Estaba muy lejos de entender a aquella mujer. De momento, había dejado de intentarlo. No podía evitar, sin saber por qué, compararla con Teresa. Eran tan diferentes. ¿Sería acaso eso lo que le fascinaba?
–Muy bien –dijo Mary, dirigiéndose a Bentley–. Trato hecho. –Y, volviéndose hacia el pintor, añadió–: Gianni, tendrás que echarnos una mano.
La situación no era tan sencilla como podría parecer a simple vista. Estaban implicadas la logística y la seguridad, y era necesario establecer un plan. El resultado final fue, cuando menos, viable: Bentley acabó tendido boca arriba en la cama de Mary con las muñecas esposadas a la cabecera de latón; un hombre en una cruz sexual.
¿Y Mary Chan Yung?
El pintor elucubró que la mujer exhibía un juego de expresiones diferentes para cada una de las escenas de su acto. No serían muy diferentes a las que había mostrado la noche anterior mientras dormía. Había momentos en que parecía extraer codicia del aire, una sabiduría de puta que arrastraba la amarga mirada de múltiples traiciones y desengaños. Entonces aquella nariz ridículamente diminuta olfateaba el mismo aire y todo cambiaba, y ella se transformaba en una niña insegura, temerosa de quedar atrapada en un acto sucio que no acababa de comprender.
Cuando hubo cumplido con su parte de los preparativos, Gianni se dispuso a salir de la habitación.

–Oye, Garetsky –dijo Bentley desde la cama. Gianni se giró–. ¿No quieres quedarte a mirar?

El artista permaneció allí. Las ventanas estaban cerradas, y el aire estaba cargado de brotes que habrían podido llevar su propia fiebre furtiva. Mary lo observó, con expresión distante, con aquella mirada tan femenina que indicaba que cuanto había a la vista era de ella y que, si no le gustaba, mala suerte.

Gianni abandonó el dormitorio y cerró la puerta. Como no quería ver lo que le esperaba en el salón, se sentó en el estudio para fumar un cigarrillo. Intentó vaciar la mente y limitarse a mirar por la ventana los rayos de sol que comenzaban a traspasar los árboles e iluminar la hierba. No pudo evitar pensar en los dos hombres muertos que yacían en el suelo del salón y en lo que estaba sucediendo en la cama de Mary.

De vez en cuando oía ruidos procedentes del dormitorio, y Gianni se esforzó por no escuchar, recordando a su esposa y cuando hacían el amor. Pero era como si estuviera pensando en otras dos personas. No; seres de otro planeta. Ninguno de los dos era ya lo que había sido.

Cuando fumaba el cuarto cigarrillo y el sol había desaparecido una vez más sonó un disparo. Le invadió un sentimiento de certeza, y sin tiempo de pensar, saltó de su butaca, derribándola.

Irrumpió en el dormitorio blandiendo la pistola.

Mary estaba de pie, desnuda, junto a la cama, empuñando su revólver niquelado, con el rostro encendido, sudoroso e inexpresivo. Bentley estaba desnudo sólo de cintura para abajo.Todavía tenía las muñecas esposadas a los barrotes de la cabecera de latón, y había un pequeño agujero casi en el centro de su frente. Un delgado hilo de sangre corría por su cara y goteaba de la barbilla. Su cabeza, flanqueada por los brazos estirados, estaba ligeramente ladeada.

Gianni respiró hondo y preguntó:

–¿Qué ha ocurrido?

–Ha sido una estupidez. Me descuidé y me apretó el cuello con las piernas, intentando estrangularme. No me ha quedado otra alternativa.

Gianni se quedó mirándola, convencido de que mentía. Mary se agachó para recoger su ropa. Sus nalgas relucían. Luego, moviéndose deprisa, se vistió.

–Vámonos de aquí –dijo.

La muchacha fue directamente a buscar el Napoleón y no habló hasta que hubo tragado una cantidad considerable.

–Lo que sabemos es esto –dijo por fin–: lo del FBI es verdad, aunque no oficialmente. Bentley la denominó «una operación de código tres».

–¿Qué es eso?

–Nada por escrito ni por teléfono, y los de su nivel nunca saben de dónde proceden las órdenes. Podrían provenir de la CIA, el Ministerio de Asuntos Exteriores, el de Justicia, o incluso el Despacho Oval. En cualquier caso, siempre parten de muy arriba y tienen máxima prioridad.

–¿Todo eso para atrapar a un matón de pacotilla?

–Sí.

–¿Sabían cuál era el motivo de la búsqueda?

–No tenían ni idea.

–¿Qué órdenes tenían respecto a nosotros?

–Hacer lo que fuera necesario para obtener respuestas, pero nada de matar.

–Fantástico. ¿No te ha dicho nada más?

Mary negó con la cabeza.

–¿Crees que te ha dicho la verdad? –preguntó Gianni.

–Me parece que sí.

–Entonces ¿por qué lo has matado?

–Ya te lo he explicado.

–Sé lo que me has explicado –dijo Gianni.

Mary lo miró por encima de la copa de coñac.

–¿Por qué iba a mentirte?

–Eso es precisamente lo que pretendo averiguar. –El pintor encendió un cigarrillo–. Pendemos de un hilo, Mary. Entre los dos nos hemos cargado a cinco federales en tres días; matamos a cuatro de ellos en defensa propia, de modo que el que me inquieta es este último. Hiciste un trato con ese tipo. Estaba esposado a la cama. ¿Por qué le has disparado?

Esta vez ni siquiera se molestó en dar explicaciones. Era como si sus palabras hubieran quedado atrapadas en su cabeza.

–Sólo nos tenemos el uno al otro –prosiguió Gianni–. Si no puedo confiar en ti, me largaré inmediatamente de aquí. ¿Acaso quieres eso?

–No.
–Entonces quiero saber por qué me has mentido.
–Porque me daba miedo decirte la verdad.
–¿Y cuál es la verdad?
Mary necesitó un momento para reunir las palabras.
–No quería que fuera por ahí contando que yo había disparado a los otros dos. De este modo puedo al menos deshacerme de los cuerpos, como hiciste tú con los tuyos. Así, lo único que podrán hacer es sospechar.
–¿Lo tenías planeado cuando entraste ahí con él?
–Sí.
–¿Por qué no me lo dijiste?
–Porque tenía la impresión de que no te gustaría.
–¿Y tú? ¿Estás contenta?
–Yo actúo como debo, Gianni. –Hablaba tan bajo que parecía que lo hiciera con los dientes y las encías.
Gianni guardó silencio. Había algo malo en su cara que ella captó.
–Lamento haberte disgustado –dijo Mary.
–No soy ningún santo. Lo que ocurre es que no te comprendo.
–¿Cómo puedes comprenderme? Ni siquiera me conoces.
«Por lo menos eso es cierto», pensó Gianni.
–Lo único que sabes –añadió Mary– es lo que has leído en ese estúpido informe, que no contiene más que una sarta de mentiras que inventé para mis comunicados de prensa.
–Entonces cuéntame la verdad.
Mary meneó la cabeza.
–Temo que me abandones si lo hago.
–Ponme a prueba.
–No puedo arriesgarme. No ahora, con tres federales muertos repartidos por mi casa.
Mary le traspasó con la mirada. Muy bien. Sabía que era una mentirosa con una mentalidad poco mejor que la de una puta. Pero también estaba seguro de que de ninguna manera pensaba abandonarla.

9

Henry Durning, un hombre alto, de físico imponente y mirada intensa, estaba pronunciando una conferencia ante un nutrido auditorio en la Columbia Law School de Nueva York. Se trataba de una de las muchas charlas que impartía regularmente desde algunas de las tribunas más prestigiosas del país.

Durning utilizaba ésas y otras formas de discurso público porque le permitían ser visto y oído como él deseaba. Creía que todas las ocasiones ofrecían un potencial propagandístico. Tenías una idea, una convicción, un deseo, y lo diseminabas. Si eras lo suficientemente bueno, si tus palabras calaban, influías en quienes te oían, que acababan por opinar como tú.

En su caso, Durning, el ministro de Justicia de Estados Unidos, intentaba hacer saber a la audiencia de todo el país que incluso la mejor de las leyes era completamente inútil si su verdadero espíritu no era en general comprendido, aceptado y puesto en práctica.

¿Y qué decía ese día Durning a su público? ¿Qué soluciones rápidas a los males estatutarios del país proponía con su dinámica arremetida de costumbre? Nada de soluciones fáciles. Sólo su mensaje esencial de que mientras los derechos legítimos de un solo americano –varón o hembra; negro, blanco o amarillo; nativo o inmigrante– se vieran amenazados por los prejuicios, los derechos del resto de los americanos se verían igualmente amenazados.

Tal era el mensaje de Durning; entonado con serenidad, claramente enunciado, cruzaba la sala volando con alas de lógica metafísica. Ahí, en ese estrado, era una autoridad, el respetado jefe del Ministerio de Justicia de Estados Unidos y antiguo héroe de guerra, a quien se escuchaba con una atención que rayaba en reverencia. ¿Estaban todos locos? Así lo creía Durning a veces. Sabía que los únicos y verdaderos héroes eran aquellos que poseían la fuerza suficiente para dominar las propias debilidades y hacer lo que debía hacerse diariamente sin protestar.

Sin embargo, le habían condecorado con la Medalla del Honor por una razón diferente y le habían convertido en otra clase de héroe de guerra, e incluso quizás en un símbolo. Pero ¿un símbolo de qué? Durning lo ignoraba. A no ser que fuera su imagen de antiguo intelectual, nada menos que un catedrático de derecho, que fue entrenado para matar a los enemigos de su país con habilidad excepcional.

El ministro de Justicia no se entretuvo demasiado después de la conferencia. Por lo general disfrutaba con las preguntas posteriores, la adulación de los estudiantes, la núbil vehemencia de las alumnas, su carne inquieta y sus ojos relucientes, la lisonjera deferencia del profesorado. Alimento para el ego. «Señor, vanidad de vanidades.» Pero aquel día, debido a su estado de ánimo, a Henry Durning aquello ni siquiera le tentaba.

En lugar de eso indicó a su chófer que se dirigiera a La Guardia, donde esperaba un avión que lo llevaría a Washington.

Apenas hubo embarcado y se hubo sentado, entregaron a Durning los mensajes telefónicos acumulados en dos horas. Eligió dos que requerían respuesta inmediata: uno era de Arthur Michaels, el secretario de estado de la Casa Blanca; el otro, de Brian Wayne, el director del FBI. Durning llamó primero a Michaels.

–¿Qué ocurre, Artie?

–No me gusta el cariz que está tomando lo de ese centro de culto de Virginia Occidental. Se han producido más disparos, y el chalado número uno amenaza con un suicidio colectivo si el sitio no se ha levantado antes de las cinco de esta tarde.

Durning consultó su reloj. Eran las 11.46.

–¿Has hablado ya con Brian? –preguntó Michaels.

–No, pero tengo un mensaje suyo. Pensaba ponerme en contacto con él después de hablar contigo.

–Cuando lo hagas, procura tranquilizarle. Un par de sus agentes han resultado heridos en esta última gresca, y parecía bastante nervioso. No queremos otro desastre como el de los davidianos.

–No te preocupes –dijo el ministro de Justicia–. Yo me encargo de eso. –Hubo una breve pausa–. Espera un segundo. Me llama el presidente.

Durning oyó un chasquido y acto seguido la voz del jefe del ejecutivo.

–¿Hank?

–Sí, señor presidente.

–Sé que estás al mando de la operación, pero no puedo dejar de pensar en las veintisiete mujeres y niños que hay en esa comunidad.

–Yo también pienso en ellos, señor presidente. Y le prometo que no permitiremos que se repita lo sucedido en Waco, Texas.

–¿Qué me dices del ultimátum de las cinco de la tarde?

–Voy para allá ahora mismo. Les haré salir antes de las cinco, o levantaré el sitio.

–¿Significa eso que nos tomamos en serio la amenaza de suicidio colectivo?

–Después de lo ocurrido con los davidianos, señor presidente, ¿cómo no íbamos a tomárnosla en serio?

Después de colgar, el ministro de Justicia dio instrucciones al piloto para que se dirigiera a Huntington, en Virginia Occidental. A continuación telefoneó al director del FBI, Brian Wayne, su más viejo e íntimo amigo.

–Soy yo, Bri. Acabo de hablar con Artie y con el presidente, de modo que estoy al corriente. ¿Ha sido grave el tiroteo de esta mañana?

–Hirieron a un soldado y a dos de mis agentes. Por fortuna, no ha habido muertos.

–¿Y los olímpicos?

–No tenemos noticia de ninguna víctima, pero seguramente también habrán sufrido algunas bajas. –Wayne hablaba con voz apagada, taciturna.

–¿Quién disparó primero?

–Me temo que los nuestros.

–¿No tenían órdenes de no hacerlo?

–Sí. Pero llevan ya nueve días ahí fuera. Todo el mundo está impacientándose.

–¿Impaciente por qué? ¿Por matar o por morir? –El director del FBI guardó silencio–. No me gusta esa amenaza de suicidio –añadió Henry Durning–. Seguramente no es más que un farol inspirado en lo que ocurrió en Waco, pero no podemos arriesgarnos. Partiré hacia allí ahora mismo.

–Me reuniré contigo.

–No hace falta que vayas tú también.

–Sí hace falta –replicó Wayne.

El avión del ministro de Justicia aterrizó en el aeropuerto municipal de Huntington a las 13.00. Dos soldados esperaban con un coche en la pista.

Condujeron por tortuosas carreteras de montaña a una velocidad media regular de noventa kilómetros por hora y llegaron al recinto sitiado de la secta religiosa alrededor de las 13.10. «Una fiesta silvana malograda», pensó Durning. Bajó del coche lentamente y miró alrededor.

El emplazamiento de los olímpicos quedaba a una distancia media, fuera del alcance de los fusiles, con diversos graneros y dependencias apiñados alrededor de una gran estructura central, donde unos cuarenta y tres hombres, mujeres y niños se defendían con barricadas de un pequeño ejército compuesto por oficiales municipales, nacionales y federales. Durning, de pie, con la cabeza descubierta bajo el sol estival, sintió frío por dentro.

«¿Cómo pueden ocurrir estas cosas?»

Sabía la respuesta, por supuesto, pues saberlo formaba parte de su trabajo. Sin embargo no había dos de aquellas confrontaciones, a menudo fatales, que fueran completamente iguales. En el caso que en esos momentos le ocupaba, el problema se originó cuando unos cincuenta agentes, soldados y ayudantes del sheriff hicieron una redada en el complejo comunal de los olímpicos para cumplir una orden de registro y detener a su líder, el reverendo Samson Koslow, acusado de posesión de armas. Se produjo un tiroteo, en que murieron dos agentes del FBI y cinco miembros de la secta religiosa, y muchos más resultaron heridos. Desde entonces hasta los incidentes violentos de aquella mañana y el anuncio del ultimátum de suicidio, la tensa espera había durado casi nueve días.

El escenario levantado a lo largo del camino de tierra donde se detuvo el coche del ministro de Justicia parecía parte de un enorme carnaval campestre. Luces de colores destellaban por todas partes; había tiendas de campaña repartidas por los campos; furgonetas de la prensa, ambulancias y vehículos blindados formaban caravanas inmóviles.

Durning vio la enorme caravana acondicionada donde el FBI había instalado su cuartel general y se encaminó hacia allí. Saludó con un gesto a la multitud de periodistas y fotógrafos que le habían reconocido, y éstos se apartaron de su camino a disgusto. Tomaron fotografías desde todos los ángulos y vociferaron preguntas que no obtuvieron respuesta.

Cuando Durning entró en el puesto de mando, Brian Wayne ya se encontraba allí, junto con algunos altos mandos.

–Dejadnos solos unos minutos –dijo el director del FBI a sus agentes, quienes obedecieron.

Durning cogió unos prismáticos de gran potencia, se acercó a una ventana y escudriñó la zona sitiada. No se veía a ningún olímpico en el recinto, pero sí distinguió la red de tiradores del FBI que rodeaba el edificio central a distancia de tiro. Dejó los prismáticos.

–Voy a poner fin a esta chapuza ahora mismo. No pienso correr ningún riesgo con ese estúpido ultimátum.

Wayne se quedó mirándolo. El director del FBI, un hombre enjuto, con gafas, expresión lúgubre y arrugas prematuras, conocía demasiado bien a su amigo para discutir con él, por lo menos hasta haber oído algo más.

–¿Qué tengo que hacer para hablar con ese Samson Koslow? –preguntó Durning.

Wayne cogió un teléfono, pulsó dos botones y le entregó el auricular.

–Tienes línea directa –dijo.

Durning oyó dos timbrazos, y luego una voz suave dijo:

–¿Sí?

–¿Es usted el reverendo Samson Koslow?

–Sí.

–Le habla el ministro de Justicia, Henry Durning. –La única respuesta audible a su nombre y su cargo fue el llanto de un bebé al fondo–. Me gustaría que habláramos, reverendo.

–No tenemos nada de que hablar, señor ministro. O retira a sus ilícitos tiradores antes de las cinco en punto y nos deja vivir en paz, o se queda donde está y nos ve morir por Dios.

Samson Koslow colgó el auricular.

Durning se quedó mirando a través de la ventana. Luego probó de nuevo. Esta vez contó seis timbrazos antes de que Koslow contestara.

–Le llamo de buena fe, reverendo.

Tras un largo silencio, Koslow repuso:

–A usted le resulta fácil decir eso. Usted no arriesga nada.

–¿Qué quiere que arriesgue?

–Lo que arriesgamos todos los que estamos aquí: nuestras vidas.

Durning guardó silencio. Hizo una seña a Brian Wayne y esperó a que su amigo descolgara el auricular de otro teléfono y escuchara.

El líder de la secta dijo:

–¿Qué ha pasado con su buena fe, señor ministro?

–Todavía la tengo.

–Demuéstremelo.

–¿Cómo?

–Caminando hasta aquí solo, sentándose y hablando conmigo frente a frente ante una pequeña mesa de madera.

Durning notó una agradable sensación cálida en su pecho.

–Tardaré unos veinte minutos –dijo, y colgó.

El director del FBI miró fijamente a su amigo.

–¿Te has vuelto loco? Ese hijo de puta te tomará como rehén o te matará.

–No. Ya tiene a sus discípulos, y a sí mismo, como rehenes. No me necesita. Y será lo que sea, pero no un asesino.

–¿Cómo lo sabes?

–Porque he estudiado a Koslow y sus olímpicos. Sólo lucharían si los atacáramos. Por lo demás, son pacíficos e inofensivos. Si de algo sufren es de una visión apocalíptica que podría conducirlos al suicidio colectivo, que es precisamente donde están ahora mismo.

–¿Y si te equivocas?

Durning no contestó.

–¡Por el amor de Dios, Hank! No puedes hacer eso. Eres el ministro de Justicia de Estados Unidos.

–Sé muy bien quién soy. –Henry Durning sonrió–. Soy el único capacitado para hablar con Samson Koslow y con Dios.

Se miraron de hito en hito.

–Por cierto –dijo Durning–, en cuanto a la búsqueda de Vittorio Battaglia...

–¿Qué ocurre?

–En el caso poco probable de que yo no regrese, puedes olvidarte de él. –Wayne permaneció imperturbable–. Ya sé que nunca te lo he explicado –añadió Durning–, pero si resulta que me equivoco respecto a Koslow, no habrá nada de Vittorio Battaglia que importe ya.

Henry Durning cruzó a pie los campos abiertos.

Al principio casi le pareció que se hallaba de nuevo en Vietnam, con la verde y sigilosa amenaza, y la impresión de que ojos hostiles lo observaban mientras el sol le castigaba el rostro.

Luego reparó en los débiles zumbidos de las cámaras fotográficas a su espalda y a ambos lados, y supo exactamente que aquello era diferente. Sin embargo, su miedo era en parte muy semejante. Lo que había dicho a Brian no importaba. Estaba tratando con sectarios religiosos, con fanáticos cuya teología era la de la muerte; si se quiere morir por Dios, hay que estar dispuesto a matar por Él. Además, después de que algunos de sus compañeros hubieran muerto o resultado heridos, los olímpicos considerarían aquella situación como una guerra santa provocada por un gobierno represivo.

El ministro de Justicia siguió avanzando por la hierba crecida bajo un cielo despejado. Caminó con resolución, dejando atrás a agentes, soldados y ayudantes del sheriff situados a lo largo del perímetro de la zona controlada por el gobierno. Notaba las miradas de todos ellos fijas en él. «Mi ejército.»

Sin embargo, Durning empezó a sentirse más bien como un *halfback* que había atrapado un pase de treinta y cinco metros y corría otros cuarenta y cinco más para realizar el *touchdown* más largo de la historia del equipo.

Rebasó la última de las posiciones de vigilancia. Quedaba ya lo más difícil, con aquellas ventanas chapadas con planchas de acero que ahora veía claramente, los cañones de las pistolas que le apuntaban y las paredes de sólidos troncos semicirculares que podrían parar cualquier bala de rifle; pero sobre todo estaba el temor de que en cualquier segundo, dependiendo de los impredecibles impulsos de unos fanáticos empapados de un dogma de muerte, podían dispararle.

Durning seguía mirando al frente e intentó escudriñar el aire hasta que, a una distancia de unos quince metros, una maciza puerta se abrió de par en par y vio al reverendo Samson Koslow, que esperaba para recibirlo. Koslow, un hombre delgado de mediana edad, con el cabello desgreñado y ojos cansados, ofrecía una imagen que encajaba bien con su pasado de minero de tercera generación de Virginia Occidental; parecía que acabara de limpiarse la carbonilla de la cara. Ataviado con tejanos desteñidos, aguardaba en medio del umbral, y no se apartó de allí hasta estrechar la mano de Durning.

–Le agradezco que haya venido –dijo.

Cuando Durning hubo entrado, cerraron la puerta con cerrojo, y el ministro pudo oler su propia excitación. Al girarse descubrió todo un mundo.

El edificio central del complejo era cavernoso, un gran espacio donde los cuarenta y tres hombres, mujeres y niños supervivientes de la secta de los olímpicos se habían congregado para vivir o morir. Había tiradores apostados en las ventanas y los portillos. Los niños se apiñaban en un rincón, atendidos por mujeres jóvenes. Los heridos yacían en el suelo y sobre colchones manchados de sangre. Los cuerpos de un hombre y una mujer estaban tendidos sobre una mesa, había velas encendidas junto a sus cabezas y sus pies, y unas figuras arrodilladas los rodeaban en silenciosa plegaria.

Apenas se oía nada, excepto el llanto de un niño. Henry Durning se preguntó distraídamente si sería el mismo niño que había oído antes por teléfono.

Finalmente vio lo peor, y le dio un vuelco el corazón y se le secó la boca. Eran cuatro en total, apoyados contra cada una de las paredes exteriores, donde se alzaban como hitos en un cementerio. Cada uno estaba compuesto por un conglomerado fatal de dinamita, cables, detonadores y latas de veinte litros de gasolina. Accionados a la vez, provocarían un día del juicio final instantáneo, una destrucción total.

«Esto va muy en serio», pensó Henry Durning. Si antes le había asaltado alguna duda respecto al ultimátum, ahora ya no le quedaba ninguna.

Koslow le tocó el brazo.

–Venga –dijo, y precedió a Durning hasta una pequeña mesa de madera junto a una ventana.

Una frágil mujer de cabello cano sirvió dos tazas de agua, colocó una delante de cada uno de ellos, y se alejó. Como hacía varios días que les habían cortado el agua, Durning sabía perfectamente lo preciosa que era cada una de aquellas tazas.

–Muy bien –dijo Samson Koslow–. Está aquí. Nos ve tal como somos, no ocultamos nada. ¿Qué hacemos? ¿Vivimos o morimos?

–Ya han muerto demasiados. No quiero más muertes.

–Entonces ¿recogerán sus tiendas y nos dejarán en paz?

–No es tan sencillo, reverendo. –Durning hablaba con suavidad, con tono y gestos pacientes, como si se dirigiera a un niño–. Existen leyes que prohíben disparar contra agentes del gobierno.

–No si el tiroteo era para defender nuestras vidas, nuestra libertad y a Dios. No si la redada que efectuaron en nuestro complejo fue ilegal e injustificada. Y sin duda no si el ministro de Justicia entiende la justicia tan bien como entiende la ley y desea actuar de acuerdo con ella.

Se quedaron mirando el uno al otro. El delgado rostro del líder religioso expresaba reflexión, meditación, como si las complejidades de su pequeña discusión arrastraran ya los futuros de cuarenta y tres vidas.

–Continúe –dijo Durning–. Le escucho.

–Si fuera abogado defensor –dijo Koslow–, explicaría al jurado que mis clientes habían sido víctimas de un ataque injusto diseñado como estrategia publicitaria por una desesperada unidad local del FBI. Les diría...

–Espere –interrumpió el ministro de Justicia, alzando una mano–. Me temo que me he perdido. Acláreme eso.

–¿Acaso no lo sabe?

Durning negó con la cabeza. El reverendo tomó un pequeño sorbo de su preciosísima agua.

–Bueno, quizá no lo sepa. Usted es el ministro de Justicia, y está muy arriba, casi a la altura de Dios. El FBI no es más que uno de sus departamentos, y Virginia Occidental un estado pequeño e insignificante. Es de esperar que no conozca cada detalle de los miserables líos que ocurren río abajo.

–Cuéntemelo usted, reverendo.

–La oficina del FBI de Huntington se enfrenta a duros recortes presupuestarios, de modo que tienen que demostrar que son buenos para que no la clausuren. Eso explica el injustificado registro en busca de armas ilegales y la orden de detención contra mí.

–¿Por qué considera ilegales el registro y la orden de detención?

–Porque carecían de una prueba sólida que los respaldara; se basaban en meras sospechas.

–¿Sospecha de qué?

–De que habíamos convertido armas semiautomáticas en armas automáticas ilegales.

–¿Y lo habían hecho?

–No, señor. Pero aun suponiendo que lo hubiéramos hecho y que hubieran encontrado las armas ilegales, la jurisprudencia determina que ningún registro puede ser justificado por lo que aparece. ¿O me equivoco?

–No se equivoca. Pero ¿cómo sabe todo esto?

–Porque he estudiado derecho y porque creo que la ley no sólo concierne a los abogados.

Henry Durning no dijo nada. No se oía ningún ruido, y prácticamente todo el mundo parecía estar observándolo, salvo aquellos que rezaban en silencio.

–¿Ha contado esto a alguien? –preguntó el ministro de Justicia.

–Por supuesto.

–¿A quién?

–A Dios y a una voz anónima por la línea del FBI. –El reverendo examinó las yemas de sus dedos–. Con Dios me fue mucho mejor. Por lo menos le envió a usted.

Permanecieron los dos completamente inmóviles.

–¿Confía en mí? –preguntó Durning.

–Supongo que igual que usted en mí.

–Yo confié lo suficiente para entrar aquí solo, ¿no es así?

Koslow asintió con la cabeza.

–Sí, así es.

–¿Confía usted lo suficiente en mí para salir de aquí solo conmigo?

–¿Con qué condiciones?

–Que si compruebo que es cierto cuanto usted acaba de contarme, le devolveré con su gente en veinticuatro horas.

–¿Sin ningún cargo?

–Con todo lo que ha estudiado debería saber que la ley es más complicada. Pero le prometo que si se demuestra que el primer asalto a su complejo era ilegal, usted y su gente no tendrán nada de qué preocuparse.

Los pálidos ojos de Samson Koslow estaban empañados y furiosos.

–Quiere decir aparte de enterrar a nuestros muertos y rezar por ellos.

Durning guardó silencio.

–Lo siento –dijo el reverendo–. No se merecía eso. De no ser por usted, no tardarían en enterrarnos a todos, y no quedaría nadie con vida para rezar por nosotros. Claro que le acompañaré.

El ministro de Justicia miró por la ventana y vio como un pájaro alzaba el vuelo desde la crecida hierba. Volvio a oír vagamente al mismo bebé que empezaba a llorar otra vez. ¿O sería otro?

«Qué importa –se dijo–. Es un bebé.»

Henry Durning no lograba imaginar nada más dulce que como se sentía él en aquel momento.

10

A más de siete mil kilómetros al este de Huntington, Virginia Occidental, en la ciudad costera italiana de Sorrento, exactamente a las 9.00, Peggy Walters abría la puerta de la galería de arte Leonardo da Vinci y entraba en ella.

La galería no abría las puertas al público hasta las diez, cuando acudía Roberta, la ayudante de Peggy, quien siempre llegaba por lo menos una hora antes. Necesitaba aquel tiempo para instalarse. Para ella cada día era nuevo, pues en cierto modo todavía se sentía como una transeúnte.

La pequeña galería tenía vistas al mar Tirreno. Atendía sobre todo a los turistas que pasaban por la ciudad, se alojaban en sus hoteles o subían a los transbordadores que iban y venían de Capri. Peggy representaba y vendía las obras de quizás una docena de artistas, tres de los cuales en realidad eran del propio Peter, que firmaba con tres nombres diferentes, utilizando tres técnicas distintas. Cada seis semanas aproximadamente viajaba a Roma, Florencia y Palermo en calidad de agente de Peter, para vender más obras de su esposo.

La galería estaba fría y en silencio, y encerraba un ligero olor a mar. De vez en cuando sonaba la lúgubre sirena de un barco a lo lejos. En la oficina de la trastienda, Peggy se preparó el *espresso* de cada día e intentó ordenar sus papeles. Sintió que el vacío del local pesaba sobre ella y de pronto se estremeció.

Se quedó inmóvil un momento, respirando despacio e introduciendo en sus pulmones todo el aire que pudieran albergar. Entonces la sensación de frío se desvaneció y sólo quedó la humedad en la frente. Se la secó y empezó a respirar normalmente.

Miedo.

Le ocurría de vez en cuando; se apoderaba de ella, llenándola con su volumen hasta que le faltaba aire para respirar.

Habían transcurrido nueve años y seguía sin saber cuándo o dónde la sorprendería o qué lo desencadenaría. Podía ser algo tan nimio como la voz de un hombre que entraba en su galería, o la forma en que un desconocido la miraba en la calle, o quizá sólo unas cuantas notas furtivas de una canción al son de la cual habían bailado en una ocasión Henry y ella.

Aquel miedo persistente era sólo el residuo. ¿De qué? ¿Del amor de Henry?

Aquella idea encerraba una cruel ironía. Incluso después de tantos años, lo que con más intensidad recordaba de Henry Durning era haber establecido una transacción carnal con una especie de animal exótico y enormemente atractivo. Era un hombre excitante; todo en él era pasión. Durning le doblaba la edad, y en aquel momento era quizás el más renombrado del círculo dorado de abogados célebres de Wall Street; la sacó de la escuela de derecho y la metió en su empresa, en su cama y en su propia y reluciente aura de los sentidos.

Henry Charles Durning le dijo una vez, en serio, que podría sentir el alma de cualquier criatura viviente si pudiera rozar tan sólo su corazón con la yema de un dedo. Y por entonces ella estaba tan ida que estaba dispuesta a creerle.

Ni siquiera con la madurez adquirida con el paso del tiempo se atrevería a calificarse de idiota. Ante todo, suponía ella, entonces era joven, estaba impresionada, enamorada hasta límites insospechables, y era valiente, curiosa y lo bastante desinhibida como para probarlo prácticamente todo por lo menos una vez.

¿Pero dónde estaban los límites? ¿No se suponía que siempre tenía que haber límites?

No para ella, evidentemente; no cuando el bombardeo físico del amor de Henry Durning explotaba dentro de ella. Porque, pese a toda su encomiada urbanidad y sofisticación, Durning nunca dudaba en utilizar el sentimiento pasado de moda y exuberante del amor para arrastrarla y convencerla de que se uniera a él en cualquiera que fuera la última de sus más extrañas distracciones eróticas.

Ahora casi oía su voz. «Vamos, amor. No le concedas tanta importancia. No es más que un juego.»

«Un juego muy serio», pensó Peggy. Todos aquellos cuerpos que se retorcían y apasionaban como un puñado de serpientes apareándose, todas aquellas abrasadoras lenguas surgidas del fondo del mismísimo infierno.

Pero ¿por qué engañarse? No podía decir que había sido una mártir inocente. Tal vez Henry la hubiera llevado a su terreno de juegos, pero ella había participado en ellos también y, mientras aquello duró, siempre encontró una emoción increíblemente salvaje en ellos y nunca se retiró. La vergüenza, el arrepentimiento, el trágico horror sólo surgieron al final.

Nunca contó nada de aquello a Peter, por supuesto. Ni siquiera ahora, sobre todo no ahora, tras casi nueve años desempeñando el papel de amante esposa y madre abnegada. Preferiría morir a que él se enterara de la lujuria feroz y perversa a que con tanto entusiasmo se había entregado. Y si el peor de sus temores recurrentes llegaba a materializarse, morir era exactamente lo que un día podría pedírsele que hiciera.

Macabros pensamientos para una soleada mañana de verano.

¿Estaba volviéndose más paranoica con el paso del tiempo? Lo cierto era que sólo tenía que preocuparse de Henry Durning, el antaño reverenciado mentor creía que Peggy yacía apaciblemente en el fondo del Atlántico.

11

Gianni Garetsky escuchaba la respiración suave y regular de Mary Yung desde la otra cama. La muchacha no se movía, pero él sabía que estaba despierta.

Se alojaban en un motel de Dobbs Ferry, a poca distancia del Saw Mill River Parkway, y era la primera noche que pasaban juntos fuera de la casa de Mary Yung. Habían dedicado el día a limpiar la casa de sangre y huellas dactilares y a enterrar a los últimos muertos del FBI. Todavía no había forma de saber qué clase de comunicado habían difundido sobre ellos, si es que habían difundido alguno, de modo que Gianni había optado por la prudencia. Al registrarse en el motel había dejado a Mary en el coche, pues cualquiera que viera su cara la recordaría, aunque tampoco olvidarían la de Gianni, pero por otras razones.

Las luces de los coches que circulaban por la avenida penetraban a través de las persianas. El sonido entraba de forma parecida al de las olas al romper en la orilla. Cuando de vez en cuando el tráfico se interrumpía, el silencio y la oscuridad súbitos oprimían el pecho de Gianni.

Oyó a Mary reír por lo bajo.

–¿Qué te hace tanta gracia? –preguntó.

–Es la primera vez que estoy en esta situación.

–¿En qué situación?

–Estar en una habitación de motel con un hombre, pero no en su cama.

–¿Y qué te parece?

–Lujurioso, y algo triste. Quizás incluso un poco insultante.

Gianni guardó silencio.

–Gracias por llevarme contigo –añadió Mary.

–Les costaría lo mismo matarte estando conmigo que estando sola.

Mary meditó sobre aquello.
–Es posible –replicó al fin–, pero como he vivido sola toda mi vida, resulta agradable no tener que morir sin compañía.

Siempre resultaba más fácil perderse en zonas concurridas de ciudades grandes, de manera que por la mañana se dirigieron directamente a Manhattan.
Se registraron en un Sheraton gigantesco como el señor Thomas Callahan y su esposa, Gianni pagó tres noches por adelantado en efectivo y subió solo a la habitación. Diez minutos más tarde Mary llamó a la puerta y se reunió con él.
–Es mucho más agradable que el Dobbs Ferry –dijo–. ¿Qué hacemos ahora?
–Buscaremos a Vittorio.
–No sé ni por dónde empezar.
–No esperaba que lo supieras. Ése es mi trabajo.
–¿Y el mío cuál es?
–Pasar inadvertida. –La miró–. Si es posible. Supongo que puedes ponerte gafas oscuras y hacerte pasar por una turista.
–¿Es lo que vas a hacer tú?
–Ya se me ocurrirá algo.
Se miraron fijamente el uno al otro.
–Ten cuidado –advirtió ella.
Gianni no había oído aquella frase desde la muerte de Teresa.
–¿Cuándo tienes previsto volver? –preguntó la chica.
«Ni eso tengo previsto», pensó Gianni.
–No lo sé. Si voy a llegar muy tarde, intentaré telefonearte. Tú haz lo mismo. Es importante que no te pongas en contacto con ningún conocido, sin excepciones.
Ella asintió con la cabeza.
–Una cosa más –añadió él–. Necesitamos una señal para avisar al otro de que estamos en peligro. Si te llamo aquí o a cualquier otro sitio y te pregunto cómo va todo, puedes contestar dos cosas; si no hay ningún problema, di sólo «bien», pero si están apuntándote con un arma, responde «mejor que nunca», y así yo lo sabré. Utilizaré la misma señal si eres tú la que llama. ¿De acuerdo?
–Sí.

Al marcharse tuvo la impresión de que Mary parecía extrañamente abandonada. ¿O acaso lo imaginaba?

Gianni entró en una tienda de disfraces y se ocupó de sus necesidades de camuflaje con una peluca plateada, bigote a juego y unas gafas de montura de carey que le hacían parecer un contable entrado en años.

Truco o placer. Resultaba curiosamente eficaz... casi como si le estuvieran ofreciendo una fugaz visión de sí mismo tal como sería al cabo de treinta años. «Sólo falta que viva para verlo.»

En su ciudad natal se sintió mucho menos expuesto a los perseguidores sin rostro, y se puso manos a la obra. Su primer objetivo era su antiguo compañero de la escuela de arte, Angie Alberto, un alumno gordo y de cabello rizado cuyo padre, según don Carlo, había sido la última víctima que habían encargado a Vittorio antes de su desaparición. Ignoraba de qué podría informarle Angie sobre Vittorio, ni siquiera sabía si Angie seguía vivo y en la ciudad, pero era lo único que tenía de momento.

Gianni encontró una guía telefónica de Manhattan y tuvo suerte. Sólo había un Angelo Alberto y tenía registrados dos números, uno particular y otro del despacho, en la misma dirección de Riverside Drive.

Veinticinco minutos más tarde Gianni se apeó de un taxi delante de un antiguo edificio *art déco* con la desvaída elegancia de principios de los años treinta y con vistas al Hudson. Un frágil portero de aproximadamente la misma edad que el edificio estudiaba un folleto de las carreras en el vestíbulo.

–Angelo Alberto –dijo Gianni.

El portero apenas levantó la vista.

–Apartamento 12 C.

En el ascensor Gianni se quitó la peluca, el bigote y las gafas recién adquiridos y se los guardó en los bolsillos. No tenía sentido asustar a Angie más de lo necesario.

Ya en el decimosegundo piso, recorrió un mohoso pasillo, pulsó el timbre del apartamento C, y momentos después contempló la cara redonda y envejecida de un Angelo Alberto que había dejado de ser niño y estaba incluso más gordo que antaño.

–Hola, Angie.

Angie parpadeó y movió los labios. Diversas emociones atravesaron, como sombras, su rostro.

–¿Gianni?

–Soy yo –dijo, sonriendo abiertamente, esforzándose por mostrar buenas intenciones–. ¿Cómo te va?

–¡Hombre! No tan bien como a Da Vinci y a ti. Leo todo lo que escriben sobre ti. –Angelo hizo acopio de serenidad–. Pasa, pasa. Madre mía, esto sí es una sorpresa. ¿Cuánto tiempo hacía que no nos veíamos? ¿Veinte años?

–Parecen más de doscientos.

Gianni entró en la vida de Angelo Alberto.

Bastaba con una mirada atenta para descubrir todo: pasillo tenebroso, cocina, estudio-salón, dormitorio individual. Angie trabajaba por su cuenta como diseñador, de tercera fila, por no decir menos, de anuncios y catálogos de arte, y se había especializado en ropa masculina. En sus fotografías familiares aparecían un chico y una chica gordinflones, pero no había esposa. El pobre Angie continuaba recibiendo palos. Se percibía en cuanto se entraba allí; era un olor amargo, como si el mismo Angie lo despidiera. Garetsky se mostró amable y fingió no notar nada.

En el estudio, que hacía las veces de salón, Angie retiró un par de camisas, un jersey, varios calcetines y unos cuantos periódicos viejos de dos sillas. No paraba de moverse nerviosamente. Gianni se preguntó cuánto tiempo hacía que nadie lo visitaba.

–Siéntate, Gianni. Es un honor tenerte aquí. ¿Te apetece tomar algo? ¿Una cerveza fría?

–Sí, una cerveza me sentará bien. Gracias.

Gianni miró por la ventana y vio la pared de ladrillo de otro edificio. Ésa era la vista: ladrillo desteñido.

Angie regresó de la cocina con dos latas mojadas, entregó una a Gianni y reparó en sus cardenales.

–¡Madre mía! ¿Qué te ha pasado en la cara?

–Un par de federales se divirtieron conmigo.

–¿Bromeas o qué?

Era una buena forma de empezar.

–Por eso he venido, Angie. Estoy de mierda hasta el cuello. Confiaba en que tú pudieras ayudarme.

Angelo lo miró, atónito.
–¿Yo?
–Esos dos federales que me dieron una paliza buscaban a Vittorio Battaglia, aunque no me dijeron por qué. Como éramos buenos amigos, supusieron que yo sabría dónde está. Pero no es así. Y esos cabrones no me creyeron.
–¿Y te dieron una paliza por eso?
–Los golpes no eran más que un comienzo amistoso. Por lo visto se proponían liquidarme.
Angelo abrió su lata de cerveza.
–Pero no lo hicieron.
–Sólo porque yo me apoderé de una de sus pistolas y la utilicé.
El diseñador de moda, que debía de pesar cien kilos, clavó la mirada en Gianni. Tardó un buen rato en asimilarlo, y cuando por fin lo hizo su mofletuda cara estaba roja y sudorosa.
–¿Te cargaste a dos federales?
–Debía optar entre eso o dejar que ellos me liquidaran a mí. Por tanto, ahora soy un fugitivo sin saber siquiera por qué, y podría morir sin enterarme si no encuentro a Vittorio.
–¿Crees que yo conozco su paradero?
–Eso espero.
Un intento demasiado obvio por aparentar inocencia cruzó por el rechoncho rostro del hombre. «Ni siquiera sabe mentir», pensó Garetsky.
–¿Por qué yo? –preguntó Angelo–. ¿Qué tuve yo que ver con Vittorio después de la escuela de arte?
–He hablado con don Donatti. Me ha dicho que tu padre fue el último encargo de Vittorio antes de desaparecer.
–¿Y eso me convierte en el colega de ese hijoputa asesino? ¿Que se cargara a mi padre?
–Siento mucho lo de tu padre, Angie. Me extrañó mucho que desapareciera exactamente al mismo tiempo que Vittorio.
–¿Y?
–¿No lo considerarías tú una especie de coincidencia?
Angelo se secó la cara con un pañuelo sucio. Ahora sudaba profusamente.
–Muy bien, es una coincidencia. ¿Y qué?
–Pues que nunca he creído en las coincidencias. Me pre-

gunto cómo averiguaste que fue Vittorio quien mató a tu padre. –Gianni dirigió una larga y dura mirada a Angelo Alberto–. ¿Cómo te enteraste, Angie?

–Acabas de decírmelo tú.

–Estás mintiendo, Angie.

Angelo hizo todo lo posible por manifestar enfado, pero lo que consiguió fue más parecido a un gemido.

–No deberías llamarme mentiroso.

–Y tú no deberías mentir. Ni siquiera te ha sorprendido que dijera que don Donatti me había contado que tu padre fue el último encargo que Vittorio realizó para él. Eso demuestra que ya lo sabías.

Cuando se disponía a protestar, Angelo cambió de opinión y bebió un poco de cerveza. La lata le temblaba en la mano. El líquido le goteó por la barbilla.

–¿Quién te lo dijo? –insistió Gianni. Angelo esbozó una sonrisa–. Creo que debió de ser tu padre quien te lo contó, Angie.

–¿Cómo? ¿Desde la tumba?

–¿Qué tumba? Tu padre nunca ha estado en ninguna tumba. No había ningún cuerpo que enterrar. Sencillamente desapareció. ¿Te acuerdas? Como Vittorio. –Gianni escrutó con mirada firme la cara sudorosa de Angelo–. Tu padre está vivo, ¿verdad?

–Estás loco.

–¿Dónde está, Angie? No le haré daño. Te lo juro. No tengo ningún motivo para hacerle daño. Sólo pretendo hablar con él, formularle unas cuantas preguntas.

–Está muerto. ¿Quieres formular preguntas a un maldito muerto?

La forma en que Angelo dijo aquello recordó a Gianni cómo solía hablar siempre cuando era niño, encogiéndose y casi gimoteando, como si esperara que le dieran un porrazo y estuviera preparándose para encajarlo.

–Te dejaré elegir –añadió Gianni–. Puedes revelarme dónde está tu padre, o puedes decírselo a los esbirros de don Donatti después de que te hayan cortado los pulgares. Si me lo dices a mí, nadie se enterará ni resultará herido. Si se lo dices al don, ya puedes despedirte de tu padre y empezar a buscar tus pulgares.

Angie se disponía a negar otra vez, cuando de repente su rostro pareció fundirse como la mantequilla expuesta al sol.

–¿Por qué me haces esto, Gianni? Nunca fuiste como los demás. Tú siempre me trataste decentemente.

–Sigo tratándote decentemente. Sólo te pido que no seas estúpido.

–Mi padre me hará picadillo si te lo digo.

–Y si no lo matarán, y tú desearás estar muerto.

Angelo se recostó en su butaca y pareció hundirse, más allá incluso de la butaca y de sí mismo.

–Mierda –se lamentó–. Nunca he sabido mentir.

–Eso no es tan malo. A veces incluso es bueno.

–Seguro. Es fabuloso, salvo cuando quieres sobrevivir un asqueroso día sin que te despedacen.

Angelo se puso en pie y comenzó a pasear con aire ausente por la habitación. Se detuvo delante de un armario cerrado y empezó a mecerse suavemente hacia delante y hacia atrás como un viejo judío rezando ante el Muro de las Lamentaciones. De pronto, sin cambiar de expresión y sin perder el ritmo, se golpeó la cabeza contra la puerta del armario.

La puerta se rajó en el sitio del impacto.

Angelo se volvió hacia Gianni, que seguía sentado, con la mirada ausente, y un hilo de sangre resbalaba por su frente y le goteaba en la camisa. Por unos segundos Gianni se puso en la piel de Angelo Alberto. Se hallaba en una situación nada agradable.

Mary Yung, al igual que Gianni Garetsky, dio prioridad a la tarea de transformar su apariencia.

El hecho de ser china limitaba las opciones, por supuesto. Se decidió por una de esas pelucas oscuras y rizadas tipo Kewpie Doll con que cada vez más mujeres asiáticas bellas intentaban occidentalizar su aspecto, aunque sólo lograban desnaturalizarse para convertirse en una especie híbrida mucho menos atractiva.

En cuanto al resto de su nueva personalidad, siguió el consejo de Gianni y pasó a formar parte del batallón de turistas que abarrotaban Manhattan. Eso significaba tejanos de marca, camiseta y zapatillas de deporte, grandes gafas de sol y una enorme mochila.

Así disfrazada, paseó por la Quinta Avenida, pensando en cosas que ignoraba por completo, pero que llevaba en el fondo de su mente desde hacía más de nueve años, aunque aquello había empezado a adquirir algún significado para ella en los últimos días.

Había mentido a Gianni al decirle que nunca supo el nombre de la mujer por la que presuntamente Vittorio Battaglia había roto con ella.

Lo sabía perfectamente.

«Lo que somos capaces de hacer cuando estamos solos y encerrados en nosotros mismos.» ¿Y por qué lo había hecho?

En parte por curiosidad, en parte impulsada por su orgullo herido, en parte por la naturaleza de sus instintos. Los hombres no solían abandonarla de aquella forma y, desde luego, no por otra. Por eso, una noche espió a Vittorio disimuladamente y se enteró de quién era la mujer, a la que al día siguiente siguió para enterarse de dónde trabajaba y qué hacía allí. Y volvió a vigilarla por la noche... varias noches, de hecho, y siempre la vio acompañada por un hombre que no era Vittorio. También averiguó quién era aquel hombre. Aquello, en cierto modo, rencorosamente, la divirtió. La zorra llevaba una doble vida.

«Pobre Vittorio», pensó entonces, y casi fue capaz de compadecerse de él. No tardaría en llamar de nuevo a su puerta.

Dos semanas después leyó en el periódico que aquella mujer, Irene Hopper, había muerto al estrellarse en el océano el avión que pilotaba.

Pero por algún motivo Vittorio no volvió a aparecer ante su puerta, ni la telefoneó, ni respondió a sus llamadas. Finalmente desconectaron el teléfono. Mary Yung visitó su apartamento, pero vivían allí otros inquilinos que sólo habían oído hablar de Vittorio Battaglia porque siempre se presentaban desconocidos que preguntaban por él.

Al final lo enterró oficialmente. «Adiós, Vittorio.»

¿Y ahora? Habían transcurrido nueve años y el FBI estaba dispuesto a torturar y matar para encontrarlo.

Quizá no estaba oficialmente enterrado.

Mientras avanzaba entre el tropel de gente elegantemente vestida y con aire imperturbable de la Quinta Avenida, intentó sentirse como uno de ellos. A veces lo conseguía y era capaz de considerarse parte del dorado sueño americano, igual que cualquiera de los que transitaban por aquella hermosa y lujosa calle.

Pero aquel día no lo logró, pues aquellos sueños quedaban enseguida reducidos a alocados arrebatos de fantasía. Y se convirtió en lo que sabía que era: una chiquilla flacucha con los brazos como cerillas a quien asustaban los armarios, las muñecas rotas y el hambre; a quien asustaban la oscuridad, las barcazas, y las aguas negras; a quien asustaban las manos que se le acercaban y la tocaban; a quien asustaba, finalmente, respirar. Podía agotar el aire.

«Soy una banana. Parezco una banana verde. Amarilla y verde, y con retortijones.»

Mary Yung se había encaminado hacia el hotel, pero de pronto cambió de opinión y se dirigió a un teléfono público del vestíbulo de un edificio de oficinas. Sentía la necesidad de obtener la información que le faltaba, de modo que llamó a Jim Lee, que siempre sabía o podía enterarse rápidamente de cualquier cosa.

–Tu pequeño jacinto necesita que le hagas un gran favor –dijo en cantonés, la lengua en que acostumbraban hablar.

–Con sólo oír tu voz el sol ilumina mi vida –contestó Lee en el mismo dialecto–. Dime, ¿qué necesitas?

–Necesito saber todo cuanto puedas averiguar sobre una mujer llamada Irene Hopper. –Mary deletreó el nombre–. Murió en un accidente de aviación hace unos nueve años.

–¿De dónde era?

–De Nueva York.

–¿Fue un accidente importante, con muchas víctimas mortales?

–Creo que no. De hecho, si no me falla la memoria, ella pilotaba su propio avión.

–¿Mencionaron su muerte los periódicos?

–Sí. Así me enteré yo.

–Muy bien, querida –dijo Lee–. Me encargaré de ello.

–Nunca me fallas. Recibe mi bendición.

–Preferiría recibir tu amor.

–Oh, Jim. Soy un desastre. Sólo conseguiría decepcionarte.

–Por favor –susurró él–. Decepcióname.

–¿Cuándo quieres que te llame?
–Cada hora.

Aquella noche cenaron en la habitación. Gianni pidió a Mary Yung que encargara la cena, y ella convirtió la velada en una celebración, con champán, excelente vino francés y una *contadina* de pollo que Gianni encontró exquisita.

–Haces que ser perseguido parezca la última moda del año –dijo Gianni.

–Hay que pasarlo lo mejor que se pueda.

Mary revisó la cuenta que había dejado el camarero.

–Caro. ¿Cómo marcha nuestra economía? No podemos emplear tarjetas de crédito.

–No hay ningún problema. Tengo dinero en metálico de sobra y un par de tarjetas de crédito limpias con nombres falsos.

–Maravilloso. –Mary suspiró y escanció más champán–. Ahora puedo disfrutarlo de verdad.

Ambos estaban, por diferentes motivos, de mejor humor que el día anterior. Al verse y comprobar el aspecto del otro con el disfraz incluso habían reído.

–No te habría reconocido jamás –había dicho Mary–. ¿Y tú? ¿Me habrías reconocido?

–Con tanto pelo revuelto, no estoy seguro de haber querido hacerlo.

Ella se quitó la peluca de inmediato y entró en el baño. Al volver había recuperado su cabellera, peinada, lisa y reluciente.

–No tenías por qué hacerlo –dijo él.

–Eso demuestra cuánto sabes sobre las mujeres.

Después de la cena, encontraron coñac en el minibar y se sentaron para tomar una copa.

–¿Qué has hecho hoy? –preguntó Gianni.

–Lo que me dijiste que hiciera; encargarme de mi disfraz, pasar inadvertida y no ponerme en contacto con ningún conocido. –Miró a Gianni por encima de la copa–. ¿Y tú? ¿Has hecho algo útil?

–Eso espero –respondió Gianni, y le refirió su charla con Angie y cómo finalmente su antiguo compañero de clase había confesado que su padre estaba vivo y residía en Pittsburgh bajo nombre falso.

–¿Y eso qué significa?

–Que mañana por la mañana me marcho a Pittsburgh.

–¿Y yo también?

–No tiene sentido. Allí no podrás ayudarme.

–Es que me siento condenadamente inútil.

–Ya tendrás tu oportunidad –replicó Gianni, que ignoraba que ella ya se había puesto manos a la obra.

Por segunda noche consecutiva se acostaron en camas separadas. Era tarde, pero ninguno de los dos dormía.

–Esto es un poco ridículo, ¿no crees? –dijo ella.

Gianni no necesitó preguntar qué encontraba ridículo; lo sabía.

–¿Cuánto hace que murió tu mujer?

–Unos seis meses.

–¿Estuvo mucho tiempo enferma?

–Sí.

–¿Cuándo piensas enterrarla?

Gianni no contestó. ¿Estaba haciendo algo mal? De pronto le molestó la intrusión de Mary Yung en su vida y se puso a la defensiva.

–No soy ningún perro callejero –dijo ella en la oscuridad.

–Nunca he dicho que lo fueras.

–No hace falta que lo digas.

Gianni respiró hondo.

–Déjame en paz, Mary.

–No puedo. Es posible que tenga que morir contigo.

–¿Y qué?

–No quiero morir con alguien que ni siquiera sabe quién soy.

–Entonces dime quién eres, por el amor de Dios –replicó Gianni–. Así, si no nos matan, quizá podamos dormir.

Ella se tomó unos momentos para pensarlo. Cuando habló, empleó un tono monótono, inexpresivo.

–Soy una mentirosa y una intrigante con alma de timadora –dijo–. Soy una marginada que nunca tuvo un hogar. Mi única amiga es una desgraciada de tres años muerta de hambre, con la cara sucia y las bragas cagadas que vive dentro de mí. Algún día, si soy lo suficientemente afortunada y tengo valor, le cortaré el cuello y luego me lo cortaré yo.

La habitación, silenciosa y oscura, los encerraba a los dos.

–Ahora ya me conoces –añadió Mary.

Gianni no creyó ni una sola palabra.

12

En Nápoles, Peter Walters tomó el primer vuelo de la mañana a Toulouse, donde alquiló un coche con el que viajó hasta la capital de Andorra, y una vez allí, condujo hacia las verdes cumbres de los Pirineos.

Estacionó el vehículo en una montaña, a una altura de mil quinientos metros, desde donde se divisaba una buena panorámica de la carretera que ascendía serpenteando hasta él y desde donde vislumbraría cualquier automóvil que se acercara.

Al cabo de unos veinte minutos, un Mercedes gris tomó una curva varios cientos de metros más abajo y se detuvo en un desvío. Peter esperó unos minutos más y vio circular unos cuantos coches y camiones en las dos direcciones. Luego bajó lentamente y aparcó junto a Tom Cortlandt, su contacto de la compañía.

Cortlandt, un hombre alto y delgado de cabello rubio que empezaba a ralear, subió al coche de Peter. Sonrió.

–Me alegro de verte, Charlie.

Se reunían quizá nueve o diez veces al año, y después de ocho años, aquel breve intercambio se había convertido en su saludo habitual. Cortlandt siempre se dirigía a Peter llamándolo «Charlie», porque ése era su nombre clave en las comunicaciones codificadas y sus diversos alias no significaban nada. En cuanto al nombre de Cortlandt, era un secreto inescrutable. Sus presuntos deberes como agregado comercial en Bruselas constituían la tapadera del verdadero trabajo que realizaba allí como jefe de estación de la CIA. Cortlandt era el único contacto real que Peter tenía con la compañía, pero ni siquiera él sabía quién era Peter en realidad, dónde vivía, ni qué hacía allí.

–Hiciste un buen trabajo en Zagreb –comentó Cortlandt, y entregó a Peter un sobre sellado que contenía su paga en marcos alemanes–. Felicidades.

Peter se guardó el sobre en el bolsillo sin abrirlo.

–No tan bueno. Se dispararon unas sirenas que me pillaron desprevenido.

–Pero no ocurrió nada.

–¿Que no? Pregúntalo a los pobres capullos que tuve que cargarme para salir de allí.

Cortlandt guardó silencio.

–Debería haber sabido lo de las sirenas. No fue más que una negligencia.

–Esas cosas pasan.

–A mí no.

Cortlandt lo miró con sus pálidos ojos de Nueva Inglaterra.

–No eres tan diferente al resto de nosotros. Incluso a ti se te permite un error de vez en cuando.

–No si el resultado son nueve o diez personas muertas.

Peter dirigió la vista hacia las montañas que se difuminaban en la distancia. Empezaban siendo verdes, se volvían azul púrpura y culminaban con un nebuloso gris en el horizonte.

Cortlandt le tocó el brazo para atraer su atención.

–Tengo noticias para ti. Vamos a encargarnos de Abu Homaidi.

Peter miró a Cortlandt y esperó. Una pequeña y fría acción se inició en algún lugar dentro de él.

–Ese último atentado de Amsterdam ha sido decisivo –prosiguió Cortlandt–. La familia entera de nuestro cónsul; sus tres hijos y su esposa. Ni siquiera quedó nada que limpiar.

–Es el cuarto. Ya te dije después del primero lo que iba a suceder. Tendríais que haberos ocupado de ese hijo de puta entonces.

–No era tan sencillo, Charlie, y todavía no lo es.

–¡Tonterías! Mientras tanto, entre el avión de la TWA y los otros atentados con bomba, tienes casi trescientos muertos que habrían podido seguir con vida.

–Eso es injusto.

Peter procuró dominar su ira. El mero esfuerzo le hizo sudar. La situación, en lugar de mejorar, estaba empeorando.

–No trabajamos en un laboratorio –dijo Tom Cortlandt sin perder la calma–. Acuérdate. Al principio ni siquiera estábamos seguros de que fuera Homaidi. Luego se iniciaron las conversaciones de paz y no podíamos arriesgarnos a estropearlas. Además, había esperanzas de que Siria nos lo entregara para que fuera juzgado.

–¿Significa todo esto que me lo habéis asignado? –preguntó Peter.

–¿Lo quieres?

–¿Bromeas? Para empezar, es a causa de alguien como él por lo que estoy en esta mierda.

–Como te he dicho, no es tan sencillo como parece. De modo que discutámoslo antes de tomar una decisión.

–¿Qué quieres discutir? Si hay que liquidarlo, se le liquida. Ese tipo está completamente loco.

Cortlandt observó a Peter Walters y pensó que se hallaba muy lejos de allí, pensando en otros asuntos.

–De eso se trata –dijo–. Homaidi no es un loco, sino un fanático muy inteligente con una causa por la que está dispuesto a matar y morir. Nunca está solo. Dispone de mejores medidas de seguridad que la mayoría de los jefes de estado. Y ya nos ha costado dos hombres excelentes que estaban tan deseosos como tú de cazarlo.

–¿Insinúas que yo soy el tercer aspirante al trabajo?

–Puede que no seas ni siquiera eso. Todavía no lo he decidido.

–Desde luego, sabes cómo infundir seguridad a la gente.

–Los dos primeros no eran míos. Procedían de otras estaciones. Tú eras mi última carta. No quería utilizarte a menos que fuera imprescindible.

–Pero ¿por qué?

–Puro egoísmo. Homaidi es tan peligroso que no quería arriesgarme a perder a mi mejor hombre. –Cortlandt se inclinó hacia el pistolero, escrutándolo, penetrando en sus ojos–. Y también porque sé que tienes una esposa y un hijo que te necesitan incluso más que yo.

Peter se quedó inmóvil. Una ligera brisa soplaba desde los Pirineos, y él la aspiró, pero su olor era el de una tumba recién abierta.

–¿Desde cuándo lo sabes? –preguntó con voz apagada.

–Casi desde que te conocí. Es decir, desde hace unos ocho años. Nunca habría podido confiar plenamente en un hombre del que no sabía nada, un hombre sin lazos humanos. De modo que instalé un detector en tu coche un día que nos encontramos cerca de Roma y te seguí hasta Positano. –Tom hizo una pausa y añadió–: No tienes que preocuparte. Lo hice exclusivamente por intereses propios. Nadie más lo sabe.

Peter lo miró con unos ojos fríos como el hielo.

–Han pasado muchos años –dijo Cortlandt–. Si hubiera querido hacerte daño, lo habría hecho hace mucho tiempo.

–¿Qué más sabes?

–Tu verdadero nombre.

–Dilo.

–Vittorio Battaglia.

Al oír aquel nombre pronunciado por otra persona después de nueve años se estremeció.

–¿Cómo te enteraste?

–Saqué unas huellas dactilares de la portezuela de un coche y las comprobé al llegar a Washington. Tampoco tienes que preocuparte de eso. Yo mismo introduje los datos en el ordenador. Nadie más lo vio.

De repente Peter empuñó su automática y apuntó el cañón al cuello de Cortlandt.

–Si no lo vio nadie más –dijo fríamente–, ¿por qué no matarte ahora mismo y olvidarme de las preocupaciones?

Si alguna expresión manifestó Cortlandt, fue la de una absoluta concentración en la pregunta de Peter Walters.

–¿Quieres motivos?

–Exacto.

–En primer lugar –dijo Cortlandt–, porque ahora ya sabes que soy tu amigo, y tú no eres de los que disparan contra sus amigos.

–Si considero que las vidas de mi esposa y mi hijo están amenazadas, puedo cambiar de costumbres y buscarme otro amigo.

–No creo que me consideres capaz de traicionaros a ti y tu familia.

–Quizá no a propósito, pero cuando tienes los huevos en un exprimidor, venderías a tu madre de buen grado. –Peter seguía apretando su pistola contra el cuello de Tom–. Continúa.

–Bueno, sin duda te preguntarás por qué ahora soy tan

idiota como para contarte todo esto, después de ocho años de silencio. Sabes que debe existir una razón, y seguro que no me matas sin haber oído de qué se trata.

Algo se movió en el coche, y Peter bajó su automática. No había apartado ni un momento la vista de los ojos de Tom, que no habían pestañeado ni una sola vez.

–Creo que estoy preparado para oírlo.

–Ocurrió el otro día –dijo Cortlandt–. Fue en uno de esos comunicados que la Interpol envía continuamente a los consulados, las embajadas y las comisarías de policía. Informaba de que el FBI buscaba a Vittorio Battaglia por diversos delitos de asesinato y secuestro. –Hizo una pausa, esperando que Peter Walters reaccionara, que dijera algo. Pero Peter seguía con la mirada fija en alguna parte y la automática en el regazo–. También había una fotografía –agregó–. No se te parecía nada. Nadie podría identificarte a partir de ella.

Peter asintió lentamente con la cabeza, con cierto cansancio.

–¿Mencionaba por qué de repente me buscaban después de nueve años?

–No.

Peter guardó silencio. Volvió a mirar hacia las montañas, como si contemplándolas intensa y largamente pudiera encontrar en ellas una explicación para todo.

–Quiero que entiendas –dijo Thomas Cortlandt III– que sólo te digo esto para que lo sepas, para que estés prevenido. Para mí no significa nada, no es nuevo para mí. Estoy enterado de tu historial, tu trabajo con la *familia,* desde el día que nos conocimos. Por lo que a mí se refiere, ésas eran tus credenciales, lo que te hacía valioso para la compañía, y nunca me has fallado ni me has decepcionado. –Tom sonrió–. Hasta me gustó lo que respondiste cuando te pregunté por qué querías introducirte en este mundo diabólico y trabajar para nosotros. ¿Te acuerdas?

Peter no contestó y continuó contemplando las montañas.

–Dijiste que era para ayudar a tu pobre abuelo italiano a vengarse de Mount Rushmore de una vez por todas y sonreíste, como si fuera una especie de broma. Pero yo supe que no lo era.

Peter se giró, y Tom y él cruzaron una extraña mirada.

–Mi abuelo murió un año antes de que yo te dijera eso.

–Lo lamento mucho. Pero Mount Rushmore sigue vivo, y tú todavía llevas a cabo algunas de las mejores venganzas que jamás he visto.

Peter sintió que se encontraba lejos de allí, observando a los dos desde algún lugar distante y desconocido.

–¿Qué hay de Abu Homaidi? –inquirió.

–Es todo tuyo, por supuesto. Siempre lo fue. Por lo que más quieras, incluidos Dios y el abuelo, por favor. Ten cuidado.

El abuelo de Vittorio Battaglia, recientemente resucitado, le acompañó hasta casa.

Vincenzo Battaglia había sido un hombre bajo y fornido, de cejas pobladas y rostro oscuro curtido por el sol y marcado por el dolor. Sin embargo tenía cierta dulzura en los ojos y un duradero amor por América en el corazón.

El joven Vittorio lo vio por última vez en el hospital St. Vincent's. Tenía las manos y la cara amarillas. Padecía cáncer de hígado. Repartidas por la habitación en vasos de plástico, había varias docenas de banderitas americanas que se había llevado de casa. Murió un día lluvioso de otoño, y Vittorio plantó seis de aquellas banderitas en su tumba. A veces, en sus sueños, Peter Walters todavía plantaba banderitas. Tocaba a su abuelo a través de ellas; conservaban vivo al anciano. A veces parecía que lo mantuvieran vivo también a él.

No mencionó a Peggy el comunicado de la Interpol. Ella ya vivía bastante atemorizada.

13

A veces los mejores sueños, los más eróticos, eran así. Tus manos acariciando una piel suave, tersa; un cuerpo impreciso, dulcemente perfumado, apretado contra el tuyo; la respiración de ella, una cálida promesa susurrada a tu oído.

Ella parecía dormida.

Entonces la chica se abalanzó sobre él y Henry Durning supo que no se trataba de un sueño. No quería que lo fuera. Quería que fuera exactamente lo que era, con todos sus ingredientes reales, con todas las fiebres de su lujuria reales, y el coñac en el laberinto de su abdomen, y la presión en su pecho, y la tensión de cada una de las fibras de ella mientras forcejeaba con él... todo real.

Y cómo forcejeaba.

No es que fuera particularmente corpulenta. De hecho era más bien menuda. Pero joven, muy joven. Él valoraba cada vez más la juventud. Además, era una de esas muchachas modernas, lo que significaba que comía con sensatez, practicaba aerobic, levantaba pesas y hacía del cuidado del cuerpo su religión. Durning agradecía inmensamente todo eso, dados los resultados.

Uno de los fuertes brazos de ella le rodeó la cabeza y le agarró por el cuello.

–¡Hija de puta! –jadeó él; se retorció y finalmente se libró del brazo.

Tenía los ojos cerrados y descansaba el peso de su cuerpo sobre el pecho de ella, hincando una rodilla entre sus piernas para separarlas; en ese momento surgió en su mente una imagen en que aparecía él empujando una barrera secreta que pronto cedería y le permitiría entrar en un hermoso y soleado jardín.

Le arrancó el camisón, y ella gritó.

–¡No! ¡No, por favor!

Sus gritos y sus súplicas sólo contribuían a excitarlo aún más, a hacerle sentir cada vez más pasión y una creciente presión en la entrepierna.

Volvió a arremeter contra el camisón, oyendo cómo la tela se rasgaba, sintiéndose preparado para herir, incluso para matarla si era preciso, y disfrutando con la idea de que era capaz de producir tanto daño.

Unos haces de luz viajaron de su cerebro hacia su brazo, y ya tenía una mano sobre ella, y luego parte de su mano se abrió camino hacia su sexo, húmedo de pasión, los dedos adquirieron un ávido control, como si toda la sabiduría de aquellas cosas se concentrara en sus yemas. En ese momento la descubrió, descubrió el creciente calor que brotaba en ella y que pronto sería suyo, supo exactamente dónde tenía que tocar y dónde no debía hacerlo.

Ella todavía se defendía, pero Durning notó que empezaba a debilitarse. Oyó un murmullo en la garganta de la mujer, que ahora sólo le rogaba que no le hiciera daño. Afirmó el cuerpo de ella con el peso del suyo y empezó a desvestirse.

No había ninguna luz encendida, pero el pálido resplandor de la luna penetraba por la misma ventana abierta por la que él había entrado hacía apenas diez minutos. Aquél constituía siempre uno de los momentos más emocionantes para él; el momento de forzar la ventana y entrar, escalar por el oscuro alféizar del ventanal de una mujer dormida y obtener la primera visión de lo que allí le aguardaba. Aquel maravilloso acceso de la libido. Y allí estaba ella, desprevenida, vulnerable, un cuerpo que todavía guardaba su propio secreto y no había sido aún violado. Mientras tanto, él esperaba de pie temblando de excitación, escuchando la respiración de ella, observando el suave subir y bajar de su pecho, contemplando también la leve curva de su vientre y, debajo, el monte de Venus.

«Todo eso esperándome. Santo Dios. Tengo cincuenta y cuatro malditos años. Soy el ministro de Justicia de Estados Unidos. ¿Cuándo dejarán por fin todas estas viles payasadas de ser la más alta preocupación de mi vida?»

Henry Durning confiaba fervientemente en que nunca. Cuando se hubo desnudado, amortiguó los gritos de ella tapándole la boca con la suya.

Ella le mordió el labio con fuerza. Le dolió.

–Si vuelves a hacer eso te corto la nariz –amenazó.

Ella no volvió a hacerlo. Pero todavía se resistía, incluso mientras él la penetraba, lo que no hizo con dulzura, y desde luego, no como lo haría un amante; ni siquiera como lo haría un amigo. En todo caso, la penetró con enojo, como quien utiliza un pico. Eso también formaba parte del juego, y no había que descuidarlo. Nunca en su vida se había sentido tan ávido. Ni tan poderoso.

«Poseo la fuerza del mismísimo demonio.»

Era cierto. En aquel momento no había nada imposible para él. Si una voz interna le hubiera ordenado subir a lo alto del monumento a Washington y echar a volar, estaba seguro de que sería capaz de eso también. Oía unos encantadores sonidos dentro de su cabeza. Nuevos sueños nacían en él.

«Soy mi propio campo de fuerza.»

Agarró bruscamente un mechón de cabello de la chica, la colocó boca abajo y empezó a sodomizarla. Mientras luchaba por ganar cada centímetro, la oía gritar.

–¡Por Dios! ¡Me estás matando!

Y así fue como culminó su acto, que siempre era una especie de misterio, tal vez incluso parte de otros misterios superiores. A veces casi despreciaba aquel acto, que le parecía un vacío inútil del que no obtenía nada más que agotamiento, un cansancio físico y mental que le dejaba hueco.

Pero no aquella noche. Aquella noche era mejor. Aquella noche, en algún instante cerca del final, tuvo una extraña sensación que le habló de la dolorosa dulzura del amor. Incluso el que sentía por aquellos que se habían pasado la vida traicionándolo.

Ella quedó tendida, abrazándolo en la oscuridad.

–Te quiero –dijo.

Él la besó. No fue ni más ni menos que un reflejo condicionado a sus palabras.

–Lamento lo de tu labio –añadió la chica.

–Lo superaré.

–Creo que me he pasado un poco.

–Has estado maravillosa –dijo él.

–Eres tú el que has estado maravilloso. Haces que todo resulte increíblemente emocionante.

–¿Te refieres a algo tan increíblemente aburrido como el sexo?

Ella rió.

–Además eres tan gracioso.

–Eso es porque soy un auténtico payaso –repuso él.

«Puedo tocar y salvar vidas. Soy algo más que un simple payaso –pensó Durning mientras ella dormía–. Lo he hecho. Lo hice el otro día en Virginia Occidental. Y volveré a hacerlo.»

Sin embargo, a pesar de aquello, tardó horas en conciliar el sueño.

14

Era una zona de pequeños huertos situada a unos ochenta kilómetros al noroeste de Pittsburgh, a la que Gianni Garetsky había llegado tras recorrer en coche una larga y deprimente extensión de terreno cobrizo.

Siguiendo las instrucciones que le había dado Angelo Alberto, giró hacia el este al alcanzar un camino de tierra que atravesaba, alternadamente, zonas boscosas y campos abiertos. Al llegar a una desvencijada granja de color gris que se levantaba a su izquierda, entró en un camino polvoriento y estacionó el automóvil.

Había un buzón de correo con un letrero que rezaba: «Richard Pemberton». Nada que ver con Frank Alberto, se dijo Garetsky.

Subió al porche, llamó a la puerta y esperó. Al cabo de un rato volvió a llamar, esta vez con más fuerza. Como tampoco obtuvo respuesta, rodeó la casa hasta la parte trasera.

Había una camioneta aparcada delante de un granero, en que había varias cabras y vacas. Unas cuantas gallinas dispersas picoteaban el suelo.

Gianni se protegió los ojos del sol y miró hacia los campos. A lo lejos distinguió a un hombre que trabajaba con una azada. Gianni se encaminó hacia él, con las manos vacías y a la vista.

El hombre pareció no reparar en él hasta que Gianni estuvo a unos cien metros de distancia. Interrumpió entonces su tarea, dejó caer la azada y observó cómo Gianni Garetsky se aproximaba. El granjero, vestido con unos pantalones de peto desteñidos y gorra con visera, permanecía completamente inmóvil. Se agachó lentamente hasta acuclillarse entre dos hileras de lo que a Gianni le parecieron unas matas de judías.

Cuando sólo los separaban unos diez metros, el hombre se levantó, empuñando una escopeta.

–Ya se ha acercado bastante –dijo con un inconfundible acento neoyorquino.

Gianni tuvo la impresión de que Alberto jamás se desprendía del arma. «Vaya forma de vivir. Como yo.» La diferencia radicaba en que Frank Alberto llevaba nueve años haciéndolo, como seguramente habría hecho Vittorio Battaglia, dondequiera que se hallara.

–¿Qué quiere? –preguntó Frank Alberto.

Gianni lo miró y no encontró en él ningún parecido con su hijo; ni rastro de victimismo ni exceso de grasa. El padre de Angie era corpulento, atlético, y sin duda fuerte. Un verdadero *pazzerello,* un loco, como lo había descrito don Donatti. La clase de hombre con quien no se podía razonar y al que había que acabar matando.

–Sólo quiero hablar con usted –contestó Gianni.

–¿De qué?

–De Vittorio Battaglia. Soy amigo suyo, señor Alberto. No pretendo causarles ningún daño ni a usted ni a Vittorio.

Los ojos de Alberto se oscurecieron.

–¿Quién demonios es usted?

–Me llamo Gianni Garetsky. Somos antiguos vecinos. Yo estudiaba arte con Vittorio y con el hijo de usted, Angie.

–Mentira. He visto fotografías de Garetsky y le aseguro que no se parecía a usted.

Gianni se quitó lentamente la peluca, el bigote y las gafas.

Permanecieron de pie allí, en el campo de judías, frente a frente, con un intenso sol que castigaba sus cabezas.

–Entonces ha sido mi hijo quien le ha dicho dónde estaba.

–No se enfade con Angie. No tenía alternativa.

–Todo el mundo tiene una jodida alternativa.

–No fue culpa suya, señor Alberto. Le amenacé con entregarle a don Donatti si no me lo decía.

Frank Alberto avanzó despacio, casi distraídamente, hacia Garetsky. Se detuvo a poco menos de un metro de él y le miró a los ojos. Entonces con un súbito movimiento apenas perceptible, le golpeó la mandíbula con la culata de la escopeta.

Gianni cayó entre las judías.

Emergió como un submarinista, descansando un poco en cada nivel. Sentía dolor, lo que últimamente no era nada nuevo para él. Mantuvo los ojos cerrados más tiempo del necesario, intentando comprender la situación. Cuando por fin los abrió, se sentía preparado.

Estaba sentado en un bosque, apoyado contra el tronco de un árbol, en un lugar fresco y sombreado, pero los rayos del sol parecían atravesar implacablemente las hojas de los árboles. Notaba la corteza del árbol, rugosa y sólida, en la espalda. Frank Alberto estaba sentado a pocos metros, con la escopeta sobre el regazo.

Alberto señaló hacia su derecha.

–Mire allí.

Gianni obedeció y vio un hoyo enorme recién cavado, rodeado por tierra amontonada en la que había una pala hincada.

–Es para usted.

Gianni cerró los ojos y no habló.

–¿Qué coño significa todo esto? –preguntó Alberto–. Soy un hombre muerto. Nadie en este jodido mundo, salvo mi hijo y Vittorio Battaglia, sabe que estoy vivo. Y usted aparece en medio de mi campo y me dice que quiere hablar. Así de fácil. –Chascó los dedos. Alberto extrajo una cajetilla de cigarrillos y encendió uno. Gianni observó aquellas manos, firmes y fuertes–. Llevo nueve años muerto –prosiguió–. Vittorio es mi Dios particular, quien me resucitó, a quien rezo todas las noches. ¿Y usted quiere que hablemos de él? De acuerdo, hable. Le concedo diez minutos. Después podrá hablar con Jesús.

Con la boca seca y con sabor a sangre, Gianni narró su historia por cuarta vez. Alberto escuchó sin interrumpirle, fumando con un aire ligeramente aburrido. Garetsky se sentía como si estuviera haciendo equilibrios sobre una franja de terreno que se fuera encogiendo.

Cuando concluyó su relato, el bosque quedó en silencio. Fue lo primero en que reparó Gianni: el silencio.

–¿Ya está? –dijo Frank Alberto.

Garetsky no contestó.

–¿Quiere decir que ahora viene lo jodido? ¿Qué quiere usted de mí? ¿Que le diga dónde está Vittorio?

–Es importante, señor Alberto.

–¿Para quién? ¿Para usted y para esa china?

–También para Vittorio.

–¿Sí? ¿Y por qué?

–Él ni siquiera sabe que los federales lo buscan. Si usted me proporcionara alguna pista sobre su paradero, podría al menos avisarle, prevenirle de lo que podría ocurrirle.

El hombre a quien Carlo Donatti había descrito como un viejo pueblerino permaneció silencioso, meditando sobre lo que Gianni acababa de decir. Arrojó su cigarrillo al hoyo abierto. «Mi tumba», pensó Garetsky. Gianni escrutó el rostro de Alberto y le pareció que tenía el aspecto de un hombre con tantos problemas que no era capaz de decidir cuál debía resolver primero.

–Usted ha afirmado que Vittorio era su Dios particular –dijo Gianni–, que le salvó la vida. ¿No cree que le debe algo a cambio?

–¡No se atreva a decirme lo que le debo!

Gianni no replicó. La ira que reflejaba la voz de Frank Alberto le pareció de pronto más defensiva; empezaban a pasar cosas en su interior.

–De todos modos –gruñó Alberto–, hace nueve años que no veo a ese tipo. ¿Cómo voy a saber dónde se esconde?

–¿Qué me dice de la última vez que estuvieron juntos?

–¿Qué quiere que le diga?

–Supongo que hablarían –dijo Gianni–. Tal vez conversaron sobre adónde pensaban ir y qué harían. Quizás usted comentó que siempre había soñado con ser granjero y que le había llegado su oportunidad. ¿Recuerda algo así?

Un pájaro negro y amarillo se posó en una rama, y Alberto, con expresión reflexiva y remota, alzó la vista hacia él, observando cómo erizaba las plumas. Cuando el ave se alejó volando, miró a Garetsky.

–Cuadros –dijo–. Me acuerdo perfectamente de que Vittorio me habló de que sólo quería pintar. Mi hijo Angie aseguraba que Vittorio era el mejor pintor de la escuela. Decía que usted también era bueno, pero opinaba que Vittorio era mejor.

–Yo opinaba lo mismo –replicó Gianni–. Pero ¿dónde pensaba pintar todos esos cuadros? ¿Recuerda si mencionó algún lugar?

–No era tan estúpido como para decírmelo. Yo tampoco fui tan estúpido como para decirle adónde pensaba dirigirme. En realidad, no lo sabía. Acabé aquí, sencillamente. –Alberto contempló la escopeta que tenía en el regazo como si le sorprendiera verla allí–. Lo que sí dijo era que pensaba largarse cuanto antes del país y me advirtió que lo más inteligente que podía hacer era imitarle. –Emitió un gruñido, y añadió–: Pero ¿cuándo he hecho yo algo inteligente?

–Si se hubiera marchado del país, ¿adónde cree que habría ido?

–Está clarísimo. Lo sé perfectamente; a Italia. ¿Adónde si no? –Se miraron de hito en hito. Alberto asintió lentamente con la cabeza–. Si tuviera que buscarlo, allí sería donde investigaría primero. Vittorio habla italiano, de modo que no se sentiría extraño y nadie lo tomaría por extranjero.

–¿Sicilia, por ejemplo?

–No, hombre. Demasiado cerca de la *familia.* La mitad de las cabras de la isla todavía pertenecen a don Donatti.

Volvieron a mirarse, y entre ellos surgió algo que se remontaba a mucho tiempo atrás.

–¿De verdad habría entregado a mi hijo al don si no le hubiera revelado mi paradero? –preguntó Alberto.

–Conocí a Angie cuando él tenía ocho años. No creí que me viera obligado a comprometerle.

–Hombre, no todos podemos ser héroes. –Alberto se encogió de hombros–. A mí tampoco me entusiasma la idea de liquidarlo a usted.

Fue como si hubieran administrado a Garetsky una dosis de sales.

Con la charla, había dado por supuesto que el asunto de la tumba recién cavada había caído en el olvido. Evidentemente se había equivocado.

–Me pareció oírle decir que todo el mundo tiene su oportunidad.

–Sí, pero la mía no me gusta y sobre todo no me gusta que usted se pasee por ahí sabiendo que estoy vivo y dónde. Mi propio hijo lo sabía y lo envió a usted aquí. Ahora lo sabe usted, y ¿a quién me enviará? ¿A mi ángel de la muerte? ¿A Carlo Donatti?

Las palabras de Alberto quedaron suspendidas en el aire, entumeciéndolo, y Gianni comprendió que no había nada más que hablar. Ya lo había aceptado como parte de lo que había pasado y de lo que seguramente ocurriría a continuación.

Cerró los ojos un momento, y luego los abrió.

–Si no tiene demasiada prisa, ¿le importa que me fume el último cigarrillo?

–En absoluto. Lo único que lamento es que mi hijo Angie no tenga sus cojones.

–¿Por qué? ¿Para que también él muriera joven?

Cuando Frank Alberto se disponía a coger su cajetilla de cigarrillos un puñado de tierra le dio en la cara y en los ojos. Un instante después Gianni asía la escopeta de Alberto por el cañón, y sólo necesitó golpear una vez.

El viejo pueblerino todavía estaba inconsciente, pero respiraba de forma regular, cuando Gianni lo dejó junto a la tumba abierta y se dirigió hacia el aeropuerto de Pittsburgh.

Gianni había devuelto el coche de alquiler y se aproximaba a la puerta de embarque número diez para tomar el vuelo a Nueva York, cuando divisó a los dos hombres.

Verdaderamente no tenían nada que llamara la atención. Eran morenos, de complexión media, e iban correctamente vestidos, con pantalones y chaquetas informales. Pero Gianni había nacido y se había criado en aquel mundillo, y le bastó con advertir aquellos bultos apenas perceptibles bajo la axila izquierda, y aquellas miradas inquietas y penetrantes. Era posible que no fueran más que policías locales de paisano, y no federales. Sin embargo, a él no se lo pareció.

Se encaminó hacia un teléfono interno que había a unos diez metros de donde se hallaban aquellos dos hombres y se puso en contacto con el mostrador de atención a los pasajeros del vestíbulo de la terminal principal.

–No sé si podrá ayudarme –dijo–. Llamo desde la puerta veinticinco. No encuentro unos amigos míos que se suponía vendrían a recogerme.

–Dígame su nombre, por favor –dijo el empleado.

–Gantry, Kevin Gantry –dijo el pintor; era el nombre que aparecía en una de las tarjetas de crédito limpias que le había entregado don Donatti, la misma que había utilizado aquella mañana para hacer la reserva del vuelo de Nueva York a Pittsburgh.

–No se mueva de donde está, por favor, señor Gantry.

Pasados unos momentos, se oyó el anuncio por los altavoces públicos. «Atención, por favor, las personas que aguardan la llegada del señor Kevin Gantry, diríjanse a la puerta veinticinco, donde les espera el pasajero.»

Garetsky, que no había dejado de observar a los dos hombres, vio que se volvían y se miraban fijamente al oír aquellas palabras. Acto seguido recorrieron a paso ligero el abarrotado pasillo en dirección a la puerta veinticinco.

«¡Bingo!» Gianni renegó por lo bajo. ¿Don Donatti? Imposible. Hasta que recordó las palabras del don. «Tú no eres estúpido, Gianni, de modo que no digas estupideces. Tarde o temprano, todo el mundo canta.»

Sin embargo, no lo encajó fácilmente y permaneció donde estaba, intentando mentalizarse. No se ponía fin a aquella clase de amistad, lealtad, incluso amor, sin una pelea. Entonces la misma intensidad de aquella sensación lo asqueó, y perdió la paciencia. «¡Maldita sea, piensa!»

Desechó la idea de viajar directamente a Nueva York, pues todos los vuelos hacia allí estarían controlados durante por lo menos el resto de la noche. Además, después de la falsa alarma sobre Kevin Gantry ellos sabrían que les había descubierto y extenderían la vigilancia a otros vuelos y posiblemente también a las agencias de coches de alquiler y a las terminales de autobuses; dependía de cuánta gente emplearan. No podía creer que le hubieran dado tanta prioridad, hasta que recordó que no se trataba de él, sino de Vittorio Battaglia. Sin embargo, tampoco eso explicaba la situación.

Una repentina debilidad se apoderó de él. El trajín de los últimos días le estaba pasando factura, y empezaba a sentirse como un boxeador ya maduro cerca del final de un agotador combate de doce asaltos, cuando las piernas parecían de goma y apenas podía sostener los brazos en alto. Todavía distinguía en lontananza las cabezas saltarinas de los dos agentes en su infructuosa carrera hacia la puerta veinticinco. Para ellos no era más que una presa, un zorro en una ciénaga acorralado por perros de caza.

«Los muy cabrones», pensó, y la propia furia le produjo una descarga de adrenalina que tanto necesitaba.

Tras estudiar el horario de vuelos, se dirigió a un mostrador de reservas y compró un billete para el de las 18.15 a Boston, que tenía prevista la salida unos diez minutos más tarde.

Pagó en efectivo y lamentó no haber hecho lo mismo con los pasajes de Pittsburgh en lugar de intentar reservar el dinero en metálico para posibles emergencias futuras. Realmente era una suerte que se hubiera enterado de lo que Don Donatti era capaz de hacer mientras todavía podía evitar los posibles daños. En otro momento y en otro lugar, empleando otra de las tarjetas de crédito, carnets o pasaportes que con tanta amabilidad le había proporcionado el don, habrían podido sorprenderlo.

Gianni Garetsky pensó en Carlo Donatti durante todo el trayecto hasta Boston.

Todas las traiciones acarreaban una dosis de dolor, y aquélla le dolió en lo más hondo. El don no era de su misma sangre, pero desde la muerte de sus padres, Carlo Donatti era lo más semejante a un pariente consanguíneo que Gianni tenía.

Hacía sólo cinco noches que el don había acudido al Metropolitan para honrarlo y abrazarlo con ojos llorosos. La noche siguiente le había facilitado una pistola, cien mil dólares en metálico, documentos supuestamente limpios, su más sentida bendición y el aviso de que no confiara ni siquiera en él.

Conocía a aquel hombre desde la infancia.

En el aeropuerto Logan de Boston tomó el primer autobús a Nueva York sin incidentes y llegó a La Guardia al cabo de una hora escasa. Llamó entonces al Sheraton desde el primer teléfono público que vio al salir de la puerta de llegadas, y contestó la voz de Mary Yung.

–¿Cómo va todo? –preguntó según el código que habían acordado.

–Horrible.

Se le heló la sangre.

–¿Qué ocurre?
–Te he echado mucho de menos.
El auricular le temblaba en la mano.
–Mary, por el amor de Dios.
–Oh, lo siento. Quería decir bien. Todo va bien. –La línea emitía un débil zumbido–. Pero te he echado mucho de menos –insistió ella.

Eran más de las once, pero como ninguno de los dos había comido, Mary Chan Yung llamó al servicio de habitaciones para que les subieran la cena.

Aquel hecho resultó curiosamente doméstico a Gianni. Los seres humanos eran increíblemente acomodadizos. Tras cuatro noches juntos, ya tenían la sensación de haber compartido algo; otras dos más, y comenzarían a colgar cortinas y hablar de planificación familiar.

Decidió no contarle nada sobre don Donatti y los dos hombres del aeropuerto de Pittsburgh. En cambio sí le explicó lo sucedido con Frank Alberto, su escopeta y la tumba abierta.

–Tu *compaesano* debe de ser un verdadero encanto –dijo ella con tono frío–. Pero después de dormir nueve años con una escopeta, ¿quién puede recriminarle que sea un poco prudente?

–Tú no, desde luego, ¿me equivoco?

Mary Yung lo miró con serenidad y decidió pasar por alto la frase.

–¿Y ahora qué? –preguntó–. ¿Nos apuntamos a un viaje organizado por Italia?

–Me gustaría obtener un poco más de información antes de continuar.

–¿Cómo?

–Hablando con un par de personas.

–¿Quiénes?

–Empiezas a parecerte a un fiscal.

–Es lo más desagradable que me has dicho hasta ahora.

Gianni rió y al hacerlo se sintió extraño; se preguntó si algún día volvería a reír con normalidad. El dulce y cálido sentimiento que le despertaba aquella mujer le hacía sentirse todavía más extraño, lo que también le desconcertaba.

–Quiero hablar con el representante de mi galería y con mi antiguo profesor de arte, que también lo era de Vittorio.

–¿Qué pueden decirte?

El artista bebió un trago de su tercera copa del *chardonnay* especial que Mary había encargado para acompañar la cena. Parecía entender y preocuparse mucho por esa clase de detalles. Él, en cambio, no, y aquella carencia no le resultaba excesivamente dolorosa.

–No lo sé –contestó–. Quizá nada. Allí donde se encuentre, seguramente Vittorio estará pintando, y los dos lo conocían lo bastante bien como artista para explicarme algo que a mí nunca se me ocurriría.

Algo despertó a Gianni.

Se incorporó de un brinco y escudriñó la oscuridad. Entonces oyó los gritos de Mary Yung; sí, aquél era el sonido que lo había despertado. Aún lo oía: un lamento lúgubre, casi infantil, tan agudo y estridente que Gianni sintió que lo traspasaba como un cuchillo.

Encendió la lámpara que había entre las dos camas y la habitación tembló con una luz amarillenta.

Mary Yung se retorcía en su lecho, con el semblante contorsionado y los ojos fuertemente cerrados, como si luchara contra un ejército invisible de genios y demonios. Gianni la agarró por las muñecas y la sujetó.

–Tranquila –susurró–. Tranquila, no pasa nada.

Ella intentó librarse de él con una fuerza sorprendente. Entonces abrió los ojos, se le dilataron las pupilas, y el gemido y el forcejeo cesaron. Permaneció tumbada, mirándolo fijamente, con el rostro y el cuerpo sudorosos, el camisón adherido a la piel.

–Sólo era un sueño –dijo Gianni–. No pasa nada.

«No pasa nada.» Nada. Había matado y enterrado a tres agentes del gobierno que se habían presentado para interrogarla, torturarla y seguramente asesinarla. Carecía de hogar y era perseguida. Unas fuerzas poderosas, anónimas e íntimas la acosaban incluso en esos momentos. Si algún futuro la aguardaba, era más que probable que tuviera lugar en alguna especie de cámara de los horrores, porque por terrible que fuera, ningún sueño podía ser peor que la realidad. Mary empezó a temblar, violentamente, tanto que Gianni oía el castañeteo de sus dientes. Fue al cuarto de baño y regresó con una toalla y un albornoz.

–Será mejor que te quites ese camisón empapado –dijo.

Mary trató de hacerlo, pero temblaba tanto que Gianni tuvo que ayudarla. La secó con la toalla y al verla desnuda casi se le cortó la respiración. Fue una reacción involuntaria, un mero reflejo. Sin embargo, se avergonzó. El animal humano. Tal vez no siempre se impusiera, pero no cabía duda de que perduraría.

Aún arropada, Mary Yung no dejaba de temblar.

–Abrázame –suplicó.

Gianni se tendió a su lado y se abrazaron mutuamente. Finalmente cesaron los temblores. Pero ninguno de los dos se apartó. Era como si estuvieran aprisionados el uno en el otro; eso había empezado a pensar Gianni. Unos agradables sonidos palpitaron en algún rincón de su mente, y se desató una sensación muy parecida al placer. El hecho era que no soportaba separarse de ella. Sin embargo intuía que no debía pensar demasiado en ello, no por lo menos en esos momentos.

Por supuesto, fue ella quien ofreció el primer beso, y no él, por suerte, pues habría podido desencadenarse un terrible desastre en el cielo. Cuando Gianni le acarició un pecho, se sintió abocado a dedicar el resto de su vida a gozar de aquella sensación. Era como si algo estuviera demostrándole que hasta aquel instante nunca había estado siquiera cerca de comprender el verdadero milagro de un seno.

Decidido ya a no pasar nada por alto, avanzó hacia otros milagros, sumido en un estado de gracia. Hasta en la excitación existía cierta dosis de calma. Profundizó en la mirada de Mary, contempló el maravilloso óvalo de su rostro y pensó que nunca había visto nada más abierto a él. Era cierto; todo lo que quisiera era suyo, sólo tenía que cogerlo.

¿Y el precio?

Sin embargo, en mitad del acto, algo melancólico y bueno, una especie de premio inmerecido, arraigó en él, como si hubiera iniciado una nueva parte de su vida. Y mientras subía y bajaba y volvía a subir pudo mirar aquellos suaves ojos de desconocida, de pronto iluminados con una luz dorada, y soñar con algo que en el fondo sabía que no estaba allí.

No pensó en su esposa hasta más tarde, cuando Mary dormía, y le recorrió un escalofrío.

«Esto no tiene nada que ver contigo –pensó dirigiéndose a Teresa–. Ni Mary Yung ni ninguna otra mujer podrá tocar jamás lo que nosotros tuvimos. Estoy progresando.»

15

Gianni se disponía a llamar a don Carlo Donatti por su teléfono privado, «a prueba de pinchazos», tras llegar a la conclusión de que no podía seguir viviendo con aquella duda. Las pruebas eran poderosas, pero completamente circunstanciales. Después de tanto tiempo, el don merecía que al menos le concediera la oportunidad de hablar.

Se hallaba en la cabina telefónica de una gasolinera de Northen Boulevard, exactamente al otro lado de la frontera del condado de Nassau, a unos veinte minutos en coche de la casa de Donatti en Sands Point. Era una mañana soleada y reluciente, y una fresca brisa arrastraba el olor a mar desde las tranquilas aguas de Little Neck Bay. Era un día demasiado bonito para dedicarlo a lo que estaba haciendo.

Gianni marcó aquel número especial, fácil de recordar; «ni siquiera el pánico te haría olvidarlo»... El don contestó al tercer timbrazo.

–Soy yo –dijo.

–¡Gianni! Estaba muy preocupado. ¿Te encuentras bien?

–Estoy vivo, don Donatti. ¿Y usted?

–Te pedí que te pusieras en contacto conmigo. Han pasado cuatro días. No sabía qué pensar.

Gianni detectó en aquel tono de voz la reprimenda del padre al hijo desobediente.

–Lo siento. Ha sido un descuido por mi parte, pero he pasado unos días difíciles y he tenido que correr mucho. Aunque no es excusa, y le pido disculpas.

–*Grazie a Dio* estás bien. Ha ocurrido algo inesperado y no tenía forma de avisarte. –Garetsky aguardó en silencio–. Tienes que quemar esos documentos que te proporcioné –prosiguió Donatti–. Ya no son seguros.

–¿Qué quiere decir?

–Esto me resulta muy embarazoso, Gianni. Es una suerte

que no hayas utilizado ninguna de esas tarjetas de crédito. Si lo hubieras hecho te habrían atrapado.

–Utilicé una de las tarjetas.

Se produjo un breve silencio.

–¿Cuál? –preguntó Donatti.

–La de Kevin Gantry. Compré con ella unos billetes de avión.

–¿Y no sucedió nada?

–Pudo suceder, pero descubrí a un par de agentes en la puerta de embarque antes de que ellos repararan en mí y tomé otro avión.

Donatti maldijo en italiano.

–Lo que debes haber pensado de mí, Gianni...

Garetsky observaba los vehículos que circulaban por Northern Boulevard. No creía que pudieran detectar desde dónde llamaba a través del teléfono del don, pero de todos modos vigilaba en ambas direcciones.

–A veces se producen accidentes –dijo.

–Esto no ha sido un accidente. Alguien a quien consideraba mi brazo derecho te vendió al FBI para que sacaran a su hermano de Leavenworth. Te pido disculpas, Gianni. ¿Qué más puedo decir?

–No tiene que decir nada, don Donatti. –Garetsky oyó a lo lejos el débil sonido de unas sirenas de policía. –¿Ha averiguado algo de por qué buscan a Vittorio? –preguntó.

–*Niente*. Sólo sé que lo busca el FBI. –Hubo una breve pausa–. Lo siento muchísimo, Gianni.

Donatti no sabía qué más decir.

–¿Y su brazo derecho? –inquirió Gianni–. El que me vendió.

–Me lo he amputado. ¿Volverás a llamarme pronto?

–Por supuesto. Esta vez no tardaré tanto.

–Me alegro mucho de oír tu voz. Ten cuidado, Gianni.

–Usted también, padrino.

Gianni colgó el auricular. Las sirenas se oían a pocas calles de allí y continuaban acercándose. Dobló una esquina, subió a su coche y dio la vuelta a la manzana. Al pasar vio que tres coches de policía del condado de Nassau rodeaban la cabina telefónica.

Era evidente que no había brazo derecho que amputar, ni

hermanos esperando a que los sacaran de Leavenworth. Era el propio don quien había necesitado pactar. ¿Quién sabía qué cosas podía deber el don al FBI? Lo único sincero de la conversación habían sido las disculpas del don. A Gianni no le cabía ninguna duda de ello, y verdaderamente lo lamentaba.

Gianni Garetsky tuvo que retroceder veinte años para encontrar el verdadero sentido de lo que Carlo Donatti había representado para él. Fue el don en persona quien le comunicó lo de su padre y su madre la noche que ocurrió; se presentó en su casa sin avisar y le bastó con mirarle a los ojos. Pasó la noche allí, con la mirada perdida y llenando los silencios con sus floridas historias de la *famiglia* y todo lo que ésta significaba. En el mundo de don Carlo Donatti no existía ningún mal, ninguna calamidad, que no pudiera ser considerada como una fuente de bien. Ésa era la función del sentimiento: cortar los bordes afilados de la realidad y enseñar que lo que se hacía por necesidad era mucho más valioso que lo que se hacía por propia decisión. Así el sentimiento interpretaba la tragedia como una prueba de valor, y el sufrimiento y las pérdidas personales se convertían en ritos de purificación en el camino hacia la madurez.

–Lo superarás, Gianni. Te hará más fuerte.

Y la fuerza era, por supuesto, la máxima virtud. Cuando lo único que le interesaba a Gianni en aquellos momentos era vengarse.

Una fría neblina azulada llenaba su mente. Allí no veía más que a sus padres asesinados. Eso vaciaba de sentido todo lo demás y le secaba por dentro.

–¿Quién ha sido? –preguntó a don Donatti.

–Un hombre llamado Ralp Curcio.

–¿Por qué? ¿Qué le habían hecho mi padre y mi madre?

–Nada. No fue una cuestión personal, sino un ajuste de cuentas con la *famiglia*. No te preocupes, Gianni; nosotros nos encargaremos de él.

–Con todo mi respeto, padrino, yo me encargaré de él.

Donatti lo miró.

–¿Sabes lo que estás diciendo?

–Sí.

Aquella rotunda afirmación quedó suspendida en el aire,

interponiéndose entre ellos. Donatti meditó unos momentos.

–Está bien –dijo finalmente–. Comprendo cómo te sientes, pero no permitiré que salgas disparado como un loco para que te maten. Debo prepararte.

Y eso fue lo que hizo. Proporcionó a Gianni una automática de 9 milímetros bien engrasada, le explicó su funcionamiento, le enseñó a desmontarla y volverla a montar con los ojos vendados y cómo disparar correctamente, con munición de verdad, en una sala de tiro en el sótano de su casa. Donatti lo adiestró para el acto casi ceremonial de matar con el mismo amor y cuidado con que se prepara a los novilleros que toman la alternativa y se enfrentan a su primer toro, letal en potencia.

Cuando el don juzgó que Gianni había adquirido los conocimientos y las habilidades físicas necesarias para realizar bien el trabajo, intentó prepararlo psicológicamente.

–No se trata de un juego –dijo–. Aquí no hay reglas que valgan. Si no lo matas, él te matará a ti. Olvida cualquier idea que puedas tener sobre la justicia. Esto es un asesinato, un *assassinio*..., no un partido de tenis. Él no fue justo con tus padres. Les disparó en la nuca. ¿Entiendes lo que estoy diciendo, Gianni? –Gianni Garetsky lo entendía.

Cuando llegó la gran noche, se ocultó entre las sombras del exterior del almacén, situado a la orilla del río, donde Ralp Curcio trabajaba y del que pronto saldría para dirigirse hacia donde había aparcado su Cadillac. Gianni tenía un silenciador en la automática, y a su madre y su padre en el pecho. Estaba tan asustado que no conseguía segregar suficiente saliva para escupir. Agradeció aquel miedo, pues a través de él podía tocar a sus padres.

Vio salir a Ralp Curcio del almacén y encaminarse hacia el coche. El plan consistía en esperar a que Ralp Curcio pasara delante de él, y dispararle por la espalda. Gianni llevaba casi una semana entera imaginando aquella escena. Todo parecía muy limpio y sencillo. ¿Qué podía fallar?

Lo que podía fallar era él.

Cuando finalmente llegó el momento de disparar, cuando tuvo las anchas espaldas, imposibles de errar, de Ralp Curcio a la vista, a una distancia inferior a tres metros, se sintió incapaz de hacerlo. Ni siquiera se trataba de un sentimiento de justicia. Lo que ocurría era que para él no tenía sentido hacerlo de aquella forma.

De modo que llamó:

–¡Ralp Curcio!

El hombre se volvió, y los dos se miraron. Parecía natural que ambos estuvieran allí solos, que sus cerebros y sus cuerpos estuvieran conectados en aquel momento.

–Soy Gianni Garetsky –dijo, y se fijó en los ojos de Ralp Curcio mientras éste desenfundaba su pistola; vio el arma y el cañón que le apuntaba.

Entonces encontró algún significado a todo aquello y disparó tres rápidos tiros que acertaron al blanco.

El precio fue elevado. Tuvo que abandonar el país y vivir como un fugitivo durante años. Pero el premio era la integridad. Y fue don Carlo Donatti quien le ayudó a conseguirla, quien le ofreció consuelo, dinero, protección, quien hizo por él cuanto había que hacer, quien, finalmente, le enseñó a abrirse paso en la oscuridad.

Hasta ese momento.

16

«La mano de Dios», pensó Peter Walters. Tanta sangre, tanta devastación resultaban pasmosas. Todo estaba allí mismo, en el salón de Peter, mientras su esposa y su hijo, sentados a su lado, veían con él el horror en las noticias de las siete. La bomba había explotado en el vestíbulo principal del aeropuerto romano de Fiumicino, y más de una docena de cámaras de televisión, que tenían previsto informar de la llegada de algunos destacados delegados americanos en las últimas conversaciones de paz de Oriente Próximo, grababan el desastre.

La explosión se produjo apenas unos minutos antes de que las cámaras empezaran a registrar sus resultados, y los sonidos y las imágenes que transmitían contenían la escalofriante inmediatez del mejor periodismo de guerra. Los muertos yacían esparcidos como montones de ropa vieja; los heridos gritaban, y quienes podían moverse corrían desesperados en todas direcciones. Y por encima de todo aquel caos flotaban las nebulosas capas grises de la visión personal del infierno de Dante.

¿Y la «mano de Dios»? Tras contemplar el trágico desastre, la actitud de Peter respecto al hecho de partir a la mañana siguiente para matar a Abu Homaidi cambió. Y no porque aquel atentado en particular fuera necesariamente obra de Homaidi. De momento nadie lo había reivindicado, aunque el estilo era típicamente suyo; sin mediar aviso previo, permitiendo el derramamiento de sangre brutal e indiscriminado. Entre las víctimas se encontraban mujeres y niños. Los objetivos principales habían sido ciudadanos americanos, y el atentado se había perpetrado en suelo europeo.

Peter Walters observó a su hijo, que estaba sentado en el suelo con las piernas cruzadas, delante de su madre. Cuando Peter se hallaba en casa, ver juntos las noticias de las siete se había convertido en una especie de rito familiar. Pero esa noche, dado el espeluznante carácter de su contenido, Peter habría preferido que Paulie no las hubiera visto.

De momento, el niño estaba muy quieto, paralizado. Era como si supiera que algo espantoso estaba desarrollándose en la pantalla, pero no comprendiera su significado. Hasta que la cámara captó el primer plano de una niña que gritaba, con la cara manchada de sangre, horrorizada. Entonces el rostro de Paul expresó el mismo terror.

–Papá... –susurró, sin darse cuenta siquiera de que lo decía, y empezó a menear lentamente la cabeza hacia delante y hacia atrás, como un anciano súbitamente desconsolado.

Peter apartó la mirada de la pantalla del televisor y miró a su hijo. Ya sabía suficiente, demasiado, sobre lo que había ocurrido en el aeropuerto de Roma. Sin embargo, nunca sabría suficiente sobre lo que estaba pasando en el interior de su hijo.

Paulie, en cambio, sí sabía lo que estaba pasando dentro de él ahora. Estaba imaginándose en el aeropuerto, junto a aquella niña desesperada, estaba viéndose con el rostro cubierto de sangre, estaba oyendo sus propios gritos de terror.

Peter adivinó que Paul quería que le tocara la cabeza, de modo que se sentó en el suelo, detrás de él, mesó el cabello y le oyó suspirar.

–¿Papá?

–Dime, hijo.

–¿Cómo puede suceder algo tan espantoso?

–Han dicho que ha sido una bomba.

–Ya, pero ¿por qué? ¿Por qué puede querer alguien matar a tanta gente sin motivo?

Peter miró a su esposa, que se negó a corresponder su mirada. Eso significaba que el asunto estaba en sus manos y que no podía esperar recibir ayuda de ella.

–Supongo que quienes lo han hecho creían tener motivos –dijo.

–¿Como qué?

–Para mí no hay razón que justifique el daño a mujeres y niños inocentes e indefensos. Pero los que han hecho esto seguramente pretendían asustar a la gente y llamar la atención para conseguir algo que quieren.

–¿Y por qué no los detiene la policía?

–Estoy seguro de que estarán intentándolo.

Paul reflexionó, con la mirada sombría.

–Nunca los atraparán –concluyó.

–¿Por qué no?

–Porque nunca los atrapan. Estoy seguro de que tú sí podrías si lo intentaras –añadió Paul.

–¿Yo? –Peter estaba ligeramente sorprendido–. Yo no soy policía. ¿Qué sé yo lo que hay que hacer para capturar a unos terroristas locos?

El niño se volvió hacia su padre.

–Tú lo sabes todo, papá.

Peter tenía previsto marcharse a primera hora de la mañana, de modo que Peggy le ayudó a preparar las maletas antes de acostarse.

Durante sus primeros años de vida en común, ella se lo había hecho pasar muy mal antes de cada uno de sus misteriosos viajecitos. Resentida porque la dejara sola, iniciaba discusiones sin motivo aparente, le dirigía recriminaciones, lo martirizaba con largos y gélidos silencios. Pero ya no.

Ahora, pensó Peter, aceptaba los viajes de su marido del mismo modo que una madre acepta las limitaciones de su adorado hijo. Peggy lo consideraba bastante lerdo por su sentido de responsabilidad respecto a América. Creía que en cierto modo los sentimientos de su esposo eran casi juveniles, que con treinta y ocho años cumplidos se las había ingeniado para librarse de la destrucción de ciertos sentimientos ingenuos del mismo modo que un patito escapaba del hacha.

Pero Peggy ya no luchaba contra aquello. Y precisamente porque no lo hacía, él se sentía doblemente culpable. Mientras la observaba recoger las pertenencias de él, mientras la veía doblar cada una de sus prendas, casi deseaba que se enfureciera con él en lugar de procurar serle tan condenadamente útil.

–Lamento mucho que Paul haya tenido que ver todas esas imágenes espantosas en las noticias esta noche –dijo Peggy–. Eso le atormentará varios días. Es una pena que no vayas a estar en casa para tranquilizarlo. Cree que eres el mismísimo Jesús.

Fue una advertencia no demasiado sutil de que Peter estaba descuidando sus deberes de padre. El primer lapsus de ella.

–¿Qué insinúas? ¿Que no soy Jesús?

Ella dejó de guardar los calcetines para mirarlo, y él había hablado con cautela, esforzándose por transmitir una impresión de absoluta normalidad. Sin embargo, debía de ser evidente que no se encontraba en un estado normal. Sin duda debía de tener las pupilas dilatadas por la emoción ante la perspectiva de lo que se disponía a hacer. ¿Cómo podía estar tan ansioso por abandonar aquella casa, aquel niño que dormía en la habitación contigua, aquella mujer que tenía tan cerca, a su lado? Peter observó el rostro de Peggy, uno de los rostros que más profundamente conocía y más amaba; lo miró de una forma que no podía interpretarse mal, y pensó: «Calcetines y calzoncillos; mira cómo toca hasta mis malditos calcetines y calzoncillos».

Peggy reaccionó a su bromita con una sonrisa, y reanudó su tarea de preparar la maleta de Peter. Cómo había aprendido su mujer a dominarse, pensó él, y cuántas cosas tenía que controlar. La ira no había desaparecido, por supuesto, pero ella sabía contener todos sus estallidos. Y donde una vez hubo fuego, había penetrado poco a poco la oscuridad. ¿Dónde se escondía la ira de Irene Hopper, ahora conocida como Peggy Walters? ¿Bajo una cortina de serenidad y discreto humor? «Vamos, Peggy, ¡grita! Pide que me explique, que me justifique. Oblígame a revelarte quién soy, y aunque la mona se vista de seda mona se queda.»

¿Por qué pelearse? ¿Era aquélla la fórmula más fácil? Bueno, en realidad no importaba. De todas las maneras, él acabaría yendo en busca de Abu Homaidi, y ella quedándose sola en casa; de todas las maneras, él acabaría saliendo de aquella casa a la mañana siguiente, por decisión propia y no por necesidad, para quizá no volver a ver jamás ni la casa ni a la mujer.

Peter estaba de pie sin saber qué hacer.

–Peter, trae unos cuantos pañuelos de tu cajón, por favor.

Tras hacer lo que le había pedido, entró en el cuarto de baño, introdujo descuidadamente sus artículos de aseo en un neceser de piel y se lo entregó a modo de contribución.

–Mañana tendrás que afeitarte y lavarte los dientes –le recordó Peggy.

Peter devolvió el neceser al cuarto de baño. Después se tumbó en la cama y observó cómo ella acababa de preparar el equipaje. Encontraba algo intensamente conmovedor en su mera forma de moverse. ¡Qué mujer! Se esforzaba, luchaba, salía adelante con lo que finalmente conseguía. Se precisaba valor para conservar aquel autocontrol, y ella tenía mucho, aunque a veces le fallaba; a veces temblaba. De pronto, mientras inclinaba la cabeza para buscar algo en un rincón de la maleta, Peter vio cómo se estremecía su mejilla. Cerró los ojos. No quería presenciar aquello, pues le causaba demasiado dolor.

–¿Dónde está tu chaleco Kevlar? –preguntó Peggy.

Peter abrió los ojos. Como detestaba ponerse el chaleco antibalas, raramente lo utilizaba. Además, el Kevlar no le protegería de un disparo en la cabeza. En cambio, Peggy tenía una fe casi religiosa en la capacidad del chaleco para mentenerlo vivo e ileso, de modo que él se lo llevaba para hacerle un favor. Ella nunca supo adónde viajaba, ni qué hacía cuando llegaba allí; sólo sabía que el peligro, las heridas y la muerte eran siempre posibilidades reales.

–Está en mi armario –contestó Peter.

–No; no lo veo.

–A lo mejor está en el armario del pasillo.

Peggy fue a mirar. Volvió sin el chaleco.

–Tampoco está allí. ¿Dónde puedes haberlo guardado?

–No tengo ni idea.

–Tú lo guardaste la última vez. –Peter no dijo nada–. Esto es desesperante –se quejó Peggy, y el temblor de la mejilla se extendió hasta el labio inferior.

Peter se levantó de la cama.

–Peggy...

–No puede haberse marchado andando. Ese maldito trasto debe estar en algún sitio.

–¿Has mirado en la nevera? Tal como tengo la cabeza últimamente, no me extrañaría que lo hubiera metido allí o en el congelador.

Ella no sonrió. Empezaban a aparecer grietas por todas partes. Toda aquella serenidad, se dijo Peter con pesar, aquel enorme autocontrol se desmoronaba. Se sentía suspendido, como momentos antes de iniciar alguna acción peligrosa. Peggy se tocó las mejillas con un gesto juvenil, y él la recordó tal como era nueve años atrás. De repente Peggy dejó que las manos le colgaran pesadamente en los costados, y fue como si se adentrase, vacilante, en el principio de la mediana edad. ¡Sorpresa! Peter no era un niño.

–Lo encuentras muy gracioso, ¿verdad? –dijo Peggy–. Crees que soy tonta por preocuparme por un ridículo chaleco antibalas que sólo llevas para tranquilizarme y que seguramente ni siquiera te pones. Reconócelo. –Peter no respondió–. ¡Reconócelo! –insistió ella.

Tenía el entrecejo fruncido y había entrado en aquel estado en que el dolor traspasaba su piel. Peter la miró y, contradiciendo sus propios deseos y sus ideas, dijo:

–¿Sabes cuánto te quiero?

Fue como si le hubiera propinado un garrotazo. «Es injusto –pensó Peter–. No se le dicen estas cosas a una mujer con quien has vivido tantos años, y mucho menos cuando estás a punto de marcharte y dejarla sola.»

–Sí –contestó Peggy con voz cansada–. Sé cuánto me quieres, y a veces me gustaría que no me quisieras tanto. A veces preferiría que me quisieras menos y me respetaras un poco más.

Recuperó el dominio de sí misma, y Peter encontró el Kevlar en su armario, colgado debajo de una chaqueta y después terminó de hacer la maleta en silencio.

Más tarde ya en la cama, envueltos en una suave oscuridad y acompañados por la luna, que asomaba a ratos, hicieron el amor quizá por última vez, y Peggy dijo:

–Antes no hablaba en serio. Me refiero a eso de que me gustaría que no me quisieras tanto. Era mentira.

–Ya lo sé.

Peggy suspiró.

–A veces digo unas cosas...

–No tienes que explicarme nada.

–Sí. Tratar de hacerte sentir culpable es un truco barato de esposa. Me avergüenzo de mí misma. –Lo abrazó–. Me alegro de que me quieras como me quieres. No habría aceptado que me amaras de otra forma.

Peter contempló aquel rostro cansado, herido y amado, pálido y un poco impreciso a la luz de la luna. «Si regreso a casa sano y salvo después de esto –se juró–, nunca volveré a hacer nada que pueda herirla. Nunca.»

Pero incluso mientras lo juraba, pensaba que ojalá pudiera creerlo.

17

–Lo peor, Hank, es que no consigo dejar de preguntarme cómo acabará todo este jaleo.

Era casi medianoche y estaban tomando Remy Martin en el estudio que el ministro de Justicia tenía en su casa de Georgetown. Habían cenado fuera y asistido a un concierto en el Kennedy Center. En otra habitación, la esposa de Wayne y la chica que esa noche acompañaba a Durning hablaban y bebían por su cuenta.

–Eso –añadió Wayne– si acaso acaba.

Durning miró a su amigo, que parecía llevar días sin dormir, lo que confería a su mirada una nota de dolor. De hecho, las facciones de Wayne, de por sí tortuosas, parecían hundirse en una extraña mezcla de preocupación y pena, que recordó a Durning el triste aspecto que ofrecían las zonas más deprimidas de la ciudad. Eso significaba que por lo visto tanto Brian como las zonas mas deprimidas de Washington habían alcanzado el conocimiento de que probablemente muchas cosas dolorosas nunca mejorarían.

–Lamento de verdad haber tenido que involucrarte en esto –dijo.

Wayne miró a Durning con aire melancólico y lo lamentó aún más. Habían ido juntos al instituto, a la universidad y a la más infernal de las guerras del país, y Durning había estado a punto de morir intentando salvarle la vida. De modo que no podría haberlo abandonado en aquella incomprensible persecución de un tal Vittorio Battaglia. Lo único que Wayne deseaba era saber algo más de lo que había detrás, pues cinco de sus agentes habían desaparecido ya, y seguramente estarían muertos, y otros se hallaban en peligro. De manera que se creía con derecho a saberlo. Hank, en cambio, no opinaba así e insistía en que le bastaba con saber que su vida y su futuro estaban amenazados mientras Vittorio Battaglia, conocido pistolero de la mafia, siguiera en libertad. El resto era sencillamente una cuestión de fe y amistad.

–El hecho de conocer los detalles –le había dicho Durning– no nos reportará ningún bien ni a ti ni a mí. De modo que, por favor, Brian, o me ayudas o no me ayudas, pero olvida todo lo demás.

Y el tema quedó zanjado.

El director del FBI se levantó para rellenar sus copas.

–Supongo que así se desencadena todo –dijo.

Durning lo miró.

–¿A qué te refieres?

–La definitiva caída en desgracia de uno. –Brian Wayne rió, y su risa fue escalofriante–. Se acerca tan disimulada y sigilosamente que apenas lo notas. Envías a un par de agentes a interrogar a un hombre y a una mujer para hacer un favor a un amigo, y de repente estás cubierto de mierda hasta el cuello y empiezas a hundirte.

–Desde luego sabes expresarte, Brian.

–Los dos conocemos tristes ejemplos. Y por si lo has olvidado, ni siquiera se libra el Despacho Oval. De hecho, cuanto más se asciende, más grave es la enfermedad.

–¿Qué enfermedad?

–Un distorsionado sentido de la inmunidad; creerte que estás por encima de todo, que eres intocable, que estás tan arriba que puedes permitirte cualquier cosa que se te antoje.

–¿Insinúas que no es así?

Wayne esbozó una sonrisa tan fría como su risa.

–La próxima vez que te encuentres a Gary Hart, Ivan Boesky o Mike Milken, haz esa pregunta a cualquiera de ellos.

La teoría de Durning.

Con el sexo pasaba como con las obras de arte: nunca había que hacerlo dos veces igual. Para que resultara satisfactorio había de producirse una mezcla aparentemente espontánea de tiempo, lugar, humor y pareja, combinada con cualquier otra circunstancia que pudiera ocurrir por el camino.

Esa noche disfrutó de la velada antes de acabar en la cama. Primero, una cena exquisita en un ambiente perfecto con los Wayne, después la música siempre inspiradora de Mozart, un coñac excelente con su viejo amigo, y luego, ya en el dormitorio, levantar un poco el ánimo con la mejor marihuana disponible.

¿Y la mujer?

Una joven joya, recientemente descubierta, de origen húngaro que se llamaba Ilona, cuyo apellido resultaba impronunciable, y que era una maestra consumada no sólo en la cama, sino también en todos los preliminares.

Creía que la razón podía imponer grandes progresos en el camino del desorden a la armonía y la conquista del caos no tenía que iniciarse de nuevo cada mañana.

–Tú atacas cada nuevo día, cada hora, cada minuto –había dicho a Durning– como si nunca antes te hubieras enfrentado a ellos, como si tuvieras que demostrar tu valor de nuevo.

¿Qué quería decir? ¿Acaso no era eso lo que había que hacer? De ningún modo. Él era el ministro de Justicia de Estados Unidos, un personaje eminente. Debería aprender a relajarse y gozar más de las cosas. ¿De qué cosas? Su sonrisa podía ser beatífica. ¿Cómo que de qué cosas? De ella, por supuesto.

Ahora, moviéndose con ella por aquella dulce y profunda zona que hay debajo del sexo, Henry Durning se sintió aéreo, ingrávido, intensamente vivo. Todas aquellas sombras frescas y rubias. Qué sensual, qué salvaje era aquella chica. Cuánto placer obtenía en todo lo que hacían. Aquello por sí sólo ya le resultaba excitante. El mero hecho de estar tumbado sobre el cuerpo de ella era como flotar en una pasión móvil que emanaba de ella y lo abrazaba a él. Cada vez que la mujer respiraba, expulsaba murmullos de deseo.

Entonces, sin saber por qué, Durning recordó a Brian Wayne y algunos de sus comentarios de aquella noche, y se desanimó.

Ilona lo notó.

–¿Qué pasa?

–He pensado en lo que no debía.

–Yo lo arreglaré.

Acuclillándose como un animal dorado para beber agua, Ilona arremetió contra él, le besó los labios, el cuello, el pecho, el estómago, bajó más y allí se demoró. Sin embargo a Durning le costaba mucho reconducir sus pensamientos una vez que se habían extraviado, de manera que Ilona estaba trabajando en vano.

–Lo siento –dijo Durning–. Más tarde, quizá.

Ella alzó la vista hacia él y, con ojos abatidos, miró por encima de la lisa llanura de su estómago, por entre las laderas gemelas de su pecho.

–No. Espera. Lo arreglaré.

Y se enfrascó de nuevo en la tarea.

Él intentó soltarse, suavemente, librarse de ella. Pero ella insistía y Durning acabó por ceder.

Qué extraña mujer. Durning notó que el cuerpo de la mujer se endurecía. Percibió tensiones y miedos ocultos. Distanciado de todo aquello, la observó aplicar todo cuanto sabía, que era mucho. Otra experta. En la cama, Durning sólo había conocido a virtuosas. Todas eran maestras. ¿Dónde aprendían tanto? Y todas tan jóvenes. ¿O sería genético?

¿Y él? Siempre el dios, el mismísimo Eros, aunque esa noche no tan divino. Y cada vez era más frecuente. «Admítelo, Henry; te haces mayor. Cada vez tienes que ponerle más imaginación.» Todavía lo disimulaba bien en la mayoría de los casos, pero comenzaba a resultar humillante.

Se encendió una lámpara, y Durning contempló el resplandor en las paredes y el techo, sin dejar de pensar en Wayne.

«La definitiva caída en desgracia»; así había descrito su amigo la creciente amenaza. Pero Durning no tenía intención de caer. Brian era de lo mejor, profesionalmente y como amigo, pero era un alarmista sin remedio. La gente como él podía ser dominada si era sometida a la presión adecuada. Ésa era una de las razones por qué Durning no le había contado toda la miserable historia. El otro motivo, más importante, para guardarse los detalles era la profunda vena moral y ética de Brian, que bien podía impulsar a su amigo a juzgarlo en el momento más inoportuno.

Como Durning continuaba pensando en lo que no debía, poca ayuda prestaba a Ilona. Empezó a concentrarse, pero verla trabajar con tanto ahínco, con tal desesperación, le pareció terriblemente triste, y cualquier esperanza se desvaneció. Pobre chica.

Al final la atrajo hacia sí y la abrazó.

–Oye, no tiene que ser ahora.

El rostro de la muchacha se desdibujó, se disolvió contra el de él. Su cuerpo se tensó, e hincó los dedos en el pecho del hombre.

–Oye, no es ninguna tragedia –dijo Durning.

–Sí lo es.

–No tienes que desesperarte tanto por eso.

Ella yacía pesadamente, su cuerpo flexible convertido en plomo.

–Me parece que odio la idea de fracasar.

–Si alguien ha fracasado, he sido yo, no tú.

–Cuando una mujer no logra excitar a un hombre, es culpa de ella.

–Eso no es más que palabrería machista.

Ilona guardó silencio unos momentos.

–Es la primera vez que me ocurre –explicó.

Durning compuso imágenes eróticas de los éxitos de Ilona. Se sucedían hasta el infinito.

–Lamento haber estropeado tu historial.

Estaba harto de aquella conversación. Comprendió que había llegado demasiado lejos cuando, por un instante, miró por encima de la cabeza de la muchacha; a través de la ventana, vio una estrella a lo lejos y sintió que algo de su mística luz, una radiación no del todo inocente procedente de las legiones de mujeres que había conocido y utilizado a lo largo de los años, recorría el espacio e irrumpía en él. Y el vacío de sus apareamientos sin amor le golpeó como un puñetazo, y por un momento sintió que el único camino verdadero de la razón era el que unía las profundidades de un ser con el corazón de otro; comparados con eso, toda su lógica nada significaba.

Entonces se cuidó de volver a contemplar aquella luz pálida y distante. Además, con un poco de tiempo y unas caladas más de aquella mágica hierba, la amenaza de la estrella pareció remitir.

Al fin y al cabo, él llevaba las riendas. Todavía no se había abandonado a un salvaje impulso emocional. Reprimir el sentimiento había sido su consigna, la filosofía que había regido su vida y practicaba con diligencia, aplicándola continuamente y demostrando firmes progresos. Esperaba estar en muy buena forma en su lecho de muerte.

Más tarde, cuando hicieron el amor, la última de las amenazas de aquella estrella se había esfumado.

18

El representante de Gianni, Marty Ellman, vivía en un elegante rascacielos de preguerra de la Quinta Avenida, situado a unos quince minutos a pie de su galería de Madison Avenue. De hecho el pintor estaba convencido de que el único ejercicio que había practicado su agente durante los diez años que hacía que se conocían era caminar del trabajo a casa, trayecto que recorría a pie indefectiblemente, lloviera o nevara, seis días a la semana.

Y así lo hacía también esa mañana, con una diferencia inapreciable; esta mañana lo seguían.

Gianni había descubierto al espía hacía aproximadamente una hora. Se trataba de un hombre barrigudo, vestido con pantalones y chaqueta arrugados a quien había visto apoyado contra la pared de Central Park que se levantaba delante del edificio de Ellman, leyendo el *Daily News*. Al artista le pareció más bien un policía local que un federal. A Gianni todavía le sorprendía un poco que emplearan vigilantes en una posibilidad tan remota como Marty. Aunque evidentemente no era tan remota.

Gianni caminaba por la Quinta Avenida en dirección sur, manteniéndose a una manzana de distancia del agente de paisano, que andaba unos veinte metros detrás de Ellman. Gianni quiso asegurarse de que el policía no tenía ningún ayudante, porque sabía que solían trabajar en pareja. Por lo visto aquél iba solo.

Ellman giró hacia el este por la calle Sesenta y ocho, hacia Madison Avenue. Tras recorrer otras dos manzanas, abrió y entró en la Galería de Arte Gotham.

Gianni se detuvo y fingió que miraba escaparates. Observó que el policía cruzaba Madison Avenue y subía a un sedán gris aparcado en una zona de estacionamiento limitado, justo delante de la galería. Entonces el detective encendió un cigarrillo y se dispuso a iniciar una nueva jornada de vigilancia.

La galería se ubicaba en un pequeño edificio de tres plantas, en la esquina entre Madison y la calle Sesenta y seis. Gianni pasó de largo y dobló la esquina. Cuando estuvo fuera del campo de visión del detective, bajó por una entrada del sótano, subió un tramo de las escaleras y pulsó el timbre de la puerta de servicio de la galería.

Eran sólo las 8.15. Marty estaría solo hasta que la galería abriera las puertas al público a las diez y llegara el personal.

–Soy Gianni.

Tras un momento de silencio, Gianni oyó los cerrojos y los pasadores, la puerta se abrió de par en par, y los dos hombres se miraron. Marty Ellman observó con sus ojos de miope desorbitados tras las gruesas gafas el cabello cano, el bigote y las gafas. Luego se fijó en los ojos de Gianni, que no habían cambiado.

–Pero ¿qué demonios...?

–¿Estás solo?

Ellman, un hombre delgado de rostro sonrosado e ilógicamente juvenil, asintió con la cabeza.

–No he parado de llamarte desde el día de la recepción. ¿Dónde diantres te habías metido? ¿Y qué significa ese peluquín?

Gianni Garetsky cerró la puerta metálica de emergencia y echó los pestillos. Luego precedió a su agente hasta el despacho y se sentó con aire cansado en una butaca. Llevaba mucho rato de pie.

–No vas a creértelo, Marty.

–A ver.

En el despacho, donde había una luz mucho más intensa, Ellman miró detenidamente al pintor por primera vez y palideció.

–¿Qué demonios has hecho? ¿Has vuelto con la mafia?

–Peor aún.

Gianni resumió lo sucedido a Marty Ellman, recitando las palabras casi de memoria. No le explicó más que lo necesario para el propósito de su visita. Sin embargo, incluso aquel sucinto relato le hizo sentirse como si estuviera derrochando su propia semilla, debilitando alguna parte fundamental de su futuro. ¿Le había invadido ya la misma muerte? Sería injusto, sobre todo con Marty, que había cambiado literalmente la vida del pintor, que había tenido la suficiente fe para apoyarle cuando el mundo del arte le marginaba. Gianni solía pensar que su único problema con Marty era intentar no darle demasiados besos en público.

Ellman, incapaz de permanecer quieto mientras Gianni hablaba, paseaba por el despacho. Cuando Gianni terminó, su rostro sonrosado estaba cubierto de sudor.

–No puedo creerlo –dijo con tono inexpresivo–. ¡Estamos en Estados Unidos de América, por el amor de Dios! El país de la tarta de manzana y la sopa de pollo.

–Muy bien, pero tenemos unas cuantas cucarachas muertas flotando en la sopa.

–Pero estás hablando del FBI, no del KGB. ¡Demonios! Ni siquiera los rusos se atreven a cometer esas animaladas hoy en día.

Garetsky guardó silencio. Hallaba algo extrañamente consolador en la reacción de Marty. «Como un loco convencido –pensó– de que en realidad es el resto del mundo el que está loco, y no él.»

Ellman se enjugó la cara con un pañuelo.

–Te has arriesgado mucho al venir aquí. Podrían estar vigilándome.

–Están vigilándote. He seguido a uno de ellos desde tu casa. Ahora mismo está dentro de un coche en Madison Avenue, fumando como un carretero. Te habría telefoneado, pero estoy seguro de que te han intervenido los teléfonos.

Ellman salió del despacho y se dirigió a la parte delantera de la galería. Cuando regresó tenía los labios apretados.

–¿Te refieres a ese Ford gris aparcado en la acera de enfrente?

–El mismo.

–Maravilloso, absolutamente soberbio.

Meneando la cabeza, el agente sacó una botella de Dewars de un minibar, llenó un par de vasos pasados de moda y bebió un largo trago de uno de ellos.

–Son las ocho y media de la mañana, Marty. Además, eres judío.

–En lo referente al whisky, soy irlandés.

Gianni dio un poco de tiempo a Ellman para que se recuperara. Su agente, como Vittorio y Angie, había formado parte del mismo grupo de amigos de la academia de arte. Al final se había decantado por el comercio del arte más que por su creación. «Tuve suerte –decía para explicar su elección profesional–. Lo descubrí temprano. Era demasiado judío para convertirme en un gran talento. Es decir, no era lo suficientemente egocéntrico, y me gustaba demasiado comer.»

–Muy bien –murmuró–. Ahora que ya me has comunicado las buenas noticias, ¿qué más vas a decirme? ¿Que tengo cáncer?

–Sólo quiero formularte algunas preguntas, Marty. ¿Cuándo hablaste por última vez con Vittorio?

El agente se encogió de hombros.

–No sabría decirlo. Hace por lo menos nueve o diez años.

–¿Cómo fue? ¿Os encontrasteis por casualidad? ¿Te llamó él para hablar de algo?

–Me telefoneó él. Dijo que quería visitarme para charlar, lo que me sorprendió, pues hacía años que no hablaba con él. Por entonces estaba metido hasta el cuello en la mafia.

Sin darse cuenta Gianni cogió el whisky que le había servido Ellman, bebió un trago e hizo una mueca.

–En aquella época yo todavía estaba en Italia. ¿Y de qué quería hablar?

–De nada en concreto. Vino aquí, a la galería, y estuvo un rato paseándose, mirando los cuadros y haciendo preguntas sobre ellos.

–¿Qué clase de preguntas?

Ellman miró a Gianni a los ojos.

–Preguntas de arte. Ya sabes, estilo, técnica, tema. ¿Qué le gustaba más al público? ¿Qué se pagaba más y por qué? ¿Qué porcentaje se llevaba la galería? Cosas así.

–Es decir, como si estuviera planteándose ejercer de marchante de arte.

–Exacto. De hecho, hasta hice una broma sobre eso. Por lo menos lo dije con intención de bromear. Le pregunté si don Donatti estaba considerando la posibilidad de extender sus actividades a la protección de galerías de arte.

Gianni se inclinó.

–Y entonces te preguntó las mismas cosas sobre los mercados artísticos europeos, ¿no?

–¿Cómo lo sabes?

Gianni sintió un súbito calor.
–Telepatía, supongo.

El profesor Eduardo Serini residía todavía en el mismo edificio de Little Italy que en su día había albergado la Escuela de Arte Serini. Se hallaba en Mulberry Street, en el Lower East Side, y Gianni Garetsky pasó por delante del edificio cuatro veces, dos en cada dirección, sin detectar nada sospechoso.

Luego subió hasta la azotea de un bloque de cinco plantas sin ascensor situado enfrente del de Serini. Desde allí observó el edificio del profesor durante media hora. Tampoco advirtió nada que le preocupara.

Aun así, cuando finalmente entró en el bloque del profesor Serini, lo hizo atravesando varios tejados contiguos, donde de niño había jugado al escondite.

Se coló en la escalera desde la puerta de la azotea y olió el humo de cigarrillo que ascendía flotando en una espiral gris azulada. Gianni permaneció completamente quieto, escuchando. Oyó una tos seca. Después, Gianni empezó a bajar por la escalera, sin hacer ruido gracias a sus zapatillas de deporte con suela de goma. Entonces, asomándose por la barandilla, vio a un hombre sentado fumando en el rellano del cuarto piso. El profesor Serini vivía en el tercero.

El hombre leía un periódico. Se había quitado la chaqueta y llevaba una pistolera, con un arma de reglamento de calibre 38. De su cinturón colgaban unas esposas.

Gianni se apartó de la barandilla y caviló unos segundos. Cuando tuvo todo claro en su mente, se quitó el peluquín, el bigote y las gafas y guardó con cuidado todo en sus bolsillos. No quería que si el policía llegaba a verlo antes de que él lo golpeara recordara su disfraz cuando recobrara el conocimiento. A continuación Gianni sacó su automática y bajó por la escalera, en esa ocasión dejando que se oyeran sus pasos.

El vigilante, dando por supuesto que se trataba de un inquilino que bajaba de un piso superior, se apartó para dejarle pasar. Ni siquiera se molestó en mirar hacia atrás antes de que Gianni le golpeara la sien con la culata de la automática. El hombre se derrumbó como un árbol con las raíces podridas, emitiendo tan sólo un débil gruñido.

Gianni se apresuró entonces. Se arrodilló, colocó su hombro debajo de la cintura del vigilante inconsciente, y lo subió con gran esfuerzo hasta la azotea. Una vez allí le introdujo un pañuelo en la boca, le esposó las manos a la espalda y le ató los tobillos con una cuerda de tender la ropa. A continuación lo arrastró hasta detrás de un ventilador y un montón de material para techar y volvió al tercer piso.

El profesor Eduardo Serini abrió la puerta al segundo timbrazo; era un hombre con la piel llena de manchas, un millar de arrugas y una espléndida y reluciente melena blanca. Miró a Gianni con los ojos entrecerrados y legañosos y sonrió mostrando todos sus dientes.

–*Benvenuto*, Gianni. *Avanti*. Pasa, pasa.

El anciano condujo a Gianni, casi apoyándose en su brazo, hasta la cocina, donde había estado leyendo un libro italiano. Hacía varios años que Garetsky visitaba a Serini por lo menos una vez por semana, de modo que el anciano no se sorprendió. Gianni se sentó en la silla de siempre, junto a la mesa de la cocina, y el profesor sirvió un *espresso*.

–Dime, ¿qué has hecho con ese estúpido *poliziotto* que te esperaba arriba? –preguntó Serini.

Gianni meneó la cabeza lentamente.

–Está durmiendo en la azotea. Sigue enterándose de todo, ¿verdad, *professore*?

–¿Por qué no? ¿Qué otra cosa voy a hacer?

–Entonces ¿le han interrogado?

–Ése es su trabajo. No protegen a la gente; les formulan preguntas. –Serini examinó el magullado rostro de Gianni–. Por lo que veo, también te han interrogado a ti, y a fondo.

–¿Le han hecho daño? –preguntó Gianni.

–No. No se atreverían a ponerme un dedo encima. Soy demasiado viejo. Si me tocaran, sólo conseguirían que me muriera. Además tengo *un posto nel loggione*.

Esto último significaba un «asiento entre los dioses», y era una expresión característica del discurso del anciano, que empleaba un dialecto mezcla de inglés e italiano que él mismo había inventado y perfeccionado durante los casi setenta años que llevaba en América. *Il professore* había llegado a Nueva York en su luna de miel, con su flamante esposa y con los más altos honores de la Real Academia de Arte de Roma, y ya no se marchó. El viaje de novios había sido su premio de graduación, y el cuadro ganador todavía estaba colgado en su salón. Gianni lo veía desde donde estaba sentado; un óleo inmenso y sombrío que representaba un naufragio en que murieron cientos de personas, entre ellas los padres y la hermana de Serini. No resultaba nada reconfortante.

–¿Qué le preguntó la policía? –inquirió Gianni.

–Dónde estabais Vittorio y tú. Como yo no lo sabía, fue una conversación muy breve. –Serini suspiró–. ¿Y tú qué quieres preguntarme?

–Lo mismo que la policía.

–¿No sabes dónde estás, Gianni?

–No muy bien, *professore*, y por lo que se ve, no lo averiguaré hasta que localice a Vittorio.

–¿Qué te hace pensar que yo sé dónde para ese loco *assassino*?

–¿No habíamos dicho que usted lo sabe todo?

El anciano asintió con la cabeza, como si aquélla fuera realmente la respuesta. Luego permaneció un rato callado, mirando su taza de café.

–Te seré sincero –dijo–. Cuando oigo el nombre de Vittorio me dan ganas de vomitar.

–¿Por qué?

–Porque lo tenía todo... lo mejor y se convirtió en un mierda de primera. *Veramente prima classe*. Yo no tengo paciencia para eso. Te miro a ti y veo lo que él podría haber sido. Y me pongo enfermo.

–Somos personas diferentes.

–Tonterías. Erais como uno solo. Hermanos. Ambos empezasteis en la misma letrina. Sólo que tú saliste, y él todavía está, allí flotando entre los cagarros.

–Ahí acabaré yo también si no le encuentro *professore*.

–No lo entiendo.

–Confíe en mí y ayúdeme. ¿Cree que podrá hacerme ese favor?

Eduardo Serini se quedó un rato con la mirada perdida. Finalmente asintió con la cabeza.

–Creo que Vittorio vino a verle por última vez hace unos diez años –dijo Gianni–. ¿Es cierto?

–Sí.

–¿Y qué quería?
–Enseñarme un cuadro.
–¿De quién?
–Suyo.
–Cuéntemelo.
–No hay mucho que contar. Además, no veo...
–Por favor, *professore*. Explíqueme qué ocurrió.
El anciano se tomó unos momentos para recomponer sus recuerdos.
–Lo que ocurrió fue una sorpresa –dijo–. Vittorio me enseña un cuadro que acaba de pintar y quiere saber si me parece bueno. Le contesto que sí, que es bueno. «¿Lo suficiente para venderlo?», me pregunta. Le repito que sí. –Serini miró a Gianni desde el otro lado de la mesa–. Me dice que es el primer cuadro que ha pintado desde hace años y me pregunta si estoy seguro de que no se lo digo sólo para que esté contento. Le contesto que no tengo ningún motivo para desear que un cerdo asesino esté contento, que es un pecado asqueroso contra Dios que un talento divino como el suyo se malgaste en un mierda como él, y le pido que se largue inmediatamente de mi casa antes de que lo eche yo mismo.
–¿Y entonces?
–Entonces el muy bastardo ríe y me besa en las dos mejillas. Dice que siempre me ha querido y que lamenta de verdad haber hecho de cerdo asesino todos esos años, pero que quizá todavía esté a tiempo de cambiar.
–¿Eso es todo? –El profesor asintió con la cabeza–. ¿Y no volvió a verlo más?
–No. –El profesor se movió y añadió–: Una vez me telefoneó.
–¿Cuándo?
–No estoy seguro, pero no creo que haga más de dos o tres años.
–¿Para qué le llamó?
–Sólo para darme las gracias con mucho retraso. También para decirme que tenía un hijo dotado con un verdadero talento para la *bella arte* y que no malgastaría ni una pizca de ese talento, a diferencia del cerdo asesino de su padre.
–¿Desde dónde llamaba?
–No me lo dijo. Debía de ser desde muy lejos.

–¿Cómo lo sabe?

–Porque era un teléfono público y gastó un montón de dinero.

–¿Oía cómo caían las monedas?

–Sí.

–Entonces debió de oír a una operadora indicar a Vittorio cuánto dinero tenía que meter.

–*Probabilmente.*

–Muy bien –dijo Gianni–. ¿Y qué idioma hablaba la operadora? –Serini lo miró fijamente–. Vamos, *professore*, piense. ¿Entendió qué decía la operadora?

–Sí.

–Entonces, ¿hablaba en inglés?

El anciano negó con la cabeza con aire cansado.

–No. De eso estoy seguro.

–¿Y qué otros idiomas entiende usted?

–Solamente italiano.

Se miraron.

Más tarde Gianni Garetsky buscó una cabina y llamó al 911 para informar que había alguien atado en la azotea del número 45 de Mulberry Street.

19

Henry Durning estaba en Nueva York para encargarse de unos asuntos del Ministerio de Justicia, pero a las cinco de la tarde se despidió de sus colegas y pidió a su chófer que lo llevara al enorme hotel Marriott Marquis, en el *midtown*.

Subió en uno de los ascensores de la parte trasera al piso treinta y tres, recorrió el pasillo enmoquetado hasta la suite 3307 sin cruzarse con nadie, y entró con la llave que le habían dejado esa misma mañana en su suite del Waldorf.

Había llegado deliberadamente antes de la hora a su cita. Se quitó la chaqueta y se sirvió un vaso de Perrier del minibar en lugar del Jack Daniel's de costumbre. Luego, con el vaso en la mano, se acercó a un gran ventanal orientado al oeste y permaneció allí de pie, bañado por el sol de la tarde. En el río un lejano carguero navegaba lentamente arrastrado por la corriente.

La sensación que predominaba en él en aquel momento era una peculiar apatía. Sin embargo, su sorpresa inicial perduraba y seguía inquietándolo. Todo había ocurrido tan deprisa, tan inesperadamente.

Le costaba concentrarse. Su cerebro arrancaba y se detenía como una máquina averiada. Insistió. ¿Cómo no iba a hacerlo? De repente se había convertido en el tema central de su vida; su supervivencia dependía del desenlace.

Hacía exactamente una semana que todo se había desencadenado dentro de él como un terremoto íntimo, y las réplicas todavía lo sacudían.

La nota había llegado por correo ordinario a su casa de Georgetown, hacía exactamente diez días, en un sencillo sobre blanco con la inscripción «Personal» que carecía de remite. El matasellos era de Freeport, Nueva York, una ciudad situada en la orilla sur de Long Island. El mensaje, toscamente mecanografiado, rezaba:

Querido señor Durning:

Irene Hopper no se hundió en el océano con su avión hace nueve años como usted y todo el mundo creyeron. No murió. Le adjunto su antiguo carné de conducir para que no piense que soy un vulgar chalado.

Si quiere ver las pruebas y oír toda la historia de lo que en realidad sucedió, llámeme al (516)828–6796, y le informaré de cómo puede llegar a mi casa.

Estoy muy enfermo y no puedo levantarme de la cama, por eso no he podido viajar a Washington para visitarle.

No tarde demasiado en telefonearme, por favor. Mi médico no me ha dado mucho tiempo de vida.

MIKEE.

Henry Durning había leído la nota cinco veces, y las cinco veces sintió primitivos agitamientos de espanto en su cerebro. Apenas veinte minutos después de leer el breve mensaje por primera vez, ya estaba marcando el número de aquel hombre.

–¿Es usted Mike?

–Sí.

–Le habla Henry Durning. Acabo de leer su carta, y tengo algunas preguntas que formularle.

–Por teléfono no, por favor, señor Durning. Si quiere hablar conmigo, tendrá que venir a mi casa.

–¿Cuándo?

–Cuanto antes mejor. ¿Le parece bien esta noche, sobre las ocho?

–De acuerdo.

El hombre llamado Mike le indicó su dirección.

–Dos cosas, señor Durning. No mencione esto a nadie y venga solo. Ni chófer, ni guardaespaldas, solo. No es nada personal. En asuntos como éste hay que ser muy prudente. ¿Me comprende?

Durning comprendía. Comprendía lo suficiente para esconder una automática en su cinturón. Luego pilotó su propio Lear hasta La Guardia, alquiló un coche en la terminal y un cuarto de hora más tarde aparcaba a unas pocas manzanas de la modesta casa de Cape Cod en que vivía Mike. Si aquella noche había alguna especie de trastorno místico en el firmamento, Durning estaba seguro de que lo había acompañado todo el camino.

Una mujer de mediana edad con el cabello cano le abrió la puerta.

–Soy Henry Durning.

–Lo sé. Lo he visto por televisión. –Su timidez la hizo ruborizarse–. Mi marido le espera.

La siguió al piso superior, hasta un pequeño dormitorio que olía a secreciones corporales, enfermedad, y medicamentos.

Mike estaba sentado en la cama, recostado contra unos cojines. No había mentido acerca de su salud. Sus ojos hundidos, su rostro demacrado, el amarillo grisáceo de su piel... todo preludiaba muerte.

–Hola, señor Durning –dijo con una voz áspera, ronca–. Ya conoce a mi esposa, Emma. Lo siento mucho, pero tendrá que cachearle. No puedo arriesgarme a que lleve un micrófono.

–No traigo micrófonos, pero voy armado.

–El arma no me importa. Emma tendrá que comprobar que no lleva micrófonos.

Durning permaneció de pie mientras la mujer lo registraba. Encontró la automática en su cinturón, pero la dejó donde estaba. Cuando hubo terminado, hizo una señal con la cabeza a su marido y acercó una silla a la cama para el visitante.

–¿Le apetece una copa de vino tinto, señor Durning? ¿O quizás un poco de whisky irlandés?

La miró, olfateó la sopa orgánica del aire y olió todo el resto de la vida de aquella mujer.

–Gracias –dijo–. Un poco de vino tinto.

Cuando su esposa hubo salido de la habitación, Mike dijo:

–Todo esto lo hago por ella, señor Durning. Entre los médicos, las medicinas y que no puedo trabajar, la estoy dejando en la miseria. Por tanto, le advierto que si le interesa lo que voy a ofrecerle, le costará unos cuantos billetes. –Durning no dijo nada–. Para ser sincero –prosiguió Mike– he de decirle que detesto hacer esto. Jamás he vendido a un amigo en toda mi vida. Pero Emma me ha dado treinta y ocho años y se lo debo.

Tosió y escupió sangre y mucosidad en un pañuelo.

Su esposa regresó con una botella y dos copas en una bandeja de plata. Mike observó cómo escanciaba el vino, antes de sentarse en el borde de la cama.

–Muy bien, le contaré cómo ocurrió –dijo Mike–. Hace unos nueve años un amigo mío vino a pedirme un favor. Como yo sabía pilotar aviones, me pidió que le ayudara a hacer ver que una mujer que viajaba sola se había matado al estrellarse su avión en el Atlántico.

Durning se humedeció los labios con el vino.

–¿Se trataba de Irene Hopper?

–Sí.

–¿Y quién era su amigo?

–Eso vendrá después. Es la parte por la que tendrá que pagar.

–¿Por qué iba a querer Irene Hopper hacerme creer que estaba muerta?

–Mi amigo nunca dijo que fuera a usted a quien quería hacer creer que había muerto. Nunca mencionó ningún motivo, y yo no se lo pregunté. Los dos supusimos que cuanto menos supiera yo, mejor.

–Entonces, ¿qué le impulsó a escribirme a mí para explicarme que ella sigue con vida?

–Vi que los documentos del avión estaban registrados a su nombre y supuse que a usted podría interesarle, ¿me explico?

Durning asintió lentamente con la cabeza.

–¿Cómo lo hizo?

–No resultó demasiado difícil. Irene despegó de Teterboro, New Jersey, con una ruta de vuelo cuyo destino era Palm Beach. ¿Lo recuerda?

–Sí.

–¿Recuerda también que realizó un aterrizaje de emergencia en Florence, Carolina del Sur, porque no le gustaba el ruido que hacía su motor?

–Sí.

–Bien, cuando su avión despegó de Florence una hora más tarde, era yo quien lo pilotaba, no ella.

–¿Dónde estaba ella?

–Se marchó en un coche de alquiler que yo mismo había dejado en un aparcamiento.

–¿Y qué pasó después?

–Me limité a seguir su ruta de vuelo a partir de la costa de Georgia. Cuando me hallaba a cincuenta kilómetros de Brunswick, mar adentro, sin barcos ni aviones a la vista, me puse un chaleco salvavidas y un paracaídas, vacié los dos depósitos de combustible, y salté cuando el avión estaba a punto de perder velocidad. –Mike aspiró aire y empezó a toser de nuevo, hasta que su esposa le hizo beber un poco de agua con una caña–. Estuve unos cinco minutos en el agua –continuó–, hasta que mi amigo me subió a su bote. Lo teníamos todo calculado. Luego arrojó suficiente material de flotación para que la guardia costera estuviera ocupada durante unos cuantos días. Y así fue como ocurrió, señor Durning.

La habitación quedó en silencio.

–¿Cómo puedo saber que no ha inventado todo esto?

El enfermo asintió con la cabeza.

–Emma, por favor, trae ese sobre que hay en la otra habitación.

La mujer entregó el sobre a Durning, quien examinó un fajo de documentos arrugados y desvaídos: impresos de Aviación Civil, licencias y rutas de vuelo. Todos llevaban la firma de Irene Hopper, así como el número de identificación del avión que pilotaba el día que desaparecieron ante la costa de Georgia. En el sobre también estaba la licencia de piloto de Irene. Durning la sostuvo en la mano y notó que se enfrascaba en emociones que no parecían pertenecerle. Contempló la fotografía de una joven hermosa y rubia con quien había mantenido una relación muy estrecha durante mucho tiempo, pero a la que evidentemente nunca había llegado a conocer. Entonces notó que sus dedos empezaban a perder el control y volvió a guardar todo en el sobre y lo cerró.

–¿Cuándo la vio por última vez? –preguntó a Mike.

–Hace nueve años, cuando ella bajó de su avión en Carolina del Sur y subí yo.

–¿Sabía usted adónde tenía previsto dirigirse ella desde allí?

–No.

–¿Y su amigo?

–Tampoco. No he vuelto a hablar con él desde el día que me rescató del agua. Acordamos que eso sería lo mejor. De modo que sólo puedo decirle su nombre. –Mike bebió más agua con la caña–. Eso si le interesa.

Henry Durning observó al hombre y a su esposa, que se había sentado en el borde de la cama. Advirtió las frágiles miradas que intercambiaron y percibió en ellas destellos de pánico.

–Me interesa –dijo.

–Ya le he avisado que esa parte tiene un precio.

–¿Cuánto?

Mike respiró hondo, como quien se dispone a saltar un precipicio.

–Cien mil dólares en metálico.

–¿Quién está enterado de esto?

–Sólo Emma y usted. –La vergüenza obligó a Mike a añadir–: Y ni siquiera usted lo sabría si yo no estuviera tan enfermo y arruinado.

–¿Mencionó a alguien que yo vendría aquí esta noche?

–Claro que no. ¿Me toma por un loco?

Durning se quedó con la mirada extraviada. Casi le sorprendía darse cuenta de quién era.

–Si le parece bien –dijo–, iré a buscar el dinero y regresaré mañana a las ocho de la noche.

El enfermo intentó mover sus labios resecos en un vano intento por sonreír, pero los músculos requeridos parecían haber olvidado cómo se hacía.

Al día siguiente, cuando Emma abrió la puerta a Durning, lo miró como si se tratara de un nuevo pretendiente. Se había cepillado el cabello hasta hacerlo brillar, y una nueva luz destellaba en sus ojos. Echó un rápido vistazo al maletín que Durning llevaba en la mano y luego evitó volver a mirarlo.

En la habitación, también Mike parecía recuperado. Su respiración era más profunda, y una nueva sangre, encargada como refuerzo, había añadido color a la pálida transparencia de su piel. Esta vez sus músculos faciales sí recordaron cómo sonreír. Hasta el aire, que esta vez olía a pino, había mejorado.

Durning depositó el maletín sobre la cama y lo abrió.

–Todos los billetes son de cien –explicó–. Van en cincuenta fajos de veinte cada uno. Puede contarlo.

Mike permaneció tumbado, contemplando el maletín abierto. Entonces cerró brevemente los ojos y pareció abstraerse un momento.

–No necesito contar nada. Mi amigo se llama Battaglia; Vittorio Battaglia.

Mike repitió el nombre más despacio, y finalmente lo deletreó. Durning sacó una pluma y una pequeña libreta y lo anotó.

Se quedó contemplando aquellas dos palabras, y tuvo la impresión de estar mirando algo que no podía ver.

–¿De dónde es?

–De Nueva York.

–¿A qué se dedicaba?

–Nunca me habló de eso, pero estoy convencido de que estaba relacionado con la mafia.

Mike empezó a toser otra vez, y Emma le dio unos cuantos pañuelos de papel y un poco de agua. Sentada en el borde de la cama, sostenía el vaso mientras él sorbía con la caña. Durning los observaba. Vio la curvada espalda de Emma cuando se inclinó hacia su marido, y cómo la luz del techo resaltaba los mechones canosos de su cabello. Mike tenía los ojos cerrados mientras yacía allí, como si bebiera dormido. Así sería como Durning los recordaría.

Exactamente veintinueve horas más tarde, una explosión seguida de un incendio acabó con Mike, su esposa, su casa y cuanto ésta contenía. En el sótano hallaron restos de un depósito de propano. Encima sólo quedaron nubes, escombros y cenizas.

Al leer la noticia en los periódicos, el ministro de Justicia sintió cómo aquella realidad penetraba en él. Nunca se llega a apreciar la verdadera urgencia de la vida si no se ha visto con qué facilidad puede desaparecer.

Por supuesto, consideraba que era lo único que podía haber hecho. Teniendo en cuenta lo que sabían, no podía haberlos dejado allí.

Sin embargo, no le producía ningún placer.

«Diez días», pensó Durning, y su mirada se perdió en el río que fluía treinta y tres pisos más abajo y quinientos metros hacia el oeste.

Había pasado malos momentos y seguramente las cosas no harían sino empeorar. En cierto modo sus repentinos sufrimientos personales parecían augurar todo un mundo. Como algo que muere en una caja de caramelos de vivos colores, pensó; algo terrible de contemplar, pero misteriosamente fascinante. Los muertos siempre le habían fascinado. Parecían tan indiferentes hacia lo que había ocurrido que morir casi no parecía tan malo.

Cuando vaciaba la tercera botella de Perrier oyó unos ligeros golpes en la puerta, y abrió a don Carlo Donatti.

Se abrazaron, y el ministro de Justicia aspiró el aroma de la colonia de marca del don, antes un olor tan familiar. Había cosas que no cambiaban.

Donatti lo abrazó con sentimiento de autoridad. Era imposible discernir si lo hacía por su propia necesidad o por la de Durning. Al fin y al cabo llevaban años sin verse cara a cara. Dado que había sido Durning quien había solicitado la entrevista y Donatti ignoraba aún cuál era su propósito, el ministro llevaba ventaja.

–Te conservas muy bien, don Carlo. No has envejecido ni cinco minutos en cinco años. ¿Cuál es tu secreto?

–Pensamientos puros en un cuerpo sano.

–Las dos cosas están lejos de mi alcance.

–Y del mío; tu sinceridad me avergüenza.

Los dos hombres sonrieron, y algo se cruzó entre ellos.

Durning sirvió un poco de whisky a Donatti y se lo ofreció. Luego encendió la radio, sintonizó una emisora de música clásica y subió el volumen. Aunque había registrado la suite en busca de posibles micrófonos y no había encontrado ninguno, en los tiempos que corrían, con los últimos avances electrónicos, era imposible estar seguro. La música eliminaba también la necesidad vulgar y siempre embarazosa de cachearse el uno al otro. Todo eso se daba por entendido, y Donatti no dijo nada. Se trataba de la seguridad de ambos.

Se sentaron frente a frente acompañados por una interpretación de la *Quinta sinfonía* de Beethoven.

–Una pregunta –dijo Durning–. Respecto a aquel pequeño favor que me hiciste hace nueve años. ¿Se llamaba Vittorio Battaglia el hombre que se encargó del asunto?

Donatti no se inmutó y asintió con la cabeza.

–¿Sucede algo?

–Me temo que algo muy grave –respondió Durning, y le

explicó lo referente a la carta de Mike y cuanto ocurrió después.

Don Donatti escuchó sin interrumpirle. Luego se levantó despacio, se acercó a la ventana, y contempló la ciudad por unos instantes. Finalmente se dio la vuelta.

–¿Cuándo pasó todo eso?

–Hace diez días.

–¿Y qué has hecho durante todos estos días?

–Ver cómo iba desapareciendo gente.

A continuación el ministro de Justicia le habló de Gianni Garetsky, de Mary Chan Yung y de cómo habían desaparecido los cinco hombres que había enviado a interrogarles.

Donatti meneó la cabeza.

–¿Por qué no acudiste directamente a mí? –Durning bebió un poco de agua y no contestó. Su silencio hizo sonreír al don–. ¿Todavía no confías en mí?

–Hace nueve años me aseguraste que lo de aquella mujer estaba solucionado. Ahora me entero de que está viva. ¿Crees que tengo motivos para confiar?

–¿Qué puedo decir, Henry? Resulta muy embarazoso. Vittorio era mi mejor hombre, y afirmó que había cumplido su misión. Los periódicos publicaron la noticia del accidente. Estoy tan desconcertado como tú.

–¿Dónde está Batagglia?

–Sólo Dios lo sabe. Se esfumó unas semanas después del accidente, y desde entonces no he sabido nada de él.

–¿Y no te pareció extraño?

Carlo Donatti se encogió de hombros.

–En el trabajo de Vittorio puede ocurrir cualquier cosa. Siempre hay enemigos. La gente desaparece, incluso los mejores. De manera que encendí una vela y me despedí de Vittorio.

–¿Qué me dices de su amigo, el pintor? ¿Crees que él sabe dónde está Vittorio?

–Lo dudo.

–¿Cuándo viste por última vez a Garetsky?

Donatti probó el whisky y respondió:

–Hace unos días. Se celebró una recepción en su honor en el Met. Fui a presentarle mis respetos.

–Y después, ¿no te llamó ni fue a pedirte ayuda?

–No.

–Pongamos las armas encima de la mesa, Carlo. Nosotros dos siempre hemos practicado un cómodo *quid pro quo;* algo a cambio de algo. ¿De acuerdo? –Donatti se abstuvo de hacer comentarios–. Hace muchos años –continuó el ministro de Justicia con tono tranquilo–, cuando yo era fiscal, anulé una grave acusación de asesinato contra ti. Poco tiempo después, a cambio de ese favor, tú tenías que encargarte de Irene Hopper por mí. Y ahora resulta que no lo hiciste.

–Lo siento. Hasta hace cinco minutos creía haber cumplido con mi parte del trato.

–Tal vez sí y tal vez no. En cualquier caso, es algo irrelevante. Lo único que importa ahora es que de pronto me entero de que hay dos personas por ahí capaces de arruinar mi vida fácilmente en cuanto se les antoje.

Donatti fijó la vista en su bebida. Parecía que estuviera examinando las entrañas de un animal sacrificado.

–Si no lo han hecho en nueve años, ¿por qué habían de hacerlo ahora?

–No lo entiendes. No puedo ni estoy dispuesto a vivir con esa amenaza. ¡Por el amor de Dios, Carlo! No soy el que era hace nueve años. Ahora soy el ministro de Justicia de Estados Unidos, y podría ser más. ¿Quién puede saber lo que maquina la gente? ¿Quién sabe qué puede incitarlos de pronto a hacer lo que no han hecho antes? –Como Donatti guardó silencio, Durning agregó–: Lo digo muy en serio.

–¿Crees que no me he dado cuenta?

–Lo que creo es que tú has visto a ese Gianni Garetsky después de la recepción en el museo. Y eso significa que ya me has mentido. –Donatti tenía la mirada helada–. Te responsabilizo de este desastre, Carlo. De manera que la próxima vez que Garetsky se ponga en contacto contigo, como estoy seguro de que hará, espero tener noticias.

Don Donatti se permitió unos momentos para asimilar aquellas palabras.

–Te equivocas de persona. Yo creo que Gianni Garetsky no sabe nada.

–Eso lo decidiré yo. –Henry Durning observó cómo la luz del sol que entraba por la ventana bañaba las paredes. Esbozó una sonrisa carente de humor–. Y por si se te ocurriera alguna idea alocada, Carlo, por favor... recuerda tres cosas. El asesinato no tiene atenuantes, las pruebas contra ti todavía están guardadas en una caja de seguridad de un banco, y su contenido iría a parar directamente al fiscal si yo llegara a morir a causa de un accidente.

Beethoven llenó majestuosamente el silencio que siguió a aquellas palabras.

20

Mary Yung estaba sentada ante una mesa en la gran sala de lectura del pabellón principal de la Biblioteca Pública de Nueva York. Sentía cómo aumentaba su excitación y era completamente ajena a la gente que la rodeaba. Desde hacía una hora estudiaba el contenido del informe que le había entregado allí mismo uno de los mensajeros de Jimmy Lee.

Las copias de microfilm incluían todos los detalles, extraídos del *New York Times, Newsweek* y *Time*, relacionados con el accidente de aviación en que había fallecido Irene Hopper más de nueve años atrás. Lo que más le llamó la atención fueron los diversos papeles que había desempeñado Henry Durning.

El avión que pilotaba Irene Hopper cuando se estrelló pertenecía a Durning. También aludían a él como la persona que contrató a Irene Hopper en su bufete de abogados, se convirtió en su mentor y benefactor profesional, y entabló una relación aparentemente íntima con ella fuera de la oficina. Fue Durning quien pronunció un emotivo elogio de ella en un conmovedor funeral celebrado varias semanas después del accidente y quien por lo visto creó una generosa beca en honor a la memoria de Irene Hopper para beneficio de estudiantes necesitados y brillantes en el *alma mater* de su amiga, la Universidad de Pennsylvania.

No obstante, a Mary Yung no le cabía duda de que las dos informaciones más significativas que conocía respecto a Henry Durning nada tenían que ver con lo que leía en aquellos documentos; la primera atañía al hecho de que Durning era el hombre con quien salía Irene Hopper mientras ésta se veía también con Vittorio, y la segunda estaba relacionada con el nombramiento, varios años atrás, de Durning como ministro de Justicia de Estados Unidos, lo cual no sólo lo convertía en el titular del Ministerio de Justicia, sino que colocaba al FBI bajo su control jurisdiccional.

¿Y qué significaba eso? Quizá todo, pero también era posible que no significara nada.

Sin embargo, cuando una red nerviosa empezó a chispear dentro de ella, intuyó que no tenía que desecharlo. Lo tenía todo.

Henry Durning estaba detrás de todo aquello. Tenía demasiadas conexiones con elementos clave como para no estar involucrado. Mary ignoraba cuáles podían ser sus motivos, aunque en realidad éstos carecían de importancia. Lo único que veía en ese momento era que se le presentaba una oportunidad increíble, y que si sabía aprovecharla quizá podría abandonar el nido de serpientes al que había denominado hogar desde donde alcanzaba su memoria.

Mary Yung salió de la biblioteca flotando de emoción. Sus nuevas zapatillas Nike apenas rozaban los anchos peldaños de piedra que conducían a la Quinta Avenida. Notaba su propio pulso en el aire.

De todos modos sintió una de sus súbitas necesidades de seguridad, la urgencia de estar segura, de disipar hasta la más pequeña duda. Sin vacilar, buscó una cabina telefónica y volvió a llamar a Jimmy Lee.

–Ah –dijo él al oír su voz–. Llena de eterna gratitud, me telefoneas para agradecerme mi amabilidad.

–Sí. Eres verdaderamente supremo. Y también te llamo para ponerme todavía más en deuda contigo, si me lo permites.

–Te lo permito, te lo permito. ¿De qué se trata, florecilla?

–Debo telefonear al ministro de Justicia, en Washington, pero quiero hablar con él sin tener que pasar por una docena de centralitas, secretarias y ayudantes.

–Últimamente apuntas muy arriba. ¿Qué pretendes sacar a ese pobre picapleitos?

–Mi vida –contestó ella–. Y con suerte, quizás algo más como propina.

–Llámame otra vez dentro de cinco minutos.

Mary Yung esperó sin moverse de allí. Algún día le gustaría estar seis o siete horas hablando con Jimmy Lee. Sería como conversar con el portero particular del diablo. Estaba convencida de que cuando terminaran habría obtenido la información suficiente para obligar al propio diablo a trabajar para ella. El único inconveniente era que primero tendría que matar a Jimmy.

Cuando volvió a telefonear, tenía lápiz y un bloc de notas preparados.

–Anota este número –dijo él, y se lo leyó–. Es el mismo que utiliza el presidente, el de la secretaria particular del ministro, que te pasará con él directamente.

–Eres increíble; lo juro por Confucio.

–Lo sé. Pero contigo no. Contigo siempre me siento insignificante.

Mary Yung sacó un puñado de monedas de veinticinco centavos, marcó el número que le había facilitado Jimmy e introdujo la cantidad de monedas necesarias.

–Despacho del ministro Durning –dijo una voz de mujer–. Señorita Berkely al habla.

–Con el ministro de Justicia, por favor.

–Lo siento, pero está en una reunión. ¿Con quién hablo, por favor?

–Dígale sólo que le llama una persona que tiene cierta información sobre Vittorio. ¿Me ha oído bien? Vittorio. Y dígale que colgaré si no se pone al teléfono antes de un minuto.

Mary observó el segundero de su reloj. Setenta segundos solía ser el tiempo necesario para detectar la procedencia de una llamada efectuada desde una centralita automática. Estaba utilizando aquel factor para añadir presión, pues en realidad no le preocupaba demasiado que la localizaran. Para ello tendrían que haber estado preparados previamente y no lo estaban.

Pasados cuarenta y cinco segundos, una voz de hombre dijo:

–Durning al habla.

–Me llamo Mary Chan Yung. Me propongo averiguar el paradero de Vittorio dentro de pocas semanas. ¿Le interesa negociar? No haga preguntas, por favor. Responda sí o no.

Transcurrieron siete segundos que Mary Yung cronometró con su reloj. Le parecieron larguísimos.

–Sí –respondió Durning.

–Volveré a telefonearle –dijo ella, y luego colgó.

Exactamente setenta y cuatro segundos.

Ahora estaba completamente segura.

21

Gianni había empezado a pensar en la noche como en una especie de fiesta a escala reducida, claro, con su habitación de hotel como local, y ellos dos como únicos invitados.

¿Qué más podía pedirse?

Fuera llovía, pero Mary Yung y él estaban secos, intactos. Tras una breve llamada telefónica les sirvieron la mejor comida y bebida. De momento, al menos, ninguna fuerza invisible y amenazadora los atormentaba y lo que quizás era lo mejor: ninguno de los dos estaba solo.

El legado de la señora Garetsky.

«Hagas lo que hagas, no lo hagas solo, Gianni. Nacemos solos y morimos solos. Entretanto, es bonito tener a alguien con quien hacer las cosas.»

«¿Aunque sea una china loca que folla como una puta, asesina como un pistolero y en quien seguramente no se puede confiar ni un segundo?»

«Aun así. ¿Y desde cuándo empleas ese vocabulario para hablar con tu madre?»

«*Scusi,* madre. Te aseguro que es cierto.»

Poco después, Mary empezaba de nuevo. Y aunque ya no era la primera vez que lo hacían, Gianni seguía teniendo la impresión de que se trataba de una experiencia completamente nueva, una sensación astral, una comunión con células que jamás había sospechado siquiera poseer. Aunque la verdad es que tenía la impresión de que en realidad no hacía el amor con Mary Chan Yung, sino que participaban en una especie de interacción psíquica. Pequeñas informaciones, reales e imaginarias, sobre las que el cerebro ejercía muy poco control, iban y venían. Nunca había conocido a nadie con tal energía telepática. Después de poco más de una semana con ella, comenzaba a sentir que había entrado en contacto con un coro de criadas del demonio, a algunas de las cuales habría preferido no conocer.

Pero Dios, cuántas habilidades tenía ella en su interior para dejarlo sexualmente baldado. «No te preocupes –dijo para sí a Teresa–. No es amor, sólo lujuria. Me parece.»

Y se prolongaba hasta mucho después, cuando por fin se quedaban acostados el uno al lado del otro.

Ella suspiró a su oído y luego le ofreció un beso lleno de olor a madreselva que se parecía mucho a un primer beso, salvo porque era un regalo, no una promesa. No se habían hecho ninguna promesa. Incluso en ese momento hacer el amor estaba lejos de ser el motivo que les había impulsado a unirse en aquella habitación de hotel. El sexo constituía un beneficio complementario excepcional.

Ella sonrió a la luz de la lámpara.

–Es maravilloso –susurró.

–¿Qué es maravilloso?

–Que vayamos a Italia de luna de miel.

–Menuda luna de miel.

–No todo será malo, Gianni.

–A menos que nos encuentren antes de que nosotros encontremos a Vittorio.

–Tienes que acostumbrarte a buscar el lado positivo de las cosas.

–Lo intento –dijo él, y miró aquel rostro perfecto y encantador que descansaba sobre la almohada, a su lado, y que ya no le resultaba espectacularmente joven pero que ofrecía algo aún más especial: una sutil astucia en su composición, un plácido aire de secretos ocultos, como si antaño hubiera encerrado una profunda tristeza y ahora se hubiera revestido de un delicado humor para cubrir el dolor–. Entre otras cosas –añadió Gianni–, todavía tenemos que encargarnos del asunto de los pasaportes, las tarjetas de crédito y los carnets de conducir limpios. Los que yo tengo ya no sirven, y tú no dispones de ningún documento que puedas utilizar con seguridad.

–Yo me ocuparé de eso.

–¿Tú?

Mary rió.

–No seas tan arrogante. ¿Cómo crees que me las he apañado todos estos años sin ti?

Gianni había empezado a sospechar cómo.

–Jugar con cosas así podría resultar peligroso –dijo.

–Lo sé, Gianni, lo sé.
–¿De verdad cuentas con gente de confianza?
–Si no la tuviera, me habrían matado o encarcelado hace veinte años.
Gianni le acarició un mechón de cabello que la luz de la lámpara iluminaba. Ella sonrió con aquel aire de desnudez que sucede a una gran alegría, a un gran dolor o a una fabulosa sesión de sexo.
–Tengo buenos presentimientos sobre esto, Gianni. Ya verás como todo sale bien. Me encanta Italia, un país increíblemente hermoso. Me alegro mucho de que Vittorio eligiera establecerse allí. Aunque no lo encontremos, será un viaje maravilloso.
–Deberías decírselo al señor Parillo. Le encantará añadir tus elogios a sus anuncios turísticos.
La habitación estaba en un piso alto del hotel, y fuera el viento, que soplaba con fuerza, azotaba la lluvia. Gianni Garetsky, tendido junto a Mary Yung, lo oía perfectamente y le sonaba igual que una furiosa tempestad en el mar.
«Dios, ¿por qué no puedo estar sencillamente acostado en una habitación y hacer el amor con una mujer sin que ningún pensamiento me atormente?»

Por la mañana, Mary Yung marcó el número privado de Jimmy Lee desde un teléfono público.
–Eminencia –dijo.
–Mi día acaba de alcanzar su cenit –dijo él en el mismo amable y burlón cantonés–; he oído tu voz. ¿Qué más podría desear?
–Verme unos momentos en persona, si me permites que abuse de tu tiempo con una propuesta tan vulgar.
–No puedo creer que sea tan afortunado –replicó Jimmy Lee–. Sólo de pensarlo tiemblo de emoción.
Mary Yung rió.
–No exageres, Jimmy. Si te parece bien, estaré ahí dentro de media hora.
–No sé si podré esperar tanto.
–Inténtalo, por favor.
Mary colgó el auricular y miró hacia la calle, donde toda-

vía llovía intensamente después de casi diez horas. Era uno de aquellos aguaceros neoyorquinos que parecen ideados para lavar la ciudad de todos sus pecados o para arrastrarla hasta los ríos que la rodean. Vio un taxi que se acercaba a la acera para que se apeara un pasajero, corrió hacia él y consiguió robárselo a varios hombres que, menos decididos, se movían más despacio. Sentía que sus propios nervios se agitaban ante la perspectiva de lo que le aguardaba. Estaba tejiendo una telaraña en cuyo centro se hallaba ella. Pese a ser ella quien la urdía, los hilos podían volverse peligrosamente pegajosos.

Jimmy Lee vivía y trabajaba en uno de los pisos superiores de una vertiginosa torre en el extremo del *lower* de Manhattan, donde hasta las brisas veraniegas parecían feroces animales carnívoros y las vistas de la Dama del Puerto podían romper el corazón de cualquiera.

Cada vez que iba allí, Mary reaccionaba con la misma extraña mezcla de admiración, reverencia y temor. Volvió a notarla aquella mañana al salir del ascensor privado de Lee y ser recibida por un joven asiático, muy educado, vestido con un traje oscuro impecable, e idéntico a los muchos que la habían recibido otras veces. Y aquel sentimiento fue creciendo a medida que seguía al hombre por un pasillo ancho y suavemente curvado, pasando por delante de silenciosos despachos con escritorios y pantallas de ordenador ante los que trabajaban otros asiáticos igualmente anónimos.

«Qué lejos de los arrozales», pensó Mary Yung.

Su escolta la acompañó hasta los aposentos de Lee, hizo una correcta inclinación de cabeza y cerró la puerta al marcharse.

De pronto, cuando se quedó sola, experimentó un cambio tan inequívoco como el que se produce en el momento de entrar en un lugar del pasado remoto, en algún antiguo templo confuciano de pantallas orientales, murales antiguos y el aroma del incienso candente.

Debido a la escasa iluminación de la habitación, Mary Yung se sintió vagamente desconectada de sí misma y de todo cuanto la rodeaba hasta que advirtió una presencia, semejante al fantasma de un emperador muerto, y vio a Jimmy Lee sentado en la oscuridad, en una especie de trono de teca labrado, observándola.

–Maestro –dijo Mary, y aguardó con la cabeza inclinada hasta que él se levantó, caminó hasta ella y le levantó la barbilla suavemente.

Entonces se miraron.

Lee, de elevada estatura para ser asiático, parecía todavía más alto con su batín mandarín, que le cubría hasta los pies.

–Sigues creciendo –afirmó Mary.

–Son imaginaciones tuyas. Lo cierto es que me temo que he empezado a menguar. Debo cuidar mi postura. –Sonrió, dejando al descubierto unos dientes perfectamente uniformes; era un hombre espigado de rostro fino y edad indeterminada, entre treinta y cincuenta años–. Tú estás cada día más hermosa.

Se inclinó y besó los labios de Mary... suavemente, sin apenas rozarlos. Luego se apartó lentamente.

–Todavía suave como la pluma de un pájaro –dijo ella–. No voy a romperme, ¿sabes?

–Eso dices siempre.

–Entonces ¿por qué no tomas más?

–Estoy esperando a nuestra noche de bodas.

–¿Y si muero antes?

Jimmy Lee miró a Mary con gravedad, reflexionando sobre aquella posibilidad.

–Entonces lloraré tu muerte hasta que llegue mi hora, y te tomaré como hago ahora; en mis fantasías nocturnas.

–¿Mientras te masturbas?

–¿Se te ocurre otra forma mejor? –Jimmy rió–. Desde luego, no te andas por las ramas.

–Uno de los dos tiene que hacerlo.

Mary cogió la mano de Lee bruscamente, lo condujo de nuevo hasta su trono privado y lo sentó. Entonces se dirigió a la puerta por la que había entrado en la habitación y la cerró con llave.

–No lo hagas, Mary. –Hablaba en voz baja, con un tono repentinamente nervioso.

–¿Cómo sabes qué voy a hacer?

–Porque te conozco.

–Si me conoces, también sabrás que no me gusta que me den órdenes.

–Aquí no sólo cuentan tus deseos.

Mary Yung se quedó callada un momento, buscando el nombre de algo que carecía de él. Se aproximó a Lee, acercó sus labios a la oreja de él y la besó.

–Sé bueno, Jimmy.

Luego retrocedió unos pasos y comenzó a desvestirse lentamente, prenda por prenda, dejando caer cada una a sus pies. Unos mechones de pelo cubrieron su frente y miró a Lee a través de ellos. Notó la mirada de él clavada en su cuerpo y oyó su respiración. Era lo único que se oía en la habitación. Era como si las paredes y el techo respiraran con Jimmy Lee.

Finalmente Mary Yung quedó desnuda ante él. El aire frío contra su piel hizo que se le contrajeran los pezones. Jimmy fijó la vista en ellos, como atraído por un imán.

Mary permaneció completamente inmóvil, con las manos en los costados. Ella y Jimmy Lee; cuanto los rodeaba parecía delicadamente equilibrado. Cualquier movimiento parecía arriesgado.

Mary movió las manos y Jimmy abrió los ojos, mirando cómo la muchacha se lamía los dedos y se tocaba. El hombre emitió un débil gruñido, como aquel que brota de una persona abrumada por un intenso dolor.

Mary Yung miraba, escuchaba, sabiendo que ya era suyo, sintiéndolo casi dentro de ella, o mejor aún, sabiendo lo que él sentía.

El cuerpo de la mujer se estremeció, invadido de sensaciones, y Mary excitó a Jimmy con su propia excitación poco a poco, dejando que todo derivara aún por los límites, evitando que él se precipitara.

Entonces sus miradas se encontraron, y pese a la distancia que los separaba ella lo abrazó fuertemente. Los ojos de él se vaciaron, sumidos en una antigua oscuridad.

–¡Mary!

Su nombre fue la única palabra que pronunció.

Yacían el uno cerca del otro, sin tocarse, sobre la alfombra oriental de Jimmy Lee, casi imposible de valorar.

–Debes de querer algo muy importante de mí esta mañana –murmuró él.

–¿Por qué? ¿Porque me he atrevido a proporcionarte unos momentos de placer?

Lee se quedó con la vista clavada en el techo.

–Dime qué quieres.

–Cuando te lo propones resultas verdaderamente odioso, ¿lo sabías?

–Lo siento. Es que nunca me ha gustado que me manipulen.

–La llave ha estado siempre en la puerta. Lo único que tenías que hacer era ir hasta ella, hacerla girar y marcharte.

–Precisamente eso empeora todo. –Volvió la cabeza para mirarla–. Pero ése es mi problema, no el tuyo. Ahora dime qué quieres de mí, por favor.

Mary aguardó un momento para calmarse.

–Necesito dos pasaportes, dos carnets de conducir, y un par de tarjetas de crédito limpios.

–¿Para quién?

–Para mí y para otra persona que no conoces.

–¿Un hombre?

–Sí.

Lee se incorporó.

–¿Piensas salir del país con él?

–No es lo que supones. Nos persiguen.

–¿Es grave?

–Mucho.

–¿Quieres contármelo?

–Será mejor que no –dijo ella, y casi pudo ver la mente de Jimmy Lee escrutando, adivinando.

Jimmy Lee asintió con la cabeza.

–Claro. Ahora me acuerdo. Querías el número de teléfono privado del ministro de Justicia.

Mary Yung guardó silencio. De repente sintió frío. Se levantó de la alfombra y empezó a vestirse mientras Lee la contemplaba con mirada inexpresiva. Parecía que algo estaba rondando dentro de él. Finalmente surgió.

–No es necesario que huyas –dijo–. Puedo protegerte.

–De esto no. Hay demasiados cabos sueltos.

–Yo puedo atarlos.

Mary suspiró.

–Dios mío, adoro tu seguridad.

–Preferiría que me adoraras a mí.

–Ya te adoro. –Estaba poniéndose la blusa–. A mi manera.

–Entonces déjate de tonterías y cásate conmigo.

Mary rió.

–¿Casarme? Tienes unos impulsos incomprensibles. Tu corazón está anclado en el pasado. Va cien años detrás de tu cerebro. –Él se limitó a mirarla–. Ay, Jimmy. Si me casara contigo, acabaríamos odiándonos.

–Estoy deseando correr el riesgo.

–Bueno, pues yo no. Me asfixiarías en un mes. Y entonces perderíamos lo poco que compartimos. –Mientras se abrochaba la blusa, miró a Jimmy Lee, que continuaba sentado en la alfombra–. Hablando de tonterías –añadió–. Y tú, que puedes tenerme siempre que te apetezca pero ni siquiera osas tocarme, sales ahora con el cuento ese del matrimonio, como una virgen de labios prietos necesitada de santidad. –Jimmy Lee la observó, insultado, en silencio–. A ver si me lo explicas, gilipollas.

–No puedo –replicó él–. Sólo sé que quiero más de ti que sólo otro pedazo de carne perfectamente compuesto. A ésas las puedo conseguir a millares; crecen como flores silvestres en las calles. Es el resto de ti lo que deseo, lo que no puedo conseguir ni encontrar en ningún otro sitio.

–¿Y qué tiene de especial el resto de mí?

Se miraron fijamente, como si hubieran quedado detenidos en el tiempo.

–Es cierto que no lo sabes, ¿verdad?

Mary asintió con la cabeza.

–Una amargura terminal del corazón –explicó Jimmy Lee–. La única clase de amargura que rechaza sinceramente los placeres de la carne pero intenta curarse acariciando a los demás.

–¿Significa eso –preguntó Mary Yung con sorna– que utilizo el sexo para algo más que para conseguir lo que pretendo?

–Sí, más o menos.

–¿Y eso te atrae?

–No supones cuánto.

–Muy bien. Estoy a favor de cualquier cosa que funcione.

–Mary se puso la falda y cogió el bolso, que había dejado sobre una butaca–. ¿Qué me dices de lo que te he pedido? ¿Vas a ayudarme o no?

–¿Te he negado algo alguna vez?

–Te lo agradezco.

Mary extrajo un sobre del bolso y lo entregó a Lee. Contenía varias fotografías tomadas aquella misma mañana de ella y Gianni Garetsky disfrazados.

–Necesitarás esto –dijo.

Jimmy Lee estudió la fotografía de Garetsky, con el peluquín canoso, el bigote y las gafas de montura de carey.

–¿Es éste el hombre con que piensas huir de mí?

–Yo no lo expresaría con esas palabras.

–¿Qué aspecto tiene en realidad?

–Va bien afeitado, no usa gafas ni tiene canas, y es unos veinte años más joven de lo que aparenta en la fotografía.

–¿Quién es? –Mary negó con la cabeza–. ¿Qué habéis hecho?

Ella vaciló y luego se encogió de hombros.

–Por lo visto hemos provocado entre los dos la desaparición de cinco agentes del FBI.

Jimmy la atravesó con la mirada.

–¿Sólo cinco?

–No más preguntas, por favor.

Jimmy examinaba la fotografía de Mary, en que aparecía con la peluca de rizos, que se había quitado y había guardado en el bolso en cuanto pisó el ascensor.

–No te favorece.

–No era ésa su función.

Lee se puso en pie, se acercó a Mary Chan Yung y se arregló su largo batín de seda.

–No entiendo nada de todo esto –dijo.

–No tienes que entender nada.

–Hace más de diez años que dirijo operaciones que me han reportado cerca de mil millones de dólares –explicó Lee–. En gran parte violan leyes federales de una clase u otra. Sin embargo, ni un solo agente del gobierno ha sufrido ningún daño a causa de ellas.

–¿Y qué quieres? ¿Una medalla por buena conducta?

–Sólo me gustaría saber por qué tú y tu amigo tuvisteis que

desembarazaros de cinco federales. –Jimmy Lee chasqueó los dedos–. Así, como si nada.

Mary respiró hondo.

–Es muy sencillo, para impedir que ellos se deshicieran de nosotros. Era la única alternativa que teníamos. Y no estoy dispuesta a seguir hablando sobre este tema.

Al día siguiente, a primera hora de la tarde, Jimmy Lee entregó a Mary los documentos y las tarjetas de crédito, todos perfectamente confeccionados.

El último beso de Lee fue, como de costumbre, ligero como una pluma.

–Y ahora ten cuidado –dijo casi en un susurro–. Eres la única obra verdaderamente insustituible que jamás he conocido.

De camino al hotel, Mary Yung entró en una cabina pública y efectuó una segunda llamada al número de la secretaria particular de Henry Durning, en Washington D.C.

–Despacho del ministro Durning –respondió la voz de la secretaria–. Señorita Berkely al habla.

–Hola, señorita Berkely. No es la primera vez que llamo. Por favor, diga al ministro que soy la amiga de Vittorio y que tiene que ponerse al teléfono antes de treinta segundos o colgaré.

Esta vez Henry Durning sólo tardó diecisiete segundos en atender la llamada.

–¿Señorita Yung?

–Una breve gestión, señor Durning. Estamos acercándonos, de modo que sólo quiero exponer el trato: un millón de dólares depositados en una cuenta suiza numerada en cuanto yo haya obtenido la información. ¿Todavía le interesa? Limítese a contestar sí o no, por favor.

–Sí.

La respuesta fue instantánea, sin vacilación.

–Pronto recibirá noticias mías –dijo Mary antes de colgar.

Cincuenta y seis segundos exactos, pensó. Mejor que la primera vez.

Estaba segura de que lo que oía era su propia sangre, un sonido semejante al aleteo de pájaros.

Aquella noche, en el estudio de su casa, Henry Durning sentía que las dos llamadas telefónicas de Mary Chan Yung le roían como dos furiosas úlceras que necesitaban ser calmadas.

¿Cómo se había enterado aquella mujer de su implicación? Y si ella lo sabía, ¿quién más estaba al tanto?

Se preguntó si había cometido un error al decirle que le interesaba el trato, pues significaba admitir su interés por la búsqueda de Vittorio Battaglia y por todas las corrientes ocultas potencialmente letales.

También le intrigaba Mary Yung. ¿Quién y qué era exactamente?

Al repasar el breve informe del FBI, todas aquellas frases le habían parecido, de repente, extrañamente superficiales, incluso falsas. Telefoneó a Brian Wayne para que efectuara un sondeo más exhaustivo y obtuvo una imagen de la mujer completamente diferente.

Para empezar, no se trataba de una encantadora chica de la alta sociedad del esplendoroso Hong Kong, sino más bien al contrario. Todo lo relacionado con ella, hasta el aire que respiraba, se filtró en el cerebro de Durning con una historia de corrupción y almas comprometidas de innumerables muertos.

Nacida en Saigón de padres chinos, a la edad de tres años Mary Yung huyó en barco de la matanza de Vietnam durante una tregua y quedó huérfana al hundirse, con casi todos los pasajeros a bordo, el cochambroso barco sobrecargado en que viajaba. Luego, tras varios años de orfanato en orfanato, desapareció en los callejones infestados de ratas y cucarachas de un clan barriobajero de jerarquía extraña y brutal cuya mera existencia parecía infringir algunas leyes no escritas de la supervivencia. Soltera, pero siempre con hombres a su disposición; sin antecedentes penales, aunque había sido detenida para ser interrogada varias veces y luego liberada. Corrían rumores de que podía ser confidente de la policía, pero el investigador de Durning no lo creía, pues si aquello fuera cierto, indicaba el informe, Mary habría aparecido muerta mucho tiempo atrás.

La fuente del FBI de Durning también describía a Mary Yung como una mujer excepcionalmente hermosa, astuta y peligrosa. A Durning no le costó creerlo después de haber visto su fotografía y haber oído cómo le hablaba por teléfono.

Y todo eso, ¿adónde llevaba? Fácil. Una mujer salida de los barrios bajos, abriéndose camino, buscando su gran ocasión.

Muy bien, una persona así... quizá tuviera algo de provecho que ofrecer.

En la tranquilidad nocturna de su estudio, Durning se quedó sentado con la mirada extraviada, hasta llenar la oscuridad con la presencia de Mary Yung. Ella seguía siendo amorfa, oscura y remota, una imagen suspendida en el polvo.

Sin embargo ella sabía de la existencia de él. Había arriesgado algo al telefonearle. Sólo en aquello ya había una medida de promesa.

22

La reacción de Peter Walters al ver por primera vez en persona al infame, casi legendario Abu Homaidi, fue un «Qué normal es» de sorpresa. Eso ocurría a menudo con un objetivo largo tiempo esperado. La emoción creaba sus propias imágenes por adelantado.

Homaidi era un joven delgado, con el pecho casi cóncavo y barba rala, que cojeaba ligeramente cuando lo vio salir de su casa a la ajetreada calle de Barcelona. Dos hombres y una chica le precedieron hasta la acera, otra joven iba detrás de él, y otros dos hombres los escoltaban a cierta distancia como refuerzo. Se encaminaron hacia las Ramblas, conservando esa misma formación. Poco después otro joven abandonó la casa y se unió a los demás.

Nueve en total, incluidos Homaidi y Peter. Mucha potencia de fuego.

Peter, que había aparcado no muy lejos de la manzana, se apeó de su coche y siguió a los dos últimos manteniendo una distancia de unos cincuenta metros.

Era sábado por la noche, y las aceras, los bares y los restaurantes de las Ramblas estaban más llenos que de costumbre después de un día y medio de lluvia. En Barcelona, como en la mayoría de las ciudades españolas, la gente raramente salía a cenar antes de las diez, y Vittorio supuso que eso era lo que se disponían a hacer Homaidi y su gente.

De momento, ninguna sorpresa.

Hacía menos de veinticuatro horas que había aterrizado en Barcelona, y había encontrado un automóvil en el lugar acordado, la sección treinta y cuatro, fila cinco, del aparcamiento del aeropuerto.

En el maletero había una enorme maleta con todas las armas que la seguridad del aeropueto le impedía llevar consigo. Había un rifle de tirador de primera desmontado, con mira telescópica, dos pistolas automáticas con pistoleras y silenciadores, y una pistolera de tobillo con una pistola de cañón corto. Contenía además varias cajas de munición, un cuchillo de caza con cinturón y funda, y un garrote. Algunas de las balas tenían cabeza explosiva. Había media docena de granadas en un soporte especial, tres de las cuales eran de fragmentación y las otras de gas lacrimógeno. También había una máscara antigás.

Las herramientas de su trabajo.

Había dedicado la tarde y la noche del día anterior a instalarse y familiarizarse con la zona y los sitios pertinentes. Disponía de uno de los apartamentos seguros más cómodos de la compañía, junto a la plaza de Cataluña, el centro neurálgico del que partían las calles principales de Barcelona y la línea divisoria entre la ciudad vieja y la moderna.

Abu Homaidi y su gente ocupaban los dos pisos superiores de un estrecho edificio de cinco plantas a menos de un kilómetro de allí. En la maleta de las armas Vittorio encontró un plano a escala detallado del piso, en que se había marcado en rojo la habitación de Homaidi. También se pormenorizaban algunos de los hábitos del grupo: las horas aproximadas de sus idas y venidas, sus bares y restaurantes favoritos, los establecimientos donde compraban. El resto dependía de él.

Homaidi, tal como había indicado Cortlandt, nunca estaba solo, ni siquiera en la cama, donde la mujer con quien dormía hacía las veces de vigilante, al igual que el resto de las mujeres del grupo. Eran todos palestinos, nacidos en el exilio y en la Intifada. El terror indiscriminado y la muerte de los otros daban sentido a sus vidas. Habían realizado un importante descubrimiento: lo que más respetaba el mundo era el asesinato. Las muertes violentas atraían la atención de la gente y las naciones más deprisa y la mantenían más tiempo que cualquier otra cosa que pudiera llevar a cabo el hombre. Las palabras, las razones y la lógica jamás serían tan persuasivas como un solo cadáver ensangrentado.

Eso era algo que Vittorio Battaglia, ahora Peter Walters, había descubierto por sí mismo mucho tiempo atrás. También él se consideraba un soldado de una guerra eterna que nunca había llegado a declararse. Pero él reconocía ciertas restricciones necesarias; de entrada, las referidas a los civiles inermes. Abu Homaidi y los suyos, en cambio, no reconocían nada más que su propósito.

Era una noche fresca. Peter se había puesto el chaleco Kevlar debajo de la chaqueta por consideración hacia Peggy, y le molestaba el calor de su propio cuerpo. «Lo llevo por ella», pensó, y eso le divirtió. ¿Acaso a ella le importaba más que a él la posibilidad de que el chaleco antibalas pudiera salvarle la vida? ¿O sería que él se creía invulnerable? Ni una cosa ni otra, decidió y, como consuelo, se conformó con aquella especie de fatalismo a largo plazo adoptado por la mayoría de quienes se dedicaban a profesiones peligrosas. «Sucederá cuando tenga que suceder. Vaya tontería.»

Peter siguió al numeroso grupo por las Ramblas en dirección al puerto de Barcelona, sin apenas distinguir a Homaidi por las abarrotadas aceras. Cerca del puerto los vio detenerse en la terraza de un bar, reunir unas cuantas mesas y acercar varias sillas. Poco después pasó junto a ellos, y continuó caminando otros cien metros. Luego dio media vuelta y se sentó en una terraza contigua, desde donde podía observarlos sin que lo advirtieran. Pidió una jarra de vino de la casa y paella y examinó a Abu Homaidi y sus acompañantes.

La triste realidad era que podían haberse confundido con cualquier otro grupo de jóvenes que salían a divertirse el sábado por la noche. Hablaban y reían, y costaba imaginarlos pensando en algo más amenazador que los últimos resultados del fútbol y quién se acostaría con quién aquella noche.

Desde donde Peter se hallaba, Homaidi parecía mucho más atractivo que antes, con la risa fácil y un humor que lo convertían en el centro de atención del grupo. La chica que estaba a su lado no apartaba la vista de él ni le quitaba las manos de encima. Vittorio pensó a regañadientes, con cierta pena, que aquella rubia de facciones delicadas y gestos y movimientos elegantes era encantadora. «Lo siento, chica. Esta vez te has equivocado de hombre.»

Entonces se fijó en el aro dorado que la chica llevaba en el dedo e interrumpió cualquier otro pensamiento que pudiera ocurrírsele.

Peter Walters dirigió la mirada hacia el mar. Vio, no lejos de allí, los mástiles y la proa, espectacularmente iluminados, de la *Santa María* de Cristóbal Colón, una fiel reproducción del buque insignia que estaba amarrado a modo de museo flotante.

«Más de quinientos años. Imagínate; una pequeña cáscara de nuez y un italiano chalado. Hay hombres que viven y dejan huella. ¿Y yo? Yo vivo y dejo cadáveres.»

Peter meneó la cabeza lentamente, como haría un anciano incapaz ya de comprender su propio comportamiento y el del mundo que lo rodea.

Entonces ocurrieron dos hechos simultáneos. Sintió que le apretaban algo duro contra la nuca, y una voz de mujer le susurró al oído:

–Esto que notas es el cañón de una pistola –dijo la voz con acento extranjero en un buen inglés–. La llevo escondida en el bolso, y tiene un silenciador. Si no obedeces, te dispararé aquí mismo y desapareceré antes de que se den cuenta de que estás muerto. Si quieres seguir con vida, deja dinero en la mesa para pagar la cuenta, levántate y camina lentamente hacia el puerto. Yo iré detrás de ti. –Hizo una pausa–. ¿Qué has decidido?

–Vivir.

–Entonces haz lo que acabo de decirte.

Con cautela, Peter depositó el dinero encima de la mesa, se puso de pie y se encaminó hacia el puerto, tal como le habían ordenado.

Al pasar junto al grupo de Abu Homaidi, vio que ninguno de ellos miraba siquiera hacia él. Si eso significaba que no estaban relacionados con aquello, tal vez aún hubiera esperanzas. Sin embargo, como en realidad no lo creía, su cerebro empezó a buscar otras soluciones.

–Entra en ese callejón de la izquierda –dijo la voz de mujer.

Peter obedeció y se encontró en un pasaje de adoquines, oscuro y húmedo, flanqueado por edificios desvencijados. El aire olía a alcantarilla.

–Párate aquí y pon las manos sobre la cabeza.

Peter obedeció en silencio y notó el metal frío contra la nuca. Por lo visto había sacado la pistola del bolso. Una mujer lo cacheó y palpó el chaleco antibalas y las pistolas en las fundas del hombro y la cadera. Dejó las pistolas donde estaban.

–¿Quién eres? –preguntó la mujer. Retiró el arma de la nuca de Peter y retrocedió unos pasos.

–Soy detective privado.
–¿Por qué espías a esa gente?
–¿A qué gente?
–Te doy cinco segundos para contestar. Si no, dispararé.
Peter sabía que lo haría y se preguntó si el Kevlar aguantaría si le disparaban a bocajarro. En cualquier caso, la mujer le apuntaría a la cabeza o al cuello, claro, no al cuerpo.
–Me han contratado para vigilarlos –respondió.
–¿A todo el grupo?
Peter hizo un rígido gesto de asentimiento.
–¿Quién te ha contratado?
–No estoy seguro. Creo que es una compañía americana que opera en Arabia Saudí. Un intermediario contactó conmigo y me pagó en efectivo. Dijo que se trataba de un asunto confidencial y sólo debía informarle a él.
–Dime los nombres de quienes te pidieron que vigilaras.
Walters recitó lentamente seis alias de Homaidi y de cinco de los suyos. Le sorprendió recordarlos. Luego, para ganar tiempo, dijo:
–Creía que estaba haciéndolo bien. ¿Cómo me has pillado?
–Estaba cubriéndoles las espaldas y te vi salir de tu coche. Te moviste demasiado deprisa.
–¿Y cómo supiste que tenías que dirigirte a mí en inglés?
–Porque hablaste en inglés con el camarero; aunque la ropa que llevas es italiana.
–Eres buena –dijo Peter sin énfasis.
–En esto, si no eres bueno, estás muerto.
–¿Quieres decir como yo? –Ella no contestó, y Peter casi pudo notar cómo se disponía a hacerlo–. Me parece que no te has tragado ni una palabra de lo que te he dicho, ¿verdad?
–No.
–Entonces quizá sea mejor para los dos que te cuente la verdad, si me permites unos minutos.
Ella guardó silencio, y Peter se preparó para recibir el impacto de la bala. Sabía que la mujer estaba a punto de disparar.
–Está bien –dijo ella por fin.
Peter sintió que se le doblaban las piernas.
–¿Puedo darme la vuelta?
–¿Por qué?

–Me gusta ver la cara de la persona con quien hablo.

–De acuerdo, pero despacio.

Peter se volvió sin bajar las manos de la cabeza.

No aparentaba más de diecinueve años, pero Peter supuso que para una persona en la cuarentena ésa era la edad que aparentaban todas cuando eran jóvenes. La muchacha era morena y tenía unos ojos hundidos y firmes que parecían vivir para competir. Vestía tejanos y un jersey y cargaba una mochila enorme en la espalda que le dejaba las manos libres para manejar la automática con silenciador, con la que, manteniendo los brazos rígidos, continuaba apuntándole, entre los ojos.

«En lo único que piensa es en matarme.»

–¿Eres palestina? –le preguntó. Ella asintió con la cabeza–. Hablas muy bien el inglés.

–Es importante dominar el idioma de tu enemigo.

–América no es tu enemigo.

Ella inclinó la cabeza con gesto de impaciencia.

–Estoy esperando que me cuentes la verdad. Basta de mentiras y propaganda.

–Claro –dijo Peter, y en los ojos de ella, que ya habían evaluado y decidido todo, vio pocas esperanzas para él–. La verdad es que he venido para matar a Abu Homaidi.

En la oscura transparencia del callejón, el rostro de la chica casi se iluminó.

–Para la CIA, supongo.

–Sí.

–Claro. Eres el tercero que mandan para que lo intente.

–Y no seré el último. No descansarán hasta que sea Homaidi quien muera. Y tú y yo sabemos que eso no tardará demasiado en ocurrir, ¿verdad? –Ella se limitó a mirarlo en la penumbra–. A menos que yo lo impida –continuó Vittorio–. Y ahora mismo soy la única persona viva que puede hacerlo.

Ella lo miró fijamente, con los ojos casi perdidos en sus propias sombras.

–¿Tú?

Traducido, quería decir: «¿Un hombre muerto?».

–Sí, yo.

–¿Cómo?

–Enviando un mensaje en clave para comunicar que Homaidi está en el fondo del mar con dos balas en la frente. –Ella permaneció inmóvil y callada–. Una vez que esté oficialmente muerto –añadió Peter–, ¿quién querrá matarlo?

–¿De verdad haría eso?

Vittorio dobló los brazos por encima de su cabeza para impedir que se le durmieran.

–Si así puedo conservar la vida, sí.

–Sí, pero...

La chica se interrumpió. Un débil ruido de voces y risas entraba en el callejón procedente de las Ramblas.

–Pero ¿qué pasará conmigo –acabó él por ella– si accedo a hacer este pequeño trato, cuando Homaidi ya no me necesite? –Ella asintió con la cabeza–. Me arriesgaré –prosiguió él–. Es mucho mejor que dejar que me liquides ahora. Además, no podría decir a mi gente que Homaidi está muerto y luego desaparecer por las buenas, pues eso despertaría sospechas. De modo que tendré que mantenerme en contacto con ellos durante un tiempo.

–Es una locura.

–Por lo menos condúceme hasta Homaidi y que él decida. Si no le gusta la idea, siempre hay tiempo para lo otro.

La chica todavía empuñaba el arma con firmeza, apuntando a Vittorio entre los ojos. Observar aquella pistola era como mirar el borde de un rascacielos y sentir los efectos de la caída en el estómago. Sin embargo, por un instante advirtió cierta vacilación en los ojos de la chica. Fue entonces cuando se lanzó, con las manos por delante, levantando los pies del suelo y saltando como si se zambullera en una piscina.

Oyó los amortiguados sonidos de dos disparos y notó que algo pasaba rozándole la coronilla. Entonces cogió la pistola por la culata y derribó a la chica, que cayó de espaldas sobre los adoquines. Peter estaba encima de ella. Sólo sintió la carne de la muchacha debajo de él.

Peter le había arrebatado la pistola. Y tenía la impresión de que se había quedado ciego.

Intentando comprender qué había sucedido notó que tenía sangre en la boca y la lamió. Brotaba de su cabeza, le chorreaba por los ojos, por la cara, y le goteaba de la barbilla. Sintió que la chica tiraba de la automática y trataba de arrancársela de las manos. Peter tentó con la mano, a ciegas, pero sólo tocó aire. La agitó una vez más, esta vez con el puño cerrado, y golpeó a la chica. Ella se soltó de él, y Peter la oyó gritar. Lo hizo en árabe; un potente y lastimero aullido de dolor.

Entonces, de pronto, la acción se interrumpió. Notó que ella se apartaba de él y oyó sus pasos sobre los adoquines.

«Si vuelve con Homaidi y los otros, soy hombre muerto.»

Se pasó un brazo por los ojos y parpadeó a través de una cascada de lluvia roja. Lo hizo una vez más y vislumbró la silueta de la chica... una figura desgraciada, de movimientos deslavazados, tambaleándose hacia la escapada. La suya, no la de él.

Estirado cuan largo era, de bruces, con los codos hincados en la piedra mojada, volvió a parpadear para enfocar la visión y la apuntó con la automática. Su dedo se tensó sobre el gatillo; hasta que vaciló y permaneció inmóvil, desanimado.

Nunca había matado a una mujer.

«Muy bonito, gilipollas. Entonces deja viuda a tu esposa, huérfano a tu hijo, y que Homaidi asesine a otros trescientos.»

Disparó una ronda de tres rápidos tiros, oyó su sonido, engañosamente inocente, y vio aquella desgarbada figura romperse y caer.

La chica estaba muerta cuando Peter se acercó. Sin mirarla a la cara, la levantó y la arrastró hasta el interior del callejón. No pesaba nada; ya se había convertido en aire.

Peter Walters se sentó junto a ella. Tenía la mente vacía. Se quedó contemplándose a sí mismo allí sentado, al lado de la chica.

Se palpó la cabeza. Le escocía mucho, pero no se trataba más que de una herida superficial que ya había dejado de sangrar. Coagulaba muy bien. En una ocasión un médico que le hizo uno de sus muchos remiendos le dijo que nunca había visto a nadie que coagulara tan bien.

«Battaglia el *coagulador.*» El talento y la fama se sacan de donde se puede.

Escupió en un pañuelo y se enjugó la sangre de la cara lo mejor que pudo. Se atusó el cabello y se limpió las manos. Tenía mal sabor de boca e intentó librarse de él con un poco de flema. El resto tuvo que aceptarlo tal como estaba.

Entonces miró a la chica. Todavía tenía los ojos abiertos.

Miraban hacia lo lejos, hacia Palestina, donde en realidad nunca había vivido porque ya era Israel mucho antes de que ella naciera.

Peter le cerró los ojos. Una víctima más de Abu Homaidi. Se puso en pie trabajosamente y se encaminó hacia su coche.

23

Una mañana, temprano, tres niños y dos perros jugaban a indios en un bosquecillo cerca de Greenwich, Connecticut. Los niños avanzaban agazapados por la maleza, lanzaban flechas al aire y enviaban a los perros a recogerlas.

Hasta que los perros, olfateando y escarbando, encontraron algo más que simples flechas.

Como esos asuntos siempre tardaban un poco en filtrarse por los canales correctamente autorizados, no fue hasta mucho más avanzado el día cuando el director del FBI, Brian Wayne, irrumpió bruscamente en el despacho del ministro de Justicia y se aseguró de que cerraba la puerta una vez dentro.

–Unos chiquillos acaban de desenterrar a tres de mis agentes desaparecidos –informó a Henry Durning.

El ministro de Justicia, que estaba sentado ante su escritorio, trabajando con la camisa arremangada, miró el semblante de Wayne y no le importó demasiado lo que vio reflejado en él.

–¿Dónde?

–En unos bosques cerca de Greenwich, Connecticut.

–¿Qué agentes?

–Los que enviamos a interrogar a Mary Chan Yung.

Durning dejó su bolígrafo sobre el escritorio. Oír aquel nombre le hizo reaccionar.

–¿Cómo los asesinaron?

–Les dispararon. A los tres. –Wayne meneó la cabeza–. Hija de puta –masculló–. Una vez que han desaparecido, sabes que lo más probable es que estén muertos, pero siempre impresiona más cuando aparecen los malditos cadáveres. Entonces ya no hay dudas. Ahora sólo hemos de esperar a que aparezcan los otros dos.

La ira había alterado la voz del director, tornándola estridente. Y tenía la cara casi de color carmesí desde el momento en que entró en el despacho. Durning le dio tiempo para que se calmara. «En realidad está furioso conmigo.»

–Pero lo peor de todo –prosiguió Wayne– es que ahora ya ha salido a la luz. Este asunto se nos ha ido de las manos. Será la noticia más destacada en los noticiarios de esta noche. «Descubiertos los cadáveres de tres agentes del FBI en un bosque de Connecticut.» Y puedes estar seguro de que enseñarán todo: cámaras en esos jodidos hoyos, entrevistas a los niños que los encontraron. Hasta primeros planos de los malditos perros que los olieron.

Durning reprimió una sonrisa, que habría irritado a Wayne. La experiencia le ayudó a adoptar la solemnidad apropiada. Hasta consiguió lanzar un suspiro.

–Lo siento, Brian.

La disculpa surtió el efecto acostumbrado. Casi parecía que era lo que el director del FBI estaba esperando, la razón por la que había acudido a su despacho para recibir la caricia que necesitaba. Por Dios. Efectivamente la disculpa aplacó la ira de Wayne y le permitió tomar asiento.

–Esos mamones de la policía local lo han estropeado todo –explicó Wayne–. Los cadáveres estaban desnudos, de manera que tuvieron que identificarlos a través de las huellas dactilares. Y los muy gilipollas, en lugar de dejar que nosotros realizáramos la investigación en secreto, lo han convertido en un festín para la prensa.

–¿Ya se os ha echado la prensa encima?

–Como tiburones. ¿Cuándo fue la última vez que tuvieron tres federales desnudos acribillados a balazos? Ya puedes suponer cuáles fueron las preguntas. «¿Qué clase de caso estaban investigando?» «¿Se ocupaban más agentes del mismo caso?» «¿Ha habido alguna amenaza contra la seguridad nacional?» «¿Alguna alusión racista?» «¿Por qué han atacado precisamente al FBI?» «¿Creen que podrían producirse más asesinatos?» Y así hasta el infinito.

–¿Cómo te has librado de ellos?

–Como indica el reglamento: diciendo que las investigaciones son secretas. –Wayne se había calmado lo suficiente para forzar una sonrisa–. Lástima que la Unión Soviética se haya ido al garete –dijo–. Sus conspiraciones constituían la cabeza de turco ideal para cualquier cosa.

Durning asintió con la cabeza, preguntándose cómo reaccionaría Brian si se enterara de las dos breves llamadas de Mary Yung y su oferta para negociar. «Seguramente con un ataque de histeria», pensó.

Poco después, cuando se disponía a salir del despacho y casi como obedeciendo a alguna forma delicadamente equilibrada de interacción mental, el director del FBI sacó una carpeta de su maletín y la arrojó sobre el escritorio del ministro.

–Esto acaba de llegar de documentación.

Durning cogió la carpeta. Estaba clasificada «Confidencial» y no llevaba ninguna otra señal.

–¿Qué es?

–Lo ignoro –contestó Wayne–. No la he abierto. Como me telefoneaste e insististe en averiguar cuanto fuera posible acerca de esa mujer, ordené a unos cuantos que investigaran para ver si encontraban algo.

Le costó trabajo, pero Henry Durning tuvo que contenerse casi siete horas antes de abrir la carpeta.

Primero debía ocuparse de las dos últimas citas del día en su despacho, ambas relacionadas con importantes casos de derechos civiles. Luego tenía que pronunciar una conferencia en la American Bar Association y asistir al almuerzo de rigor. Y por último, debía dejarse ver, aunque fuera brevemente, en la recepción que el ministro de Asuntos Exteriores ofrecía al primer ministro israelí.

Pero saber que estaría allí, aguardándole, cuando llegara la noche le producía un placer exquisito. Había momentos en que se sentía como un niño impaciente, que soporta una comida aburrida y aparentemente interminable, concentrándose en el postre increíblemente delicioso que se servirá al final.

Pocos minutos después de la medianoche, recién duchado, en su estudio, con una botella de su coñac favorito, puso fin a la espera y abrió la carpeta.

Dentro de la primera carpeta había otra, también sellada, que adjuntaba una carta del investigador en que se mencionaba la fuente principal de la mayor parte del material incluido:

se trataba del antiguo representante y agente de Mary Yung durante sus años de modelo y actriz.

El resto del material procedía por lo visto de diversas fuentes, y en la mayoría de los casos holgaban las explicaciones. Siempre que se precisaba alguna aclaración, la proporcionaba el propio investigador o alguno de sus ayudantes.

Durning abrió el segundo sobre y extrajo una mezcla aparentemente indiscriminada de documentos: fotografías y textos, páginas de revistas viejas, fotografías de estudio, algunas en color y otras en blanco y negro.

Una nota del investigador indicaba que todo estaba ordenado de forma cronológica; los primeros documentos se referían al sujeto de estudio a la edad de seis años, y los últimos a cuando tenía veintisiete.

Durning notó que inexplicablemente empezaban a sudarle las manos, y que algo ardía en su pecho.

«Ahora viene hacia mí.»

Y efectivamente, llegó en un bombardeo místico de inocencia infantil y perversión núbil, tan sutil y delicado que al principio resultaba difícil determinar dónde terminaba una y empezaba otra.

Qué pronto la habían iniciado. Con aquellos encantadores ojos, negros y relucientes, mirando a la cámara con tanto orgullo mientras a aquel cuerpo perfecto de seis años le hacían toda clase de cosas eróticas innombrables.

Sus ojos no cambiaban a medida que crecía su cuerpo. El orgullo continuaba allí, mientras que muchas lo habrían perdido con lo que la obligaban a realizar en aquellos burdeles, con toda clase de clientes hormigueando por su ardiente cuerpo como gusanos hambrientos.

Era como si nunca la hubieran tocado siquiera.

Y con el transcurrir de los años, era ella quien seguía siendo la verdadera dueña del amor. Los otros, pensaran lo que pensaran, nunca fueron en realidad más que pretendientes.

Henry Durning contempló abochornado la más sucia de las fotografías verdes de la joven Mary Yung, y se sintió purificado.

Durning empezó a ver el hambre reflejado en los ojos de Mary a medida que crecía y, más adelante, la codicia. Respiró hondo y casi pudo olerla.

Y estaba convencido de que aquella expresión de sus ojos nada tenía que ver con el millón que ella intentaba sacarle. Era sencillamente el carácter de aquella mujer. Tratándose de cualquier otra persona, habría podido aniquilar el deseo de Henry.

Pero en el caso de Mary, sólo contribuía a acrecentarlo.

24

Gianni Garetsky y Mary Yung estaban a punto de partir de Nueva York hacia Roma y se preocuparon de mantener las medidas de seguridad habituales.

Habían reservado y recogido sus billetes de Alitalia por separado y los habían pagado en metálico. Tomaron dos taxis para ir al aeropuerto J.F. Kennedy, y una vez allí se aseguraron de no acercarse nunca más de quince metros.

Gianni daba por supuesto que si había vigilantes éstos concentrarían su atención en parejas compuestas por una mujer asiática y un hombre caucásico. Eso no significaba que estuvieran fuera de peligro yendo por separado, pero ayudaba a inclinar la balanza ligeramente a su favor. El origen racial era el único elemento que no podían disimular sus disfraces.

Tenían reserva para una de las franjas horarias más concurridas, y la terminal de vuelos internacionales del aeropuerto J. F. Kennedy estaba abarrotada de pasajeros y personas que iban a despedirlos. Por eso había elegido Gianni aquel vuelo precisamente; cuanta más confusión reinara, mejor.

Él se hallaba en la larga cola del mostrador de facturación, y Mary Yung unos veinte pasajeros delante de él. Había demostrado su astucia al mezclarse con un pequeño grupo de turistas de Taiwán, y el camuflaje resultaba perfecto. Hablaba y reía con ellos, y pasaba totalmente inadvertida, como otro miembro más del grupo.

Sin embargo, había tensión, algo inevitable, habida cuenta de lo que estaban haciendo. Habían pasado de estar escondidos en una ciudad de cerca de ocho millones de habitantes a encontrarse rodeados por un número limitado de agentes y empleados, ante uno de los cuales, llegado el momento, tendrían que abandonar su anonimato, mostrar sus pasaportes falsos y someterse a un interrogatorio y escrutinio.

Si algo podía salir mal, aquél era el lugar más adecuado

para que ocurriera. Y después de lo que habían visto en las noticias de la noche anterior y de lo que habían leído en los periódicos del día, la presión era mucho mayor.

Lo peor fue saber, sin que hubiera ya ninguna duda, que los cinco hombres a quienes Mary Yung y él habían asesinado y enterrado eran verdaderamente agentes del gobierno. Hasta entonces lo intuía, pero no lo sabía. Todavía había una vocecilla tenaz oculta en su interior que se resistía a ser silenciada y que insistía en que aquellas cosas no sucedían en aquel país. Ahora la voz se había callado.

Gianni, que sentía curiosidad por enterarse de qué clase de historia ofrecerían para explicar la muerte de los tres agentes, había leído, observado y escuchado todas las informaciones que pudo encontrar. De momento nadie, ni la policía local que había descubierto los cadáveres y los había introducido en bolsas verdes, ni el mismo director del FBI, había dicho más que mentiras. El director, un hombre alto y atractivo con mirada de acero y una mandíbula cuadrada que parecía salida de un estudio de *casting* de Hollywood, había lamentado la muerte de sus agentes con serena dignidad y prometido que los asesinos serían conducidos ante la justicia.

«Eso ya lo veremos», había pensado Gianni, que no pudo evitar preguntarse cuánta parte de verdad conocía aquel hombre.

La cola de pasajeros avanzaba lentamente y Gianni, con la bolsa en la mano, con ellos. Observó a Mary Yung, la hilera de empleados de Alitalia que comprobaban pasaportes, billetes y equipajes y a todas las personas que podían suponer una amenaza. Gianni buscaba en particular hombres solitarios de rostro inexpresivo con traje y corbata y en actitud vigilante. Había bastantes que correspondían a tal descripción. De hecho, había dos situados detrás del largo mostrador de facturación.

«¿Y si veo que se nos acerca uno?» Desgraciadamente, las respuestas posibles eran limitadas. Gianni y Mary iban desarmados, debido a las medidas de seguridad del aeropuerto. Habían arrojado sus armas en una alcantarilla, de modo que lo único que podían hacer, en el mejor de los casos, era ocultarse, correr e intentar confundirse con la multitud. Si sólo descubrían a uno de los dos, el otro debía descartar por completo cualquier estúpida idea de heroísmo y abandonar la terminal disimuladamente.

Si los dos huían por separado, tratarían de reunirse al mediodía del día siguiente delante de la entrada de la Quinta Avenida de la biblioteca pública de la calle Cuarenta y dos. Si aquello no funcionaba, volverían a intentarlo los tres días siguientes. Después de eso, se las apañarían cada uno por su cuenta.

Pero también se habían planteado peores desenlaces. Eran sencillos, de último recurso, y ni Mary ni Gianni esperaban verdaderamente que se produjeran.

Había llegado el turno de Mary Yung. Garetsky la vio arrastrar la bolsa hasta el mostrador de facturación y entregar su billete y su pasaporte falso al empleado de Alitalia. No habían transcurrido ni cinco minutos cuando salió de allí y se encaminó hacia la puerta de embarque.

Dieciocho minutos después Gianni Garetsky hacía lo propio.

Al cabo de media hora, el 747 despegaba rumbo a Roma.

Una parte de él se llevaba a su mujer de viaje. Al abandonar América, tenía la impresión de que estaba abandonando también a Teresa. Le había propuesto durante años visitar Italia, el país de sus antepasados, pero siempre surgía algún contratiempo que se lo impedía. Luego ella se fue, y ya era demasiado tarde.

«Esperé demasiado. Tendría que habérmela llevado antes. Deja de lamentarte –se dijo–. Hiciste lo que hiciste, y lo que no hiciste, no lo hiciste, y nada cambiarás torturándote. Además, ¿se quejó ella alguna vez? No. ¿Y no eras siempre tú quien hablaba de Italia, y no Teresa? Sí. ¿Y qué decía siempre? Que si Italia era tan maravillosa, ¿por qué tantos italianos la abandonaban y se establecían en América? ¿Y qué más decía? Que en realidad no le importaba dónde estuviéramos, mientras estuviéramos juntos. ¿Y tú la creías? Sí.

»Muy bien. Entonces, déjalo ya y duerme un poco, por el amor de Dios.»

25

Peter Walters bebió un trago de agua de la botella que tenía a su lado y se deleitó en el frescor que le producía al bajar. Era poco más de mediodía, el sol se hallaba en el cenit y en la calle barcelonesa no había rastro de sombra.

Estaba sentado detrás de la ventana, con las cortinas corridas, en una habitación que había alquilado casi enfrente de la casa de Abu Homaidi. El rifle con su potente mira telescópica descansaba sobre el alféizar, y Peter lo tocaba de vez en cuando para tranquilizarse.

«Vamos, Abu. Basta ya.» Ahora sentía más impaciencia que rabia. Su rabia se había quedado sin adrenalina y lo había dejado cansado y deprimido.

Habían transcurrido dos días y medio desde que tuvo que disparar contra la chica palestina, cuya muerte había alterado todo. La gente de Homaidi ya casi nunca salía de la casa, y por lo que Peter había visto, Homaidi no había aparecido en absoluto.

«Te moviste demasiado deprisa», le había dicho la chica.

Ella había muerto inútilmente, Homaidi estaba avisado y esperando a que se le agotara la paciencia, y Peter había perdido la ventaja de la sorpresa.

¿Cuándo había empezado a cagarla?

En su última misión, sin ninguna duda, cuando olvidó comprobar si había sirenas. ¿Y qué más antes de eso? ¿O sería sólo que estaba torturándose psicológicamente? A veces ocurre. Uno empieza a corregirse y criticarse, a preocuparse en exceso por algo, a construir dudas y, antes de que se dé cuenta, hace todo lo posible para que suceda lo peor.

Chorradas.

En cualquier caso, se trataba de una posibilidad que no debía descartar. Comenzaba a cometer errores que nunca había tenido. Hasta el momento había sido afortunado, pero ¿hasta cuándo podría continuar el arbitrio de su suerte? Frisaba en la cuarentena. Quizás era demasiado viejo, y su vida y la de otros dependían de sus reflejos y su concentración.

En el mejor de los casos, se encontraba en un paisaje solitario, y no había nadie que pudiera hacérselo menos solitario.

Antes contaba con Gianni, sí. Habían estado tan unidos como hermanos, pero hacía más de veinte años de eso. Ahora ni siquiera vivían en el mismo mundo.

Al pensar en Gianni Garetsky, Peter se alegró un poco. Gianni sí se había salido con la suya. Le consolaba que uno de los dos lo hubiera conseguido, y con sus propios recursos, sin adular a nadie ni venderse. «Bravo, Gianni.»

Los recuerdos le hicieron sonreír a través de las cortinas, mirando hacia la calle.

Un instante después la sonrisa se desvaneció. Cogió el rifle y se arrodilló, preparándose para disparar. Retiró el cañón del arma del alféizar cuidadosamente.

Dos de los hombres de Homaidi acababan de salir y permanecieron un momento ante la puerta, mirando disimuladamente alrededor. Uno de ellos encendió un cigarrillo y arrojó la cerilla a la boca de la alcantarilla. Luego se separaron y echaron a andar en direcciones opuestas. Examinaron a la gente, los coches aparcados y los edificios que flanqueaban la calle, hasta que Peter los perdió de vista.

No tardaron en regresar al portal. Unos minutos después, salieron otros dos hombres, y Abu Homaidi apareció detrás de ellos, junto con otros tres más.

Peter enfocó al grupo con la mira y amplió la imagen. Homaidi quedaba tapado por los hombres, más corpulentos que él, que lo rodeaban. Caminaron calle arriba, hacia la izquierda de donde se encontraba Peter, mezclándose con otros transeúntes e impidiendo a Peter apuntar con precisión al terrorista. Se detuvieron ante un sedán gris estacionado junto al bordillo, y Homaidi y tres de sus hombres subieron al coche. Los otros se quedaron de pie, hablando con ellos a través de las ventanillas.

Peter Walters maldijo por lo bajo. Habría apostado cualquier cosa a que estaban tendiéndole una trampa para que abandonara su escondite; era más que evidente.

Estuvo cinco segundos cavilando, valorando sus posibilidades. Luego echó el seguro del rifle, lo envolvió en una gabardina ligera y se puso manos a la obra.

Bajó a toda prisa dos tramos de escaleras, salió corriendo por la puerta de servicio y fue a parar al estrecho callejón situado detrás del edificio. No temía llegar allí demasiado tarde, cuando el automóvil hubiera desaparecido. Antes de alejarse, ellos se asegurarían de que tenía tiempo suficiente de verlos.

Peter caminaba deprisa, pero con calma. No sentía pánico. Era casi como si ya hubiera muerto y se hubiera resignado.

Cuando, tras dar la vuelta hasta la calle principal y entrar en su coche, condujo hasta donde había visto por última vez a Homaidi, el sedán gris se había marchado. Continuó avanzando en aquella dirección y lo vio poco después unos doscientos metros delante de él. Los separaban cuatro vehículos. Peter se dispuso a seguirlo.

En aquella zona de la ciudad el tráfico era intenso, y tardó un poco en localizar al batallón de guardaespaldas de Homaidi, que viajaba en un todo terreno de color pardo, a seis coches de distancia. Ocupaban el vehículo cuatro hombres, que seguramente llevaban suficiente armamento para destrozar a todo un pelotón.

«Todavía puedes renunciar», se dijo Peter. Pero no era más que una idea simbólica. Aquel contrato todavía era suyo. Notaba cómo la proximidad de Abu Homaidi ponía en tensión todos los nervios de su cuerpo, produciéndole una excitación que conocía bien.

Cuando tomaron la carretera de la costa, sólo tres coches separaban a Walters del sedán gris, que circulaba delante, y dos coches, una camioneta y una furgoneta del todo terreno, que rodaba detrás. Empezaba a sospechar cómo sería y se preparó para conducir un buen rato.

La última parte del juego de policías y ladrones acabó una media hora después, cuando llegaron al principio de la legendaria Costa Brava, donde la carretera se hacía tortuosa a medida que ascendía, flanqueada por las montañas y el mar. Los últimos vehículos que quedaban entre ellos se habían desviado y habían desaparecido. Peter sólo veía el sedán gris delante y el todo terreno detrás.

¿Había atrapado a Homaidi, o aquel hijo de puta lo había atrapado a él?

Dos coches y ocho personas; todos hombres, gracias a Dios. Y él, solo.

Redondo.

Peter Walters sonrió mientras contemplaba la carretera que se extendía ante él.

Esperó a que Homaidi realizara el primer movimiento. Detrás de él, el todo terreno continuaba a una distancia de doscientos metros. No había más coches que avanzaran en su misma dirección. De vez en cuando pasaba algún vehículo en dirección contraria.

¿A qué esperaban?

Peter estaba convencido de que Homaidi se mantenía en contacto por radio con el todo terreno, pues era la única forma razonable de controlar una operación de aquellas características.

«Si yo fuera él, no tardaría en abandonar la carretera principal. Me aseguraría de tener un buen sitio elegido con antelación. Lo importante es el aislamiento. Nada de interrupciones.»

Poco después el automóvil gris torció por una carretera que ascendía hacia la izquierda. Al alcanzar el cruce, también Walters se desvió. Era una carretera asfaltada de dos carriles, llena de baches, con malas hierbas que crecían en innumerables agujeros y grietas. Como máximo la utilizaban tres coches al día. Perfecto.

Peter sintió que la energía brotaba de él, como una multitud amotinada.

El cielo se había nublado repentinamente con nubes procedentes del mar, y había empezado a llover. En realidad no era más que llovizna, lo suficiente para limitar la visibilidad y obligarle a activar el limpiaparabrisas. La carretera ascendía sinuosa por entre un bosque de pinos, y Peter oyó sus susurros. «Ahora», le decían.

Aminoró la marcha progresivamente, sin pisar el freno y sin que se iluminaran los pilotos, disminuyendo la presión sobre el acelerador y dejando que la inclinación de la cuesta se encargara del resto.

Miró por el retrovisor. El conductor del todo terreno que mantenía la velocidad de subida y no estaba preparado para aquella súbita disminución de la marcha, estaba reduciendo rápidamente la distancia que separaba los dos coches. Cuando el todo terreno estuvo a no más de unos treinta metros detrás de él y continuaba acercándose, Walters levantó completamente el pie del acelerador, quitó la pinza de una de las granadas de fragmentación que llevaba a su lado y contó hasta cinco. Entonces sacó el brazo por la ventanilla, lanzó la granada describiendo un amplio arco hacia atrás, hacia el vehículo que lo seguía, y pisó a fondo el acelerador. El automóvil arrancó a toda velocidad y se alejó del todo terreno. Con las granadas no convenía quedarse esperando.

Peter conducía sin apartar la vista de la carretera y no vio exactamente dónde aterrizaba la granada. Cuando se produjo la explosión, vio por el retrovisor la bola de fuego, que aumentó cuando estalló el depósito de gasolina, y notó que la onda expansiva le alcanzaba a más de doscientos metros.

Ahora podría concentrarse en lo que tenía delante.

La carretera se estrechaba y serpenteaba cada vez más, y los matorrales y los árboles la invadían por ambos lados. Al tomar una curva, Peter frenó en seco para evitar chocar contra el sedán gris, estacionado en medio de la calzada.

Se escondió debajo del salpicadero, y ellos empezaron a disparar con todo lo que tenían, que no era poco. Sólo por el ruido y los impactos, Peter distinguió dos metralletas, un rifle de alta potencia y una pistola automática. Los cuatro hombres se ocultaban entre la maleza, en el lado izquierdo de la carretera. Agradeció a Dios, Cortlandt y la compañía el blindaje de su coche, un elemento fijo últimamente en sus misiones. Sin él para entonces ya se habría convertido en un queso suizo. Aún podía ocurrir. Pero todavía podía hacer unas cuantas cosas.

«Maldito Homaidi.» ¿Cómo iba a esperar una cosa así? Evidentemente había esperado demasiado.

Se produjo una pausa en el tiroteo mientras recargaban las armas, y Peter la aprovechó. Sin incorporarse, buscó a tientas la máscara antigás que había en el asiento del pasajero, la encontró y se la colocó. A continuación cogió y arrojó las dos granadas de fragmentación que le quedaban, esta vez contando meticulosamente hasta doce, porque sus objetivos se hallaban a menos de seis metros de distancia, y no quería que atraparan aquellos malditos artefactos y volvieran a lanzárselos.

Las arrojó a ciegas por la ventanilla del lado del conductor, protegiéndose la cabeza detrás del blindaje. Oyó el estruendo de las dos explosiones y luego el repiqueteo de la metralla contra el coche y el silbido del acero volando por encima de su cabeza. Le pareció oír un grito, pero no estaba seguro. Homaidi y su gente estaban estirados entre los matorrales y los árboles, de modo que sólo aquello les proporcionaba cierta protección.

Peter lanzó tres granadas de gas lacrimógeno, todas las que tenía, sin levantar la cabeza más allá de la ventanilla para ver dónde habían aterrizado.

Ovillado en el interior del vehículo, cubierto de miles de pedazos de cristal, esperó y escuchó. Sólo oía silencio; ni un pájaro, ni un murmullo de hojas. Aire inmóvil.

El gas lacrimógeno llegó hasta el coche y se adhirió a las lentes de su máscara. Mirando a través de ellas, lo veía todo gris.

Peter respiraba trabajosamente con la máscara puesta. Le habría gustado quedarse allí acurrucado y sin moverse. Ante todo, no quería salir y enfrentarse a lo que le aguardaba.

Finalmente lo hizo. Empuñando la automática, se deslizó por la puerta del lado del pasajero y gateó hasta el otro lado del coche. Había capas de gas suspendidas como niebla. El aire era fresco, pero Peter estaba sudando. A través del gris, vio ramas rotas de matojos y trozos de corteza chamuscados y hechos trizas.

«Directamente no. No sabes qué puede haber. Da la vuelta y acércate a ellos por detrás.»

Peter Walters avanzaba a gatas lenta, tortuosamente, deteniéndose una y otra vez para escuchar. Seguía sin oír nada; ni un pájaro, ni un insecto. «Lo he matado todo.»

Y con aquel pensamiento, el miedo se apoderó de él, y la imagen de su propia muerte pasó como una brisa. ¿O se trataba de otra pistola, de otro sicario que en aquel instante estaba disparando en otro lugar, en algún otro bosque, o algún callejón, o alguna calle de una ciudad? Las imágenes de su mente eran borrosas. Luego las imágenes se desvanecieron y Peter sólo quería escapar de aquella suerte de vudú que le permitía conocer asesinatos nunca vistos en una dirección y su propia muerte en otra. Quería librarse de la magia, la máscara que tenía en la cara y la automática que sostenía, librarse de cualquier violencia futura; alejarse de aquello que le esperaba a unos pocos metros, entre los matorrales, y seguir adelante sin mirar atrás y sin convertirse en una estatua de sal.

Pero no lo hizo, por supuesto. Y pocos momentos después, se encontraba entre ellos.

Las granadas habían surtido efecto. La carnicería era total. Todavía había nubes de gas a ras del suelo, ocultando parcialmente los cuerpos. Vio lo suficiente.

La potencia de las explosiones los había destrozado. En algunas zonas la hierba estaba pulverizada y parecía rezumar de la tierra. Y por encima de todo ello, aquella llovizna que humedecía y refrescaba el aire y empañaba las lentes de la máscara de Peter. Cogió un pañuelo y limpió los cristales.

Más muñecos rotos.

Con un rápido vistazo identificó a los cuatro. Luego los examinó uno por uno. En asuntos como aquél, había que asegurarse.

Primero se acercó a Abu Homaidi. Todavía pudo reconocer el cuerpo delgado, casi cóncavo. Los ojos abiertos poseían un resplandor helado...; la boca abierta, un grito silencioso. La impresión general no era más que miedo y hedor a tumba.

Los otros dos cadáveres le resultaron tan anónimos como le habían resultado en vida. Uno de ellos parecía sonreír con la profunda tristeza de los payasos. Al otro le quedaba tan poca cara que no podía mostrar ninguna expresión.

Entonces vio el cabello rubio esparcido debajo de la cabeza del cuarto cadáver; una melena larga, que evidentemente había escapado de la gorra de béisbol que lo había ocultado. También vio el anillo de oro en el dedo.

Peter, arrodillado, se meció suavemente sobre la tierra húmeda. ¿Estaba volviéndose loco? Empezaba a haber muchos indicios.

Pero si lo estaba, no era él el único.

«Éste es el último.»

26

El director del FBI había descrito la reacción de la prensa como un festín y así comenzaba a considerarla Henry Durning.

«Dios mío, mira lo que he organizado.»

Aquel pensamiento era una extraña mezcla de admiración, excitación y humor retorcido, todo aderezado con una pizca de miedo. ¿O era el miedo, simplemente, parte de la excitación?

Fuera como fuese, en la zona donde habían hallado los tres cadáveres de los agentes del FBI la gente sí estaba asustada. Además, eran personas adineradas, con influencias políticas y en absoluto acostumbradas a descubrir unos cuantos federales asesinados cerca de sus casas. Aquellas cosas sólo ocurrían en la gran ciudad. ¿Qué diferencia supondría vivir en Greenwich, Connecticut, si allí empezaba a suceder lo mismo? De manera que exigían motivos y de momento no habían oído ninguno que les satisfaciera, como tampoco sus representantes políticos locales, muchos de los cuales esperaban la reelección y temían que los asesinatos por aclarar se convirtieran en un tema de polémica.

A última hora de la noche, el ministro de Justicia vio en su despacho una conferencia de prensa televisada en directo. El director del FBI parecía un zorro acorralado, rodeado de perros de caza que ladraban disfrazados de periodistas. Generalmente Wayne se desenvolvía bien en tales situaciones, y aquel día no era una excepción; repelía el continuo bombardeo de preguntas, explicando con serenidad que la investigación sobre la muerte de los tres agentes emprendida por el FBI tenía máxima prioridad y las autoridades informarían a la prensa de su desarrollo.

Sin embargo, a Durning, que conocía bien a Brian Wayne, no le gustó la imagen que ofreció ante las cámaras. Había demasiado sudor en su frente y su labio superior, pestañeaba y cambiaba la dirección de la mirada con demasiada frecuencia; hablaba con voz ronca y carraspeaba continuamente; tardaba en contestar las preguntas y en varias ocasiones tuvo que pensar un rato para elegir las palabras. No cabía duda de que Brian estaba desconcertado. Peor aún, estaba asustado.

Durning había almorzado con Wayne hacía menos de cinco horas y entonces lo había encontrado bien. Ahora no estaba bien. ¿Qué había sucedido durante aquel intervalo?

El ministro descolgó el auricular del teléfono y marcó el número del despacho del director del FBI.

–Cuando acabe la conferencia de prensa –dijo a la secretaria que respondió–, pida al director que me llame, por favor.

Wayne telefoneó a Durning quince minutos después. Hablaron brevemente y Wayne entró en el despacho del ministro de Justicia exactamente veinte minutos más tarde. El personal más directo de Durning ya había terminado la jornada, y los dos estaban solos.

–¿Qué ocurre? –preguntó Wayne.

Durning le invitó a sentarse y le sirvió un vaso de bourbon, del mismo que él estaba tomando.

–Eso quería preguntarte yo a ti.

Se miraron fijamente.

–Supongo que habrás visto la conferencia de prensa –dijo el jefe del FBI. Durning asintió con la cabeza–. ¿Tan evidente era?

–Sólo para mí.

Durning miró el vaso que su amigo sostenía en la mano. Temblaba lo suficiente para hacer que el hielo golpeara el cristal.

–He recibido una visita –explicó Wayne–. Fue justo antes de que se iniciara la rueda de prensa; de otro modo te habría avisado. –Hizo una pausa y bebió un poco de bourbon–. ¿Has oído hablar alguna vez de un abogado de Washington llamado Hinkey? ¿John Hinkey?

–Me suena el nombre, pero no sé de qué.

–Es un auténtico pez gordo, siempre rodeado de cámaras y micrófonos. Empezó como agente del FBI, luego se estableció por su cuenta y trabajó para nosotros en muchos casos importantes.

Durning asintió con la cabeza.

–Ahora me acuerdo. Ese mamón estuvo a punto de derribarme una vez al acercarse a una cámara de televisión.

–Ha venido a verme con su nueva cliente, una mujer; la esposa de Jim Beekman.

–¿Quién es Jim Beekman?

–Uno de los dos agentes que todavía no han aparecido, los que ni los perros ni los críos han encontrado todavía. –El ministro miró al director del FBI, impasible–. Por lo visto la señora Beekman está muy preocupada. Quiere saber por qué su marido lleva tanto tiempo fuera de casa y por qué no la ha llamado. Está un poco histérica por lo de los tres cadáveres. Ha estado formulando preguntas y sólo ha obtenido una respuesta. «Está trabajando en un caso.»

–¿A quién se lo ha preguntado?

–Al jefe de sección de su marido, a varios agentes con quien él ha trabajado, a cualquiera que estuviera dispuesto a hablar con ella. Al final recurrió a Hinkey porque él también había trabajado en el FBI y su marido y ella lo conocen desde hace tiempo.

–¿Qué actitud ha adoptado Hinkey?

–Dura; nada de tonterías. Está dispuesto a llegar hasta donde haga falta. Se niega a aceptar más «excusas de confidencialidad de mierda», según sus propias palabras. –Brian Wayne suspiró–. Luego, ese hijo de puta me ha dado un ultimátum. –Durning se quedó escuchando el repiqueteo del hielo del vaso de su amigo–. Me ha dicho que me concedía tres días para que comunicara a la señora Beekman el paradero de su esposo o para que le permitiera hablar con él por teléfono.

–¿Y si no lo haces?

–Investigará por su cuenta. Averiguará si hay más agentes desaparecidos y de los que no se tiene noticia desde hace más de una semana. Entonces se dirigirá al Departamento de Responsabilidad Profesional del Ministerio de Justicia e intentará descubrir qué coño está pasando. Y si allí también intentan encubrirlo, convocará una conferencia de prensa y desvelará todo el asunto.

Durning, sentado a un metro del director del FBI, estudiaba su semblante. Comprendió que para Brian no había en el mundo nada más que aquel momento, aquel asunto que estaba consumiéndolo.

–Nunca te lo he preguntado –dijo Durning–. Esos cinco agentes que empleaste para ayudarme en esto... ¿cómo lo arreglaste?

–Se les asignaron misiones especiales en el despacho del director. Creía que había actuado con prudencia. Los elegí de cinco ciudades diferentes.

–¿Qué dijiste a sus superiores inmediatos?

–Nada. Las misiones eran confidenciales. Pero eso no durará en cuanto Hinkey empiece a indagar.

–Pero tú eres el único que conoce las conexiones conmigo.

–Por supuesto.

–¿Y el término «encubrir»? –dijo Durning–. ¿Fue ésa la expresión que empleó John Hinkey?

Wayne asintió con la cabeza con aire taciturno. De repente parecía haber perdido todo interés por aquella conversación. Se quedó ensimismado, y una sombra cruzó su rostro, como si algo se hubiera interpuesto entre él y la luz. Esa sombra no desapareció, sino que se instaló en él y se intensificó.

Henry Durning se despertó en plena noche y recordó a los portadores del síndrome de Brian Wayne, o del miedo, o de lo que fuera, en Vietnam.

Aquellas cosas siempre eran diferentes, por supuesto, pero había algunos aspectos idénticos. Finalmente Durning había acabado por conocer bastante bien a los acosados por el miedo, a los verdaderos suicidas. Solían tener la mirada extraviada y llevar su dolor, como una enfermedad de la piel, en la superficie, sensible al más ligero contacto, y se lo rascaban y tiraban de él hasta que al final no quedaba nada más que la definitiva bala en el cerebro, que ellos mismos se disparaban.

Brian Wayne había sido uno de ellos, aunque le había faltado aquel toque final de locura para saltarse él mismo la tapa de los sesos y se había encaminado hacia un grupo de vietnamitas para ver si ellos lo hacían por él. «Y lo habrían hecho si yo no hubiera estado allí para impedírselo.»

Era extraño cómo funcionaba el miedo. Si pensabas demasiado en él, podías acabar desgañitándote en un cuarto acolchado. De modo que la mayor parte del tiempo procurabas apartarlo de tu mente. Pero de vez en cuando, si despertabas en plena noche y no eras lo suficientemente astuto para saltar de la cama y empezar a hacer algo, todavía podía agarrarte. Como hacía ahora. Y lo convertía otra vez en héroe.

Él tenía sus propias teorías sobre los héroes. Se trataba todo de circunstancias, reflejos y suerte. Nadie sabía de antemano cómo reaccionarían. Pero en su caso particular, a todo ello se añadía la desesperación.

Recién nombrado jefe de la patrulla, fueron atrapados en medio de un maldito claro de la jungla; les lanzaron granadas desde la maleza que los rodeaba, como pelotas de béisbol negras. Cuando la tierra dejó de explotar, no quedaba casi nada. También él salió despedido hacia arriba, aspiró pólvora y se estrelló contra el suelo. Milagrosamente, todavía tenía la ametralladora en la mano. Permaneció tendido en la hierba crecida, sangrando por diecisiete heridas de metralla diferentes. Brian se hallaba tumbado cerca de él, a su derecha. Los restos de su patrullla estaban esparcidos por el claro. Nada se movía.

Entonces los vio salir de la jungla. Sólo eran siete, todos enfundados en holgados pijamas negros, portando ametralladoras, pistolas y morrales con granadas. Avanzaron despacio, cautelosos, dispuestos a acabar con los supervivientes. Sus caras eran lisas, con forma de huevo, un tercio del cual correspondía a la frente. Con las armas preparadas, caminando en fila, empezaron a examinar el terreno. Dispararon contra todo lo que encontraron, por si quedaba alguien con vida.

Durning los apuntó con su arma de acero azulado, notando el cañón resbaladizo a causa de la sangre. Tenía que acertar a los siete con una sola ráfaga si no quería morir junto con el resto de supervivientes. De todos modos seguramente no tardarían en morir, pero ¿por qué facilitarles la tarea?

Entonces fue cuando distinguió a Brian Wayne, que se levantaba de la hierba y se encaminaba hacia los vietnamitas. Había arrojado su arma, y le brotaba sangre de la cara y la cabeza. Un heraldo de muerte andante, haciendo su propia y loca declaración: «Aquí estoy, chicos. Acabad conmigo, porque yo solo no puedo hacerlo».

Los tipos del pijama negro tardaron unos instantes en reaccionar. Para entonces Durning tenía el punto de mira sobre el pecho del primer vietnamita de la izquierda y estaba apretando el gatillo. Notó las rápidas y espasmódicas sacudidas de la ametralladora contra su mejilla y vio cómo el cuerpo del joven soldado estallaba como un gran globo negro. Sin soltar el gatillo, deslizó el punto de mira hacia la derecha y apuntó a los otros seis. Le pareció que subían y luego bajaban envueltos en humo marrón.

Entonces se desmayó.

Se quedó tendido boca abajo, con el sol en la espalda, a ratos consciente, a ratos inconsciente. Qué fácil era matar. Sólo había que apuntar con un arma y apretar el gatillo. Cualquiera podía aprender a hacerlo. Deberían haberle enseñado antes. A los seis años debería haber ingresado en el ejército en lugar de en un colegio. Así habría aprendido quizá lo suficiente para poder conservar vivos a sus hombres.

Otra patrulla de su compañía los encontró al cabo de una hora. Durning, Brian Wayne y un capitán del cuartel general que los acompañaba como observador eran los únicos supervivientes.

Durning pasó una semana inconsciente. Wayne y el capitán redactaron un informe lúcido y detallado de lo ocurrido. Y en base a sus relatos, Durning fue aclamado como héroe y condecorado con la Medalla de Honor.

Transcurridos casi veinte años, seguía pensando que deberían haberle sometido a un consejo de guerra.

«Bueno, Brian.»

Bajo aquella dura capa superficial no había más que confusión. ¿Cuánto tiempo conseguiría aguantar después de que los afilados dientes de chacal de Hinkey empezaran a desgarrarlo? Había que hacer algo con el abogado. Y con su cliente.

Aquéllas eran las consideraciones nocturnas del ministro Henry Durning.

Y ninguna lo calmó lo suficiente como para que conciliara de nuevo el sueño. Por eso intentó concentrarse en una sugestiva fantasía erótica protagonizada por la hermosa Mary Chan Yung.

Empezaba con el cuerpo de la muchacha representado en posición de dominio, con la cara y los pechos encima de él. Henry colocó sus manos sobre la curva de la cintura de ella y estudió el resultado un momento. Luego, cambiando de opinión, deslizó las manos hasta sus senos, ahuecándolas ligeramente, apenas tocándolos con las palmas; la escena relucía en medio de la oscuridad aterciopelada de la medianoche.

Había suaves sombras purpúreas alrededor de los ojos y bajo las mejillas y la barbilla de Mary. Él vio el juego de la luz en su frente y en su cabello liso y brillante. El labio inferior de la joven le pareció extraordinario, tan carnoso y sensual que seguramente podría romper el corazón de un hombre desprevenido.

Imaginó sus pechos sorprendentemente llenos para una mujer tan delgada, con los pezones de un marrón rosado y una carne de la que emanaba un resplandor pálido de porcelana.

Ella se inclinó hacia él, y se besaron y abrazaron.

Luego él entró en ella. Cerró los ojos.

En su pequeña farsa mental imaginó que hacía varias semanas que no estaban juntos. La separación, el afrodisíaco más poderoso disponible, que hacía que el dormitorio del piso superior pareciera demasiado lejano. Apenas transcurridos cinco minutos desde que la chica llegó a su casa, yacían los dos desnudos sobre la alfombra del salón.

Había sido un día largo, agotador, tenso. Notó que ella le insuflaba nueva vida. Durante aquellos momentos, en aquella cálida oscuridad, Durning no tenía cerebro, plan, noción, preocupación, deseo, que no fueran sexuales. Era como si cuanto había ocurrido hasta entonces fuera simple piel muerta que esperaba a caer.

De momento, pertenecían únicamente el uno al otro. Durning tenía cierta noción de que más allá del alcance de su cuerpo podía existir un mundo, pero carecía de interés para él.

Entonces, inevitablemente, justo en el momento en que su deseo parecía más insaciable, se sació.

La abrazó. Por último ella le ayudó a conciliar el sueño, un valioso regalo.

27

Roma ofrecía a Gianni Garetsky más de cien galerías de arte que recorrer en busca de algún cuadro que pudiera reconocer como pintado por Vittorio Battaglia. Entre él y Mary Yung visitaban unas veinte cada día.

Pero después de todo, Roma era una de las ciudades más románticas del mundo, era verano, y las amenazas más inmediatas a que estaban expuestas sus vidas parecían haberse aligerado, de modo que no les resultó difícil encontrar un poco de tiempo libre de vez en cuando para el placer. Y si bien no coincidía exactamente con el sublime idilio de luna de miel sobre el que Mary Yung había bromeado con Gianni, se acercaba muchísimo.

Se alojaron en una encantadora pensión cercana a la Trinità dei Monti. Comían en restaurantes maravillosos, apartados, donde todo el mundo se mostraba cariñoso y hospitalario, donde era imposible comer mal y donde las mandolinas casi te hacían llorar al pensar en el tiempo que habías pasado lejos de allí.

Paseaban a la luz de la luna por las laderas de la colina Palatina, donde los emperadores de la edad de oro de Roma erigieron sus palacios frente al Coliseo y el Arco de Constantino. Enmudecieron ante algunas de las más magníficas obras de arte producidas por el mundo civilizado, cogidos de la mano para compartir mejor cada momento.

–No se me ocurre nada más triste –dijo Mary Yung– que tener que ver cosas así solo.

«Pero ¿cómo dice esas cosas?», se preguntó Gianni.

Un día, sentado en un banco delante de la plaza de España, Gianni la vio acercarse a un puesto para comprar flores para su habitación. Mary llevaba una blusa de color amarillo pálido salpicada de hojas, y la brisa la azotaba suavemente contra sus senos. El sol impedía a Gianni verle la cara, pero sintió una sorprendente necesidad de hacerle señas con la mano, y así lo hizo. Al volver junto a él, Mary le besó.

–Gracias –dijo.

–¿Por qué?

–Por hacerme señas.

Gianni miró a aquella mujer hermosa de rostro solemne que decía cosas tan extrañas.

–Nadie me había hecho señas de esa forma –explicó Mary–, así, sin motivo alguno.

Gianni tuvo que volverse. Mary empezaba a calarle muy hondo. Ya no podía seguir fingiendo que el sentimiento no existía o que sólo era lujuria.

Las flores alegraban la habitación. Cuando el sol o la luz de una lámpara las iluminaban, parecía que bailaran. Mary las llamaba su «ramo nupcial» y reía al decirlo. Pero sólo reía con la boca, no con los ojos, que eran lo que más importaba a Gianni.

En la cama no conseguían separarse el uno del otro.

Los momentos favoritos de Mary para hacer el amor eran las mañanas y las tardes. Afirmaba que la noche era sobre todo para los palurdos que eran demasiado tímidos o vergonzosos para mirarse.

Gianni se sentía como un adolescente recién llegado a una fiesta. El placer que ella le proporcionaba era exquisito en todo momento, pero el instante que él revivía mentalmente era el de subir por la escalera que conducía a la habitación que compartían detrás de Mary, observando cómo se contoneaban sus caderas e imaginando lo que le aguardaba detrás de la puerta.

«Dios mío –pensaba–, esta mujer tiene que ser demasiado.»

En su quinta mañana, permanecieron tendidos bajo el resplandor crepuscular. Las persianas estaban cerradas, pero los primeros rayos de sol las traspasaban formando haces luminosos. A Gianni su cuerpo le parecía ingrávido, ungido. Sabía que debía levantarse para iniciar la búsqueda como cada día, pero sólo sentía una vaga inercia.

En la habitación hacía calor, y yacían, desnudos, sobre las sábanas. La piel de Mary brillaba bajo la luz matutina.

«Diez minutos más», se prometió Gianni.

–¿Cuántas galerías nos quedan en Roma? –preguntó Mary Yung.

–Unas cincuenta.
–¿Y si no encontramos nada?
–Iremos a Florencia.
–¿Y luego?
–Venecia, Nápoles, Palermo. Ya conoces la lista.
Mary se removió a su lado.
–Tengo que confesarte algo terrible. –Gianni esperó–. A veces deseo que no encontremos nada. –Gianni clavó la mirada en el techo–. Es una locura, ¿verdad? –dijo ella.
–Desde luego.
–Ya lo sé. Es que estos últimos días han sido maravillosos. –Gianni no dijo nada–. Por lo menos para mí –añadió Mary.
–Para mí también.
Mary se deslizó hasta él y le besó.
–No hacía falta que lo dijeras.
–Claro que sí.
–Sólo porque eres un hombre encantador.
–No. Porque es verdad.
Mary se quedó quieta, abrazada a él. Unas motas doradas asomaban y desaparecían de sus ojos cuando la brisa agitaba las cortinas, alterando la trayectoria de los rayos de sol.
–¿Y si nunca encontramos a Vittorio? –inquirió Mary–. ¿Sería verdaderamente tan espantoso?
Gianni dejó que aquella posibilidad entrara en él, notó cómo comenzaba a moverse por su interior. No fue peor que tragar agua helada demasiado deprisa.
–Con precaución –dijo– y un poco de suerte, supongo que podríamos sobrevivir.
–No es así como se supone deberías responder.
–Lo siento. Me parece que no se me dan muy bien estos juegos.
–Quizá no se trate de un juego. Siempre cabe la posibilidad de que ocurra. ¿No te lo has planteado nunca?
–¿Cómo no iba a planteármelo?
–¿Y?
–La mayoría de las veces me limito a descartarla.
–¿Y cuando no la descartas?
Gianni caviló un buen rato.
–Me resulta bastante desagradable. Tendríamos que hacernos la cirugía estética y vivir mirando siempre por encima del

hombro sin parar nunca. Tendríamos que reinventar nuestra persona a diario, sabiendo que eso no cambiaría nunca.

–Como seguramente ha hecho Vittorio durante los últimos nueve años.

Gianni asintió con la cabeza, aunque en realidad nunca había considerado aquella cuestión desde ese punto de vista.

Mary se incorporó para mirarlo.

–Siempre hablas de nosotros. ¿Significa eso que te gustaría que estuviéramos juntos?

Gianni se quedó callado y muy quieto, permitiendo que aquel hermoso cuerpo desnudo y aquel exquisito rostro contaran como los argumentos más obvios a favor de Mary.

–Es posible que acabáramos odiándonos –respondió Gianni por fin.

–Ese peligro siempre existe.

–Tendríamos que ser muy fuertes y buenos para conseguir que durara.

–Sí.

Se miraron fijamente hasta que él abrazó a Mary.

–Todo esto no son más que tonterías –susurró Gianni.

–Ya lo sé.

Gianni la besó, y el sabor de su boca lo embriagó. Cuando recuperó el habla dijo:

–En el peor de los casos, prefiero odiarte a estar sin ti.

Ella, con tristeza, no creyó ni una palabra.

Después de tachar en la lista las dos primeras galerías que habían visitado sin éxito aquella mañana, caminaron por la via Veneto e hicieron un alto en una terraza para tomar un *espresso* y un *briasche.*

«La via Veneto –pensó Gianni–, donde las mujeres son jóvenes y hermosas, los hombres ricos y distinguidos, y donde nunca se oye una palabra desalentadora. Por lo menos, siempre que pagues la cuenta.»

La siguiente parada programada era la Galleria Raphael, situada en una calle cercana. Antes de entrar, contemplaron varios cuadros expuestos en los escaparates.

–Éste lo compraría ahora mismo –comentó Mary Yung.

Gianni miró el lienzo. Se trataba de un retrato de trazos

toscos de un niño con ojos oscuros y aire solemne, en cuyo cabello se reflejaba el sol, y un mar azul celeste de fondo. Gianni lo observó en silencio e intuyó que allí había algo importante, porque el niño del cuadro le hablaba. Percibía algo en las profundidades de los ojos del niño, una vibración familiar que viajaba desde un pasado remoto directamente hasta su cerebro.

–Ya lo tenemos –susurró–. Es de Vittorio.

Mary Yung lo miró.

–¿Estás seguro? –Gianni asintió con la cabeza–. ¿Cómo lo sabes? –preguntó ella.

–Porque conocí a Vittorio cuando él contaba ocho años, y tenía la misma cara. Si este niño no es su hijo, te juro que me como el cuadro. –Notó que Mary le clavaba los dedos en el brazo–. Además, reconozco su pincelada. Así es como siempre trataba el color de la piel bajo la luz directa del sol. ¿Lo ves? Dos cadmios, amarillo y rojo, sin mezclar, y los dos en el pincel al mismo tiempo. –Gianni estaba emocionado–. ¿No percibes la vibración, el mismo sol en las mejillas del niño?

Mary se inclinó para leer el nombre que aparecía en la esquina inferior izquierda del cuadro.

–Guido Cosenza –dijo

Gianni inspiró profundamente, expulsó el aire en forma de suspiro y entró en la Galleria Raphael.

El propietario estaba ocupado atendiendo a otro cliente en la parte posterior del establecimiento, y Mary y Gianni curiosearon por su cuenta. Gianni vio otros dos cuadros con la firma «Guido Cosenza», y en ambos reconoció el trazo y el talento de Vittorio. Comenzaron a palpitarle las sienes, como si fueran a estallar.

Cuando el otro cliente se marchó, el galerista se acercó a ellos.

–¿Puedo ayudarles en algo?

Habló en un inglés fluido, con un ligero acento. Los había identificado inmediatamente como americanos, igual que todas las personas con quienes habían tratado en Roma. Gianni lo prefería, pues eso le permitía la ventaja de guardarse su italiano para sí.

Gianni sonrió.

–Mi esposa y yo nos hemos enamorado del retrato de Guido Cosenza de ese niño que hay en el escaparate. Muy pocos artistas saben cómo captar a los niños. Siempre los convierten en adultos en miniatura.

–Eso es cierto –convino el galerista–. Pero no todo el mundo es tan perceptivo para fijarse en eso. ¿Les interesa el cuadro?

–Nos gusta mucho –respondió Gianni–. Pero en realidad lo que nos interesa es que el señor Cosenza pinte un retrato de nuestro hijo con ese mismo estilo.

El hombre los observó, y Gianni se dio cuenta de que estaba calculando el precio teniendo en cuenta las posibilidades de la pareja y cuánto suponía estaban dispuestos a pagar.

–Espero que el señor Cosenza acepte pintar retratos por encargo –intervino Mary Yung–. Si no, nos decepcionaría mucho.

–La verdad, *signora,* es que no puedo contestarle ahora. Tendré que hablar con su representante. ¿Se encuentra su hijo en Roma con ustedes?

–Sí. Tiene aproximadamente la misma edad que el niño del cuadro. Por esa razón nos ha emocionado tanto la idea. Le agradeceríamos mucho que telefoneara y nos dijera qué posibilidades tenemos.

El galerista estaba ocupado contemplando los ojos de Mary Yung; Gianni comprendió que era un entendido en cualquier forma de belleza que acababa de incorporarse al club de admiradores de su presunta esposa.

El hombre sonrió, descubriendo su dentadura italiana, no demasiado perfecta.

–Todo es posible, *signora.*

–Se lo agradeceremos enormemente.

El propietario hizo una breve inclinación de la cabeza, se dirigió al teléfono que descansaba en el escritorio, en la parte posterior de la galería, y buscó un número en su agenda Rodolex.

Poco después hablaba con alguien en un italiano desenfrenado.

Gianni, simulando que examinaba algunos de los cuadros, se acercó lo suficiente al galerista para oír lo que decía. El representante del artista estaba haciéndole pasar un mal rato, y el galerista cada vez hablaba más alto y más acaloradamente. Cuando por fin colgó el auricular, estaba furioso.

–*Signora... signor...* Estoy desconsolado. Lo siento muchísimo, de verdad.

Agitando los brazos con frustración, el galerista se disculpó.

Al parecer Guido Cosenza no sólo no aceptaba encargos para pintar retratos, sino que los detestaba. De hecho, ni siquiera le gustaban los niños, ni siquiera el suyo, evidentemente, pues el niño del cuadro era, en efecto, su hijo. ¿Qué padre normal se atrevería a poner precio a la cabeza de su propio hijo? Era como vender el alma del niño en un pedazo de lienzo. Dios era demasiado descuidado repartiendo talento. Guido Cosenza no merecía su don.

Mary Yung acabó consolando al galerista. Gianni Garetsky sólo pensaba en salir de allí lo antes posible. Estaba muy emocionado.

–¿Y bien? –dijo Mary una vez fuera–. ¡Habla, por el amor de Dios! ¡Estoy intrigada!

Gianni estaba tan absorto en sus pensamientos, que tuvo que realizar un esfuerzo especial para articular las palabras.

–Nos vamos a Positano.

–¿Es allí donde está Vittorio?

–Creo que sí.

–¿Cómo que lo crees? ¿Está allí o no?

–No es tan sencillo. Deja que te cuente lo que sé y luego decides por ti misma.

Se encontraban de nuevo en la via Venetto, con un tráfico enloquecedor, bocinazos por doquier y manadas de turistas por todas partes. Garetsky caminó un rato en silencio, intentando todavía analizar lo que había oído.

–Compréndelo –dijo–. Lo que sé procede del final de la conversación del galerista. De manera que he tenido que completar la información. La representante del pintor es una mujer llamada Peggy Walters. Es americana, está casada con otro americano, un tal Peter Walters, y tienen un hijo de nueve años que se llama Paulie.

–Maravilloso. Peter, Paul y Peggy.

–No sólo eso.

Mary meditó un momento.

–¿Te refieres a que el niño tiene aproximadamente la misma edad que el hijo de Guido Cosenza en el cuadro?

–Exacto. Y ya supones adónde apunta eso. Los tres viven en Positano, en la costa amalfitana, una región que conozco bien; lo suficiente, de hecho, para reconocer las tres islitas de las Sirenas que Vittorio pintó en el agua detrás de donde hizo posar a su hijo. –Gianni caminaba con la vista clavada en el intenso tráfico y sin ver nada, salvo a un niño que debía de ser el hijo de Vittorio Battaglia, de pie, con el mar y las tres rocas de Ulises a sus espaldas–. Esa Peggy Walters representa a otros pintores además de Vittorio –prosiguió Gianni–, lo que le permite camuflar la obra de su marido entre la de los demás. Fíjate, ¿en quién podría Vittorio confiar más que en su esposa para que vendiera sus cuadros con el seudónimo de Guido Cosenza y para que conservara su verdadera identidad en secreto?

La pregunta era meramente retórica, pero Mary Yung la contestó.

–En nadie.

–Entonces ¿estás de acuerdo conmigo? ¿Crees que Vittorio vive en Positano y que se hace pasar por Peter Walters?

Mary meneó la cabeza.

–No es que lo crea. Lo sé.

Se despidieron en la habitación.

Mientras Gianni esperaba con impaciencia a que le entregaran la factura, Mary Yung fue a los aseos para telefonear.

Tardó menos de dos minutos en comunicar con el ministro.

–Lo hemos localizado –dijo a Henry Durning–. ¿Está preparado para cumplir con su parte del trato?

–Sí –respondió sin vacilar.

–Entonces envíe el dinero inmediatamente a la Banque Suisse de Berna, a la cuenta personal número 4.873.180. ¿Lo ha anotado?

–Sí, pero aquí son más de las cuatro y los bancos cierran a las tres.

–No me tome el pelo, señor Durning. Los dos sabemos que ya no hay horario para las transferencias electrónicas internacionales. Llamaré a mi banco dentro de una hora exactamente. Si la transferencia ha llegado a mi cuenta, volveré a telefonearle para facilitarle la información. Si no, ya puede olvidarse de todo esto.

–¿Cómo sé que no va a quedarse con el dinero y desaparecer?

–No puede saberlo. Pero le sugiero que pruebe a tener un poco de confianza, aunque esté pasada de moda, señor Durning. Tal vez le resulte gratificante. Además, usted no es la clase de persona que me gustaría que estuviera persiguiéndome el resto de mi vida. Ha sido un placer hablar con usted.

Mary Yung colgó el auricular. Tenía las palmas de las manos sudorosas y el estómago revuelto. Era como un nefasto presagio. Había abierto un gran agujero negro y se había colocado en el centro. Sin embargo, tenía la impresión de que había llevado bien el asunto, lo que agradeció a Jimmy Lee, quien le había enseñado las diversas utilidades de las cuentas numeradas suizas. Incluso la había ayudado a abrir aquella modesta cuenta con la promesa de que algún día se alegraría de tenerla. Ahora se alegraba.

«Dentro de pocas horas seré rica.»

28

El vuelo desde Roma duró menos de una hora, y Gianni Garetsky y Mary Yung llegaron al aeropuerto de Nápoles a primera hora de la tarde.

Durante el trayecto habían hablado poco. De pronto su breve idilio romano parecía lejano e irreal, y la emoción inicial que les había producido localizar a Vittorio se había desvanecido. Su lugar lo ocupaba ahora la idea, más desalentadora, de cuáles podrían ser las consecuencias de haberlo encontrado. La inquietud de Mary Yung, al estar implicada en dos asuntos, era obviamente doble.

Mientras Gianni discutía impacientemente y rellenaba formularios en el mostrador de alquiler de coches de Hertz, Mary desapareció de su vista y buscó los teléfonos públicos.

Primero llamó a la Banque Suisse de Berna. La atendió una ejecutiva de cuentas de habla inglesa, y Mary se identificó con su número de cuenta y su código de letras secretos. Luego, con la garganta seca y voz ronca, formuló la gran pregunta.

–¿Podría decirme si en las últimas horas han efectuado algún depósito en mi cuenta?

–Un momento, por favor –dijo la empleada suiza en un inglés de Oxford perfecto.

Se produjo un silencio, y Mary Yung imaginó unos dedos rápidos y experimentados pulsando las teclas de un ordenador.

–¿Señora?

–¿Sí?

–Sólo ha habido un depósito. Lo recibimos por cable a las 14.37 exactamente, hora local.

La boca de Mary era un desierto. Intentó humedecerla un poco, pero sólo había arena.

–¿De qué cantidad era, por favor?

–Un millón de dólares americanos.
–Muchas gracias.
–Encantada de poder atenderla, señora.
Lentamente, casi en trance, Mary colgó el auricular. Entonces sintió cómo se formaba en el fondo, se elevaba, y se formaba y se elevaba otra vez, hasta que tuvo que meterse el puño en la boca para evitar que saliera. Treinta años pasaron a toda prisa por su cerebro como un vídeo desbocado, y vio mil cosas horribles que había hecho sólo para seguir con vida y que nunca tendría necesidad de volver a hacer.
Luego sufrió un súbito bajón. Había llegado el momento de pagar. Era tarde, pero sabía que el ministro esperaba su llamada. Contestó el teléfono personalmente.
–Durning.
–¿Lo ve? –dijo Mary–. No cojo el dinero y corro.
Henry Durning rió, y aquel sonido resultó a Mary sorprendentemente cálido y fácil.
–Se lo agradezco –dijo el ministro.
–Debería aprender a confiar más en la gente.
–Me temo que mi profesión no me lo permite. Soy abogado. Pero lo intento, Mary.
«Qué simpático. Ahora me llama Mary.»
–Muy bien, ahí va. Vittorio está en Positano, Italia. Está casado y tiene un hijo, y se hace pasar por Peter Walters.
Se produjo un largo silencio. Cuando Durning habló, lo hizo con una voz cargada de sentimiento.
–Gracias. Esto es muy importante para mí.
–Lo sé. Ya me ha demostrado su importancia.
–El dinero es lo que menos importa.
–A mí no, señor Durning.
Se oyó un zumbido en la línea.
–Dígame, Mary. ¿Han visto ya a Vittorio?
–No.
–¿Cuándo tienen previsto verle?
Una luz de advertencia se encendió detrás de los ojos de la joven.
–No lo sé. Eso depende de Gianni.
–Bueno, háganme un favor. No se acerquen a Battaglia hasta dentro de veinticuatro horas por lo menos. No puedo decirle nada más, pero le doy mi palabra de que será lo mejor

para ustedes dos. –Durning volvió a reír con ganas–. ¿Se da cuenta? Ahora le toca a usted confiar en mí. Gracias otra vez, Mary –dijo antes de colgar.

Mary no podía hacer otra cosa que creerle. Al fin y al cabo, ¿qué podía perder?

Cogió unos cuantos folletos turísticos de Capri, un breve trayecto en transbordador desde la cercana Sorrento. Mary Yung ya había planeado la prolongación de una noche de su luna de miel cuando se reunió con Gianni en el mostrador de Hertz.

A Gianni no le pareció mal la idea. Estaba aprendiendo mucho sobre el placer. No había que posponerlo.

Fuera lo que fuese lo que Vittorio tuviera que decirles, podía esperar un día más.

29

Poco después de hablar con Mary, Henry Durning marcó el número privado de Carlo Donatti. Si quería que la chica siguiera con vida, no había tiempo que perder.

Su conversación con Donatti fue críptica y breve. Ambos acordaron encontrarse en un motel cerca del aeropuerto de La Guardia exactamente dos horas más tarde.

El ministro de Justicia llegó al lugar de reunión con quince minutos de antelación. Don Carlo Donatti ya estaba allí, esperándolo, con la radio a todo volumen, como de costumbre, para eliminar el peligro de posibles micrófonos.

Realizaron el saludo y el abrazo ritual con un ardor aparentemente no menguado, pero sus miradas eran frías.

–Te agradezco mucho que hayas respondido a un aviso tan precipitado, don Carlo.

–Parecía importante.

–Lo es. He localizado a Vittorio Battaglia.

El don se sentó despacio.

–¿Dónde?

–En Italia, en Positano. Creo que vive con la mujer a quien se suponía había matado hace nueve años. Y tienen un hijo.

–¿Qué nombre utiliza?

–Walters. Peter y Peggy Walters.

–¿Quién los ha encontrado? –Durning vaciló–. Supongo que tú lo sabrás –añadió el don.

Donatti extendió las manos, con las palmas hacia arriba.

–Garetsky y Mary Yung –respondió el ministro.

Donatti arqueó ligeramente las cejas.

–De manera que Gianni lo ha encontrado. –La idea parecía sorprender y divertir a Donatti–. Eso significa que tú has pagado a la china.

Durning no hizo caso de la pregunta.
–No podemos perder tiempo, Carlo. Una solución rápida, digamos en no más de dieciocho horas, será lo mejor para todos los implicados. ¿Crees que será posible?
–Todo es posible. Pero ¿a qué viene tanta prisa? ¿Qué ocurrirá si tardamos unas horas más?
–Entonces quizás haya también que liquidar a tu Gianni y la china.
–No lo entiendo.
–Ahora se dirigen a Positano. Todavía no saben lo que Battaglia y su mujer pueden contarles.
–¿Y tú no quieres que lo sepan?
–Ni ellos ni nadie. –El ministro miró a Donatti–. Ahí radica la importancia de este asunto, Carlo.
–Claro. –El don habló en voz baja, como si de otra forma las palabras pudieran herirlo.
Se miraron fijamente. Durning tenía la impresión de que estaba produciéndose un intercambio de misterios antiguos por otros nuevos y de que aún había secretos por descubrir.
–Lo arreglaremos –dijo Donatti–. Esto ha sido muy bochornoso para mí. Vittorio Battaglia me ha hecho sentir como un idiota. Para mí, como para ti, supondrá un gran alivio zanjar de una vez esta cuestión.
–Te lo agradezco –dijo Durning con semblante grave–. Ahora sólo me falta pedirte un último favor. –El ministro hizo una pausa–. Si me lo permites, don Carlo.
–Pide, pide. –Donatti sonrió, su buen humor se había restablecido de repente junto con su sentido del honor y la dignidad–. Observas nuestras pequeñas ceremonias como si fueras uno de los nuestros.
–Soy uno de los vuestros.
Donatti asintió con la cabeza.
–¿De qué favor se trata? Me gusta la idea de llevarte ventaja otra vez.
–Se trata de un abogado bocazas de Washington y su cliente –explicó Durning–. Están a punto de causar problemas mucho más graves de lo que ellos mismos imaginan.
–¿Quiénes son?
–El abogado se llama John Hinkey y su cliente es Beekman, señora de James Beekman.

–¿Ella también está en Washington? –Durning asintió con la cabeza–. ¿Su marido no está implicado en esos graves problemas que has mencionado? –preguntó Donatti.

–No.

–Entonces ¿en qué está implicado?

–Es un agente de FBI. –Donatti miró de hito en hito al ministro–. No hay ningún problema –dijo Durning–. Es uno de esos a los que tu amigo Garetsky enterró no sé dónde. Dudo de que pueda decir gran cosa si algún día aparece.

Don Carlo rió, lo que no hacía a menudo.

–Empiezo a comprender lo de su esposa y el abogado.

–Entonces ¿me ayudarás?

Donatti continuaba riendo entre dientes.

–¿Por qué no? Ya hay bastantes esposas y abogados creando problemas.

Durning, sentado en el helicóptero de regreso a Washington, se preguntó: «¿Verdaderamente soy así?».

Había bebido una copa de coñac al iniciar el vuelo, y el alcohol había prendido diminutos fuegos en las cavidades de su vientre. Poco antes de eso, había organizado con toda tranquilidad la muerte de cuatro personas y sólo sentía un profundo alivio por haber actuado para protegerse.

¿Qué significaba aquello? ¿Que le faltaba un ingrediente humano esencial? ¿La compasión? Tonterías.

En su situación, la compasión habría sido la indulgencia final, un gesto emocional vano que habría puesto fin súbitamente a todo lo bueno que estaba haciendo, y sin ofrecer nada a cambio.

Modestia aparte, seguramente él era lo mejor que le había ocurrido al Ministerio de Justicia en casi cincuenta años. Había tomado las riendas de una institución inerte, moralmente deshecha, tan necesitada de renovación que sus mejores y más lúcidos miembros volaban en manadas, y había restablecido la confiaza en los fundamentos legales y éticos. Había salvado el moribundo concepto de la ley del departamento y no sólo le había obligado a ganar causas, sino también a cumplir con el precepto deslustrado de que Estados Unidos sólo triunfaba cuando se hacía verdadera justicia.

Y por último había inculcado personalmente a muchos abogados la idea de que la ley era una varita mágica que permitía efectuar cambios políticos y sociales urgentes.

«Todo eso es verdad. He hecho esas cosas. Y más.»

Pero si podía ser tan heroico, ¿cómo podía también haberse vuelto tan vil?

En realidad no se sentía verdaderamente vil. Había aprendido que cuando estaba en juego la supervivencia, se obraba como se juzgaba oportuno y se dejaba el resto de lado hasta el día del juicio.

30

Gianni Garetsky y Mary Yung viajaron a Positano en coches separados. Gianni Garetsky iba delante. Capri había sido magnífico, pero no habían disfrutado de la estancia allí, pues no podían olvidar lo que les aguardaba.

Antes, Gianni se había agenciado dos automáticas de 9 milímetros, una escopeta de calibre 12, un rifle de calibre 30 con mira telescópica y munición suficiente para librar una pequeña guerra. Estaba todo guardado en el maletero de su automóvil, excepto las dos automáticas; él llevaba una y Mary Yung la otra.

Gianni no tenía ningún motivo especial para esperar problemas en Positano. Tanto las armas como el segundo coche eran, como había explicado a Mary, sólo por si ocurría algo imprevisto. En situaciones similares, la joven se había dado cuenta de que era mucho más seguro tener mucho de todo que quedarse corto.

Gianni conducía a una velocidad regular de cincuenta kilómetros por hora, sin prisas, tomando suavemente las curvas que parecían interminables. La carretera de Amalfi serpenteaba en roca sólida, flanqueada por un escarpado precipicio hasta el mar y las montañas. En algunos sitios, las curvas eran tan cerradas que se habían instalado espejos para ayudar a los conductores a ver si se aproximaban coches en dirección contraria. Gianni miraba la carretera, el mar y, en el retrovisor, el coche de Mary Yung. Al acercarse a la entrada del pueblo, la carretera se convirtió en una bajada de una sola dirección.

Gianni pensaba en Vittorio: qué aspecto tendría, qué diría, cómo reaccionaría al verlo. Veinte años. Costaba creerlo.

El tráfico empezó a intensificarse a medida que se adentraban en el centro de la ciudad. Los turistas abarrotaban calles y comercios.

Gianni miró por el retrovisor y vio que un automóvil se

había situado entre el suyo y el de Mary. La mayoría de las calles laterales eran estrechas, empinadas, interrumpidas por escalones de piedra y peatonales. Avanzó lentamente, casi pegado al parachoques del coche que le precedía, hasta llegar al aparcamiento del pueblo. Encontró un espacio vacío y vio que Mary aparcaba no muy lejos.

Primero necesitaba un listín telefónico. Consiguió uno en un estanco y buscó el apellido «Walters». Allí estaban: Peter y Peggy. La dirección era via Contessa, número catorce.

Garetsky compró un plano de Positano y regresó a su coche. Sólo miró una vez a Mary, que aguardaba dentro de su vehículo. De momento no necesitaban hablar, pues habían planeado todo la noche anterior. Los dos sabían exactamente qué hacer.

Localizó la via Contessa en el plano y condujo hacia esa dirección. Mary Yung lo seguía a una distancia de unos quince metros.

La calle ascendía por la montaña describiendo curvas. Gianni aminoró la marcha al tomar una curva y divisó la casa: blanca, con el tejado plano y adornada con los arcos árabes típicos de aquella región. Unos escalones de piedra conducían desde la casa hasta el jardín de la entrada, debajo del cual, junto a la calle, había dos coches aparcados en un espacio libre.

Los coches indicaban que probablemente la pareja se hallaba en casa.

Gianni siguió adelante. La calle terminaba más arriba, en un *cul de sac*, y allí estacionó. Poco después Mary Yung se detuvo detrás de él. No había ninguna casa a la vista, sólo rocas, acantilados, matorrales, arbustos y el mar a lo lejos.

Se apearon de los coches.

–¿Has visto la casa? –preguntó Gianni.

Mary asintió con la cabeza.

–Muy mona –dijo con cierta ironía. Sus ojos, tan sensibles como los de un gato, encerraban oscuros y recónditos secretos; más aún, reflejaban preocupación.

–Tranquila –dijo Gianni–. Todo saldrá bien. –Ella no contestó–. ¿Estás bien?

–Claro. ¿Por qué no había de estarlo? –replicó Mary.

Gianni se acercó a ella, la abrazó y notó la tensión, los huesos sorprendentemente frágiles tan cerca de su piel.

–Vamos –dijo–. Ya casi estamos. Esto es lo más fácil.

–Ya lo sé. Es una estupidez. Dame un beso para desearme suerte.

Se besaron, y ella lo estrechó.

–¿Estás seguro de que no quieres que te acompañe? –preguntó Mary.

–Seguro. No deseo asustar a Vittorio entrando los dos a la vez. Conmigo tiene suficiente para empezar. Y así nos resultará más fácil hablar.

–Muy bien.

–Ve a comer algo a Sta Via, aquel restaurante del toldo verde que está cerca de donde hemos aparcado antes. Vuelve dentro de dos horas. Si hay algún cambio de planes, sabré dónde encontrarte. –Mary lo miró fijamente–. ¿Qué ocurre? –preguntó Gianni.

–Creo que podría enamorarme de ti.

Gianni rió.

–¿Por eso estás tan triste?

–Seguramente.

–No te preocupes. Se te pasará.

–No lo creo.

Gianni Garetsky observó cómo caminaba hasta su coche y se alejaba. A continuación condujo hasta la casa y aparcó junto a los dos coches que había delante del jardín de los Walters. Subió los diecisiete escalones de piedra que describían una curva hasta la entrada y levantó la aldaba. Sintió un peso de plomo caer en el fondo de su estómago.

El hombre que abrió la puerta se quedó mirándolo.

–¿En qué puedo ayudarlo? –preguntó en italiano.

A Gianni le habría costado reconocer a Vittorio Battaglia. Aparte de lo que los años habían añadido, lucía barba y bigote poblados, sus ojos eran de un azul casi deslumbrante, en lugar de color avellana, y parecía definitivamente más alto, corpulento y fornido que el Vittorio que él recordaba, con torso y hombros de luchador y brazos muy musculosos. Sólo los tejanos y la camiseta manchados de pintura le aportaban un toque de familiaridad.

«¿Y cómo me encontrará él a mí?»

De pronto, invadido por el cariño de los recuerdos, Gianni sonrió y se quitó el cabello gris falso, el bigote y las gafas de montura de carey. Se quedó de pie, desnudo de falsedades.

–¿Te ayuda esto? ¿O es que por aquí siempre vais disfrazados?

Aun así, a Peter Walters le costó reconocerlo.

–Seré borde... –susurró en inglés.

–Tienes razón, siempre lo fuiste un poco, amigo mío.

Entonces, entornando los ojos, Peter recorrió con la mirada el paisaje circundante: el coche del pintor, la carretera, los escalones, el jardín. Y mientras aún sonreía, Gianni sintió súbitamente que le agarraban y empujaban al interior de la casa, le apretaban la cara contra una pared, le sacaban la automática del cinturón y se la presionaban contra la nuca.

–¡Oye! –Con la nariz lastimada y sangrando contra el yeso de la pared, Gianni no pudo emitir más que un gruñido amortiguado.

Walters cerró la puerta y echó el cerrojo. El cañón de la automática seguía contra la nuca de Gianni.

–¿Quién más hay ahí fuera?

Gianni murmuró algo parecido a un «Nadie».

–Si me mientes, Gianni, te juro que te vuelo la cabeza. –El tono de voz era sereno, pero Peter respiraba con cierta excitación.

–No... te... miento.

Walters aumentó la presión que ejercía con el arma.

–¿Te ha enviado don Donatti? –preguntó Peter. Garetsky intentó negar con la cabeza–. ¿Quién entonces?

–No me... envía... nadie.

Gianni Garetsky renegó por lo bajo, maldiciendo su propia estupidez por no haber previsto aquella reacción. ¿Qué esperaba, después de tantos años y Dios sabía cuántas cosas más? ¿Un jodido beso en los labios?

Una voz femenina habló desde el piso superior.

–He oído que llamaban, Peter. ¿Hay alguien?

Walters suspiró.

–Será mejor que bajes. Y no te asustes. Seguramente no es tan grave como parece.

Peggy bajó por la escalera, vio lo que estaba ocurriendo y se tapó la boca con las manos.

–Oh... –Se contuvo. Llevaba nueve años esperando algo parecido. «No te pongas nerviosa», se dijo.

–¿Dónde está Paulie? –preguntó su marido.

–Ha salido a pintar.

–Muy bien. Ahora, escucha. Este perla de aquí es mi viejo amigo Gianni. No sé cómo nos ha encontrado, ni si hay alguien con él, ni quién lo envía. Dice que nadie, y a lo mejor es verdad y simplemente se ha vuelto idiota. Hacía veinte años que no lo veía, y no estoy dispuesto a correr ningún riesgo inútil. De modo que cierra todas las puertas con llave, baja las persianas y activa el sistema de alarma. Luego trae la maleta gris que hay en mi armario. ¿Sabes a cuál me refiero? –Peggy asintió con la cabeza. Peter sonrió, intentando tranquilizarla–. No pasa nada. Esto será un buen ejercicio de prácticas para nosotros.

Peggy se marchó, y Walters arrastró a Garetsky hasta la cocina, lo sentó en una silla y le dio una toalla y un cuenco con hielo para la nariz.

–Ahora habla –dijo–. Y será mejor que tengas una buena explicación, porque si no irás directo al otro barrio.

31

Poco antes de las dos del mediodía, mientras Gianni Garetsky iniciaba una vez más su espeluznante relato, que parecía haberse convertido en su más popular recital, un par de Mercedes grises salieron de la carretera de Amalfi y empezaron a descender hacia Positano.

En cada coche había dos hombres que habían llegado a Nápoles aquella mañana procedentes de Palermo. Eran atléticos y poseían ese atractivo físico –rostro terso, cabello bien peinado– del que se enorgullece cierta raza de hombres italianos. Vestidos como turistas acomodados, con ropa informal de marca, portaban varias cámaras fotográficas caras para acentuar la imagen que pretendían proyectar.

Sin embargo, cualquier entendido en esas cuestiones sólo tenía que sondear sus ojos, curiosamente inexpresivos, para darse cuenta de que no eran turistas. En realidad eran cuatro de los mejores sicarios de don Pietro Ravenelli, hombres peligrosos que realizaban una delicada misión para alguien que tenía la reputación de ser el *capo di tutti capi* (el jefe de todos los jefes) de una importante *famiglia* americana.

La misión estaba considerada un gran honor. Si se llevaba a cabo con éxito, supondría un reconocido respeto y una mejora para las personas implicadas. Un fracaso, en cambio, destruiría carreras, reputaciones, vidas enteras.

Los cuatro hombres de los dos Mercedes habían recibido instrucciones directamente del ilustre don Ravenelli de Palermo. Debían actuar con prudencia, les advirtió. No podía haber ningún descuido, ninguna nota discordante. No quería nada de aparatosos tiroteos con la policía ni periodistas ni repercusiones internacionales.

Los Mercedes, lenta y silenciosamente, avanzaron hacia Positano, rodearon el pueblo dos veces para familiarizarse con él y por último se detuvieron, uno al lado del otro, en el aparcamiento del centro del pueblo.

Mary Chan Yung, que esperaba, nerviosa, comiendo un cucurucho de helado en su coche, vio los dos automóviles alemanes grises, idénticos, aparcados a apenas diez metros de donde ella se encontraba. Observó cómo los cuatro hombres, que parecían gemelos, con sus elegantes atuendos, salían, estiraban las piernas agarrotadas y miraban alrededor con sus ojos inexpresivos que le recordaron un poco a los de Jimmy Lee. Detectó los imperceptibles bultos en el pecho y la cadera, las marcas inconfundibles del negocio a que se dedicaban.

Mary Yung nunca había visto a aquellos hombres y, sin embargo, los conocía como si los hubiera parido. La ropa de marca y las cámaras fotográficas no lograron engañarla. Para ellos, aquél era un día normal de trabajo, y se hallaban allí para cumplir con él. Mary sabía con toda certeza que había sido su llamada telefónica lo que los había movilizado. Entonces sintió un súbito mareo.

Cuando los cuatro falsos turistas abandonaron el aparcamiento para pasear por las calles del centro, Mary los siguió a una distancia prudencial. Vio que se separaban por parejas y entraban en media docena de tiendas, donde le pareció que formulaban demasiadas preguntas. También realizaron compras de poca importancia; un mapa, un par de carteles enrollados y varias postales. Luego desplegaron el mapa y se reunieron unos minutos en torno a él, señalando y haciendo comentarios. Por último regresaron a los Mercedes y salieron del aparcamiento. En esta ocasión tres hombres ocupaban un coche, y el cuarto iba solo en el otro.

Mary subió a su automóvil de alquiler y los siguió. No tenía ni idea de qué iba a hacer respecto a nada; sencillamente le pareció conveniente no apartarse de ellos.

Al llegar a una bifurcación de la carretera, el hombre que viajaba solo se desvió y enfiló la carretera que bordeaba la costa mientras el otro avanzaba en dirección a la casa de los Walters, seguido por Mary a cierta distancia.

Al acercarse al número catorce de via Contessa, Mary aceleró un poco y se acercó lo suficiente para ver cómo el Mercedès se detenía casi enfrente de la casa y, al cabo de un momento, proseguía el ascenso por la sinuosa carretera y se perdía de vista.

«Hacia el *cul de sac*», pensó Mary. Todas las pequeñas dudas que le habían asaltado se desvanecieron.

Llegó al número catorce, aparcó en un espacio que había junto al coche de Gianni, subió apresuradamente por los escalones que conducían a la casa y llamó a la puerta, que se abrió casi inmediatamente.

Mary Yung miró al hombre rubio, barbudo y de ojos azules que tenía delante y no lo reconoció. Entonces vio la automática con que le apuntaba distraídamente el pecho.

–Entra, Mary –dijo Vittorio Battaglia–. Bienvenida a la fiesta.

El hombre que viajaba solo, un joven siciliano de cabello oscuro llamado Domenico, se alejó unos metros del pueblo y estacionó el vehículo en un mirador con vistas al mar.

Vislumbró un poco más abajo las ruinas de una antigua torre sarracena que había descrito uno de los tenderos del pueblo y se encaminó hacia allí. Por el camino escarpado, prácticamente excavado en roca, Domenico avanzó con cuidado, preocupado sobre todo por sus nuevos mocasines Gucci.

Al acercarse a la torre oyó los embates del agua contra las rocas y el grito de una gaviota, pero no vio nada. Aquel tendero inútil no sabía lo que decía. ¡Amalfitanos! Eran todos un hatajo de mierdosos. Jamás había conocido a uno que se salvara.

Rodeó un algarrobo retorcido y entonces divisó al chico. Se trataba de un niño más bien menudo, cuya delgadez enseguida recordó a Domenico a su hermano, al que un camión cargado de aceite había atropellado y aplastado como una pizza. El niño se hallaba de espaldas a él, de pie ante un caballete, pintando. Aunque el lienzo no estaba aún terminado, a Domenico le pareció bonito, muy real, con el agua reluciente, y el sol, sobre las rocas, lo suficientemente brillante para obligarle a entornar los ojos. No parecía obra de un chiquillo.

–Hola.

El niño se dio la vuelta.

–¿Eres Paulie? –preguntó Domenico en italiano. Paul asintió con la cabeza, y el hombre sonrió–. Es un cuadro estupendo. Yo sería incapaz de pintar algo así.

Paulie lo miró con aquellos ojos tan serios.

–¿Cómo sabes mi nombre?

–Tu papá y tu mamá me han pedido que venga a buscarte. Tenían prisa por lo de la fiesta. Me llamo Dom.

–¿Qué fiesta?

–La que celebra mi tío en su casa. La habían olvidado hasta hace un rato.

Paulie funció el entrecejo.

–¿Quieren que yo vaya a una fiesta?

–Pensaron que te haría ilusión porque habrá muchos cuadros fabulosos allí. Por no hablar de varios pintores importantes.

Paulie no se movió. Sostenía la paleta y los pinceles en la mano y no dejaba de abrir y cerrar los dedos con que los asía. Tenía los labios muy secos y se los humedeció.

–¿Qué pasa, Paulie?

–Eres un mentiroso.

–Oye, ésa no es forma de hablar. Qué falta de respeto.

–No te conozco de nada, mi papá y mi mamá no enviarían a alguien que no conozco a buscarme. ¿Quién eres? ¿Uno de esos pervertidos que se divierten molestando a niños?

Domenico echó a reír.

–Eres un chico duro de pelar. Yo tenía un hermanito que era tan duro como tú; hasta que lo atropelló un camión y dejó de ser duro para siempre.

De pronto Paulie sintió terror. ¿Sería aquél un verdadero mafioso? Él sólo había visto los de ficción en el cine y la televisión y no sabía si aquel tal Domenico sería de los auténticos. No tenía aspecto de gángster e incluso parecía simpático. Le agradaba su forma de hablar y reír, como si sólo estuviera pasando un buen rato. Pero tal vez había diferentes clases de gángsters.

–¿Qué dices, Paulie? ¿Vienes a la fiesta o no?

Paul se limitó a negar con la cabeza, temiendo revelar que había enmudecido.

–Además eres tozudo, por lo visto. –Domenico se encogió de hombros–. Muy bien, pues no vayas y termina tu cuadro. Me gusta. Si no te importa, me quedaré un rato a mirar.

Paul, sintiendo que le flaqueaban las piernas, se dio la vuelta y estampó una pincelada de azul celeste y púrpura en un trozo de cielo.

Entonces se produjo un destello muy intenso en algún punto detrás de sus ojos, y el cuadro, el paisaje y todo lo demás se desvanecieron suavemente.

Domenico se aseguró de cogerlo cuando empezó a caer, de modo que Paul no llegó a tocar el suelo. Había muchas rocas afiladas por allí con que podría haberse lastimado. Domenico no quería que aquel niño sufriera ningún daño innecesario.

Los tres hombres del otro Mercedes habían aparcado en el *cul de sac,* al final de la via Contessa. Tras haber pasado por delante de la casa de Peter Walters y examinado la zona, tenían que considerar ciertos aspectos y adoptar algunas decisiones.

La casa no presentaba problemas. Se hallaba a una distancia razonable de los vecinos más próximos, y los arbustos y árboles que la rodeaban, junto con la sinuosa carretera que conducía hasta ella, la hacían prácticamente invisible desde otras viviendas. De manera que era poco probable que alguien los viera entrar o salir. La única posible complicación radicaba en el tercer automóvil aparcado delante de la casa. Significaba que había uno o más visitantes, lo que no favorecía una operación discreta.

No les quedaba más remedio que afrontarlo, pues el factor tiempo era también importante. Al menos les constaba que el niño no se encontraba en la casa, ya que Domenico se encargaría de él. Si algo salía mal, el chico sería un buen seguro.

La discusión no duró más de quince minutos. Se enfrentarían a lo que hubiera.

Salieron del *cul de sac* y volvieron a bajar por la via Contessa, con la misteriosa excitación que aquellas aventuras producían. Estaban de buen humor. Incluso cabía la posibilidad de que el tercer coche ya se hubiera marchado.

Cuando el Mercedes redujo la marcha al aproximarse al número catorce, el tercer coche seguía allí, y había llegado un cuarto.

Maldiciendo, pasaron de largo y continuaron hacia el pueblo.

32

El número catorce de la via Contessa había adquirido el aire de las posiciones sitiadas. El sistema de seguridad estaba activado, las puertas y ventanas cerradas, las cortinas corridas, y sus ocupantes iban armados.

Esperando, mirando la calle ansiosa y atentamente durante casi quince minutos, Peter Walters vio por fin que el Mercedes gris bajaba de la montaña. Observó cómo se acercaba, aminoraba la marcha hasta casi detenerse al llegar a la altura de su casa y luego aceleraba y desaparecía en una curva.

De todos modos, mantuvo a todos alerta durante veinte minutos más. Cuando pareció definitivo que los hombres del coche no volverían por el momento, aconsejó a los demás que tomaran un poco de café e intentaran relajarse un rato. Él montó guardia junto a la ventana.

Peter casi lamentaba que el Mercedes hubiera pasado de largo. De alguna forma, todo resultaba más fácil cuando la amenaza inmediata se presentaba. Él siempre podía enfrentarse a la acción directa, sin importar el peligro. Era lo que mejor hacía. Ahora sólo cabía discurrir y especular. Y había pasado un mal rato, lleno de confusión y nervios, desde que Gianni había llamado a su puerta para desbaratar en un instante su mundo y el de su familia.

¿De verdad sólo había transcurrido una hora? Peggy y él habían dedicado la mitad de ese tiempo a escuchar, sentados, el repertorio de relatos de terror de Gianni mientras una ansiedad insoportable se apoderaba de su pecho y una opresión casi estranguladora ascendía a su garganta.

Al final Gianni sólo había conseguido suscitar más enigmas de los que él era capaz de resolver y formular más preguntas de las que su viejo amigo Vittorio podría contestar.

¿Qué querría el FBI de él con tanto apremio? Después de más de nueve años de pacífica oscuridad, ¿qué podía haber hecho para convertirse de pronto en una amenaza para la seguridad nacional? Cortlandt ya le había avisado que era objeto de una investigación del FBI. Sin embargo, las espeluznantes narraciones de Gianni apuntaban a algo mucho más grave.

¿Y los cuatro hombres de los dos Mercedes sobre los que Mary les había alertado? ¿Quiénes podían ser? ¿Más agentes del FBI? ¿O de la Interpol? ¿O quizá sólo unos mafiosos independientes que se unían a la búsqueda para divertirse e intentar beneficiarse?

Había algo todavía más inexplicable y amenazador: ¿cómo se habían enterado aquellos cuatro sujetos de que vivía en Positano haciéndose pasar por Peter Walters? ¿Cómo le habían localizado? ¿Podía considerarse una mera coincidencia el hecho de que hubieran conseguido encontrarlo apenas una hora después de que Gianni y Mary hubieran llegado al pueblo?

Si algo le había ayudado a mantenerse con vida durante los últimos veinte años dedicados a una actividad muy peligrosa, había sido el hecho de no creer nunca en las coincidencias. Cuando acontecían sucesos aparentemente inexplicables, casi siempre existía una conexión en alguna parte. Concluyó que o bien Mary y Gianni habían sido vigilados desde el principio y seguidos hasta allí, o uno de ellos era un confidente.

Otro dilema para su creciente colección.

Entonces pensó: «¡Idiota! Vuelve al principio».

–Gianni, vigila un rato la ventana –dijo, y entró en su despacho para efectuar una llamada que durante casi diez años había querido hacer.

Todavía recordaba el número de teléfono de Mike, lo que ya resultaba sorprendente. Después de dos timbrazos, una grabación de la compañía telefónica le comunicó que el número que había marcado ya no estaba en servicio.

Peter clavó la mirada en el aparato, absorto, hasta que se acordó de que su amigo piloto tenía un hermano llamado Artie que vivía en el mismo barrio de Long Island. Pidió a una operadora que buscara el número y le pasara la llamada.

Contestó un hombre.

–¿Es usted Artie Keagan? –preguntó Peter.

–Sí. ¿Con quién hablo?

–Me llamo Thompson, señor Keagan. Su hermano Mike solía realizar algunos vuelos para mí.

–¿Sí?

–Estoy tratando de contactar con Mike, pero su antiguo número está desconectado. He pensado que quizás usted pudiera facilitarme un número de teléfono donde pueda localizarlo.

Keagan emitió un leve gruñido.

–Ojalá pudiera hacerlo. Mike nos ha dejado.

–¿Que les ha dejado?

–Mi hermano está muerto, señor Thompson.

Peter Walters se quedó escuchando un leve bordoneo; no estaba seguro de si procedía de su cabeza o de la línea telefónica.

–Lo siento. No lo sabía. ¿Cuándo?

–Hace unas dos semanas. Parece mentira. Yo lo había visto aquella misma noche. Y... ¡pum! Pocas horas después estaba muerto. Y su esposa también. Todo saltó por los aires; la casa y lo que había dentro, como si nunca hubieran existido.

–Dios mío. ¿Qué ocurrió?

–Los bomberos dijeron que había estallado un depósito de propano. No deberían haberlo almacenado en el sótano. No lo entiendo: Mike nunca había tenido propano en el sótano. No era tan estúpido.

Walters le ofreció su pésame y colgó el auricular.

«Hace dos semanas, aproximadamente cuando los federales comenzaron a seguir a Gianni y Mary para averiguar mi paradero.»

Otra coincidencia que no creyó ni por un momento. Pero ¿dónde se hallaba la conexión?

Claro. Aparte de Peggy y él mismo, Mike Keagan era la única persona viva que sabía que Irene Hopper no se había estrellado en aquel avión.

¿Acaso habían asesinado a Mike y su mujer por esa razón? Quizá. Pero ¿por qué precisamente el FBI? Aunque ¿quién si no? ¿Tal vez la persona que había pedido a don Donatti que le enviara a matar a Peggy cuando ella era Irene Hopper? Fantástico. Pero ¿de quién podía tratarse?

El rastro imaginario se perdía allí, y Vittorio se reunió con los otros. Gianni y Mary Yung vigilaban la calle a través de las persianas del salón. Peggy estaba sola en la cocina, cubriendo la parte posterior. La automática que Peter le había entregado parecía un extraño juguete en sus manos. Peter se sentó junto a ella. Como siempre, unos mechones de cabello le tapaban los ojos; Peter se los apartó.

–He intentado hablar con Mike, de Long Island. –Vittorio hablaba en voz baja, para que sólo ella le oyera–. Como no conseguía contactar con él, llamé a su hermano. Por lo visto Mike y su mujer volaron por los aires hace dos semanas. Si no me equivoco, quien los mató ha de ser el mismo que quiso asesinarte. La única persona que puede informarme de quién era es mi viejo capo, quien recibió el encargo y me envió a cumplir la misión. «Y yo –pensó Peggy–. Somos dos los que lo sabemos.»

Peggy meditó con fría calma, era la primera vez que reconocía el hecho conscientemente. Sin embargo experimentó una clara sensación de alivio al darse cuenta de que era capaz de manejar la situación. Después de tantos años de miedo sublimado, de preguntarse cómo se comportaría si ese momento llegaba algún día, ya no tenía que preguntárselo: lo sabía.

En realidad no resultaba tan difícil, pues no había absolutamente nada que pudiera hacerla mancharse tanto como para aparecer sucia y pervertida ante su marido.

Sí, pero ¿valía la pena morir por eso?

De momento no cabía plantearse tal posibilidad. Quizá nunca tuviera que hacerlo. ¿Y si no era así?

Entonces sí lo afrontaría.

Como eran ya las cuatro y media y Paulie no había regresado a casa, Peter salió a buscarlo. No estaba particularmente preocupado, pues cuando había buena luz y el cuadro iba bien, su hijo casi nunca volvía hasta las cinco. Pero dadas las circunstancias, el padre juzgó oportuno mantener a la familia unida.

De los sitios donde Paulie solía pintar, el que se hallaba más lejos estaba sólo a un corto paseo, y Vittorio Battaglia no quería mover su coche de delante de la casa. Había llegado a la conclusión de que sin duda habían sido los cuatro coches aparcados allí lo que había disuadido a los hombres de los Mercedes de detenerse. Vittorio suponía que probablemente se presentarían de nuevo hacia el anochecer. Entonces, dependiendo de lo que encontraran, actuarían de una forma u otra.

Al cabo de diez minutos, Vittorio Battaglia vio el caballete, el lienzo y la caja de pinturas de su hijo junto a la torre sarracena. A quien no vio fue a su hijo.

Se dirigió hacia el mar. Paulie tenía órdenes estrictas de no nadar nunca solo cerca de las rocas, pero Vittorio sospechaba que lo hacía a menudo. De pie sobre un peñasco escudriñó las aguas. La marea estaba subiendo, y Vittorio oía el suave chapoteo del agua contra las rocas y sentía el frescor de la brisa en la cara. Cerró los ojos y permaneció inmóvil durante medio minuto.

Lentamente empezó a notar la presión. Algo le oprimía el pecho y luego desaparecía. Después volvía a apretar. Como si le ordeñaran.

Recogió con cuidado los bártulos de Paulie y se encaminó hacia la casa.

33

–¡Dios mío! –exclamó Peggy.

Estaba sola mirando por la ventana. Gianni y Mary Yung se acercaron al oírla y vieron a Vittorio Battaglia subir por los escalones del jardín con las cosas de su hijo.

Peggy salió a su encuentro, observó su rostro detenidamente y sintió que todo se helaba. Quiso decir algo, pero no consiguió articular palabra. Cogió el caballete de aluminio doblado de Paulie de las manos de su marido y lo contempló. Su silencio empapaba la atmósfera, enmudeciendo a los demás.

Vittorio reconoció su error y se ruborizó. No debería haberse presentado con aquellos objetos. Debería haberlos escondido en alguna parte y haber inventado cualquier historia, como por ejemplo que Paulie había ido a cenar a casa de un amigo. Pero había tenido que enfrentarse a sus propios demonios, y de todos modos, ¿cuánto tiempo habría podido fingir? En el mejor de los casos, sólo habría conseguido retrasar la verdad.

–No lo he encontrado –dijo Vittorio–. Debe de haber bajado al pueblo para algo. O quizá se haya ido con algún amigo. Tal vez no sea nada, Peg.

Ella asintió en silencio, y él estudió su rostro; una imagen grabada al agua fuerte que silenciosamente iba tiñéndose de dolor.

Vittorio la condujo al interior de la casa y guardó cuidadosamente las pertenencias de su hijo. Se puso un cigarrillo en los labios y lo encendió. Los movimientos de sus manos, elegantes y firmes, eran lentos. Gianni y Mary Yung lo observaron. Él se sentía como si se hallara en otro lugar, perdido en ese momento en que reunía y encajaba los trozos de su vida.

Miró a Garetsky.

–Ayúdame a esconder un par de coches –dijo.

Salieron y bajaron por los escalones.

–No tardarán en volver –dijo Vittorio.

–¿Cómo lo sabes?

–Porque querrán estar aquí antes de que me entere de que han atrapado a mi hijo.

–¿Crees que lo tienen ellos?

–¿Tú no?

–Tú eres el entendido, no yo.

–Pues podría ser al revés –dijo Vittorio fríamente–. A ti no te costó mucho localizarme.

Llegaron a donde estaban aparcados los cuatro coches y Battaglia subió a uno.

–Siento mucho todo lo que está ocurriendo –dijo Gianni. Vittorio no contestó–. Te juro que no sé cómo han podido descubrirnos y seguirnos hasta aquí. Tanto Mary como yo actuamos con prudencia desde el principio. –Gianni miró a su amigo con aire desconsolado–. Supongo que no he sido tan inteligente como creía. Me han dado cuerda suficiente y he dejado que nos cuelguen a todos.

Battaglia hizo girar la llave de contacto y puso el motor en marcha.

–Eso ya pertenece al pasado. Olvídalo. Vamos a esconder estos dos coches. Esto no ha hecho más que empezar.

Regresaron a la casa al cabo de cinco minutos y empezaron a prepararse.

A menos de un kilómetro de allí, en un bosquecillo, los hombres de los dos Mercedes ultimaban los preparativos.

Poco antes, tras un examen efectuado con prismáticos de alta potencia, habían constatado que sólo quedaban dos coches aparcados delante del número catorce de la via Contessa. Al parecer los invitados se habían marchado. Aquél había constituido el único impedimento real. El resto sería un procedimiento rutinario. Sin embargo, como todos eran profesionales de primera categoría con experiencia, no iban a dar nada por hecho.

El otro cabo suelto, Paulie, dormía tranquilamente en el asiento trasero de un coche, bajo los efectos de una dosis de pentotal y así seguiría durante varias horas. Era un detalle importante. Si hubiera llegado a casa en un momento delicado de la operación, habría podido estropearlo todo.

Sal dirigiría la operación. Irían dos en cada coche. Sal y Frankie se acercarían a la casa y llamarían a la puerta fingiendo ser una pareja de turistas perdidos. Los Walters no tendrían por qué sospechar, y ellos sólo mostrarían las armas si era imprescindible para conseguir entrar o para controlar la situación. No habría tiroteos, pues no querían que se encontraran balas en las paredes ni en los cuerpos. Tenían que dejar inconscientes a los Walters y llevarlos a uno de los coches. La operación no debía durar más de siete minutos.

Mientras tanto, Domenico y Tony esperarían en el segundo Mercedes, a unos cientos de metros en la misma calle, con el chico. Si en la casa todo se desarrollaba según habían planeado, se limitarían a seguir a Sal, que conduciría el primer Mercedes, y a Frankie, que iría al volante del coche de los Walters, hasta el lugar elegido cerca de los acantilados de Ravello. Si surgía alguna complicación en la casa, si Domenico y Tony detectaban algún problema, se marcharían de allí con el niño y contactarían con don Ravenelli para recibir instrucciones.

A las seis de la tarde, tras haber repasado dos veces todos los movimientos, se pusieron en marcha.

34

En Washington era seis horas más temprano, mediodía exactamente, y el responsable de toda aquella actividad en Positano, Henry Durning, se había quedado en casa para conocer el resultado.

Por puro accidente, un hombre y una mujer habían adquirido el control de lo que le restaba de vida y tendrían que morir por ello, como ya habían hecho algunos, y como tendrían que hacer otros todavía. Por lo que se refería a vidas humanas, estaba resultándole muy caro protegerse.

¿Valía la pena? El ministro de Justicia fue capaz de sonreír. «No para los que mueren», reflexionó.

Como en el fondo no le hacía gracia, trató de pensar algo compasivo, pero lo único que se le ocurrió fue un chiste malo. Dirigía el Ministerio de Justicia de Estados Unidos y ni siquiera podía impartir justicia a sus propias pobres víctimas. Suspiró.

¿Y su encantadora amante fantasma, Mary Yung? ¿Habría seguido su consejo de no acercarse a Positano hasta al menos pasadas veinticuatro horas? ¿O llegarían Garetsky y ella justo a tiempo para morir con Irene Hopper y Vittorio Battaglia? Durning esperaba con toda su alma que no. Si la muchacha moría, sería un derroche patético.

Se emocionó al pensar en ella. Sin conocerla, sin haberla visto ni una sola vez, sin haber saboreado ni acariciado la dulzura de su carne, sentía el efecto de aquella mujer crecer dentro de él día tras día.

Había solicitado y recibido de Brian Wayne otro paquete con información referida a ella, más material del Departamento de Documentación del FBI. La carta adjunta del investigador indicaba que contenía cintas de vídeo del sujeto de estudio grabadas cuando éste contaba dieciocho años.

Durning todavía no las había visto, pero se disponía a hacerlo. Empezaba a hartarse de esperar noticias de Donatti. Le sentaría bien distraerse. Desde que tenía uso de razón, y sobre todo desde la pubertad, el sexo siempre había sido su opiáceo favorito y más asequible. En eso, por lo menos, no había cambiado. ¿Por qué habría de cambiar? Era menos perjudicial, a la larga, que las drogas o el alcohol.

«A menos –pensó con ironía–, que se me escape de las manos y acabe por sumirme en un estado de excitación semejante al que ahora siento.» Sin embargo, confiaba en que incluso controlaba eso.

–Vamos, Mary Yung... entreténme.

Aquellas pocas palabras murmuradas bastaron para prender la llama.

Durning corrió las cortinas y dejó el estudio a oscuras. Se sirvió un poco de vodka, eligió una de las cintas del festivo paquete del FBI y la introdujo en el reproductor de vídeo. Luego se acomodó en un mullido sofá de piel y al instante se sumergió en aquel refugio de la libido donde generalmente se sentía como un rey. La cinta de vídeo empezó a rodar.

La película, con el fin de obtener alguna redención por su base de pornografía dura, articulaba un rudimentario argumento en que Mary Yung interpretaba el papel de una estudiante asiática con el corazón destrozado porque los padres de su amante, unos racistas, habían prohibido a su hijo seguir viéndola.

Cada noche, Mary se dormía bañada en lágrimas y soñaba con un mundo más amable y tolerante donde el color de la piel no importaba y reinaba el amor.

–Virgen santa –susurró Henry Durning.

En la pantalla, una Mary de dieciocho años, delgaducha e infantil, lanzaba su propio alegato sexual a la hermandad de los hombres mediante el goce de los cuerpos desnudos y relucientes de un negro, un blanco y un asiático. A la vez.

Aquella encantadora florecilla –de hecho lucía una guirnalda blanca en la cabeza– se enzarzaba con los tres hombres en los más obscenos juegos triples, y lo hacía con los motivos más puros, altruistas y cándidos.

Aquella niña tenía un don, por no decir una verdadera vocación. Aquélla era Mary Chan Yung. Jugueteaba y retozaba con una facilidad asombrosa. Era musical, y sus labios tocaban los más dulces instrumentos de viento. Su lengua susurraba secretos insondables. Podía escoger, y lo escogía todo.

Extendida en aquella cama enorme, era la metáfora viviente del amor universal. Nacía a cada momento. Era una atleta ganadora, una sensual gimnasta orgullosa de sus proezas físicas. Se apoderaba de sus amantes de diversa raza como nadie se había apoderado de ellos y nadie se apoderaría en el futuro.

Durning se inclinó en el sofá, sin apartar la vista de la pantalla, deseando unirse a ellos y convertir el afortunado trío en un cuarteto. Ansiaba formar parte de su deseo, compartir a aquella niñita delicada de cabello oscuro que luchaba contra el fanatismo de la forma más elocuente posible. Los hombres se transformaban en uno, apenas tres tallos vivientes que quedaban empequeñecidos ante aquella única madre tierra de piel suave con su amplio orificio.

No era más que una actriz que trabajaba por dinero en un vídeo porno barato, y sin embargo transformaba la más fría de las baratijas en un destacado acto de amor.

«Es mía. Está hecha a medida para mí. Encaja conmigo perfectamente y es capaz de hacerme revolcar en el polvo.»

Las intenciones de la joven respecto a él carecían de importancia, al igual que el número de hombres con quienes se había acostado antes. Con sólo mirarla, Durning sentía que su pecho era una caja vacía de la que habían volado todos sus pájaros negros. Se sintió liberado de sus ansiedades, más ligero que el aire, cuando Mary lo miró a través de la lente de la cámara y de quizá quince años, mientras sus ojos negros resaltaban en la superficie de sus mejillas como sus pechos en la superficie de su cuerpo. Y todo con aquel milagroso aire de inmaculada inocencia.

«En algún lugar tiene que existir un lejano jardín –pensó Durning–, un sitio donde crecen misteriosos frutos exóticos, y donde, en medio de una encantadora neblina rosa, pende el corazón de Mary Chan Yung como un suave y dulce melocotón.»

–Por favor –dijo en voz baja, por si alguien con más influencias que él mismo pudiera estar escuchando–. Pase lo que pase allí, sería la peor de las locuras que esta chica muriera hoy en Positano.

35

Llegaron tal como Vittorio Battaglia había predicho: al anochecer y en un solo coche.

El segundo Mercedes debía de estar esperando en alguna parte con su hijo. La única duda de Vittorio era cuántos se quedarían con Paulie. Cuando el automóvil se apartó de la calzada y aparcó junto al Fiat rojo de Peggy, descubrió que sólo dos hombres viajaban en él. De modo que los otros dos custodiaban a su peligroso hijo.

Sonaron tres golpes en el techo, justo encima de ellos. Era Peggy, que les indicaba que ella y Mary Yung habían visto el coche. Vittorio había pretendido enviarlas a casa de un amigo en las montañas de Atrani, pero las dos mujeres se habían negado a marcharse. Lo mejor que pudo obtener de ellas fue la promesa de que permanecerían arriba, en el dormitorio, hasta que hubiera pasado lo que tuviera que pasar. En caso de emergencia, ambas tenían armas y sabían cómo utilizarlas.

Vittorio y Gianni se arrodillaron en el suelo, mirando por entre las persianas. La casa estaba en silencio. De vez en cuando una gaviota graznaba al alzar el vuelo desde el mar, y luego planeaba hacia abajo.

Los dos hombres se apearon del Mercedes y observaron un momento la casa antes de subir por los escalones del jardín. Uno de ellos, Sal, todavía llevaba la cámara colgada al cuello, fiel a su papel de turista. El otro, el que se llamaba Frankie, no cesaba de reír y hablar, interpretando su papel en su pequeña farsa de dos personajes.

–¿Los conoces? –preguntó Gianni.

Vittorio negó con la cabeza.

–Quienquiera que los haya enviado no sería tan tonto como para mandar a alguien a quien pudiera reconocer. –Miró a Gianni, y añadió–: ¿Estás bien?

–Mejor que eso; estoy impaciente.

–No te pongas nervioso. Muertos no nos sirven de nada.

–Ya lo sé.

Se levantaron y se apostaron a ambos lados de la puerta principal, cada uno con una automática con silenciador. Gianni quitó el seguro de su arma. Notó cómo le brotaba el sudor en las axilas y procuró apartar de su mente cualquier pensamiento que no fuera la acción que le aguardaba. La pared le impedía ver, pero imaginó a los dos hombres subiendo por los escalones de piedra que conducían a la casa.

«Han venido para arrasar esta familia como si de una plaga medieval se tratara, y soy yo quien los ha traído aquí.»

Con tal pensamiento alimentó su ira para intensificarla al máximo. Que Vittorio conservara la calma; él funcionaba mejor estando rabioso. Dios mío, tenían al chico. ¿Cómo podía aquel hombre quedarse allí, esperando con aquella frialdad? Sencillo; era un profesional.

La aldaba dio tres golpes y los ojos falsamente azules de Vittorio encontraron los de Gianni y sostuvieron la mirada.

«El que fue mi más íntimo amigo», pensó Garetsky, y supo que el alma humana tenía más lados y aristas de las que jamás llegaría a conocer o tocar.

Con aparente despreocupación, Vittorio abrió la puerta y apuntó con la automática a la cabeza del primer hombre, Sal, que era quien había llamado. Frankie estaba en plena risotada, una de las mejores y más auténticas, varios metros detrás de Sal. Gianni se dejó ver y acercó su arma a la de Vittorio. Los cuatro se miraron unos a otros en silencio en un cuadro mudo.

Vittorio retrocedió unos pasos para dejar libre el umbral, obligando a Gianni a moverse con él.

–Entrad –ordenó Vittorio en italiano–, despacio y con cuidado. Un solo movimiento estúpido y os destrozo.

Ninguno de los recién llegados se movió ni un centímetro, como si se hubieran quedado petrificados donde se hallaban. Lo único que parecían capaces de hacer era mirar las dos automáticas con silenciadores y preguntarse por qué estaban apuntándoles.

–¿Qué demonios es esto? –preguntó Sal–. Nos hemos perdido; sólo queríamos preguntar cómo se va a Amalfi. ¿Tan asustadiza es la gente por aquí?

–He dicho que entréis –repitió Vittorio con serenidad.

Continuaban inmóviles. Vittorio apretó el gatillo sin previo aviso. Se oyó un sonido débil, apagado y Sal gritó mientras se apartaba hacia la izquierda. Un agujero bordeado de rojo apareció en la parte superior de su manga izquierda.

Pálido, Sal se cogió el brazo y lo observó. Luego miró a Vittorio Battaglia.

–¡Está loco!

–Esto es para que vayas enterándote –dijo Battaglia–. La próxima vez te dispararé en el vientre. Y si todavía queréis más, os sacaré los ojos a los dos. Por tanto, moved el culo y entrad de una vez, y todos nos ahorraremos problemas.

Sin soltarse el brazo, Sal entró en la casa tambaleándose.

Gianni se sentía como si hubiera estado observando toda aquella escena interpretada a una gran distancia y bajo el agua. Entonces notó un movimiento repentino: el otro hombre, Frankie, presa del pánico, echó a correr escalones abajo.

–Atrapa a ese capullo –dijo Battaglia, que se hallaba ahora detrás de Gianni Garetsky.

Gianni apuntó a las piernas. Disparó una sola vez y vio cómo el hombre risueño se agachaba, rodaba y se arrodillaba con una pistola en la mano. Ya no reía. Miraba fijamente a Gianni con la profunda tristeza del bufón. Disparó a Gianni y falló; volvió a tirar y volvió a fallar.

Cuando se disponía a efectuar el tercer intento, Gianni le descerrajó una bala en el pecho y lo vio caer de espaldas. Oyó la voz de Vittorio, pero no entendió qué decía. Bajó corriendo por los escalones y se acuclilló junto a Frankie que, con ojos vidriosos, todavía respiraba.

–¿Dónde está el niño? –preguntó Gianni en italiano.

Frankie escupió sangre y clavó la mirada en él.

–El niño –suplicó Gianni–. ¿Está vivo? ¡Vamos, por el amor de Dios! Sólo es una criatura. ¡Ayúdale!

Frankie movió los labios.

–Cómo... –Se formaron burbujas rojas que explotaron y resbalaron por la barbilla–. ¿Cómo... supisteis... que éramos...?

La luz de sus ojos empezaba a extinguirse. Frankie escupió sangre, sus ojos adoptaron una expresión de sorpresa, y murió.

Gianni, arrodillado en el césped, se meció suavemente. Miró hacia la casa, y vio a las dos mujeres que lo observaban desde la ventana de arriba. Vittorio y el pistolero herido se encontraban en el recibidor, contemplando la misma escena.

Garetsky se guardó la automática en el cinturón y arrastró el cadáver hasta la casa. Pesaba mucho, y le costó un gran esfuerzo. Battaglia cerró la puerta con llave cuando hubieron entrado. Sal, de pie, se apretaba el brazo, empapado de sangre, con rostro inexpresivo. Miró el cuerpo de su compañero y lo aceptó como parte de lo que había ocurrido y de lo que probablemente sucedería a continuación.

Peggy llamó desde el piso superior, con voz apagada y nerviosa.

–¿Vittorio?

–Estamos bien –respondió Battaglia–. Quédate arriba un rato más. Cuando tengamos algo te avisaré.

Vittorio indicó a Gianni el camino hacia el estudio, una habitación inmensa con grandes ventanales que ofrecían una vista espectacular de las montañas y el terreno rocoso.

Gianni dejó al muerto en el suelo de madera. Frankie tenía una pierna torcida, y se la enderezó.

Battaglia sentó a Sal en una silla. Luego, lenta y concienzudamente, se acomodó frente a él, apuntándole el pecho con la automática. Sal todavía se aguantaba el brazo herido, pero aparentemente había dejado de sangrar. Gianni, que se hallaba de pie a un lado, sacó la pistola de su cinturón y quitó el seguro. El sol estaba bajo, a punto de ocultarse tras las montañas, y bañaba todo en una suave luz anaranjada.

Sal y Vittorio se miraban de forma extraña, como si los dos supieran exactamente qué ocurriría porque ya lo habían vivido en una encarnación anterior.

Vittorio se dirigió primero a Gianni.

–¿Le has sacado algo al payaso ése ahí abajo?

–No. Siento haber tenido que matarlo.

Vittorio se encogió de hombros.

–¿Qué otra cosa podías hacer? Le concediste dos oportunidades, lo que ya fue bastante estúpido por tu parte. Si no hubiera sido tan malo disparando, tú serías el muerto, no él.

Vittorio observó a Sal.

–¿Quiénes sois?

–*Carabinieri* secretos.

–Gianni, cógele la cartera y lee esos papeles falsos que lleva. Haz lo mismo con el que está en el suelo.

Garetsky obedeció, y en la habitación se hizo el silencio.

–Los dos tienen credenciales de la policía.

–¿De dónde son?

–De Parlemo.

–¿Nombres?

–Ése es Sal Ferrisi, y el otro se llamaba Frank Bonotara.

–¿Algo más?

–No.

Vittorio Battaglia miró fijamente a Sal Ferrisi.

–¿Tienes hijos, Sal? –Vittorio hablaba con voz queda, como si sus pulmones y su corazón participaran y complicaran su dicción. Ferrisi negó con la cabeza–. No te he oído.

–No.

–Es una lástima, porque si tuvieras un hijo seguramente no te habrías metido en un trabajo tan sucio, y ahora no estarías donde estás.

Ferrisi permanecía muy quieto, apretando su brazo ensangrentado, temiendo moverse, abandonar aquel instante, como si al quedarse donde estaba pudiera detener todo lo que sabía se avecinaba.

–¿Dónde está mi hijo, Sal?

–No lo sé.

Vittorio suspiró.

–Desvístete.

Ferrisi palideció. Luego, valiéndose del brazo sano, empezó a desnudarse. Al final quedó sentado en la silla, desnudo; un joven de cuerpo musculoso y bronceado, con una herida de bala en la parte carnosa de un brazo y un futuro que dejaba mucho que desear.

Vittorio se acercó a uno de los armarios y volvió con un cuchillo muy afilado.

–Odio estas cosas, de verdad. A mucha gente le encanta, pero yo no soy uno de ésos. A mí me encanta mi hijo, de manera que dime dónde está y podrás vestirte y seguir de una pieza. Si no, me temo que resultará que tu amigo Frankie es el afortunado.

–Te juro que no...

Vittorio deslizó rápidamente el filo del cuchillo por el pecho del joven. Apenas rasgó la piel, pero dejó una línea débil, casi invisible, que poco a poco se ensanchó y se hundió hasta que se formó una sola gota roja que resbaló por el pecho de Sal Ferrisi, por su estómago, y se perdió en el vello del pubis.

–Basta de mentiras –le reprendió Battaglia–. Mi mujer está arriba con un agujero en el corazón, y lo único de que dispongo para tapárselo eres tú, de modo que danos una respuesta verosímil, o te juro por Dios que te pelaré como si fueras una jodida patata.

Ferrisi no escuchaba, estaba demasiado atareado contemplando las diminutas gotas de sangre que no cesaban de brotar, rodar y desaparecer en su cuerpo. La acción del cuchillo no le había dolido, pero el acto en sí había sido tan diestro e indiferente que de pronto se sentía como un solomillo de buey en una carnicería. Y sabía que su desnudez formaba parte del proceso de debilitamiento. También él había utilizado esa técnica; era lo primero que se hacía: despojar al individuo de la ropa y con ella de la dignidad humana elemental.

–Hablo en serio, Sal –prosiguió Vittorio–. Te ataré a esta silla para destrozarte poco a poco, y por último te obligaré a comer tus propios huevos de postre. No hablo por hablar, créeme.

Sal Ferrisi le creía. Su problema no era la desconfianza, sino la certeza de que de todos modos era hombre muerto. Aunque hablara, jamás le dejarían en libertad; acabaría enterrado junto a Frankie. Y si por obra de algún milagro no lo hacían, cuando don Ravenelli hubiera terminado con él estaría deseando que lo hubieran hecho. Así funcionaban esos asuntos. Si alguna improbable alternativa le quedaba, era levantarse antes de que lo ataran a la silla, porque una vez atado, estaría perdido.

Contempló el ocaso por la gran ventana y se preguntó por qué nunca se había fijado en esas cosas. Oyó a Walters formularle las mismas preguntas sobre su hijo dos veces más, y se oyó a sí mismo ofrecer siempre la misma respuesta.

Walters empezó a mostrarse cansado, como alguien que hubiera agotado todos sus recursos. Hasta su voz parecía extenuada cuando pidió a Gianni que fuera a la cocina y trajera un trozo de cuerda que guardaba allí.

Sal vio a Gianni salir lentamente del estudio, en absoluto contento con la situación. ¿Y quién lo estaba?

Walters y él quedaron solos, mirándose a los ojos. Peter empuñaba la pistola, amartillada y sin seguro; era como si Walters se hubiera olvidado de ello. En aquel momento se percibía un vacío en sus ojos que Sal Ferrisi interpretó como una ventaja de la que intentó aprovecharse moviendo sus piernas como si fueran dos grandes émbolos; por un instante todo en la habitación era lento y calmado.

Ferrisi vio cómo Walters abría los ojos, perplejo, al darse cuenta de que se levantaba de la silla. Sal no se abalanzó sobre él, sino que avanzó junto a él, impulsándole con todas sus fuerzas, hacia el ventanal. Recibió el impacto en la cabeza, el hombro y el brazo ileso, sintiendo el golpe sólo un instante antes de que el cristal estallara y él saliera despedido.

La vacía quietud de la caída le llenó el pecho. La duración y la velocidad le sorprendieron. Parecía un viaje interminable que le dejó sin aliento, aturdido.

Dio contra el suelo antes de haber comprendido. Y ya no hubo más tiempo.

Vittorio llegó poco antes que Gianni.

Sal Ferrisi estaba tendido entre las rocas, rodeado de cristales rotos, con la peculiar torpeza de aquellos que han sufrido una muerte violenta. Sus ojos, completamente abiertos, miraban mucho más allá de Vittorio. Su cabeza y su cuello, doblados en ángulos imposibles, daban la impresión de pertenecer a una muñeca rota.

Vittorio Battaglia miró hacia arriba y vio el hueco del ventanal de su estudio, a más de quince metros de altura. Supuso que Ferrisi no se había percatado de la profundidad del barranco hasta que fue demasiado tarde.

Soplaba una brisa marina, y Vittorio volvió el rostro hacia ella. Arrastraba un olor tan antiguo como el mundo.

«Ahora no me queda nada», pensó.

36

–Tenemos mucho trabajo –dijo Vittorio Battaglia–, de modo que será mejor que empecemos cuanto antes.

Se reunieron los cuatro en el estudio cuando no hacía ni diez minutos que Sal Ferrisi había saltado por el ventanal. Una ráfaga de aire penetró por el hueco del cristal roto y agitó el cabello de Frankie, que yacía en el suelo. Nadie lo miró. Tampoco se miraban los unos a los otros, demasiado absortos en sus propios pensamientos. Sólo escuchaban a Vittorio porque eso les proporcionaba algo que hacer.

–No sé quién ha enviado a esos tipos ni por qué –dijo–. Lo único que sé es que se presentarán más. Por tanto, nos marcharemos de aquí. –Vittorio miró a Mary Yung y a Gianni–. Peg y yo tenemos una cabaña como refugio en las montañas Ravello, y nadie la conoce. Voy a llevar a Peggy allí.

Nadie más habló. Peggy, con el semblante rígido, miraba la sangre de Frankie sobre el suelo de madera. Mary y Gianni no miraban a ninguna parte.

–A menos que tengáis otros planes –añadió Vittorio.

–¿Qué otros planes? –preguntó Gianni–. Vinimos a buscarte. Por eso estamos aquí.

Mary Yung tenía la mirada extraviada y parecía haber dejado de escuchar.

Peggy comenzó a sollozar en silencio, sin enjugarse las lágrimas, que rodaban por sus mejillas y caían en su blusa. Vittorio la observó y comprendió que para ella ya nada tenía sentido excepto su hijo.

Trabajaron afanosamente para limpiar todo rastro de sangre y cristales rotos dentro y fuera de la casa. Después cargaron los dos cadáveres en el Mercedes.

–Peggy y Vittorio prepararon un par de maletas y las metieron en sus coches. Una de ellas contenía un surtido completo de armas y munición, incluidos granadas, bombas de gas y diversos explosivos. Vittorio realizó una última inspección de la casa. Pasó por delante de la habitación de Paulie sin mirar; no tuvo valor.

Todo parecía en orden, con excepción del ventanal roto del estudio. No habían hecho aquella limpieza pensando en la policía, que probablemente no entendería nada. De hecho Vittorio no estaba seguro de para quién la hacían. Los únicos que entrarían en la casa serían aquellos que fueran enviados a buscar a Sal y Frankie, y ésos no se dejarían engañar por lo que encontraran o lo que no encontraran. Supuso que básicamente lo hacía para él mismo, para satisfacer su propio sentido del orden. No le resultaba fácil cambiar de costumbres. Por eso ni siquiera lo intentaba.

Peggy llamó a Roberta, su empleada de la galería, para explicarle que partía de viaje con su hijo y su marido y que estaría fuera una semana aproximadamente. Aconsejó a su ayudante que buscara la ayuda que necesitara y le advirtió que no se preocupara si no recibía noticias suyas.

Vittorio tuvo que salir de la habitación mientras Peggy hablaba por teléfono. No era culpa de Peggy. Ella estaba haciéndolo muy bien. Era él quien de pronto no llevaba nada bien aquel asunto.

Poco después de anochecer, salieron de la casa formando una caravana de cuatro coches.

Battaglia iba delante en el Mercedes, con los cadáveres de Sal y Frankie en el asiento posterior cubiertos con una manta. Se dirigió hacia el sudeste, a una velocidad regular de sesenta kilómetros, sintiéndose como el conductor del coche fúnebre de un cortejo. Y en un sentido prácticamente literal, lo era.

Peggy, que le seguía en el Fiat rojo, aprovechó que su marido no la veía para llorar. Las lágrimas la cegaron, hasta que comprendió que o dejaba de llorar o dejaba de conducir. Optó por lo primero.

Detrás de ella, en el Toyota de Vittorio, Mary Yung avanzaba abrumada por el implacable peso de la conciencia y el miedo. Por culpa de su fabuloso millón de dólares, había poco menos que asesinado a un niño y cabía la posibilidad de que acabara sucediendo lo mismo con los padres, Gianni y muy probablemente con ella misma si no salía de allí deprisa. A menos, por supuesto, que les contara lo del ministro de Justicia, lo que equivaldría a ponerse una pistola en la sien y apretar el gatillo.

Quince metros más atrás, en el Ford de alquiler, Gianni Garetsky cerraba la caravana atormentado por su propia porción de impertinente remordimiento por algo que ni siquiera había hecho. Pero él creía haberlo hecho, y en su mente ya no parecía importar adónde iba o qué hacía. Ya había infligido su parte de daño.

Vittorio detuvo la procesión en una sinuosa carretera de montaña, a unos quince kilómetros de Positano.

Estacionaron los tres últimos vehículos en un bosque de pinos fuera de la vista. Vittorio y Gianni empujaron el Mercedes hasta el borde de un precipicio casi vertical de cien metros. Rompieron con piedras los restos de una valla de protección de madera podrida. Colocaron a Sal en el asiento del conductor y a Frankie a su lado. Les ciñeron los cinturones de seguridad, pusieron el automóvil en punto muerto con el motor en marcha y cerraron las portezuelas. Vittorio introdujo un trozo de cuerda en el depósito de gasolina, dejando un trozo de quince centímetros empapado colgando como mecha.

Gianni y él se apoyaron contra el guardabarros trasero del coche, y cuando éste empezó a rodar, Vittorio acercó una cerilla al cabo de la cuerda y vio cómo prendía. Dieron un último empellón al vehículo y lo observaron cómo tomaba velocidad y caía por el borde del precipicio.

El depósito explotó antes de que el coche llegara al fondo del barranco. Al golpearse contra el suelo, se produjo una segunda explosión y se formó una enorme bola de fuego. Todo se tiñó de un naranja flamante.

Vittorio se puso al volante del Fiat de su mujer, y precedió al resto del cortejo, ya sin muertos, hacia lo alto de las montañas.

37

El ministro Henry Durning recibió la llamada que tan ansiosamente esperaba en su casa a las 15.16, hora de Washington, 21.16, en Positano. No hubo preliminares.

–Acaba de telefonearme mi contacto –dijo Donatti.

A Durning le desagradó la forma en que le latía el corazón. «Imagínate. A estas alturas de mi vida.»

–¿Y?

–No son buenas noticias.

Durning se quedó inmóvil, con la mirada perdida por encima del gran escritorio de nogal de su estudio. Le palpitaban las sienes. Apretó el auricular contra su oreja como si pretendiera introducírselo directamente en el cerebro.

–¿Qué ha ocurrido?

–Será mejor que nos veamos.

–¿Cuándo?

–¿Qué tal esta noche a las seis? –preguntó Donatti.

–¿En el mismo sitio de la última vez?

–Si te parece.

–De acuerdo –dijo Durning, y colgó el auricular.

A pesar de lo que quizá se le avecinaba, se sorprendió preguntándose si Mary Yung se contaría entre los muertos, pues no cabía duda de que había habido muertos. Se trataba sólo de saber quiénes eran.

La disciplina y la puntualidad de los dos hombres eran tales que llegaron a la habitación del motel del aeropuerto con una diferencia de pocos minutos.

Durning encendió la radio y buscó una emisora de música clásica hasta que sintonizó una pieza de Brahms.

Se abrazaron y Carlo Donatti sirvió whisky escocés para los dos. Aquel pequeño detalle agravó la aprensión del ministro. Para el don, el whisky era una bebida muy seria.

–¿Y bien? –preguntó Durning.

–Por lo que me han contado, nadie está completamente seguro de qué ha sucedido. Cuatro buenos soldados fueron a Positano, y sólo regresaron dos. De los otros no se sabe nada, y seguramente nunca se sabrá.

Durning ignoró la bebida seria y guardó silencio. Era la versión de Donatti.

–Battaglia debía de estar esperándolos –prosiguió Carlo–. Supongo que Gianni y su chinita llegaron antes y les alertaron.

–¿Dónde están ahora?

El don se encogió de hombros.

–Cuando inspeccionaron la casa, se habían marchado todos. Sólo les llamó la atención una ventana rota.

–¿Y eso es lo único que me traes?

–No, hay más. También tenemos al hijo de Battaglia. No está tan mal, ¿verdad?

El ministro miró fijamente a Donatti.

–¿Qué significa eso?

–Al menos contamos con algo con que presionar a Battaglia. Su mujer y él no desaparecerán mientras tengamos al niño. Se verán forzados a negociar.

–No quiero negociar con ellos, Carlo. No hay nada que negociar. Los quiero muertos. ¿Acaso no fui claro al respecto?

–Muy claro. Primero negociaremos y después los mataremos. –El don no pudo evitar sonreír–. Tú eres el jefe del maldito Ministerio de Justicia, Henry. Deberías estar al tanto de cómo funciona la justicia hoy en día en los niveles más básicos.

Durning respiró aquella triste atmósfera que nada tenía que ver con la cara colonia de Donatti.

–¿Cuántos años tiene el chico? –preguntó.

–Nueve o diez.

–¿Quién lo tiene?

–Los dos hombres que lo cogieron en Positano.

El rostro de Durning no denotaba ninguna emoción.

–Es lo bastante mayor para identificarlos.

–Eso no será ningún problema.

Durning sintió que una mezcla de asco y rechazo se apoderaba de él. ¿Acaso también iba a aceptar el asesinato de niños?

–¿Cómo vamos a encontrar a los padres? –preguntó.

–No vamos a encontrarlos. Nos encontrarán ellos.

Durning tenía una mirada dura, pero curiosamente imprecisa. A pesar de ser un hombre experimentado y complejo, acostumbrado a las situaciones intrincadas, de repente se sentía como si pisara un territorio inexplorado.

–Explícame eso –dijo.

–A estas alturas, Battaglia y Garetsky saben que estoy implicado en este asunto –dijo Donatti–. Las mujeres, por su parte, les habrán revelado tu interés. De manera que tanto tú como yo podemos recibir una llamada. –Hizo una pausa–. O una bala.

Durning lo miró.

–¿Pretendes asustarme, Carlo?

–Claro que sí. ¿Por qué he de ser yo el único que tenga miedo? Para empezar, fuiste tú quien me metió en todo este lío. –Donatti sonrió sin alegría–. Esos muchachos estarán furiosos. Los conozco desde que eran críos. Si quieres eliminarlos, es mejor acertar a la primera, porque la mayoría de las veces no se presenta una segunda oportunidad.

–Me has estropeado el día, te lo aseguro.

El don rió, y esta vez parecía divertido.

–No hay nada mejor que una pequeña dosis de miedo para poner en marcha la adrenalina. Es una suerte que tengamos al chico. Sin él, habría motivos para temblar. Pero de este modo, Vittorio no actuará. Se limitará a telefonear a uno de nosotros dos para suplicar.

Durning sintió un principio de náuseas.

–¿Has hecho ya algo respecto a ese otro favor que te pedí?

–¿Te refieres a John Hinkey y a la señora Beekman?

–Sí.

–Está todo preparado para esta noche.

–¿Los dos?

Donatti asintió.

–Es la mejor forma de resolver estos asuntos. Nada de trabajar por partes. Así se evita que uno de ellos vaya por ahí formulando preguntas sobre el otro.

–Te lo agradezco mucho, Carlo.

–¡Hombre! –dijo el don–. Dos amigos como nosotros... tenemos que velar el uno por el otro, ¿no?

Aquella noche, poco después de las diez, John Hinkey salió de su bufete de Washington y se encaminó a su casa. Estaba agotado, pero muy contento. Había trabajado mucho, dieciséis horas diarias, y por fin había atado los cabos del asunto Beekman y estaba casi listo para sacarlos a la luz.

Sería su gran oportunidad. Había experimentado una sensación similar en casos anteriores y había resuelto casi todos muy bien. Pero jamás había tenido uno con tanta categoría. Ése lo ascendería a una posición completamente diferente. Aquel capullo lo encumbraría.

Hinkey tarareaba distraídamente mientras conducía, tabaleando con los dedos sobre el volante siguiendo otro ritmo.

¿Y quién podría haberlo adivinado aquel primer día, cuando Bonnie irrumpió en su despacho medio histérica porque Jim estaba trabajando en un caso y hacía dos días que no la telefoneaba? No debía engañarse. De no haber sido viejos amigos, la habría hecho salir de su despacho en menos de cinco minutos. Entonces el FBI inició sus tácticas obstruccionistas, y todo aquel asunto empezó a apestar. Por eso, cuando por fin aparecieron los tres cadáveres, él no se sorprendió tanto y comenzó a indagar a fondo. Sus investigaciones le habían llevado hasta la esposa de otro agente presuntamente desaparecido, el de la delegación de Filadelfia.

Pero había obtenido el argumento decisivo ese mismo día, cuando llamó al FBI invocando todos los favores que se le debían desde hacía diez años y se enteró de que los cinco agentes –los tres que aparecieron muertos en Greenwich y los dos que supuestamente trabajaban en casos confidenciales y no se habían puesto en contacto con sus esposas– cumplían al parecer una misión especial a las órdenes del gran jefe en persona, el director del FBI, Brian Wayne.

«¿De qué va todo esto?»

Había concedido tres días al director para que comunicara a Bonnie dónde se hallaba Jim o le permitiera hablar con él por teléfono. El plazo se había agotado, y Brian Wayne no había hecho ninguna de las dos cosas. Por tanto, el día siguiente sería el día D privado de Hinkey. Había decidido ahorrarse la visita al Departamento de Responsabilidad Profesional del Ministerio de justicia, convocar una conferencia de prensa y revelar cuanto sabía.

Prácticamente no le cabía duda de que Jim Beekman y el otro agente desaparecido de Filadelfia estaban tan muertos en aquellos momentos como los tres agentes que se descubrieron enterrados en el bosque de Greenwich. Aquélla era la parte más triste del asunto, pero las connotaciones trágicas no lo retendrían en absoluto. Muy al contrario; estaba ansioso por empezar a trabajar al día siguiente.

Aproximadamente a las once Hinkey entró en el rascacielos de apartamentos donde vivía y aparcó en su plaza del garaje subterráneo. Se había llevado a casa un maletín lleno de documentos y estaba manipulando un cierre que había quedado abierto cuando le golpearon con una porra de plomo detrás de la oreja derecha.

Hinkey no vio ni se enteró de con qué le habían golpeado. Tampoco vio a los dos corpulentos hombres con el rostro cubierto con una media que lo tendieron en la parte trasera de una furgoneta oscura y compacta, lo ataron, amordazaron, le vendaron los ojos y salieron discretamente del garaje.

Bonnie Beekman se dio la vuelta, dormida, alargó el brazo buscando a su marido y encontró la almohada vacía. Eso bastó para que despertara con una opresión en la garganta que estuvo a punto de ahogarla.

«Dios mío», pensó, y se echó a llorar. Estaba muerto. No importaba lo que le hubieran dicho en el FBI. Ella no era tonta. Si Jim no se había comunicado con ella de una forma u otra era porque estaba muerto. En veinte años nunca había ocurrido nada semejante. Incluso aquella vez, atrapado en el desierto de Maine, se las había ingeniado para que alguien la telefoneara y le dijera que estaba bien. Él era así, siempre pensaba en ella, y no quería que sufriera sin motivo. Pero eso se había acabado. Ahora ya no había nadie que pensara en ella.

Si hubieran tenido hijos, quizá se habría sentido mejor, aunque ella lo dudaba. Los niños tenían su propia vida, ocupaban su propio espacio, y no podían llenar el lugar del marido. Y su Jimbo era un hombre como pocos. No los había mejores.

«Quizá no esté muerto», pensó de pronto. De hecho nadie

le había enseñado ningún cadáver. Tal vez recibiría la llamada por la mañana.

Se imaginó a sí misma oyendo el timbre del teléfono, descolgando el auricular y escuchándole decir, como siempre: «Hola, cariño. ¿Me echas de menos?».

Ella habría contestado como siempre: «Te aseguro que sí, amor mío».

Todo aquello era tan real y tranquilizador que sólo necesitó dos pastillas más para conciliar de nuevo el sueño.

Bonnie dormía profundamente, tapada sólo con una sábana. La brisa mecía las cortinas de una ventana abierta, y la luna creciente adornaba el suelo.

Dos sombras aparecieron en la ventana y luego se aproximaron con sigilo a la cama.

En esta ocasión utilizaron una inyección de pentotal en lugar de la porra de plomo forrada de piel.

Bonnie se debatió unos segundos, pero todo parecía parte del sueño, y no fue consciente de que lo que estaba ocurriendo era real. Antes de que se enterara de nada la inyección le hizo perder el conocimiento.

38

Lo que llamaban «su refugio» era una casucha vieja y ruinosa situada en lo alto de las montañas de Ravello. Los árboles, los matorrales y los acantilados la ocultaban prácticamente hasta que se llegaba a ella. Y para localizarla debía saberse en qué dirección había que mirar.

Una vez dentro de la casa apenas hablaron.

Gianni advirtió las frágiles miradas que intercambiaban Vittorio y su esposa y comprendió que en aquellos mensajes había notas de pánico. Notó también que ésa era la sensación que experimentaban los cuatro. Era como si el niño, Paulie, a quien Mary Yung y él ni siquiera conocían, fuera un ancla común que, atada a sus cuellos, arrastraba a todos hacia abajo. Y ni siquiera podían hablar entre ellos.

Eso deseaba hacer Gianni: hablar. Quería repetir a los padres del niño una y otra vez lo que ya les había dicho: que lo lamentaba, que había hecho todo lo posible para impedir que le siguieran, que estaba destrozado por haber sido el responsable de aquello. Pero sabía que la pareja no le escucharía.

El silencio se prolongó tanto que se tornó irreal, provocando que la vieja casa y sus ocupantes parecieran también irreales. Contribuyó a que Peggy llorara de nuevo y se encerrara en otra habitación.

Los demás se quedaron observando la puerta por la que había salido. Vittorio se incorporó y siguió a su esposa.

Peggy se sentó en una silla de madera de respaldo recto, mirando hacia la puerta. En la mesilla de noche había una lamparita de queroseno encendida que despedía una luz amarilla y vacilante que cubría su rostro y su cuerpo de hondas sombras. Tenía las manos entrelazadas sobre el regazo, y la vista clavada en ellas. Había dejado de llorar. Cuando Vittorio entró, no levantó la cabeza.

–Cierra la puerta, por favor –susurró–. Tengo que contarte algo.

Vittorio obedeció y se sentó en la cama. Peggy continuaba con la mirada fija en las manos. No había alzado la vista para seguir los movimientos de su marido.

–Creo que sé quién hay detrás de todo esto. –Su voz era apenas audible e inexpresiva–. Henry Durning. –A Vittorio le dio un vuelco el corazón–. Te mentí cuando nos conocimos y te dije que ignoraba quién quería matarme. Lo sabía, pero no deseaba que tú te enteraras.

–¿Por qué?

–Porque habría tenido que explicarte demasiadas cosas que me avergonzaban.

–¿Te avergonzaban? –Vittorio la miró de hito en hito–. ¿Por qué?

Las palabras se atravesaron en su garganta, y no pudo hablar. Una sola lágrima apareció en la comisura de un ojo y resbaló por su mejilla. Vittorio la observó, mudo de asombro.

–Temía perderte si llegabas a saberlo. Era tan estúpida. Ahora que han raptado a Paulie, lo único que quiero es morir. Por tanto no me importa explicártelo.

«Por fin», pensó Peggy, y sintió cómo brotaba la historia, como un coágulo de lágrimas y sangre.

39

«Mi relato de terror.»

Incluso mientras se lo contaba, Irene Hopper sabía que no estaba revelando a Vittorio más que las líneas generales. Ser explícita, descarnar toda la historia, sería demasiado para los dos. Las líneas generales ya resultaban bastante dolorosas. El resto, los detalles más sórdidos, se los llevaría con ella a la tumba.

Los peores momentos siempre fueron las últimas horas de la noche, cuando Vittorio estaba ausente en uno de sus «viajes de negocios». Era entonces cuando su bestia negra particular salía de la jaula para hacerle compañía.

Con el tiempo, se convirtió casi en un ritual. Como si buscara confirmar sus más tenebrosos pensamientos, empezaba por contemplarse en el enorme espejo barroco del tocador del dormitorio. Más mentiras. Aun estando preparada para aquello, verse en el espejo representaba un impacto. Su largo cabello rubio era ahora corto y oscuro; tenía la nariz respingona, en lugar de recta; con la magia adicional de las lentillas, Vittorio y ella habían intercambiado el color de sus ojos. De pronto era él quien los tenía azules como el aciano, mientras que los de ella se habían vuelto de un falso marrón dorado, con los que miraba con inquietud.

La mayor mentira que había contado a Vittorio era la que inventó para explicarle por qué había varias personas –pero ninguna a quien pudiera acusar concretamente –que podían tener motivos para desear eliminarla.

Explicó a Vittorio que había descubierto por casualidad una maniobra interna de manipulación de acciones de una empresa a la que representaba su bufete en un acuerdo de adquisición de miles de millones de dólares. Constituía un delito criminal grave, y ella no tenía forma de ocultar que había visto las pruebas. Aunque aseguró que no los delataría, evidentemente debía de haber por lo menos uno entre los implicados que no quisiera correr ningún riesgo.

Eso dijo al hombre a quien conoció, de quien se enamoró y con quien se casó sólo porque le habían encargado que la borraran del mapa.

Fin de la mentira.

¿Y la verdad?

Irene Hopper observaba a aquella extraña del espejo, una nueva mujer llamada Peggy Walters. Se recordaba como había sido antaño, pero no se sentía más cerca de aquella persona que de la que tenía ante sus ojos. Quizá ninguna de las dos mujeres tuviera ya nada que ver con ella. Entonces, como si se hubiera pillado a sí misma haciendo algo malo, abandonaba las dos imágenes y reconocía la verdad.

Todo empezó de forma bastante sencilla, cuando regresaban de Cape Code un sábado por la noche. Henry y ella salieron del Connecticut Pike para cenar algo en una pensión campestre cercana a Stratford. Se sentaron al lado de una atractiva pareja, y no tardaron en empezar a hablar, reír, invitarse a copas e intercambiar historias personales.

Se llamaban Lucy y Hal Chanin, y estaban de vacaciones en una casa de campo que habían alquilado a orillas de un lago que había cerca de allí. Hacia medianoche, todos estaban lo bastante embriagados como para que los Chanin invitaran a sus nuevos amigos a su casa para tomar una copa de coñac y lo que se terciara, e Irene y Henry aceptaron.

«Lo que se terciara» resultó ser varias rayas de coca más que generosas. No les sorprendió. Aquellas cosas nunca sorprendían a los que estaban en la onda, y Henry y ella estaban en la onda. Siempre había sutiles palabras clave, miradas, vagas sonrisas para asegurarse de que todos lo entendían y aceptaban de antemano.

Hacia las dos de la madrugada el ambiente estaba lo bastante caldeado como para que Henry realizara el primer movimiento. Peggy sabía que sería él quien empezaría, como siempre. Cuando se echó encima de ella en uno de los dos sofás de la habitación, Peggy sintió el pulso de él como si fuera suyo, oyó su corazón como el latido electrónico de un micrófono.

Era puro fuego. Y ella estaba esperando. Sí, esperando. Igual que los Chanin.

Henry se desvistió y empezó con ella. Las sensaciones atravesaban su cuerpo como el más amistoso de los fantasmas, aunque eso no significaba que estuviera libre de toda duda. Nunca lo estaba, pues sabía que se odiaría a sí misma alguna noche lejana. Pero el presente era lo que importaba, y a su excitación se añadían los rostros ruborizados, los ojos ansiosos y los cuerpos ya desnudos de Lucy y Hal, que iniciaban su turno. Hasta que toda esa húmeda ansiedad que invade el cerebro y amortigua el placer quedó eliminada, y ella se convirtió en una bestia ardiente.

No tuvo verdadera conciencia del momento exacto en que fue el rostro de Hal el que veía, primero encima y luego debajo de ella. No importaba. Para entonces se hallaba ya en el centro de su propio campo magnético, donde unas fuerzas más poderosas que la razón la instaban a hacer cosas cuyo único propósito era satisfacer una comezón que estaba a punto de enloquecerla si no la calmaba enseguida.

Oía sonidos salvajes en su cabeza y sentía que las mejores partes de dos hombres, dos hombres buenos y encantadores, la penetraban a un tiempo. Dios, sí, estaban haciéndolo, y ella anhelaba más de aquello, quizás uno más. También le agradó, al final, contentarse con Lucy, la hermosa Lucy de labios carnosos, que le ofreció su más dulce y cómplice sonrisa antes de unirse a los hombres.

Aspirando el más fresco y delicado de los aromas, recordaba haberse quedado dormida oyendo unos susurros que le decían que era la reina. Lo era. Sin duda era la reina. Pasara lo que pasara más tarde, estaba dispuesta a jurarlo hasta la muerte.

Pero lo que ocurrió más tarde la haría dudar de que alguna vez pudiera volver a jurar algo, pensó.

Se esparcieron por la habitación, medio amodorrados, bebiendo lo que quedaba del coñac. Había ropa desperdigada por todas partes. Yacían desnudos, expuestos, descubiertos, despreocupados. Peggy estaba sola en un sofá. Hal y Lucy se hallaban en el otro, lamiendo ella distraídamente la oreja de él. Henry estaba tendido sobre una alfombra delante de la chimenea, con la cabeza apoyada en un cojín y los ojos cerrados.

Era una noche fresca, y de la lumbre que Hal había encendido antes para calentar la habitación sólo quedaban rescoldos, de modo que se levantó para avivarlos con un atizador y añadir un par de troncos más. Luego volvió a llenar su copa y se sentó junto a Henry en la alfombra.

Los troncos nuevos crepitaban, y era el único sonido que se oía en la habitación. El olor a sexo se mezclaba con el aroma del fuego. Lucy dormía en el sofá y Peggy notó que también se adormilaba. En el suelo, los dos hombres conversaban en voz baja y bebían coñac.

Peggy se durmió. Al cabo de un rato abrió los ojos sobresaltada. Algo la había despertado.

Los dos hombres, todavía desnudos, se peleaban en el suelo. Peggy oyó a Henry gritar; era el mismo sonido que la había despertado.

Los observó, paralizada.

Hal, un hombre fuerte, de musculatura poderosa, estaba encima de Henry y lo había inmovilizado con el cuerpo y las rodillas. Introducía las manos brutalmente entre las piernas de Henry, como intentando agarrar y destrozar sus genitales. Entonces Hal consiguió lo que pretendía, y Henry gritó y siguió gritando hasta que las dos mujeres, ambas completamente despiertas ya, chillaron con él. La habitación se llenó de aquella combinación de alaridos, tan descontrolados e inhumanos que parecían proceder de una grieta de la tierra.

Peggy no llegó a ver a Henry coger al atizador. Quizá ni siquiera lo buscara, sino que asió desesperadamente lo primero que encontró, cualquier cosa, hasta que sus dedos lo tocaron. Entonces lo levantó y descargó su sólido peso una y otra vez, ciega, ferozmente, hasta que el indescriptible dolor de su entrepierna empezó a remitir y Hal Chanin quedó tendido, muy quieto, con los ojos abiertos, mientras su cabeza sangraba.

A partir de aquel momento, Peggy no estaba segura de los detalles ni de la secuencia de los hechos que se produjeron después.

Lo que no podía negar era que Hal estaba muerto y que Lucy continuaba gritando. De pronto la mujer se abalanzó sobre Henry con un pequeño rifle que había sacado de no se sabía dónde. Disparó con el arma apoyada en la cadera sin apuntar, y falló, y cuando se disponía a hacerlo de nuevo Henry la golpeó con el atizador y la derribó.

A continuación Henry recogió el rifle y se quedó mirando a Lucy, que yacía, aturdida, pero no gravemente herida. La observó un buen rato. Luego alzó el rifle lentamente, apuntó y le descerrajó un tiro en la frente, justo en el centro.

Peggy recordaba haber gritado. También recordaba a Henry, amable y cariñoso como una madre, dándole coñac y comentando que no había tenido otro remedio, que en cuanto la policía y la prensa comenzaran a investigar, las vidas de ambos quedarían destrozadas por los escandalosos ingredientes de sexo y droga, por no mencionar el pequeño detalle del homicidio involuntario. ¡Cristo! ¿Cómo explicar que aquel maricón ciego de coca había enloquecido de pronto y se había propuesto sodomizarlo, y había tratado de arrancarle los huevos al ver que se resistía? Con la esposa de Hal como testigo, cuya declaración no sería obviamente muy favorable, Henry dijo que podría considerarse afortunado si no le caían más de veinte años. Debía recordar, además, que el arma pertenecía a Lucy, y había sido ella quien había iniciado el tiroteo. Tuvieron suerte de que no acertara a la primera. El segundo disparo no habría fallado. ¿No era mejor que fuera ella, y no él, quien yacía muerta en el suelo?

Peggy tuvo que reconocer que era mejor así. Menuda alternativa.

Como antiguo fiscal, Henry sabía lo suficiente de aquellas cuestiones para hacer todo lo necesario. Borró las huellas dactilares, vistió los dos cadáveres y manchó sus ropas de sangre, introdujo en una bolsa todo el dinero y las joyas que encontró y rompió una ventana para simular un robo. La policía supondría que los Chanin habían llegado a casa inesperadamente, habían sorprendido a los ladrones con las manos en la masa, y éstos los habían matado por entorpecer su trabajo.

Para añadir detalles y credibilidad al falso robo, Henry Durning agregó el ingrediente de violación desnudando a Lucy de cintura para abajo, desgarrándole las bragas y el sujetador y magullándole los muslos. El semen necesario, diferente al de su marido, ya había sido oportunamente depositado durante el anterior torneo.

Como su futuro dependía de aquello, Henry se aseguró de que no olvidaba nada. Cuando finalmente se marcharon de allí, detuvo el coche a unos cuantos kilómetros de la casa y enterró el rifle y las joyas en un bosquecillo. Y como era un hombre práctico hasta la médula, no vio qué sentido tenía enterrar el dinero.

Todo salió más o menos como Henry había planeado. Como los Chanin estaban de vacaciones, transcurrió más de una semana hasta que descubrieron los cuerpos. La policía picó el anzuelo del robo, y la prensa explotó los indicios de violación. En cuanto a la pensión campestre donde habían conocido a los Chanin, todos los clientes eran forasteros, y ni siquiera el camarero recordaba que las dos víctimas del asesinato hubieran cenado allí.

«Lo único que no salió como Henry había planeado fui yo», pensó Peggy. Porque no podía apartar aquello de su mente. No lograba olvidar nada de lo ocurrido aquella noche y sobre todo no conseguía borrar la imagen de Henry cogiendo el rifle y mirando a Lucy con total frialdad antes de dispararla entre ceja y ceja.

Sin embargo actuaba con bastante normalidad. Cada mañana iba a su despacho en Nueva York, realizaba su trabajo de abogado, veía a Henry Durning cuando él quería y en su presencia no denotaba pánico ni histerismo. Pero también seguía viendo los ojos de Lucy Chanin antes de que éstos se apagaran. Le decían que estaba viviendo en un vacío asqueroso donde le esperaban cosas mucho peores que la muerte.

Suponía que fue por entonces cuando empezó a ver a Vittorio Battaglia.

Era casi como una especie de visión periférica, pensó, en que tenía una vaga conciencia de breves imágenes. Al principio él no era más que un rostro desdibujado en una calle de Manhattan o en un edificio de oficinas o en el vestíbulo de un cine. Luego empezó a encontrarlo en restaurantes, y ella tuvo ocasión de mirarlo con más detenimiento; lo que veía le gustaba, pero no le concedía mayor importancia. Por lo general, la acompañaban amigos o colegas del despacho, pero él siempre estaba solo y no se fijaba demasiado en ella.

Hasta que una noche, cuando salía de un cine de arte y ensayo de Second Avenue donde había visto una vieja película de Fellini, casi tropezó con él. Esta vez ella iba sola y él le sonrió.

–¿No te parece que ya va siendo hora de que hablemos? –preguntó Battaglia.

Recordaba haber pensado que de cerca parecía un príncipe renacentista como los que pintaba Tiziano.

–Creía que ni siquiera te habías fijado en mí.

Él la miró, alargando aquel momento.

–¿Cómo no iba a fijarme en ti?

Entraron en un bar que había cerca y estuvieron hablando y contemplándose hasta las dos de la madrugada, como también hicieron las cuatro noches siguientes. Para ella no suponía ningún problema. Daba la casualidad de que Henry se hallaba fuera de la ciudad, trabajando en un caso, y no regresaría hasta pasadas dos semanas.

La quinta noche ella le invitó a cenar. Hasta entonces ni siquiera se habían besado ni se habían dado la mano. A ella le encantaba. Atormentada todavía por los recuerdos de Stratford, se alegraba de estar con él. Vittorio la intrigaba. ¿Qué problema tenía él?

Estaba a punto de descubrirlo.

Vittorio esperó hasta que hubieron terminado de comer y estuvieron bebiendo lo que quedaba de vino. Más tarde le explicó que no había querido estropear su maravillosa cena.

Lo primero que hizo fue dejar la copa de vino para tomar la mano de la mujer entre las suyas y quedarse un momento así, en silencio. Luego dijo:

–Tengo que hacerte algunas preguntas.

–¿Por qué no?

–Es posible que te resulten raras, pero tienes que concederme una oportunidad. ¿Tienes enemigos? Me refiero a enemigos de verdad, de los que podrían querer causarte daño.

Ella pensó que bromeaba, hasta que se fijó en sus ojos.

–¿De qué clase de daño hablas?

–Del peor. Como matarte, por ejemplo. –Ella lo miró fijamente–. No estoy bromeando, Irene.

De pronto Irene sintió miedo. Aquellas primeras visiones de él, su extraña presentación... todo empezaba a encajar.

–Dios mío, ¿quién eres? ¿Policía?

–No. –Su rostro se cubrió de una fría inexpresividad–. Soy la persona que han enviado para borrarte del mapa.

El corazón empezó a latirle con violencia, como si intentara salir de su pecho.

–Por favor –dijo él–. No tengas miedo. No te haré daño.

Por un momento la idea de morir no le pareció tan mala. Eso sólo suavizó y limitó su temor.

–¿A eso te dedicas? ¿A matar por encargo?

Vittorio no respondió. Todavía tenía la mano de Irene entre las suyas; la llevó lentamente hasta sus labios, luego hasta su mejilla y la dejó allí. La amabilidad de aquel gesto la emocionó.

–¿Quién te ha enviado? –preguntó ella.

–El hombre para el que trabajo. Pero no es él quien está detrás de esto. Ni siquiera te conoce. Sólo está haciendo un favor a otro.

–¿Y tú no tienes ni idea de quién es?

Vittorio negó con la cabeza.

–Esperaba que tú lo supieras.

Por supuesto que lo sabía, y aquella certeza le produjo un escalofrío. «Henry», pensó. Y reflexionó sobre la locura de los recientes asesinatos de Hal y Lucy, y sobre la perspectiva de su propia muerte. ¿Cómo podía? Qué pregunta tan estúpida. Por la misma razón que había disparado contra Lucy con toda serenidad; para protegerse. Salvo que en su caso, había cometido el error de contratar a otro para que lo hiciera.

Tales pensamientos no conducían a nada. Lo único que de verdad importaba entonces era aquel asesino cariñoso, curiosamente atractivo y un poco loco que estaba sentado a su lado.

–Soy abogado –dijo ella con tranquilidad–. Me paso el día trabajando con otros letrados, discutiendo sobre contratos y cuestiones legales. Cuando disentimos, negociamos o vamos a juicio. No contratamos a pistoleros para matarnos unos a otros.

–Pues supongo que alguien se habrá cansado de negociar e ir a juicio.

Ella lo observó.

–Y si te enviaron para matarme, ¿por qué estás aquí sentado, cogiéndome la mano?

–Porque no mato a mujeres.

–Qué caballeroso. ¿Y a niños? –Vittorio no respondió–. ¿Estás diciendo que el hecho de que no esté muerta es sólo una cuestión de principios?

–No. Contigo son muchas cosas. Por eso tengo este pequeño problema.

–¿Qué problema?

–Cómo ingeniármelas para que los dos salgamos vivos de ésta. –Sonrió y besó la mano de Irene–. Pero claro, tú ni siquiera sabes de qué estoy hablando, ¿verdad?

Irene negó con la cabeza mientras se preguntaba sobre aquel joven guapo y extraño que hablaba con tanta facilidad y ligereza de la muerte.

–Te explicaré cómo funciona –prosiguió él–. En cuanto se enteren de que no he realizado mi trabajo, encargarán a otra persona la misión de eliminarnos a los dos. De manera que tendrá que ocurrírsenos algo.

Irene, con los ojos como platos, comenzaba a ver un mundo totalmente extraño abrirse alrededor.

–¿Haces todo esto como si nada?

–No. Como si nada, no. Llevo mucho tiempo reflexionando sobre ello. Puedo hacer muchas cosas y hacerlas mucho mejor que hasta ahora. Cuando me asignaron esta misión, te convertiste en la razón que necesitaba.

–Ni siquiera me conoces, Vittorio.

–Sé que tienes unos labios que me enloquecen. Es suficiente para empezar.

Fue entonces cuando la besó por primera vez.

Todo muy encantador y romántico, pensó al evocarlo. Los días que siguieron hubo demasiado miedo, demasiados planes vitales que diseñar como para que ninguno de los dos se concentrara en los anhelos y maravillas del nuevo amor.

Como Vittorio continuaba presionándola para que pensara en un posible enemigo, finalmente ella tuvo que inventar su gran mentira sobre la maniobra comercial ilegal que aseguraba haber descubierto. Sabía que no podía revelar a Vittorio la verdad sobre Henry Durning, y no porque le quedara algún sentimiento hacia Henry, pues todos se habían desvanecido con la amarga noticia de que Henry quería librarse de ella fríamente. Si no mencionaba a Henry era estrictamente por motivos de supervivencia.

Como abogado, sabía cómo funcionaban aquellos asuntos, y no tenía intención de identificarse como testigo ocular de un brutal doble asesinato que no sólo no había denunciado, sino en el que de hecho había participado al encubrir al responsable en un claro acto criminal de obstrucción a la justicia.

Aparte de eso, no deseaba ofrecer a Vittorio ninguna prueba de su verdadera relación con Henry Durning, que encerraba demasiada vergüenza e infamia. De hecho, el único motivo por el que mencionó a Henry fue que casualmente él se convirtió en parte del plan que trazaron para simular su muerte.

Estaban intentando idear una falsa desaparición que pudiera soportar una investigación, y Vittorio se quedó de piedra cuando ella mencionó que sabía pilotar y tenía licencia de piloto.

–¡Ya lo tenemos! –exclamó Vittorio–. No me dirás que también tienes un avión.

–No. Pero uno de los socios de la empresa posee uno, y a veces me deja utilizarlo.

–Fantástico. ¿Cómo se llama?

Incluso entonces tuvo que obligarse literalmente a pronunciar aquellas dos palabras.

–Henry Durning.

Vittorio la abrazó, emocionado.

–Ese tipo es nuestra salvación. Le adoro.

Irene no podía decir lo mismo.

Transcurridos nueve años, la profunda ironía del asunto había adquirido un carácter circular; verdaderamente tarde o temprano todo se repetía. Como el miedo.

Pero ¿por qué no había conseguido sentirse a salvo después de tanto tiempo y a una distancia de siete mil kilómetros? Otra pregunta estúpida. Porque Henry Durning seguía con vida. Además, ahora era el ministro de Justicia de Estados Unidos, con todo el poder visible e invisible y el ilimitado alcance que le otorgaba el cargo.

Pero ella, Irene Hopper, estaba oficialmente muerta.

Sí. Pero incluso aquello le producía más tristeza y sensación de vacío. No tenía hermanos, y sus padres habían muerto, de manera que ¿quién había lamentado su supuesta muerte? ¿Y cuánto de lo que compartía con Vittorio se basaba en las infelices mentiras del pasado? ¿Podrían sus sentimientos superarlas?

En cuanto a Vittorio, había tenido que vivir con su propia mentira al anónimo *capo* de la mafia, que continuaba creyendo que su leal soldado había cumplido con la misión que le habían asignado. Y eso era otra fuente de peligro.

40

Vittorio escuchaba en silencio a la llorosa mujer que amaba y a la que llamaba Peggy Walters. En una ocasión había probado el LSD, y había experimentado la sensación de que todo temblaba con una luz de color lavanda. Ahora tenía una sensación semejante. Las emociones atravesaban su cuerpo como fantasmas invisibles, junto con el desfile de fríos hechos que habían conducido al secuestro de su hijo. Lo dejaron húmedo y debilitado.

Concluido su relato, Peggy se echó a llorar otra vez.

–Dios mío, mira lo que he hecho –dijo sollozando–. Cuánto debes de odiarme.

Apretó los ojos para contener las lágrimas, y Vittorio la miró en silencio.

–¿Cómo iba a odiarte? Sin ti no hay nada. ¿Es que todavía no lo sabes?

–No, soy asquerosa. Tengo capas y capas de porquería que no puedo limpiarme. Nunca quise que te enteraras de lo de Henry ni de toda esa mierda. Ahora lo sabes.

«Ahora lo sé.»

Vittorio sintió que algo sangraba dentro de él. Levantó a su mujer de la silla, la abrazó y trató de detener el temblor de sus manos.

–Es mi penitencia –susurró ella–. Quizá, si te lo hubiera contado antes, tú habrías podido...

–No digas eso. No habría podido hacer nada. –Le acarició el cabello, todavía suave y sedoso, incluso después de tanto tiempo tiñéndoselo–. Pero te aseguro que puedo hacer algo ahora.

Mary Yung yacía despierta en el mismo lecho en que Gianni Garetsky dormía. La cama olía a humedad, y era demasiado blanda y crujía cada vez que ella se movía. Parecía tan vieja como la casa, y la casa parecía más vieja que las montañas que la rodeaban.

En aquel lugar se respiraba una profunda quietud, casi compulsiva, que le gustaba, pues era como si pudiera ayudarla a dominar la inquietud que la concomía.

«Basta», pensó.

Debía marcharse de allí cuanto antes. ¿Para qué quedarse? ¿Para golpearse el pecho y tirarse del pelo por lo que había hecho al niño? Ya había cumplido con su parte, ya había salvado la vida a aquella pareja y había arriesgado la suya propia al alertar a Vittorio y su esposa sobre los cuatro matones del Mercedes. Lástima que no pudiera hacer nada por su hijo, pero no se podía tener todo.

Su millón la aguardaba. Lo más sensato era recogerlo y huir mientras pudiera.

«Adiós, Gianni.» Lo miró y se sintió curiosamente conmovida. Había sido maravilloso, ¿verdad? Sí.

«Pero quédate un minuto más de la cuenta –se dijo–, y acabarás acribillada a balazos como él, Vittorio y Peggy. Cuando el ministro de Justicia de Estados Unidos y sus diversos aliados te quieren muerto, estás muerto. Sólo es una cuestión de detalles.»

De todos modos ella no podía hacer nada más para ayudarlos, y si llegaban a enterarse de su relación con Durning, la matarían ellos mismos. ¿Y quién iba a censurarlos?

«Me iré mañana. Sin embargo –le decía algo en su interior–, nada bueno se consigue tan fácilmente.»

41

Vittorio esperó a que el café del desayuno estuviera listo y en la mesa.

–Anoche –dijo– me enteré de quién está detrás de todo este enredo.

Su mujer se hallaba sentada a su lado, y Vittorio habló dirigiéndose directamente a Mary Yung y Gianni Garetsky.

Gianni lo miró fijamente, el semblante de Mary se endureció, y Peggy se quedó con la vista clavada en el café.

Detrás de las ventanas de la cocina, la luz matinal, la neblina y el sol exhibían la salvaje belleza del paisaje montañoso. Pero era un derroche, pues nadie se había fijado en él.

–Se trata del jefe del Ministerio de Justicia –dijo Vittorio–: Henry Durning. El ministro de Justicia de Estados Unidos.

La habitación estaba tan silenciosa que parecía que no hubiera aire. Gianni fue el primero en hablar.

–¿Es un chiste, o algo así?

–Ojalá lo fuera.

–No lo entiendo –intervino Mary Yung–. Aquí no hay teléfono, y no has salido en toda la noche. ¿Quién puede habértelo dicho?

–Mi mujer.

Mary y Gianni miraron a Peggy, quien no les devolvió la mirada.

–Se trata de un asunto personal –dijo Battaglia–. Quería que los dos lo supierais ahora que estáis a tiempo de marcharos de aquí.

Las palabras quedaron suspendidas en el aire. En la casa, vieja, de gruesas paredes de piedra, hacía frío, y la humedad se condensaba en las ventanas y goteaba hasta el suelo. Un haz de luz atravesó la ventana y quedó atrapado en una telaraña.

–Esto cambia la situación –prosiguió Battaglia–. Se ha convertido en algo mucho más serio que una estúpida operación de mafiosos. Ahora podemos esperar cualquier cosa: ejércitos de policías, agentes federales, Interpol, mafiosos, y Dios sabe qué más.

Battaglia levantó la taza lentamente y bebió un poco de café. Luego miró a su mujer, y Gianni apreció lo grave que aquello era para la pareja. Ignoraba qué había explicado Peggy a Vittorio, pero evidentemente lo había hecho presionada por el secuestro de su hijo.

–¿Qué piensas hacer? –preguntó Gianni a Vittorio.

–Recuperar a mi hijo.

–¿Sabes quién lo tiene?

–No, pero lo averiguaré.

–¿Tan seguro estás?

Vittorio asintió con la cabeza. Gianni se puso un cigarrillo entre los labios y lo encendió. Sus manos se movían con firmeza y decisión.

–¿Y esperas que yo me marche tan tranquilo y te deje con todo esto?

–Exacto. A no ser que te hayas vuelto estúpido con la edad. –Se miraron fijamente–. Mira –prosiguió Vittorio–, si esos canallas no tuvieran a nuestro hijo, Peg y yo nos largaríamos de aquí de inmediato. Como ya he dicho, es una cuestión personal que nada tiene que ver contigo ni con Mary. –Consiguió esbozar una sonrisa–. De manera que vete a casa y pinta, que al fin y al cabo es lo que mejor haces. Quizás esté muerto de celos, pero me siento orgulloso de cuanto has hecho. La verdad, amigo mío, es que necesitamos buenos pintores vivos mucho más que malos tiradores muertos.

–Fin de la discusión.

Mary Yung y Gianni Garetsky llegaron al aeropuerto de Nápoles con tiempo suficiente para devolver el coche de alquiler y hacer las reservas para el vuelo de mediodía a Roma y luego hasta Nueva York.

Cuando tomaban un último refresco en el bar, anunciaron su vuelo.

Gianni miró a Mary, sentada frente a él en la diminuta mesa.

–Yo no me voy –dijo.

El bar estaba tranquilo, silencioso y apagado en la pausa entre los anuncios de llegadas y salidas. Mary Yung miró lentamente alrededor, como si Gianni no hubiera hablado.

–¿Me has oído?

–Sí.

–¿Y?

–¿Y qué? –dijo ella–. No me has preguntado nada. Has hecho una declaración. ¿O acaso esperas que diga algo, aparte de adiós?

Gianni escrutó su rostro y se preguntó si aquélla sería realmente su última visión de la cara de Mary.

–Hijo de puta –dijo ella sin emoción–. Nunca tuviste intención de marcharte, ¿verdad? Me has engañado desde el principio y has mantenido la mentira hasta el momento de embarcar. ¿De qué tenías tanto miedo? ¿De que no quisiera partir sin ti? ¿De que hiciera una escena y me arrojara a tu cuello suplicándote que muriéramos los dos juntos? –Mary Yung le ofreció lo que creía era su mejor sonrisa, que no fue más que una mueca–. Pues mira, no te preocupes. No comparto tus deseos de morir ni tu sentimiento de culpa ni tu necesidad de cumplir penitencia. Prefiero subir a ese avión y vivir a quedarme aquí y morir.

–Yo no quiero morir, Mary, pero tampoco puedo marcharme y dejar a esa gente con todo lo que les he echado encima.

Mary tuvo la impresión de que se observaba a sí misma desde algún extraño lugar.

–Te equivocas –susurró–. Tú nunca les has echado nada encima. Fui yo quien lo hizo.

–¿Qué significa eso?

–Nadie nos siguió hasta aquí, Gianni. No debes pasarte el resto de la vida culpándote de eso. Fui yo. Antes de llegar a Positano, telefoneé a Durning desde este mismo aeropuerto y le dije el nombre falso de Vittorio y dónde vivía.

Al principio Gianni no se lo creyó. Luego vio los ojos de Mary y rectificó. Además, ¿quién se inventaría una historia así? ¿Quién iba a querer inventársela? Se quedó pasmado.

–¿Qué te han hecho? –preguntó.

–Nada.

–Entonces ¿por qué lo hiciste, por el amor de Dios?

–Por un millón de dólares en metálico.

–¿Por dinero? –La repugnancia de la voz del hombre enmudeció a Mary–. ¿Me utilizaste para eso? –preguntó Gianni.

Mary tardó un buen rato en contestar.

–No fue así. Nunca tuvo nada que ver contigo... con nosotros.

–¿Cómo no iba a tener nada que ver?

–No lo sé, pero no tenía nada que ver. –Su voz había quedado reducida a un mero murmullo–. Todo se complicó más de lo que yo había supuesto; lo del niño y todo eso.

–¿Por qué demonios había de pagarte ese capullo un millón de dólares si no?

–Nunca llegué a planteármelo. Evidentemente no quería. Hasta que vi a aquellos cuatro matones entrar en el pueblo. –Se encogió de hombros–. Entonces lo entendí e hice cuanto pude.

–Era demasiado tarde para ayudar al chico.

–Ya lo sé. –Gianni cogió el vaso con ambas manos, sin apartar la mirada de Mary. Qué asustada parecía–. Qué poco te costó tomarme el pelo –dijo Gianni, con semblante sombrío–. Nunca sospeché nada. No era necesario que me lo dijeras ahora. ¿Por qué lo has hecho?

–Porque no quería que te quedaras aquí y murieras creyendo que era culpa tuya.

–Sigue siendo culpa mía, pues fui yo quien te trajo aquí. Dame otro motivo mejor.

–Porque te quiero.

–Maravilloso –dijo él, y gruñó por lo bajo–. Me gustaría ver lo que haces a los que no quieres. No. Lo retiro. No creo que tuviera estómago para soportarlo.

Gianni dejó el vaso sobre la mesa para no romperlo. Se sentía capaz de hacerlo en cualquier momento.

–Muy bien –dijo Mary, con voz apenas audible–. Si tú te quedas, yo me quedo contigo.

–Y un cuerno.

–Quiero quedarme, Gianni.

–¿Por qué? ¿Crees que tienes posibilidades de ganar otro millón descubriendo el escondite de Vittorio y Peg?

Aquello le había dolido profundamente, y Mary no dijo nada. Gianni arrojó el billete de Mary sobre la mesa y se levantó.

–El único sitio donde quiero verte es a bordo de ese avión.

La dejó allí sentada y fue a recuperar su equipaje. Luego la vio caminar por la pista y embarcar en el avión. Fue la última en subir. Se quedó mirando hasta que el enorme Boeing empezó a rodar, despegó y desapareció en la neblina.

Sólo entonces se le ocurrió pensarlo. ¿Cómo había sabido Mary que era Durning?

Alquiló otro coche y condujo hasta Positano; una vez allí, siguió subiendo por las montañas de Ravello. Encontró el sendero cubierto de hierba que conducía al refugio y llegó allí a media tarde.

No vio ni oyó a nadie. Vittorio Battaglia salió de detrás de unos arbustos y caminó lentamente hacia él. Llevaba una sarta de granadas colgada del cuello y una ametralladora.

–No he reconocido el coche –dijo–. ¿De dónde lo has sacado? ¿Lo has robado?

–La última vez que hice un puente a un coche fue contigo. Y de eso hace veintiún años.

–Te advierto que es como nadar y follar. No se olvida nunca.

–¿Cómo has sabido que venía un coche? ¿Tienes alguna instalación?

–Aproximadamente a cuatrocientos metros sendero abajo; fotoeléctrica. Funciona con batería. ¿Dónde está Mary? –preguntó Vittorio.

–Seguramente despegando de Roma hacia Nueva York.

–¿Y tú?

–Al parecer tendrás que aguantarme un poco más.

–Se te ha metido entre ceja y ceja convertirte en héroe, ¿no es eso?

Sin malicia, Gianni Garetsky hizo un gesto obsceno con el dedo. Subieron juntos hasta la casa.

42

Paulie se figuró que había pasado parte del día anterior, toda la noche y gran parte de aquel día allí con aquellos dos hombres.

Recordaba que fue ya entrada la tarde cuando el que se llamaba Dom se acercó a él con aquella estúpida historia de la fiesta y luego le dejó inconsciente de un porrazo. Ahora volvía a ser entrada la tarde.

Durante ese tiempo no había hecho más que dormir y tener unos sueños ridículos. Luego se despertó con muy mal sabor de boca cada vez que respiraba o tragaba, hasta que al final se mareó y vomitó. Todavía estaba ligeramente aturdido, y Tony le había explicado que se debía al cloroformo que le habían administrado para que se estuviera quieto, y le había prometido que pronto se encontraría mejor. Tony no era tan fantasma como Dom, de modo que Paulie le creyó. Sin embargo, prefería a Dom, a pesar de que fue éste quien le golpeó en la cabeza cuando él estaba de espaldas.

Paulie todavía no sabía qué estaba ocurriendo. Le repetían una y otra vez que nada tenía que temer, que le liberarían en cuanto su padre negociara con unos peces gordos. Él no estaba convencido de poder creérselo. Sospechaba que Dom y Tony eran un par de gángsters sicilianos que le retenían para obligar a su padre a hacer algo que no quería hacer. Todo eso lo sabía por las películas y la televisión. Suponía que él era lo que llamaban un «rehén». O su padre obedecía, o estaba apañado.

Paulie no sabía dónde se encontraba. A través de las ventanas sólo veía montañas y árboles. No había mar, ni carretera, ni otras casas, ni rastro de nada que pudiera identificar.

Para impedir que intentara huir, lo habían atado con una larga cadena, en un extremo de la cual había unas esposas que le inmovilizaban el tobillo; el otro extremo estaba sujeto en una cañería de agua. Por lo demás, no se preocupaban demasiado por él.

Sin saber cómo, se le ocurrían cosas. Vio cómo Dom y Tony le miraban y se miraban entre sí y comprendió que les gustaba estar allí encerrados tanto como a él.

El tiempo pasaba. Los minutos se convertían en horas y las horas se sucedían. No había ni principios ni finales. A primera hora del día, la luz del sol penetraba en la casa, y las paredes se teñían de un amarillo pálido. Más adelante, todo se tornaba más anodino, frío, menos brillante. El chico pensó en cómo pintaría la luz de las paredes a diferentes horas del día. Ojalá Dom hubiera recogido sus pinturas y pinceles después de golpearlo e introducirlo en el coche. Sería agradable tenerlas. Entonces, al recordar sus pinturas, pensó en su madre y su padre, en lo preocupados que estarían especulando qué podía haberle sucedido. Al ver que no regresaba a casa a la hora de cenar, seguramente su padre había salido a buscarlo y habría encontrado sus cosas al borde del agua.

¿Qué pensaría entonces su padre? ¿Que había nadado cerca de las rocas, aunque lo tenía prohibido, y se había ahogado? Imaginó a su padre buscándolo, llamándolo y, al no encontrarlo, volviendo a casa con sus instrumentos de pintura. Vio a su padre y su madre llorando juntos, y por primera vez desde que se iniciara aquella aventura, el chico también lloró.

Temiendo que uno de los hombres lo viera, se apresuró a enjugarse las lágrimas. No quería que pensaran que era un llorón. Y eso le hizo doblar su precaución para que no le sorprendieran chupándose el dedo.

A veces paseaba por la habitación hasta donde se lo permitía la cadena. Se sentía como un perro atado a una correa. No creía que le gustara mucho ser un perro.

Otras veces pensaba en escapar. Decidió que lo primero era hallar la forma de conseguir una de las llaves. Había dos: una para las esposas de los tobillos y otra para el candado que sujetaba la cadena a la cañería de agua. Tony guardaba las dos llaves en el bolsillo del pantalón. A Paulie le habría gustado que fuera Dom quien guardara las llaves, o por lo menos una de ellas, pues éste pasaba el día bebiendo vino y dormitando en el sofá y por tanto cabía la posibilidad de que una llave se le cayera del bolsillo.

En una ocasión intentó sentarse junto a Dom en el sofá para comprobar cómo sería. La piel de aquel hombre desprendía mucho calor, y Paulie se sentía cómodo a su lado. El chico sabía que Dom simpatizaba con él, tal vez porque le recordaba a su hermanito, aquél que había sido atropellado por un camión. Dom disfrutaba despeinándolo, dándole golpecitos y amenazándolo con los puños como si pretendiera pelear con él. «Este chico es muy valiente –decía a Tony–. No se deja engañar. Hicieron falta unos cuantos golpes con la porra para dejarlo fuera de combate. Tiene la cabeza muy dura. Míralo, Tony. Vamos, chico. Pégame tan fuerte como quieras. Dame un buen puñetazo aquí, en la mandíbula.»

Y el chico lanzaba un golpe con todas sus fuerzas, pero cuando su puño llegaba a la mandíbula, ésta había desaparecido y Dom reía. En cambio Tony nunca lo hacía, sino que se limitaba a menear la cabeza y a poner los ojos en blanco, como diciendo que Dom estaba chalado.

Los dos hombres iban armados. Llevaban las armas en unas pistoleras de cintura, y nunca se las quitaban. Cuando Paulie pensaba en escapar, su mejor plan era conseguir la pistola de Dom mientras éste dormía en el sofá. Entonces apuntaría a Tony y le pediría las llaves. Si no se las entregaba, le dispararía y las cogería él mismo. Jamás había disparado contra nadie, pero no creía que le importara demasiado tener que disparar a Tony. Respecto a Dom no estaba tan seguro; creía que no le gustaría tener que hacerlo, pero si no le quedaba más remedio lo haría. ¿No decía el mismo Dom que era un chico valiente?

Muchos niños morían asesinados. Lo había visto muchas veces en la televisión y los periódicos, no era ficción como en las películas, pues las noticias no bromeaban. Mostraban los hechos como eran, con todos esos chiquillos muertos en atentados terroristas y accidentes de tráfico y aviación, y asesinados y apuñalados por toda clase de monstruos.

Paulie confiaba en que Dom y Tony no tuvieran que matarlo. Se preguntaba cuál de los dos lo haría si se vieran obligados a ello y si le dolería. Una vez había visto a un niño muerto tendido en la calzada después de un accidente. El chico yacía allí, ensangrentado, y Paulie nunca lo había olvidado. Se imaginó a sí mismo tendido en el suelo igual que aquel niño, y aquel pensamiento le hizo desear varias cosas: haber pintado más cuadros; haber abrazado más a menudo a su padre y a su madre; haber contemplado más nubes veraniegas, de aquellas grandes, blancas y esponjosas; haber comido más helados, y haber conseguido dejar de chuparse el dedo.

43

Ser capaz de valorar y hallar diversión en las ventajas y desventajas de la ironía debía figurar entre los dones más infravalorados de la vida.

Eso pensaba Henry Durning mientras escuchaba cómo lo elogiaban como ganador del año del Premio de la Asociación de la Prensa de Washington, una consecuencia clara y casi instantánea de su pacífica solución del conflicto de los olímpicos.

La mención misma, que en esos momentos se leía ante un numeroso y distinguido público de etiqueta, pretendía expresar y transmitir el verdadero espíritu del premio.

–El ministro de Justicia Henry Durning nos recuerda a todos –dijo el orador–, mediante su ejemplo personal dentro y fuera del trabajo, nuestra obligación moral de afrontar esas tragedias de la condición humana que amenazan el mundo tanto en los buenos como en los malos tiempos.

»Cuantos han disfrutado de alguna relación con este hombre, por breve que fuera, tienen la impresión de haber contemplado la grandeza aplicada a la justicia y la compasión.

A la lectura siguió una clamorosa ovación que se prolongó interminablemente. Henry Durning, sentado en el estrado, con ojos ya no divertidos, sintió que perdía la poca cordura que le quedaba.

Era cerca de medianoche y se dirigía hacia su casa sentado en la parte posterior de la limusina oficial.

El sonido, la imagen y la conmovedora emoción de aquel aplauso lo acompañaban. Era imposible perder aquella excitación. De hecho Durning no quería perderla. Sentía que era un momento crucial en su trayectoria vital... más allá de la ironía, la despreocupación, más allá incluso del cinismo fácil de sus acostumbradas defensas.

A primera vista era una prueba suficiente de su contribución, del hecho siempre tranquilizador de que él era algo más que la pobre y nada admirable criatura que poco a poco iba revelándose en él. Y no habría podido producirse en mejor momento. Aparte de eso, no había sido uno de sus mejores días.

Ninguna de las noticias de Italia era buena. En la última y breve reunión con don Donatti se había enterado de que Irene y Vittorio –y los dos hombres que habían enviado para encargarse de ellos– todavía no habían aparecido ni se habían puesto en contacto con nadie para hablar de su hijo.

La única información positiva de Donatti fue que ya se habían ocupado de John Hinkey y la señora Beekman. Ese problema estaba solucionado. Pero incluso eso tenía su vertiente negativa, pues Brian Wayne reaccionó ante la noticia con algo más que el pánico acostumbrado.

–¿Has ordenado que los mataran?

Durning oyó la estridente voz del director del FBI, le miró a los ojos y le sirvió una generosa copa de bourbon.

–¿Qué esperabas?

–No lo sé. ¡Pero por el amor de Dios! ¡Esto no!

–Se proponían sacar todo a la luz pública, Brian. ¿Qué habrías hecho tú?

–Yo no soy un asesino.

–¿Y yo sí? –había preguntado Durning.

–No sé cuánto más podré soportar –dijo el director del FBI.

Durning miró a los ojos a su amigo con severidad y comprendió que no demasiado.

Eso había sucedido aquella mañana, y desde entonces el ministro no había visto a Wayne ni había vuelto a hablar con él.

Wayne y su esposa deberían haber asistido a la entrega de premios de aquella noche. Pero Marcy había telefoneado para decir que su marido se encontraba enfermo.

Durning sabía muy bien cuál era la enfermedad que padecía Wayne; se llamaba miedo.

«Pobre Brian. Es evidente que no está hecho para esto. ¿Y quién lo está? Yo.»

Debió de dormirse. Cuando miró por la ventanilla del coche, casi habían llegado a la zona de Georgetown donde vivía. Las calles relucían, y Durning bajó el cristal y sintió un velo de lluvia en la cara. Respiró profundamente, y al entrar en sus pulmones el aire adquiría un olor amargo. ¿Era aquello un presagio? ¿Había de pronto algo fuera de lugar en los cielos que lo perseguía?

A veces tenía presentimientos. En realidad no creía en aquella clase de hechicería. Si algún problema tenía en este reino, era no creer en nada que no pudiera ver con sus propios ojos, que no pudiera oír y tocar. Eso lo separaba automáticamente de Dios y del demonio, y lo dejaba bastante solo. ¿Dónde podía acudir en busca de consuelo?

El chófer estacionó el vehículo enfrente de la casa y le abrió la portezuela.

–¿A qué hora quiere que le recoja mañana, señor Durning?

–A la de siempre.

Tommy reparó en la placa que el ministro sostenía en la mano.

–Felicidades, señor. He oído la presentación. He asistido a muchas a lo largo de los años, y la mayoría eran chorradas. Pero la suya no. Cada palabra que dijeron era cierta. Para mí es un honor trabajar con usted.

–Gracias, Tommy. Te lo agradezco.

Durning permaneció de pie bajo la llovizna mientras la limusina se alejaba.

No vio el otro coche hasta que se dio la vuelta y empezó a subir por el camino que conducía hasta la casa. El coche estaba aparcado a unos cincuenta metros, y seguramente no se habría fijado en él si en aquel momento no se hubiera abierto una portezuela ni se hubieran encendido las luces del interior. Una mujer se apeó y caminó hacia él entre la neblina. Era delgada, casi espectral, y se movía con cierta elegancia. Mientras observaba cómo se acercaba, Durning tuvo la impresión de que la había visto antes.

Entonces la mujer pasó por debajo de una farola, y por un instante Durning tuvo casi la certeza de que había visto el rostro de Mary Yung.

«Estoy completamente loco», pensó, y de pronto todo lo que había sentido y fantaseado sobre ella y todos aquellos días pasados se apiñaron dentro de su pecho hasta el punto de que le resultó difícil respirar.

La mujer se detuvo a un metro de distancia, y los dos se miraron fijamente.

–Eres tú –dijo Durning.

Mary Yung asintió con la cabeza, pues no confiaba plenamente en su voz. Apuntaba al ministro con una automática a través del bolsillo de su chaqueta, pues nunca se sabía qué podía ocurrir y había querido ir preparada. Para lo que no estaba preparada era para la presencia física de Durning; era impresionante. Sin embargo había algo más. Mary Yung sintió cómo Durning escudriñaba su interior.

–Lo que más temía –dijo Durning– era que te mataran antes de que hubiera llegado a conocerte.

Entonces la condujo hacia la casa antes de que desapareciera con la misma rapidez con que se había presentado.

Llevaba la cómoda elegancia de su casa como un segundo traje de etiqueta, pensó ella. Aquel hombre encajaba en aquella casa como ella nunca había encajado en ninguna; excepto en una cabaña de paja.

El estudio era la habitación favorita de Durning, y allí la llevó. Aun así, se sentía como si estuviera en trance, moviéndose por un paisaje extraño.

–¿Quieres quitarte la chaqueta? –preguntó Durning.

Ella negó con la cabeza.

–Estoy bien así.

–Sólo quiero que te encuentres cómoda. Si quieres puedes ponerte la pistola en el regazo, o guardarla en el bolso.

Mary Yung consiguió sonreír.

–¿Te ha desconcertado alguien alguna vez en tu vida?

–Esta noche me ha pasado dos veces.

–No me lo imagino.

Durning le entregó la placa, que todavía no había soltado.

–La primera vez fue al recibir la clamorosa ovación.

Mary Yung leyó la inscripción.

–Muy impresionante. ¿Por que te pone eso nervioso?

–Porque los dos sabemos que soy mucho menos de lo que indican esas palabras.

–¿Y cuándo ha sido la segunda vez?

–Cuando he visto tu cara bajo la farola; me ha afectado como pocas cosas me han afectado en la vida.

–Pero ni siquiera me conoces.

–Te conozco, Mary.

Dicho esto, Durning abrió un armario, extrajo una caja de cartón y la depositó sobre una mesita delante de Mary.

–¿Qué es? –preguntó Mary.

–Tú. Tu archivo.

Mary observó un montón de informes, fotografías, recortes de revistas y cintas de vídeo.

–Míralo –dijo Durning–. Por favor.

–¿Por qué?

–Para que comprendas algunas cosas, para que podamos partir de ahí.

Mary Yung escrutó los ojos de Durning y se vio reflejada en ellos. «Qué hombre tan extraño.»

Entonces, eligiendo una fotografía al azar, volvió a verse, salvo que esta vez estaba desnuda, y en compañía de dos hombres también desnudos. No aparentaba más de diecisiete años. Los hombres eran mayores, y no los recordaba ni los reconocía. Al fin y al cabo era normal. Atrapada por la cámara en un momento de drama nada clásico, la habían inmortalizado practicando una felación a uno de los hombres mientras el otro la sodomizaba. Era todo muy concentrado y triste, un acto íntimo en que nadie tenía intimidad. Cada uno de los participantes estaba solo. Si hubiera tenido que elegir un título para la fotografía, Mary Yung la habría llamado *Soledad.*

Sintió una débil sorpresa inicial, y luego nada. Si el distinguido ministro de Justicia observaba el rostro de la joven esperando fuegos artificiales, se decepcionaría.

Mary no levantó la vista para averiguarlo. En lugar de eso, revisó rápidamente y en silencio el contenido de la caja. Le hizo cierta gracia la diligencia del Departamento de Documentación del FBI, y los comentarios oficiales que salpicaban los documentos. Como si desde la edad de seis años, ella y sus patéticos escarceos sexuales hubieran constituido una amenaza continuada e insidiosa para la seguridad interna del país.

Cuando Mary hubo terminado, Durning escanció coñac en dos copas y le ofreció una.

–¿Por qué te has tomado tantas molestias? –preguntó Mary.

–Para conocerte.

–¿Y me conoces?

–Como a mí mismo.

–¿Y eso qué significa?

–Que seguramente los dos seríamos capaces de cualquier cosa para sobrevivir.

–¿Es un cumplido o una acusación?

–Para ti un cumplido; para mí una acusación.

–¿Dónde está la diferencia?

–En que tú empezaste desnuda, explotada y sola. Yo empecé teniéndolo todo.

Bebieron coñac y se examinaron el uno al otro, en silencio. La noche y la llovizna los envolvían.

–Como he comentado antes –dijo Durning–, temía que te mataran en Positano y no llegáramos a conocernos. Me habría quedado francamente desconsolado.

Mary Yung meneó la cabeza.

–Estás loco, señor Durning. Estoy segura de que las mujeres se te rifan.

–Las mujeres ya no me interesan.

–¿Qué te interesa?

La fragancia que rodeaba a Mary Yung tentaba los bordes de los pensamientos de Durning.

–Me interesas tú –dijo Durning–. ¿Acaso no lo he dejado bastante claro? –Permanecieron en silencio durante medio minuto–. Mirando tus fotografías –prosiguió Durning– he fantaseado sobre ti como un ardoroso adolescente. En estos momentos te deseo más de lo que jamás he deseado a ninguna mujer, es evidente que tú también deseas algo de mí, pues de lo contrario no habrías venido corriendo hasta aquí desde Positano. –Se inclinó hacia ella, con los codos apoyados en las rodillas–. Mary Yung, ¿qué quieres exactamente de mí?

–El niño –se apresuró a responder.

–¿Tanto te gustan las criaturas?

–No.

–Entonces ¿por qué es ese niño tan importante para ti?

–Porque lo han raptado por mi culpa.

–¿Significa eso que todavía tienes capacidad para sentir remordimientos?

–Sí –contestó Mary–. ¿Tú no?

Durning asintió lentamente con la cabeza.

–Si creyera en Dios, diría: ¡gracias a Dios! –Sonrió–. Pero como no creo en él, sólo puedo darme las gracias a mí mismo.

–¿Por qué concedes tanta importancia al remordimiento?

–Porque es lo único que nos diferencia de los monos. –Durning cogió la botella de coñac y llenó las copas–. Compréndelo –continuó el ministro–; yo no tuve nada que ver con el secuestro del niño. Ni siquiera me enteré hasta que todo estuvo consumado.

–Muy bien. Eres un ser humano fabuloso. Ahora libéralo antes de que tus italianos lo hagan desaparecer.

–Eso no está en mi mano.

–No hay nada que no esté en tu mano.

–Creo que me supervaloras. Tengo mis limitaciones.

De pronto el aire de la habitación empezó a parecer cansado, exhausto. Mary Yung observó las paredes de libros, las fotografías firmadas del ministro con varias personalidades ilustres y famosas. Aquel hombre era poderoso. Debía solucionar aquello, costara lo que costara.

–¿Estarías dispuesto a intentarlo, por lo menos? –preguntó Mary.

Durning guardó silencio. Sentía como si deseara algo que carecía de nombre. Le pareció verla por partes: cabello, ojos, nariz, labios, la curva de una mejilla. Y eran reales, tridimensionales, y no fragmentos de una fotografía.

–Jamás he pedido ayuda –explicó Mary Yung–. Tampoco ahora te la pido; pagaré, a mi manera.

–El chico no me importa –dijo Durning–. Necesito a los padres. ¿Puedes entregármelos? En realidad no cumpliste tu promesa, ya lo sabes. De hecho fuiste tú quien los advirtió de que llagaban los sicilianos, ¿no?

–No sé dónde están. –Durning no la creyó–. Antes has dicho que me querías –dijo Mary–. ¿O eran sólo palabras?

Durning la miró a los ojos, dos canicas negras en el pálido óvalo de su rostro. Mary encendió un cigarrillo, y sus ojos brillaron de agotamiento a la luz de la cerilla. ¿Cuánto tiempo hacía que no dormía?

–No eran sólo palabras –respondió Durning.

–Muy bien.

Durning notó que tenía la boca seca. El coñac no le ayudó.

–No puedo prometerte nada –dijo–. Lo sabes, ¿verdad?
–Sí, lo sé.
–¿Te quedarás aquí conmigo?
–¿Es lo que quieres?
–Sí.
–¿Cuánto tiempo?
–No tengo ni idea.
Mary se encogió de hombros. ¿Por qué no?

Durning adivinaba lo que Mary estaba pensando, por supuesto. La joven creía que lo único que necesitaba era suficiente tiempo con él. La seguridad que tenía en sí misma era exquisita; en cierto modo, inspiradora. Para las necesidades de Durning, cualesquiera que fueran o resultaran ser, no podía haber sido mejor. El ministro supuso que ella opinaba lo mismo.

En tanto que se entendieran mutuamente.

Su acuerdo, parecido a un matrimonio por poderes, se consumó una hora después en la cama. Y como en el mejor de tales acuerdos, ambas partes creyeron que llevaban ventaja. «Quizá la llevemos los dos», pensó el ministro.

Para él fue un rito emocional de tránsito, una experiencia planeada, abrasadora, asfixiante..., un viaje a una Tierra Sagrada sensual, en que él era el peregrino descalzo, y Mary Yung su sacerdote y guía.

Y esta vez no era mera fantasía. Sin embargo, incluso en carne y hueso, incluso estando allí mismo con él, el rostro y el cuerpo de Mary Yung poseían algo misterioso y elusivo, algo prematuramente envejecido o demasiado joven, tanto que aún no estaban del todo formados. Aquella criatura evanescente le hacía sentirse ingrávido. Durning flotaba con las rodillas y el cuerpo estremecidos; al tocarla, sus manos parecían tan mágicas que amenazaban con desprenderse de las muñecas para alzar el vuelo.

Mary había traído su vida consigo. Sobre el campo abierto de la monumental cama de Durning, en la penumbra del dormitorio, se hicieron compañía. Ella le insuflaba en el cerebro un interminable desfile de sus fotografías eróticas, todas aquellas imágenes a todo color de acoplamientos múltiples, aquella piel rosada y aquellos cuerpos retozando. El ejército de Mary Yung.

«Es toda mía», pensó Durning.

Mary Yung pensaba en otras cosas.

Había concebido un plan, lo había puesto en práctica y estaba ejecutándolo con toda sencillez, como cualquier trabajo que tiene que realizarse. Para ella no era más que eso.

Era algo que siempre había sabido hacer. La mayoría de las mujeres no podían, pero ella era distinta porque poseía su propio lugar secreto, y una vez allí nadie podía tocarla; a ella nunca le costó demasiado. La carne, la fachada del cuerpo, no era tan importante, sino sólo un escudo que protegía lo que había en el interior, que sí era importante. En la superficie no había nada sagrado.

Al fin y al cabo, las personas no eran más que habitaciones cerradas con llave. Aunque oyeras a alguien gritar dentro de una de ellas, no podías entrar para auxiliarla, y eso era lo más triste de todo. El cuerpo no era más que un juguete. Sin embargo, ella nunca había tenido ocasión de disfrutarlo. Se vio obligada a utilizarlo como herramienta de trabajo demasiado pronto; algo muy serio, carne muy seria. Siempre que había querido o necesitado algo, su serio cuerpo la había ayudado a conseguirlo. Lo que los hombres le hicieran, o lo que con él hiciera Mary a los hombres, no importaba. Era pura mecánica. Quizá pudo haber representado algo más con Gianni, pero ella lo había estropeado todo. Después de aquello, él ni siquiera escupiría sobre la mejor parte de ella, y con razón.

Qué demonios. Lo único que le interesaba en esos momentos era sacar al chico de aquel apuro sano y salvo, y Durning era la persona que podía conseguirlo. El muy hijo de puta estaba colgado de ella y su miserable vida. Como si hubiera hecho algo maravilloso y sagrado.

Follar y chupar.

«Dios mío, mira a este hijo de puta.» El mismísimo ministro de Justicia de Estados Unidos, y ella estaba jugando con él como con un pez que ha picado el anzuelo.

Notó que Durning enfilaba la recta final, notó cómo surgía de lo más hondo de él. Entonces Durning emergió a la superficie, y Mary le oyó gritar, aullar como si estuviera muriéndose. Y ella chilló con él porque eso era lo que les encantaba y lo que querían, junto con todas las mentiras que venían después.

«Disfruta –pensó Mary–. Disfruta mientras puedas, porque si no me entregas a ese chico, si le ocurre algo, te juro por este acto nada sagrado que te volaré la maldita tapa de los sesos.»

44

Para Vittorio lo peor de todo era tener que dejar atrás a Peggy, y sola. Había retrasado su marcha, pero finalmente había agotado los pretextos y Gianni lo aguardaba en el coche.

Peg había pasado la última media hora de preparativos al borde de algo, con los ojos cada vez más abiertos y sombríos, la pequeña boca cada vez más estrecha. Un confuso dolor se había deslizado sobre la suavidad de su rostro como una red, a través de la cual Vittorio sentía la angustia de su esposa.

–Todo saldrá bien –le aseguró por tercera vez. ¿O era la cuarta? Peggy asintió con la cabeza mecánicamente, sin creer ni una sola palabra–. No le harán daño. Representa su única posibilidad de ponerse en contacto con nosotros. Durning nos quiere a nosotros, no a Paulie.

–No –repuso ella–. Me quiere a mí. Yo soy el único testigo presencial contra él. Tú no eres más que otro inocente, como mi pobre hijito.

Le brotaron las lágrimas, se acumularon en sus párpados, y Vittorio la abrazó. Qué delgada parecía, qué frágil. ¿Cuándo se había vuelto tan vulnerable?

–Escúchame –dijo él–. Hemos vivido juntos diez años, ¿verdad? –Ella asintió en silencio–. ¿Te he mentido alguna vez?

–No.

–Ahora tampoco te miento. Te lo juro, Peg. Volveré a casa con Paulie.

Ella se apartó de él y le arañó con la mirada.

–¿Cuándo?

Era una pregunta infantil. «¿Cuándo, papi?»

–No lo sé. Podría tardar días sólo en averiguar dónde le tienen. De manera que no te quedes sentada mirando el reloj y sufriendo.

Peggy se disculpó:

–Lo siento. Ya sé que lo único que hago es ponértelo más difícil. –Peggy le besó y esbozó una sonrisa–. No te preocupes por mí –dijo.

Vittorio sabía que sería imposible.

Vittorio y Gianni se marcharon del refugio hacia las seis de la tarde. Utilizaron el coche de alquiler de Gianni porque no podrían identificarlo. Vittorio conducía.

Permanecieron casi media hora callados, hasta que Gianni rompió el silencio.

–¿Cómo vamos a enfocar este asunto?

–No hay gran cosa que enfocar –respondió Battaglia–. Empezaremos con los nombres de esos dos matones que arrojamos por el acantilado, nos enteraremos de quién los envió y luego le pondremos una pistola en los cojones hasta que nos diga dónde está Paulie.

–¿Así de fácil?

Vittorio se concentró en la conducción; un enorme autocar de turistas los obligó a arrimarse peligrosamente a una pared de roca.

Se encogió de hombros.

–En líneas generales eso es todo. Lo demás son detalles.

–Me gustan los detalles.

–Tienes derecho a conocerlos. Son los detalles los que tal vez acaben provocando tu muerte. ¿O creías que esto iba a ser coser y cantar?

–Durante estos veinte años que hemos pasado sin vernos he aprendido que nada es coser y cantar.

Vittorio buscó a tientas un cigarrillo y lo encendió con el mechero del salpicadero. El resplandor anaranjado se reflejó en su cara.

–En Nápoles hay un viejo que me debe unos cuantos favores –explicó–. Conoce a todas las *famiglias* de la región, y averiguará lo que no sepa. Lo primero que haremos será visitarlo.

–¿Insinúas que el ministro de Justicia de Estados Unidos tiene tratos con mafiosos napolitanos?

Battaglia no respondió de inmediato. Luego dijo:

–Tendré que ponerte al corriente. Conocí a Peggy hace casi

diez años, cuando don Donatti me encargó que la matara. Ahora parece evidente que fue Durning quien le encomendó esa misión. Pero estoy seguro de que es el don quien tiene los contactos.

Battaglia echó un vistazo a Gianni y constató su perplejidad. «Qué demonios», pensó. Ese tipo se había metido en aquel lío sólo porque habían sido amigos. ¿No merecía por lo menos saber por qué causa podía morir?

–Será mejor que te cuente el resto –dijo.

Vittorio le refirió toda la historia, y el simple hecho de expresarla y compartirla con alguien le proporcionó cierto consuelo. Entonces, arrastrado por la euforia posterior a la confesión, le explicó que trabajaba secretamente para el gobierno, algo de lo que ni siquiera Peg estaba segura.

–Ahora ya sabes todo –dijo–. ¿O acaso sólo he conseguido desconcertarte aún más?

Gianni sintió cómo el peso del relato lo presionaba. «Todo eso mientras yo pintaba mis cuadros.»

–No me has desconcertado –dijo–. Sólo me has hecho ver la vida egocéntrica y falsa que he llevado todos estos años.

El coche se encontraba detrás de un camión que avanzaba lentamente. Vittorio tocó el claxon, se desplazó al otro carril y lo adelantó.

–No estarás quejándote, ¿verdad? –Gianni no dijo nada–. ¡Por el amor de Dios! –exclamó Battaglia–. Tú has realizado todo lo que soñábamos y más mientras yo nadaba en sangre y me revolcaba en la mierda.

–Me cambiaría por ti ahora mismo.

–Estás loco. ¿No te das cuenta de que estoy de mierda hasta el cuello?

–Ya sé que tu familia tiene graves problemas, es horrible. Pero por lo menos tienes una familia.

Vittorio miró a Gianni. Vislumbró la sombra que atravesaba su rostro y luego desaparecía.

–Leí lo de tu esposa –dijo–. Lo siento.

Gianni asintió con la cabeza. En aquel momento, Teresa y los años que habían pasado juntos parecían remotos. Casi sintió pánico. Luego se recobró.

Permanecieron en silencio un rato. Casi había oscurecido, y la luz crepuscular teñía de rojo el lejano mar.

–Escucha –dijo Vittorio Battaglia–. Hablo con mucha seguridad de recuperar a mi hijo, pero no son más que palabras. Estoy tan asustado que podría vomitar. Sólo lo esconderán durante un tiempo, y luego se acabó. Rebasado cierto límite, les resultaría demasiado peligroso seguir reteniéndolo.

Gianni recordaba lo suficiente de los viejos tiempos para saber que era cierto. Quisieras lo que quisieras, a veces te metías en líos de los que no había forma de salir.

Battaglia suspiró.

–¿Sabes lo que hago para no volverme loco? Te contaré mi secreto. Pienso en lo que haré si esos hijos de puta matan a mi Paulie. Los elimino uno tras otro mentalmente, despacio, regodeándome. Primero me cargo a Henry Durning, luego a Carlo Donatti y después a los demás implicados en este asunto. Así evito gritar y golpearme la maldita cabeza contra la pared.

Siguieron en silencio un buen rato.

–Me alegro de que estés conmigo –dijo Vittorio–. Todavía puedo hablar contigo como con nadie. Peg es lo mejor de mi vida, pero hay ciertos hechos que nunca podría explicarle porque ella nunca los aceptaría o comprendería o me juzgaría por ellos. ¿Me entiendes?

A las ocho y media de la tarde llegaron al centro de Nápoles.

Vittorio se detuvo en una gasolinera, se apeó del coche e hizo una llamada. Volvió al cabo de cinco minutos.

–Nuestro hombre está en casa –dijo–. Se encargará de tener el apartamento vacío para cuando lleguemos allí.

Se dirigieron hacia el norte por la via Santa Rosa.

–¿Quién cree que eres? –preguntó Gianni.

–Un hombre de negocios americano de origen italiano, con buenos contactos.

–¿Y yo?

–Un amigo mío. Anónimo. No te preocupes. Sabe que no le conviene formular muchas preguntas.

–Has dicho que te debía favores. ¿Qué hiciste por él?

–Salvé su vida y la de su esposa.

–¿Cómo debo llamarle?

–De ningún modo. No te lo presentaré.

Vittorio aparcó en una calle escasamente iluminada, a tres manzanas al oeste de la via Santa Rosa. Cruzaron un patio empedrado con guijarros, entraron en el vestíbulo de un edificio y subieron tres pisos en un ascensor reluciente. Vittorio llamó tres veces a la puerta del apartamento 4B, y aguardaron.

Gianni oyó unos pasos lentos y vacilantes y los golpecitos de un bastón. A continuación abrió la puerta un anciano de cabello cano con el porte de un general italiano, que parecía salido de un *casting* cinematográfico.

–Entren, entren. Es un honor.

Tenía una voz ronca de fumador y llevaba un cigarrillo en los labios. Abrazó a Vittorio, estrechó la mano de Gianni y les invitó a pasar a una enorme habitación de techo alto abarrotada de pesados muebles y oscuros óleos. Tal como había prometido Vittorio, nadie se presentó ni se mencionaron nombres.

El anciano los acomodó alrededor de una mesa de salón minuciosamente labrada y escanció tres vasos de vino. Convirtió el acto en una ceremonia. Los aromas de la cena de aquella noche todavía permanecían en el aire.

Los tres probaron el vino y dejaron los vasos sobre la mesa. Entonces Vittorio Battaglia habló.

–Necesito su ayuda, amigo mío. Tengo un hijo, un niño de ocho años, ayer se lo llevaron.

El anciano tenía una frente amplia, en que se veían las venas. Gianni advirtió que una de esas venas empezaba a palpitar.

–¿Que se lo llevaron?

–Raptado, secuestrado.

–Ah. ¿Y quién lo secuestró?

–No lo sé. –Battaglia hizo una pausa para encender un cigarrillo–. Se vio a cuatro hombres, forasteros, entrar en Positano en coches separados, uno detrás del otro. Dos de esos hombres capturaron a mi hijo, que estaba solo en la orilla del mar, y desaparecieron. Los otros se presentaron en mi casa para matarnos a mi esposa y a mí. Pero gracias a la ayuda de este amigo mío, nosotros los matamos a ellos.

El anciano asintió lentamente con la cabeza.

–¿Y acabaron en el fondo de un barranco, cerca de Ravello?

–¿Los han encontrado?

–Lo han anunciado en las noticias de esta noche. Todavía no los habían identificado. La explosión y el fuego no dejaron mucho que identificar.

–Me llevé sus carteras –dijo Vittorio–. Se llamaban Sal Ferrisi y Frank Bonotara. –El anciano no dijo nada–. ¿Los conoce? –preguntó Vittorio.

El viejo miró a los dos hombres que estaban sentados delante de él, asustado de pronto de que se hallaran en su casa. Gianni Garetsky comprendió su temor y el razonamiento que lo originaba. Su simple presencia allí podía significar su muerte.

–No los conozco personalmente –respondió.

–Pero ¿ha oído hablar de ellos? ¿Sabe quiénes son? –El anciano asintió con la cabeza y la ceniza del cigarrillo le cayó en la camisa. No pareció percatarse–. ¿Son mafiosos de la región? –inquirió Vittorio.

–No exactamente de la región.

–¿De dónde?

El anciano bebió un poco de vino. Tenía la mirada perdida y parecía no haber oído la pregunta.

–¿De dónde? –repitió Vittorio.

–De Sicilia.

–¿De qué ciudad de Sicilia?

El rostro del anciano se relajó. Sentado en su butaca, daba la impresión de que había menguado, y su aspecto ya no era tan marcial. Miró a Battaglia con ojos suplicantes, pero el rostro de Vittorio parecía de piedra. Mientras contemplaba la silenciosa lucha de aquel hombre, Gianni se sorprendió compadeciéndose de él.

–De Palermo. –La respuesta fue poco más que un ronco susurro.

–¿Para quién trabajaban? –preguntó Vittorio–. ¿Quién pudo encomendarles una misión así?

–¿Sabe lo que está preguntándome?

Vittorio no contestó. Una mosca zumbó por la habitación, y el anciano la siguió tristemente con la vista. Cada vez estaba más aletargado. Entonces algo despertó en él, y Gianni advirtió que el hombre se recuperaba a fuerza de pura voluntad.

–Estoy en deuda con usted –dijo–. Pero lo que está haciendo es apuntarme con una pistola cargada y pedirme que apriete el gatillo.

–Nadie nos ha visto entrar aquí, nadie nos verá marchar y nadie sabrá jamás quién nos lo dijo.

–A menos que capturen a uno de ustedes dos con vida. Entonces no tardarán en averiguarlo.

–Eso no entra en nuestros planes.

–El hombre propone, y Dios dispone –replicó el anciano.

Vittorio lo miró fijamente, con severidad. Gianni tuvo la impresión de que durante un minuto no se oyó absolutamente nada en la habitación, en el edificio, en toda la ciudad de Nápoles.

–Está poniéndome en un aprieto –dijo Vittorio por fin.

El anciano alargó el brazo para coger la copa de vino. Al levantarla le temblaba tanto la mano que tuvo que depositarla otra vez sobre la mesa sin haber bebido.

–Aún peor –añadió Vittorio pausadamente–, está manchando su propio honor. Y usted es demasiado buena persona para hacer eso. Debería avergonzarse.

El anciano intentó tragar, pero no consiguió reunir suficiente saliva para hacerlo.

–¿Qué edad tiene usted? –preguntó Vittorio.

El hombre parecía sorprendido.

–Setenta y nueve años.

–Mi hijo ni siquiera ha cumplido nueve.

El anciano miró fijamente a Vittorio, y su mirada encerraba el peso de su edad y su fragilidad.

–¿Y eso hace que su vida sea más valiosa que la mía? ¿Cree usted que porque sea viejo se me puede tirar a la basura?

Todos comprendieron que Battaglia había dicho precisamente lo que no debía. Su comentario quedó en la habitación como una rata muerta, enrareciendo el aire y a los tres hombres que lo respiraban.

–Lo siento –dijo Battaglia–. Le pido disculpas. –Su semblante reflejaba cansancio–. Estoy desesperado. Esta situación me vuelve cruel y estúpido. No quería decir eso.

–Sí quería decirlo –replicó el anciano–. Se ha limitado a ser sincero. ¿Quién puede recriminárselo? Usted quiere a su hijo y vendería sin pensárselo a diez viejos chochos como yo para salvar su vida. –Suspiró–. Es una de las cosas que ocurren cuando envejeces. En lugar de volverte más inteligente, te vuelves más cobarde. Es una estupidez. Cuanto menos tienes que perder, más te preocupa perderlo. Y tenía razón al decir que debería avergonzarme. Hace unos años habría sido incapaz de comportarme de forma tan desagradable. –Hizo una ligera inclinación de la cabeza–. Soy yo quien le pide disculpas.

Esta vez consiguió beber el vino. Gianni miró la mano del anciano, una mano vieja, con la piel manchada y agrietada, en la que se marcaban los huesos; de pronto parecía fuerte.

–Al cuerno con esa miseria –dijo el anciano–. El *boss* que está buscando, quien envió a esos hombres, es don Pietro Ravenelli. Vive en una mansión a unos diez kilómetros al oeste de Palermo, cerca de la carretera costera que conduce a Punta Raisi. Les deseo suerte a usted y a su chico. Me alegro de tener setenta y nueve años y no nueve. ¿Quién iba a querer pasar otra vez por todo eso?

Estaban de nuevo en el coche, saliendo de Nápoles.

–Ya no soy el que era –comentó Battaglia sin emoción–. Sólo espero que no acabemos pagando por eso.

Gianni lo miró.

–¿A qué te refieres?

–Si fuera listo, le habría metido una bala en la frente antes de irnos.

–¿Por qué? Te ha proporcionado la información que querías.

–Sí. Pero existe la posibilidad de que llame a Ravenelli para cubrirse las espaldas.

45

Henry Durning despertó en la suave luz del amanecer, contempló el rostro dormido de Mary Yung sobre la almohada, y sonrió. No había sido otro sueño improbable y salvajemente erótico.

«Duerme –pensó– con la total inocencia de los jóvenes, los puros y los muertos. Aquí, en mi cama.»

Sonó el teléfono que había en la mesilla de noche. El sonido activó en él una maraña de nervios. Nadie llamaba a las 6.10 de la mañana para nada bueno. Entonces recordó que en Italia eran seis horas más tarde y descolgó el auricular.

–¡Hank! –dijo la voz de Brian Wayne.

–¿Qué ocurre?

–Enciende el televisor, deprisa. Neal Hinkey saldrá dentro de un momento.

Durning advirtió que Mary Yung se despertaba a su lado.

–¿Quién demonios es Neal Hinkey? –preguntó.

–El hijo de John Hinkey. Por lo visto trabaja para su padre. No me gusta como huele este asunto, Hank. Te telefonearé cuando haya terminado.

El director del FBI colgó el auricular.

Durning apretó el interruptor del mando a distancia del televisor de su dormitorio. Luego besó a Mary en la mejilla.

–Buenos días –dijo–. Estás guapa hasta cuando duermes, algo que casi nadie consigue.

La pantalla mural se encendió, y Durning vio a un joven delgado y de aspecto nervioso sentado junto al comentarista de la CNN.

–¿Siempre empiezas el día con la caja tonta? –preguntó Mary Yung.

–No. La detesto, pero tengo que ver este programa.

El ministro subió el volumen cuando el presentador comenzó a hablar. Era evidente que no se trataba de la típica entrevista con formato de preguntas y respuestas, sino más bien de una información de última hora bajo la forma de un comunicado preparado.

El comentarista presentó a su invitado como Neal Hinkey, hijo y socio de John Hinkey, el famoso abogado de Washington. Se disponía a hacer una declaración que podría acarrear graves consecuencias.

Con sólo oír aquello, Durning supo al instante que algo malo se avecinaba y lo aceptó. ¿Qué otra cosa podía hacer, al menos de momento?

Hinkey habló con una voz joven apagada por la emoción. Estaba allí, informó a una audiencia televisiva de varios millones de personas, porque su padre y una mujer que había solicitado sus servicios y era además íntima amiga suya llevaban más de tres días desaparecidos y se les daba por muertos.

La voz del joven se quebró al pronunciar la palabra «muertos», y se tomó un momento para recuperar el aplomo. A continuación explicó que su padre le había dejado instrucciones de qué debía hacer si algo le sucedía, y que en esos momentos él estaba cumpliéndolas. Dijo que aparecía en la televisión nacional esa mañana para hacer públicos los hechos del caso antes de que éstos fueran enterrados por la misma estructura de poder corrupta que había enterrado a su padre y su cliente. Dicho esto, Hinkey entró en detalles.

La misteriosa desaparición de cinco agentes del FBI, el descubrimiento de tres cuerpos, los inútiles esfuerzos de la señora Beekman para averiguar qué le había ocurrido a su marido, el secretismo del FBI...; todo surgió ladrillo a ladrillo hasta edificar una sólida acusación. Y cuando se desveló que cada uno de los agentes desaparecidos tenía asignada una misión especial dirigida por el director del FBI en persona, ya no fue posible negar que algo olía a podrido.

Durning miró de soslayo a Mary Yung y vio que lo observaba. Sus ojos se encontraron y sostuvieron la mirada, y de pronto les pareció que había pocas cosas que el uno no supiera del otro.

Hinkey proseguía con su recital de injusticias, pero ellos ya no le prestaban atención.

–Supongo que ahora se te complican las cosas, ¿no es así? –comentó Mary.

Durning le cogió la mano y casi sintió que la serenidad de ella fluía hacia él. Pero ¿a cuántos de aquellos tres agentes muertos que habían sido enviados para interrogarla había asesinado ella misma? No importaba. Ellos la habrían matado si no lo hubiera hecho. Lo que más le gustaba de la joven era que no mostraba ningún placer por el giro que tomaban los acontecimientos. En todo caso parecía más cariñosa y cálida. Señor, ésa sí tenía clase; hasta con la pistola cargada.

–Se complican mucho –reconoció.

–¿Podrás controlar la situación?

–Lo intentaré, desde luego.

–Tienes mucho que perder.

–No más que cualquier otro. –Durning se encogió de hombros–. Todos nos vamos igual: desnudos y solos.

Durning se puso un batín y se excusó. Quería llamar a Brian Wayne desde el teléfono privado del estudio de la planta baja antes de que su amigo volviera a llamarlo.

Marcy contestó al tercer timbrazo. Era evidente que estaba llorando.

–No lo entiendo –dijo, entre sollozos–. Es tu mejor amigo. ¿Cómo has podido hacerle esto?

El hecho de que al parecer Marcy estuviera al corriente de todo era el segundo impacto que Durning recibía aquella mañana. Necesitaba cerciorarse.

–¿Cómo he podido hacerle qué? –preguntó.

–Ha hecho tanto por ti, y tú le has arruinado con tu egoísmo. Le has arruinado. –Se deshizo en sollozos.

–Nadie se ha arruinado. Hay formas de controlar esta situación. Tranquilízate, Marcy. Brian necesita apoyo, no histerismos. Ahora deja que hable con él, por favor.

El director del FBI tardó un rato en atender la llamada.

–Siento lo de Marcy –dijo–. Está...

Durning le interrumpió.

–¿Cuándo le hablaste de mi participación en este asunto?

–No lo sé –respondió Wayne torpemente–. No te preocupes, se calmará.

–No estoy preocupado. Hemos de apagar este fuego antes de que prenda. Sé perfectamente cómo hay que actuar. Durning hizo una pausa–. ¿Cómo estás?

–He tenido unos minutos un poco malos, pero ahora estoy bien.

–Estupendo. Ahora escucha con atención. Iremos a tu casa de la playa. Marcy también. Quiero que estemos todos incomunicados hasta que hayamos hablado y aclarado todo. Telefonea sólo a tu secretaria para explicarle que pasarás el día en Cove Point y pedirle que cancele todas tus citas. Y asegúrate de que no lo comenta a nadie. Sólo nos faltaría que toda la prensa de Washington nos persiga hasta allí. Y por el amor de Dios, amordaza a Marcy y aléjala del teléfono. ¿Entendido?

–Sí.

–Entonces nos encontraremos allí dentro de un par de horas. No sucederá nada, Brian. Conduce con cuidado.

El ministro colgó el auricular y efectuó otras dos breves llamadas: una a su secretaria, para anular los compromisos del día, y otra a Tommy, para comunicarle que no utilizaría la limusina.

Mary Yung estaba en la cabina de la ducha. Durning se quitó el batín, abrió la puerta sin hacer ruido y entró en la cabina.

¿Alguna vez había prometido tanto un cuerpo? Sin embargo no se trataba sólo de eso. Se había excitado antes de tocar a Mary. La tensión, el miedo, la emoción de la última media hora habían contribuido a ello.

«Sigo siendo un adicto a las crisis.»

Las cosas que le excitaban. Y allí estaba ella para satisfacer sus necesidades, con el calor del chorro humeante y los labios y las manos de Mary, suaves, deslizantes, resbaladizas, y sus propias manos sobre las dos esferas perfectas del trasero de la joven para levantarla y penetrarla allí mismo, mirando sus ojos, en que se veía reflejado.

Entonces aguantó y recorrió con ella espacios abarrotados de los cuerpos de cinco agentes muertos, la viuda asesinada de uno de los agentes y el también asesinado abogado de la viuda, y la súbita presencia viva del hijo del abogado, que incluso en ese momento estropeaba todo.

Durning sintió que dentro de ella latían las sensaciones. Notó que la conmovían cosas que a él se le escapaban, de las que él era poco más que un pensamiento errabundo, simplemente alguien a quien ella podía utilizar. Como él la utilizaba a ella; como se utilizaban mutuamente.

Mary, con los ojos muy abiertos, claramente sorprendida, le acarició las mejillas.

–¿Por qué lloras?

–¿Y tú?

–Porque los humanos somos horribles. Y nosotros somos dos de los peores.

–Quizá podamos mejorar –dijo él.

–Sería maravilloso. –Lo miró fijamente, y añadió–: ¿Por qué no empezamos salvando a ese niño?

Henry Durning tomó todos los atajos que conocía. Y condujo deprisa, aunque no tanto como para arriesgarse a que lo pararan por exceso de velocidad. No quería tener ningún contacto con la policía en aquel viaje.

Y durante gran parte del trayecto, cuando sus pensamientos deberían haberse centrado en lo que le depararía el futuro inmediato, pensó en Mary Yung.

Antes de marcharse le había entregado una llave de la casa.

–Es para ti –dijo–, como la casa y cuanto hay en su interior.

–¿Hasta cuándo?

–Hasta que tú quieras.

–Eres un hombre muy generoso.

–No. Soy un hombre muy egoísta. Cuando estoy cerca de ti sólo pienso en mis propias necesidades, en lo que más deseo.

–Como todo el mundo.

Durning tardó una hora y diecisiete minutos en llegar a la casa de la playa de los Wayne, con vistas a la bahía Chesapeake. Hacía tantos años que frecuentaba aquel lugar que era como si le perteneciera.

Marcy y Brian todavía no habían acudido, tal como él había supuesto. Marcy era muy poco puntual y ese día tenía buenos motivos para serlo aún menos.

Durning estacionó el coche en el camino de grava y echó un vistazo alrededor. La casa, que había pertenecido a la familia de Brian desde hacía cuatro generaciones, era modesta, pero las cuarenta hectáreas del terreno en que se alzaba valían millones. Ofrecía la clase de intimidad que era imposible encontrar en la costa, sin ninguna otra vivienda cerca y con unas vistas de la bahía por las que los inmobiliarios habrían vendido de buen grado su alma.

El ministro encontró la llave en el sitio habitual, debajo de una piedra junto al farol de la entrada. Abrió la puerta y entró en la casa.

El armario de las armas se hallaba en el estudio, y la llave colgaba de un clavo en la pared que había detrás. Durning cogió una escopeta de dos cañones de calibre 12. Estaba limpia y engrasada. Brian siempre había cuidado meticulosamente sus armas. En el ejército llamaba a su carabina su «mejor amiga». Durning abrió la escopeta, la cerró, y luego volvió a abrirla.

La munición se guardaba en un cajón junto al armario de las escobas, y Durning encontró una caja de cartuchos de calibre 12. Introdujo dos en las cámaras de la escopeta y cerró la recámara. Luego dejó la caja en su sitio, se dirigió a un dormitorio de la planta baja, junto a la cocina, y escondió el arma detrás de la ropa de uno de los armarios.

Permaneció allí de pie un rato, escuchando el murmullo de la nevera, los motores de un avión que sobrevolaba la zona y el graznido de los cuervos en unos árboles cercanos.

Se preguntó cómo había podido acabar así. En realidad no era ningún misterio; lo sabía. Una cosa conducía a la otra y te hundías cada vez más hasta que parecía que cuanto más luchabas, más te hundías.

El tema de John Hinkey era preocupante. ¿Quién podía haber sospechado que había informado de todo a su hijo? ¿Quién sabía siquiera que tuviera un hijo?

Resultaba bastante fácil ver toda la progresión desde allí... con el nombramiento de un fiscal especial y el espectáculo paralelo de los medios de comunicación que seguiría, y Brian desmoronándose inevitablemente, haciendo una confesión detallada, y arrojándolo a los leones.

«Por tanto ¿qué otra opción tengo? ¿Volarme la tapa de los sesos? ¿Pudrirme lentamente en la cárcel?»

Eso significaba que no tenía alternativa. Quizás otros la tuvieran, pero él no; él nunca. Había establecido firmemente esa faceta de su naturaleza diez años atrás, cuando decidió encubrir un asesinato accidental con su primer asesinato deliberado. Aquél fue el momento crucial. Eso fue lo que lo programó para todo lo que ocurrió después. Lo demás fue sólo cuestión de pulsar los botones adecuados y entretanto los cadáveres iban amontonándose.

Mientras pensaba en aquello le sobrevino el mareo, súbita e inesperadamente. Estaba de pie, meditando en silencio, y al cabo de un momento vomitaba en el fregadero de la cocina. Jamás se había mareado de aquella forma. Era como si lo abandonara lo poco de bueno que le quedaba después de tantos años. Fue una disolución, una revuelta final de las células. Sólo el instinto le ayudó a no derrumbarse.

El momento pasó; puso la cabeza debajo del grifo y se limpió.

Durning estaba bebiendo whisky y escuchando un *étude* de Chopin en el salón cuando vio el Buick enfilar el camino y aparcar delante de la casa. Miró por la ventana y observó cómo se apeaban del coche. Marcy hablaba sin parar mientras se enjugaba los ojos con un pañuelo. Brian tenía la mirada perdida.

Durning se levantó para saludarlos cuando entraron. Besó a Marcy en la mejilla, abrazó a su amigo, y ofreció a cada uno un martini helado. Era la casa de los Wayne, pero él, como invitado, se había adueñado de ella. Sin perder más tiempo con cumplidos, abordó la cuestión.

–Lo peor fue la conmoción inicial –dijo Durning–, y eso ya ha pasado. –Dirigiéndose a Brian, añadió–: ¿Sabías que Hinkey tenía un hijo que trabajaba para él?

El director del FBI negó con la cabeza.

–Sólo lo vi aquella vez en mi despacho, y no lo mencionó.

Marcy se había echado a llorar otra vez.

–¿Qué habrías hecho si Brian lo hubiera sabido? –preguntó a Durning–. ¿Ordenar que mataran al hijo de ese hombre también? ¿Y qué me dices de otros posibles socios de su bufete? ¿O lo habrías solucionado poniendo una bomba en sus oficinas y librándote de todos a la vez?

Durning miró a Brian Wayne.

–¿Qué más le has contado?

Wayne bebió un poco de martini y no contestó.

–Ojalá me hubiera explicado más cosas –intervino su esposa–. Habría gritado tan fuerte que ninguno de estos desastres habría ocurrido. –Se mordió el labio para detener su temblor–. ¡Amistad! Te juro que la próxima vez que oiga esa palabra escupiré.

Por primera vez las miradas de Wayne y Durning se encontraron, y algo pasó entre ellos dos, algo que los dos comprendían y la esposa de Wayne nunca podría entender.

–Marcy, por favor –dijo el director del FBI–. Lo hecho, hecho está. No hemos venido aquí para hacernos recriminaciones.

Ella bebió medio martini de un solo trago. Luego respiró hondo y miró fijamente a su marido.

–Te diré una cosa –dijo con tono tranquilo y frío–: odio a tu amigo Henry Durning y detesto lo que te ha hecho durante todos estos años. Es calculador y egoísta y no le importa si tú o yo o cualquiera vive o muere con tal de conseguir lo que se propone. Tú le consientes todo porque una vez te salvó la vida y desde entonces le has rendido homenaje y besado el culo. Eres el hombre más ético que conozco y sin embargo, cuando él te pidió que te traicionaras a ti mismo y a tu oficina por un motivo que ni siquiera te explicó, sacrificaste las vidas de cinco de tus agentes sin pestañear.

El director del FBI cerró los ojos como si el dolor lo abatiera.

–Marcy, por el amor de Dios...

–¡No me vengas con pamplinas! –atajó ella–. Y luego, después de ordenar el asesinato de otras dos personas para encubrir las cinco primeras muertes y de que todo este lío asqueroso explotara en tu cara, y no en la suya, tuvo la desfachatez de reprocharme mi histerismo. –Se volvió hacia Henry Durning–. Pues bien, señor ministro de Justicia de Estados Unidos –susurró, con la mirada severa y la voz y el rostro fríos como el hielo–, ni siquiera has empezado a verme histérica. Porque si crees que voy a quedarme tranquilamente sentada presenciando cómo crucifican a mi marido y tú sales indemne, no eres tan inteligente como pensaba.

Guardaron silencio. Durning y Wayne intercambiaron una

mirada extraña, casi embarazosa. Marcy no miró a ninguno de los dos. Se limitó a apurar su martini sin moverse del sitio. A continuación, contoneándose exageradamente, se dirigió hacia el otro extremo de la habitación y empezó a prepararse otra copa.

Durning cogió a su amigo por el brazo.

–Olvida todo eso –dijo–. Son malos momentos para todos. Tal vez sería mejor que habláramos a solas unos minutos y aclaráramos un par de cosas.

Con la mano todavía sobre el brazo de Wayne, Durning lo guió hasta el dormitorio como si su amigo fuera ciego y entró detrás de él. Wayne ni siquiera tuvo ocasión de girarse. Durning movió la culata de la pistola una sola vez, asestándole un golpe firme y certero en la cabeza que hizo caer a Wayne sin hacer el menor ruido. Fue como si se doblara sobre sí mismo hasta desplomarse.

El ministro se quedó mirando a su amigo. La calma con que contaba Durning parecía frágil, y no quería hacerla peligrar. Bastaba con permanecer allí un momento para asimilar la situación.

Cuando regresó al salón, Marcy, que había terminado de preparar su segundo martini, se hallaba de pie junto a una ventana, mirando hacia el exterior y bebiendo. Durning se acercó a ella sigilosamente.

Debió de oírle, pero no se volvió hasta que estuvo junto a ella. En el momento en que él daba el último paso, con el brazo levantado, Marcy se giró, y su intensa mirada le hizo vacilar y perder el coraje; hasta que el ruido del vaso de Marcy al estrellarse contra el suelo de madera lo liberó de los ojos de ella y fue capaz de golpearla.

«Nunca sospeché que me odiara tanto», pensó, y la llevó junto a su marido. Tendió a ambos sobre la cama, actuando con rapidez. Todo daba vueltas, como en un sueño. Los rostros de los Wayne parecían tranquilos, y lo contemplaban desde su propia oscuridad.

Durning se enfundó un par de guantes de goma que encontró en la cocina, sacó la escopeta del armario y limpió el arma y los cartuchos de huellas dactilares.

El resto era cuestión de férrea disciplina.

Aparte de todo lo demás, había ciertos detalles que considerar de un presunto asesinato–suicidio. A veces la víctima asesinada consentía con el crimen, otras no. En este caso, cualquiera de las dos opciones era posible. Los cartuchos de escopeta producían mayor estropicio que las balas de fusil, pero también suponían un par de ventajas. Si se disparaba de cerca, el resultado era previsible, se descartaban las posibles e inoportunas pruebas de que las víctimas hubieran recibido golpes en la cabeza antes de los disparos.

Al fin y al cabo, de algo servía a Durning haber sido fiscal.

Muy bien. Primero se encargó de Marcy, por supuesto; sintió un tirón en el brazo con el culatazo, y quedó por un momento sordo y mudo a causa de la detonación en un espacio tan pequeño.

«¡Madre mía!»

Con la boca seca, luchando de nuevo contra la náusea, Durning colocó cuidadosamente la escopeta sobre el pecho de Brian, la boca del cañón debajo de su barbilla, la mano izquierda alrededor del doble cañón y la mano derecha sobre el gatillo. Acto seguido, arrodillándose junto a la cama, Durning inclinó la cabeza y se apartó cuanto pudo mientras apretaba el pulgar de Brian contra el gatillo hasta que explotó el segundo cartucho.

Permaneció arrodillado, sin moverse ni comprobar el resultado, limitándose a respirar el olor a pólvora como si fuera un nuevo antídoto contra la muerte. Le acometió una pena abrumadora para la que no estaba preparado.

«Fuimos amigos y fuimos jóvenes.»

Sin embargo, se decía que la mejor forma de morir era junto con un ser querido. ¿Y cuántos conseguían morir así?

Ciñéndose a su disciplina, Durning dedicó quince minutos a limpiar las huellas dactilares de todos los objetos que había tocado. Barrió los trozos de la copa rota del suelo del salón y los arrojó en un cubo de basura que había en el patio trasero. Lavó la copa que había utilizado él y la colocó en el mueblebar.

Antes de marcharse, cerró los ojos y sintió que unas frías y tranquilas aguas fluían a través de él.

Emprendió el regreso a casa.

46

Don Carlo Donatti mantenía una duradera aventura amorosa con su vida. La adoraba. Cada día la veía con ojos nuevos y más agradecidos. Eso le hacía parecer y sentirse más joven de lo que era.

Esa mañana desayunaba en la terraza de su casa de Sands Point. La vivienda tenía vistas al brazo de mar de Long Island, y el don contemplaba las hectáreas de césped perfectamente segado que se extendía hasta el agua, los árboles en que quedaba atrapada la primera luz del sol, el cielo de un azul celeste tan puro como los que había visto sobre el Mediterráneo. Y saboreaba cuanto veía porque Donatti no daba nada de lo que poseía, nada de lo que lo rodeaba por hecho. Sabía que no tenía por qué ser así; ni su magnífica casa, ni el respeto y el poder de que disfrutaba, ni el altísimo cuartel general de la Galatea Corporation, en el *midtown* de Manhattan, donde pasaba la mejor parte de sus días y sus años. En cierto modo, la torre de oficinas se había convertido en el símbolo principal de su buena vida, de su largamente ansiada y creciente legitimidad. En los días despejados, con la luz adecuada, divisaba a veces las más altas de sus agujas, las veía relucir incluso desde su casa. Y de pronto todo eso peligraba.

El mero hecho de pensarlo aguó el buen humor de Carlo Donatti, hizo brotar gotas de sudor de su frente y su labio superior. Y bastaba un solo hombre con una caja fuerte para provocarle aquello, pues ésta podía resultar más peligrosa, porque aunque Henry Durning muriera, la caja continuaría arruinando a Donatti, enviándole a la cárcel, arrebatándole cuanto le importaba, obligándolo a desfilar el resto de sus días con los pies encadenados.

¿Quién podía haber sospechado algo así? Y todo por culpa de algo que había ocurrido casi diez años atrás, o mejor dicho, de algo que no había ocurrido. Durning quería matar a una mujer; Donatti creía haberlo hecho en nombre de Durning, y ahora, una década después, se enteraban de que ella estaba viva, mientras otros muchos morían sin más motivo que el hecho de que aquella mujer todavía respiraba en alguna parte.

«Una mujer de armas tomar», se dijo Carlo Donatti.

Contempló unos pájaros que se habían reunido en torno a uno de los comederos que se esparcían por los jardines. Tomó una segunda taza de café, pensando en la mujer con quien Vittorio Battaglia, uno de los mejores hombres que jamás había tenido, decidió desaparecer casi diez años atrás.

Teniendo en cuenta la reputación de Vittorio con las mujeres, debía de tratarse de alguien muy especial, y teniendo en cuenta la necesidad de Durning de matarla, también debía de ser muy peligrosa. «Por lo menos para Henry Durning», dedujo Donatti.

Entonces don Carlo Donatti se preguntó por qué nunca antes se le había ocurrido aquello. Ahora reflexionaba sobre ello, dejando que el concepto derivara por su mente mientras él se deleitaba con las maravillosas posibilidades que aquello le abría.

Donatti siguió pensando en Peggy Walters mientras apuraba su café y se desplazaba al *midtown* de Manhattan en uno de los tres Lincoln idénticos que utilizaba para confundir a sus enemigos. Y continuaba pensando en ella cuando se sentó detrás de su monumental escritorio en lo alto del Galatea Building como un hombre que finalmente ha llegado al principio o al final de algo.

Peggy Walters llevaba ya más de un día entero sola en lo que denominaban su «refugio» sin recibir noticias de Vittorio. Y cada minuto que transcurría se convencía más de que el hecho de no tener noticias de él era ya en sí una mala noticia. Ella sabía mejor que nadie que si su hijo Paulie era asesinado durante los próximos días, ella era la única culpable.

Sin embargo, a veces albergaba ciertas esperanzas. Después de todo, Vittorio estaba buscando a su hijo. Si había alguien capaz de encontrarlo, era él. Su esposo entendía de esos asuntos.

Para distraerse, repasaba mentalmente todas las pequeñas fases de la esperanza: la búsqueda, el hallazgo, el regreso a casa... Resultaba todo tan real que hasta lloraba de alegría. Era uno de los ejercicios que la ayudaban a conservar la cordura. Otro consistía en mantenerse ocupada. Cocinaba platos que nadie comía, fregaba suelos que ya estaban limpios, recogía flores silvestres y componía interminables ramos hasta que la pequeña casa de piedra parecía un invernadero.

Finalmente, y aunque hasta entonces Peggy Walters no había rezado casi nunca, rezó. Era de noche, y estaba descalza sobre la hierba húmeda, sintiendo la tierra bajo sus pies, con el rostro alzado hacia la oscuridad como suplicando a las estrellas. Suponía que seguramente no se trataba tanto de rezar como de intentar establecer alguna clase de pacto.

«Tómame a mí en lugar de a Paulie, Señor. Nunca encontrarás una ganga mejor, porque nadie trabajará jamás para ti más duro que yo.»

Pero hacer pactos con Dios ¿sería otra forma de blasfemia? Si lo era, ella no pretendía ofenderle. En cualquier caso, estaba regateando con quien no correspondía, porque si quería tomarse aquello en serio, con quien en realidad debía pactar era con el diablo, Henry Durning.

Y así fue como se le ocurrió la idea.

Sin embargo, necesitó una de las peores oleadas de miedo para convencerse de lo que debía hacer. Lo comprendió cuando se dio cuenta de que Vittorio y Gianni tenían muchas probabilidades de acabar muertos si hacían lo que se habían propuesto, y que al final aquello tendría que resolverlo ella sola.

Paulie era su hijo. Fue una decisión así de sencilla. Meditó detenidamente sobre ella en la hierba, en la oscuridad, y le encantó la sensación de calma que la invadió.

Aspiró el frescor nocturno y estudió cómo las montañas se recortaban contra la oscuridad menos intensa del cielo. Toda su reverencia por la vida y todo el amor que profesaba a su hijo y su marido cantaban quedamente dentro de ella. Durante un rato eso la ayudó a que no se sintiera tan sola.

En la casita situada en lo alto de las colinas sicilianas reinaba la calma. Paulie estaba realizando un boceto a lápiz de Domenico, que posaba sentado. Tony, arrellanado en el sofá, hojeaba una revista y bebía cerveza.

Paulie tenía problemas con la boca de Dom. La tenía cerrada, y de esa forma no resultaba natural. Pero así era como la tenía Dom, de modo que así la estaba dibujando Paulie. Las bocas y los ojos eran lo que más le costaba siempre, porque cambiaban continuamente, parecían diferentes a cada momento.

–¿Ahora qué estás dibujando? –preguntó Dom, intrigado por el proceso de reproducir su rostro sobre el papel.

–Tu boca –contestó Paulie.

–Las mujeres dicen que es mi rasgo más atractivo. Aseguran que las enloquece. A ver cómo dibujas esa boca; de ella depende mi futuro.

El chico dibujaba con la misma actitud con que hacía todo lo demás: con serena solemnidad. Le habría gustado disponer de sus pinturas y un lienzo para poder hacer un retrato adecuado, a todo color. En cualquier caso, un lápiz era mejor que nada, y dibujando el tiempo pasaba más deprisa. Además le gustaba la cara de Dom, sus rasgos recios y retorcidos. Era como si su rostro se hubiera partido por la mitad y al volverlo a componer no hubiera quedado perfecto.

Mientras trabajaba en el retrato de Dom, Paulie no dejaba de observar a Tony. Consideraba importante no perderse nada sobre ninguno de los dos hombres. Advirtió que Tony miraba una y otra vez alrededor, incluso mientras hojeaba la revista. Paulie tenía la impresión de que Tony siempre miraba alrededor, a la espera de que algo ocurriera. Incluso cuando estaba muy quieto, sus ojos se movían. El chico suponía que así eran los ojos de los pistoleros, pues había visto muchos en las películas del Oeste, y siempre vigilaban los ojos del enemigo para saber cuándo iba a desenfundar.

–¿Por qué tardas tanto? –se impacientó Dom.

–Esto no es tardar. Leonardo da Vinci tardó siete años en pintar la Mona Lisa.

–Oye, dentro de siete años estaré muerto.

Cuando terminó el dibujo, Paulie lo entregó al gángster para que lo examinara. Dom rió y meneó la cabeza, maravillado.

–Sí señor, soy yo. Eres un genio, chico. Incluso has dibujado perfectamente mi preciosa boca. –Mostró el retrato a Tony–. Fabuloso, ¿no?

–Justo lo que el mundo necesitaba. Otra cara como la tuya.

–¿Quieres que te haga uno a ti? –preguntó Paulie. Trataba de mostrarse simpático con los dos. Había llegado a la conclusión de que todo iría mejor si conseguía caerles bien y si ellos creían que también le caían bien a él. Así quizá se relajaran un poco y le dieran una oportunidad de hacer algo.

Tony negó con la cabeza.

–Los *carabinieri* ya tienen suficientes retratos míos.

Más tarde, Paulie se sentó todo lo lejos que le permitía su larga cadena de perro y observó cómo Domenico limpiaba y engrasaba su pistola. El niño apreciaba cómo lo hacía, tocando y sosteniendo las diferentes partes como si cada una fuera algo especial. Paulie suponía que todo lo relacionado con un gángster era especial. Bastaba con que sólo una pequeña parte no encajara a la perfección y funcionara mal, para acabar muerto.

Dom levantó la vista y preguntó:

–¿Te gustan las pistolas?

–No lo sé. Nunca he tenido ninguna. No sé nada sobre ellas. –Y a modo de explicación añadió–: Sólo tengo ocho años.

Dom rió.

–Cuando yo tenía ocho años, ya había matado a tiros a cuatro tipos. –Paulie lo miró con gravedad–. Oye, que sólo era una broma.

El niño permaneció un momento en silencio.

–Si me enseñas a manejar una pistola, yo te enseñaré a dibujar.

–Trato hecho, chico. Así, quizá tú te convertirás en un rico mafioso, y yo me retiraré, y seré un famoso pintor.

La pistola era una automática de 9 milímetros, y Domenico le explicó cómo se denominaba cada pieza y cómo funcionaban, haciendo que el mecanismo del arma arrojara automáticamente cada cartucho vacío después de cada disparo, introduciendo uno nuevo dentro de la cámara y preparando la pistola para disparar de nuevo.

Cuando Paulie hubo asimilado todo esto, Dom le enseñó a disparar.

Tony, sentado, los miraba meneando la cabeza.

–No puedo creer lo que ven mis ojos.

El chico advirtió el cambio que se produjo en Domenico, la seriedad que adoptaba cuando hablaba y describía cómo manejar el arma. Ahora ya no bromeaba, no le tomaba el pelo ni le trataba como a un crío. Paulie comprendió que Dom quería que él supiera que las armas eran cosas de hombres, no de niños, y que la gente moría por culpa de ellas. Con las pistolas no se jugaba. No se apuntaba a nadie con una si no se estaba preparado para matar a esa persona. Y si había que disparar, existían dos formas, una correcta y otra incorrecta, de hacerlo.

La forma correcta consistía en asegurarse, en primer lugar, de quitar el seguro de la pistola si lo tenía puesto. Luego se empuñaba el arma con ambas manos, se extendían los brazos, se contenía la respiración y se apretaba suavemente el gatillo, sin sacudirlo.

Después de retirar el cargador, Dom le demostró cómo se hacía todo aquello. Por último entregó la automática vacía a Paulie y le animó a que lo intentara él mismo. El chico sintió el peso del arma junto con un súbito temblor en las rodillas. Quitó el seguro, asió la culata con ambas manos, extendió los brazos y apuntó la mira delantera a una grieta de la pared. Contuvo la respiración y apretó suavemente el gatillo.

–¡Pum! –dijo.

Le sorprendió que todo resultara tan fácil.

47

La casa de don Pietro Ravenelli se hallaba donde el anciano de Nápoles había indicado a Vittorio y Gianni: en las estribaciones de las montañas del noreste de Sicilia, unos diez kilómetros al oeste de Palermo, no muy lejos de la carretera de la costa que conducía a Punta Raisi.

Se trataba de una gran mansión de estilo mediterráneo, blanca, con el tejado de tejas de color naranja, un alto muro que rodeaba varias hectáreas de jardines impecables y cuatro vigilantes bien armados que patrullaban el terreno que separaba el muro de la casa. Además se habían instalado focos en lugares estratégicos y un circuito cerrado de televisión cuyas cámaras captaban cualquier anomalía que pudiera escapárseles a los vigilantes.

Estaba a punto de anochecer, y Vittorio y Gianni llevaban cuatro horas estudiando la casa y los jardines, localizando cuanto fuera de utilidad, tomando nota de quién entraba o abandonaba el complejo, y asegurándose, por supuesto, de que Ravenelli no salía de allí.

Apostados cerca de la cima de una colina boscosa, a una distancia de unos trescientos metros, se relevaban para espiar con unos prismáticos de gran alcance. Habían escondido el coche detrás de unos arbustos y a lo lejos, a su derecha, divisaban vagamente el tráfico en ambas direcciones de la carretera de Palermo.

Tras un largo día y una noche sin dormir, viajando, trazando planes y vigilando, ahora se turnaban para tenderse en la hierba crecida y dormitar. No actuarían hasta cerca de la medianoche, y era importante que estuvieran todo lo descansados y despejados que fuera posible cuando por fin entraran. Habría resultado mucho más cómodo viajar en avión y alquilar un coche en el aeropuerto de Palermo, pero llevaban el maletero lleno de armas. Y como habían perdido el último transbordador de la noche que partía de Nápoles, se habían visto obligados a recorrer en coche más de cuatrocientos kilómetros por tierra firme, tomar el transbordador a Messina y conducir otros trescientos kilómetros más hacia el este a lo largo de la costa siciliana hasta Palermo.

Observaron la extensa mansión blanca y esperaron y dormitaron y sintieron la creciente tensión de lo que les aguardaba.

Aproximadamente a las seis de la tarde, dos hombres que habían estado arreglando los setos y los lechos de flores subieron a una vieja camioneta y se marcharon. El ama de llaves, una corpulenta mujer ataviada con un vestido negro, lo hizo una hora más tarde. Llegó un coche para recoger a otra mujer, probablemente la cocinera, poco después de las ocho.

Empezaba a oscurecer y la quietud de la noche enmudecía los sonidos.

Vieron el cálido resplandor amarillento de la casa al encenderse las luces, y el blanco y frío de los focos del exterior. Los vigilantes proyectaban largas sombras al caminar.

–Espero que lo hayas entendido bien –susurró Vittorio Battaglia en la oscuridad–. Un solo sonido de uno de los vigilantes, y no lo contamos. Y mi hijo tampoco. Por eso dispararemos con silenciador a todos, a los cuatro que patrullan fuera y al de dentro, el que controla los monitores del circuito de televisión. –Gianni no dijo nada–. ¿De acuerdo? –preguntó Vittorio.

Gianni Garetsky asintió con la cabeza.

Vittorio inspiró profundamente y exhaló el aire despacio.

Empezaron a pintarse de negro la cara y las manos; ya vestían las camisas y los pantalones negros adecuados.

Poco antes de las once se encendió la luz del dormitorio del segundo piso.

A medianoche saltaron silenciosamente el muro y se dejaron caer entre las sombras de unos matorrales. Vittorio había comprobado con anterioridad que no había cables ni en el muro ni en la casa.

A unos cincuenta metros a su derecha dos vigilantes, armados con ametralladoras, fumaban y charlaban. Deberían haber estado separados y patrullando. Gianni y Vittorio se agazaparon en la oscuridad y esperaron.

Uno de los focos móviles pasó por encima de sus cabezas, y Gianni vio la cámara de televisión, preparada para seguir el movimiento de la luz. Notó que estaba sudando, y su temor le disgustó. «Está permitido», se dijo.

Los dos vigilantes echaron a andar, todavía juntos y hablando. Dado el camino que habían tomado, pasarían a unos dos metros de los arbustos en que Garetsky y Battaglia aguardaban.

–Déjalos pasar –susurró Vittorio–. Luego te encargas del que quede más cerca, y yo me ocuparé del otro. Dispárale en la cabeza. No podemos arriesgarnos a que griten. De manera que no falles, por el amor de Dios.

Gianni se enjugó el sudor de la frente.

Los vigilantes se acercaron, y Gianni y Vittorio apuntaron. Los disparos de los silenciadores produjeron un solo zumbido. Los dos hombres no hicieron el menor ruido; cayeron de bruces y no se movieron. Gianni y Vittorio los arrastraron detrás de los arbustos antes de que el foco y la cámara móviles se aproximaran de nuevo.

Sin apartarse de las sombras, se deslizaron con cautela hasta la parte posterior de la casa. Encontraron a otro vigilante dormido, con la espalda apoyada contra un árbol. Vittorio le descerrajó un tiro en la frente sin despertarlo ni moverlo.

Avanzaron, gateando, en busca del cuarto y último de los vigilantes del exterior. Le oyeron antes de verlo en la parte trasera de la casa. Tarareaba una melodía que Gianni reconoció: el pasaje más lírico del dueto amoroso de *La bohème.* «Italianos», pensó con tristeza.

Vittorio apretó el brazo de Gianni para indicarle que se quedara donde estaba y se dirigió hacia el lugar de donde procedía la voz del vigilante. Momentos después el tarareo se interrumpió súbitamente, y Vittorio emergió de nuevo de la oscuridad.

Se aproximaron a una ventana iluminada de la planta baja, en la parte más alejada de la casa. Era la única luz que había encendida en el interior, y desde la colina no la habían vislumbrado. La ventana, sin cortinas, estaba abierta para dejar entrar el fresco aire nocturno. Un hombre, sentado de espaldas a la ventana, leía un periódico ante una mesa con monitores de televisión, sin prestarles la menor atención.

Vittorio se acercó a la ventana. Apuntó cuidadosamente a la cabeza del vigilante y disparó una vez. Fue suficiente.

«Dios mío –pensó Gianni Garetsky–. Cinco.»

Miró a Vittorio en el reflejo de la luz. Su rostro no expresaba nada, y Gianni se preguntó qué esperaba encontrar allí. Entraron por la ventana abierta, y Gianni dejó de formularse preguntas.

Vittorio iba delante; cruzaron la habitación, recorrieron un corto pasillo y llegaron al recibidor de la casa. Habían comprado zapatillas de deporte con suela de goma en el viaje, y se movían sin hacer ruido por el suelo de baldosas.

En el rellano del segundo piso había una lámpara naranja encendida, y subieron por la escalera iluminados por su luz. Gianni avanzaba en un estado casi febril, con el rostro encendido, mientras las gotas de sudor le resbalaban como si fueran lágrimas.

En el pasillo del segundo piso había cinco puertas, pero sólo una estaba cerrada. Vittorio la abrió, y Gianni entró sigilosamente tras él en la habitación oscura, aspiró el aire impregnado de sexo y accionó el interruptor de la luz.

Una pareja desnuda yacía dormida en una cama de matrimonio. El hombre era corpulento, más bien gordo, de mediana edad, y piel oscura. La mujer era joven, hermosa, y tenía un aire de dulce, casi sagrada inocencia.

Apuntando a la pareja, Gianni y Vittorio esperaron al pie de la cama a que la luz despertara a los amantes dormidos.

Ravenelli fue quien se movió y, tras pestañear un poco, abrió los ojos primero. Miró a los dos hombres con caras y manos pintadas de negro y las pistolas que apuntaban a su cabeza. Se incorporó un poco para verlos mejor. Gianni admiró el autocontrol de aquel hombre, que no emitió ningún sonido y cuyo rostro no revelaba ninguna emoción.

La joven despertó unos segundos después. Lanzó un grito. Luego se dominó y permaneció inmóvil y callada. Parecía una actuación tan deliberada que habría podido confundirse con una representación. Gianni no cometió ese error. Sabía exactamente cuán asustada estaba la chica.

El silencio se apuró hasta agotar el aire. Entonces Vittorio habló:

–¿Sabe quién soy?

El don asintió lentamente con la cabeza.

–Lo que no sé es cómo ha entrado aquí para apuntarme con una pistola en la cabeza.

–Sí, lo sabe.

Gianni observó cómo aquel rostro oscuro se convertía en una lección de dolor controlado.

–Eran cinco hombres excelentes –añadió Ravenelli.

–Si no le importa, lloraré después –replicó Vittorio–. Ahora quiero saber dónde tiene al niño.

–¿Qué niño?

Vittorio disparó sin avisar, sin moverse, y un pequeño agujero apareció en la almohada de la chica, a sólo unos centímetros de su cabeza. La muchacha abrió más los ojos, pero no hizo nada más.

–La próxima vez la mato –amenazó Vittorio–. Probaremos de nuevo. ¿Dónde está mi hijo?

–A una media hora en coche desde aquí. –Habló sin vacilar–. Su hijo se encuentra bien –agregó Ravenelli–. No tiene por qué preocuparse. No somos animales. No nos dedicamos a matar niños. Nunca pensamos causar ningún daño a su hijo. –Vittorio Battaglia lo miró fijamente–. Le doy mi palabra de honor –insistió el don.

El silencio de Vittorio evidenciaba la opinión que le merecía su honor.

Ravenelli se volvió hacia Gianni por primera vez.

–Usted debe de ser Gianni Garetsky. Admiro mucho su obra desde hace años, desde mucho antes de que la descubrieran los críticos. Poseo incluso dos cuadros suyos, que están colgados en el salón. Quizá los haya visto al entrar.

Gianni no dijo nada. Los únicos cuadros que había visto y todavía veía eran las fotografías enmarcadas que adornaban las paredes del dormitorio: antiguas fotografías familiares de niños y ancianos que posaban, serios y tensos, embutidos en trajes de domingo. Se preguntó cuál de los niños que aparecían en las fotografías sería don Pietro Ravenelli.

El don se dirigió a Vittorio.

–¿Quiere oírme hablar por teléfono con su hijo? ¿Cree que eso le hará confiar más en el trato que está recibiendo?

–Lo que quiero es hablar yo con él.

–No creo que sea conveniente para ninguno de nosotros.

–¿Por qué?

–Porque hay dos hombres con él que adivinarían que están amenazándome con un arma en cuanto oyeran su voz. Entonces trasladarían inmediatamente al chico a otro lugar antes de que nosotros llegáramos. Todos saldríamos perdiendo.

Gianni observó a su amigo mientras éste consideraba las palabras del don. Vio cómo Vittorio estudiaba primero el teléfono que descansaba sobre la mesilla de noche, luego al don y su joven amante de aspecto virginal y ojos desorbitados, que yacían desnudos, sin ninguna timidez, y luego de nuevo el teléfono.

–¿Cómo te llamas? –preguntó Vittorio a la chica.

–Lucía. –Era la primera palabra que pronunciaba, y se le atascó en la garganta.

–Lamento que te hayas visto envuelta en esto, Lucía. No sufrirás ningún daño a menos que tu amigo me mienta. Si resulta que lo hace y tú no me avisas, te mataré a ti antes que a él. ¿Entiendes? –La chica asintió con la cabeza–. ¿Me crees capaz de hacerlo?

–Sí.

–Muy bien. ¿Ha dicho don Ravenelli la verdad hasta ahora?

Lucía reflexionó un momento.

–Por lo que yo sé, sí. Pero es posible que Pietro no me haya contado todo. Sería injusto culparme por eso.

–Lo que está ocurriéndole a mi hijo es aún más injusto. –Vittorio miró a Ravenelli–. ¿Dónde hay un supletorio por el que pueda escuchar?

–En la habitación contigua, a su derecha.

–Vigílalos bien –dijo Vittorio a Gianni, y fue a oír la voz de su hijo.

Oyó cinco timbrazos y luego una voz masculina contestó.

–¿Quién eres? –preguntó el don–. ¿Tony o Dom?

–Soy Tony, don Ravenelli.

–¿Va todo bien?

–Sí, todo va bien.

–¿Algún problema con el niño?

–Ninguno, don Ravenelli. Ahora mismo duerme como un ángel.

–Estupendo. Despiértalo y dile que se ponga al teléfono. Quiero hablar con él.

–¿Ahora?
–No. La semana que viene. Dile que se ponga.
–Perdone, don Ravenelli. Voy a buscarlo.
Mientras esperaba, Vittorio apretó el auricular con tanta fuerza que empezaron a entumecérsele los dedos. Luego oyó una vocecilla soñolienta que saludaba y sintió que algo se deshacía dentro de él.
–Perdona que te despierte, Paul –dijo Ravenelli–. Sólo quería asegurarme de que Dom y Tony te tratan bien.
–¿Es usted el gran jefe?
Ravenelli rió.
–No sé lo grande que soy, pero sí, soy el jefe.
–Dom y Tony me tratan bien, pero quiero irme a casa. ¿Cuándo podré marcharme a casa?
–Muy pronto.
–¿Qué significa eso?
–Quizá dentro de un par de días. Quizás antes.
–¿Se lo dirá a mis padres para que no se preocupen?
–Claro que sí.
–¿Ellos también están bien?
–Perfectamente.
–Muy bien –dijo el niño.
A continuación Vittorio oyó cómo se cortaba la comunicación. «Mi hijo», pensó, y por primera vez desde hacía varios días consiguió permitirse conscientemente el lujo de la esperanza. Sin embargo, se trataba de un asunto muy delicado, y caminó con precaución al volver a la habitación contigua por temor a estropearlo.
Cuando entró en el dormitorio de don Pietro Ravenelli, el cuadro de tres figuras no había variado.
–Déjeme explicarle algo –dijo el don–. Yo no he organizado toda esta operación. No es más que un favor que me he visto obligado a hacer para complacer a don Carlo Donatti, y ese favor ya me ha costado siete de mis mejores hombres y mucha dignidad. De modo que no tiene que preocuparse por mí. Me alegro de poder poner fin a toda esta triste historia ahora mismo.
Vittorio Battaglia asintió con la cabeza.
–Estupendo. Ahora usted y Lucía pueden vestirse, y yo haré que se alegren todavía más.

48

Paulie había regresado a la cama, pero no se había dormido, ni mucho menos. Su mente estaba demasiado atareada intentando encontrar un sentido a aquella llamada telefónica, intentando desentrañar su significado, pues de lo único que estaba convencido en aquel momento era de que debía significar algo.

¿Por qué iba a llamar el gran jefe de madrugada y ordenar que se pusiera al teléfono sólo para preguntarle si Dom y Tony le trataban bien? Como si al jefe le importara el trato que le dispensaban.

Incluso la promesa de que en un par de días volvería a su casa no podía ser más que una mentira, pues de lo contrario Dom habría hecho algún comentario al respecto; Tony no, pero Dom sí, sin duda. Sin embargo, cuando Paulie se lo preguntó después, Dom respondió que no sabía nada.

Y luego, después de que Tony colgara, se produjo toda aquella agitación; éste y Dom empezaron a discutir, y Tony telefoneó a alguien y gritó a su interlocutor. Por desgracia, durante todo ese tiempo la puerta del dormitorio de los hombres estuvo cerrada, y Paulie no pudo oír qué decían. Todavía discutían, y el chico veía la rendija iluminada debajo de la puerta, lo que significaba que ni siquiera se habían planteado volver a dormir.

Cuando no pudo soportarlo más, se levantó de la cama y arrastró su larga cadena hasta el salón. Quería acercarse más a la puerta del dormitorio de Tony y Dom para conseguir oír algo.

El niño no llegó hasta la puerta. No pasó del voluminoso sofá en que Dom había estado dormitando antes. Fue allí donde vio la automática del gángster con la funda y el cinturón, medio escondida debajo de un cojín del sofá.

Se quedó paralizado un instante, y una sensación fría le recorrió el estómago. Entonces, sin apenas respirar, cogió la pistola, la funda y el cinturón, se dirigió a su cama y se metió debajo de la sábana con ella.

Paulie ya no tenía frío. De pronto había comenzado a sudar. Había pasado de respirar con dificultad a tragar grandes bocanadas de aire. Se sentía aturdido, y los objetos daban vueltas alrededor de él. Cerró los ojos y permaneció tendido sin moverse hasta que se sosegó. Entonces pudo pensar.

Sólo necesitaba la llave de las esposas que unían la larga cadena a su tobillo. Tony la llevaba siempre en los pantalones, que estaban con el hombre en el dormitorio. En una ocasión Paulie había visto en una película a un tipo abrir unas esposas de un tiro, pero él no podía hacer eso, pues Dom y Tony saldrían de la habitación en cuanto oyeran el primer disparo. Por lo tanto, lo único que podía hacer era entrar a buscar la llave.

Tardó cinco minutos en mentalizarse. Lo primero era retirar el seguro; lo hizo en ese momento, porque temía olvidarlo luego con los nervios. Después repasó el resto de lo que Dom le había enseñado: asir el arma con las dos manos, extender los brazos, contener la respiración en el momento adecuado y apretar suavemente el gatillo, sin sacudirlo.

«Cuántas cosas», pensó, y se preguntó si lograría recordarlo todo en el momento de disparar. En realidad esperaba no tener que hacerlo. Al ver la pistola, Tony le entregaría la llave, él se marcharía de allí, y todo habría concluido. Era incapaz de imaginarse disparando contra alguno de aquellos dos hombres.

Moviéndose con precaución, Paulie se acercó a la puerta del dormitorio, hizo girar el pomo con cuidado, y entró en la habitación como un diminuto sonámbulo, con los brazos extendidos, empuñando la pistola, y temblando de pies a cabeza.

Domenico fue el primero en ver al niño.

–Virgen santa –susurró.

Tony y él estaban tumbados en las camas separadas, en ropa interior, y el chico desplazó el arma varias veces de uno a otro. Tenía los ojos muy abiertos, y los labios apretados. Los hombres observaron el trémulo cañón de la automática. Ninguno se movió.

–Tranquilo, chico –dijo Dom–. Ese gatillo es condenadamente sensible. Tranquilízate y di qué quieres.

–La llave. Quiero la llave de estas esposas.

–Claro –dijo Tony con calma–. No hay ningún problema. Podemos arreglarlo. Aquí todos somos amigos.

El chico apuntó a Tony.

–No quiero ser amigo de nadie. Quiero la llave.

–Es tuya, Paulie. Está ahí, en mis pantalones, encima de esa silla. Si me dejas, iré a buscarla.

Paulie se humedeció los labios e intentó tragar saliva. No pudo. Y el temblor interno que lo sacudía se intensificaba. Se sorprendió mirando a Dom, como si buscara consejo. ¿Qué era más seguro, coger él mismo la llave, o permitir que Tony lo hiciera y se la entregara? Los ojos azules de Dom brillaban a la luz de la lámpara del techo, pero no le dijeron nada.

–Lo siento mucho –dijo Tony, y sonrió, lo que no hacía nunca–. Creía que te divertías aquí con nosotros. No pensé que fuera tan terrible para ti.

–Ha sido fantástico. Me encanta que me tengan atado como si fuera un perro. Tienes que probarlo. Quizá te guste tanto como a mí.

Domenico rió.

–Ya te dije que era un valiente, Tony. Este chico no se deja tomar el pelo. Dale la maldita llave y déjalo marchar.

–Estoy esperando a que me dé permiso para moverme. ¿Quieres que me mate con tu pistola? Qué torpe eres. A quién se le ocurre acostarse y dejar una automática cargada por ahí.

Dom no dijo nada. Sus ojos habían dejado de brillar. El chico se dirigió a Tony.

–Muy bien. Ve a buscar la llave, y despacio, porque estoy muy nervioso.

Tony asintió con la cabeza y dio los dos pasos que lo separaban de la silla.

–Tony. –La voz de Dom lo detuvo antes de que cogiera los pantalones, y se volvió.

–¿Qué?

–Entrega la llave a Paulie.

–Claro. Es lo que pretendo hacer.

–Te lo digo en serio, Tony.

–Perfecto, porque yo también hablo en serio y sé que este crío va más en serio que el demonio. De modo que, si no me equivoco, los tres vamos en serio, ¿de acuerdo?

A pesar de que temblaba, Paulie se quedó tan quieto como pudo. Se percataba de que algo ocurría entre los dos hombres, pero ignoraba de qué podía tratarse. Tampoco le importaba, porque se concentraba, sobre todo, en Tony y sus pantalones y en la importantísima llave de su libertad, que estaba en algún bolsillo de aquellos pantalones. Observó el rostro de Tony mientras éste se inclinaba sobre la silla y cogía los pantalones y se fijó en los músculos de su mandíbula y en cómo entornaba los ojos mientras introducía una mano en uno de los bolsillos. Cuando sacó la mano, Paulie no vio una llave ni un llavero, sino el acero azulado y mate de un cañón de pistola que le apuntaba a él. A él.

Se quedó paralizado. Cuanto había aprendido se le olvidó. El dedo que tenía en el gatillo era como un trozo de madera; no podía moverlo.

Oyó una explosión a su derecha, donde estaba Dom, y Tony gritó y salió despedido contra la pared.

Tony apuntó con la pistola a Dom, y se oyó otra detonación. Luego se produjeron más disparos, y las explosiones se sucedieron a ambos lados de la habitación hasta que pareció que se encadenaban como un trueno.

El chico no se movió en todo ese tiempo; permaneció de pie, inmóvil, con la pistola en la mano, envuelto en humo y ruido.

Finalmente el ruido cesó. Paulie respiró el aroma amargo de la pólvora, un olor que parecía amarillo, y vio a Tony tendido en el suelo. El gángster tenía las piernas dobladas y torcidas debajo del cuerpo, un pequeño agujero en la frente, y la mirada perdida.

¿Cómo? ¿Por qué?

Paulie se dio la vuelta y miró a Dom, observó la pequeña pistola de cañón chato que todavía empuñaba y empezó a comprender parte de lo que había sucedido. También se fijó en la sangre que traspasaba la camiseta de Dom en dos puntos diferentes de su pecho, y lo entendió también.

Domenico consiguió esbozar una trágica sonrisa de payaso.

–Oye... –El susurro surgió con un espumarajo de burbujas rojas–. No te has acordado... de cómo... se dispara.

El chico lo escrutó con dificultad a través del humo y una súbita neblina.

–No pude. Lo siento.

Dom seguía allí tendido, formando burbujas rosadas y rojas.

–No pasa... nada –balbució–. Coge... la llave y vete... de aquí.

Poco después sus ojos, vidriosos, lanzaron una lenta mirada de sorpresa, y murió.

Paulie se sentó junto a él. Pensó que Dom seguiría con vida si no hubiera disparado a Tony. ¿Por qué lo había hecho? ¿Por qué no le había disparado a él?

«Idiota –se dijo por fin–. Porque prefería que muriera Tony a que murieras tú.»

Al cabo de un rato el chico se incorporó, cogió la llave de los pantalones de Tony y se libró de la cadena. Se sentía extraño sin ella, y dio unas vueltas por la casa para acostumbrarse.

Cuando se disponía a telefonear a su casa, cayó en la cuenta de que, como lo habían llevado allí dormido, no tenía ni idea de dónde se hallaba. De manera que llamó a la operadora y se enteró de que se encontraba en la región de Lercara Friddi, en el noroeste de Sicilia. «Claro –pensó–. La patria de la mafia.»

Paulie consultó un reloj, vio que eran la 2.54 y marcó el número de teléfono de su casa de Positano. Acalorado por la emoción, contó veinte timbrazos hasta que finalmente colgó. Entonces, creyendo que había marcado un número equivocado, volvió a intentarlo. Esperó quince timbrazos con el mismo resultado.

Lo asaltó una nueva oleada de preocupaciones. Si sus padres no estaban en casa a esa hora de la noche, era porque se habían marchado de allí. ¿Y dónde estaban? Buscándolo, por supuesto. ¿Dónde iban a estar si no?

Muertos. Podían estar muertos en alguna parte, como Dom y Tony. Aquella idea lo sacudió con tanta fuerza, le pareció tan real en aquel momento, rodeado como estaba de muerte, que se echó a llorar.

Se recobró inmediatamente. «No seas llorón –se dijo–. Tienes que reponerte. Lárgate de aquí enseguida, como te ha dicho Dom. Ve a casa. Si mamá y papá no me localizan, también ellos irán allí. Allí es donde los encontrarás.»

Paulie halló unos mapas en un escritorio. Comprobó dónde se hallaba exactamente Lercara Friddi e intentó buscar la mejor forma de regresar a casa. Sicilia era una isla, y tendría que tomar un transbordador desde Palermo a Nápoles, o bien desde Messina a Reggio Calabria. Según el mapa, la mejor opción era la de Palermo a Nápoles, pues había más trayecto por mar que por tierra, lo que resultaría más seguro que tener que pasar más tiempo en las carreteras, que sin duda serían vigiladas por la gente del gran capo.

Debía solucionar también el problema del dinero. Tendría que viajar durante varios días y pagar el transbordador. Aunque le resultaba muy desagradable, se obligó a volver al dormitorio de Dom y Tony para coger todo el dinero que llevaban en sus carteras. Había mucho dinero, más del que él jamás había visto junto. Eso no le sorprendió, porque todo el mundo sabía que los gángsteres eran ricos. ¿Por qué si no iban a convertirse en gángsters?

Cuando estaba guardándose el dinero en los bolsillos se dio cuenta realmente de que había presenciado el asesinato de dos hombres y de que habían estado a punto de matarlo a él. Pensó que con eso bastaría para que la tierra temblara y el cielo prendiera en llamas. Sin embargo, nada de eso había ocurrido. Nada había cambiado, lo que de alguna manera no parecía justo.

Al salir de la casa y dejar atrás a los dos hombres muertos, Paulie se hincó de pronto de rodillas sobre la tierra como si quisiera nivelarla o nivelarse él. Quizá sólo lo hacía para que la tierra se fijara en quienes la habían habitado durante un tiempo y luego habían desaparecido.

El chico no sabía ni entendía nada de eso. Simplemente le parecía correcto hacerlo.

49

Vittorio Battaglia conducía, y don Ravenelli estaba sentado a su lado, con las manos atadas a la espalda. En la parte posterior del coche se hallaban Gianni y la chica, Lucía, que también tenía las manos atadas, pero en su caso descansaban cómodamente en su regazo. Gianni era el único que llevaba un arma a la vista: una automática con el seguro quitado.

No entablaron ninguna conversación. Se habían dicho todo ya antes de marcharse de la casa de campo. Las únicas palabras que cruzaron estuvieron relacionadas con las indicaciones de ruta que Ravenelli hacía a Vittorio.

Se dirigían hacia el este por la carretera de la costa. Una densa neblina ascendía desde el mar, y entre las nubes pasajeras se vislumbraba un fragmento de luna. A aquellas horas de la noche sólo de vez en cuando aparecía un automóvil que pasaba como un fantasma; era como si viajaran por uno de los más recónditos confines de la tierra.

Gianni miró de soslayo a la chica sentada a su lado. Lucía miraba al frente, y su expresión era serena e imperturbable. Vestida, su cuerpo no dejaba adivinar la carnalidad que su desnudez había proyectado antes, lo que la hacía parecer otra mujer completamente diferente. Si Gianni hubiera tenido que retratarla, no habría plasmado ningún matiz de lujuria en su cuadro. Por el contrario, le resultaba mucho más fácil verla como alguien cuyos propósitos vitales tendían más a lo espiritual que a lo carnal. Incluso las muestras de miedo que había dado antes parecían haber desaparecido para ser reemplazadas por una serena compostura. La mujer de Pietro Ravenelli.

Al advertir la mirada de Gianni, la chica se volvió y esbozó una sonrisa vacilante.

–Ya sé que en estos momentos parecerá ridículo –dijo–, pero me gustaría darte las gracias ahora que puedo.

–¿Gracias por qué? –preguntó Gianni.

–Por tus cuadros. Me han proporcionado mucho placer. Cuando los contemplo, siento y comprendo cosas que desconocía por completo. Me conmueven.

Gianni se sintió extrañamente emocionado, casi avergonzado. «Mientras yo la apunto con una pistola.»

–Es muy amable por tu parte.

–¿Te parece ridículo y estúpido?

–Me parece el sueño de un artista hecho realidad; conseguir impresionar a alguien. Soy yo quien debe darte las gracias.

Fue un azaroso momento de gracia en medio del caos. Lucía volvió a fijar la vista al frente, Gianni oyó cómo Ravenelli indicaba a Vittorio que buscara una carretera estrecha que aparecería pronto a su izquierda y el momento pasó.

Llegaron al cruce y Vittorio redujo la velocidad cuando el coche enfiló trabajosamente una cuesta larga y empinada. Esa carretera era tortuosa, estaba plagada de curvas cerradas, y en algunos puntos las ramas de los árboles se curvaban formando una serie de arcos allí donde coincidían los lados opuestos. La neblina se hizo más densa y dificultaba aún más la visión, y ni siquiera los faros contra la niebla conseguían iluminar más allá de veinte o treinta metros.

–¿Cuánto tiempo hemos de circular en esta especie de sopa? –preguntó Vittorio.

–No mucho –contestó Ravenelli–. Quizás un par de kilómetros. Va despejándose a medida que se asciende.

Gianni notó que se ponía tenso. Recorrían una zona ideal para tender una emboscada; marcha lenta, una rama caída para detener bruscamente el coche al salir de una curva y por último unas cuantas ametralladoras contra las ventanillas.

¿Qué sería mejor? ¿Matar a Ravenelli y la chica y morir allí mismo? ¿O arrojar la pistola, levantar los brazos y morir un poco más tarde? Grandes alternativas.

Gianni estaba seguro de que Vittorio sabía todo eso, pues a fin de cuentas era quien estaba al mando. Por otro lado no parecía haber nada en la actitud de Ravenelli que insinuara que deseaba morir. Aquel hombre no era ningún fanático; más bien al contrario. Si algo había impresionado a Gianni de Ravenelli, era su aire de meditación filosófica. Don Pietro era un negociador, un decidido superviviente, y era obvio que le importaba su chica. No era probable que pusiera en peligro las vidas de los dos sólo para cumplir un encargo.

Tras pasar una curva, la niebla se disipó, y divisaron una casa a unos cien metros a su izquierda.

–Es aquí –dijo Ravenelli.

Vittorio se detuvo en la cuneta. Se hallaban al inicio de un largo camino de tierra flanqueado por oscuras hileras de árboles que cruzaba media hectárea de campo abierto hasta la casa, que tenía dos pisos, ventanas con postigos y una entrada central porticada. En el portal de la planta baja había una luz encendida; el resto de la casa estaba a oscuras.

–¿Dijo que había dos hombres con mi hijo? –preguntó Battaglia. Ravenelli asintió con la cabeza–. ¿Dónde duermen?

–En el segundo piso. Aquellas ventanas de arriba, un poco a la izquierda de la entrada, corresponden a la habitación de su hijo. Los hombres comparten el dormitorio contiguo de la derecha.

Vittorio escudriñaba la casa y el jardín.

–¿Cuántas llaves tiene?

–Dos –respondió el don–. Una de la puerta principal y otra de la posterior. Sugiero que utilicemos la principal.

–¿Por qué?

–La puerta trasera se dilata en verano. Habría que forzarla un poco y haríamos ruido.

–¿Qué más?

–Nada. En realidad no creo que surja ningún problema. Conozco a esos hombres. Son como yo; prefieren vivir a morir.

–Espero que así sea por el bien de todos nosotros. –Vittorio se volvió un poco y se dirigió a Gianni y Lucía además de a Ravenelli–. Os explicaré qué vamos a hacer –dijo–. Entraré con don Ravenelli a punta de pistola. Si me atacan o no he salido de la casa al cabo de quince minutos, tú, Gianni, liquidas a Lucía y te marchas sin mí. –Vittorio hizo una pausa–. ¿Alguna pregunta?

Nadie respondió, y en el silencio que siguió Gianni buscó en el rostro de Lucía alguna reacción a la posibilidad de morir a sus manos y no advirtió ninguna. O don Ravenelli estaba siendo sincero con ellos, o Lucía era sin ninguna duda la mejor y más valiente de las actrices. Gianni concluyó que Ravenelli decía la verdad, pues la otra posibilidad era sencillamente impensable.

–Muy bien –dijo Vittorio Battaglia.

Dejó a Ravenelli sentado en el asiento del acompañante, rodeó el coche hasta el maletero y se dispuso a descargar el armamento. Extrajo dos granadas de fragmentación y un par de pistolas automáticas para él, y entregó el resto, incluidos un fusil y una ametralladora, a Gianni, que continuaba dentro del coche.

Pietro Ravenelli los observaba divertido.

–¿Qué es esto? ¿La Tercera Guerra Mundial?

Ninguno de ellos contestó. Vittorio abrió la portezuela del acompañante y ayudó a Ravenelli a apearse del automóvil. El don se movía con torpeza por tener las manos atadas a la espalda; tropezó y a punto estuvo de caer.

–Está apuntándome con dos pistolas –dijo–. ¿No le parece que podría desatarme las manos?

Vittorio ignoró sus palabras y se dirigió a Gianni.

–No me gusta esta extensión tan grande de campo abierto, de modo que será mejor que me cubras con el fusil. Vigila las ventanas de la casa y la arboleda de la derecha por si algo se mueve. Si ves algo extraño, dispara una vez al aire. –Echó un rápido vistazo a la chica–. Y antes de ablandarte con esta encantadora señorita, recuerda quién es y dónde la has encontrado.

Los dos hombres se miraron fijamente.

–Creo que todo saldrá bien –dijo Gianni.

–Ya sé que es lo que piensas. De todos modos manténte alerta.

Vittorio cogió a Ravenelli por el brazo, y juntos avanzaron hacia la casa con él. Notaba la carne del fornido brazo del don, olía a su colonia, y pugnaba por dominar la ira que le producía la proximidad de aquel hombre. En esos momentos no le convenía enfurecerse; necesitaba calma y los cinco sentidos. Encolerizarse no le ayudaría mucho.

Vittorio caminaba despacio, sin apartar la vista de la casa y los árboles que había a su derecha. Se requería disciplina para no precipitarse. La luna se había ocultado totalmente detrás de unas nubes, y la oscuridad era más intensa. Le pareció percibir un silencio nuevo en la noche, un silencio muerto, un rotundo vacío.

La hierba, muy crecida, les llegaba hasta las rodillas, y Ravenelli tropezaba una y otra vez sin poder utilizar sus brazos para conservar el equilibrio.

–Hace seis semanas que no cortan esta maldita hierba –se quejó en voz baja–. Y eso que les pago para que lo hagan.

–Cállese –susurró Vittorio, y le apretó más el brazo.

Notaba la tensión e intentó aligerarla pensando en su hijo. Lo imaginó dormido en aquella habitación del piso superior, con el pulgar en la boca, como siempre, su cara delgada, solemne y pálida, sobre la almohada. «Estoy muy cerca, cada vez más cerca», pensó, y tuvo que reprimir la acuciante necesidad de echar a correr hacia la casa. De pronto se encendió una luz.

Alguien habló a través de un megáfono:

–¡Alto!

Vittorio contempló el resplandor blanco sin ver nada. Derribó a Ravenelli de un empujón y luego se lanzó él sobre la hierba. Hincó el cañón de su automática en el cuello de Ravenelli.

–¡Hijo de puta!

La ira se apoderó de él y le embotó el cerebro, igual que los focos le cegaban la vista. Luego la furia desapareció y una fría serenidad le hizo recobrar la cordura. Tendido sobre la hierba cuan largo era, con el cañón de la pistola clavado en el cuello de Ravenelli, contó hasta tres focos que provenían de la arboleda.

La voz del megáfono dijo:

–¡Don Ravenelli! ¿Se encuentra usted bien?

–Mi hijo no está aquí, ¿verdad? –Vittorio murmuró las palabras al oído de Ravenelli como un amante.

–No.

–¿Ha estado aquí alguna vez?

–No.

–¿Dónde está?

El hombre del megáfono repitió la pregunta.

–En otra casa –respondió el don–, a unos treinta kilómetros de aquí.

Vittorio lo miró con desprecio.

–Conteste a ese maldito megáfono. Dígale que está bien.

Como Ravenelli no obedeció, Vittorio le asestó un golpe en la boca con la automática. Ravenelli escupió sangre y a continuación dijo en voz alta lo que Vittorio le había ordenado.

–¿Ha organizado todo con esa llamada que ha realizado antes? –preguntó Vittorio Battaglia.

–Sí.

–¿Cuál era el mensaje clave?

–Cuando dije: «¿Algún problema con el niño?».

–Fantástico. –Vittorio miró hacia los focos a través de la hierba–. ¿Quiere morir?

Ravenelli escupió más sangre. Tragó un poco y sintió náuseas.

–No.

–Entonces dígales que nos vamos y que estoy apuntándole a la cabeza con una pistola y que, si disparan una sola vez, esparciré sus sesos como si fueran mierda de pájaro.

Ravenelli vaciló y Vittorio le introdujo el cañón de la pistola en la oreja.

–Dígaselo, coño.

–¿Michael? –llamó el don.

–Sí, don Ravenelli –contestó la voz del megáfono.

–Vamos a salir de aquí. No hagáis nada. Un solo disparo y soy hombre muerto. Habla en serio. –No hubo respuesta–. ¿Me has oído Michael?

El silencio se prolongaba.

–Le oigo, don Ravenelli –contestó por fin la voz–. No se preocupe.

Vittorio tomó a Ravenelli por el brazo.

–¿Está preparado?

Supongo que sí.

–Muy bien. Despacio y sin hacer tonterías.

Vittorio tuvo que realizar un gran esfuerzo para levantar el voluminoso cuerpo del don de la hierba. Fue un movimiento cuidadoso, titubeante; los dos hombres estrechamente unidos hasta que se alzaron y fueron iluminados.

«Estamos de pie», pensó Vittorio fríamente, e intentó protegerse los ojos de la luz cegadora del foco. Fue inútil. No consiguió ver nada. En aquel momento estuvo a punto de permitirse deslizarse en los principios de un sueño en que aquel pesado cuerpo al que estaba pegado tan amorosamente pertenecía a alguien que no era su enemigo.

Entonces estallaron los primeros disparos. Una descarga desordenada salió de las luces. Brutal como un trueno, continuó retumbando hasta que el ruido mismo pareció empujarlos de nuevo hacia la hierba. Pero aquello era algo más que ruido.

Después de que el estruendo cesara, siguieron los dos tendidos en la hierba, Vittorio más estrechamente apretado que nunca contra Ravenelli, que yacía inmóvil para siempre. Tras la conmoción inicial Vittorio comenzó a sentir el dolor de las dos balas que le habían alcanzado, en el costado izquierdo y otra en el muslo. Notó que unos cuantos disparos desperdigados impactaban en el cuerpo del don, que se había convertido en su escudo, pero que no le protegería mucho más si no sucedía algo pronto.

Un instante después se oyó un disparo de fusil procedente de otro punto, y por fin algo ocurrió. Uno de los focos explotó desprendiendo chispas y se apagó. «Gianni.» Luego se produjeron dos detonaciones más provenientes del mismo lugar que hicieron estallar los focos restantes.

Vittorio exploró la reciente oscuridad y por primera vez detectó movimiento y oyó voces entre los árboles. «Haz algo.» Ignorando el dolor, Battaglia rodó sobre el costado herido y, buscando a tientas, cogió las dos granadas que había llevado consigo pero que creyó no llegaría a necesitar. Tiró de las anillas, contó y las arrojó con una diferencia de pocos segundos. Al moverse le sangraron las heridas.

Las explosiones sacudieron el suelo, el cuerpo de Ravenelli y ahogaron los primeros gritos procedentes de los árboles. Cuando el estrépito de las explosiones cesó, las voces humanas se oyeron más fuerte.

«Vamos, Gianni», pensó Vittorio mientras reptaba hacia el vehículo estacionado. Entonces levantó la cabeza y vio que su coche se acercaba a él a toda velocidad.

Al instante se hallaba a su lado, con las puertas abiertas; Gianni lo alzó y lo arrastró para acomodarlo en el asiento del acompañante. Vittorio vio a la chica, que, con las manos atadas a la manilla de la puerta, miraba a Ravenelli, que yacía en la hierba.

–Tu Pietro está muerto –dijo–. No lo he matado yo, sino sus amigos. Menudos amigos.

Lucía se quedó mirando el cadáver oscuro sobre la hierba.

Gianni se puso al volante y condujo a toda velocidad por el campo abierto, alejándose de don Pietro Ravenelli y los invisibles cuerpos de los que yacían muertos y heridos entre los árboles.

–Malditos capullos –dijo Vittorio con voz ronca–. Paulie nunca ha estado aquí. Tanta mierda para nada.

–¿Estás malherido? –preguntó Gianni.

–Bastante. He recibido dos impactos en la primera ráfaga; en el muslo y el costado. –Vittorio se sujetaba las heridas con las manos, y la sangre se filtraba entre sus dedos. Notó que el dolor se extendía, como si se tratara de algo que llevaba latente mucho tiempo dentro de él, esperando el momento adecuado–. No he averiguado nada. Qué gilipollas.

Siguieron avanzando en silencio. Vittorio Battaglia cerró los ojos.

–Me parece que se ha desmayado –observó Lucía.

No tardaron en llegar a la autopista de la costa. Gianni rodó hacia el oeste varios kilómetros, luego salió de la carretera y estacionó detrás de unos matorrales.

Vittorio abrió los ojos.

–¿Por qué nos paramos?

–Para saber si estás muerto –contestó Garetsky.

–Tengo demasiado trabajo que hacer para morirme.

Gianni encendió la luz del interior del vehículo y por primera vez vio cuánto sangraba su amigo.

–Madre mía. Hay que llevarte a un hospital.

–¿Estás loco? El hospital es el primer sitio donde buscarán.

–Pues por lo menos a un médico.

–Tampoco. Los médicos tienen que informar de las heridas de bala que atiendan a la policía, y la mafia tiene a la policía en el bolsillo.

La chica habló con prudencia desde el asiento trasero.

–Tengo una prima que es médico. Podéis confiar en ella. Odia a la policía y a los gángsters.

Gianni la miró.

–¿Dónde vive?

–En Monreale.

–¿A qué se debe este interés por ayudarnos?

Lucía se encogió de hombros.

–No me habéis matado. Y esos cerdos han asesinado a Pietro. Estaban esperando la ocasión para hacerlo, sobre todo ese Michael. Si me encuentra, yo seré la siguiente, porque presencié lo ocurrido.

–Nada de médicos –dijo Vittorio–. No confío en ellos. De momento limítate a vendarme. Eso detendrá la hemorragia.

–Escuchadme, por favor –insistió Lucía. Tenía todavía las manos atadas a la manilla de la portezuela, y los dos hombres parecían haber olvidado aquel detalle–. Sé dónde se encuentra el chico.

Vittorio no pudo volverse para mirarla, pero su cuerpo se tensó.

–¿Dónde está?

–En una casa cerca de Lercara Friddi. Podemos llegar en quince minutos.

–¿Lo sabías desde el principio? –preguntó Gianni.

–Sí.

–¿Y has permitido todo este derroche de vidas humanas?

El rostro curiosamente virginal de la chica no manifestó ninguna emoción.

–¿Cómo iba a impedirlo? No podía traicionar a Pietro. Ahora es diferente porque sólo tengo que pensar en mí. Y vosotros me habéis salvado la vida cuando hasta Pietro estaba dispuesto a ponerla en peligro.

–¿Qué hay de los dos hombres que custodian a mi hijo? –inquirió Vittorio–. ¿Dijo Pietro la verdad al respecto?

–Sí. Tony y Domenico son quienes están con el chico.

Vittorio cerró los ojos y pareció encogerse en su asiento.

–Está bien –dijo–. Probaremos en esa otra casa.

Gianni liberó a Lucía, y juntos tendieron a Vittorio en el asiento trasero. La chica se sentó delante al lado de Gianni. Cinco minutos después, cuando Lucía se volvió para comprobar cómo se encontraba Vittorio, éste tenía todavía los ojos cerrados y parecía dormido.

Vittorio Battaglia no abrió los ojos hasta que el coche se detuvo.

Habían estacionado el vehículo en un campo, en el lindero de un bosque. A través de los árboles, a una distancia de unos doscientos metros, se vislumbraban las luces de una casa.

Vittorio se incorporó un poco en el asiento posterior y emitió un gemido involuntario.

–¿Es ésa la casa? –preguntó a Lucía.

–Sí.

–¿Por qué están las luces encendidas a las cuatro de la mañana? ¿Siempre hacen lo mismo?

–No lo sé.

–¿Conoces bien a Tony y Domenico?

–Muy bien.

–¿Lo suficiente para que te permitan entrar sin sospechar?

–Sí –respondió la chica–. A menos que alguien les haya telefoneado para comunicarles que Pietro ha muerto.

Vittorio se recostó de nuevo y reflexionó. Sentía dolor, sudaba y respiraba con dificultad después del esfuerzo por incorporarse. Se palpó los vendajes y advirtió que sangraba otra vez. Sin embargo, dijo:

–Vamos allá. –Consiguió sentarse, e inmediatamente se desmayó.

Momentos después, cuando abrió los ojos, le pareció que Gianni y Lucía no se habían movido ni un ápice.

–Creo que será mejor que os espere aquí –dijo con voz débil–. Haced el favor de traerme a mi hijo.

Rodearon la casa por entre los árboles y se agazaparon detrás de unos arbustos, unos treinta metros a la izquierda de la vivienda. Era una pequeña construcción de piedra de una sola planta, y había luz en dos ventanas. Unos altos arbustos impedían ver el interior.

–¿Has estado alguna vez ahí dentro? –preguntó Gianni Garetsky a la chica.

–Sí.

–¿A qué habitaciones pertenecen las ventanas iluminadas?

–La de la parte delantera es el salón; la otra, un dormitorio.

–¿Y el resto?

–Hay otro dormitorio y un baño en la parte posterior, y una cocina y un comedor en la parte delantera, la más alejada de la entrada.

Permanecieron agachados, con el oído aguzado. Las ventanas estaban abiertas; no se oía nada.

Gianni retiró el seguro de su automática.

–Espera aquí mientras yo echo un vistazo.

Avanzó hasta la casa gateando y se asomó por la ventana del salón; estaba vacío. Luego se acercó a la ventana del dormitorio iluminado y vio a un hombre de cabello oscuro tendido sobre una de las camas individuales. Tenía los ojos abiertos y fijos, su camiseta, antes blanca, estaba casi completamente roja de sangre; sin lugar a dudas, estaba muerto.

Gianni notó que una sensación oscura y plomiza se apoderaba de su ánimo y se negaba a soltarlo. Siguió mirando y vio a un segundo hombre que yacía en el suelo, junto a la otra cama. Un charco de sangre se había extendido alrededor de su cabeza y llegaba hasta la pared.

Gianni, atolondrado, apretó el rostro contra el fresco cristal de la ventana y se sintió mareado. «Por favor. El niño no. Lo que sea, pero el niño no.»

Se dio la vuelta e indicó con señas a Lucía que se reuniera con él.

–Mira –dijo. La chica contuvo la respiración–. ¿Son Tony y Domenico? –preguntó.

–Sí.

–Voy a entrar –dijo Gianni.

Abrió un poco más la ventana, entró y pasó sin hacer ruido de una habitación a otra.

Sólo encontró dos indicios de que el hijo de Vittorio había estado allí: un retrato a lápiz que el niño había realizado de uno de sus captores y una larga cadena atada a una cañería del segundo dormitorio con esposas en el otro extremo.

Nada más. Y sin embargo, era infinitamente mejor que el horror de encontrar el cadáver del niño.

Vittorio se aferraba a los bordes de la consciencia. Cada vez que respiraba se sentía como si se hallara sobre el filo de un cuchillo. Estaba recostado en el asiento trasero, a la espera de la primera imagen de su hijo caminando hacia él por entre los árboles. Así vio a Gianni y la chica, pero no a Paulie.

Pensó que quizás estaba delirando y no percibía la realidad tal como era. En su desesperación sintió una oleada de angustia semejante a la que siente un niño antes de echar a llorar. Cerró los ojos y pensó en su hijo, en todas las cosas que no sabía de él y que seguramente nunca llegaría a saber.

Cuando Gianni y Lucía se acercaron por fin a él, Vittorio estaba inconsciente.

50

Henry Durning estaba en su despacho, enfrascado en la rutina del trabajo, cuando vio a su secretaria dirigirse apresuradamente hacia él, pálida, con los ojos bañados en lágrimas. Sus primeras palabras fueron prácticamente ininteligibles.

El director del FBI y su esposa habían sido hallados muertos, con heridas de bala, en su casa de la playa. No había más detalles. Todo el mundo estaba perplejo, nadie podía creerlo.

La secretaria sollozaba por Durning.

–Lo siento mucho –musitó–. Sé que eran muy buenos amigos. Debe de ser terrible para usted.

«Y para ellos peor aún», pensó Durning.

Ordenó que le llevaran en su limusina oficial inmediatamente. Aparte de la relación personal con la pareja era el ministro de Justicia de Estados Unidos y nominalmente el superior de Brian Wayne. Lo mínimo que podía hacer era acudir con premura al escenario del crimen. De cualquier modo, su lado bueno necesitaba estar allí.

Los primeros controles policiales, instalados a quinientos metros de la casa, franquearon enseguida el paso a la limusina del ministro de Justicia.

Más adelante, Durning se fijó en todos los indicios de una colosal maniobra de las fuerzas del orden y la prensa. Estaban todos: el FBI, la policía estatal y la local, entre un amplio despliegue de luces de colores giratorias. Los periodistas y reporteros de televisión chillaban e iban tras ellos en manadas, como chacales hambrientos.

Durning se apeó de la limusina. Los agentes de la policía y el FBI, que lo reconocieron al instante, se apartaron de su camino cuando Durning se dirigía a la casa y desfilaron tras él por el salón y la cocina hasta el pequeño dormitorio de la parte posterior donde yacían los dos cuerpos.

La policía, los fotógrafos oficiales y el equipo de forenses estaban realizando su trabajo. Le hicieron sitio junto a la cama, y Henry Durning se quedó allí, en silencio, mirando sin ver lo que tenía delante.

De pronto sintió dolor, como debía ser, aunque sólo fuera porque había exigido y continuaba exigiendo que muriera tanta gente para satisfacer sus propias necesidades. ¿Hasta cuándo podría resistir aquellos impulsos internos? «El tiempo que sea necesario.»

Entonces notó que brotaban las lágrimas. Las sintió incluso mientras un fotógrafo disparaba su flash, y una parte de él se imaginó y aprobó el bello efecto de aquella fotografía tan humana en las noticias de las siete; el resto de su ser sabía que aquellas lágrimas eran sinceras, tan reales como su dolor y la sensación de pérdida.

Abrió la boca para aliviar la tensión, pero de nada sirvió, y notó el ardor de las lágrimas en sus mejillas.

Llegó a casa tarde, cerca de la medianoche, y encontró a Mary Yung en el salón, esperándolo. Ella lo miró un instante a los ojos, se acercó a él y lo abrazó.

–¿Qué quieres que haga por ti? –preguntó con serenidad–. Di, ¿qué te ayudará?

–Una bala en lo que tengo por corazón.

Ella le acarició el cabello, el cuello, la nuca.

–¿Tan duro ha sido?

–¿Suponías que no lo sería?

Mary se apartó suavemente, sirvió dos copas de Remy Martin y le tendió una. Luego condujo a Durning hasta el sofá y se sentó cerca de él.

–Me cuesta creer que hables en serio –dijo Mary.

–Porque no sabes lo que he hecho.

–Claro que lo sé.

Durning la miró largamente.

–Di –pidió por fin.

–Has matado a tu amigo y su mujer y después has preparado todo para que parezca un asesinato-suicidio –dijo con calma.

–¿Cómo lo sabes?

–Porque si no lo hubieras hecho, ellos te habrían destruido. –Mary Yung suspiró–. Y porque en tu situación, seguramente yo habría actuado igual.

Durning contempló aquellos ojos con motas de luz, y parte del sentimiento que todavía no había sido capaz de compartir con ella ni con nadie en más de media vida empezó a surgir en él como una pequeña bomba.

Sintió la necesidad de abrazarla de nuevo, pero esta vez sin suavidad, hasta que al final acabaron enzarzados el uno en el otro con esa clase de salvaje y doliente pasión capaz de colocar a un hombre y una mujer más cerca el uno del otro que cualquier otra cosa. «Más unidos que con el sexo», pensó Durning.

–¿Sabes lo que pienso? –dijo él cuando el momento hubo pasado.

–¿Qué?

–Que a partir de ahora nos resultará muy difícil engañarnos el uno al otro.

–¿Y eso qué significa?

Henry Durning se inclinó y la besó.

–Que tendremos que ser o muy buenos o muy prudentes.

51

La limusina gris blindada de don Carlo Donatti avanzaba suavemente por la carretera diecisiete. El don, sentado solo en el asiento posterior, disfrutaba de una botella de su vino tinto favorito mientras veía el vídeo de la intervención de Henry Durning en las noticias de la noche anterior.

Era la cuarta vez que veía la grabación, y cada vez había captado algo nuevo en ella. «Conoce a tu enemigo» era quizás el mejor consejo que le había dado su padre, y ciertamente el ministro de Justicia era eso: su enemigo.

Cómodamente sentado en la limusina, el don vio a Durning llegar al escenario de la doble tragedia, caminar dando grandes zancadas, pálido y autoritario, por entre el pequeño ejército de periodistas, fotógrafos y policías, y entrar en la casa del difunto director del FBI y de su difunta esposa. A partir de ese momento, una cámara lo enfocaba mientras cruzaba el vestíbulo, el salón y la cocina, y entraba en el dormitorio donde yacían los cuerpos de los Wayne. Las cámaras no enfocaban los cadáveres. Henry Durning mostraba un rostro taciturno, lloroso e incuestionablemente afectado. Al llegar a ese punto Donatti pulsó el botón de pausa y congeló la imagen.

Incluso después de visionar cuatro veces la cinta, el don seguía fascinado. Las lágrimas y el dolor eran auténticos; no se trataba de una interpretación, sino de algo sinceramente sentido.

Carlo Donatti se llevó una doble sorpresa. En primer lugar, le asombró que un pijo gilipollas como Durning fuera capaz de semejantes sentimientos, y en segundo lugar que, queriendo como parecía a su amigo de la infancia y a su esposa, hubiera sido capaz de asesinarlos. Porque Donatti no tenía la menor duda de que el ministro los había matado, y con sus propias manos.

Aquel hombre representaba una amenaza terrible.

La limusina pasó por la vieja ciudad de Liberty, en las montañas Catskill, hacia las 21.00 y aparcó delante de la cabaña de Donatti apenas diez minutos después. Considerar la enorme pila de troncos cortados y dispuestos por su padre como una cabaña, pensó el don, era como describir la basílica de San Pedro como una iglesia.

Al bajar de la limusina y plantarse ante la casa, Donatti se sintió minúsculo, como si todavía fuera aquel niño a quien su padre llevaba allí para pasar el fin de semana pescando y cazando. Era lo que más le gustaba; su padre y él solos, tal vez acompañados por un par de discretos matones para vigilar; su padre riendo continuamente, lo que apenas hacía fuera de aquel lugar. Y nada de mujeres, ni siquiera su madre.

El chófer lo siguió hasta el porche, iluminado por un viejo candil eléctrico y entró con él en una estancia inmensa, enmaderada, de dos plantas. Había una fabulosa chimenea de piedra en un extremo y cuatro hombres jugando a cartas en el otro.

Los hombres dejaron la partida y se pusieron en pie para saludar respetuosamente al don. Don Donatti les indicó que se sentaran, y tres de ellos obedecieron. El cuarto, un joven musculoso de cuello grueso llamado Sal, se acercó a él y le estrechó la mano.

–Bienvenido, don Donatti. Todo está preparado.

–¿Dónde los tenéis?

–En el dormitorio principal. –Sal señaló una de las cuatro puertas que daban al balcón del piso superior, que cubría todo un lado de la sala central.

–¿Qué saben?

–Nada. Sólo que el jefe vendrá para hablar con ellos y que tendrán que estar con los ojos vendados y las manos atadas durante la entrevista.

–¿Algún problema?

Sal negó con la cabeza.

–Sólo tonterías. El tipo es un listillo de narices, un bocazas, pero enseguida lo pusimos en su sitio. La señora está bien, aunque muy asustada.

–¿Y no han visto la cara de nadie?

–Por supuesto que no. Hemos cumplido sus indicaciones al pie de la letra, don Donatti. Siempre llevamos la máscara en su presencia. Serían incapaces de identificarnos.

–Muy bien. Vamos allá.

Carlo Donatti siguió al joven al balcón del piso superior. Esperó allí a que Sal se pusiera la máscara, abriera la puerta y entrara para vendar los ojos y atar las manos de los rehenes.

Sal salió al cabo de tres minutos.

–Todo listo, padrino.

–Cierra la puerta con llave cuando entre y vuelve abajo con los otros –ordenó Donatti–. No quiero que haya nadie escuchando detrás de la puerta. ¿Entendido?

–Sí, señor.

El don entró en el dormitorio, cerró la puerta y oyó cómo Sal echaba la llave desde fuera. Luego se dio la vuelta y miró a John Hinkey y a Bonnie Beekman. El abogado de Washington y su cliente estaban sentados en sillas de madera. Tenían los ojos vendados y las manos esposadas a la espalda. Era la primera vez que Donatti los veía; un hombre de mediana edad con aspecto vulgar y una mujer entrada en carnes y que ignoraba dónde se había metido.

Donatti se sentó frente a ellos, sacó un pequeño artilugio de su bolsillo y habló por él.

–Mi voz suena tan extraña –dijo– porque estoy utilizando un distorsionador electrónico para que más tarde no puedan identificarme. Les ruego que me disculpen.

–¿Es usted quien ha ordenado que nos trajeran aquí? –preguntó Hinkey.

–Sí.

–No sé qué pretende –dijo el abogado–. Pero si cree que podrá salirse con la suya con este...

El don le interrumpió.

–Usted no es tonto, señor Hinkey. Por tanto, deje de fanfarronear y escúcheme. –A Hinkey le temblaron las aletas de la nariz al inspirar–. Para empezar –prosiguió Donatti–, yo soy el único responsable de que estén ustedes vivos. Si hubiera obedecido las órdenes que recibí, ustedes dos habrían muerto la noche que los capturaron.

–Dios mío –susurró la señora Beekman, y empezó a sollozar discretamente.

–¿Las órdenes de quién? –inquirió Hinkey–. ¿Del director del FBI?

–No. Wayne no era más que otra víctima de todo este

asunto. Él y su mujer fueron hallados muertos ayer en un simulado doble suicidio que en realidad fue un doble asesinato.

–¡La madre que los parió! –Por una vez, Hinkey se mostraba impresionado–. ¿Quién los mató?

–Alguien que está por encima incluso de Wayne, alguien que temía que éste se desmoronara con tanta tensión; la misma persona que me pidió que los liquidara a ustedes y cree que están enterrados en alguna parte.

Tumbas recién cavadas, reales e imaginarias, parecieron abrirse en la habitación. Hinkey detectó una oportunidad en ellas.

–Entonces ¿por qué seguimos vivos? ¿Porque es usted una persona humanitaria?

Donatti sonrió.

–Por eso, y porque tengo la impresión de que es posible que ustedes me beneficien más vivos que muertos.

La habitación quedó en silencio, con excepción del tenue sonido de los continuos sollozos de la señora Beekman.

–Muy bien –dijo Hinkey–. ¿Y qué quiere que haga por usted?

–Eso tendremos que pensarlo y discutirlo usted y yo.

–No sé qué quiere decir con eso.

–Quiero decir que le considero un hombre inteligente con un par de cojones que sabe cómo funcionan las cosas en Washington. Y que no teme averiguar lo que ignora.

–¿Como por ejemplo dónde podrían estar enterrados ciertos cadáveres?

Donatti no contestó.

Bonnie Beekman había dejado de llorar.

–¿Y mi marido? Por favor, ¿puede decirme al menos si está vivo o muerto?

El don consideró su respuesta desde dos perspectivas: la de la mujer y la suya propia. Concluyó que decir la verdad no acarrearía nada positivo en ninguno de los dos casos.

–Su marido está vivo –mintió–. Es lo único que puedo decir de momento. De manera que no me pregunte nada más, por favor.

–Gracias. –Echó a llorar otra vez.

–Otra cosa, señor Hinkey –añadió el don–. Quizá le interese saber que su hijo apareció en la televisión nacional hace dos días. Tras deducir que usted y la señora Beekman habían sido asesinados, siguió sus instrucciones y sacó a la luz pública cuanto usted había descubierto sobre los agentes del FBI muertos y desaparecidos. Su intervención resultó muy conmovedora y efectiva. La opinión generalizada es que sus revelaciones impulsaron a Wayne a asesinar a su esposa y suicidarse.

John Hinkey asintió lentamente con la cabeza, balanceando el resto del cuerpo. Bajo la venda de los ojos, sus mejillas aparecieron de pronto húmedas y encendidas.

–¿Usted no cree que Wayne matara a su esposa y se suicidara? ¿Cree que los eliminó alguien de más arriba que temía verse implicado?

–No sólo lo creo, lo sé.

–Estoy de acuerdo con usted. Y sé quién es.

–¿Sí?

–Henry Durning –dijo Hinkey con serenidad–. Ha de ser él.

–¿Por qué?

–Porque no hay nadie más en el mundo que estuviera tan próximo a Brian Wayne y su esposa como él.

–Ése no parece un motivo.

–Quizá no –reconoció Hinkey–, pero no cabe duda de que es una respuesta. Y concédame un poco de tiempo y apostaré un millón de dólares a que puedo encontrar una razón para justificarla.

Carlo Donatti lo miró. Era una forma de empezar.

52

Paulie caminaba deprisa en la oscuridad, cuesta abajo casi todo el tiempo. Según el último indicador de la carretera el pueblo más próximo se hallaba a cuatro kilómetros. No pudo leer el nombre porque la piedra era muy vieja y estaba desgastada, y apenas alumbraba un fragmento de luna. De todos modos el nombre poco importaba mientras anduviera en la dirección correcta. Entonces consultó el mapa y dedujo que el pueblo debía de ser Lercara Friddi, de modo que iba bien encaminado.

Hasta el momento sólo se había cruzado con un par de coches. Había visto los faros y oído los motores desde muy lejos, y había tenido tiempo de apartarse de la carretera hasta que se hubieron alejado. Sabía que era demasiado pronto para que emprendieran la búsqueda, pero no quería arriesgarse.

Al cabo de un rato se levantó viento, y como sólo vestía una camisa y unos tejanos sintió frío. Pensó que debería haber cogido algo de ropa de Dom o Tony para abrigarse, una chaqueta que echarse por los hombros; sin embargo, en aquellos momentos le habían preocupado otras cosas.

Caminó más deprisa y luego corrió un poco para entrar en calor; funcionó. Mientras corría, la pistola que guardaba en el bolsillo le golpeaba el muslo, por lo que la introdujo en el cinturón. Se había llevado la pequeña pistola de Dom en lugar de la automática, porque era más facil de esconder en uno de sus bolsillos. La idea de que sería mejor ir armado se le había ocurrido tarde, cuando ya salía de la casa, y le había causado dolor, porque le apenaba recordar que acababa de ser testigo del desastre que provocaban las pistolas. No era lo mismo que verlo en las películas. De pronto, la sangre era sangre de verdad, los muertos eran muertos auténticos, y nadie volvía a levantarse para realizar una nueva toma.

Luego se acordó de la comida. De pronto había sentido

hambre y no tenía nada que comer. Idiota. En casa había pan, salami, queso y fruta deliciosos, y a él ni siquiera se le había ocurrido llenar una bolsa. Afortunadamente tenía dinero. Cuando llegara al pueblo compraría comida, si no moría antes de hambre.

Para olvidar la acuciante necesidad imaginó un cuadro nocturno mientras caminaba; el fragmento de luna convertía la carretera en un río azul verdoso que fluía entre prados y arbustos. Percibía el entorno como algo borroso, donde apenas contrastaban los medios tonos y los tonos oscuros, excepto allí donde la luna iluminaba la calzada con diminutas motas de luz que se clavaban directamente en sus pupilas.

A Paulie le encantaba pintar la noche, aunque no lo había practicado demasiado. Resultaba difícil pintar en la oscuridad y más aún si se intentaba hacerlo de memoria en el estudio. Desde luego era más fácil hacerlo mentalmente, sin pinceles ni pinturas, ni siquiera había que tomarse la molestia de limpiar al terminar.

Paulie vislumbró a lo lejos unos faros de coche que avanzaban. Al principio le costó discernir en qué dirección se desplazaba, porque las luces desaparecían intermitentemente en las curvas y detrás de los árboles. Luego, en un tramo recto y abierto de carretera, confirmó que el autómovil circulaba hacia él.

Se apartó de la calzada para esconderse detrás de unos matorrales. El coche llegó a su altura con un estruendo de sonido y luz y el chico captó la rápida imagen de un hombre y una mujer sentados en la parte delantera. La mujer tenía la cabeza apoyada en el hombro del conductor y parecía dormida. El vehículo se alejó, y la carretera se transformó de nuevo en un río azul verdoso.

Por lo menos aquellos dos no lo perseguían.

Paulie prosiguió su camino. Poco después, al subir una cuesta, divisó el resplandor de lo que según sus cálculos debía ser Lercara Friddi. Se detuvo para contemplar el pueblo, envidiando a quienes allí dormían en sus camas, rodeados de sus familiares, con las puertas bien cerradas para protegerlos de las amenazas del exterior. Faltarían menos de cuatro horas para que abrieran las tiendas, y consideró que lo mejor era esperar allí, en el bosque, hasta entonces. Vagar por las calles del pueblo en plena noche sólo podía acarrearle problemas.

El niño encontró un árbol de tronco ancho que le pareció cómodo y se sentó con la espalda apoyada contra él. Sacó el revólver de Dom del cinturón, lo abrió y contó cuatro cartuchos intactos en el cilindro. Los dos cartuchos usados eran los que habían acabado con Tony. Paulie pensó de nuevo en Dom, que le había salvado la vida con aquellos dos disparos, y a quien Dios había premiado por su buena obra permitiéndole morir por la misma persona a quien había salvado. No parecía justo ni tenía sentido, pero sin duda así había sido.

Deslizó el revólver en el bolsillo derecho del pantalón, notó el grueso bulto de billetes que guardaba en el otro bolsillo y se sintió un poco más tranquilo. Paulie pensó que el dinero y las armas debían de ser dos de las cosas más importantes del mundo.

Al cabo de un rato sintió sueño y se acurrucó sobre la hierba, temblando de frío. No recordaba haber tenido tanto frío y tanta hambre jamás. Recogió unas cuantas hojas y ramas y se cubrió con ellas.

Después, cuando se introdujo el pulgar en la boca y dejó de temblar, se durmió por fin.

53

Llegaron a Monreale cuando empezaba a clarear y recorrieron las calles grises y desiertas.

Gianni conducía, y Lucía sentada a su lado, le indicaba dónde tenía que girar. Vittorio seguía tendido inconsciente, en el asiento trasero, con las vendas empapadas de sangre fresca. Su respiración era pesada y ronca.

La chica señaló a través del parabrisas.

–Es la siguiente a la izquierda. La casa de mi prima es la última de la calle. Hay una placa de médico en la fachada.

Gianni leyó la placa. La doctora se llamaba Helene Curci.

Estacionó el automóvil cerca de una entrada de servicio, sobre la cual había un letrero que rezaba «Oficina». No vio a nadie. La carretera continuaba cruzando campos, curvándose finalmente y perdiéndose en la distancia.

–¿Tu prima está casada? –preguntó Gianni.

–Lo estuvo. Dos veces. Pero ya no.

Lucía salió del coche y pulsó el timbre que había junto a la entrada de la oficina. Al cabo de un rato volvió a llamar y la puerta se abrió. Gianni vio a una mujer delgada que se ponía una bata.

–¡Dios mío, Lucía!

La chica llevaba la ropa manchada de sangre de Vittorio.

–No es mía Helene. Se trata de un amigo. Está inconsciente en el asiento de atrás.

–¿Pietro?

–No. Pietro está muerto. Lo han asesinado sus propios sicanos. Éste es un buen hombre; me ha salvado la vida.

La doctora suspiró. Gianni pensó que tenía un rostro atractivo e inteligente y advirtió que sus ojos expresaban disgusto.

–¿Cuchillo o bala? –preguntó.

–Bala. Dos heridas. En el costado y el muslo.

–Maravilloso. Acercad el coche hasta aquí, entrad al herido por la puerta posterior. –La doctora se inclinó para mirar a Gianni, que estaba detrás del volante–. ¿Quién es?

–Un amigo. También me ha salvado la vida.

La doctora Curci meneó lentamente la cabeza.

–Iré a vestirme –dijo, y desapareció dentro de la casa.

Gianni siguió sus instruciones. Sacó a Vittorio del coche, lo entró por la puerta trasera y lo colocó en la consulta sobre una mesa metálica de exploración. Cuando acabó, sudaba y estaba manchado de sangre.

Vittorio se despertó mientras Gianni lo depositaba sobre la mesa.

–¿Dónde demonios estoy?

–En la consulta de mi prima –respondió Lucía–, la doctora.

Vittorio cerró los ojos. La doctora Curci le tomó el pulso, examinó los vendajes ensangrentados y ni siquiera se molestó en retirarlos.

–Tiene el pulso muy débil. Tendréis que ingresarlo en un hospital.

–Nada de hospitales –dijo Vittorio.

–Si no te hacen una transfusión, morirás –dijo la doctora–. ¿Quieres morir? Si es así, hazlo en tu coche, no en mi consulta.

–Eres todo corazón –balbució Vittorio.

Como las calles estaban desiertas, tardaron sólo ocho minutos en llegar al hospital de Monreale. Un enfermero entró a Vittorio en camilla por la puerta de urgencias. Gianni, sin apartarse de él, vigilaba por si alguien los espiaba.

Vittorio recuperaba a veces la consciencia. Al final, cuando lo llevaban al quirófano, buscó la mano de Gianni.

–No te olvides de mi hijo –suplicó–. ¿Me oyes, Gianni?

–Te oigo.

Vittorio Battaglia apretó la mano de Garetsky por última vez y desapareció tras unas puertas verdes de batiente. Al notar la presencia de Lucía a su espalda, Gianni se giró y no le gustó lo que leyó en sus ojos. Aquellos ojos oscuros y profundos le decían lo que él no quería saber. Poco después la prima de la muchacha apareció por las puertas verdes y expresó aquello con palabras.

–Tu amigo ha sufrido un paro cardíaco –explicó–. Hemos conseguido reanimarlo, pero ha perdido tanta sangre que podría sufrir un choque en cualquier momento.

Gianni estudió los mensajes que recibía del rostro de la doctora.

–¿Significa eso que va a morir?

–Eso sólo puede decirlo Dios.

–No se lo pregunto a Dios. Si alguna vez estuvo aquí, debió de marcharse hace tiempo. Te lo pregunto a ti.

La reprobación que Gianni había advertido antes en la cara de Helene Curci se tornó en tristeza.

–Sólo puedo prometerte que haremos todo lo posible por tu amigo.

Gianni Garetsky la creyó. La vio alejarse por el pasillo y cruzar de nuevo las puertas verdes. «La próxima vez que atraviese esas puertas será para decirme si Vittorio está vivo o muerto.»

Mientras tanto, tenía cosas que hacer.

Gianni tomó a Lucía por el brazo y la condujo a una pequeña sala de espera que estaba vacía. Sentó a la chica donde pudiera tener una clara visión del mostrador de recepción de urgencias.

–Escucha –dijo–, tarde o temprano alguien entrará por allí para comprobar si ha habido algún ingreso por herida de bala. Seguramente se tratará de uno de los hombres de Ravenelli. ¿Los conoces a todos?

–Sí.

–¿Sabes utilizar una pistola? –La chica asintió con la cabeza. Gianni sacó una automática y la guardó en el bolso de Lucía–. Sólo para casos de emergencia. No quiero que seas un blanco fácil. Recuerda que tiene el seguro puesto. Además, si tú los conoces, ellos te conocerán a ti. Por tanto, intenta que no te vean, por lo menos hasta que yo regrese.

–¿Adónde vas?

–Quiero retirar el coche de la entrada antes de que alguien lo vea. Y aprovechando que tengo que salir, te conseguiré un disfraz de viuda siciliana para transformarte en una ancianita.

Antes de marcharse del hospital, Gianni entregó un fajo de liras a un enfermero para que le prestara un traje blanco y metiera su ropa manchada de sangre en una lavadora.

El sol había salido, y la neblina del amanecer empezaba a disiparse. El hospital se hallaba cerca del centro del pueblo, y las calles comenzaban a cobrar vida con las tareas cotidianas. Gianni notaba cómo lo traspasaba cada ruido que oía; el mundo normal, al que él ya no pertenecía.

El coche estaba donde lo había dejado y todavía tenía las llaves puestas. Qué descuido tan estúpido. Y nada menos en Sicilia, la capital mundial de los robos de automóviles. Gianni rodeó el coche y contó nueve agujeros de bala y metralla. A cualquiera que lo viera no le costaría identificarlo.

Condujo el coche unas manzanas más allá y lo dejó en el centro de un aparcamiento municipal. Antes de abandonar el automóvil, se acordó de coger las llaves y otra automática para sustituir la que había dado a Lucía.

«Estoy mejorando. Incluso podría llegar a ser bueno en esto.» Regresó al hospital andando, y por el camino entró en una tienda de ropa para comprar el tradicional vestido y el pañuelo de cabeza negros de las ancianas de la isla para disfrazar a Lucía.

Gianni no estuvo fuera del hospital más de media hora. En cuanto entró de nuevo en él y respiró aquel aire que olía a cuerpos humanos, medicinas y enfermedad, sintió que se encontraba en una tierra extraña que pertenecía a otro mundo. Divisó a Lucía, en la pequeña sala de espera, sentada donde él la había dejado. La chica hizo una discreta inclinación de la cabeza para hacerle saber que no había ocurrido ningún desastre durante su ausencia, y Gianni le devolvió la señal. Luego se acercó a la mujer morena del mostrador de recepción y saludó. La mujer sonrió.

–Buenos días. ¿Cómo se encuentra su amigo?

–No demasiado bien. Me han dicho que su corazón dejó de latir unos instantes. Pero no he perdido las esperanzas. Soy así de optimista.

–El optimismo es bueno. Tiene usted suerte. –La mujer lo miró–. Habla muy bien el italiano, pero no tiene acento siciliano. ¿De dónde es?

–De Estados Unidos. Nueva York. Mi madre era siciliana. Nació en Marsala.

–Yo tengo primos en Marsala.

–¿Bromea? –dijo Gianni.

–No, en serio. Cinco primos, para ser exactos. Y dos tías.

–Quizá somos parientes.

La mujer rió.

–Cosas más raras han pasado.

Gianni miró a la mujer con semblante grave.

–Además de estar con un pie en el otro barrio –dijo–, mi amigo tiene otro problemilla. Es posible que venga alguien por aquí formulando preguntas.

–Lo sé. La doctora Curci me ha avisado. No se preocupe. Esta noche no ha ingresado nadie con herida de bala, ni oficial ni extraoficialmente.

Gianni Garetsky se sintió tan conmovido que le besó la mano.

–Por favor –dijo ella–. ¿Para qué están los primos?

Gianni volvió junto a Lucía y le entregó el vestido negro y el pañuelo de cabeza.

–He comprado un vestido tres tallas más grande –dijo–. Estoy seguro de que si te pones algún relleno debajo no te reconocerán.

La chica entró en una habitación para cambiarse. Cuando salió, con la cabeza cubierta con el pañuelo negro, caminando pesadamente y con el cuerpo encorvado, parecía una campesina siciliana avejentada, viuda desde hacía varios años y desmejorada.

Se sentaron juntos a esperar. Hablaron poco. Estaban atentos a las puertas verdes, al enorme reloj de pared que había enfrente y a las personas que se dirigían a la mujer morena del mostrador.

Gianni, que hacía más de cuarenta y ocho horas que no dormía, echó alguna cabezada. En uno de esos momentos, cuando soñaba con Mary Yung, Lucía le apretó el brazo, y se despertó sobresaltado.

–A esos dos los conozco –susurró.

Gianni siguió la mirada de ella hasta la zona de recepción y vio a dos hombres hablar con la recepcionista.

–Parecen policías –dijo.

–Lo son. ¿Y qué significa eso por aquí? Pietro tenía a la mitad de los *carabinieri* en su nómina. He visto a esos dos en la casa de campo por lo menos seis veces.

La chica retiró su silla hacia atrás mientras se cubría con el chal de campesina. Gianni palpó la automática que llevaba debajo de la camisa. Observó que los dos policías hablaban con la mujer y recorrían con la mirada la zona de entrada de urgencias. La idea de que la policía estuviera involucrada era más que inquietante, pues proporcionaba mayor amplitud y profundidad a la búsqueda y significaba que no habría médico, clínica ni hospital en toda la isla que no fuera revisado varias veces en los próximos días.

Uno de los hombres tomó el registro de la sala de urgencias y examinó la lista de admisiones de la noche anterior y aquella mañana. Luego, aparentemente satisfechos por lo que habían visto y por lo que la mujer les había dicho, los policías dieron media vuelta y se marcharon del hospital. Gianni bendijo a su nueva prima e inspiró profundamente.

Vio a la doctora Curci cruzar las puertas verdes. Hacía más de cuatro horas que había desaparecido detrás de ellas, y sus movimientos eran lentos, cansados, de una deliberación casi exasperante. Al ver cómo se aproximaba a él, Gianni sintió como si la muerte de Vittorio Battaglia precediera a la doctora por el pasillo como un ángel negro. Notó que Lucía se tensaba en su silla, a su lado, confirmando su juicio. La chica puso su mano sobre la de él con gesto de condolencia.

«Adiós, Vittorio.»

Se levantaron los dos para recibir la noticia. Fue un acto instintivo, una muestra de respeto por el reciente difunto.

–No sé cómo –dijo la doctora Curci–, pero tu amigo ha sobrevivido a la operación.

Gianni escrutó el rostro exangüe de la mujer, con el traje arrugado y manchado, y de pronto pensó que era hermosa.

–Gracias por todo.

–No me des las gracias aún. Todavía cabe la posibilidad de que empeore en cualquier momento.

Gianni Garetsky asintió con la cabeza.

–¿Dónde está ahora?

–En recuperación.

–¿Y luego?

–Cuidados intensivos.

–Debo acompañarle.

–Está prohibido.

–No puedo dejarlo solo –dijo Gianni–. Ya han venido aquí a buscarlo. Se han marchado, pero aparecerán más. Acabarán con él, sin duda. Lo sabes mejor que yo.

Helene Curci meditó unos instantes y dijo:

–Sígueme.

Equipó a Gianni con una mascarilla, un gorro y una bata esterilizados y lo situó detrás de una pantalla en un rincón de la habitación. Allí permaneció, con la pistola en la mano, escuchando los débiles y terroríficos sonidos de los monitores.

«Cuánto daño he causado a este hombre y a su familia.»

54

Era de día, y Peggy había tomado la decisión de hacerlo ese mismo día.

Estaba en el refugio, tumbada boca abajo en la cama, con la barbilla apoyada en el dorso de las manos. Pensaba en su marido, su hijo y cuanto habían pasado juntos. Hasta que sus reflexiones empezaron a desgarrarla. «No puedo hacerlo. Si lo hago, ya puedo despedirme.» Aquel pensamiento era una forma de disculpa.

Un mechón de cabello le cayó sobre los ojos, y miró por la ventana a través de él. Vio unos cuantos arbustos, un árbol cercano y una montaña a lo lejos. La brisa que procedía de ésta meció las delgadas cortinas blancas, que le rozaron la cara. Detrás de la casa, no muy lejos, discurría un arroyo, y aunque no podía verlo Peggy oía el sonido del agua y el rumor del viento que soplaba sobre él. El gorgoteo del agua era tan próximo que parecía mojarle los pies.

Al cabo de un rato se levantó de la cama y se bañó en el arroyo. Aunque no tenía hambre, comió un poco porque nunca había empezado el día en ayunas y no tenía por qué cambiar de costumbre.

Luego empezó a preparar todas las otras cosas que creía necesarias. Todo formaba parte del orden compulsivo con que siempre había intentado vivir, como si imponiendo cierta disciplina en los detalles pudiera aliviar el desorden que amenazaba con estropear la totalidad.

Ignoraba si Vittorio estaba vivo o muerto, pero de todos modos le escribió una nota. No quería que, si volvía al refugio, se preguntara qué le había ocurrido a ella. Luego colocó las hojas de papel escritas allí donde hacía tiempo habían acordado dejarían los mensajes si alguna vez era preciso. Al final Peggy se apresuró, como si la velocidad le impidiera pensar demasiado.

Salió de la casa, cerró la puerta con llave y la depositó sobre el dintel. Antes de subir al coche, miró la casa que en teoría era un refugio seguro para ellos. Luego se sentó tras el volante y partió bajo la luz del sol de la tarde descendiendo por las montañas lentamente, curva tras curva, en dirección a Ravello.

Conducía rígida, tensa, alerta, con una cautela que sabía más cercana al miedo que a la lógica. Si la buscaban, pensó, no sería allí arriba, en una carretera de montaña estrecha y sinuosa. Sin embargo, tenía los nudillos blancos sobre el volante, y sus ojos no paraban de mirar hacia delante y hacia el espejo retrovisor.

Cuando Peggy llegó a Ravello, atravesó tres veces el pueblo, observando a los peatones y los coches que circulaban lentamente por si detectaba algo sospechoso. El día anterior había trazado su plan y había elegido la cabina que juzgó adecuada. Iba provista de una bolsa llena de monedas. Finalmente estacionó el coche y caminó hasta el teléfono público de la gasolinera. Una vez allí, solicitó una conferencia con el ministro de Justicia, Henry Durning, en el Ministerio de Justicia, Washington D. C.

Después de que la secretaria particular de Henry Durning le informara de que el ministro no se encontraba en su despacho en aquel momento, Peggy le pidió que le comunicara que Irene Hopper volvería a llamar a las 13.30, hora de Washington, y que era de vital importancia que el ministro estuviera allí a esa hora para hablar con ella. Para evitar posibles errores, Peggy insistió en que la secretaria repitiera el mensaje.

Colgó y volvió a su coche. Observó a la gente que caminaba por la calle, entraba y salía de las tiendas y circulaba en sus coches. «Antes yo también hacía esas cosas.»

Media hora después, Henry Durning regresó a su despacho tras una reunión en la Casa Blanca y recibió el mensaje de Peggy junto con otros muchos. Se indicaba que la conferencia se había efectuado a las 11.30 exactamente. Durning ordenó a su secretaria que no le pasara ninguna llamada hasta nuevo aviso y telefoneó al jefe del Departamento de Comunicaciones del Ministerio de Justicia.

–He recibido una conferencia en mi despacho, realizada desde Italia a las once y media –dijo–. Quiero saber con exactitud desde dónde se hizo: ciudad, pueblo, centralita, número de teléfono, situación. Todo. Y deprisa.

El ministro tardó pocos minutos en obtener la información; la llamada había sido realizada desde Ravello, desde un teléfono público de una gasolinera Esso, en el cruce de via Contari con via Teno.

Se acercó a su secretaria y depositó el memorándum sobre su escritorio.

–¿Has atendido esta llamada personalmente?

Ella lo miró distraída.

–Sí, señor.

–¿Se trataba de una mujer?

–Sí.

–¿Hablaba inglés o italiano?

–Inglés.

–¿Con o sin acento?

–Sin acento. De hecho me pareció que era americana.

Durning volvió a su despacho y cerró la puerta. Utilizando su teléfono privado, marcó el número directo de Carlo Donatti en su despacho de Nueva York. El don contestó al tercer timbrazo.

–Soy yo –dijo Durning–. ¿Estás solo?

–No. Espera un momento, por favor.

Se produjo un silencio, durante el cual Durning tragó saliva; era como si tuviera la boca llena de polvo. Bebió un poco de agua, y el polvo se convirtió en barro.

–Muy bien –dijo Donatti–. ¿Qué ocurre?

–He estado fuera de mi despacho toda la mañana. Al volver, hace unos minutos, he encontrado un mensaje. La mujer que buscamos ha puesto una conferencia a las 11.30 y volverá a telefonear a las 13.30 exactamente.

–¿Estás seguro de que es ella?

–¿Quién si no? Una mujer que pone una conferencia desde Italia y, según mi secretaria, habla inglés con acento americano. En fin, he ordenado a Comunicaciones que comprueben la llamada. Se efectuó desde un teléfono público de una gasolinera Esso de Ravello. ¿Puedes avisar a tu gente?

–Por supuesto –respondió Donatti–. Si ellos no pueden acudir allí, se pondrán en contacto con otros que puedan. ¿Qué quieres que hagamos?

–Lo que deberías haber hecho hace diez años. –Donatti no contestó–. Sólo dispones de una hora y veinte minutos para enmendarlo –dijo Durning–. Supongo que no llamará desde el mismo teléfono, ni siquiera desde el mismo pueblo. Intentaré entretenerla el tiempo suficiente para que tu gente pueda seguirle la pista.

–¿Qué crees que quiere?

–A su hijo. ¿Qué si no? Quiere hacer algún trato a cambio del niño.

–¿Podría interesarte?

–¿Por qué no? Al menos por teléfono. Me avendré a lo que sea para hacer que hable el rato suficiente para que tu gente pueda localizarla. Después, sólo existe una clase de trato que puede proporcionarme un poco de tranquilidad, y ya sabes cuál es.

–Te llamaré cuando sepa algo –dijo Donatti.

–Si sabes algo, lo más probable es que yo me entere antes que tú. Recuerda que yo estaré hablando por teléfono con ella cuando ocurra.

El don aceptó su inesperada buena suerte con la misma tranquila ecuanimidad con que había aprendido a resignarse a la mala. Si él mismo hubiera planeado aquel último giro del destino, no habría podido disponer mejor los acontecimientos para satisfacer sus necesidades. Sintió el calor de aquella certeza latir dentro de él como antaño sintiera el calor de una mujer especialmente deseada. La diferencia estribaba en que si eso salía bien, el resultado sería más significativo y duradero que cualquier cosa que jamás le hubieran ofrecido en el terreno de lo sexual.

Como no tenía tiempo que perder, se apresuró a marcar el número privado de don Pietro Ravenelli en su villa de las afueras de Palermo. El hombre que contestó no era el capo siciliano, y por lo que Donatti sabía, nadie más tenía autorización para abrir y descolgar el teléfono de seguridad de Ravenelli.

–¿Con quién hablo? –preguntó.

–Con Michael Sorbino, consejero de don Ravenelli. –Sorbino parecía indeciso, demasiado deferente–. Con todo mi respeto, don Donatti, estoy a su servicio.

–¿Conoces mi voz?

–Nos hemos visto en varias ocasiones, padrino. Pero usted no se acordará.

–¿Por qué contestas este teléfono? ¿Dónde está don Pietro?

Sorbino no respondió de inmediato.

–Está muerto, don Donatti. Murió en plena noche. Una tragedia espantosa. Cayeron cinco personas más de nuestra familia. Fueron ese loco y su amigo, los dos que usted está buscando. Primero eliminaron a dos vigilantes de la casa de campo y después a otros tres cuando creíamos que los teníamos acorralados. No imagina qué desastre. Y todo por culpa del niño.

Carlo Donatti trató de asimilar la noticia. Habían plantado un soplo de brisa y recogían un huracán.

–¿Y se han escapado?

–Sí. Pero creemos que el padre del chico recibió por lo menos un par de disparos. Estamos investigando a todos los médicos y en los hospitales.

–¿Y el niño?

–El niño ha desaparecido, don Donatti. Desapareció de noche, como un fantasma. Los dos hombres que lo custodiaban fueron hallados muertos a balazos en su dormitorio.

Donatti se esforzó para dominarse.

–¿Los hombres están muertos?

–Sí; dos de los mejores.

–¿Sospechas que han sido el padre del chico y Garetsky?

–No se me ocurre nadie más. Se llevaron a la mujer de don Ravenelli. Es posible que ella supiera dónde escondían al niño y que los condujera hasta allí.

Donatti dudaba de que fuera así. Si Vittorio había recuperado a su hijo, ¿por qué había de telefonear su mujer a Durning? A menos que no se hubieran comunicado desde la noche anterior, y ella ignorara que el niño estaba con su padre. Pero a Carlo Donatti le preocupaba algo más importante en ese momento y el tiempo se acababa.

–Supongo que ahora estás tú al mando, Michael.

–Intento hacerlo lo mejor que puedo, don Donatti. Como comprenderá, son momentos tristes para todos nosotros. Si puedo serle útil en algo, sólo tiene que pedírmelo.

–De hecho sí puedes serme útil. Se trata de un asunto de vital importancia. Si puedes ayudarme, te lo agradeceré mucho.

–Por favor. Sólo tiene que decirme qué necesita.

–Bien. Entonces escucha con atención, porque vamos contrarreloj. Esta tarde, a las 19.30, una mujer que se hace llamar Irene Hopper solicitará una conferencia con el ministro de Justicia de Estados Unidos, Henry Durning, en Washington, D. C. Llamará desde un teléfono público de Ravello u otro pueblo cercano a él. Tú tendrás que seguir la pista a esa llamada en el momento en que se realice. ¿Me entiendes?

–Sí, don Donatti.

–Por tanto, las operadoras internacionales de esa zona tendrán que ser avisadas con antelación, lo que significa que necesitarás colaboración policial. ¿Podrás conseguirla?

–No hay inconveniente.

–El ministro hará lo posible por alargar la llamada y entretener a la mujer al teléfono. Aun así, todo el mundo deberá actuar deprisa para atraparla. No me importa quién llegue antes hasta ella, la policía o tu gente, siempre y cuando no resulte herida. Eso es importante. ¿Me entiendes, Michael?

–Sí.

–Si la captura la policía, tú la recogerás para llevarla a esa casita blanca cerca del aeropuerto de Palermo donde una vez celebré una reunión con don Ravenelli. ¿Sabes a qué sitio me refiero?

–Sí, don Donatti.

–Si la encuentra tu gente, no hará falta que intervenga la policía. Llévala directamente a la casa y telefonea a mi número privado para que te dé más instrucciones.

–No tengo su número privado.

Carlo Donatti se lo dijo.

–Nadie más tiene que saber este número. Memorízalo y quema el papel donde lo hayas apuntado. ¿Alguna pregunta?

–¿Puedo saber quién es la mujer?

–Es la madre del niño que ha desaparecido.

Se produjo un breve silencio.

–¿No se ha enterado de que su marido y su amigo tienen al niño? –preguntó Sorbino.

–Es evidente que no. Tampoco nosotros lo sabemos con certeza. –En la parte superior de la torre de oficinas, Carlo

Donatti consultó su reloj–. Sólo dispones de unos cincuenta minutos para realizar las llamadas y poner todo en marcha. Te aconsejo que utilices todos los coches que puedas, tanto de la policía como vuestros, y los sitúes separados por unos kilómetros en un radio de treinta kilómetros de Ravello. Cuando se detecte el origen de la llamada, por lo menos uno de los coches se hallará a no más de unos minutos de distancia.

–Así lo haré.

–Gracias, don Sorbino.

A siete mil kilómetros de distancia, Michael Sorbino se infló de orgullo y placer ante el primer reconocimiento oficial de su recién adquirido rango de jefe, y nada menos que por parte del poderosísimo *capi di tutti capi* americano en persona, don Carlo Donatti.

En Nueva York, Donatti colgó el auricular y repasó la llamada mentalmente. Si todo salía bien y su buena suerte duraba, aquélla podría resultar la conversación más importante de su vida. Pero su asignatura pendiente seguía siendo el niño. ¿Dónde se encontraba? ¿Estaba vivo?

55

Peggy llegó a Amalfi poco después de las siete de la tarde, hora italiana. Dio un par de vueltas a la plaza Flavio Gioia lentamente, y aparcó el coche junto a una larga hilera de tiendas de souvenirs, con el mar abierto al otro lado.

Había elegido con anterioridad el teléfono que utilizaría. Se trataba de una cabina de cristal situada en un extremo de la plaza que le brindaría una visión clara de la zona y de cualquiera que se acercara. En cuanto empezara a hablar, no quería sorpresas.

Peggy se quedó sentada en el coche, tensa, y observó a la gente que pasaba. El sol descendía y se tornaba naranja, y la piel de la gente adquiría un tono cobrizo. Parecían indios, y Peggy deseó de pronto ser una india. Deseaba ser cualquier cosa menos lo que era. Como no le gustaba cómo estaba funcionando su mente, dejó de pensar por completo.

Antes había llovido, y se habían formado charcos en las partes más bajas de la calzada, en los que se reflejaban el cielo y los edificios que daban a la plaza, y a veces también los transeúntes. Eran lisos y perfectos como espejos, hasta que alguien los atravesaba y destrozaba la imagen y el espejo.

A las 19.25 Peggy bajó del coche y entró en la cabina telefónica para prepararse. Era una cabina anticuada, con un asiento y un pequeño estante; se sentó y trató de ponerse lo más cómoda posible y organizarse. Extrajo un puñado de monedas de su bolsa y las dispuso en montones ordenados. Sacó una libreta y un lápiz por si tenía que tomar notas respecto a futuras llamadas o planes. Intentó respirar lenta y profundamente para calmar la creciente sensación de pánico.

Entonces descolgó el auricular y una vez más inicio el proceso de solicitar una conferencia con el ministro Durning en Washington.

En esta ocasión la secretaria de Durning pasó la llamada directamente. Entonces la línea quedó en silencio.

–¿Henry? –dijo Peggy.

–Hola, Irene.

Los diez años transcurridos se esfumaron. La voz de Durning no había cambiado.

–¿Hay alguien más escuchando? –preguntó ella.

–No. En cuanto me puse al teléfono, la línea quedó protegida. Puedes hablar con libertad.

–No entiendo de estas cuestiones y no sé si lo haré bien –dijo Peggy–. Por tanto no me andaré con rodeos. ¿Está mi hijo vivo o muerto?

Durning tardó tanto en contestar que Peggy sintió que la muerte de su hijo penetraba el silencio. Finalmente respondió:

–Está vivo.

–¿Y se encuentra bien?

–Sí, se encuentra bien.

–De acuerdo. Entonces suéltalo y cógeme a mí. Iré a donde quieras, haré lo que me pidas.

Una vez más, Durning dejó que el silencio se prolongara.

–¿Así de sencillo? –preguntó con voz queda.

–Así de sencillo.

–Me temo que no resultará tan fácil.

–¿Por qué no? Es a mí a quien quieres, no a Paulie. Me entrego a cambio de que liberes a mi hijo. ¿Dónde está la complicación?

–En nosotros –contestó Henry Durning–, en ti y en mí, en lo que somos y en el hecho de que hay vidas en juego. Por no mencionar la clase de garantías que serían necesarias para que cerráramos un trato teniendo en cuenta nuestra mutua desconfianza. Tendríamos que resolver todos estos problemas.

Lo que no comentó fue que lo único que estaba haciendo era ganar tiempo para que lograran localizar la llamada.

–Pues resolvámoslos, por el amor de Dios. Sólo te pido que dejes a Paulie a salvo en la Cruz Roja Internacional de Nápoles. Cuando eso haya sido confirmado, cumpliré mi parte del trato.

Durning exhaló un suspiro que viajó desde Washington hasta Amalfi.

–Eras una abogada excelente, pero desde luego ahora no hablas como tal. Una vez que tu hijo se encuentre a salvo en la Cruz Roja, ¿qué me garantiza que no volverás a desaparecer?

La operadora intervino en ese momento para pedir a Peggy que introdujera más monedas, y ésta pasó un rato metiendo más monedas en la ranura. Cuando hubo terminado, algo procedente de un remoto pasado la había invadido; una especie de infortunio privado, nunca olvidado, que bastó para orientarla hacia otra dirección y otro tiempo.

–¿Cómo pudiste hacerlo, Henry? –Hasta su voz había cambiado; el dolor de diez años la había suavizado.

Su súbita transformación confundió a Durning.

–¿Cómo pude hacer qué?

–Enviar a alguien para que me matara. Me refiero a la primera vez, hace diez años. –Durning por fin la entendía, pero no sabía qué contestar–. ¿Acaso no lo sabías todo de mí? –agregó Peggy–. Yo te adoraba. Habría preferido morir a traicionarte. Habría hecho cualquier cosa por ti. Hice todo cuanto me pediste. Debiste confiar en mí.

Henry Durning tardó un buen rato en hablar. Cuando lo hizo, su voz había cambiado tanto como la de Peggy.

–Fue mi propia locura la que me traicionó, no tú. ¿Qué puedo decirte, Irene? ¿Que si volviera a nacer no lo haría? Muy bien, no lo haría. ¿Crees que me enorgullezco de haberme convertido en lo que soy? He obrado muy mal, pero no fue idea mía secuestrar a tu hijo. Confío en que me creas.

–¿Qué importancia tiene que lo crea o no?

–Porque una vez me amaste, y aunque ahora parezca una locura, yo te amé a ti.

Peggy se quedó absorta. Sabía que aquel cerdo mentiroso podía hacer que sus labios dijeran cualquier cosa, y aun así estuvo a punto de creerle.

–Eso es historia –dijo al fin, hastiada–. Ahora lo único que me importa es que liberes a mi hijo. Antes has hablado de garantías, has dicho que no quieres que desaparezca en cuanto Paulie esté a salvo con la Cruz Roja. Muy bien, di qué garantías pides.

–Me temo que no se trata sólo de eso.

–¿Qué quieres decir?

–Es una cuestión de confianza –dijo Durning–. Supongo que en realidad no puedo aceptar la idea de que estés dispuesta a...

Peggy no oyó nada más. Un hombre a quien ni siquiera había visto acercarse abrió la cabina, le arrebató el auricular de la mano y lo colgó.

–Policía –dijo, y le enseñó su placa y sus credenciales.

Ella lo miró muda de asombro. Entonces vio que lo acompañaban dos hombres. Los tres vestían de paisano, y su coche, que aparte de las matrículas oficiales no llevaba ningún otro distintivo, estaba aparcado a sólo diez metros de distancia. ¿Eran policías de verdad?

En Italia tal detalle no importaba demasiado. El largo brazo de la mafia alcanzaba todos los rincones. Y en aquel caso en particular, era obvio que Henry Durning se hallaba al otro extremo del brazo.

«Dios mío, en qué lío me he metido.»

Peggy creó alrededor de sí un pequeño círculo de serenidad. Sabía que en cuanto saliera de él, ya no tendría nada.

–¿Quiere hacer el favor de acompañarnos? –pidió el detective que le había enseñado la placa y la identificación.

–No sé qué significa esto, agente –dijo Peggy–, pero es evidente que cometen un error.

–No, *signora*. No hay ningún error.

–¿Quién cree usted que soy?

Tanto el detective como sus dos compañeros se limitaron a mirarla a los ojos, pues las únicas señas con que contaban para identificarla eran que estaba hablando en aquella cabina telefónica a aquella hora en concreto.

–No soy una criminal –explicó Peggy con calma gracias a su nueva serenidad–. Me llamo Peggy Walters y soy ciudadana norteamericana. Vivo con mi marido y mi hijo en una casa de nuestra propiedad, en Positano, y soy la dueña de la Galería de Arte Leonardo da Vinci, en Sorrento. –Entregó el bolso al presunto policía–. Si quiere mirar en su interior, encontrará mi carnet de conducir, mis tarjetas de crédito y todos los documentos que quiera.

El agente le devolvió el bolso sin abrirlo.

–No dudo de su palabra, señora Walters, pero me temo que de todos modos tendrá que acompañarnos.

–¿Adónde?

–A la comisaría de Amalfi.

–¿De qué se me acusa? ¿De hablar por teléfono en una cabina pública de la plaza Flavio Gioia?

El policía, que al parecer había agotado su paciencia, cogió a Peggy por el brazo e intentó sacarla de la cabina por la fuerza.

Ella se resistió aferrándose al teléfono.

–Si no me suelta, empezaré a gritar y dar patadas y montaré tal escena que doscientas personas indignadas y asustadas acudirán corriendo para ver a quién están violando. ¿Acaso quiere que lo haga?

El detective le soltó el brazo.

–Sea razonable, señora Walters. Nosotros no sabemos mucho más que usted sobre este asunto. Nos limitamos a obedecer órdenes y cumplir con nuestro trabajo.

–¿Qué órdenes tienen?

–Llevarnos a cualquiera que utilice esta cabina.

Durante el silencio que siguió, Peggy decidió que al fin y al cabo debían ser policías. Si hubieran sido mafiosos, estaría muerta en el suelo de la cabina. El hecho de que fueran policías no significaba gran cosa a largo plazo, pero de momento le proporcionaba cierta tranquilidad.

–Si me permite telefonear al cónsul americano de Sorrento –dijo–, me iré con ustedes sin oponer resistencia.

–Lo siento, señora Walters. Nada de llamadas.

–¿Forma eso parte de sus órdenes? –El detective asintió con la cabeza–. ¿Cómo se llama? –preguntó Peggy.

–Trovato, sargento Trovato.

–Bien, sargento Trovato, al parecer tendrá que arrastrarme mientras pataleo y chillo.

El sargento parecía preocupado.

–No entiendo nada, señora Walters. Sólo le pido que nos acompañe a la comisaría de Amalfi, que está a sólo cinco minutos en coche. Si se trata de un error, saldrá de allí de inmediato. ¿Por qué se empeña en dificultarnos la tarea?

–¿Quiere que le diga la verdad, sargento?

Trovato mostró una hilera de dientes blancos, casi perfectos. Era un agente atractivo y sin duda honrado, pensó Peggy, que no tenía ni la más mínima idea de cómo la estaba comprometiendo.

–En mi trabajo –dijo el policía– la verdad es tan poco corriente que me he olvidado de cómo suena.

–Entonces intentaré refrescarle la memoria –repuso Peggy–. Usted no me creerá, pero la razón por la que me empeño en ponérselo tan difícil es porque sé que en cuanto llegue a la comisaría, nadie volverá a verme con vida.

El policía la miró de hito en hito.

–No puedo creer que hable en serio, señora Walters.

–¿Lo ve? Ya le advertí que no me creería.

–Lo lamento –repuso él.

Lo más absurdo de todo, pensó Peggy, era que seguramente el sargento lo lamentaba de verdad; un hombre educado y atractivo, que sólo pretendía cumplir su ronda diaria y regresar a casa con su familia sin causar ningún perjuicio innecesario.

Por eso, cuando tendió el brazo suavemente para tocarla, no pareció más que un gesto casi cálido, humano; un miembro de la especie aproximándose a otro en un momento de profunda tensión y emoción.

Un instante después, Peggy se sintió más humilde que una santa, mientras la luz del atardecer se apagaba aún más y ella entraba en un nuevo y acogedor reino de paz y oscuridad.

No se dio cuenta de que se caía porque el sargento Trovato la sujetó antes de que ella notara que se le doblaban las rodillas.

En cuanto abrió los ojos Peggy se percató de que se encontraba en una celda.

Estaba tendida frente a una ventana y vio los barrotes oscuros recortados contra un cielo de un color naranja muy tenue.

No sentía dolor, sino una débil molestia en el punto del cuello sobre el que el amable sargento Trovato debió presionar para cortar por unos instantes el flujo de la sangre al cerebro.

Lo que sentía era un agotamiento semejante al que a veces se experimenta después de hacer el amor prolongada e intensamente, con toda la actividad concentrada en el pasado reciente, y sin nada que hacer durante un rato excepto abandonarse.

El caso era que no la habían matado. Aquel hecho bastaba para que se sintiera eufórica, lo que decía mucho de su modo de ver las cosas en esos momentos.

56

El ministro de Justicia revisó unos documentos y almorzó en su despacho mientras esperaba la llamada de Carlo Donatti, sin prestar atención a lo que hacía, pensando en la mujer a quien había conocido como Irene.

Tener el valor para entregarse de aquella forma. En el gesto de aquella mujer había una pureza que desafiaba y destrozaba el cinismo de Durning porque en realidad era mucho más que un gesto; era su vida. Eso le hizo considerar nuevamente todo lo que había sentido y pensado de ella.

«Debiste confiar en mí, Henry. ¿Acaso no lo sabías todo de mí?»

Evidentemente no, y aunque lo hubiera sabido, esa clase de confianza no era propia de su naturaleza. Mala suerte. Con ella se habría ahorrado muchos problemas y habría evitado un espeluznante número de muertes.

La llamada de Donatti llegó a través de la línea privada a las 14.47.

–Todo ha salido bien –dijo el don–. ¿Podemos vernos esta noche? Tenemos que discutir un par de asuntos.

–¿En el sitio y a la hora de siempre?

–Si te parece bien.

–De acuerdo –dijo el ministro, y colgó el auricular.

Henry Durning no sintió ningún regocijo, ni siquiera alivio. En cierto modo se sintió disminuido, como si una de sus partes vitales se hubiera desprendido y hubiera salido flotando.

Esta vez fue Durning quien llegó antes a la habitación y se encargó de la rutina de la música y las bebidas.

«Mi tarea ritual.»

Muchas de las características de sus encuentros coincidían con las de una cita amorosa, aunque sin ninguno de los placeres que acompañaban a éstas. Sin embargo, estaban la emoción, las tácticas encubiertas, la constante amenaza del descubrimiento o la traición. Y aunque no confiaban ni lo más mínimo el uno en el otro, su solo poder individual creaba cierto respeto mutuo.

O así le parecía a Henry Durning.

Con Donatti era difícil estar seguro. Aquellos llamados «hombres de honor» pertenecían a una raza completamente diferente. A veces se podía pensar que se les conocía, pero eso nunca era cierto. Con su larga tradición y su juramento de silencio casi medieval –*omertà*–, no había posibilidades reales de llegar a comprenderlos o intimar con ellos. En el mejor de los casos, lo único que cabía esperar era una relación profesional aceptable, e incluso eso dependía de un equilibrio de fuerzas meticulosamente calculado. Como si se apuntaran el uno al otro en la cabeza con una pistola, fríamente. Y siempre que fuera posible, pensó Durning, guardándose un as en la manga por si acaso.

El don llegó poco después. Se abrazaron y se sentaron frente a frente. Permanecieron en silencio unos instantes, como si estuvieran acomodándose al suceso que los había reunido esa noche.

Donatti cruzó las piernas y bebió el whisky que Durning le había ofrecido.

–Bueno, ya está hecho –dijo–. Cumpliste muy bien con tu parte, y los demás también. Esa mujer ya no te causará ningún problema.

–Gracias, Carlo. Te lo agradezco.

Donatti lo miró y dijo:

–No pareces muy contento.

–No lo estoy. Necesitaba su muerte, pero no puedo alegrarme de que se haya producido. –Durning observó su bebida sin tocarla. Como si fuera sangre–. ¿Cómo lo hicieron?

–¿De verdad quieres saberlo?

–No. Pero lo prefiero a tener que imaginarlo.

–Fue un trabajo muy concienzudo –dijo Carlo Donatti–. Nada especial. ¿Qué oíste tú por teléfono?

–Estuvimos hablando durante casi ocho minutos. Luego colgaron el auricular de golpe y no oí nada más. ¿Quién la encontró?

–Tres detectives de la comisaría de Amalfi.

–¿Y?

–La encerraron en una celda de aislamiento. Unas horas después, dos de nuestros amigos sicilianos la recogieron, la llevaron a un bosque y realizaron el trabajo. No la hallarán.

Una violenta ráfaga de Mozart llenó el silencio.

–¿Sabía ella lo que iba a ocurrir?

El don se encogió de hombros.

–Tal vez. De todos modos, ¿qué importa lo que ella supiera?

–A mí sí me importa.

Con ojos inexpresivos, Carlo Donatti movió lentamente la cabeza.

–Eres muy raro, Henry. Para ser un hombre tan sensible y preocupado por los demás, estás provocando muchas muertes. –Durning no dijo nada–. Te pondré al corriente de la lista de muertos –prosiguió Donatti–. Nuestros amigos Battaglia y Garetsky acaban de añadir once más, entre ellos el capo siciliano con quien estaba trabajando.

El ministro de Justicia sintió cómo el número danzaba en su interior; un veneno de efecto retardado.

–Ese capo –dijo–, ¿era el que tenía al hijo de Battaglia? –Donatti asintió con la cabeza–. Entonces ¿dónde está el niño? ¿Lo ha recuperado su padre?

–Por lo visto nadie lo sabe.

–¿Y los dos hombres que me dijiste que lo custodiaban?

–Muertos. Y según el nuevo capo, también Vittorio recibió un par de balazos en uno de los tiroteos. Ahora están investigando en los hospitales.

–Maravilloso –dijo Durning.

Cerró los ojos y vio unas aguas oscuras cubriendo imprecisos cuerpos sin rostro en una charca nocturna.

Mary Yung tenía aversión a la fría y árida sensación del aire acondicionado sobre la piel desnuda, y por ello Durning desconectaba el aparato cuando hacían el amor.

–Me encanta cuando estamos juntos así, mojados –dijo Mary–. Resbalando y deslizándonos.

Durning lo entendía. Esa suave mezcla de otro jugo más.

Incluso en la oscuridad, le traía imágenes del cuerpo de la joven, proporcionado y seductor, destellante de sudor, montando encima de él e inventando nuevas formas, siempre más excitantes, de hacerle el amor.

¿Dónde estaban sus límites? Debía tenerlos, por supuesto. Al fin y al cabo no era más que una mujer, con las mismas partes sensibles que todas las demás: dos manos y tres orificios. Pero Virgen Santa, lo que sabía hacer con ellos. Y cómo lo hacía. Así pues, ¿dónde estaban sus límites?

Estaban tendidos boca arriba en el intenso calor de la noche. Un aire pesado se adhería a sus rostros. Pasó un coche, y oyeron el susurro de la ruedas sobre el asfalto. A kilómetros de distancia, una sirena de la policía lamentaba otro asesinato.

–Eres como un chico de diecisiete años –observó Mary.

–¿En qué? ¿En mis indecorosos arrebatos adolescentes?

–Posees una capacidad de admiración increíble. No hay ni un centímetro de cuerpo de mujer que no conozcas, comprendas y ames. Para ti es un mundo maravilloso.

–¿Y eso es bueno o malo?

–Depende de cómo lo utilices.

–En ese caso tengo un problema grave.

Ella se tendió sobre el costado y le besó.

–Como si no lo supieras.

–Lo que sé es que cuando muera seguramente será una mujer quien me liquide. –Durning cogió sus cigarrillos, encendió uno, y examinó la luz en la oscuridad–. Y he de admitir que ahora mismo tú eres la candidata número uno a gozar de ese honor.

Mary Yung intentó vislumbrar su rostro, pero estaba demasiado oscuro y no consiguió ver su expresión.

–¿Hablas en serio?

–¿Sobre mi muerte? –Durning sonrió–. Claro que hablo en serio.

–Entonces ¿por qué me mantienes con vida, en tu casa y retozando en tu cama?

–Porque es aquí donde quiero que estés.

–¿Aun sabiendo que podrías morir por ello?

Durning se estiró.

–Sí.

–Es una locura, Henry.

–La locura no es más que una opinión arbitraria. Y en mi opinión tiene mucho sentido para mí poseer y disfrutar de lo que más deseo en esta etapa de mi vida. –Mary Yung permaneció inmóvil, muda–. No me interpretes mal –agregó Henry Durning–. No tengo instintos suicidas. Quiero vivir, me encanta la vida. Sencillamente procuro ser realista respecto a mi futuro inmediato.

–¿Qué significa eso?

–Que últimamente, por lo visto, camino bajo la sombra de la muerte. Cada vez que respiro la percibo a mi lado, como esta noche. Me he enterado de que tus amigos Gianni y Vittorio han añadido once muertos más a la lista. –Durning notó que Mary se ponía tensa, pero la mujer no hizo ningún comentario–. No se lo recrimino. Simplemente tratan de recuperar al hijo de Vittorio, al igual que lo habéis intentado tú y la madre del chico. Y según tengo entendido ella ha muerto esta tarde.

Mary tardó un momento en hablar y, cuando lo hizo, empleó un tono de fría sequedad.

–¿Peggy?

–Sí. Aunque cuando yo la conocí se llamaba Irene.

–De modo que por fin has conseguido lo que querías –dijo Mary Yung lentamente. El ministro no contestó–. ¿Y su hijo?

Durning consideró la respuesta a esa pregunta con mucha precaución, aunque en realidad no había nada que considerar, pues sabía que si no mentía, la perdería. Y no estaba dispuesto a permitir que eso sucediera.

–Estaba todo preparado –dijo–. Tenían que soltar al niño en cuanto capturaran a la madre. Pero antes de que tuvieran ocasión de hacerlo Battaglia y Garetsky se cargaron a once de los suyos. Ahora se ha convertido en una venganza personal, una cuestión de honor. Se niegan a liberar al niño hasta que encuentren a Battaglia y Garetsky.

–¿Están utilizándolo como señuelo?

–No tienen otro motivo para retenerlo.

–¿Quiénes son?

–Los contactos sicilianos de mi don americano.

Mary Yung meditó unos instantes.

–¿Y ahora qué ocurrirá? –preguntó.

–Tendré que seguir presionándolos.

–¿Podrás hacerlo?

Durning apretó los labios contra el pecho de la chica, como si ésta fuera un amuleto.

–Soy el ministro de Justicia de Estados Unidos. Dirijo el Ministerio de Justicia. Puedo hacer lo que se me antoje.

–Sí, pero ahora que te has librado de la madre del niño, ¿por qué habrías de tomarte esa molestia?

–Para impedir que me abandones –contestó Henry Durning–. Y quizás incluso para evitar que me pegues un tiro en la frente con tu pistolita.

Y seguramente estaba más cerca de la verdad de lo que lo había estado últimamente.

57

El ministro de Justicia volvió a llorar durante los funerales de Brian y Marcia Wayne.

«Estoy volviéndome insufrible.»

Allí, sentado con el presidente de Estados Unidos, la primera dama, los miembros del gabinete, y otros dignatarios, Henry Durning escuchó los elogios dirigidos al director del FBI y su esposa y sintió una abrasadora sensación en el pecho. Era como si algo en lo más profundo de él se hubiera echado a perder, se hubiera podrido y hubiera destilado su propio veneno.

Intentó con toda su mente y todo su corazón derramar alguna lágrima por su amigo y su esposa asesinados. Pero ¿cómo?

No encontraba sentimientos para ellos. Sólo era consciente de sí mismo, de su abrasadora sensación y de sus ojos llorosos, que le escocían. Ni siquiera la oración servía. ¿Por qué había de rezar? ¿Por la justicia? ¿Por la piedad?

Respiró lenta, profundamente, tratando de aliviar la presión que sentía. Estaba atormentado.

Muy bien. Había matado. Y ahora lloraba, pero malgastaba sus lágrimas, porque éstas nada significaban. No ayudaban a nadie.

Y menos aún a él.

58

Paulie se sentía como nuevo.

Había salido del pueblo de Lercara Friddi abrigado con su cazadora recién comprada que lo protegía del frío matutino; llevaba también una mochila llena de comida y otras provisiones para el viaje de regreso a Positano.

Por primera vez en su corta vida, tenía conciencia del poder del dinero.

Se preguntó qué habría hecho si no se le hubiera ocurrido cogerlo de los bolsillos de los dos muertos. La pregunta era estúpida. Habría pasado hambre y frío. Además, al llegar al transbordador de Palermo, habría tenido que embarcar a hurtadillas y viajar como un polizonte porque no habría podido comprar el billete.

Había que tener cuidado con enseñar el dinero. Podía resultar peligroso. Como cuando lo sacó para pagar su cazadora; el dependiente lo miró con curiosidad y le preguntó qué banco había robado. El hombre sólo bromeaba, por supuesto, pero que un niño tan pequeño llevara tanto dinero en el bolsillo habría podido despertar sus sospechas, y quizás hasta hubiera avisado a la policía.

Así pues, después de aquella experiencia Paulie había actuado con más cautela y utilizado los billetes más pequeños para realizar el resto de las compras. Luego se apresuró a salir de Lercara Friddi por si el hombre que le había vendido la cazadora se lo pensaba mejor y decidía llamar a la policía.

De hecho se marchó con tanta prisa que ni siquiera se paró a comer, y ya le rugía el estómago. No recordaba haber estado tan hambriento jamás y se preguntó cuánto tiempo tardaba una persona en morir de inanición. Enseguida pensó en el pan, el queso, el salami y todo lo que guardaba en la mochila.

Apenas había recorrido medio kilómetro, cuando se apartó

de la carretera, encontró un trozo de hierba junto a un arroyo y se sentó allí a comer.

El primer bocado de pan y salami le supo mejor que nada que hubiera comido antes. Estaba tan delicioso que deseó que su madre se hubiera encontrado allí para ver cómo lo disfrutaba. Ella siempre se quejaba de que Paulie parecía no saborear los alimentos y aseguraba que por eso estaba tan delgado. Todo el mundo sabía que si no se disfrutaba de la comida, el cuerpo no la aprovechaba.

Sin embargo, al pensar en su madre la comida perdió parte de su encanto. Antes de abandonar el pueblo había telefoneado a casa otra vez, sin obtener respuesta. Estaba francamente preocupado. ¿Dónde podía estar su madre a aquellas horas de la mañana?

59

Algo sobresaltó a Gianni Garetsky en plena noche.

Llevaba puesta una mascarilla esterilizada de color verde pálido y le costó despertarse. Seguía sentado en su silla especial, en la unidad de cuidados intensivos del hospital de Monreale; hacía dieciocho horas que estaba allí, esperando a que el cuerpo herido de Vittorio Battaglia decidiera si continuaba viviendo o moría.

Gianni sólo había abandonado la vigilancia voluntaria junto a la cama de su amigo para comer o ir al lavabo, no sólo porque no quería perderse las que pudieran ser las últimas palabras de Vittorio, sino porque no le gustaba la idea de dejarlo allí solo y desprotegido, con la amenaza de que sus enemigos volvieran.

Gianni miró a Vittorio, convertido en poco más que un conducto. Había fluidos que entraban en él a través de una serie de tubos y salían por otros, mientras en la pared, detrás de su cabeza, las luces de los monitores parpadeaban y emitían pitidos.

Gianni supuso que uno de esos pitidos lo había despertado.

–Oye...

Se volvió y encontró a Vittorio mirándolo con ojos notablemente despejados.

–¿Quién eres? –preguntó Battaglia–. ¿Dios, o el maldito diablo con una mascarilla?

Gianni se levantó, le tomó la mano y se quedó mirándolo, emocionado. Supuso que realmente no creía que su amigo saliera de aquel trance.

–Voy a avisar a una enfermera –dijo.

–De eso nada. Primero habla conmigo. –Vittorio cerró los ojos un momento. Luego los abrió y añadió–: ¿Cuánto tiempo he estado inconsciente?

–Unas dieciocho horas.

–Dios mío. ¿Qué hay de la mafia y la policía?

–Han venido a preguntar. Pero tienes unos cuantos amigos de confianza en este hospital.

–¿Quiénes?

–Lucía, su prima la doctora y una amable recepcionista de urgencias que cursó tu ingreso y luego dijo lo que había que decir en el momento oportuno.

Battaglia lo miró fijamente.

–Y te tengo a ti. –Gianni no dijo nada–. ¿Hay noticias de Paulie?

El pintor negó con la cabeza.

–Lo que más me fastidia –dijo Battaglia con dificultad– es que tendré que cargarte con todo el trabajo mientras yo me quedo aquí tendido, meando por estos tubos.

–Para eso estoy aquí, Vittorio.

–No estás obligado a nada, ya lo sabes.

–Y un cuerno que no. Seguramente nunca he estado más obligado a algo.

Una enfermera que los oyó hablar reprendió a Gianni por no haberla llamado y se apresuró a avisar a un par de médicos.

Al cabo de una hora volvieron a quedarse solos y pudieron hablar.

–Dime qué quieres que haga –dijo Gianni.

Vittorio respiraba con dificultad. Los médicos lo habían dejado agotado.

–Ve al refugio a buscar a Peggy –dijo–. Deprisa. A estas alturas seguramente pensará que nos han matado, y me preocupa lo que pueda hacer.

–¿Y si no está allí?

–Si por algún motivo ha tenido que marcharse, habrá dejado un mensaje. A la derecha de la puerta posterior hay un matorral. Una de las piedras de la pared que hay detrás del matorral está suelta. Sácala y si ha dejado una nota la encontrarás allí.

–¿Y si no encuentro a Peggy ni ningún mensaje?

Vittorio buscó los ojos de Gianni, bordeados por la mascarilla.

–No estoy seguro.

Gianni guardó silencio. Se dio cuenta de que no recordaba que Vittorio hubiera admitido alguna vez que no estaba seguro de algo.

–Iba a decirte que volvieras aquí para que habláramos –dijo Vittorio–. Pero será mejor que hablemos ahora.

Vittorio sorbió agua con una caña. Tenía buen color de cara, pero Gianni sabía que en parte se debía a la fiebre y en parte a la sangre nueva de las transfusiones.

–Antes de partir habla con Lucía y su prima –aconsejó Battaglia–. Diles que seguramente telefonearás para darme un mensaje. ¿Crees que podemos confiar en ellas?

–De no ser por ellas, ahora estarías muerto. Y probablemente yo también.

Vittorio asintió con la cabeza.

–Lo sé. Aun así, con unas pinzas eléctricas en los pezones confesarían todo lo que saben. De modo que ten cuidado con lo que dices. –Clavó la mirada en el techo, como si todo lo que tenía en la mente estuviera escrito allí–. Si Peggy está en casa, no le digas dónde estoy ni lo que ha ocurrido. Explícale que estoy bien, que tenemos unas cuantas pistas sobre Paulie y que sólo has ido para informarla y evitar que se preocupara. Y que luego te reúnes de nuevo conmigo. Tienes que mostrarte optimista.

–Como siempre, ¿no?

Vittorio hizo una mueca y cerró los ojos cuando lo atravesó un espasmo de dolor. Luego se relajó.

–Si Peggy no está en el refugio y encuentras una nota –dijo, hablando con dificultad– telefonea y di a Lucía o a su prima de qué se trata, a menos que sea algo tan delicado que prefieras venir aquí y contármelo personalmente. –Vittorio tragó agua con esfuerzo–. Si no está en el refugio, no ha dejado ningún mensaje y ella no aparece durante unas horas, regresa, y planearemos el siguiente paso.

Vittorio se recostó contra la almohada y volvió la cara hacia Gianni. Los músculos de la mandíbula se le aflojaron, y Gianni tuvo la impresión de que su amigo se debilitaba. Hasta el engañoso color de sus mejillas parecía haberse difuminado.

–Escucha –prosiguió Vittorio lentamente–. Todo esto son tonterías. Vamos al fondo de la cuestión. Si no consigues nada, si no puedes ponerte en contacto conmigo, si yo muero o lo que sea, recuerda lo que tienes. –Vittorio Battaglia hizo esfuerzos para respirar–. Tienes a Durning detrás de toda esta mierda –continuó–, a nuestro don Donatti lamiendo el culo al ministro y haciendo cuanto él le pide, y a ese nuevo capullo siciliano, Michael, que seguramente sustituirá a Ravenelli y actuará bajo las órdenes de don Donatti. Y todos ellos tienen un único objetivo. –Los ojos de Vittorio eran dos agujeros negros–. Matar a mi esposa.

Momentos después, cuando Gianni se disponía a marcharse, Vittorio le tomó la mano con una fuerza sorprendente.

–Dame tu pistola –dijo.

Gianni lo miró. Debía de haber empezado a subirle la fiebre de nuevo, porque su rostro parecía quemado por el sol.

–Si algún siciliano entra aquí con una bata de médico para liquidarme –dijo Battaglia– no quiero que me encuentre sólo con el pito en la mano.

–¿Dónde la guardarás?

–Entre las piernas. ¿Dónde si no? –Garetsky sacó su automática y comprobó que tenía el seguro puesto–. El silenciador también –pidió Vittorio.

Gianni extrajo el silenciador de otro bolsillo, lo ajustó al cañón de la pistola y deslizó el arma bajo las sábanas de Vittorio. Entonces se miraron. Gianni se quedó allí un momento, lamentando tener que dejar a su amigo solo.

–Qué gran oportunidad de acabar con unos cuantos médicos –dijo.

Gianni recogió su coche del aparcamiento municipal y llegó a casa de la doctora Curci cuando ella y Lucía estaban desayunando.

–Recobró el conocimiento hace aproximadamente una hora y media –dijo.

Lucía se llevó las manos a las mejillas.

–Anoche encendí una vela por él.

–¿Estaba lúcido? –preguntó la doctora.

–Completamente.

–Estupendo. Pero todavía existe el riesgo de infección. Le visitaré más tarde.

–Las dos habéis estado estupendas. De no ser por vosotras, Vittorio estaría muerto.

–Todavía no está fuera de peligro –recordó la doctora Curci.

–Lo sé, pero de momento sigue vivo.

Lucía sirvió café a Gianni y él lo bebió.

–Tengo que pediros otro favor –dijo–. Partiré hacia el continente dentro de unas horas, y es posible que tenga que dejar un mensaje a Vittorio. ¿Puedo telefonearos?

–Yo estaré aquí, en la casa –dijo Lucía, y anotó el número de teléfono.

Gianni tuvo que hacer un gran esfuerzo para no abrazarla.

Gianni aparcó en el aeropuerto de Palermo, embarcó en el vuelo de las 8.00 a Nápoles, y llegó allí en menos de una hora.

Lo único que le fastidiaba era no poder llevar pistola. Pero como ninguno de los miembros de la *famiglia* de Ravenelli que seguían con vida conocía su cara, suponía que no necesitaría armas.

Alquiló un Ford en el mostrador de Hertz y enfiló la misma ruta hacia el sur a lo largo de la costa que había recorrido con Mary Yung. Aunque sólo habían transcurrido cuatro días, parecía haber pasado más de un año.

¿Dónde estaría Mary? ¿Con quién follaría? ¿A quién estaría vendiendo?

No le importaba ni lo más mínimo.

¡Dios! Lo que había provocado por su asqueroso millón de dólares. ¿Cómo podía vivir con aquella carga? Qué mujer. Y él la había amado. Seguramente había partes de él que todavía la amaban.

El camino que conducía hasta la entrada estaba tan bien camuflado entre árboles, arbustos y hierbas que Gianni pasó por delante dos veces sin divisarlo.

Mientras avanzaba por él, rezó mentalmente, aunque nunca se le habían dado demasiado bien las oraciones, para que se produjera una sorpresa feliz. Lo que verdaderamente necesitaba era un milagro.

Sin embargo, nada presagiaba un milagro, salvo el de un sol radiante que hacía brillar las hojas de los árboles, unos trinos de pájaro y la visión de un cielo tan profundo y azul que casi se podía jurar que conducía directamente hasta Dios.

Gianni vio un coche aparcado junto a la casa, lo que significaba que por lo menos Peggy se encontraba allí. Luego se dio cuenta de que debería haber dos vehículos, pues Vittorio no se había llevado el suyo.

De todos modos, era posible que Peggy hubiera ido a Ravello por algún motivo. En cualquier caso, aquélla no era la señal más esperanzadora.

Gianni subió por los escalones, llamó a la puerta y esperó. Al no obtener respuesta, insistió. Percibía una quietud amenazadora en el ambiente.

Comprobó que la puerta estaba cerrada con llave. Recordó que Vittorio había buscado sobre el dintel la noche en que llegaron; Gianni hizo lo mismo y tocó una llave. Abrió la puerta y entró.

–¿Peggy?

Ni siquiera se escuchó eco.

Revisó, una por una, todas las habitaciones de la pequeña casa. En la cocina había una cafetera sobre la cocina de leña. Gianni abrió la parrilla, vio cenizas y las tocó; estaban frías.

En el dormitorio que habían ocupado Peggy y Vittorio la cama estaba hecha, y el camisón de Peggy descansaba sobre el lecho. Sin saber por qué, Gianni cogió el camisón y aspiró el tenue aroma de perfume; se trataba del aroma de Peggy, pero le recordó a Mary Yung, al igual que el tacto de la tela. Habría podido pasar una hora recreándose en el tacto y el perfume. «¡Idiota!»

Gianni dejó el camisón sobre la cama, salió de la habitación y se dirigió a la puerta trasera.

Localizó el matorral que crecía a la derecha de la puerta, junto a la pared de piedra de la casa, tal como Vittorio había descrito. Se agachó y empujó y tiró de las diferentes piedras hasta que encontró una suelta y la retiró. Gianni sacó una bolsa, volvió a colocar la piedra y entró en la vivienda.

Se sentó en la cocina. Sentía un hormigueo en los dedos al tocar el plástico y una opresión casi estranguladora en la garganta.

De pronto, disgustado consigo mismo, abrió la bolsa y extrajo un sobre sin sello ni dirección y de color azul pálido, como el papel de carta que contenía.

El escrito estaba fechado el día anterior, e indicaba la hora: las 18.00.

Amor mío,

Hace ya más de tres días que Gianni y tú os fuisteis, y escribo esta carta con el terrible presentimiento de que quizá nunca regreses para leerla. Pero por si me equivoco y algún día vuelves, quiero que sepas lo que he hecho y por qué.

Ahora lo único que me importa es Paulie. Quiero librarlo de las garras de esos animales y que este horror acabe para él. Por fin he comprendido que soy la única que puede conseguirlo, y eso es lo que haré.

Partiré de aquí dentro de unos minutos para telefonear a Henry Durning a Washington y ofrecerle un trato. Como lo único que interesa a Henry de todo este asunto soy yo, me entregaré con la condición de que deje a Paulie a salvo en una división de la Cruz Roja Internacional.

En cierto modo, casi me alegro de que no estés aquí, porque sé que me habrías impedido llevar a cabo mi plan, y no quiero que nadie me lo impida.

Lo más doloroso es amarte tanto. Siento muchísimo haceros pasar por esto a Paulie y a ti. Amarte ha sido lo más maravilloso de mi vida. Me hace sentir menos vergüenza que antes por todo. Si alguien como tú ha podido amarme, no debo haber sido tan mala.

En cierto modo me siento engañada. Podría haberte podido amar por lo menos otros cuarenta años más. Quizá soy demasiado ambiciosa y cuando se han pasado diez años tan maravillosos como los que hemos vivido nosotros, no se debe esperar nada más. De todos modos es imposible medir una cosa así en años.

Cariño, prefiero esos diez años junto a ti a cincuenta con cualquier otro hombre que haya conocido jamás. Por lo tanto, no te lamentes por mí, no soporto la idea de que te compadezcas de mí. Si lo haces, te juro que volveré desde el otro mundo para incordiarte, a menos que hayas muerto antes que yo. Entonces tendrías más antigüedad que yo y podrías molestarme tú.

Pido a Dios que no estés muerto. Sería terrible que nuestro

Paulie nos perdiera a los dos. Además eres tú a quien más adora. Está loco por ti, su papá. De manera que, por favor, por favor, no te dejes matar, amor.

Mierda. Ahora me he echado a llorar. Estaba haciéndolo tan bien y ahora empiezo a llorar como una magdalena. Ni siquiera puedo dejarte una nota de despedida decente sin estropearla con mis lágrimas. En cualquier caso creo que ya lo he dicho todo. Y lo que no he escrito, tú ya lo sabes.

Si estás vivo, podrás recoger a Paulie en la Cruz Roja Internacional de Nápoles. Si hubieras muerto, él sabrá cómo ponerse en contacto con mi hermana en Vermont. Le he hablado muchas veces de ella, por si algún día sucedía algo como esto. Pero Dios mío, ¿quién iba a decir que sucedería?

Por favor, por favor... recuérdame con alegría. Besos,

PEGGY.

Gianni se quedó un rato con la carta en la mano. Supuso que algunos corazones eran capaces de amar más que otros. Vittorio lo encajaría mejor que él.

60

El avión privado transcontinental de la Galatea Corporation despegó del aeropuerto internacional J. F. Kennedy exactamente a las 19.18, hora de Nueva York. A bordo de la nave sólo iban, además de una tripulación de cuatro personas, don Carlo Donatti y dos guardaespaldas personales.

La cabina de pasajeros del avión había sido diseñada para proporcionar el máximo lujo y la máxima comodidad, y Donatti pudo dormir tranquilamente durante las ocho horas de vuelo en una cama de matrimonio, en la intimidad de su propio dormitorio. Cuando desembarcó en el aeropuerto municipal de Palermo, estaba descansado, fresco y bien acicalado, aspectos todos ellos que Donatti consideraba importantes para su imagen.

Eran las 9.35, hora de Palermo. Don Michael Sorbino lo esperaba en la pista con tres discretos automóviles negros blindados y una comitiva de media docena de hombres. Los dos *capi* se abrazaron y cumplieron los rituales de rigor. Poco después, el convoy de tres coches abandonó el aeropuerto y se dirigió hacia el sur, hacia Partinico.

Sólo Sorbino y Carlo Donatti entraron en la casa de campo blanca media hora después. Los demás aguardaron fuera, cerca de los coches o paseando por el jardín.

Uno de los vigilantes que había en el interior de la vivienda entregó a Donatti una gran llave de latón, y el don subió al piso superior solo y abrió unas puertas de doble batiente. Una vez dentro cerró con llave y se acercó a la esposa de Vittorio Battaglia, una mujer morena y delgada que estaba sentada junto a una ventana con un libro abierto en su regazo.

«De modo que ésta es», pensó, y sintió el débil temblor de una excitación que había dado por muerta hacía mucho tiempo. No era nada sexual, aunque había que reconocer que era una mujer bastante atractiva. Aquel sentimiento estaba relacionado con quién y qué era aquella mujer, con todo lo que había desencadenado y sobre todo nacía de lo que ella estaba capacitada para hacer por él.

–Soy Carlo Donatti –dijo en inglés y esperó a que ella contestara. Peggy se limitó a mirarlo fijamente–. ¿No sabe quién soy? –preguntó el don.

–¿Debería saberlo?

Su voz era inexpresiva y su rostro estaba desprovisto de toda emoción.

–¿Vittorio nunca mencionó mi nombre?

Peggy negó con la cabeza.

Donatti arrastró una silla y se sentó frente a la mujer. Le sorprendía que Vittorio Battaglia nunca hubiera roto su voto de silencio, sobre todo después de lo ocurrido. Eso complació a don Carlo Donatti.

–Tenía usted buenos motivos para conocer mi nombre –dijo–. Fui yo quien encargó a Vittorio que la matara hace diez años.

Peggy asimiló las palabras del don.

–¿Era usted su capo?

–Sí. Y también quien le salvó a usted la vida ayer.

–¿Cómo lo hizo?

–No dando la orden de que la eliminaran. Como me habían ordenado a mí.

–¿Quién se lo ordenó?

–A estas alturas debería saber quién desea asesinarla. –Peggy guardó silencio–. Henry Durning –dijo el don.

Peggy frunció el entrecejo.

–No lo entiendo.

–Yo tenía que ocuparme de localizar su segunda conferencia con Henry y mandar que la mataran. En lugar de eso hice que la trajeran aquí.

–¿Qué ha contado a Henry?

–Que usted había muerto y esta vez de verdad.

Peggy escrutó el rostro de Carlo Donatti.

–Muy bien. Ahora explíqueme las cosas importantes.

–¿Qué cosas son ésas?

–Las que no ha mencionado todavía.

Donatti sonrió.
–¿Qué no he mencionado?
–Dos cosas –respondió ella–. Por qué alguien como usted acepta órdenes de Henry Durning y por qué de pronto le interesa tanto salvarme la vida.
El don asintió con la cabeza.
–Estoy seguro de que era usted una excelente abogada, señora Battaglia. –Era la primera vez que alguien se dirigía a ella llamándola «señora Battaglia», y causó su efecto. Había toda una vida en alguna parte que ella todavía no había empezado a vivir.
–Hacía todo lo que podía, don Donatti.
Carlo Donatti se puso unas gafas y examinó a Peggy con más detenimiento. ¿Tenía aquella mujer algo que se le escapaba?
–Las respuestas a sus dos preguntas son patéticamente sencillas. Obedezco órdenes de Henry Durning porque él tiene pruebas que podrían arruinar mi vida. Y me interesa salvarle la vida porque finalmente he despertado de un largo sueño y me he percatado de lo valiosa que puede ser usted para mí. –Peggy no dijo nada–. He actuado como un idiota –añadió Donatti–. El mismo Durning me dijo que quería verla muerta porque usted podía destrozar su carrera definitivamente cuando se le antojara. Eso fue hace varias semanas, pero hasta ahora no se me había ocurrido que yo pudiera utilizarla. –Hizo una pausa y la miró–. Y por supuesto, dejar que usted me utilice a mí a cambio.
Peggy no se movió. Casi le daba miedo respirar, como si al hacerlo pudiera alterar algo, cuando en aquel momento no quería que nada cambiara.
–No soy su enemigo, señora Battaglia, nunca lo he sido. En mi código nunca habría aceptado matar mujeres ni niños. Envié a Vittorio para que la eliminara hace nueve años sólo porque Henry Durning, como fiscal, me ofreció un trato que no podía rechazar: su vida a cambio de anular una acusación de asesinato contra mí. Ahora que nos enteramos de que usted está viva, todo aquello vuelve a hacernos peligrar.
Permanecieron un rato silenciosos. Del exterior llegaba un murmullo de voces de los hombres que aguardaban junto a los coches.

–Usted es un hombre influyente, don Donatti. Si Henry ha constituido una tan prolongada y continua amenaza, cabe preguntarse por qué sigue con vida.

–Porque él no es subnormal. Se encargó de comunicarme que en cuanto él muriera, las pruebas contra mí pasarían directamente de su cámara acorazada al fiscal.

Peggy asintió con la cabeza.

–Ahora dígame qué quiere usted de mí.

–Es evidente. Quiero suficientes pruebas contra Henry para desembarazarme de él definitivamente.

–¿Y qué recibo a cambio?

–Su libertad y la de su hijo.

Peggy bajó la vista hacia el libro que descansaba en su regazo. No quería que Carlo Donatti viera sus ojos en aquel momento.

–Sé dónde me tiene a mí –dijo–, pero ¿dónde se encuentra Paulie?

–Cada cosa a su tiempo, señora Battaglia.

–¿Y cuál es el siguiente paso?

–Que me explique por qué Henry quiere verla muerta.

Peggy carraspeó; el seco sonido de una hoja de invierno.

–Vi cómo asesinaba a dos personas; un hombre y su esposa.

Carlo Donatti no se inmutó.

–¿Estuvo usted en el escenario del crimen? ¿Fue testigo presencial?

–Sí.

–¿Cuándo y dónde ocurrió?

–Hace diez años, en Connecticut, en casa de una pareja que habíamos conocido aquella misma noche. Yo fui la única persona que lo presenció.

–Entonces ¿no fue premeditado?

–No. –Peggy desvió la mirada–. Por lo menos no el primer asesinato. Yo lo calificaría de homicidio involuntario, quizás incluso en legítima defensa. Lo hizo con un atizador. El segundo lo perpetró con un rifle, y era evidente que se trataba de un asesinato para encubrir el primero.

–¿Qué sucedió después?

–Henry lo preparó para que pareciera un robo que había acabado en violación y asesinato. Y la policía local se tragó el anzuelo.

Donatti empezó a dar vueltas por la habitación con aire meditabundo.

–Ustedes dos, ¿eran amantes?

–Sí.

–¿Le amenazó usted alguna vez con acudir a la policía? ¿Con descubrirle?

–Jamás. Estaba demasiado asustada y enamorada de él. Sencillamente él no podía vivir con la idea de que yo lo supiera.

–Técnicamente, llegados a este punto, sería su palabra contra la de Durning. ¿Qué pruebas presentaría usted para demostrar que ocurrió como usted dice.

Peggy reflexionó. Observó la figura de Donnatti paseando de un lado a otro delante de la ventana. Finalmente se decidió.

–Henry enterró el rifle que había utilizado y algunas joyas cerca de la casa, y estoy segura de que yo podría ayudar a localizarlas. Entonces el departamento de balística podría contrastar el rifle con la bala que extrajeron del cuerpo de la mujer.

Carlo Donatti se sentó lentamente.

–Con eso bastaría, por lo menos como amenaza.

Peggy lo observó, buscando alguna señal. Era como mirar un cazo de agua esperando a que alcanzara el punto de ebullición.

–Mi hijo –dijo–. ¿Cuándo vamos a hablar de mi hijo?

Donatti la miró como si hubiera olvidado quién era y qué hacía allí.

–Pronto.

–No sé qué quiere decir con esa palabra.

–Por favor, tenga paciencia conmigo, señora Battaglia. Usted es abogada. Estoy seguro de que comprende las sutilezas que hay que tener en cuenta en un asunto tan complicado como éste.

«Complicado», pensó ella. La última vez que había oído aquella palabra fue cuando Henry Durning la pronunció por teléfono, y momentos después estaba en manos de la policía de Amalfi. Entre aquel *capo di tutti capi* y el ministro de Justicia de Estados Unidos, se sentía manipulada como una marioneta.

–¿Me da su palabra de honor –dijo Peggy– de que mi hijo no ha sufrido daño?

–Le doy mi palabra.

Peggy apenas se atrevía a formular la siguiente pregunta.

–¿Y mi marido? ¿Qué ha sido de mi marido?

–Sólo Dios lo sabe. Yo no sé qué le ha pasado a Vittorio. –Donatti hizo una pausa y Peggy oyó el sonido de su propia respiración–. Lo último que supe –prosiguió el don– fue que él y Gianni Garetsky se habían cargado a once de nuestros mejores soldados sicilianos en un intento por rescatar a su hijo. –Donatti se levantó y sonrió, pero con cierto pesar–. Espero que comprenda, señora Battaglia, que estoy tan ansioso por devolverle a su hijo como usted por recuperarlo. Esta situación no beneficia a nadie. Le ruego que confíe en mí. Esta mañana hemos adelantado mucho y estoy muy animado respecto a Henry Durning. Le prometo que no tendrá que esperar mucho más.

61

Henry Durning, solo, en un coche de alquiler anónimo, conducía hacia el norte a lo largo del Potomac hasta que cruzó la frontera con Virginia. Una vez allí giró hacia el oeste para cubrir el largo tramo final por Kirby Road.

Eran las 21.15, y Durning había pasado todo el día en la oficina, se había deleitado con una cena con Mary Yung y había dejado a la chica a regañadientes hacía veinte minutos para acudir a una reunión inesperada convocada por Mac Horgan.

Mac era el detective privado de Nueva York que se encargaba con diligencia de los trabajos de encubrimiento más delicados desde sus primeros años de fiscal. A Durning siempre le había gustado y había confiado en él porque no malgastaba el tiempo con falsos escrúpulos, no emitía juicios morales y hacía cuanto le ofrecían a cambio de una buena remuneración sin plantear preguntas. Fue Mac quien dos semanas atrás preparó la presunta explosión de propano que provocó la muerte del amigo piloto de Vittorio Battaglia y su esposa y desencadenó una serie de acontecimientos que habían conducido al ministro donde se encontraba esa noche.

Muy bien. ¿Cómo era la situación? No demasiado mala, teniendo en cuenta las circunstancias. ¿Qué circunstancias? Podría haber caído en desgracia y estar ya en la cárcel o muerto y enterrado, o cualquier otra combinación de esos elementos. Y aún no debía descartar ninguna posibilidad.

Sí, pero ahora que Irene había sido finalmente eliminada, ya no existía ningún testigo presencial para declarar ante un tribunal y acusarlo de asesinato. De modo que sin duda su situación había mejorado esa noche comparada con la de dos noches atrás.

¿Mejorado en qué sentido? ¿Con un asesino profesional por ahí suelto, impaciente por vengar el asesinato de su esposa y la desaparición de su hijo? Realmente no había mejorado. Su situación era patética. Se había convertido en una diana con piernas.

A pesar de todo, no estaba exactamente desesperado. Era el jefe del Ministerio de Justicia de Estados Unidos y disponía de miles de agentes federales armados para su protección. Si se sentía amenazado, sólo tenía que descolgar el auricular de un teléfono para que cien tiradores de primera lo rodearan estrechamente.

Maravilloso. ¿Y ésa era la clase de vida que pretendía llevar a partir de ahora?

Como le desagradaban los pensamientos que le asaltaban, Durning siguió conduciendo con la mente en blanco. Sin embargo estaba sumamente excitado, en un estado de intensa agitación emocional. Y decidió que de momento o no tenía cerebro o estaba loco.

El ministro llegó al granero en ruinas a las 21.35. Lo rodeó hasta llegar a la parte posterior y encontró a Mac, que lo aguardaba en su coche. En todos aquellos años de reuniones clandestinas, Durning no recordaba ni una sola ocasión en que el detective privado no hubiera acudido a la cita o se hubiera presentado cinco minutos tarde.

Horgan se apeó del automóvil y se encaminó hacia Durning mientras éste aparcaba y apagaba las luces. Los rodeaban por todas partes unos oscuros bosques y una vasta extensión de campos crecidos. No se veía nada, salvo un fragmento de luna y grandes enjambres de estrellas.

Se dieron la mano, y Mac Horgan se instaló al lado del ministro de Justicia. Horgan era un hombre alto y enjuto de manos y ojos rápidos que siempre olía a English Leather y algo más; para Durning era como el olorcillo a yodo de una caracola que se deja blanquear sobre la arena de una playa.

–¿Cómo está la tropa? –preguntó Durning.

–Como siempre –contestó Horgan–. Con tantos, siempre se produce algún nuevo desastre cada día.

Habló con ligereza y hasta con cierta dosis de orgullo. La tropa a que se referían eran los nueve hijos de Horgan. Sólo por su número constituían una inmensa fuente de admiración para Durning. «Para contrarrestar a los improductivos como yo.»

El detective privado sacó un pequeño cuaderno de notas de su bolsillo, pasó unas cuantas páginas y lo cerró.

–Hay algo que creo que te gustaría saber sobre lo que ocurrió hace unos días –dijo–. Como me pediste, estuve espiando a Carlo Donatti. Una noche se dirigió hacia lo más alto de las montañas Catskill, a una enorme cabaña de troncos habitada por tres matones. No pude acercarme demasiado, pero arriba había luces encendidas, y vi a Donatti hablar con un hombre y una mujer que llevaban los ojos vendados.

–¿Les viste las caras?

–Lo intenté, pero con la distancia y las vendas me resultó imposible. Sin embargo pernocté en un motel cercano y regresé a la mañana siguiente. Aguardé escondido entre los arbustos, confiando en que salieran. –Horgan hizo una pausa para encender un cigarrillo.

–¿Y? –dijo Durning con impaciencia. Conocía bien al detective. Si se demoraba tanto en explicárselo, era porque se trataba de algo importante.

–Al cabo de unas horas el hombre y la mujer salieron con dos de los matones. Supongo que los sacaron para que hicieran un poco de ejercicio, aunque llevaban las manos esposadas y se limitaron a quedarse de pie fuera, al sol.

–¿Los viste mejor?

–Sí. Ya no tenían los ojos vendados, y era de día, y yo utilicé mis mejores prismáticos. No podía dar crédito a mis ojos. Tampoco tú lo creerás cuando lo oigas.

Durning esperó, permitiendo que Mac exprimiera aquel gran momento. El detective se enorgullecía de sus éxitos. Cada nueva revelación era como descubrir un remedio contra el cáncer.

–¿Y si fueran Hinkey y esa señora Beekman, esos que llevan tanto tiempo desaparecidos?

Henry Durning lo miró de hito en hito. Por supuesto, Mac ignoraba que los habían liquidado hacía más de una semana.

–¿Qué te hizo pensar en ellos precisamente?

–¡Oye! No sólo pensé en ellos. Los vi.

–Tal vez, dada la distancia te equivocaste.

–Nada de errores, señor ministro. –Mac sonrió, entregó a

Durning un montón de fotografías y encendió la luz del interior del coche–. Tomé estas fotografías con una lente de aumento por si tenías alguna duda.

Durning se puso las gafas y examinó las fotografías. Debía de haber cerca de una docena, pero le bastó con ver las tres primeras. Entonces su cerebro le ordenó que no siguiera. Era como si hubiera pasado la vida entera en una cueva a oscuras, y de repente la iluminaran. No podía verlas todas a la vez.

«No subestimes nunca al enemigo.» Un aforismo que había salvado muchas vidas en Vietnam, pero que evidentemente era igual de valioso en casa. Sencillamente había olvidado que Carlo Donatti era su enemigo. «Con mi caja de seguridad apuntándole a la yugular como un cuchillo de caza, ¿cómo iba a apreciarme el muy capullo?»

De pronto había otros problemas, muy concretos, que solucionar.

–¿Qué te hizo pensar que John Hinkey y su cliente eran tan importantes para mí? –preguntó.

Mac Horgan seguía luciendo su mejor y más irresistible sonrisa.

–Vamos, Hank. No soy imbécil.

–Nunca he dicho que fueras imbécil. Además, tu inteligencia o tu estupidez nada tienen que ver con lo que acabo de preguntarte.

Durning apagó la luz interior, y los dos hombres se observaron en la súbita oscuridad azulada.

–Lo único que quiero decir es que sé qué está ocurriendo.

–¿Ah, sí?

El detective privado dejó de sonreír.

–Mira, en realidad no lo sé, por supuesto. Pero no resulta difícil de imaginar. –Durning lo miró fijamente, sin pestañear–. Oye –prosiguió Horgan–. Esa pareja fue la que hundió a Brian Wayne y su esposa con lo que amenazaban con divulgar. Y nadie ignora que los Wayne eran íntimos amigos tuyos, ¿no? –Durning no dijo nada–. Por tanto, como buenos amigos que erais, hiciste un trato con ese jefazo mafioso para que se cargara a Hinkey y Beekman y así salvar la carrera de Wayne.

»Pero dos cosas salieron mal. En primer lugar, tú desconocías que Hinkey había dejado una carta a su hijo con instrucciones para que aireara este asunto en la televisión nacional si él moría o desaparecía. Y en segundo lugar, Donatti decidió actuar por su cuenta y retener a Hinkey y la mujer. Ignoro el motivo, pero no cabe duda de que sea lo que sea te perjudicará.

Durning asintió lentamente con la cabeza, valorando la situación.

–Es verdad –dijo–. No eres imbécil.

El detective privado recuperó la sonrisa.

–¿He acertado?

–De lleno –admitió el ministro de Justicia–. Ahora dime una cosa, ¿ha ido Donatti esta semana a algún otro sitio que se apartara de su rutina habitual?

–Sí. De hecho sí. –Horgan sacó su cuaderno de notas y revisó unas cuantas páginas–. Ayer partió del aeropuerto Kennedy a las 19.18 en uno de los aviones transcontinentales de la Galatea Corporation.

–¿Quién iba a bordo? ¿Ejecutivos de la empresa?

–No. Sólo la tripulación del avión y un par de guardaespaldas personales.

–¿Te enteraste de adónde se dirigían?

–Sí. A Sicilia, al aeropuerto de Palermo.

«Naturalmente», pensó Durning.

Se despertó en mitad de la noche. Las cortinas de las ventanas parecían de plata. La luna pendía como una fría piedra sobre la ciudad. Mary Yung yacía, desnuda y dormida, al lado de Durning. Estaba dormida cuando él llegó a la cama hacia la una de la madrugada y no se despertó. Las manecillas luminosas del reloj que había sobre la mesilla de noche señalaban más de las tres.

Durning deseaba que Mary estuviera despierta. La necesitaba, y quizá por primera vez su necesidad era más que física. Sin embargo no pensaba despertarla. Tenía la impresión de que si la sacaba de su sueño estropearía algo, lo bueno se desvanecería, desaparecería la magia. Para que funcionara, ella debía presentir su necesidad y acudir a él por iniciativa propia. Un juego de niños.

Pero Durning no era un niño, ni ella tampoco, aunque tendida allí, boca arriba, a la luz de la luna, era una virgen pura, limpia.

«Vamos, amor –pensó Durning–. Vamos... vamos... vamos... –Su conjuro–. Soy Merlín.»

Los párpados de Mary se estremecieron, como si la hubiera tocado. Los globos oculares parecían ciegos bajo aquella luz plateada, sin pupilas. Entonces Mary vio al ministro, apoyado en un codo, contemplándola.

–Traté de esperarte despierta –dijo Mary–, pero me venció el sueño.

Durning se tendió a su lado y la abrazó. El aliento salía tan deprisa de su pecho que quemaba. Ella estaba completamente despierta y atenta.

–¿Qué ocurre? –preguntó–. ¿Qué te pasa? –Su voz era suave, ansiosa.

«Mi pequeña mamá –pensó Durning–, consolándome.» La idea le hizo sonreír.

–¿He dicho algo gracioso?

–Eres tan dulce...

–Es la primera vez que alguien me lo dice.

–Porque hasta ahora nadie te había conocido.

–¿Quién te enseñó a decir cosas como ésa?

Durning rió discretamente.

–Eso no se enseña. O se posee la capacidad o no se posee.

Permanecieron abrazados. Todo el espacio de la habitación, desde las paredes y las ventanas hacia dentro, parecía construido de delicado cristal. Un solo movimiento torpe por parte de uno de ellos podía romperlo en añicos.

–¿Estás preparado ya para contármelo? –preguntó Mary.

–Al parecer se han reído de mí –dijo Durning–, lo que nunca resulta agradable, y en este caso puede ser además muy peligroso.

–¿De quién estás hablando?

–De mi gran don americano. Mi *capo di tutti capi*, que ha ejercido de maestro de ceremonias particular en todo este asunto.

–¿Qué ha hecho?

–Se trata más bien de lo que no ha hecho –dijo Henry Durning–. Esta noche me he enterado de que un par de amenazas que yo creía enterradas no sólo no lo están, sino que han sido reservadas para utilizarlas contra mí. Y de pronto sospecho que lo mismo ha ocurrido con la mujer de Vittorio.

–¿Quieres decir que no han liquidado a Peggy? ¿Que todavía está viva?

–Por lo visto sí.

Mary Yung miró a Durning bajo la luz plateada.

–Perdóname si no me disgusto demasiado por eso.

–No esperaba que te disgustaras, amor. –Durning se sorprendió sonriendo una vez más–. De hecho, en cierto modo, y aunque parezca absurdo, tampoco yo me siento demasiado espantado. Lo que me preocupa es que por ese motivo debo enfrentarme de pronto a muchas amenazas inmediatas.

–¿Como cuál? ¿Cómo crees que afectará todo esto al hijo de Peggy? –preguntó Mary.

–No lo sé. Pero es evidente que no puedo creer nada de lo que ese cerdo mentiroso me ha contado sobre el chico.

62

Paulie sintió que una desagradable rigidez se apoderaba de él en cuanto entró en las calles de Palermo.

Le desagradaron el ruido, el tráfico, las manadas de gente, los policías con que tropezaba a cada paso y la impresión de que cada uno de ellos tenía órdenes estrictas de buscarlo.

La sensación empeoró cuando llegó a la zona portuaria y se encaminó hacia el muelle donde estaba amarrado el transbordador que cubría el trayecto hasta Nápoles a la espera de que los pasajeros subieran a bordo. El barco tenía el tamaño de un transatlántico, y dentro había muchos coches, camiones y autocares dispuestos en filas y gente con equipaje que gritaba y daba empujones como si estuviera furiosa y buscara pelea.

El niño leyó los letreros que indicaban dónde se vendían los billetes y hacia allí se dirigió. Cuando por fin llegó al sitio, se detuvo a cierta distancia y observó para ver qué debía hacer. Sólo había un despacho de billetes, donde tres empleados atendían tres ventanillas diferentes, una hilera de pasajeros avanzaba lentamente ante cada una de ellas. Dos *carabinieri* observaban con atención a los que adquirían billetes. Lo mismo hacían tres jóvenes ataviados con trajes elegantes que lucían perfectos cortes de pelo y habrían podido ser hermanos de Dom y Tony.

Paulie había llegado a la conclusión de que aquélla sería la operación que más peligro entrañaría para él. Sus perseguidores sabían que tenía que abandonar la isla para llegar a Positano, y sólo había dos sitios donde podía tomar un transbordador para viajar al continente: Palermo y Messina. De modo que sólo necesitaban unas cuantas personas para vigilar los despachos de billetes de ambos puertos.

Existía otro detalle que todavía les facilitaría más la tarea: seguramente no habría ningún otro niño de ocho años que quisiera comprar un billete. ¿Cómo había podido ser tan tonto?

Debía actuar deprisa porque el transbordador tenía previsto zarpar en menos de una hora, y hasta el día siguiente no partía ningún otro hacia Nápoles. ¿O serían infundadas sus preocupaciones? Paulie decidió averiguarlo.

Vio a un niño de su misma edad que jugaba con una pelota y jugó con él un rato.

–¡Oye! –le dijo al cabo de un rato–. ¿Quieres hacerme un gran favor? Te pagaré tres mil liras.

–¿Hablas en serio?

–Sí.

El niño sonrió; tenía el cabello oscuro y rizado y unos dientes muy blancos.

–¿A quién tengo que cortar el cuello?

–A nadie. Lo único que tienes que hacer es comprarme un billete con el dinero que te daré, y tres mil liras serán para ti.

El chico hizo una filigrana con la pelota de fútbol sin moverse del sitio.

–¿Eso es todo?

Paulie asintió con la cabeza.

–No es nada del otro mundo.

–Si no es nada del otro mundo, ¿por qué no compras tú mismo el billete y te ahorras tres mil liras?

–Porque ayer me escapé de casa del capullo de mi padre y supongo que habrá avisado a los *carabinieri* para que me busquen. –Paulie señaló con la barbilla hacia las ventanillas de venta de billetes–. ¿Los ves? Son esos dos gilipollas de allí.

–¿En serio? –El chico sonrió más abiertamente–. ¿Adónde irás cuando llegues a Nápoles?

–Mi abuela vive en Roma. Tal vez vaya a su casa.

El chico lo miró con envidia y admiración.

–¡Madre mía!

–¿Me harás este favor? –preguntó Paulie.

–Claro. ¿Por qué no?

Paulie contó el dinero para el pasaje. Luego observó cómo su nuevo amigo se abría paso hábilmente entre la multitud con la pelota de fútbol hasta la fila más cercana, a unos cincuenta metros de distancia.

«Ahora lo sabré», se dijo Paulie.

Delante del chico había alrededor de una docena de personas, pero la cola avanzaba deprisa y no tardó en alcanzar el quinto puesto. Cuando llegó al tercero, Paulie vio que uno de los dos *carabinieri* se acercaba a él, se inclinaba hasta la altura del chico y hablaba con él.

«Maldita sea», pensó Paulie y empezó a alejarse disimuladamente, mezclándose con la multitud.

El chico ya era el primero de la cola, y el *carabinieri* seguía hablando con él. Varias de las personas situadas tras el niño le adelantaron hacia la ventanilla.

Paulie observó que su amigo a veces decía algo, pero sobre todo se dedicaba a escuchar. Hasta que abrió la mano y mostró el dinero al policía, que lo miró con mucha severidad. Un instante después, el chico se volvió y miró hacia donde había dejado a Paulie, pero no lo vio. Buscó con la mirada y lo encontró un poco más atrás, entre la gente, y le señaló hasta que el *carabinieri* lo localizó.

El policía gritó algo que Paulie no entendió y corrió hacia él seguido por el otro *carabiniere* y los dos jóvenes del pelo corto; los cuatro corrían como liebres.

Paulie tuvo una fugaz visión del rostro del chico que le había traicionado; estaba pálido de miedo. También Paulie estaba asustado.

Entonces Paulie echó a correr, sorteando grupos de gente, pasando entre los enormes camiones con los motores diesel encendidos en punto muerto, y las largas y lentas filas de coches y autocares. Corría sin mirar atrás, esquivando vehículos y personas. Sus sospechas se habían confirmado; los *carabinieri* que habían vigilado las colas del despacho de billetes buscaban a un niño de ocho años, al igual que los mafiosos de traje y cabello corto. Si ahora lo atrapaban, sólo Dios sabía qué podían hacerle.

Entonces se golpeó contra un tráiler que ni siquiera se movía, y de pronto, durante unos segundos, todo resultó muy confuso.

Sin embargo, respirando con dificultad contra la pesada lona que cubría la parte trasera del camión, se sintió tranquilo. Entonces en aquel momento no veía a nadie y estaba seguro de que nadie lo veía a él. Reparó en las fibras retorcidas de la cuerda de cáñamo que ataba una esquina de la lona al camión y vio la protectora mano de Dios ofreciéndole la salvación.

Desató la cuerda a toda prisa, se deslizó bajo la tela, subió al camión y volvió a colocar bien la lona por encima de su cabeza. Paulie se quedó tendido en aquella repentina oscuridad, oyendo voces de personas que pasaban, pero ninguna se acercó.

Poco después notó que el camión se ponía en marcha y avanzaba lentamente, con continuas paradas, siguiendo la larga serpiente de vehículos que desfilaba hacia la enorme barriga del transbordador. Al embarcar el camión, se produjo un cambio de sonido y sensaciones. Todo era hueco, suave. Si hubiera tenido que poner un color a ese momento su mente habría elegido un verde azulado oscuro. Hacía tanto tiempo que no pintaba, que no sabía si se acordaría. Aquello era absurdo; era más lógico preguntarse si se acordaría de respirar.

Al cabo de un rato percibió la vibración de los motores del barco y después el movimiento oscilante del oleaje. Habían zarpado.

Pensó que quizá no sería mala idea salir del camión y dar una vuelta por el barco, pero finalmente decidió permanecer donde estaba de momento. De modo que siguió tumbado a oscuras bajo la lona, intentando recordar el mayor número posible de experiencias agradables que había vivido antes de que empezara todo aquello.

Y durante un rato funcionó. Fue como escudriñar la pálida y rosada neblina de la memoria, allí donde las vivencias siempre parecen un poco más relucientes y gratas de lo que fueron en realidad. Lo que más le gustaba de rememorar el pasado era que su madre y su padre siempre estaban allí; lo peor, que por muy brillantes y claros que aparecieran en sus pensamientos, seguían sin poder acariciarle.

Paulie pensó que aquello era lo que más echaba de menos en aquel momento; que lo acariciaran.

63

Vittorio Battaglia yacía en plena noche con la única compañía de los tubos y las luces parpadeantes de los monitores, deseando que Gianni Garetsky regresara pronto.

Los pensamientos que lo asaltaban en la soledad eran peores que el dolor, a pesar de que éste era muy intenso. Sabía que era una señal de mejoría, porque significaba que habían dejado de administrarle morfina.

«El dolor es bueno para el alma.» ¿Qué idiota lo había dicho? Un idiota que evidentemente nunca había experimentado verdadero dolor y que no tenía ni idea del alma humana.

Sin embargo, no era ni el dolor ni el alma lo que más le preocupaba en la noche, sino el miedo que tenía por su esposa y su hijo, no por él. Aquel terrible sentimiento era lo único que parecía real en medio de los desvaríos de su conciencia semidrogada. Y eso lo convertía en lo único verdaderamente importante.

«Gianni, trae alguna buena noticia. Por favor.»

Era lo más parecido a una súplica que Vittorio había pronunciado jamás.

Debió de dormirse, a pesar de su resistencia, porque al abrir los ojos vio a Gianni Garetsky sentado en la silla, junto a la cama, mirándolo fijamente.

–¿Eres una aparición? –balbuceó–. ¿O eres real?

Gianni esbozó una débil sonrisa, y hasta eso le supuso un esfuerzo mayor del que podía hacer.

–Soy real.

Vittorio estudió el rostro de Gianni en busca de mensajes. No encontró ninguno que significara nada.

–¿Cuánto rato llevas aquí?

–Unos veinte minutos.

–¿Por qué no me has despertado?
–Creí que necesitabas dormir.
–Lo que más necesito son buenas noticias.
Gianni no dijo nada, y Vittorio Battaglia interpretó aquel silencio con los ojos cerrados, respirando lenta y profundamente.
–¿La encontraste muerta? –preguntó al fin–. ¿O no estaba allí?
–No estaba allí. Dejó un mensaje; lo hallé donde dijiste.
–Léemelo.
Gianni vaciló.
–Quizá sería mejor que lo leyeras tú.
–No, no creo que pueda leer. Léemelo. –La voz de Vittorio no delataba ninguna emoción–. Por favor.
Garetsky sacó el sobre azul, extrajo la carta, la desplegó sobre sus rodillas e intentó alisar las dobleces con la palma de la mano. Luego intentó en vano deshacerse de la tensión que notaba en la garganta.
Leyó la fecha y la hora del día, escritas en la cabecera de la carta.
–«Amor mío» –empezó.
Gianni leyó lentamente, en voz baja, dejando que las palabras ascendieran y se perdieran rápidamente en el denso silencio de la habitación de hospital. Vittorio escuchaba, cada vez más furioso. La voz de Gianni Garetsky seguía leyendo. Era imposible detenerse.
Entonces la ira se desvaneció. Ocupó su lugar un profundo malestar, una opresión, un dolor fantasmal en el estómago. No; en su corazón, en sus pulmones, en todas partes, un dolor que nada tenía que ver con las balas que le habían disparado antes. Vittorio pensó que no había dosis de morfina capaz de hacerlo desaparecer.
Sin embargo también el malestar cedió. Entonces ya no quedó nada.
Vittorio tardó unos instantes en darse cuenta de que Gianni había dejado de leer. En un principio aceptó el silencio, pero luego incluso eso resultó difícil de soportar y tuvo que hablar.
–Está muerta, Gianni –dijo.
Garetsky lo observó. Su amigo tenía los ojos secos e inex-

presivos. De repente una lágrima brotó y rodó por su mejilla, deprisa, como una gota de agua en un vaso de cristal.

–Eso aún no lo sabemos –dijo Gianni.

–Acabas de leer la carta.

–Sí, pero no es más que eso; una carta.

–¿No crees que o ella o Durning hayan puesto fin a esto?

–No sé qué pensar –dijo Gianni–. Pero nadie está muerto hasta que muere.

Gianni miró a Vittorio Battaglia a los ojos y vio la esperanza asomar a ellos. Entonces tuvo que desviar la mirada.

Gianni esperó hasta poco después de las nueve de la mañana. A esa hora llamó al director de la oficina de la Cruz Roja Internacional de Nápoles, utilizando un teléfono público del hospital. Cuando el director de la oficina, un tal Ferrare, se puso al teléfono, Gianni dijo:

–Me llamo Ralph Billings y telefoneo desde el consulado de Estados Unidos en Palermo.

–Diga, *signor* Billings.

–Espero que pueda ayudarme –dijo Garetsky–. Acaban de informarnos de que un niño de ocho años, Paul Walters, iba a ser entregado a su oficina para que ustedes lo mantuvieran bajo su custodia hasta que su padre pueda recogerlo. ¿Puede decirme si tiene alguna noticia al respecto?

–¿Qué quiere saber exactamente?

–Si el chico está con ustedes y, si no es así, si en su oficina saben algo al respecto.

–Lo comprobaré. ¿Cuándo se supone que tenían que dejar a ese niño en nuestra oficina?

–No lo sabemos con exactitud. Debería haber sido entre ayer y anteayer.

–No cuelgue, *signor* Billings. Intentaré averiguarlo de inmediato.

Gianni esperó sin saber qué quería oír. Si el niño estaba allí, a salvo, con toda probabilidad su madre estaba muerta; si el niño no se encontraba allí, podía significar cualquier cosa, y seguramente nada bueno.

–¿*Signor* Billings?

–Sí –contestó Garetsky.

–Acabo de hablar con las dos personas que se encargan de esa clase de asuntos. De momento, a ninguno le consta que hayan enviado ningún niño aquí. ¿Quiere que le avisemos si el niño aparece?

–Gracias, pero estaré de viaje los próximos días. Por tanto, si no le importa, volveré a llamar.

Gianni dio las gracias una vez más a Ferrare y colgó el auricular. Luego regresó lentamente a la habitación de Vittorio.

–Nada –dijo Gianni a su amigo–. No saben nada de Paulie.

Ambos guardaron silencio.

–No me sorprende –dijo Vittorio–. En realidad no esperaba que Paulie estuviera allí.

–¿Por qué no?

–Porque no es propio de ese capullo hacer un trato y cumplirlo. Es de los que siempre busca alguna ventaja adicional. Y Peg no suplicaría a un hombre como él.

Garetsky iba a decir algo, pero cambió de opinión. ¿Qué podía decir sin mentir y sin parecer ridículo? Y si decía la verdad, sólo conseguiría empeorar la situación.

–Lo que ha hecho ese tipo –añadió Vittorio con voz monótona– es matar a mi esposa y mi hijo. Eso ha terminado. Ahora sólo tengo que aceptarlo. Entonces quizá pueda seguir con el resto.

Gianni observó a Vittorio. Sus ojos eran dos agujeros negros, y estaba pálido como un fantasma. Su rostro, hundido entre las almohadas de hospital, tenía el tamaño y la forma de los huesos del cráneo. Y Vittorio tenía el mismo color que los huesos.

¿Cuándo se había convertido en fantasma?

64

La casa era una pequeña joya, pensó Peggy, con vistas impresionantes de las montañas y el mar, y unos jardines espaciosos y bien cuidados. Además, desde la visita de Carlo Donatti, la habían tratado con la cortesía y deferencia debida a un invitado de honor. Incluso empezaba a permitirse el lujo casi olvidado de la esperanza. ¿O aquello no era más que su último engaño para impedir romperse en mil pedazos?

Al pensarlo, el pánico despidió un olor, tosco e intenso, que casi le produjo náuseas. Paulie estaba enterrado en alguna parte mientras ella se quedaba allí sentada, dejando que la exprimieran con falsas promesas. Era una imagen devastadora. Sentía cómo todo lo bueno que había en ella la abandonaba.

Empezó a respirar lenta y profundamente y borró aquellas imágenes antes de que la dejaran completamente agotada y no pudiera ayudar a nadie.

65

El ministro de Justicia llegó a La Guardia a bordo de un helicóptero del Ministerio de Justicia hacia las once y dio la noche libre a la tripulación. Tenían que estar listos para volar de nuevo a Washington a las siete de la mañana.

Un Ford Fairlane, con las puertas abiertas, lo esperaba en un aparcamiento previamente concertado. Las llaves estaban debajo de una de las alfombrillas.

Apenas dos horas más tarde, Durning condujo el Ford hasta la parte posterior de una pequeña fábrica abandonada en las afueras de Liberty, Nueva York, donde Mac Horgan lo esperaba en su coche. «Como siempre», pensó. Esta vez fue Durning quien se apeó de su automóvil y subió al del detective privado.

–¿Va todo bien? –preguntó Durning.

–No podría ir mejor.

–¿A cuánto queda de aquí?

Horgan encendió otro cigarrillo con la colilla del que estaba fumando.

–A menos de media hora. Será pan comido. No sé por qué se ha molestado en acompañarme.

Durning abrió una ventanilla para que saliera el humo.

–Sí lo sabes –dijo–. Me he molestado en venir porque todo este asunto de Donatti me ha puesto paranoico.

Horgan sonrió.

–Oye. Yo no soy el maldito padrino.

–Ya lo sé. No tiene nada que ver contigo. Es asunto mío. En cualquier caso, tendrás que soportar mi presencia.

Mac Horgan puso el coche en marcha, rodeó el viejo edificio de ladrillo de la fábrica y salió a la carretera desierta.

–No hay ningún problema –dijo.

–¿Cuándo has llegado aquí?

–A última hora de la tarde. Quería echar un último vistazo mientras todavía era de día y asegurarme de que aún seguían allí. No me gusta dejar cabos sueltos.

–¿Y?

–Estaban todos. Los tres matones y la pareja.

Condujeron hacia el norte por la carretera diecisiete durante unos diez minutos y luego tomaron la cincuenta y dos en dirección este. Era una noche despejada con media luna y estrellada. Circulaban pocos coches, y las montañas Catskill surgían, altas y oscuras, detrás de los árboles.

Los dos hombres apenas hablaron. Hasta el momento Durning se había mostrado tenso, pero no demasiado nervioso. Sin embargo, cuando torcieron por una carretera estrecha de doble dirección que constituía el último tramo del trayecto, sintió los primeros temblores de miedo en el estómago.

–¿Qué vas a utilizar? –preguntó.

–Explosivo plástico.

–¿Estás seguro? Cuesta conseguirlo, y por ello resulta muy fácil de localizar.

Mac Horgan se encogió de hombros.

–Éste no. Lo tenía escondido desde hace demasiados años. Además, es el único material práctico que puede emplearse en una operación de esta clase. No podía reunir y trasladar doscientos kilos de TNT. –Durning no dijo nada–. ¿Y Carlo Donatti? –preguntó Horgan.

–¿Qué pasa?

–Sabrá que has sido tú.

–No tengo ningún inconveniente en que se entere.

–¿No crees que deberíamos liquidarlo?

–Ya lo liquidaremos –contestó Durning.

–Quiero decir antes de realizar este trabajo.

–No. Antes tiene que explicarme unas cuantas cosas. Además, no quiero tener a Hinkey y esa mujer rondando por ahí mientras tanto, porque no sé cuánto tendré que esperar. Son demasiado peligrosos.

–Lo que tú digas, Hank. A mí me da igual.

El ministro de Justicia se quedó mirando a Horgan mientras éste conducía. No era verdad, a él no le daba igual. Prefería liquidar primero a los mafiosos, y no sólo por la histórica antipatía que existía entre irlandeses e italianos. El desprecio que Mac sentía por la mafia se remontaba a su época de detective, cuando se negó a aceptar un soborno tras descubrir las actividades de un par de *capi* de una de las familias más influyentes y como consecuencia se vio incriminado y arruinado. Durning consiguió evitar que lo enviaran a la cárcel, pero no que le obligaran a dimitir.

Mac Horgan salió bruscamente de la carretera estrecha y aparcó detrás de unos arbustos.

–Está a unos cinco minutos a pie –dijo el detective privado–. Después de esa cuesta. Puedes esperar aquí o acercarte más conmigo y presenciar la acción. Tú decides.

–¿De qué medidas de seguridad disponen?

–Sólo los tres vigilantes y algunas células fotoeléctricas en el camino. No hay vallas, ni alambres en las ventanas ni monitores de televisión. Es una vieja cabaña de pesca y caza del padre de Donatti que apenas se utiliza.

–Te acompañaré un trozo –dijo Durning.

Horgan guardaba todo el equipo en dos bolsas de lona que sacó del maletero para llevarlas consigo.

Caminaron lentamente entre la hierba crecida, en medio de una silenciosa noche de un gris plateado. La luz de la luna era suficiente para proyectar sombras. Durning sentía cómo el miedo crecía en su estómago a cada paso que daba.

Cuando llegaron a lo alto de la loma, Durning vislumbró la cabaña, que se hallaba a unos doscientos metros de distancia. Era mucho más grande de lo que había supuesto; un edificio rústico de dos plantas con tres chimeneas de piedra, construido con enormes troncos semicirculares, estilo *adirondack,* como los de tantos campamentos de finales de siglo que erigían los capitalistas recién enriquecidos.

Se aproximaron a la cabaña. Con excepción de dos lamparillas, una en el piso superior y otra abajo, la casa estaba completamente a oscuras. La luna teñía de plata el tejado inclinado cubierto con tablillas de madera.

Durning consultó su reloj. Eran casi las dos de la madrugada.

–Agáchate y espérame aquí –dijo Mac Horgan, y se marchó rápida y sigilosamente.

El ministro vio cómo avanzaba con las dos bolsas, baja la

cabeza, cobijándose en las sombras de arbustos y árboles hasta que llegó a la cabaña y se perdió en la oscuridad.

Durning se arrodilló, escuchando el profundo silencio del bosque, que en realidad no era tal, sino algo vivo, habitado por un millar de sonidos, cada uno con su tono particular. Nunca había oído un alboroto tan sutil; además éste intentaba comunicarle algo.

Pero ¿qué?

Entonces oyó el ulular de una lechuza en un árbol cercano, y el torrente de sonidos se interrumpió.

Durning no se percató de que Mac Horgan regresaba hasta que éste estuvo a menos de seis metros de él, acercándose desde otra dirección.

–Faltan exactamente siete minutos para que se inicie el espectáculo –anunció, y se dejó caer despreocupadamente junto a Henry Durning. Ni siquiera tenía la respiración alterada.

–¿Cuántas cargas? –preguntó Durning.

–Cuatro. Una en cada esquina. En estas cuestiones no hay que cometer estupideces.

–¿Cuál es el equivalente en dinamita?

–Unos setenta kilos en cada carga.

–Madre mía –susurró Durning.

El detective privado sonrió.

–Más vale pecar por exceso, ¿no?

Durning esperaba que así fuera. «Este silencio», pensó.

–Lo único que lamento es que ese maldito Donatti no esté ahí dentro también –dijo Horgan–. Entonces me sentiría mejor.

Henry Durning se abstuvo de hacer comentarios. Había gente que verdaderamente encontraba placer en esas cosas; pero él no era de ésos.

–Será mejor que nos pongamos debajo de la ladera –dijo el detective, y retrocedieron otros treinta metros.

Poco después sonó un estruendo, y Durning notó una sacudida en la tierra, bajo su cuerpo, al tiempo que un resplandor rojizo iluminaba el cielo nocturno.

Entonces enormes pedazos de cuerpos sólidos pasaron silbando y cortando por entre las hojas de los árboles, y Durning sintió que la onda expansiva le rodeaba mientras yacía con las manos sobre la cabeza. Tenía la cara apretada contra la hierba, y el olor amarillo de la explosión le envolvió con un humo amargo. Luego llovieron trozos de objetos inidentificables.

Cuando comprobaron que ya no caían más cosas del cielo, Durning y Mac Horgan se incorporaron y volvieron a lo alto de la loma. Para Henry Durning fue como contemplar el cráter de un volcán en erupción, un enorme agujero en la tierra, lleno de fragmentos incandescentes con espirales de humo negro que ascendían. No quedaba nada que fuera reconocible; ni una chimenea, ni una pared, ni un mueble, ni un retrete, ni un cuerpo.

Durning sabía que más tarde los expertos conseguirían colocar trocitos bajo microscopios de gran potencia y obtener alguna clase de identificación humana. Por fortuna, aquello sólo proporcionaría datos de interés técnico y académico. A efectos prácticos, era como si fuera el cráter de un volcán en erupción.

El ministro contempló, perplejo, el agujero humeante. Se sentía paralizado de pies a cabeza.

Horgan le tocó el hombro.

–Vamos –dijo–. No nos conviene estar cerca de aquí cuando llegue la policía.

Oyeron sirenas a lo lejos, pero sólo se cruzaron con unos pocos coches en el trayecto de vuelta a la vieja fábrica.

El ministro volvió la cabeza para mirar hacia atrás varias veces mientras Horgan conducía. Buscaba el resplandor rojizo en el cielo que debería señalar la localización del fuego. Pero por lo visto ni siquiera eso había quedado.

Llegaron a la parte posterior de la vieja fábrica, donde estaba aparcado el coche de Durning, alrededor de las tres y media de la madrugada. En realidad no habían tardado demasiado tiempo en realizar el trabajo.

–A la hora prevista –dijo Durning con frialdad.

–¿No te dije que sería pan comido? –dijo Horgan.

Durning asintió con la cabeza lentamente.

–Sí, es cierto. Pero yo nunca lo habría calificado como «pan comido» –dijo Durning.

–¿Cómo lo calificarías?

–Una trágica y sangrienta masacre en que cinco personas quedaron hechas pedazos.

El detective privado rió.

–Es lo mismo.

–No. No tiene nada que ver.

Horgan se encogió de hombros.

–Mierda, tío. El caso es que están muertos. ¿Qué importa cómo lo califiques?

–Hay una gran diferencia.

–¿Ah sí? ¿Y cuál es la diferencia?

–La misma que existe entre un mono y un ser humano.

Horgan miró al ministro.

–Y yo soy el mono y tú el ser humano, claro está.

–Supongo que me inquieta un poco que hayas podido perpetrar un acto así con tanta facilidad y ligereza.

El detective privado caviló durante un buen rato, como si meditara profunda y meticulosamente sobre aquellas últimas palabras.

–¿Y no te inquieta un poco –dijo al fin– pensar que esas cinco personas jamás habrían quedado hechas trizas si no me hubieras pedido que las liquidara?

–Eso también me inquieta, Mac, y no supones cuánto. Pero me temo que todavía me esperan cosas peores.

–¿Ah, sí? ¿Como qué?

Durning señaló con la cabeza hacia la ventanilla del coche situado detrás de Horgan.

–Echa un vistazo ahí –dijo.

Y cuando el detective privado se volvió para mirar, Henry Durning le disparó dos veces en la nuca. Aunque, como comprobó después, con una vez habría bastado.

El ministro de Justicia actuó meticulosamente, con la calma y el autocontrol con que siempre se conducía cuando estaba bajo presión. Puso en marcha su coche y lo dejó en punto muerto. Sacó una lata de veinte litros de gasolina del maletero, la vació sobre el cuerpo de Mac Horgan y el interior de su coche, y encendió con una cerilla una larga mecha empapada de gasolina.

Se encaminó hacia su coche en el preciso instante en que

brotaban las primeras llamas. Más tarde arrojó la pistola que había utilizado y que no estaba registrada, en un embalse situado cerca de allí.

El único momento de aguda depresión que se permitió fue al recordar a los hijos de Mac. Pero todo había sido inevitable, por supuesto. Además la idea de abrir una cuenta bancaria para ellos le hizo sentirse mejor inmediatamente.

Durning llegó a su casa de Georgetown a tiempo para ducharse, afeitarse y desayunar con Mary Yung en el jardín.

La besó mientras ella le servía el café.

–¿Me has echado de menos? –preguntó.

–¿Quieres que te diga la verdad? –Durning asintió con la cabeza, indeciso–. ¿Has pasado una mala noche? –preguntó ella.

–La peor de mi vida.

–¿Quieres hablar de ello?

–No podría.

–¿Por qué no?

–Porque no quiero que me odies más de lo que ya me odias –respondió él.

–Yo no te odio.

Durning tuvo la sensatez de no hacer ningún comentario. Mary Yung sostenía la taza de café con las dos manos, como si necesitara calentárselas.

–Cada vez resulta más fácil hacerlo y más difícil olvidarlo, ¿verdad?

–¿A qué te refieres? –preguntó Durning, aunque lo sabía perfectamente.

–A matar.

Se encogió de hombros.

–Me las apaño.

–Claro que sí, ya lo sé. Eres Henry Durning. –La lenta mirada de Mary iluminó su rostro, se demoró allí un momento y luego lo atravesó–. La pregunta es: ¿quieres hacerlo?

–Dejó de ser cuestión de querer o no querer hace mucho tiempo.

–No lo creo.

–¿Por qué no? –preguntó él.

–Porque las personas como tú, en cuanto quieren algo, lo consiguen.

Durning le acarició el cabello.

–Entonces ¿se trata sólo de una decisión personal?

–Exactamente.

La sonrisa de Durning era tan melancólica como adorable.

–Qué idea tan maravillosa –dijo el ministro.

66

Don Carlo Donatti se despertó al oír unos golpes en la puerta de su dormitorio de Sands Point. El reloj digital marcaba las 6.27 de la mañana; hacía apenas doce horas que había regresado de Italia.

–¿Sí?

–Teléfono, don Donatti –dijo su mayordomo.

–¿Quién es?

–El jefe de policía de Liberty. Dice que es importante.

Donatti descolgó el auricular, acosado por los mensajes de alarma que le enviaba el cerebro.

–¿Qué pasa, Pete?

–Siento despertarlo, señor Donatti, pero ha ocurrido una gran tragedia aquí arriba, en su cabaña.

Donatti sintió que los mensajes de alarma descendían hasta su pecho y su estómago.

–¿Qué ha sucedido?

–Sólo Dios lo sabe. No queda nada más que un enorme agujero en el suelo, escombros y cuerpos despedazados. Es como la maldita bomba de Hiroshima. –Donatti sujetaba el auricular con las manos agarrotadas–. Espero que no hubiera ningún pariente suyo allí arriba –dijo el jefe de policía.

–No. –Donatti estaba paralizado–. ¿Hay supervivientes?

–¿Supervivientes? Podremos considerarnos afortunados si logramos reunir medio cuerpo.

Donatti oía voces y gritos de fondo. Evidentemente el jefe de policía telefoneaba desde el lugar de los hechos.

–¿Sabe quién había en la cabaña? –preguntó el policía.

–Ahora mismo no podría precisarlo. Tendré que comprobarlo. Algunos de mis hombres la utilizaban como refugio cuando iban a cazar y pescar. No siempre me lo comunicaban. ¿Qué hay de la causa? ¿Pudo ser accidental?

–De ninguna manera. No con ese agujero tan inmenso.

Los artificieros consideran que la explosión produjo una onda expansiva equivalente a trescientos kilos de dinamita. Conoceremos más detalles cuando se presenten los del FBI.

Donatti tenía la boca seca.

–¿Has avisado al FBI?

–Cuando se producen explosiones de esta dimensión es un procedimiento automático –explicó el jefe de policía–. Tienen miedo a los terroristas. ¿Tiene usted enemigos declarados, señor Donatti?

–Yo sólo tengo enemigos, Pete. Tendrás que ordenar a los sospechosos por orden alfabético. –El policía soltó una risa forzada–. Supongo que querrás que suba para formularme algunas preguntas –dijo Donatti.

–Cuando le vaya bien, señor Donatti. Me consta que los federales querrán hablar con usted. Si pudiera facilitarnos los nombres de quienes se hallaban en la cabaña, podría sernos muy útil.

–Me encargaré de ello. Y gracias por llamarme personalmente, Pete. Te lo agradezco mucho.

–Lamento que haya sido para darle tan malas noticias. –El policía hizo una pausa–. Tal como están las cosas, señor Donatti, será mejor que se ande con cuidado.

–Lo haré, se lo aseguro.

–Una cosa más, señor Donatti. No lejos de aquí han encontrado el cuerpo de un hombre sin identificar, calcinado, dentro de un coche. Tenía dos balas en la cabeza y los restos de un detonador en el maletero.

Hasta el mediodía no llamó Donatti al ministro de Justicia por el teléfono privado de su despacho, tanto tiempo le costó calmarse lo suficiente para decidir la mejor manera de afrontar la situación. Aunque en realidad no creía que hubiera muchas opciones.

–Soy yo –dijo cuando Durning atendió la llamada.

–¿Por qué has tardado tanto? Llevo horas esperando oír tu voz.

Carlo Donatti ignoró la impertinencia.

–Creo que será mejor que hablemos cuanto antes. Esta noche, si puede ser.

–Muy bien. ¿En el sitio de siempre a las ocho?
–Hasta luego.
Cuando el don colgó, sintió un frío estremecimiento que no era nuevo para él. Había nacido para aquello, había pasado varias etapas clave de su vida dialogando al borde de uno u otro desastre. De hecho, había aprendido tiempo atrás a juzgar a un hombre por su capacidad para soportar el peligro. Sin embargo, negociar con Henry Durning era lo más parecido que podía imaginar a negociar con el demonio. No había pautas de conducta fijas, ni reconocibles, ni previamente insinuadas. La única certeza respecto a Henry Durning era que tenía los dientes afilados y la sed de sangre de los verdaderos depredadores.

Se sentaron en la habitación del hotel cerca del aeropuerto nacional de Washington.

En esa ocasión se ahorraron la farsa del abrazo ritual y las otras formalidades. De pronto, por decirlo así, las pistolas estaban cargadas y sobre la mesa. Donatti casi olía la pólvora cada vez que inspiraba. Si le permitían un último deseo antes de abandonar este mundo, pediría disparar un tiro a Henry Durning entre ceja y ceja y marcharse a su casa con total impunidad. Sólo pensar en el whisky, en que solía confiar para animarse y tranquilizarse, le revolvía el estómago.

Durning, en cambio, irradiaba cierta jovialidad; un hombre que controlaba hasta tal punto su destino y su suerte que nada podía alterar la perfecta apariencia de su humor. Sin embargo, bajo esa fachada latía algo peligrosamente cercano a la desesperación. «Habría sido un excelente presidente», pensó el don.

–Felicidades, Carlo –dijo Durning–. No había sospechado nada hasta hace veinticuatro horas. Fue una jugada muy inteligente. –Donatti asintió con la cabeza, aceptando el cumplido con frialdad. Durning se encogió de hombros–. Después tú cometiste un par de descuidos, y yo tuve un poco de suerte.

–Eres demasiado modesto. Pero mientras tanto, han muerto cinco personas más. –Donatti hizo una pausa–. Seis –se corrigió–; olvidaba a tu bombardero, calcinado y con dos balas en la cabeza.

Se miraron de hito en hito en aquella habitación cerrada

con llave hasta que Durning se puso en pie repentinamente y elevó el volumen de la música. Cuando tomó asiento, Donatti advirtió que ya no parecía tan divertido.

–Muy bien, vayamos al grano –dijo el ministro–. Di qué tienes y qué quieres, y quizá podamos llegar a un acuerdo.

–Ya sabes qué tengo y qué quiero.

–De momento sólo cuento con suposiciones y no puedo hacer tratos basándome en ellas. Será mejor que me lo digas de una vez, Carlo.

Carlo Donatti se alisó el cabello con la palma de las dos manos, aunque no había ni un solo pelo fuera de sitio.

–Tengo a la mujer, a la esposa de Vittorio Battaglia.

–¿Y no está muerta, como aseguraste? ¿Está viva?

–Correcto.

–¿Cómo sé que ahora no me mientes?

Donatti extrajo tres fotografías del bolsillo de su chaqueta y se las entregó al ministro. En ellas Donatti aparecía junto a Peggy, con una mano sobre su hombro, y sosteniendo con la otra la portada de un periódico italiano fechado dos días atrás.

–Su aspecto es muy diferente al que tenía cuando la vi por última vez –comentó Durning fríamente–. ¿Dónde la tienes?

–En algún lugar de Italia.

–¿Y qué te ha contado ella de mí?

–Toda la historia.

–¿Y cuál es la historia?

–Básicamente que presenció cómo matabas a un hombre y una mujer en Connecticut hace diez años. Lo grabamos todo en vídeo. Tengo la cinta en el coche, ¿quieres verla?

Durning negó con la cabeza.

–Eso no me haría sentir feliz. –Miró al don y añadió–: Supongo que eres consciente de que ningún tribunal aceptaría esa cinta. Es decir, si la testigo no se presenta para testificar bajo juramento y acepta someterse a un interrogatorio por parte de la defensa.

–Lo sé. Yo también soy abogado, Henry; no lo olvides.

–Sólo quería dejar las cosas claras –dijo Durning.

Carlos Donatti guardó silencio, escuchando la música. Sólo esperaba que el demonio empezara a bailar. Casi sentía y olía el calor.

–Estoy preparado, Carlo –dijo el ministro–. ¿Qué quieres y qué estás dispuesto a ofrecer a cambio?

–Eso también lo sabes.

–Sí, pero ¿verdad que no queremos que haya ningún malentendido? Será mejor que lo digas con palabras.

–Quiero los originales de todos los documentos que tienes sobre mí en tu caja de seguridad; a cambio te entregaré a la señora Battaglia. Más claro imposible.

Durning asintió con la cabeza lentamente. Donatti tenía la impresión de que algo flotaba en la habitación y esperó a que se revelara.

–¿Qué me dices del niño, de su hijo? –dijo el ministro.

–¿Qué pasa con él?

–Quiero al niño además de a la madre.

Donatti, que creía que ya conocía todas las vilezas de que era capaz aquel hombre, supo que se equivocaba.

–Estás diciendo que...

–No, no. No pretendo causarle ningún daño, Carlo. Sólo quiero asegurarme de que está bien.

–No te entiendo.

–No tienes que entender nada. Es una cuestión personal. La última vez me dijiste que nadie sabía qué había sido de él. ¿Se ha producido algún cambio al respecto?

Donatti tuvo la sensación de que algo frío y extraño explotaba ante su rostro.

–De hecho esta mañana me han llamado desde Palermo. Parece ser que vieron al chico intentando embarcar en el transbordador de Nápoles. Luego le perdieron la pista. No tardarán mucho en atraparlo.

–¿Y Battaglia y Garetsky?

–Todavía no sé nada. En cualquier caso, será mejor que tengas cuidado.

–Tú también. Estoy seguro de que irán a por ti igual que a por mí. Quizá con más furia, porque tú eres de los suyos.

Ambos respiraban la misma atmósfera de violencia contenida.

–¿Y bien? –dijo el don–. ¿Te interesa?

–¿Cómo no iba a interesarme? Lo más delicado serán los detalles. Me refiero al asunto de «quién intenta joder a quién.» –La sonrisa de Durning era puro hielo–. Habría que estar loco para comprarnos un coche de segunda mano a alguno de los dos. Pero como ambos tenemos algo que ganar si esto sale bien, quizá salga bien. –Durning miró fijamente a Donatti–. Pero ¿qué cree nuestra señora Battaglia que obtendrá acusándome a mí?

–A su hijo, por no mencionar mi eterna gratitud por su ayuda. Por otro lado, fui yo quien le salvó la vida el otro día.

–Sí, es cierto. Aunque es evidente que le has mentido diciéndole que tienes a su hijo.

Don Carlo Donatti se miró la punta de los dedos y asintió. Cuando habló de nuevo, empleó un tono amable y cansado.

–Es verdad –dijo–. Mentí. Pero dadas las circunstancias, creo que eso carece de importancia.

67

«Voy a morir aquí mismo, en esta mierda de barco –pensó Paulie–, entre estos barriles pestilentes, y nadie sabrá nunca qué fue de mí.»

Estaba en plena noche, bajo un recio vendaval que levantaba fuertes olas, oyendo el continuo estruendo de los motores, y no había escapatoria. Y por si fuera poco, estaba intoxicándose lenta y mortalmente tras haber engullido, horas antes, una gigantesca pizza.

Había dormido un rato bajo la lona del camión hasta que lo despertaron unos insistentes retortijones. El chico intentó aguantar el dolor porque no quería ceder ante él. Permaneció tendido, inmóvil y esperó, pensando que remitiría. Cuando Paulie dobló las rodillas hasta el mentón, el espasmo pasó, y sintió algo muy parecido a la esperanza.

Y ese alivio le permitió creer que la tormenta se habría alejado por la mañana, que arribaría a Nápoles sano y salvo, sin haber muerto intoxicado por la pizza, y que su madre y su padre estarían esperándolo en Positano cuando llegara.

Un instante de magia, una momentánea liberación de su dolor que no duró mucho, porque enseguida se repitieron los retortijones, esta vez con tal intensidad que gritó y volvió a gritar. Hasta que le asustó tanto que alguien pudiera oírle que se introdujo el pañuelo en la boca para amortiguar el sonido. Finalmente cerró los ojos, como si al eliminar la visión de la lona que le cubría pudiera aplacar el dolor.

No fue así. Y cuando volvió a abrir los ojos, la lona había desaparecido y en su lugar vio un rostro humano.

–¡Dios mío! –exclamó el hombre.

Ninguno de los dos salía de su asombro.

El hombre era corpulento, de aspecto tosco, y Paulie supuso que era el conductor del camión. Estaba perdido, porque lo entregarían a los *carabinieri*, quienes a su vez lo entregarían a los matones, que lo conducirían ante su capo, quien lo mataría a balazos por lo que había hecho a Dom y Tony.

–¿Qué demonios pasa aquí? –dijo el hombre.

El chico emitió un sonido apagado, con el pañuelo en la boca. Por lo visto había olvidado que estaba allí. El hombre se lo sacó.

–¿Qué intentas hacer, chiquillo? ¿Asfixiarte?

Paulie negó con la cabeza, como si hubiera enmudecido súbitamente.

–Entonces, ¿qué?

–Estoy enfermo. –La cara del chico se contrajo a consecuencia de otro espasmo que enseguida pasó–. No quería hacer ruido.

El hombre lo examinó.

–¿Dónde te duele?

Paulie se apretó el estómago con la mano.

–¿Te has escapado, o qué? –Paulie no se atrevió a contestar–. ¿Has estado escondido aquí desde que salimos de Palermo?

–Sí.

–¿Adónde pretendes ir?

–A mi casa.

–¿Y dónde está tu casa? –Paulie miró con recelo al hombre–. No te preocupes, chiquillo; no te traicionaré. Ya tienes bastantes problemas. Dime sólo dónde vives.

–En Positano.

El camionero asintió con la cabeza.

–Si no mueres por el camino, tal vez pueda dejarte cerca de allí.

Al niño le embargó una sensación de alivio que hizo que las lágrimas asomaran a sus ojos. Las reprimió, pero por poco tiempo; era como si tuviera una fuente en la cabeza que se desbordara.

–Escucha –dijo el camionero–. No tienes por qué quedarte aquí con toda esta porquería. Hay un sitio mejor para ti, en la parte posterior de la cabina. –Paulie negó con la cabeza–. No te pasará nada. Allí nadie te verá. Es donde duermo cuando hago viajes largos. También tengo una solución para tus retortijones. ¿Qué porquerías has comido?

–Pizza de anchoas y salchichas.

El camionero hizo una mueca de asco.

–La próxima vez que quieras suicidarte, prueba a tirarte desde un edificio alto. Es más rápido y no duele ni la mitad.

Paulie apenas podía incorporarse, mientras el transbordador continuaba dando violentos bandazos. El camionero optó por llevarlo en brazos hasta su escondite detrás del asiento del conductor y lo tendió sobre una colchoneta blanda con una almohada para la cabeza. Luego le administró una dosis de un jarabe rosa que había en una botella, prometiéndole que los retortijones desaparecerían en apenas media hora.

–¿Cómo te llamas, chiquillo?

–Paulie.

–Yo me llamo Nino. Ahora puedes dormir si quieres. Aquí nadie te molestara.

Paulie estaba lo bastante cansado para dormir, pero no quería que Nino lo viera chuparse el pulgar. Además, el hecho de que el camionero se mostrara tan amable con él empezaba a preocuparlo un poco. Estaba enterado de que había hombres a quienes gustaba manosear a niños pequeños. A él nunca le había ocurrido nada parecido, pero en su colegio había un par de chicos que le habían contado historias acerca de lo que les había sucedido con tipos así.

Paulie cerró los ojos, preguntándose cómo reaccionaría si de pronto Nino intentaba hacerle algo. ¿Saltaría del camión y huiría, sacaría su pistola o no se resistiría?

Entonces abrió los ojos y vio a Nino allí sentado, mirándolo con aquella cara de bruto y sonriendo.

–¿Se te pasan los retortijones? –le preguntó. Paulie asintió con la cabeza–. Perfecto. ¿Saben tu papá y tu mamá que regresas a casa?

–No.

–Supongo que les darás una buena sorpresa, ¿no?

–Les telefoneé, pero no había nadie.

–Bueno, seguro que se alegrarán de verte. Mi hijo se escapó de casa una vez. Anduvo fuera dos días y dos noches, y yo estuve a punto de enloquecer. Te juro que pensaba que lo mataría en cuanto apareciera. Hasta que entró por la maldita puerta, y lo único que hice fue abrazarlo y besarlo y echar a llorar como un gilipollas.

El niño se mecía en silencio en el camión con el balanceo del barco. Empezaba a descartar la posibilidad de que Nino fuera uno de esos viejos verdes que se divertían metiendo mano a los niños.

–Gracias por ayudarme –dijo.

El camionero se encogió de hombros.

–Tonterías. ¿Quién no ayudaría a un chiquillo que intenta volver a su casa? Además, me caes bien. Eres valiente. Mira que meterte un pañuelo en la boca para no gritar...

Paulie yacía en la colchoneta, con la mejilla apoyada en la mano. No creía que fuera nada del otro mundo no querer gritar para evitar que le descubrieran. Pero le gustaba la idea de que Nino lo considerara valiente.

68

La señal que indicaba a los pasajeros que debían ajustarse los cinturones de seguridad acababa de encenderse, pues empezaban a descender hacia el Dulles International de Washington, y Gianni Garetsky se dijo: «Vuelvo al punto de partida.»

Había partido de Palermo aquella mañana en uno de los primeros vuelos, y había pasado las doce últimas horas viajando primero a Nápoles, luego a Roma y por último a Washington, donde el avión aterrizaría aproximadamente a las tres de la tarde hora local.

No se había cambiado de ropa ni había dormido en una cama desde hacía más de treinta y seis horas, aunque había echado alguna cabezada durante el trayecto. Pero los pensamientos y las emociones desbocados le impidieron dormir con tranquilidad.

Por fin iba a llegar al origen de todo. Gianni había tomado la decisión unas quince horas antes, junto a la cama de Vittorio Battaglia, quien había aceptado su plan a regañadientes. Lo cierto era que no tenían muchas opciones. Lo que sí tuvieron los dos en sus últimas horas nocturnas juntos en el hospital fue una diminuta llama de esperanza, que luchaba por mantenerse encendida en medio de una avalancha de lógica y razonamientos negativos.

–Ya lo he aceptado –había declarado Vittorio fríamente–. Mi esposa y mi hijo están muertos. No puedo recuperarlos. Pero en cuanto salga de aquí, salvaré por lo menos lo que me queda de cordura haciéndoselo pagar.

–¿Cómo? –preguntó Gianni–. ¿Cargándote a Durning?

–A él y a don Donatti, los dos responsables. –Gianni guardó silencio–. ¿No estás de acuerdo? –preguntó Vittorio.

–En realidad no sabemos con certeza si tu hijo y tu esposa están muertos.

–Quizá tú no, pero yo sí lo sé.

–¿Y si te equivocas y...?

–No creo en los milagros.

–Pero si por algún milagro –insistió Gianni lentamente– uno de ellos o tal vez ambos están vivos en este momento y más tarde te enteras de que te precipitaste un poco... ¿cómo crees que reaccionará tu cordura entonces?

Vittorio miró fijamente a Gianni hasta que el silencio absorbió todo el aire.

–No soporto esta mierda –dijo Vittorio finalmente–. En esta cama no valgo para nada. ¿Qué quieres que haga?

–Nada. Sólo recuperarte.

–Entonces, ¿qué pretendes tú?

–Quiero visitar a los dos; primero a Durning, y luego a Donatti, y ha de ser cuanto antes. Ahora hasta los milagros tienen las horas contadas.

–¿Y qué piensas hacer?

–Ponerles una pistola en la sien y exigirles respuestas.

–¿Y si no se produce ningún milagro?

–Apretaré el gatillo; dos veces, una vez para cada uno.

–¿Crees que podrás hacerlo?

–Mírame bien, Vittorio.

Battaglia lo miró con detenimiento. Luego asintió con la cabeza, con gesto cansado.

–Sí, puedes hacerlo. Aunque en realidad ése es mi trabajo.

–Yo tengo mis propios intereses en el asunto.

Se miraron en la silenciosa habitación llena de olores de hospital.

–Ahora escucha atentamente –dijo Vittorio–. Voy a darte un nombre y un número de teléfono. Si necesitas ayuda o cualquier cosa, llama a este hombre y dile que lo haces de parte de Charlie. Puedes confiar en él ciegamente. Yo lo hice en su día.

–¿Quién es?

–Se llama Tony Cortlandt. Es mi contacto con la compañía y mi jefe de estación desde hace ocho años.

Garetsky lo miró, perplejo.

–¿Te refieres a la CIA?

–Exactamente. –Vittorio apuntó el nombre y el número de teléfono en una hoja de papel–. Memorízalo, junto con el nombre clave: «Charlie». Luego rómpelo.

Gianni tardó un rato en asimilarlo.
–Me sorprendes, Vittorio.
–No es nada del otro mundo. Sencillamente lo necesitaba.
Gianni pensó que Vittorio Battaglia siempre había hecho más o menos lo que había querido con su vida. Nunca se había limitado a aceptar lo que se le ofrecía.

No hacía ni una semana que Gianni Garetsky había salido del país en compañía de Mary Yung, pero al regresar le pareció que llevaba varios años fuera.
«He vuelto –dijo a su esposa–. Y estoy solo. Nunca me lo advertiste, jamás me previniste de que no todas las mujeres son como tú.»
«Bueno, ahora ya lo sabes», dijo Teresa.
Mientras recogía su bolsa y pasaba la aduana, advirtió que de pronto la gente parecía más guapa. Las chicas eran esbeltas y presumidas y caminaban con los pechos altos, con una media sonrisa dibujada en el rostro, como si recordaran algún secreto placer de la noche anterior. Los hombres jóvenes parecían fuertes e inmortales, los niños risueños y enérgicos, mientras los ancianos, bien vestidos, parecían contemplar con filosofía el futuro que se avecinaba.
Entre ellos se sintió como un fantasma en una fiesta; se había presentado para amenazar, disparar y matar.
Aquella misión entrañaba una gran responsabilidad para él. Tanto era así que por primera vez desde hacía muchos años, recordó unas pocas palabras en hebreo que su padre le había enseñado cuando era un niño: *«Hazak, v'ematz»*. Era la orden que Dios dio a Josué, y significaba «Sé fuerte.»
Tras alquilar un Cougar negro en Hertz, se dirigió a Alexandria para rearmarse. Había tenido que desprenderse de sus armas antes de embarcar en el primero de los aviones. Vittorio le había facilitado la dirección de un traficante de armas que satisfaría sus necesidades sin formular preguntas. Una hora más tarde Gianni conducía hacia Washington con un fusil de tirador de primera y miras telescópicas en el maletero de su coche, una automática de 9 milímetros en una pistolera de cinto, y silenciadores que podría añadir si era preciso. En un intento por anticiparse a sus posibles necesidades,

se agenció también unos prismáticos de gran potencia y unas gafas de rayos infrarrojos para ver de noche.

Poco antes de las cinco de la tarde aparcó lo bastante cerca del edificio del Ministerio de Justicia para reconocer al ministro cuando saliera. Gianni observó la corriente ininterrumpida de coches oficiales y limusinas que iban y venían y de pronto se sintió triste y deprimido. Todos aquellos grandes funcionarios de la gran superpotencia democrática del mundo tenían su propia reserva de secretos sucios. Cuanto más alto se llegaba, más se ensuciaba uno. Y en lo más alto, había un antiguo, presente y futuro asesino.

Gianni lo imaginó como algo que se escapaba, como una eterna filtración de los tubos de desagüe de la nación. Y cuanto más se contenía la respiración, más apestaba.

Gianni llevaba ya más de una semana reptando por algunas de las calles más míseras de las que habían sido arrancados los envoltorios de color rosa para dejar al descubierto los gusanos. La sangre fluía como la miel, y demasiada gente acababa con el hígado picado. Ardían cirios, día y noche, en demasiadas ventanas. Todo el mundo tenía su propio paisaje. El suyo se había visto sembrado de repente de una grotesca mezcla de mentiras, violencia y helados veraniegos.

Al cabo de casi una hora, Gianni vio a Henry Durning salir del edificio del Ministerio de Justicia y subir a la parte trasera de una limusina oficial de color gris oscuro conducida por un chófer. Poco después el coche arrancó, y Gianni lo siguió.

Manteniendo una distancia prudencial en aquel intenso tráfico de última hora de la tarde, Gianni siguió al ministro de Justicia fuera de la inmediata zona de negocios de Washington y por algunas de las calles más pintorescas de Georgetown. Cuando la limusina dejó por fin a Durning frente a una estrecha casa unifamiliar de estilo federalista, Gianni rodeó la manzana y aparcó en un sitio desde donde veía la entrada. La limusina había desaparecido.

Alrededor de las ocho, una mujer de color salió de la casa y se marchó en un Toyota gris.

Gianni aguardó a que oscureciera completamente para apearse de su automóvil y dirigirse a la puerta de la casa. Había luces en dos habitaciones: una en el primer piso, y la otra justo encima, en la segunda planta.

Gianni se escondió entre unos matorrales y examinó el interior de la habitación de la planta baja. Era una biblioteca, con un escritorio, estanterías que cubrían las paredes, un inmenso sofá y varias butacas. Sentada en una de aquellas butacas, leyendo, se hallaba Mary Chan Yung. Estaba sola en la habitación, inmóvil como si fuera una fotografía, tal como Gianni recordaba haberla visto la primera vez a través de otra ventana, en Connecticut. «Debo de estar soñando despierto», se dijo.

Pero ella era real, y estaba allí, de eso no cabía duda. ¿Dónde iba a estar si no? La prostituta particular del demonio estaba sencillamente donde le correspondía, con el demonio. Como si la mera visión de Mary no fuera suficiente, empezó a oler su perfume por la ventana abierta.

Entonces el ministro entró en la habitación. Era evidente que se disponía a marcharse, pues se había vestido de etiqueta. «Un hombre impresionante –pensó Gianni con frialdad–, que rezuma seguridad en sí mismo y autocontrol.»

Durning se inclinó y besó a Mary Yung, que continuaba leyendo; fue un beso fácil y cómodo que bastaba para definir su relación.

–Lo lamento, cariño –dijo–. Como mucho tardaré un par de horas. Por lo menos me he librado de la cena.

Mary Yung se puso en pie y caminó hacia la puerta.

–Te veré por televisión.

–Por el amor de Dios, no hace falta.

–Me apetece. Lo haces muy bien.

Entonces quedaron fuera del alcance de la vista y el oído de Gianni. Poco después éste se dio cuenta de que la limusina había vuelto y arrancaba con Durning sentado en el asiento trasero.

Gianni hizo rápidamente una abertura en la tela metálica, introdujo la mano y abrió dos pestillos. Cuando Mary regresó, él la esperaba en la biblioteca. Se quedó boquiabierta.

–¡Gianni!

Sólo pronunció esa palabra.

–Todavía me llamo así –susurró él–. ¿Y tú? ¿Cómo te llamas ahora?

Mary no contestó, limitándose a mirarlo fijamente. «Como si viera un fantasma –pensó Gianni–. Como si me viera tan muerto como yo veía a Vittorio.»

–Me sorprende encontrarte aquí –dijo Gianni–. Al parecer no te has conformado con el millón de dólares, ¿verdad? ¿A quién piensas venderle ahora? ¿O sólo estás aquí en calidad de prostituta?

A Gianni le temblaban tanto las manos que se avergonzó. ¿Qué clase de hombre era? Mary había traicionado a todos, había provocado un número indefinido de muertes y todavía podía provocar muchas más. Y él estaba allí ante ella, con las manos temblorosas.

–Gianni.

Repitió su nombre, esta vez tan suavemente que el hombre apenas la oyó. ¿Acaso era la única palabra que podía pronunciar? ¿Era ésa su penitencia? Condenada a repetir por todos los círculos del infierno el nombre de la persona de quien se había burlado.

Para entretener sus manos y sentirse menos azorado, Gianni sacó su pistola, ajustó el silenciador y apuntó a Mary entre ceja y ceja.

–¿Dónde quieres que te la meta, cariño? –murmuró con sorna, utilizando la palabra «cariño» porque había oído a Henry Durning dirigirse a Mary con ella, ensuciándola para siempre–. ¿Entre tus ojos de mentirosa o entre tus muslos de puta?

La observó mientras a Mary se le llenaban los ojos de lágrimas. Entonces la muchacha agarró las manos de Gianni para afianzar la pistola que sostenían e inclinó la frente hasta pegarla contra el silenciador.

–Adelante –susurró–. Hazlo. Si así te sentirás mejor, hazlo.

Permanecieron así unos instantes. Sólo se oían sus respiraciones. Algo se quebró dentro de Gianni y retiró la pistola.

«Soy patético –pensó–. Ni siquiera puedo hacer esto bien.»

–¿Por qué? –dijo–. Habiendo tantos hombres en el mundo, ¿por qué tuviste que venir aquí, con él?

Mary contemplaba a Gianni con la mirada vacía y los ojos bañados en lágrimas.

–Por el mismo motivo que tú –dijo–. Para hacer que salve al niño, y si no, para matarlo.

Gianni reflexionó. ¿Sería cuento? No lo consideraba probable. Sí, pero ¿era posible?

–¿Acaso crees que Durning sería capaz de hacer eso por ti?

Mary Yung se encogió de hombros.

–Me ama. Al parecer ve algo en mí.

–¿Y qué ves tú en él?

–Quizás una mínima esperanza de redención.

–¿En ese animal?

–No es un animal, Gianni.

–¿Ah, no? ¿Qué es entonces?

–Un hombre con problemas que hace lo que sea, incluso matar, para librarse de ellos.

–¿Acaso te dices eso mientras follas con él?

Mary meditó con seriedad.

–Te diré una cosa. Me he sentido sucia con muchísimos hombres, pero nunca con Henry. Afirma que me ama, y aunque no estoy segura de qué significa eso para él, sí sé que encuentra en mí aspectos valiosos que nadie más había encontrado.

–Felicidades.

–No esperaba que lo comprendieras. Simplemente me has formulado una pregunta y he intentado contestarla.

Gianni se sentía un poco aturdido, y se sentó en el sofá.

–¿Qué me dices de Peggy y el niño? ¿Están vivos o muertos?

–Por lo visto nadie sabe nada del niño. Los dos hombres que lo custodiaban fueron hallados muertos a tiros hace varios días, y desde entonces nadie ha visto a Paulie. Peggy está viva, eso seguro.

–¿Dónde?

–En algún lugar de Italia. Henry acaba de enterarse. En un principio Carlo Donatti le mintió al asegurarle que estaba muerta. Al parecer Donatti y él han empleado sus juegos de poder particulares con ella. Por lo visto el don está utilizándola ahora para pactar con Henry.

–¿Por qué?

–No tengo ni idea. Henry nunca me cuenta los detalles. Pero sé que Donatti y él han llegado a un acuerdo.

–¿Te lo ha dicho Durning?

–Lo ha insinuado, que es a lo máximo que puedo aspirar con

él. También me ha preguntado si me apetecería reunirme con él en Capri para pasar una idílica semana de sol, mar y amor.

–¿Cuándo?

–Mañana. Él volará a Nápoles mañana por la noche para asistir a una especie de conferencia. No tiene previsto quedarse allí muchos días y dice que hace años que no disfruta de unas vacaciones de verdad.

–Entonces ¿no viajaréis juntos?

–No. Yo partiré en un vuelo de Alitalia, y él en un avión del gobierno con su delegación.

Gianni se quedó contemplando la pistola que sostenía en la mano. Ya no temblaba.

–¿Y crees que todo esto está relacionado con Peggy?

–Tiene que estarlo.

–¿Cómo puedes estar tan segura?

–Porque Henry no había mencionado ni Capri ni esa conferencia de Nápoles hasta después de su última reunión con Carlo Donatti. Se citaron después de que averiguara que Peggy estaba viva. Entonces, de pronto, se mostró muy cariñoso y amable, lleno de esperanza y amor. No olvides que para él Peggy es el núcleo de toda su pesadilla. No descansará hasta que ella desaparezca del mapa.

–¿Crees que Durning piensa matarla personalmente? –preguntó Gianni, perplejo.

–Por supuesto. Por eso quiere viajar a Italia mañana. Ahora ya sólo puede confiar en sí mismo. Lo ha aprendido a base de golpes. Hace diez años encomendó la misión a Donatti, que a su vez la delegó en Vittorio, quien en lugar de matar a Peggy se casó con ella. Hace unos días volvió a confiar en Donatti para que acabara el trabajo, pero lo único que hizo el don fue decir a Henry que Peggy estaba muerta, y retenerla para chantajearle más adelante. –Mary se sentó despacio, como si el peso de tanto engaño fuera superior a sus fuerzas–. El único que puede realizar la tarea es Henry –dijo–. No puede arriesgarse a que otro apriete el gatillo y luego se vaya de la lengua. Tampoco puede haber testigos que le vean hacerlo; sólo Henry y Peggy, juntos y solos como hace diez años, cuando se inició todo. –Mary Yung se quedó callada, afligida, como si estuviera presenciando la escena mientras la describía.

»Y después –prosiguió con voz monótona–, si verdaderamente Henry ha aprendido de sus experiencias anteriores, se asegurará de que nunca encuentren el cadáver.

Gianni la observó; estaba inmóvil, con los dedos clavados como púas en su regazo.

–Veo que has pensado mucho en este tema.

–¿En qué otra cosa voy a pensar? –replicó ella con frialdad–. ¿En que yo he sido quien ha provocado todo? ¿En que he destruido una familia entera por un millón de dólares? Cuando has entrado aquí has hablado bien claro, pero has sido demasiado amable. Por lo menos las putas son honradas, se ofrecen a cambio de dinero. Yo ni siquiera me he vendido a mí misma, sino que he vendido a otros.

Mientras la escuchaba, Gianni sentía el peso del corazón de Mary.

–Cuánto debes de odiarme –dijo Mary.

Gianni se quedó callado. Hasta el habla había perdido. Si a alguien odiaba, era a sí mismo, por ser tan idiota.

–Has venido solo –añadió Mary–. Supongo que eso significa que han matado a Vittorio.

–No exactamente. Está ingresado en un hospital con dos heridas de bala y un montón de tubos en el cuerpo. Está convencido de que su esposa y su hijo han sido asesinados, de modo que lo mejor de él también ha muerto.

Los ojos de Mary Yung, que hasta ese momento habían contenido las lágrimas, se desbordaron de pronto. Eso no hizo sentir mejor a Gianni, que bajó la mirada y la clavó en la pistola, el silenciador y el dorso de sus manos.

–¿Qué piensas hacer? –preguntó el hombre.

–Me reuniré con Henry en Capri y veré qué puedo hacer.

–¿Además de follar con él?

Mary asintió con la cabeza, sin mudar la expresión.

–Desea con todo su corazón que yo le ame. Quizás eso pueda por lo menos salvar al niño, ya que no a Peggy.

–¿De verdad lo crees?

–Debo creerlo. –Mary se enjugó los ojos con el dorso de la mano, un gesto de niña pequeña–. ¿Y tú? –preguntó–. ¿Qué vas a hacer? –Gianni la miró fijamente–. No te culpo –dijo ella–. Yo tampoco confiaría en una mujer como yo.

Gianni enfundó la pistola y se puso en pie, dispuesto a marcharse.

–¿Crees que tu amigo Henry se fijará esta noche en la abertura de la tela metálica de la ventana?

–Ni siquiera entrará aquí.

–Será mejor que te encargues de que la reparen mañana mientras él está fuera. No hay necesidad de hacer que se preocupe.

Mary Yung asintió con la cabeza. Acompañó a Gianni a la puerta trasera.

–Por favor –dijo–. Intenta creerme. Todo lo que te he dicho esta noche es cierto.

Gianni se dio la vuelta rápidamente. No quería ver lo que estaba ocurriendo en el rostro de Mary al marcharse.

Se registró en un motel no lejos del aeropuerto. Una vez en su habitación, se desvistió y se duchó por primera vez en dos días.

Gianni estuvo cerca de una hora bajo el chorro de agua caliente. Cuando por fin salió, se secó con una toalla con brusquedad. En el espejo del lavabo, su rostro le devolvió la mirada a través de una película de vapor. Sonrió como si quisiera comprobar el funcionamiento de sus músculos, luego se encogió de hombros y se dio la vuelta.

Había utilizado un jabón perfumado, y en el aire había una fragancia persistente y descaradamente femenina que nada tenía que ver con Mary Yung, y que sin embargo impregnaba la habitación de su presencia. Contra toda lógica, notó que empezaba a derretirse bajo las potentes luces, de modo que se apresuró a salir del cuarto de baño.

Tras ponerse ropa interior limpia, Gianni se tendió sobre la cama, embotado. No tenía ni pijama, ni zapatillas, ni bata; esos artículos eran para los enfermos o los gandules, y él nunca estaba enfermo ni ganduleaba. En cuanto se levantó se puso, junto con los pantalones y los zapatos, la responsabilidad y la dignidad. Su esposa solía bromear con él diciéndole que no sabía relajarse, pero ella comprendía mejor que él mismo sus necesidades.

Teresa. De pronto le pareció que hacía una eternidad que se había ido. Qué sencillo resultaba todo con ella. Amaba, sabiendo lo que tenía, y ya estaba. ¿Y ahora? Sólo dolor y engaños.

Consultó el reloj y esperó hasta medianoche. A esa hora solicitó una conferencia con la doctora Helene Curci, a su casa de Monreale, Sicilia, donde sólo eran las seis de la mañana. Fue Lucía quien contestó.

–Soy Gianni –dijo él en italiano–. Perdona si te he despertado. ¿Cómo está Vittorio?

–Débil, pero va mejorando. Pregunta una y otra vez si has telefoneado. ¿Tienes alguna noticia para él?

–Sí, y buena. Su esposa y su hijo están vivos.

–¡Oh, Gianni! –La voz de Lucía tembló de emoción–. Vittorio estaba tan triste, convencido de que habían muerto. ¿Dónde están?

–En algún lugar de Italia. Es lo único que sé. Pero dile que tengo algunas pistas.

–Estupendo. Ten cuidado.

–Tú también. No olvidaré que estamos en deuda contigo y con tu prima.

Más tarde la depresión se apoderó de Gianni. Cuántas falsas esperanzas había hecho concebir, y qué daño causarían si quedaban reducidas a nada.

Pensó que, sin embargo, las falsas esperanzas eran mejor que nada y por un momento casi logró creerlo.

Luego apagó la luz, volvió a tumbarse en la cama e imaginó a Henry Durning llegando a su casa de Georgetown, entrando en su dormitorio, quitándose el traje de etiqueta confeccionado a medida, y acomodando su cuerpo desnudo entre los lisos y acogedores muslos de Mary Yung.

En cambio, Gianni estaba en una cama de motel húmeda y llena de bultos, y él tenía el cuerpo rígido. Forzó un bostezo para engañarse y creer que estaba listo para dormir. Pero no funcionó.

Gianni comenzó a maldecir. Maldijo cuidadosamente, casi con delicadeza, con voz suave y templada. Cuando hubo agotado todas las palabras soeces que sabía en inglés y en italiano, hizo memoria y añadió unas cuantas voces en yídish, recitando aquella amarga letanía trilingüe con tanta sinceridad como pudo reunir en la solitaria oscuridad de la silenciosa habitación.

69

Unas dos horas antes de que Gianni Garetsky telefoneara a Lucía, Vittorio Battaglia se vio atrapado en una pesadilla.

Era la primera noche que pasaba fuera de la unidad de cuidados intensivos, en una habitación propia y de repente se encontró con la boca seca, sudando e incapaz de respirar, con la garra de algún animal arañándole el pecho, y el mismísimo diablo estrangulándolo sin que él pudiera impedirlo.

No se trataba de una pesadilla. No había animal ni diablo, sino una mano de hierro que lo agarraba por el cuello, y una almohada apretada contra su cara. Sólo oía el sonido de una respiración dificultosa y percibía una presión y una tensión silenciosas, un pulso angustioso en medio de una oscuridad sofocante.

«Me han encontrado –pensó, y por un momento se sintió aliviado–. Acabemos con esto.» Entonces surgió en su mente una visión de lo que había al otro lado de la oscuridad: una encantadora imagen de su esposa y su hijo riendo en el esplendor de una noche de verano, esperando, ilesos, con cualquier dolor que hubieran podido sufrir por el camino mágicamente curado. Estaba agotado, víctima de la más honrada de las fatigas; ya había hecho suficiente. ¿Qué le quedaba sin ellos, al fin y al cabo? Sólo la soledad y más payasadas patéticas, cuando todo lo mejor ya había pasado.

Vittorio jamás había estado tan inmerso en sí mismo. Hasta que los espasmos empezaron a desgarrarlo y algo se rebeló. «No permitas que estos hijos de puta se salgan con la suya.»

Entonces acudieron la ira y el odio, que penetraron en él en oleadas. Se llevó una mano a la entrepierna y buscó a tientas lo que quedaba de su virilidad, que en aquel momento de su vida, posiblemente el último, no se encontraba en su pobre miembro fláccido, sino en la dulce y dura culata de su automática.

Lo sorprendente fue que en aquellas circunstancias tuviera suficiente autocontrol y lucidez para acordarse de retirar el seguro. Y apuntó directamente contra el bulto que se inclinaba sobre él.

Entonces apretó una vez, dos, oyendo sólo el débil sonido del silenciador. Nada más. Hasta que, tras un gruñido, notó que su enemigo se desplomaba sobre su pecho.

Vittorio retiró la almohada de su cara y aspiró aire. Veía luces intermitentes que giraban como en un sueño. Cuando creyó que se había recuperado lo suficiente, abrió los ojos.

Un hombre corpulento de cabello oscuro a quien nunca había visto yacía con medio cuerpo sobre la cama y medio caído. Vittorio le buscó el pulso para comprobar si los dos tiros que le había descerrajado en el pecho habían bastado.

La puerta estaba cerrada; Vittorio permaneció tendido, apuntando con el arma hacia la puerta por si el hombre no se hubiera presentado solo. Nadie entró en la habitación, y fuera, en el pasillo, reinaba el silencio.

De modo que lo habían encontrado. No le sorprendía. Lo asombroso era que hubieran tardado tanto. La mafia tenía ojos y oídos en todas partes, y en el hospital trabajaba demasiada gente y había demasiados turnos como para guardar un secreto como aquél.

Vittorio Battaglia cerró los ojos. Gran parte de su ira se había aplacado, y no sentía demasiada prisa por pasar a la acción. En realidad no podía hacer gran cosa y ni siquiera le apetecía. A pesar de haber abandonado los cuidados intensivos, no estar ya conectado a ningún tubo y poder dar cortos paseos por el pasillo, estaba débil como un anciano enfermo y sufría continuos ataques de vértigo. Sin embargo, a no ser que no le importara morir en las próximas horas, tendría que sacar su cuerpo pálido y febril de allí tan pronto como fuera posible.

Vittorio decidió hacerlo. Deslizó el cuerpo debajo de la cama, donde no pudieran verlo. Se quitó el pijama de hospital y se vistió con su ropa de calle. Pasó sin hacer ruido por la enfermería mientras las dos enfermeras de turno estaban ocupadas en las habitaciones de unos pacientes.

Cuando llegó al aparcamiento, situado detrás del hospital, estaba empapado de sudor y había estado a punto de desmayarse dos veces. Finalmente se sintió mareado y tuvo que apoyarse contra un coche para no caer.

Fantástico.

Vittorio se preguntó si estaría sangrando a causa de tanto movimiento. Pero no notaba nada, aunque eso no significaba que no estaba ocurriéndole nada. Las emociones, como espíritus de muertos, tiraban de él y se negaban a dejarlo. Le habría gustado ser más inteligente, valiente, lúcido y atento, como si debido a la carencia de esas virtudes hubiera destrozado a su familia.

«En esta vida cada uno recibe lo que se merece.» ¿Qué idiota había dicho aquello?

Vittorio venció el mareo, se apartó del coche y con mucho cuidado empezó a salir del aparcamiento.

¿Adónde se dirigía?

No tenía ni idea. Siempre podía recurrir a Lucía y su prima la doctora, claro, abusar de su amabilidad y seguramente hacer que ellas acabaran pagando con sus vidas por su cortesía. Prefería esconderse en el bosque y cubrirse de hojas. Ellas merecían algo mejor. Dado que la mafia se había enterado de que estaba en aquel hospital, sin duda también habría averiguado quién lo había llevado hasta allí y, por tanto, irían directamente a casa de la doctora Curci en cuanto descubrieran que él había desaparecido tras matar a su asesino.

Era una lástima.

Apenas se había alejado unos pasos del aparcamiento, cuando vio las luces de un motel a su derecha, unas pocas manzanas más abajo de la calle. Tardó quince minutos en llegar, tras media docena de paradas, a la entrada del Palermo Motor Lodge.

Era un gran establecimiento comercial y el aparcamiento estaba casi lleno, lo cual le favorecía, porque era la clase de sitio donde era habitual que los huéspedes se registraran a altas horas de la noche.

Vittorio descansó apoyándose contra el capó de un coche hasta que volvió a respirar con normalidad. Entonces se enjugó el sudor de la cara con un pañuelo, se atusó el cabello y entró en el vestíbulo sin desplomarse ante el mostrador de recepción.

Se registró utilizando uno de sus muchos nombres de la

CIA y la correspondiente tarjeta de crédito y anunció que pasaría un par de noches allí. Luego el empleado le entregó la llave de la habitación, le deseó una estancia agradable y volvió a enfrascarse en la lectura del libro que estaba leyendo cuando entró Battaglia.

Algo se apoderó de Vittorio y lo condujo hasta el santuario. Se sentía como si se encontrara en un poderoso campo magnético donde un poder sin sensaciones lo guiaba para acometer pequeños actos de supervivencia sin la más mínima contribución de su propia voluntad. Esa fuerza lo llevó a la habitación, abrió la puerta con la llave, cerró la puerta, echó el cerrojo una vez dentro y se tendió sobre la cama sin que Vittorio encendiera la luz ni se desvistiera.

De pronto comprendió que alguien había tomado la decisión por él en la cama del hospital cuando aquella almohada presionaba su rostro y aquellos dedos de hierro le apretaban el cuello. No moriría esa noche, ni mañana, ni pasado mañana, ni el día después. Viviría y recobraría su fortaleza para finalmente hacer lo que debía.

No permitiría que aquellos hijos de puta se salieran con la suya. Ese pensamiento le había salvado la vida pocas horas atrás, cuando estuvo a punto de morir, y continuaría salvándole la vida todo el tiempo necesario, hasta que los encontrara, porque sin duda los encontraría. Y lo mismo intentaría hacer el pobre Gianni, quien no lo conseguiría y moriría en el intento.

Se despidió de su viejo amigo, como ya se había despedido de su esposa y su hijo.

«Adiós, adiós... adiós.»

Eran las seis y media de la mañana, cuando Vittorio ofrecía en silencio sus despedidas. A esa hora aproximadamente Lucía conducía hacia el hospital de Monreale para transmitirle las buenas noticias de Gianni.

70

Peggy estaba sentada en la terraza trasera de la casa de campo siciliana cuando uno de los vigilantes salió con un teléfono. Lo conectó en un enchufe que había allí y le entregó el auricular.

–Es para usted, *signora* –dijo, y entró de nuevo en la casa para que Peggy dispusiera de intimidad.

De todas formas, había otro vigilante sentado a unos cien metros, a la sombra de un árbol. Estaban en todas partes y constituían el único signo visible de que Peggy no era la dama mimada de la mansión, como aparentaba; aparte, tal vez, del tono blanquecino que adquirían sus nudillos cuando asía el teléfono y el nido de serpientes que nunca abandonaba su estómago.

–¿Sí? –dijo.

–Soy Carlo Donatti, señora Battaglia, y la llamo desde Nueva York. Espero que esté bien.

–Si considera que enloquecer en silencio y vomitar cada pocas horas es estar bien...

–Lo siento –repuso Donatti–. Tengo buenas noticias para usted. Creo que dentro de poco podrá reunirse con su hijo.

Peggy notó un temblor en el párpado inferior de su ojo derecho.

–¿Qué significa «dentro de poco»?

–No resulta fácil concretar una operación tan complicada como ésta, pero no creo que me equivoque mucho si le digo que treinta y seis o cuarenta y ocho horas.

Peggy inspiró lenta y profundamente. Temía empezar a gritar de repente y no poder parar.

–¿Puedo confiar en sus palabras?

–Absolutamente. Pero primero debemos ocuparnos de unos detalles. Usted mencionó unas joyas enterradas y el arma del crimen como pruebas. Afirmó que podría indicarme dónde encontrarlas. Supongo que es verdad.

–Sí.

–Entonces, dígamelo ahora, porque he de confirmarlo.

–Tendrá que anotarlo. Hay que recordar demasiados datos.

Se oyó un ruido metálico procedente del otro extremo cuando Donatti golpeó el auricular con un objeto metálico.

–Estoy listo –dijo el don–. Adelante.

Peggy le explicó todos los detalles que había memorizado cuidadosamente casi diez años atrás, con la esperanza de no tener que utilizarlos nunca, pero sabiendo que lo haría en caso de necesidad extrema.

Empezó indicando la carretera que conducía a unos cincuenta metros del lugar donde estaban enterrados aquellos objetos y acabó con las medidas exactas –palmos y centímetros– que sólo un topógrafo habría podido precisar con sus instrumentos. Y, como explicó Peggy al don, de hecho ella había alquilado un nivelador y había aprendido a usarlo antes de huir con Vittorio.

Carlo Donatti estaba impresionado.

–Es usted una mujer increíble, señora Battaglia.

Aun a sabiendas de que las buenas noticias no llegan cuando se piden, Peggy preguntó.

–¿Sabe algo de Vittorio?

–Nada. Y quizá sea mejor así. Tratándose de Vittorio, cualquier noticia tendría que ser mala.

Se oyeron zumbidos en la línea, y Peggy intentó que no se interrumpiera la comunicación, su único lazo con la esperanza.

–Por favor –dijo–. Usted conoce a Vittorio desde que él era niño. Hasta que se produjo este terrible problema con Henry, ¿no le fue siempre leal?

–Vittorio era el mejor hombre que tenía, señora Battaglia. Confiaba ciegamente en él.

–Él sentía lo mismo por usted. Sé que en cuanto nos haya liberado a mí y a Paulie y en cuanto cuente a Vittorio que fue usted quien nos salvó la vida, él lo respetará y lo apreciará tanto como antes.

–Vittorio y Gianni forman parte de mi *famiglia,* son sangre de mi sangre. No me proporcionaría placer que sufrieran algún daño.

–Gracias, don Donatti –dijo Peggy, y tuvo que contener

conscientemente una súbita e ilógica necesidad de llamarlo «padrino.» Se odiaba por ello.

–Pronto nos veremos, señora Battaglia. Hasta entonces, procure ser optimista. Todo saldrá bien –dijo Donatti antes de colgar.

Más tarde, mientras paseaba escoltada por un vigilante, Peggy había perdido la confianza. Sencillamente, existían demasiados factores desconocidos, y Henry Durning no era el más insignificante.

El caso era que Peggy no podía imaginar a nadie, ni siquiera a alguien tan poderoso y con tantos recursos como Carlo Donatti, obligando al ministro de Justicia a actuar contra su voluntad.

71

Paulie oyó el estruendo de los motores del barco y luego el suave golpe de la proa contra el muelle. Era de día, se hallaban en Nápoles, y Paulie no había muerto por culpa de la pizza.

De momento se encontraba otra vez entre los bidones metálicos, bajo la lona del enorme camión de tres ejes, pues Nino había considerado que era el lugar más adecuado para que el niño se escondiera durante el desembarco, y Paulie había estado de acuerdo. Sabía que la policía y los matones estarían por todas partes mientras los coches, camiones y autocares bajaban del transbordador. ¿Por qué arriesgarse? A menos que los *carabinieri* creyeran que lo habían asustado en Palermo y que no había llegado a embarcar.

El niño se preguntó qué pensaría Nino si supiera la verdad sobre él: que no se había escapado de casa, que unos gángsters lo habían secuestrado, que había huido tras el tiroteo y que todavía llevaba una pistola cargada en el bolsillo. Imaginó la cara del camionero si se lo explicaba, aunque no pensaba hacerlo. Sin embargo, una parte de él sí deseaba que Nino se enterara de que no era un mocoso estúpido que se había escapado por una tontería, que luego se había asustado y había cambiado de opinión y había decidido regresar a casa. Suponía que quería que Nino supiera que era algo más que eso. «Soy algo más que eso», se dijo Paulie. Tendría que conformarse con saberlo él.

Oyó que el motor del camión se ponía en marcha, junto con los motores de los otros vehículos rodados alineados en la panza del barco. Lentamente empezaron a salir del transbordador hacia tierra firme. Entonces el chico notó que de pronto el camión tomaba gran velocidad al circular sobre los adoquines de la zona portuaria de Nápoles hasta que poco después se detuvo, y Nino se apeó para levantar la lona, sacar a Paulie del escondite y llevarlo a la cabina.

El camionero sonrió.

–Bueno, por lo visto lo has conseguido. ¿Ya te encuentras mejor? –Paulie asintió con la cabeza. Nino lo miró de reojo mientras conducía–. No te veo muy contento. ¿Estás poniéndote nervioso ahora que estás tan cerca? –El chico se encogió de hombros–. No te preocupes. –Nino rodeó los hombros de Paulie con su musculoso brazo. Lo peor que puede ocurrir es que cuando te abracen te despachurren un poco.

–Claro –replicó Paulie, y deseó de nuevo poder contar la verdad a aquel hombre tan amable.

Una hora más tarde estrechó la mano del conductor, se despidió de él y se quedó en el cruce viendo cómo se alejaba el tráiler camino de Salerno.

El chico sólo tardó veinte minutos en recorrer a pie el resto del trayecto hasta su casa en Positano. Al ver la casa por primera vez sintió que dentro de él todo se tornaba blando y débil, como si de pronto estuviera deshaciéndose. «La casa sigue allí.» ¿Acaso esperaba no encontrarla?

Se acercó con precaución no por la carretera, sino dando un rodeo por el bosque que había en la parte posterior. Su sueño, su visión recurrente, era, por supuesto, que sus padres lo esperaban con los brazos abiertos en aquella casa, aunque en el fondo consideraba aquella visión poco más que un cuento de hadas para niños. Como su madre y su padre no habían contestado el teléfono ninguna de las veces que había llamado, en realidad no esperaba encontrarlos en casa ahora. Si alguien lo aguardaba, pensó, probablemente serían un par de mafiosos.

Después de reptar alrededor de la casa dos veces por entre los arbustos, a Paulie le pareció que en el interior no había siquiera gángsters. Todas las ventanas estaban cerradas, y en la zona de aparcamiento de la calle no había ningún coche. Finalmente se dirigió a la puerta principal, que estaba cerrada con llave, al igual que la de servicio. Entonces halló la llave de emergencia secreta de la familia, oculta debajo de una piedra. Tras entrar, el chico cerró la puerta sin hacer ruido, echó el cerrojo y respiró el aire de la casa, escuchando su silencio.

Se fijó primero en el caballete plegable, la caja de pinturas y el lienzo inconcluso que había estado trabajando cuando Dom le asestó un porrazo y lo raptó. Estaba todo en un rincón del vestíbulo, donde Paulie supuso que su padre lo había dejado tras encontrarlo a la orilla del mar. Se acercó y tocó el lienzo para comprobar si la pintura se había secado. Así era. Abrió la caja de pinturas y vio que todos los pinceles sucios que había utilizado aquella tarde estaban envueltos en un trapo; era lo que Paulie solía hacer cuando terminaba de pintar, pero esta vez debió de haberlo hecho su padre antes de llevar sus cosas a casa.

Paulie bajó al sótano, empapó los pinceles sucios en aguarrás para ablandar la pintura medio seca y luego los lavó con jabón marrón de nafta en una de las dos tinas que su padre y él siempre empleaban para limpiar sus pinceles. El olor de la pintura y el aguarrás lo envolvían como una camisa vieja, familiar, cómoda. En el sótano, como en el gran estudio de su padre del piso superior, estaban las cosas de que él entendía, para las que estaba preparado, que había pasado más de la mitad de sus ocho años aprendiendo a manejar.

Con algo semejante al coraje, el chico se obligó a subir al estudio de su padre. Permaneció un rato allí antes de reparar en el agujero que había en el ventanal que ocupaba casi la totalidad de la pared norte de la habitación.

Para Paulie era mucho más que un simple agujero; era un desgarrón en la tela de su vida. Sólo su tamaño resultaba espeluznante. Quiso cerrar los ojos y gritar, pero se limitó a contemplar la forma en que los dentados bordes del cristal, con manchas de sangre seca, captaban la luz.

Su madre y su padre estaban muertos. Aterrorizado, el chico se acercó a la ventana y se asomó, dispuesto a ver los cadáveres de sus padres sobre las rocas de abajo.

Allí no había nada más que rocas; ni siquiera había cristales rotos. Tampoco había rastro de ellos en el suelo del estudio.

Dios se había llevado a mamá y papá al cielo, junto con los cristales.

72

Gianni Garetsky se despertó empapado de sudor frío sobre su cama de motel llena de bultos. Había dormido menos de tres horas.

Tenía un intenso dolor de cabeza, y todos los nervios de su cuerpo le enviaban mensajes de alarma. De pronto había emboscadas por todas partes, e incluso el aire parecía entrar en sus pulmones con el último calor de los cadáveres de los recién asesinados. Vio a Vittorio, que colgaba como un pollo de sus tubos intravenosos; al chico, Paulie, contemplando el cielo con los ojos muy abiertos desde una tumba abierta recién cavada. Oyó los lastimeros gritos de Peggy atravesando la oscuridad mientras Henry Durning se liberaba por fin del último de sus temores paranoicos.

«¿Y yo qué hago mientras tanto? ¿Qué puedo hacer?»

Vittorio se lo había dicho: «Si necesitas ayuda, cualquier cosa, llama a este hombre y dile que lo haces de parte de Charlie.»

Tal como le indicó Vittorio, Gianni había memorizado el nombre, Tom Cortlandt, y el número de teléfono, que era la línea directa de Cortlandt en la embajada americana en Bruselas.

Eran las 4.22 en Washington, las 10.22 en Bruselas. Tras vacilar, Gianni marcó el número.

«No puedo creer lo que estoy haciendo.»

–Cortlandt al habla –dijo una voz masculina en inglés.

Gianni estuvo tentado de colgar, pero en lugar de eso respiró hondo.

–No nos conocemos, señor Cortlandt, pero un hombre llamado Charlie me dijo que lo telefoneara si necesitaba ayuda.

Se produjo un breve silencio.

–¿Qué problema tiene?

–Impedir que Charlie y su familia sean eliminados.

–¿Dónde está Charlie ahora?
–En un hospital de Sicilia, con dos heridas de bala.
–¿Quién es usted?
–Un viejo amigo suyo.
–¿Su nombre?
–Gianni Garetsky.
–¿El pintor?
Gianni suspiró.
–Sí.
–¿Cómo se llaman los familiares de Charlie?
–Su esposa, Peggy, y su hijo, Paul.
–¿Qué edad tiene el niño?
–Ocho años.
–¿Desde dónde telefonea?
–Desde la habitación de un motel, cerca del aeropuerto de Washington.
En esta ocasión la pausa fue más larga.
–Está bien, Gianni. Te diré lo que quiero que hagas. En cuanto cuelgues, ve al aeropuerto y llámame a cobro revertido desde un teléfono público. Has de marcar el mismo número, pero invirtiendo el orden de los cuatro últimos dígitos, de modo que se lean de derecha a izquierda. ¿Me explico?
–Sí.
–Pues adelante –dijo Cortlandt, y cortó la comunicación.

Al cabo de veinte minutos, Gianni hablaba de nuevo desde un teléfono público del aeropuerto con el jefe de estación de Bruselas de la Agencia Central de Inteligencia.
–Explícame qué ocurre, Garetsky.
–Te costará creerlo. –Cortlandt esperó en silencio al otro extremo de la línea–. Se trata de Henry Durning –dijo Gianni.
Cortlandt no pareció sorprendido.
–Supongo que te refieres al ministro de Justicia.
–Exacto. Quiere matar a Peggy Walters.
–Tienes razón –dijo el agente con frialdad–. Verdaderamente me cuesta creerlo. Pero teniendo en cuenta quién eres y quién te dijo que me llamaras, no puedo tomarte por un chalado. Tendrás que contármelo todo.

Gianni observó la terminal, vacía a esas horas antes del amanecer, y no dijo nada.

–¿Y bien? –insistió Cortlandt.

–Es una historia muy desagradable.

–Por lo visto a mí sólo me cuentan historias de esa clase.

–Muy bien –dijo Gianni. Le habría gustado tener una gran copa de coñac entre las manos para soltar un poco su lengua. Inició su relato, oscuro y corrosivo, para una audiencia compuesta por una sola persona que se hallaba a siete mil kilómetros de distancia, y a quien nunca había visto.

Tommy Cortlandt escuchó sin hacer ninguna pregunta ni ningún comentario. Al final, cuando Gianni concluyó, el silencio al otro extremo de la línea se prolongó tanto que el pintor empezó a preguntarse si el agente seguía allí.

Seguía allí.

–De nuevo tienes razón –dijo Cortlandt–. Es una historia muy desagradable, demasiado para no ser cierta. –De nuevo, Gianni habría dado cualquier cosa por un coñac–. Pero antes de proseguir –añadió el agente– deberías saber unas cuantas cosas. Nosotros operamos bajo unas competencias limitadas. No tenemos nada que ver con temas de justicia criminal ni seguridad interna a ningún nivel. Ésas son funciones de la policía y el FBI. Oficialmente, nosotros nos encargamos de las amenazas a la seguridad nacional procedentes del exterior, como las de gobiernos o individuos extranjeros.

–¿Y oficiosamente?

–Oficiosamente no hacemos nada. –Cortlandt hizo una pausa–. Eso no significa que no nos acusen siempre de obrar a nuestra manera sorteando pequeños obstáculos como leyes, competencias y cuestiones similares. Sin embargo, si creemos que la seguridad de nuestro personal y sus familias está amenazada, no nos mostramos indiferentes. Y por supuesto siempre contamos con la sanción de la autorización general.

–¿Qué significa eso?

–Que si lo creemos oportuno y necesario, hacemos lo que nos pasa por el culo. Y ahora que ya hemos aclarado estas chorradas, vayamos al grano. ¿Qué clase de ayuda buscas?

Gianni Garetsky se apoyó contra el plástico liso de la cabina telefónica y sintió un arrebato de cariño por aquel hombre sin rostro que le hablaba desde Bruselas.

–En primer lugar está Vittorio –dijo–. Mejor dicho, Charlie. Tuve que dejarlo solo y desamparado en el hospital, y estoy muy inquieto. Tarde o temprano lo encontrarán.

–¿En qué hospital?

–El municipal de Monreale, a unos treinta kilómetros al sudeste de Palermo.

–¿Con qué nombre ingresó?

–Franco Denici.

–¿Y cómo se llama su médico?

–Helene Curci.

–¿Sabe ella la verdad sobre él?

–Sólo en parte. Sabe que le persigue la mafia.

–Enviaré a alguien para vigilarlo –dijo Cortlandt–. ¿Qué más?

–Esta noche, hora de Washington, Henry Durning viajará a Nápoles en un avión oficial. Me gustaría saber exactamente a que hora despegará, la hora prevista de llegada y dónde se alojará durante su estancia allí.

–Tendrás que volver a llamar dentro de unas cinco horas para facilitarte esa información. ¿Qué me dices del itinerario de Durning en Nápoles?

–Sí, eso también –dijo Gianni Garetsky.

–Y supongo que querrás la misma información sobre los movimientos de Carlo Donatti.

–¿Podrás conseguir eso también?

–Nosotros podemos caminar por encima del agua, Gianni.

El pintor estaba dispuesto a creerlo.

Cinco horas y media más tarde, Gianni se encontraba otra vez en la misma cabina del aeropuerto, telefoneando al mismo número de Bruselas a cobro revertido. Había pasado aquel intervalo de tiempo tendido en la cama del motel, reflexionando, dormitando y contemplando el techo. Esta vez, en la terminal reinaba una agitación más normal.

–Cortlandt al habla –dijo el jefe de estación.

–Garetsky.

–Te explicaré lo que he averiguado –dijo Cortlandt–. Para empezar, Charlie ya no está en el hospital de Monreale.

Gianni sintió que una puñalada de luz se le clavaba en los ojos.

–¿Qué quieres decir? ¿Dónde está?

–Al parecer nadie lo sabe. Encontraron a un policía local muerto debajo de su cama.

–¿Y Helene Curci, la doctora? ¿Fueron también a por ella?

–A ella y a esa otra mujer con quien vive, les han hecho pasar un mal rato. Al parecer tampoco sabían nada.

Gianni apoyó la frente contra la fría superficie del teléfono. Eso no lo calmó ni un ápice.

–¿Están muy mal?

–No demasiado. Han tenido suerte. Han sufrido magulladuras y heridas superficiales. He ordenado que las vigilen por si Charlie o los mafiosos aparecen. –Gianni guardó silencio–. Durning partirá de Dulles a las 21.00 horas de Washington. Llegará a Nápoles mañana a las 10.30 hora local. Él y su delegación se alojarán en el hotel Amoretto de Sorrento. Tienen reuniones programadas allí durante los cuatro días siguientes.

–¿Y Donatti?

–Uno de sus aviones particulares ha cumplimentado un plan de vuelo para salir del J. F. Kennedy rumbo a Palermo pocas horas antes de que Durning abandone Washington. –Permanecieron en silencio unos instantes–. ¿Qué piensas hacer? –preguntó Cortlandt por fin.

–Todavía no tengo ningún plan. Supongo que improvisaré. Te agradezco cuanto has hecho.

–Si me dejas, puedo hacer más.

Garetsky tuvo una vaga conciencia de que alrededor de él la gente se abrazaba, se besaba, se despedía y corría para tomar sus aviones.

–¿Cómo? –preguntó.

–Te daré un número de teléfono para que puedas localizarme las veinticuatro horas del día. Recibiré el mensaje esté donde esté, y sólo tardaré en contestar el tiempo necesario para llegar a un teléfono. Manténme informado. Y si lo necesitas, puedo proporcionarte apoyo o información más deprisa de lo que supones.

–¿De verdad estás dispuesto a hacerlo?

–Acabo de decírtelo.

–Entonces acepto. ¿Cuál es el número?

Cortlandt se lo dijo, y Gianni lo anotó y guardó el papel en el bolsillo hasta que pudiera memorizarlo.

–De todos modos será mejor que te mantengas en contacto conmigo –sugirió el agente de inteligencia–. Es posible que pronto sepa algo sobre Charlie o su hijo. Mientras tanto, ten cuidado. Me encantan tus cuadros. Buena suerte.

Gianni volvió a darle las gracias, colgó el auricular y fue a informarse de los horarios de los vuelos a Nápoles. Un avión de Alitalia partía de Dulles a las 17.00. Incluyendo un transbordo en Roma, podría llegar a Nápoles por lo menos tres o cuatro horas antes que Henry Durning. Reservó asiento en ese vuelo.

Luego regresó al motel para prepararse de nuevo para viajar a Italia.

«Vittorio, no mueras ahora. Estoy acercándome. Sólo necesito tiempo.»

73

Henry Durning bajó al sótano del banco con un empleado y tuvo la impresión de que respiraba el aire estancado y sin vida de una tumba.

Se trataba de una sensación, por supuesto, pues allí abajo el aire no era diferente al de arriba. Sin embargo un aliento frío parecía ascender hasta su cara como si hubiera atravesado una barrera invisible y hubiera penetrado en los dominios de la muerte.

Fue aún peor cuando se quedó solo en una habitación privada con su caja metálica, porque la abrió, y todas las vísceras de muertes pasadas se abalanzaron sobre él al instante.

Allí estaba. Era el original, no la copia, de las pruebas recogidas contra Carlo Donatti. Había constituido la garantía de Durning contra una muerte violenta durante más de diez años, y Donatti había acabado por engañarlo reclamándolo como el precio por escapar de una amenaza más directa e inmediata.

El ministro de Justicia sabía que se las apañaría, por supuesto. Quienes no querían o no podían someterse a lo inevitable se desmoronaban, y él no tenía intención de desmoronarse. Sentado allí solo, en un sotano, con el precio de la traición de Donatti, se apoderó de él un estado de ánimo que no se atrevía a ignorar ni rechazar, porque insinuaba un castigo adicional y mucho peor sobre sus carnes si se lo tomaba con excesiva ligereza.

Con alguien como Carlo Donatti se cernían amenazas por todas partes. Era imposible discernir dónde empezaba y acababa su poder. Carlo sólo tenía que descolgar el auricular de un teléfono para que alguien muriera en una ciudad remota, en alguna orilla lejana. Podía tocar a cualquiera, desde un pobre drogadicto en un callejón miserable hasta un jefe de estado en su palacio dorado.

Lo que Henry Durning sabía y aceptaba era que entregar el contenido de aquella caja metálica a aquel hombre significaría su fin. Se convertiría en un mono atado, en el mejor de los casos, a la correa de Carlo Donatti, y en el peor, a un bloque de cemento en el fondo del Potomac.

Meditó sobre el asunto en aquella pequeña habitación con aire de tumba. Oía su corazón latir como una bomba en la sentina de un barco que naufraga. Se sentía como si estuviera ahogándose o asfixiándose, o como si le hubieran destrozado los sesos con una escopeta de cañones recortados.

Permaneció sentado hasta que no pudo soportarlo más.

Quería librarse del asesinato y el miedo, volver a ser un hombre decente y razonable, enorgullecerse de sí mismo y su futuro. Deseaba amar a Mary Yung como nunca antes había amado a ninguna otra mujer; sabía que tenía capacidad para amar.

Continuó sentado hasta sentir la seguridad de que de algún modo conseguiría lo que ansiaba. Por algo había llegado hasta donde estaba. Seguía teniendo una disciplina férrea. No fracasaría.

«Muy bien», pensó, y por fin empezó a trasladar los papeles necesarios de su caja de seguridad al maletín de piel que había llevado consigo.

Tras haberse decidido, todo parecía mucho más fácil.

«Puedo hacerlo –se dijo, y sintió algo cercano a la exultación–. Quizá como lo que alguien podría sentir –pensó irónicamente–, tras superar las primeras formidables barreras del miedo y resignarme apaciblemente a la inexorabilidad de la muerte.»

Pensándolo bien, ¿tan monumental podía ser en realidad el acto de morir? ¿Acaso alguien no había conseguido realizarlo alguna vez?

Faltaban pocas horas para que los dos partieran hacia Italia en vuelos separados, de modo que Henry Durning regresó a casa temprano e hizo el amor con Mary Yung.

Se llevó una sorpresa. Con tantos signos de alarma profundamente enraizados en su cerebro, no esperaba reaccionar con tanta fuerza a los estímulos de Mary. «A estas alturas, debería haberlo sabido.»

Sabía que se trataba de algo más que eso. Dentro de él crecía algo completamente nuevo, muy diferente a su habitual mezcla de impulsos eróticos. Tenía suficiente esperanza para creer que de hecho podría tratarse de los principios del amor.

Entonces se le ocurrió pensar que aquélla podría ser, con mucha probabilidad, la última vez que hacían el amor; por lo menos para él. Y eso le produjo suficiente alteración interna para que se desmotivara.

Mary se apartó de él y lo miró.

–¿Qué ocurre?

Durning sonrió.

–A veces pasa. Ya lo sabes.

–A ti no.

Se quedó tendido, abrazándola.

–Me temo que incluso a mí. Básicamente lo controla la cabeza.

Mary lo besó con suavidad.

–¿Significa eso que no soy lo único que tienes en la cabeza? –preguntó.

–Tú eres lo único importante que tengo en la cabeza. En este caso incluso la distracción estaba relacionada contigo.

–¿Cómo?

Durning cogió sus cigarrillos, encendió uno, y caviló hasta dónde podía contarle. Todo no, por descontado, pero sin duda más de lo que le había explicado hasta entonces.

–Para empezar –dijo–, que si este viaje no llega a su fin con la fortuna y el éxito que yo esperaba, ésta podría ser la última vez que hago el amor contigo. –Mary Yung no dijo nada–. Otra cosa que deberías saber –prosiguió Durning– es que uno de los diversos asuntos de que me he ocupado hoy ha consistido en modificar mi testamento. Ahora tú eres la heredera legal de más del ochenta por ciento de mi patrimonio. Por tanto, por el amor de Dios, si algo me sucediera en Italia, no te esfumes, a menos que quieras dejar entre quince y veinte millones de dólares para que se los regateen y se los dividan docenas de abogados rapaces e instituciones benéficas con más empleados de la cuenta.

–Henry...

Él le tapó la boca suavemente con la mano.

–Por favor –dijo–. No quiero falsos lamentos de protesta

ni gratitud. Me encantó la idea de que fueras ambiciosa y lo suficientemente inteligente para sacarme aquel millón de dólares en nuestro primer trato. Lo único que me preocupa de convertirte en una persona tan rica es que sin duda perderás esa dura y salvaje ingenuidad que me intrigó, y lo estropearás todo volviéndote dulce y adorable.

Ella se deshizo de la mano de Henry.

–¡Vete a la mierda, Henry! ¡Y llévate tus quince o veinte millones!

–Ah, veo que sigues siendo mi niña.

–Y tú sigues siendo un jodido y detestable hijo de puta.

–Cierto. ¿No es maravilloso?

–No. Es horrible y lo odio.

–Eso también. Pero no olvides una cosa. Aunque cumplas cien años y acabes dormitando atada a una silla de ruedas, sabrás que nadie te amó jamás como yo.

74

Vittorio Battaglia se despertó en el motel con fiebre muy alta, y su estado empeoraba rápidamente a medida que avanzaba el día.

Mientras dormía, había tenido varias pesadillas. Intentó levantarse de la cama, pero como le daba vueltas la cabeza se tendió de nuevo. Sentía náuseas.

A media tarde, tras tropezar y caer, consiguió llegar arrastrándose hasta el cuarto de baño, se arrodilló y arrojó al retrete lo mejor y lo peor que tenía dentro. Cada arcada y cada esfuerzo tiraba de sus heridas, que todavía no estaban curadas, amenazando con abrirlas.

Quizá ya estuvieran abiertas, porque al volver a la cama vio la mancha de varios colores que empezaba a teñir los vendajes. Y como no era precisamente inexperto en aquellos asuntos, pues había sobrevivido a nueve heridas de bala, tenía una idea clara de cuáles eran sus opciones: podía quedarse escondido allí mismo, en aquella habitación, hasta morir de infección o hemorragia interna; avisar a una ambulancia para que lo ingresaran en el hospital y brindar a los soldados de Sorbino una segunda oportunidad de acabar el trabajo de una vez por todas, o intentar llegar a la casa de la doctora Curci, teniendo en cuenta que la gente de Sorbino ya la habría inspeccionado y no habría encontrado nada.

Helene y Lucía representaban la única alternativa razonable.

Le desagradaba la idea de volver a involucrarlas, pero sencillamente no estaba preparado para morir.

Durmiendo a ratos, sudando y temblando a consecuencia de la fiebre, Vittorio esperó a que oscureciera. Entonces se lavó, buscó el listín telefónico local y encontró la dirección de la doctora Helene Curci: 846, via Tomaso. A continuación llamó un taxi y pidió que lo recogieran pasados diez minutos a la puerta de la habitación dieciséis del motel Palermo.

Cuando llegó el taxi, indicó al conductor que lo llevara al número 826 y no al 846 de via Tomaso, para no parar delante de la casa de Helene. Vittorio confiaba en que sería capaz de caminar aquellos cien metros. Tardaron poco más de diez minutos, y Vittorio pagó al conductor y observó cómo el taxi daba media vuelta y se alejaba. Entonces, sujetándose como si estuviera hecho de cristal muy frágil, Vittorio empezó a recorrer la corta distancia hasta lo que recordaba vagamente como el último edificio de la calle.

No había farolas. Las únicas luces que veía provenían de algunas de las casas, débiles y amarillentas, en contraste con el resplandor, brillante y coloreado, de los televisores. Vittorio miró a través de las ventanas y vio familias enteras reunidas alrededor de los televisores, hablando y riendo. Aquella imagen le resultaba insoportable y apartó la vista.

La fiebre estaba entrando en una fase de frío, y temblaba mientras caminaba. «Sólo cincuenta metros más.»

Al aproximarse a la casa, escrutó las sombras en busca de vigilantes. Si los había, allí era donde estarían escondidos. Tenía la automática en el cinto, y la mano posada sobre la culata.

«Con estos temblores, ni siquiera sería capaz de acertar a una casa si tuviera que disparar.»

Comenzaba a ver puntos destellantes que flotaban, y confió en no desmayarse y caer de bruces antes de llegar a su destino.

Vittorio llegó por fin a la casa y recorrió a trompicones el camino. Las luces de las habitaciones de la planta baja estaban encendidas, pero las persianas le impedían ver el interior de la vivienda.

Rodeó un coche aparcado para dirigirse a la parte posterior. Cuando sólo se hallaba a seis metros de la puerta trasera, notó que le cogían los brazos por detrás y que una mano grande y fuerte le tapaba la boca.

«Mierda», pensó, y dejó que lo arrastraran hacia una hilera de setos. Ahora había tres manos, de modo que por lo menos debía de haber dos hombres. Muy inteligente.

–Escucha –dijo una voz masculina–. Somos amigos. Cuando te destape la boca, no grites. Mueve la cabeza si me has entendido.

Vittorio no comprendía, pero movió la cabeza, y la mano se apartó de su boca. Entonces las otras dos manos le soltaron los brazos y pudo darse la vuelta y mirar los rostros de dos hombres a quienes nunca había visto. El temblor había cesado. Ahora estaba sudando.

–Supongo que eres Charlie –murmuró el hombre que había hablado antes–. Si lo eres, sabrás quiénes somos y quién nos ha enviado.

–Cielo santo –susurró Vittorio, y bendijo en silencio a Tommy Cortlandt y Gianni.

–Ahora ya lo sabes –dijo el otro hombre.

–Pero ¿cómo supisteis que iba a venir? Ni siquiera yo lo sabía hasta hace unas horas.

–Por lo que nos han contado, en tu estado no habrías podido ir a ningún otro sitio. Además, teníamos que estar aquí para impedir que volvieran a torturar a las mujeres. –El hombre vio la cara de Vittorio–. Supongo que no lo sabías –dijo.

Battaglia negó con la cabeza.

–¿Cuándo vinieron?

–Pocas horas después de que te libraras de aquel matón en el hospital.

Vittorio sudaba profusamente. Pensó en la ayuda que le habían prestado Helene y Lucía y en la recompensa que habían recibido.

–¿Saben ellas que estáis aquí fuera?

El primer hombre asintió con la cabeza.

–Creímos que eso las haría sentirse más tranquilas. –Miró a Vittorio y añadió–: Será mejor que entres en la casa. Estás hecho una mierda.

Battaglia no se movió. Luego dio sendas palmadas en el brazo a los hombres, recorrió el resto del camino trastabillando hasta la puerta trasera, subió con dificultad por los escalones y pulsó el timbre.

Lucía abrió la puerta, y Vittorio vio tres caras que daban vueltas; las tres estaban magulladas, hinchadas y pálidas.

–¡Vittorio! –exclamó Lucía.

Tuvo la ligera impresión de que algo ocurría con su boca. Mentalmente hacía todo lo posible por sonreír y confiaba en conseguirlo.

Entonces entró en la cocina, avanzó dos pasos y se desplomó en el suelo.

75

Los paquetes llegaron a la casa de Carlo Donatti, en Sands Point, pocas horas antes de que partiera hacia Palermo.

Mientras la excitación le golpeaba el pecho como un puño, los llevó a su estudio y los abrió. Encontró un rifle envuelto con plástico transparente y una gran bolsa sin ninguna marca llena de joyas en apariencia muy valiosas. Eran los objetos que Peggy Walters había descrito y que diez años atrás Henry Durning había enterrado en el rico suelo boscoso del sudeste de Connecticut. Se adjuntaba un breve informe mecanografiado que resumía el contenido de los paquetes junto con los elementos de interés determinados a partir del examen de los objetos; a saber:

Que varias de las huellas dactilares encontradas en el rifle y los otros artículos correspondían a las del ministro de Justicia, Henry Durning, según las recientes comprobaciones efectuadas en el archivo informático del FBI de Washington.

Que los exámenes de balística habían demostrado que una bala que conservaba la policía estatal de Connecticut en relación con un robo y asesinato por resolver había sido disparada con el arma descrita anteriormente.

Que los archivos de seguros indicaban que todas las joyas habían pertenecido a las víctimas de aquel mismo robo y asesinato, y que su testamentaría había recibido el importe correspondiente tras haber denunciado su pérdida.

Había más, pero Carlo Donatti no se molestó en seguir leyendo. Aquello bastaba para complacerle.

La emoción inicial que había sentido al recibir los paquetes se desvaneció y quedó reducida a una ligera satisfacción, exenta de verdadero placer. El placer poco tenía que ver con cualquier hecho relacionado con la devastadora serie de barbaridades iniciada por aquel hombre, una serie que Donatti confiaba en que acabaría pronto con él.

Sin embargo, quedaba pendiente el tema del niño, si eso salía tan bien como él esperaba, todavía podía surgir algo positivo de aquello.

Carlo Donatti consultó su reloj y puso una conferencia con el hotel La Sirenuse, en que se alojaba Frank Langiono, en Positano, donde eran más de las once de la noche.

Cuando la operadora de la centralita del hotel pasó la llamada a la habitación de Langiono y éste contestó, Donatti le dijo que colgara y se pusiera en contacto enseguida con él desde otro teléfono.

El don introdujo un cigarrillo en una boquilla, lo encendió e intentó relajarse unos minutos mientras aguardaba.

Frank Langiono formaba parte de la teoría de Donatti sobre la seguridad y la supervivencia: siempre era aconsejable disponer de unas cuantas personas que trabajaran para él sin que nadie lo supiera.

Langiono era un antiguo teniente de la policía de Nueva York que había decidido jubilarse anticipadamente y triplicar sus ingresos trabajando para Donatti en situaciones que requerían de una persona que estuviera al margen de los inevitables celos, lenguas sueltas y luchas internas de la mafia.

Había funcionado bien durante más de ocho años, y seguía funcionando bien. Y la tarea que le había asignado probaría su valía.

Cuando sonó el teléfono, Carlo Donatti descolgó el auricular de inmediato y oyó la voz de Frank Langiono, que lo saludaba en italiano, porque nunca desperdiciaba la oportunidad de hablar y practicar ese idioma.

–¿Cómo va todo? –preguntó el don.

–Tranquilo. Acabo de llegar de hacer una ronda de vigilancia. Le juro que ese chiquillo es increíble. Es tan condenadamente prudente que ni siquiera enciende una luz.

–¿Cómo se desenvuelve a oscuras?

–Por lo visto no se mueve demasiado del sitio. Cuando tiene que desplazarse, cubre una linterna con un par de calcetines. Así obtiene suficiente luz para ver, pero no puede ser visto desde fuera. Yo me di cuenta porque me había encaramado en una ventana. –Langiono gruñó y añadió–: Acertó usted de lleno cuando dijo que vendría aquí directamente después de que lo vieran en el transbordador. Supongo que no tenía ningún otro sitio adonde ir. ¿Le espero mañana a la hora que me dijo? –preguntó Langiono.

–Más o menos. Podría retrasarme un par de horas, porque el trayecto en avión y coche es largo.

–No hay problema. No tengo ningún otro compromiso.

–¿Y la gente de Sorbino?

–Nada. Por lo menos desde esta mañana, antes de que llegara el niño. Ya le dije que se limitaron a echar un rápido vistazo a la casa y los jardines. Luego dieron una vuelta por el pueblo y hablaron con algunos tenderos. Tengo la impresión de que no volverán por aquí.

–¿Ni siquiera han pasado en coche?

–No que yo sepa.

Hubo un silencio.

–¿Alguna pregunta más? –dijo Carlo Donatti.

–No. Estoy preparado.

–Pues hasta mañana.

–Buena suerte, don Donatti.

–Lo mismo digo, Frank.

Donatti colgó y buscó un número en la pequeña libreta de tapas de piel que siempre llevaba consigo. Telefoneó a la casa de las afueras de Palermo donde se encontraba retenida Peggy Walters.

Contestó uno de los vigilantes, y Donatti oyó un anuncio de televisión sonar de fondo. Se identificó y pidió que se pusiera la *signora.*

Le pareció que tardaba demasiado en oír su voz.

–Espero no haberla despertado, señora Battaglia.

–¿Qué sucede? –preguntó ella con voz tensa–. ¿Le ha pasado algo a mi hijo?

–Su hijo se encuentra bien. Le llamo para darle una buena noticia. Si todo va bien, podrá verlo dentro de veinticuatro horas. –Donatti no oía nada al otro extremo de la línea–. ¿Señora Battaglia? –Seguía sin oír nada. Le concedió unos minutos más–. ¿Se encuentra bien?

–Lo siento –dijo ella–. Es que todo esto me resulta todavía un poco difícil.

–Lo comprendo. Supongo que debe de haber sufrido mucho.

–¿Cómo piensa hacerlo? –preguntó Peggy–. ¿Traerá a Paul aquí?

–La recogeré a usted primero y la llevaré a donde está su hijo. –Donatti hizo una pausa–. Quiero que sepa que Henry se reunirá con nosotros allí.

–Oh, Dios mío –susurró Peggy.

–Me temo que es necesario.

–¿Por qué?

–Porque hemos de intercambiar las pruebas que cada uno tiene contra el otro.

Donatti oía la respiración de Peggy.

–Con tal de recuperar a mi hijo... –murmuró ella.

–De eso no hay duda, señora Battaglia.

–No soy vengativa por naturaleza –dijo Peggy con voz queda–. Sé que todos somos hijos de Dios y nadie es perfecto. Pero por lo que ese hombre ha intentado hacernos a mí y a mi familia, sólo por el miedo y la angustia que nos ha... –Se interrumpió–. Casi me avergüenzo de mis sentimientos –prosiguió–. Pero se lo juro, Henry me ha humillado tanto, me ha rebajado tanto, hasta su mismo nivel, que en estos momentos la mayor alegría que puedo imaginar es ponerle una pistola en la cabeza y... que Dios me ayude... apretar el gatillo. –Donatti no hizo ningún comentario–. Hay algo que no acabo de entender –añadió ella.

–¿De qué se trata?

–Ha dicho que iban a intercambiar pruebas...

–Sí.

–Sé lo que él le dará a usted, pero ¿a cambio de qué?

Donatti guardó silencio. Si se hablaba demasiado, uno acababa por asfixiarse en su propia mierda. Hizo lo posible por protegerse de cualquier posible perjuicio posterior.

–No llegué a hablarle de ello –replicó–. Todo salió a la perfección respecto a las pruebas enterradas que usted describió. Encontramos las huellas dactilares de Henry en el arma, y los exámenes de balística determinaron que la bala del crimen correspondía al rifle. Las pruebas son irrefutables.

–Pero si le entrega todo, ¿qué le quedará para acusarlo? Recuerde lo que decidimos. Mi palabra contra la de él no sería suficiente. Henry quedaría impune.

–No del todo –dijo Donatti.

–¿Por qué no?
–Porque en realidad no voy a entregarle las pruebas, sólo una copia bastante parecida.
Peggy emitió un sonido parecido a la risa.
–Me gusta –dijo.
A Carlo Donatti también le gustaba.

76

Paulie estaba sentado en el estudio de su padre, contemplando las estrellas a través del cristal roto del ventanal, a oscuras, pues así resultaba menos doloroso ya que no veía la sangre seca adherida a los bordes del cristal.

Después de llorar un buen rato, el niño había empezado a elaborar su propia teoría. Aquella sangre no tenía por qué pertenecer a su madre o su padre; podía ser de algún gángster. Cuanto más meditaba sobre aquella posibilidad, más verosímil le parecía.

Paulie siguió perfilando aquella idea. El gángster había muerto, y por esa razón sus padres habían tenido que marcharse de la casa. Por eso no respondieron a sus llamadas y por eso no estaban allí en esos momentos. Si se hubieran quedado en la vivienda otros matones los habrían encontrado al presentarse para averiguar qué le había ocurrido al primero. Además, eso explicaba por qué sus padres habían limpiado todos los cristales rotos y habían hecho desaparecer el cadáver del gángster; no querían que nadie se enterara de lo que habían hecho.

El chico estaba sentado en el taburete de pintor de su padre, procurando mantener la calma y convenciéndose de lo que necesitaba creer: su madre y su padre no habían muerto; estaban vivos en alguna parte, huyendo de los matones y buscándolo a él. Como no lo encontrarían, finalmente se darían cuenta de que debía estar en casa porque no tenía otro sitio adonde ir, y acudirían allí.

Por tanto, era evidente que debía permanecer en la casa y esperarlos, pues de otro modo, nunca conseguirían encontrarse.

Entretanto, debía actuar con prudencia y no encender las luces ni delatar de ninguna otra forma su presencia en la casa. Los mafiosos no eran idiotas, y seguramente habían llegado a la misma conclusión que él.

Sentado en el taburete, Paulie empezó a mover la cabeza a uno y otro lado, como si estuviera buscando algo. Como si el silencio lo abrumara, respiró hondo y notó cómo sus pulmones se llenaban hasta que se sintió mareado.

«Come», se dijo. No había tomado nada en todo el día y comenzaba a sentirse débil. Debía meterse algo en el estómago inmediatamente.

Animado por la perspectiva de hacer algo tan positivo, Paulie caminó a tientas hasta la cocina.

A la luz de la linterna, cubierta con dos calcetines, abrió una lata de pasta con carne. Comió directamente de la lata, sin calentar el alimento, para evitar encender la cocina. De postre eligió un poco de queso. Le sorprendió encontrar todo tan sabroso.

Cuando hubo terminado, se estremeció, satisfecho; comer había sido una buena idea. Se preguntó qué podía hacer a continuación. Ya había estado en el piso superior y no quería volver allí. La primera visita había sido muy dolorosa; entró en el dormitorio de sus padres, se ovilló sobre su cama y lloró como un bebé.

Ahora, sólo de pensarlo, se avergonzaba. «Tengo que portarme mejor.» Sabía que podía, de modo que Paulie se obligó a subir de nuevo al piso de arriba. Una vez allí, se enfrentó a lo más difícil.

Entró en el dormitorio de sus padres y se tendió una vez más en su lecho. Esta vez no lloró ni sollozó. En lugar de eso, recordó a sus padres.

Y se durmió.

77

Tommy Cortlandt entró en el Despacho Oval precedido por Lessing, el director de la CIA, y saludó al presidente Norton y a Michaels, el secretario de estado de la Casa Blanca. Eran las 17.25, y el hecho de que hubieran recibido a Lessing y a él entre otras dos reuniones daba a Cortlandt una idea precisa de la gravedad que estaba adquiriendo el asunto.

Sólo estaban presentes ellos cuatro. Cuando todos se hubieron sentado, el presidente se dirigió directamente a Cortlandt.

–Sólo estoy al corriente de este asunto en líneas generales, Tommy –dijo–, y por razones obvias no quiero saber mucho más. Sin embargo, quiero que contestes unas preguntas.

–Sí, señor presidente.

–Para empezar, ¿crees que es cierto lo que te dijo la persona que te telefoneó?

–De momento me es imposible corroborar su relato, señor presidente, pero si no le concediera por lo menos una credibilidad razonable, todavía estaría en Bruselas.

–Entonces, en tu opinión, ¿cuáles son mis opciones?

Cortlandt miró al presidente, que estaba sentado tras su escritorio, en la gran sala ovalada, con la bandera americana orgullosamente desplegada a su derecha, y la bandera presidencial a su izquierda. Era una imagen impresionante que, sin embargo, impulsaba al agente de inteligencia a preguntarse por qué alguien en su sano juicio podía aspirar a ser presidente.

–A mi parecer –contestó Cortlandt– tiene usted tres opciones: no actuar y dejar que suceda lo que tenga que suceder; informar a Durning de que están vigilándole y brindarle la oportunidad de que haga algo al respecto, o bien pasar a la acción y darnos órdenes de neutralizar al perseguidor de Durning. Todo depende de lo importante que sea para usted que Durning continúe en el cargo.

Fue Arthur Michaels quien habló por el presidente.

–Es muy importante; Durning es el mejor ministro de Justicia que hemos tenido en cincuenta años.

–¿Aunque sea un asesino? –preguntó el presidente.

–Eso todavía no lo sabemos –respondió el secretario de estado.

–¿Y si lo supiéramos? –preguntó Lessing.

Nadie estaba preparado para contestar a aquello, y se hizo el silencio.

Cortlandt advirtió que Lessing y Michaels intercambiaban rápidas miradas y dedujo que ambos conocían algo sobre lo que él sólo podía especular. Era una suposición fundada, producto de su larga experiencia, y el agente de inteligencia creía poder confiar en sus intuiciones.

El presidente Norton rompió el silencio.

–Otra pregunta, Tommy. Si tuviéramos que actuar ahora, ¿cuándo deberíamos empezar?

–En las próximas horas –respondió Cortlandt–. Cuanto antes mejor.

Cortlandt observó que el secretario de estado de la Casa Blanca y el director de la CIA cruzaban otra mirada y entonces comprendió que, por lo que a ellos dos se refería, el asunto estaba decidido.

El presidente no pareció notarlo.

–Eso no es mucho tiempo, ¿verdad? –dijo con crueldad; de pronto parecía cansado.

–No es nada, señor presidente –intervino Michaels–. Desde luego, no es suficiente para investigar lo que podría resultar un montón de acusaciones inconsistentes y alocadas nada menos que contra el ministro de Justicia de Estados Unidos.

–¿Qué significa eso, Arthur? –inquirió el presidente.

–Significa que, dada la situación, considero que no tenemos alternativa. Si no intervenimos, existen muchas posibilidades de que Henry sea inocente y acabe con un tiro en la cabeza disparado por algún demente con un agravio imaginario. Si le contamos lo que está ocurriendo y resulta que es culpable, habremos advertido a un asesino y le habremos dado tiempo para escapar o matar a otros. –El secretario de estado miró a su jefe con serenidad–. De modo que creo que tendremos que decantarnos por la tercera opción señalada por el señor Cortlandt; es decir, no informar a Henry y neutralizar a su perseguidor capturándolo y reteniéndolo. Eso nos proporcionará tiempo para investigar correctamente los cargos en su contra y hacer lo que juzguemos oportuno a largo plazo.

El presidente juntó las palmas de las manos y miró a los presentes.

–Una cosa más –dijo Arthur Michaels, advirtiendo que gozaba de cierta ventaja–. Sé que esto no es una consideración moral, ética, ni siquiera legal, pero sí afecta al bienestar de esta administración. Tanto si Henry es inocente como culpable, todos sabemos el desastre político que se produciría si cualquier insinuación sobre este asunto llegara a filtrarse. Estamos hablando del maldito ministro de Justicia; por tanto, no cometamos imprudencias. Si se descubre lo de Henry, la mierda nos salpicará a todos.

El presidente volvió a dirigirse a Cortlandt.

–¿Qué opinas, Tommy?

–Es cierto, desde luego.

–¿Nada más? –preguntó el presidente.

El agente de inteligencia se encogió de hombros.

–Por lo que respecta a mi parte del trabajo, no hay mucho más, aunque supongo que hay un par de detalles que convendría tener presentes.

–¿De qué se trata?

–Por muy prudentes que intentemos ser, la neutralización del perseguidor de Durning podría salir mal y hasta es posible que dicho personaje acabe muerto.

Cortlandt hizo una pausa tan larga que el presidente tuvo que intervenir.

–¿Y?

–Y podrían morir también la mujer y el niño.

78

Gianni Garetsky llegó al aeropuerto Dulles aproximadamente hora y media antes de la salida de su avión, se sentó junto al mostrador de Alitalia y adquirió un ejemplar del *New York Times.*

Había elegido un asiento lo suficientemente alejado de la zona de embarque de su vuelo para poder examinar, sin despertar sospechas, a los pasajeros que ya se encontraban allí y a aquellos que iban acudiendo.

Al cabo de veinticinco minutos vio a Mary Yung. No le sorprendió. Teniendo en cuenta el programa de Durning y el hecho de que Mary tendría que viajar hasta Nápoles para llegar a Capri, lo más lógico era que ella cogiera aquel vuelo. Por tanto, Gianni ya estaba preparado para aquella aparición.

Para lo que no estaba preparado era para el impacto que la visión le causó. «Qué estúpido», se recriminó, porque resultaba casi físicamente insoportable, como si todo lo que había empezado a sentir por ella todavía sangrara por la herida.

Observó cómo la joven se sentaba cerca de la puerta de embarque, sacaba una revista de su bolsa y la hojeaba. Luego Gianni cambió de asiento por si casualmente ella miraba en esa dirección y lo descubría.

¿Qué ocurriría si Mary lo veía? ¿Creía realmente que Mary lo delataría a los agentes de Durning? ¿No era acaso ella quien le había desvelado los planes del ministro? ¿Por qué había de traicionarlo ahora?

«Idiota. Estás empleando la lógica otra vez. ¿Quién conoce los motivos que impulsan a esta mujer?»

Pasó media hora sentado, leyendo la primera página del *New York Times* sin entender ni una sola palabra. Cuando oyó que anunciaban su vuelo, se dio la vuelta para ver cómo Mary entraba en la rampa con los pasajeros de primera clase.

Naturalmente. ¿En qué iba a viajar la puta millonaria del ministro de Justicia, si no en primera clase?

El avión era un amplio 747 de dos pasillos, y la mayor parte de los asientos de primera clase se ubicaban delante de la compuerta de embarque. Eso permitió a Gianni llegar a su asiento de clase turista, en la parte trasera del avión, sin tener que pasar junto a Mary Yung y arriesgarse a que ella lo viera.

Lo consideró una gran victoria, hasta que otra parte de su cerebro dijo que ella lo había visto ya mucho antes.

Dos horas más tarde, después de la cena y cuando acababa de cerrar los ojos, ella se sentó a su lado.

–¿Qué haces aquí? –preguntó Gianni sin abrir los ojos.

–Ver si puedo impedir que te maten antes de mañana por la noche.

Gianni abrió los ojos y miró a Mary. La cabina estaba en penumbra para que los pasajeros pudieran dormir, pero el rostro de Mary Yung poseía la luminosidad de siempre.

–No estás a su altura –dijo–. Él es más peligroso, y cuenta con más recursos de los que sospechas. No quiero que mueras, Gianni.

–¿Qué tengo yo de especial?

–Lo que siento por ti.

–Lo lamento. No me conmueves.

–No has querido saber nada de mí después de lo que hice, y no te lo reprocho. Pero nunca he dejado de quererte. –Gianni la contempló en silencio–. Ven conmigo, Gianni.

–¿Adónde? preguntó él–. ¿A Capri? ¿Para follar contigo y con Henry?

–Podríamos partir cuando lleguemos a Nápoles hacia donde desees. Dispongo del dinero suficiente, y tú podrías pintar en cualquier sitio.

Ante la mirada de Mary, Gianni tuvo la impresión de que se encogía y menguaba de tamaño.

–¿Y pasar el resto de nuestras vidas huyendo de Durning?

–Si lo dejamos en paz, él no nos molestará.

–¿Dejarlo en paz para que mate a la esposa de Vittorio y su hijo?

–Henry no tiene a Paul. Además, prometió que no le haría daño si se enteraba de dónde estaba.

–¿Y Peggy? ¿Qué prometió respecto a Peggy?

Mary miró a Gianni Garetsky, desconsolada.

–Por favor, Gianni. Tu muerte no ayudará a Peggy.

Gianni cerró los ojos. Le resultaba más fácil si no la miraba.

–Hazme un favor –susurró en aquella nueva oscuridad–. No me entierres hasta que haya muerto.

Permanecieron en silencio, sentados el uno junto al otro, a nueve mil pies de altitud.

–Está bien –dijo Mary Yung con una voz tan suave como la de Gianni. Él abrió los ojos y la miró–. He tomado una decisión –añadió Mary–. Si tú no quieres venir conmigo, iré yo contigo.

Gianni tardó en comprender lo que Mary estaba diciendo.

–O bromeas, o te has vuelto loca.

–No bromeo, y tal vez ésta sea la única idea verdaderamente sensata que he tenido en mi vida. No debí permitir que me alejaras de ti la última vez, pero estaba tan asqueada por lo que había hecho que no pude negarme. –Mary hizo una pausa para tomar aliento. Tenía las mejillas encendidas, como si hubiera estado corriendo–. Esta vez no permitiré que te libres de mí –agregó.

–No sabes lo que dices, Mary.

–Lo sé perfectamente; lo sé mejor que tú. He vivido y he dormido con ese hombre, he conocido aspectos de él que nadie más conoce. Ya te dije que Henry me quiere.

Gianni meneó la cabeza, como para despejarla. La excitación estaba entumeciendo su cerebro.

–No quiere a nadie. Te mataría con la misma frialdad con que me mataría a mí, sobre todo si se enterara de que lo habías traicionado.

Esta vez Mary sonrió abiertamente. Ofrecía un aspecto luminoso.

–Puedes decir lo que quieras –dijo Mary–. No me importa. De todos modos te acompañaré.

–Es imposible.

–Ya verás cómo yo lo hago posible.

–No lo consentiré.

–No podrás detenerme. Te seguiré allí donde vayas.

–Durning estará esperándote en Capri. Se preguntará qué te ha sucedido.

–No hará falta que se lo pregunte –aseguró Mary Yung–. Lo sabrá.

79

En la sala de VIPS del aeropuerto Dulles, unos veinte minutos antes de la hora de embarque, reinaba un agradable ambiente de vacaciones, un aire festivo y apaciblemente relajado.

«Como un puñado de críos que se van a un campamento de verano», pensó Henry Durning mientras charlaba, reía y caminaba entre ellos distraídamente en su papel de anfitrión extraoficial. Daba la casualidad de que entre aquellos «críos» se encontraba una muestra representativa de los más destacados juristas y cargos del Ministerio de Justicia del país, y dado que aquélla era una conferencia con todos los gastos pagados en un lujoso complejo en la reluciente bahía de Nápoles, también se hallaban presentes muchas de sus esposas.

Para atestiguar el carácter distinguido y el alto nivel, el grupo contaba con la presencia de dos jueces del Tribunal Supremo, que presentarían una ponencia en el simposio internacional. Además, el secretario de estado de la Casa Blanca, Arthur Michaels, que no partiría con el grupo, había acudido al aeropuerto en representación del presidente para desear a todos buen viaje.

Al ministro de Justicia le había sorprendido la aparición de Michaels. Era buen amigo del secretario de estado, a quien conocía desde hacía años. Artie Michaels era un estratega concienzudo y trabajador que desempeñaba el cargo más importante e influyente del país después de la presidencia; según algunos, antes de la presidencia. Y raramente malgastaba cinco minutos de su horario de trabajo de quince horas diarias en aquella clase de tonterías protocolarias. De esas ceremonias se encargaba siempre la vicepresidencia.

Por esa razón Durning se preguntaba qué hacía Michaels allí. Dejó de preguntárselo cuando de pronto Michaels le puso un brazo encima de los hombros, lo condujo a un rincón tranquilo de la sala, y dijo:

–Tenemos un pequeño problema, Hank.

El ministro de Justicia se mantuvo impertérrito, sosteniendo con mano firme su copa de champán, mientras Arthur Michaels le hacía un somero resumen de prácticamente todo cuanto se había hablado en el Despacho Oval pocas horas antes. Durning permaneció en silencio cuando el secretario de estado de la Casa Blanca hubo terminado.

–¿Sabe alguien que estás contándome esto? –preguntó por fin.

–¿Estás loco? Norton me cortaría la cabeza si llegara a sospecharlo. Sin embargo, creo que es importante que sepas lo que está pasando.

–Te lo agradezco, Artie.

–Déjate de chorradas –replicó Michaels en voz baja–. No lo hago por ti. Y me importa un comino que seas inocente o culpable de ese presunto crimen por el que la mafia quiere volarte la tapa de los sesos. Lo único que me importa es conservarte vivo, en tu despacho y libre de cualquier escándalo. –Michaels, un hombre bajo y fornido, de ojos pequeños y cutis curtido, escrutó con cierto resentimiento el agraciado rostro del ministro de Justicia, para lo que tuvo que levantar la cabeza, dada la estatura de Durning–. ¿Te das cuenta de lo que supondría para el presidente, de cara a su reelección en noviembre, el hecho de que su ministro de Justicia, elegido por él, fuera acusado públicamente de asesinato?

Durning bebió un trago de champán y no respondió. El bueno de Artie, pragmático hasta la médula, sería capaz de nombrar ministro de Justicia a Jack *el Destripador*, con tal que éste pudiera garantizar el voto de todos los asesinos en serie del país.

–Ya estás avisado –dijo el secretario de estado fríamente–. Lo que no significa que alguno de esos chalados de la mafia no consiga volarte la cabeza de todos modos. Pero ahora al menos andarás con más cuidado. Y con los fantasmas de la CIA de Tommy Cortlandt cubriéndote la espalda, presumo que no saldrás muy mal parado. –Michaels escudriñó con curiosidad a Durning con sus ojitos de cerdo–. Interesante –dijo.

–¿Qué?

–Todas esas historias escabrosas que cuentan sobre ti, esas acusaciones. ¿Sabes cuál es el único efecto que me causan? –Durning negó lentamente con la cabeza–. No tengo ni idea de si son ciertas o no, pero te aseguro que te humanizan mucho. –Michaels esbozó aquella sonrisa torcida que constituía su mayor atractivo–. ¿Te has planteado alguna vez aspirar a la presidencia cuando Norton la abandone? Parece que cumples todos los requisitos necesarios.

Mientras sobrevolaba la negrura del Atlántico, Henry Durning no dejaba de pensar, aunque sus pensamientos nada tenían que ver con la idea de presentarse a presidente.

«Mira que involucrar a la maldita CIA. ¿Quién podía haber imaginado algo así?» Por no mencionar la idea de que Vittorio Battaglia hubiera estado trabajando en secreto para ellos durante todos aquellos años.

Era demasiado, sencillamente. Había actuado con prudencia. Sí, había cometido aquellas atrocidades espantosas, violentas, pero siempre necesarias, una tras otra, con la esperanza de que cada una sería la última, pero siempre resultaba que había una más que era absolutamente imprescindible.

¿Y ahora? Ahora nada menos que el presidente en persona, quien había discutido con sus tres hombres de confianza en el Despacho Oval los hechos que él había tratado por todos los medios de enterrar.

En el avión del gobierno, lleno de cargos públicos dormidos, Henry Durning apretó el rostro contra el frío cristal de la ventanilla y observó las cortinas de lluvia que rasgaban nubes apenas visibles. Su nariz, barbilla, labios y frente imprimieron huellas en el cristal.

Según el relato de Artie Michaels, Gianni Garetsky había preguntado la hora de salida y la hora prevista de llegada de aquel vuelo, de modo que Mary Yung había hablado con Garetsky.

Lástima por Capri y por Mary Yung. Bueno, ¿y qué esperaba? De todas formas, había sido poco más que un sueño. Ella había surgido de la nada una noche y desaparecería de la misma forma. Los sueños no pueden atarse ni clavarse.

Sin embargo, había momentos en que tenía la impresión de

que la tocaba. En cierto modo, extraño y sarcástico, incluso en ese momento se sentía cerca de ella. ¿Acaso estaba más loco de lo que pensaba?

Henry Durning contempló los oscuros bancos de nubes que atravesaban. Los contempló hasta que una de aquellas masas hinchadas tomó la forma imaginaria de Mary, una presencia tan frágil como una sombra en el aire. Intentó precisar más aquella imagen, trató de ver su rostro. Pero simplemente veía un cielo nocturno.

Durning se quedó dormido y se despertó sobresaltado, con un gusto amargo en la boca, un pánico helado en el pecho y el recuerdo de la truculenta historia de Michaels martilleándole el cerebro.

Encontró una copa de coñac rebosante y la vació con la avidez desesperada de un hombre que sale de un desierto. Tal vez fuera el mejor trago de toda su vida, porque le aportó una nueva claridad de pensamiento y visión, como si se tratara de un regalo de los dioses.

Quizá la truculenta historia de Arthur Michaels no lo fuera tanto. No tenía por qué serlo. Si actuaba correctamente, quizá pudiera incluso beneficiarse de ella. Nada menos que el mismísimo secretario de estado de la Casa Blanca le había mostrado el camino.

Todo el mundo, empezando por el presidente, quería mantener el asunto en secreto. Era absolutamente esencial que así fuera. Si nada destruía su imagen pública, Durning sería una de las bazas principales de la administración durante las próximas elecciones. Si provocaba un gran escándalo nacional, arrastraría consigo al presidente y el partido perdería una buena parte de los escaños en la Cámara de Representantes y el Senado.

Carecían de pruebas y tampoco las querían. Y él se aseguraría de que no las obtuvieran.

Hasta el momento sólo contaban con las acusaciones inconsistentes de un pintor relacionado con la mafia. Nada más. Punto.

De pronto Henry Durning se sintió enardecido. Incluso un cosquilleo le recorría el cuerpo. Estaba seguro de que con sólo cerrar los ojos lo envolvería una cálida y suave lluvia aterciopelada.

Ahora hasta le resultaría más fácil negociar con Carlo Donatti. Las cosas no podían irle mejor. El gobierno velaba por su seguridad, con la anuencia del presidente.

80

«Sigo delirando –pensó Vittorio Battaglia–. Sigo con estas malditas alucinaciones.»

Tumbado en un pequeño dormitorio del segundo piso de la casa de la doctora Helene Curci, se había acostumbrado tanto al desfile de fabulosas fantasías que poblaban su febril cerebro que rechazó el sonido de la voz de Tommy Cortlandt como si se tratara de un producto más de su calenturienta y totalmente ilógica imaginación.

Incluso cuando vio al esbelto y rubio jefe de estación entrar en su habitación, acercarse a su cama y permanecer allí de pie, sonriendo con sus malditos dientes perfectos y sin duda postizos, continuó considerándolo una más de sus visiones.

–No es la hora de visita de los fantasmas –susurró débilmente–. Di a tus amigos que se marchen.

–No digas tonterías –replicó Cortlandt, y tomó la exangüe mano de Battaglia entre las suyas–. El fantasma eres tú, no yo.

Vittorio parpadeó y trató de fijar la mirada.

–¿Tommy?

–Has acertado. ¿Y tú quién eres?

–Un pedazo de mierda inútil –balbució Vittorio, y se desmayó.

Cuando Vittorio abrió los ojos, Tommy Cortlandt continuaba en la habitación. Estaba de espaldas, clavando alfileres de colores en un gran mapa mural que antes no estaba allí.

–¿Qué demonios está pasando? –preguntó Vittorio.

El agente de inteligencia clavó el último alfiler y se dio la vuelta.

–Si consigues aguantar despierto y lúcido por lo menos tres minutos seguidos, procuraré explicártelo.

–No seas tan exigente conmigo. Estoy agonizando.

–No, no estás agonizando. Tu encantadora doctora dice que sólo estás descansando en la cama.

–Mi esposa y mi hijo –dijo Vittorio–. Dímelo de una vez, ¿están vivos o muertos?

–Creemos que están vivos.

¿Qué significa «creemos»?

–Significa que ninguno de nosotros los ha visto, pero que por lo que sabemos nadie los ha liquidado.

Vittorio se concentró en su respiración.

–Muy bien –dijo–. Ahora puedes explicarme todo.

Tommy Cortlandt comenzó por la primera llamada de Gianni Garetsky a Bruselas, siguió con su propia necesidad de hacer intervenir al presidente y concluyó con la decisión adoptada en el Despacho Oval de neutralizar a Gianni Garetsky y vigilar a Carlo Donatti y Henry Durning a partir del momento en que sus respectivos vuelos aterrizaran en Palermo y Nápoles.

Vittorio escuchó sin interrumpir.

–Explícame eso de neutralizar a Garetsky –dijo cuando el jefe de estación acabó su relato.

–Consiste en retirarlo de la circulación para que no estropee la operación persiguiendo a Durning y Donatti y quizá matándolos o muriendo él.

Vittorio Battaglia lo miró fijamente, con el rostro demacrado y enrojecido a consecuencia de la fiebre.

–Escucha –dijo Cortlandt con tono amable–. Tu mujer y tu hijo están en alguna parte, pendientes de los hilos que mueven Donatti y Durning. Lo que menos necesitamos ahora es que un aficionado cegado por la ira y armado se inmiscuya en todo esto.

Vittorio se quedó meditando, exprimiendo una antigua serenidad que parecía ser lo único que lo sostenía en esos momentos.

Entonces, como si de pronto se obligara a emerger a la superficie, señaló el enorme mapa con los pequeños grupos de alfileres de colores.

–¿Has instalado aquí tu puesto de mando?

Cortlandt se encogió de hombros.

–¿Por qué no? Me basta con un teléfono para dirigir las

operaciones desde donde sea. Y esto te ayudará, pues así no tendrás que preguntarte qué está pasando.

Battaglia tensó los músculos de la mandíbula.

–Eres un verdadero encanto –dijo–. Pero no intentes meterte conmigo en la cama, ¿de acuerdo?

81

Paulie se despertó más tarde de lo normal después de su primera noche en casa. Se sorprendió al ver lo alto que estaba el sol.

«Supongo que estaba muy cansado.» Aquel pensamiento era una especie de justificación y disculpa, como si el mero hecho de estar en la cama pasadas las ocho violara algún mandamiento santo. Para compensar aquel desliz, se duchó y se vistió en tiempo récord.

Cuando Paulie hubo acabado de comer los huevos revueltos que había preparado para desayunar, levantó la vista y vio a aquel hombre en el umbral de la cocina, sonriendo como si se tratara de un viejo amigo y se alegrara mucho de verlo. Con el cabello casi completamente blanco y el rostro surcado de arrugas, sobre todo alrededor de los ojos –«de tanto sonreír», pensó el niño–, parecía muy anciano.

–Hola, Paulie –dijo–. No te asustes. Me llamo Frank, Frank Langiono. Soy un viejo amigo de tu padre, de América, y te traigo buenas noticias.

El chico observó cómo Langiono caminaba hasta la mesa y se sentaba frente a él mientras hablaba. Utilizaba el italiano, pero con acento americano, y a Paulie le costaba entender algunas palabras. Al contemplarlo de cerca, se fijó en que el hombre tenía los ojos muy azules, con diminutas luces que se movían cuando les daba la luz del sol. Impresionado, Paulie lo observaba con mucha atención. No tenía miedo; aquel hombre no era un gángster y, si hubiera querido hacerle daño, ya lo habría hecho.

–Todas las puertas y ventanas estaban cerradas –dijo Paulie–. ¿Cómo has entrado?

–Con mis llaves de ladrón –respondió Langiono, y le mostró un aro lleno de ganzúas de diversas medidas–. ¿Lo habías visto alguna vez? –El chico negó con la cabeza–. Si sabes cómo utilizar estas herramientas –afirmó Langiono– ninguna puerta se te resiste.

–¿Eres un ladrón?

Langiono rió.

–No. Trabajé de policía en Nueva York durante veinte años y tuve ocasión de conocer bastante bien a unos cuantos ladrones.

Paulie miró a Langiono con severidad. Tenía tantas cosas en que pensar a la vez que no sabía por dónde empezar. Advertía que aquel hombre procuraba mostrarse muy amable con él para no asustarlo, pero eso no era motivo para bajar la guardia, sino más bien al contrario.

–¿De qué conoces a mi padre? –preguntó.

–Vivíamos en el mismo barrio, en Nueva York; un barrio llamado Lower East Side. Hay muchos italianos. Yo era mucho mayor que él, y además era policía. Tu padre era un chico muy valiente. Nos caíamos bien.

Paulie caviló.

–¿Cómo te has enterado de que yo estaba aquí, en la casa?

–He estado vigilando la casa y ayer te vi llegar.

–¿Cómo sabías que iba a venir?

Langiono sonrió.

–¿Seguro que no eres fiscal o algo parecido? Haces muchas preguntas.

El chico no le devolvió la sonrisa. Se limitó a esperar.

–Te vieron en Palermo, intentando embarcar en el transbordador de Nápoles. Eso significaba que tratabas de llegar a casa. ¿No?

–¿A qué te referías antes cuando has dicho que me traes buenas noticias?

Frank Langiono puso las manos sobre la mesa, donde Paulie pudiera verlas. Eran unas manos grandes, algunos nudillos se habían roto y al soldarse habían adoptado formas extrañas. Langiono se las miró, como si las viera por primera vez. Después dirigió a Paulie una mirada seria y sosegada.

–Voy a llevarte con tu madre –dijo.

El chico abrió mucho sus ojos marrones, parpadeó rápidamente un instante y escrutó los ojos azules de Langiono.

–¿Dónde está?

–Cerca de aquí.

–¿Seguro que no me engañas?

–¿Por qué iba a hacerlo? –El chico no contestó–. Me parece que últimamente no lo has pasado muy bien.

Paulie seguía callado. De pronto le costaba trabajo respirar. No quería cometer una estupidez delante de aquel hombre, que le inspiraba cierta confianza, pero a quien no conocía. Langiono metió una mano en el bolsillo, sacó un broche de mujer y lo depositó sobre la mesa, delante de Paulie.

–¿Lo habías visto alguna vez?

Paulie cogió el broche, lo sostuvo en el centro de la palma de la mano y lo rozó con la yema de los dedos.

–Es de mi madre. ¿Cómo lo has conseguido?

–Me lo ha dado ella.

–¿Por qué?

–Porque sabe que eres un chico inteligente. Temía que no me creyeras si no te enseñaba algo suyo.

Paulie se quedó contemplando la joya. Recordaba haberlo tocado cuando su madre se lo prendía en el vestido, cuando él era pequeño. Recordaba que casi siempre lo llevaba.

–¿Mi madre está bien?

–Perfectamente. Está deseando verte.

–¿Y tú vas a llevarme con ella?

–Exacto.

–¿Cuándo?

–Muy pronto. En cuanto reciba una llamada. Entonces sabré cuándo podemos marcharnos.

Paulie cerró la mano en torno al broche. Parecía haber olvidado que Langiono se hallaba allí.

–No pareces muy contento –dijo el hombre–. ¿Qué te ocurre, hijo?

–Si mi madre se encuentra bien y está deseando verme, ¿por qué no ha venido ella misma hasta aquí?

Langiono asintió con la cabeza como si hubiera estado esperando aquella pregunta.

–Porque hemos hecho un trato con otro hombre, y éstas son las condiciones.

–¿Y mi padre? ¿Por qué no has hablado de mi padre?

–Porque no sé nada de él.

–¿Quieres decir que sólo estás enterado de lo que le ocurre a mi madre?

–Sí. A lo mejor ella sabe algo de tu padre. Cuando la veas podrás preguntárselo.

La cocina quedó en silencio, la casa entera quedó en silencio. Fuera tampoco se oía nada.

Paulie observó a Langiono, que volvía a contemplarse las manos. El niño empezaba a comprender. Fuera cual fuera el trabajo de aquel Frank Langiono, era evidente que no le agradaba mucho.

82

El avión de Alitalia en que viajaban Gianni Garetsky y Mary Yung aterrizó en el aeropuerto de Nápoles a las 7.05, unas tres horas y media antes de la hora de llegada prevista del avión del gobierno estadounidense en que volaba Henry Durning.

Desembarcaron por separado, como si no se conocieran. Recogieron su equipaje, pasaron la aduana, y alquilaron sendos coches en agencias diferentes, sin dar muestras de vínculo alguno. Los dos automóviles estaban equipados con teléfono, e intercambiaron los números dejándolos anotados en un trozo de papel en una de las cabinas telefónicas del exterior.

Gianni salió primero del aeropuerto. En el desvío más próximo, se detuvo en la cuneta y esperó hasta que vio el vehículo de Mary Yung acercarse. Entonces continuó y ella le siguió manteniendo una distancia de unos cien metros.

De pronto a Gianni todas aquellas precauciones le parecieron ridículas, sumamente desmesuradas. ¿Quién iba a estar vigilándolos? Del único que tenía motivos para preocuparse era de Durning, quien todavía estaba sobrevolando el Atlántico.

Movido por un impulso, cogió el teléfono y marcó el número de Mary Yung.

–Sólo era una comprobación –dijo cuando ella contestó–. ¿Va todo bien?

–Sí. Pero preferiría que fuéramos en el mismo coche.

Gianni Garetsky no dijo nada. Se preguntaba hasta qué punto la tensión que lo dominaba se debía a la compañía de Mary. Todo había ocurrido muy deprisa. Pocas horas atrás, estaba más solo que nunca. Y de pronto allí estaba ella, en sus mismísimas rodillas.

¿Y bien?

¿Para qué engañarse? Estaba encantado. Mary seguía despertando en él aquellos sentimientos... Fue lo bastante inteligente como para no reflexionar más sobre ello de momento.

–¿Dónde hemos de recoger el material? –preguntó ella.

–A unos diez minutos de aquí. Vittorio me dio la dirección de un amigo suyo. No hay peligro.

Continuaron conduciendo un rato con la línea abierta.

–No sería mala idea telefonear a tu hotel de Capri –comentó Gianni–. Avísales que acudirás un poco más tarde de lo previsto. Así, si Durning intenta ponerse en contacto contigo cuando llegue a Sorrento, no sospechará nada.

–Ahora mismo llamo –dijo Mary, y cortó la comunicación.

Quince minutos más tarde, Gianni se detuvo delante de una vieja casa de estuco en las afueras de Nápoles y Mary aparcó unas manzanas más atrás. Había mucho tráfico en ambas direcciones. Ningún otro coche se paró.

Gianni entró y salió de la casa en menos de veinte minutos con todo el material dentro de una gran bolsa de lona. Por lo que había aprendido de Vittorio y su reciente experiencia, estaba preparado para lo peor.

Metió la bolsa en su coche, caminó hasta el de Mary Yung y se sentó a su lado.

–Listo –dijo, entregándole una automática de 9 milímetros y un cargador adicional de munición–. Está cargada y tiene el seguro puesto.

Mary Yung examinó el arma, comprobó el seguro, y la introdujo en el cinturón de los pantalones. Gianni observó cómo Mary aceptaba la pistola como parte de cuanto ya había ocurrido y de lo que sucedería a continuación.

–Si se diera el caso de que tuvieras que utilizarla contra él –dijo–, ¿estás segura de que podrías hacerlo?

–Sí.

Gianni esperaba algo más que aquella lacónica respuesta, pero Mary Yung no añadió nada.

–Nada te obliga a hacer esto –dijo Gianni.

–Ya lo sé. –Mary lo miró con asombro, con ojos cansados–. ¿Algún otro último comentario fuera de lugar? –preguntó.

–Intentaré buscar alguno.

–No te molestes.

Se miraron fijamente, y Gianni Garetsky constató que todo estaba decidido.

–Muy bien –dijo–. ¿Viste dónde estaban aparcados los autocares que les aguardan? –Mary asintió con la cabeza–. Estoy seguro de que Durning se desplazará a Sorrento con el resto de la delegación –afirmó Gianni–. Sólo hay unos cincuenta kilómetros entre el aeropuerto y su hotel. Pero si por algún motivo no toma uno de los autocares... si sube a una limusina o cualquier otro vehículo y los autocares se marchan sin él, asegúrate de que no lo pierdes de vista y llámame de inmediato. –Mary escuchaba–. Si viaja en autocar, como es de prever –prosiguió Gianni–, no habrá ningún problema. Limítate a seguirlos a cierta distancia. Recuerda que escoltarán el convoy coches de policía, algunos de los cuales quizá no lleven distintivos, de manera que tendrás que mantenerte detrás para no quedar atrapada en medio.

–¿Y tú dónde estarás?

–No puedo contestarte hasta que vaya al hotel y me entere de cómo disponen la operación. Te llamaré en cuanto lo sepa.

Observaron los coches que pasaban.

–¿Todavía estás convencida de que Durning piensa encargarse de esto él solo? –preguntó Gianni.

–Completamente. –Mary lo miró–. ¿Por que? ¿Eso te preocupa?

–Un poco. Lo que dijiste ayer en Washington tiene sentido. Y sin duda tú conoces a ese hombre mucho mejor que yo. Sin embargo, me cuesta creer que vaya a acudir a una cita con Carlo Donatti sin vigilancia.

–Yo no dije que no fuera a llevar vigilancia. Lo que dije es que no habría testigos.

–Pero si no cuenta con refuerzos, ¿quién lo protege de Carlo Donatti?

–Lo mismo que lo ha protegido todos estos años. Su caja de seguridad.

–¿Cómo lo sabes?

–Porque me lo dijo.

–¿Cuándo?

Mary Yung desvió la vista.

–Durante uno de sus momentos más vulnerables.

Gianni no insistió.

–¿Sabrás volver al aeropuerto? –preguntó él.

–No. Seguramente me perderé y nadie sabrá jamás qué fue

de mí. –Mary se dio la vuelta y lo miró–. No hace falta que te preocupes por mí, Gianni.

–Ya lo sé.

–No; no lo sabes. Pero es verdad. –Sus miradas se encontraron–. ¿Y bien? –dijo Mary–. ¿Piensas darme por lo menos un beso de despedida, o vas a quedarte ahí como un pasmarote?

Gianni se inclinó y la besó.

Tal vez no fuera el beso más dulce que él había dado en su vida, pero sin duda fue el más deliberado; en él había algo de las esperanzas incumplidas de los innumerables hombres a los que ella debía de haber besado y finalmente abandonado. Y lo único que le provocó, mientras volvía a su coche, fue tristeza.

83

El avión privado transoceánico de Carlo Donatti aterrizó en el aeropuerto de Palermo a las 8.20, y un sedán gris lo recibió en la pista.

En el coche sólo iba el conductor, y no había nadie fuera. El vehículo más cercano era una furgoneta de servicios del aeropuerto, aparcada a unos doscientos metros de distancia, y las únicas personas que se veían eran mecánicos realizando su trabajo y otro personal del aeropuerto.

Al paracer Donatti era el único pasajero. Desembarcó solo, con una maleta, y subió al coche que lo esperaba. El automóvil hizo una breve parada para la comprobación del pasaporte especial que siempre concedían al don, salió del aeropuerto y se dirigió hacia el sur, en dirección a Partinico.

No le seguía nadie. Don Donatti lo supo porque no apartaba la vista del retrovisor lateral. Lo que sí vio unos minutos más tarde fue un sedán que salía de un cruce y se situaba detrás de ellos, a una distancia de medio kilómetro. Al cabo de unos quince minutos, el automóvil se desvió y desapareció. Casi inmediatamente fue sustituido por una furgoneta comercial oscura, que también mantuvo una distancia de cuatrocientos metros. La furgoneta los siguió hasta que abandonaron la carretera y enfilaron el largo camino que conducía a la casa blanca, donde Peggy Walters aguardaba. Donatti observó que la furgoneta pasaba de largo, pero estaba casi convencido de que otro vehículo la reemplazaría al cabo de pocos minutos y aparcaría en algún sitio para vigilar la casa.

Donatti no estaba particularmente preocupado. Se había acostumbrado a tales maniobras, y sabía cómo reaccionar. Sin embargo, en ese caso le resultaba un poco desconcertante, porque sabía que la vigilancia no podía tener nada que ver con Henry Durning. Eso significaba que debían de ser hombres de Sorbino que operaban por cuenta propia, o de algún otro capo local, envidioso de la relación de Sorbino con el *capo di tutti capi* americano. En cualquier caso no importaba, pues no tardaría en librarse de ellos.

El chófer llevó la bolsa del don al interior de la casa.

–Deja el coche donde está –ordenó Donatti–. Y ve a la cocina a comer algo. Ya te avisaré cuando te necesite. De momento puedes descansar.

El don encontró a Peggy en la terraza, desayunando.

–Una mañana espléndida, señora Battaglia. Perfecta para todo. Espero que haya dormido bien.

Peggy escrutó su rostro en busca de cualquier indicio, dispuesta a saltar en caso de que detectara alguno que insinuara malas noticias.

–¿Será ahora? –preguntó con voz vacilante.

–Ahora mismo no, pero no tardaremos en marcharnos. ¿Está lista?

–Estoy lista desde que llegué aquí.

Carlo Donatti esbozó su más cálida sonrisa.

–Por supuesto. Qué pregunta tan estúpida.

Peggy, movida por un impulso, cogió la mano del don y la apretó.

–Gracias –dijo al hombre que en su día envió a Vittorio Battaglia a matarla, pero que ahora pretendía salvar su vida y la de su hijo–. Gracias.

84

Durante gran parte del vuelo sobre el Atlántico había habido vientos de cola, de modo que el chárter del gobierno que había despegado en Washington aterrizó en el aeropuerto de Nápoles con cuarenta minutos de antelación, a las 9.50.

Henry Durning desembarcó, recogió su maleta y pasó por una aduana y control de pasaportes prácticamente automáticos con el resto de los pasajeros. Hablaba animadamente con los dos jueces del Tribunal Supremo y se esmeraba por resultar encantador a sus esposas.

Luego el ministro de Justicia se separó de ellos y telefoneó al hotel Donatello de Capri. Lo hizo por puro impulso, pensó, como la necesidad de palpar una herida reciente para asegurarse de que seguía allí y todavía dolía. Estaba y dolía.

Tenía la absoluta certeza de que no encontraría a Mary en el hotel, y sin embargo, allí estaba él, llamando. Debía de tratarse de algo congénito, pensó, algo creado por un grupo de células que enloquecieron en el útero de su madre.

Cuando comunicó con el hotel, pidió a la operadora que le pasara con Melissa Lee, el nombre que constaba en el pasaporte que Mary estaba utilizando. Luego esperó.

–Lo siento –contestó la operadora–. La señora Lee todavía no ha llegado al hotel. Ha telefoneado para dejar un mensaje. Llegará con varias horas de retraso.

Durning colgó lentamente. ¿Qué significaba aquello?, se preguntó, y salió de la terminal.

Los cuatro autocares estaban alineados, con los motores en marcha, y los tubos de escape teñían el aire de azul. Alrededor de ellos, una nutrida y visible dotación policial protegía a los dignatarios visitantes de posibles incidentes.

El ministro de Justicia intentó distinguir a algunos de los agentes de la CIA que según Artie Michaels estarían allí para vigilarlo. Le pareció detectar a media docena, o quizás a ninguno.

«Naturalmente. Cuando son buenos –pensó Henry Durning–, puedes mirarlos a la cara y no darte cuenta.»

Subió al primer autocar del convoy para trasladarse al hotel de Sorrento.

Tommy Cortlandt escuchó la voz procedente del otro extremo de la línea, formuló unas cuantas preguntas y colgó.

–Durning acaba de llegar al aeropuerto de Nápoles –dijo a Vittorio Battaglia–. Ya tenemos a todos aquí.

Vittorio observaba desde su cama cómo el jefe de estación de la CIA distribuía sus alfileres de colores por el mapa, cambiando algunos de posición, retirando unos cuantos, añadiendo otros. «Un chiquillo con un nuevo juego de mesa», pensó Battaglia. La diferencia estribaba en que todos aquellos alfileres que movía de un sitio a otro representaban personas de carne y hueso.

Cortlandt miró de soslayo para asegurarse de que Battaglia no había vuelto a desmayarse.

–¿Me has oído?

–Sí.

Cortlandt había abierto y estirado una percha de alambre y la utilizaba como puntero.

–De momento, Donatti es el elemento más desconcertante. No estamos seguros de qué demonios hace en su villa siciliana, pero lo más probable es que tenga retenida a tu esposa allí.

Vittorio despegó los labios, cambió de idea, y no dijo nada. «Limítate a escuchar», pensó.

–De todos modos –prosiguió Cortlandt–, el don no irá a ninguna parte a no ser que nosotros queramos que lo haga. Los otros tres están también controlados. Durning y Mary Yung están en el aeropuerto, y tu amigo Garetsky aguarda pacientemente cerca del hotel Amoretto de Sorrento.

–¿Cuándo piensas retener a Gianni y a Mary?

–En cuanto los autocares salgan de las proximidades del aeropuerto y la chica empiece a seguirlos. No queremos que Durning presencie cualquier posible altercado y recele. Y no podemos retener a Garetsky antes de tiempo porque Mary y él han alquilado coches equipados con teléfono y podría avisarla antes de que nosotros pudiéramos impedirlo.

Vittorio Battaglia reflexionó. El miedo, la ira y la frustración emanaban de él como un olor venenoso. Estaba convencido de que si aspiraba profundamente, ese olor lo mataría.

–¿Hay alguna posibilidad de que mi hijo esté en la villa de Donatti con mi esposa? –preguntó.

–Oye, no te pases. Ni siquiera sé si tu esposa está allí realmente.

–¿Qué demonios sabes?

Cortlandt no perdió la serenidad.

–Lo suficiente para actuar paso a paso y no precipitarme.

85

Poco después de las 10.30, Carlo Donatti, de pie ante una de las ventanas del piso superior de la reluciente casa blanca contemplaba el paisaje.

Veía el amplio y cuidado césped que se extendía hasta la carretera, el camino de piedra que conducía hasta la casa y, aparcado ante la puerta, el sedán gris que lo había llevado hasta allí poco antes.

Poco después Donatti observó cómo dos hombres y una mujer salían rápidamente de la casa y subían al coche. Uno de los hombres era su chófer, el otro vestía la ropa de Donatti y tenía una constitución similar a la suya, y la mujer era el ama de llaves de la casa, una joven delgada y morena que podía confundirse fácilmente con Peggy a una distancia superior a cien metros.

Donatti vio cómo el coche se alejaba, llegaba a la carretera y giraba hacia la derecha en dirección a Palermo. Al cabo de un rato, una furgoneta comercial oscura pasó por delante de la casa de campo, en la misma dirección, seguida por el que parecía ser el mismo coche que Donatti recordaba haber visto detrás de su sedán durante un rato al salir del aeropuerto.

«Perfecto», pensó Donatti. Sin embargo, continuó comportándose con la misma cautela, como si tuviera la seguridad de que la casa todavía estaba rodeada de vigilantes.

Donatti recogió a Peggy y su bolsa en la cocina y la precedió hasta el sótano por una puerta oculta y un pasillo bien iluminado que parecía extenderse hasta el infinito, pero que en realidad no tenía más de cuatrocientos metros de longitud.

Tras recorrer el pasillo, aparecieron en una pequeña cabaña de piedra al borde de un campo rodeado de bosques, donde aguardaba un helicóptero con su piloto.

«Dios mío –pensó Peggy–. Es maravilloso que este hombre con tantos recursos, este *capo di tutti capi*, haya decidido brindarnos su ayuda ahora que tanto la necesitamos.»

86

Paulie llevaba más de una hora contando los minutos. Esperaba que se produjera la llamada, sin acabar de creerlo, temiendo que incluso la palabra dada por Frank Langiono respecto a esa llamada fuera otra más de la larga lista de mentiras que toda aquella gente le había contado desde el principio.

Por ello, cuando el timbrazo tan desesperadamente ansiado sonó por fin, cuando Paulie oyó aquel ruido estridente explotar de pronto en medio del silencio de la casa, se quedó pálido, frío y absolutamente paralizado.

Miró con impaciencia a Frank Langiono.

–El teléfono. –Apenas pudo pronunciar las palabras–. Suena el teléfono.

–¿Qué teléfono? ¿Has oído un teléfono? Yo no oigo nada.

El niño sólo pudo señalar. Langiono sonrió y descolgó el auricular.

–Sí –dijo–. Ningún problema. Todo marcha según lo planeado. El chico se encuentra aquí. Está muy bien. ¿Cómo va por ahí? Dos horas me parece bien. No se preocupe. Lo tendré todo preparado. –Langiono escuchó unos momentos y luego consultó su reloj–. Mi reloj marca las 11.06. Sí, señor. Ya sé que un solo segundo puede ser decisivo. Quedamos a las 13.06. Claro. Aquí está. Se lo paso. –Langiono tendió el auricular a Paulie–. ¿Te interesa hablar con alguien? ¿O estás demasiado ocupado en este momento?

–¿Cómo? ¿Con quién?

–Con tu madre. ¿Con quién si no?

Paulie clavó la mirada en el teléfono como si se tratara de una serpiente venenosa.

–Cógelo –dijo Langiono, sonriendo de nuevo ahora que se dirigía al niño–. No va a morderte.

Paulie tomó el auricular con los dedos crispados. Oyó un ruido ensordecedor y habló a voz en grito para hacerse oír.

–¡Mamá! ¿Eres tú, mamá?

–Soy yo, cariño. Soy yo. ¿Cómo estás, Paulie?

–Muy bien. –El niño se pasó la lengua por los labios, y un intenso rubor invadió su cuello y tiñó sus mejilas y sus orejas. Tenía la vista fija al frente, la mirada extraviada, como ido–. ¿Y tú? ¿Cómo estás?

–Estoy bien, muy bien.

–¿Y papá?

–Seguro que él también está bien.

Paulie tragó saliva con dificultad. El hecho de que su madre dijera «seguro», significaba que lo ignoraba.

–¿Qué es ese ruido? –exclamó, porque de pronto le dio miedo preguntar u oír algo más sobre su padre.

–Estoy en un helicóptero. Me muero de ganas de verte, cariño.

–Yo también.

–Sólo tardaremos un par de horas en vernos, cariño. Ahora tengo que colgar. Te quiero.

Paulie tuvo la impresión de que la lengua se le helaba entre los labios.

–Yo...

Entonces el ruido se hizo más fuerte y la comunicación se interrumpió.

El chico permanecio inmóvil. El rubor parecía haberse asentado en sus mejillas, y Paulie se quedó observando el mudo auricular hasta que Langiono se lo quitó de las manos y lo colgó.

–¿Estaba bien tu mamá? –preguntó.

Paulie pareció no oírlo. Las lágrimas asomaron a sus ojos y empezaron a rodar por sus mejillas.

–¿Qué ocurre? –preguntó Langiono.

El chico apenas consiguió pronunciar las palabras con sus aturdidos labios.

–No lo sé.

Era mentira. Sí lo sabía. No iban a permitir que nada de aquello llegara a pasar.

87

Mary Yung vio a Henry Durning cuando éste salió de la terminal del aeropuerto e inmediatamente supo que no era inmune a las diferentes formas en que él se había adueñado de ella. «Qué pérdida tan lamentable», pensó, y se sintió conmovida.

Lo vio subir al primero de los autocares y sentarse junto a una ventanilla, y se sorprendió recordando hechos que en aquel preciso momento mejor habría sido no rescatar de la memoria.

Había asegurado a Gianni que podía utilizar una pistola contra Henry si era necesario y sabía que era cierto. Sin embargo esperaba no tener que dispararle. Aquel hombre significaba mucho para ella. Y hubo momentos en que, a pesar de todo, Mary había sentido cómo brotaba de él un cariño más auténtico que el que jamás le había demostrado ningún otro hombre. Así era el amor con Henry. ¿Y ahora?

«Y ahora yo, su único amor verdadero y su heredera, estoy aquí espiándolo, dispuesta a traicionarlo, atraparlo y, si es necesario, incluso matarlo.»

Poco después Mary Yung vio cómo se cerraban las puertas de los cuatro autocares de lujo y cómo el primero arrancaba lentamente.

Dejó que se alejaran un poco, descolgó el auricular y telefoneó a Gianni.

–Acaban de salir de la terminal –anunció.

–¿Y has visto subir a Durning?

–Va en el primer autocar, en la tercera fila, lado derecho, asiento de ventanilla.

–Muy bien. Ahora, aparte de asegurarte de que no te ven, debes vigilarlo por si se apea antes de llegar a Sorrento y cambia de vehículo.

–¿Y tú? –preguntó Mary–. ¿Estás en el hotel?

–Estoy en el coche, a unos cien metros de la entrada, junto a la carretera principal. Puedo controlar perfectamente a cuantos entran y salen.

–Te dejo. Volveré a llamarte dentro de un rato –dijo Mary Yung, y colgó el auricular.

Los cuatro autocares, escoltados por dos coches de policía con distintivos, avanzaban lentamente por la carretera. Detrás de ellos circulaba otro coche de policía con distintivos y dos automóviles sin ellos. Cuando el convoy completo de cuatro autocares y cinco vehículos de seguridad habían recorrido cerca de cuatrocientos metros por la carretera, Mary Yung salió detrás de ellos.

Miró por el retrovisor y comprobó que nadie la seguía. Movió la cabeza de un lado a otro para aflojar la tensión que empezaba a concentrarse en su cuello. Tardó casi diez minutos en colocarse en la posición deseada. Finalmente, consiguió situarse a unos trescientos metros detrás del último vehículo de seguridad, separada de él por un camión y una furgoneta. A su espalda no había nada por lo que debiera preocuparse.

De pronto, guiada por un impulso, descolgó el auricular y telefoneó de nuevo a Gianni.

–Dime algo agradable –pidió.

–¿Por qué?

Mary pensó un momento.

–Porque en las próximas horas, uno de nosotros, o los dos, podría estar muerto.

–¿No se te ocurre nada más alentador? –dijo Gianni–. ¿O acaso intentas fortalecer mi confianza?

–Sería bonito que dijeras que me quieres. –Gianni Garetsky guardó silencio–. ¿Tan terrible es? –preguntó Mary Yung en voz baja–. ¿Temes que esas palabras puedan alterar algún plan divino que el Señor nos tenga reservado?

–¿De verdad consideras que éste es el mejor momento para entablar esta conversación?

–¿Qué otro momento sería mejor? ¿Cuando estemos muertos? –Gianni suspiró–. No te atrevas ni a suspirarme. Ni siquiera estamos casados. –Gianni rió–. ¿Te gustaría oír una de las cosas más agradables que me dijo Henry la última vez que estuvimos juntos? –preguntó Mary.

–No –contestó él.
–No importa, te lo contaré de todos modos. Dijo que aunque yo llegara a vivir cien años, sabría que nadie me había amado tanto como él.
Gianni tardó un rato en responder. Cuando lo hizo, habló con voz suave, y sin el aguijón sarcástico y burlón que había mostrado antes.
–Es un pensamiento muy bonito y conmovedor –dijo–. ¿Te lo crees?
–Sí.
–Entonces ¿por qué has insistido en acompañarme?
–Porque yo no siento eso por él. Yo te amo a ti.
En el otro extremo no había más que silencio. Mary Yung todavía estaba esperando la respuesta de Gianni cuando de pronto se dio cuenta de lo que estaba ocurriendo alrededor.
–¡Gianni! –exclamó.
–¿Qué?
–Tengo problemas.
A Mary le sorprendió su propia calma. Era como si reaccionara a cámara lenta.
–¿Qué sucede? –preguntó Gianni elevando la voz.
–Me han encajonado.
–¿Quién? ¿Cómo?
–Un hombre que conduce un coche sin distintivos. Está haciéndome señas para que me pare en la cuneta.
–¿Va armado?
Entonces Mary se fijó, e incluso aquello le pareció irreal y lento; el hombre utilizaba una automática para indicarle que se apartara, moviendo la pistola como si ésta no fuera más que una prolongación de su mano.
–Sí. Lleva una pistola.
–¡Maldita sea! –exclamó Gianni, furioso.
Mary Yung comprendió todo con esas dos palabras.
–¿Quién es?
–Seguramente otro de los contactos sicilianos de Donatti.
–Gianni, si alguien me ha localizado, debes andarte con mucho cuidado. Lárgate de ahí enseguida.
Un instante después, Mary oyó a Gianni maldecir otra vez.
–¡Hijos de puta! Tienes razón. Ahora entra alguien.
Entonces la muchacha oyó un zumbido; el auricular debía

de habérsele caído de las manos o algo debía de haberlo golpeado.

–¿Gianni?

No obtuvo más respuesta que aquel zumbido, que cada vez sonaba más fuerte.

El hombre que le hacía señales con la automática le gritaba algo que ella no podía ni quería oír. De haberlo oído, tampoco le habría prestado atención, pues estaba demasiado colérica y angustiada.

«Cerdos asesinos», pensó, y la desgarró una sangrienta visión de Gianni, acribillado a balazos, desplomado sobre el volante de su coche. Entonces recuperó la calma y notó también el repentino peso de la automática en su mano.

Mary Yung tuvo la impresión de que se veía a sí misma desde lejos; observó cómo bajaba la ventanilla, apuntaba con la automatica al hombre que conducía a su lado y le disparaba dos veces.

El primer tiro alcanzó en la cabeza al conductor, quien consiguió controlar el volante; el segundo se perdió, porque por entonces el coche había derrapado y chocado de lado, a cien kilómetros por hora, contra el automóvil de Mary Yung.

Mary notó el impacto y que su coche daba una vuelta de campana al despeñarse, junto con el de su perseguidor, por el barranco.

Antes de caer, tenía los ojos abiertos y miraba hacia algún lugar, a miles de kilómetros, que no podía ver.

Gianni Garetsky oyó lo peor; los disparos de pistola y los primeros ruidos de la colisión, que explotaron en sus oídos antes de que se le cayera el auricular al suelo. Pero aún fue más doloroso el silencio mortal que siguió después.

Conduciendo por una pista irregular y sin asfaltar, huyendo del coche que lo perseguía a toda velocidad, se preguntaba cómo se habían enterado. Era como si lo hubieran sabido todo de antemano: el vuelo, los coches de alquiler, la parada para recoger las armas, el hecho de que se hubieran separado para vigilar el aeropuerto y el hotel. Alguien los había seguido desde el principio. Entonces ¿por qué habían tardado tanto en actuar? Una pregunta estúpida, porque ahora todo carecía de significado y sólo contaban Durning y Donatti, que estarían riendo en alguna parte, y un coche lleno de mafiosos dispuestos a liquidarlo. Y Mary había muerto.

Mary. Dejó que los mejores recuerdos de ella ardieran dentro de él.

Podía haber estado a salvo en Capri. Nada la obligaba a ayudarle. Sin embargo, ella había querido hacerlo. Gianni ni siquiera intentó analizar aquella realidad.

–Te quiero –musitó–. Nunca dejé de quererte. No pude.

«Maravilloso; ahora que no puede oírme. –Se concentró en quienes lo perseguían–. Muy bien, no pienso facilitarles la tarea.»

Todavía les llevaba una ventaja de cuatrocientos metros, de manera que se lo tomó con calma, sin apresurarse y sin dejarse arrastrar por el pánico. Lo había aprendido de Vittorio.

Abrió la bolsa de lona que se hallaba en el asiento del pasajero, extrajo lo que necesitaba y se preparó meticulosamente.

Sólo podría efectuar un disparo. Las condiciones eran más o menos las mismas. Un coche le perseguía por una pista de tierra de un solo carril, con espesa vegetación a ambos lados. Si funcionaba podía ser fabuloso; si no, una catástrofe monumental.

«Hazlo, cojones.»

Gianni aflojó el acelerador y aminoró la marcha sin apretar el freno para que no se encendieran los pilotos. Miró por el retrovisor y vio al coche acercarse a toda velocidad, atravesando su espesa estela de polvo. Cuando los separaban unos treinta metros, quitó la anilla de una granada y contó hasta seis. Entonces se asomó por la ventanilla, la lanzó hacia atrás describiendo un arco y la vio golpear la rama de un árbol, rebotar y desaparecer entre los arbustos. «Oh, mierda», pensó, y esperó la explosión. Pero ésta no se produjo; le habían proporcionado granadas defectuosas.

Gianni aceleró, activó otra granada y volvió a intentarlo, asegurándose de que no había ramas bajas. Esta vez la granada estalló sobre el coche perseguidor con un estruendo y una brillante llama anaranjada. Polvo, humo y chatarra oscurecieron el sol.

Frenó y salió del automóvil. Retiró la anilla de la tercera y última granada, contó hasta diez lentamente y la arrojó al centro mismo del vehículo destrozado.

–Ésta va por ella –dijo, y se refugió entre los arbustos un

instante antes de que la detonación despidiera la metralla hacia el follaje que le cubría.

Gianni permaneció tendido hasta que cesó la lluvia de restos. Entonces sacó la automática que llevaba en el cinto, quitó el seguro y retrocedió despacio en medio del humo.

En lo que quedaba del coche había dos hombres, y ambos parecían muertos.

Gianni Garetsky observó a uno de los hombres. Gianni ya no estaba furioso. ¿Cómo se podía estar furioso con los muertos?

El muerto abrió los ojos. Miró a Gianni sin ninguna expresión, levantó la pistola que empuñaba y le disparó.

Gianni sintió aquella sensación familiar de caída.

No era un sentimiento desagradable. Era casi como flotar. Una sensación plácida.

88

El primer autocar se aproximaba a los jardines del hotel cuando el coordinador de la conferencia, que viajaba en él, se acercó a Henry Durning y le entregó un teléfono.

–Es para usted, señor.

El ministro de Justicia se llevó el auricular a la oreja.

–Durning al habla.

–Me llamo Cortlandt, señor –dijo una voz controlada con acento de Nueva Inglaterra, que Durning no reconoció–. Soy jefe de estación de la compañía, y tengo que pedirle que por favor crea cuanto voy a explicarle a pies juntillas. ¿Me oye bien?

–Sí.

–Con la autorización del presidente, me he encargado de su seguridad durante las últimas veinticuatro horas. Pero se han producido algunos acontecimientos negativos.

Durning dejó pasar unos segundos.

–¿De qué se trata?

–Hemos perdido a Carlo Donatti y a Gianni Garetsky.

–¿Dónde?

–Donatti se nos escapó en las proximidades de Palermo. Dos agentes iban a detener a Garetsky cerca de su hotel, pero alguien debió de avisarlo, porque de pronto huyó a toda velocidad.

–¿No lo siguieron sus hombres?

–Lo siguieron, señor. Pero según me informaron en la última llamada, salió de la carretera y tomó una pista rural. No he vuelto a recibir noticias de ellos, y desde donde estoy no logro contactar.

Durning notó que se le contraía el estómago.

–Dice que a Garetsky debió de avisarlo alguien. ¿Quién?

–Sí, me temo que hay algo más. Hace una media hora, otro de nuestros coches seguía a una mujer que conducía detrás de su autocar desde el aeropuerto...

–¿Una mujer? –interrumpió Durning.

–Mary Yung, señor.

«Naturalmente», pensó el ministro.

–Iba hablando por el teléfono del coche, de modo que suponemos que fue ella quien previno a Garetsky. Luego empezó a disparar y los dos vehículos se salieron de la carretera. Uno de nuestros mejores hombres murió, y ella estuvo a punto. Evidentemente Mary creyó que éramos un escuadrón de la mafia que iba a por ella.

Durning asimiló la noticia. «¿Por qué he de sentir tanto su pérdida, cuando ya la había perdido?»

El autocar estaba aparcando delante del hotel, y los pasajeros se preparaban para bajar.

–Consideré conveniente informarle –prosiguió Cortlandt–. Por favor, no abandone el hotel hasta que le consigamos la vigilancia adecuada. Donatti y Garetsky podrían estar en cualquier sitio, y es obvio que son peligrosos.

Durning continuaba sentado mientras el resto de los pasajeros comenzaban a llenar el pasillo y se encaminaba hacia las salidas.

–Esa tal Mary Yung –dijo–, ¿está gravemente herida?

–Por lo visto sí, señor. Su automóvil se despeñó por un barranco. No pensábamos causarle ningún daño; tan sólo pretendíamos tenerla bajo nuestra custodia. Fue todo un malentendido.

–Un malentendido –repitió el ministro con voz inexpresiva.

–Sí, señor.

–¿Cómo ha dicho que se llama?

–Cortlandt, señor. Tommy Cortlandt.

–¿Y su cargo?

–Jefe de estación, Bruselas.

–Gracias, Cortlandt. Le agradezco sus esfuerzos, ya que no los resultados. –Durning cortó la comunicación y devolvió el teléfono al coordinador de la conferencia. A continuación se apeó del autocar y caminó hasta el vestíbulo del hotel con los dos jueces del Tribunal Supremo y sus esposas.

Tratando de concentrarse en los detalles, el ministro de Justicia pidió su llave, buscó un botones para que localizara y recogiera su equipaje y diez minutos más tarde se hallaba en su habitación, cambiándose de ropa.

Al cabo de un rato, vestido con un chándal y zapatillas, y portando una bolsa de deporte Adidas que contenía las pruebas contra Carlo Donatti que había sacado el día anterior de su caja de seguridad de Washington, Durning salió del vestíbulo por una puerta lateral. Su coche, un Volvo azul, lo aguardaba en el extremo noreste del aparcamiento, exactamente donde su contacto de Nápoles había dicho que estaría. Encontró las llaves en una caja imantada colocada debajo del parachoques delantero; la bolsa con las armas estaba en el maletero. Durning subió al automóvil e hizo lo que había que hacer.

En la bolsa de las armas había tres pistolas cargadas: un pequeño revólver de calibre 25 con pistolera de tobillo, una automática de 9 milímetros con pistolera de hombro y una magnum 357 sin funda. Durning se ciñó la pistolera de hombro debajo de la chaqueta del chándal, ajustó la de tobillo, baja y fuerte, en su pierna derecha, y colocó la magnum bajo la primera capa de pruebas en la bolsa Adidas.

Esta vez, de un modo u otro, lo conseguiría. Y él solo.

Irónicamente, aparte de lo de Mary, las noticias de Cortlandt habían sido más positivas que negativas, por lo menos para él. De todos modos tenía pensado librarse de los escoltas de la compañía en aquella fase final. Garetsky le había ahorrado el trabajo al cargárselos. En cuanto a Carlo Donatti, cabía suponer que también se habría desembarazado de ellos, pues el don sabía cómo manejar aquellas situaciones.

Henry Durning desplegó un impecable mapa sobre el asiento del pasajero, salió del aparcamiento y se dirigió hacia el lugar, prudentemente seleccionado, donde estaba previsto que ocurriera todo.

89

Paulie y Langiono fueron caminando al lugar indicado desde la casa del chico en menos de media hora. Y tal como el hombre había planeado, fueron los primeros en llegar.

Al niño le sorprendió el sitio. Había vivido siempre en aquella zona, sin saber que existiera nada parecido: un claro de un verde exquisito en las estribaciones de las montañas, bajo una hilera de acantilados que habrían podido ser el hogar de una nueva raza de dioses.

Sólo el silencio era ya impresionante. Paulie sintió la necesidad de bajar el tono de su voz y susurrar. Cuando levantó la vista hacia el cielo, le pareció que de un momento a otro una bandada de ángeles delicadamente pintados por Tiepolo aparecería, reluciente en aquel azul.

El claro estaba rodeado de arbustos y árboles, y Langiono caminó con Paulie en silencio alrededor de la vegetación. El chico no lo entendió hasta que Langiono se lo explicó.

–Quería asegurarme de que nadie se nos había adelantado.

Entonces, el antiguo teniente de policía eligió un lugar entre los arbustos, a unos tres metros del calvero, y allí se sentaron juntos.

Paulie se quedó muy quieto, tratando de escuchar los sonidos del bosque. Pero no oyó ninguno, ni siquiera el zumbido de los insectos. Sí oyó el trino de un pájaro posado en una de las ramas más altas de un árbol, y ese sonido pareció estallar dentro de su cabeza como una sirena. Se hallaban a la sombra y no hacía calor, pero el chico advirtió que estaba sudando.

«¿Por qué tengo tanto miedo?» Sabía por qué. Tal vez por el mismo motivo por que había llorado después de hablar con su madre.

Ellos jamás permitirían que nada de aquello tan maravilloso sucediera. El chico estaba absolutamente convencido de aquello. Lo que ignoraba era quiénes eran «ellos».

–¿Paulie?

El niño miró a Frank Langiono y vio cómo el sol que se filtraba por entre las hojas de los árboles iluminaba su cabello, casi completamente gris, y lo hacía brillar como si se tratara de un personaje sagrado de algún antiguo cuadro religioso.

–Tengo que explicarte unas cuantas cosas, de modo que escucha con atención. Dentro de poco veras a tu madre allí, en la hierba, junto al hombre con quien antes he hablado por teléfono. Cuando lleguen, puedes ir corriendo hacia ella. Pero yo no. Yo tengo que quedarme aquí, entre los arbustos, sin que me vean.

–¿Por qué?

–Porque debo esperar a que se presente el otro hombre que participa en el trato para cerciorarme de que viene solo y no intenta hacer nada raro.

El chico miró fija y seriamente a Langiono.

–¿Quieres decir que harás de guardaespaldas?

Langiono sonrió.

–Más o menos. Por tanto, cuando ese hombre esté allí contigo, no debes mirar hacia donde yo estoy, ni decir nada sobre mí. ¿Me has entendido? Es muy importante.

Paulie asintió con la cabeza.

–¿Qué pasaría si te viera?

–Nada bueno.

Paulie notó que el corazón le latía muy deprisa, y empezó a bostezar, nervioso. Comenzaba a comprender por qué a Frank Langiono no le gustaba mucho su trabajo.

Permanecieron allí sentados, apoyados contra el tronco de un gran árbol, mirando hacia el claro. Paulie notaba la corteza del árbol, rugosa y áspera, contra su espalda, y observaba cómo los rayos del sol se filtraban por el follaje e iluminaban los arbustos, tiñéndolos de oro. Entornó los ojos al máximo para convertir todo en masas de luz y sombra y recordó a su padre enseñándole a captar la verdadera sensación del oro en la pintura, cogiendo grandes cantidades de amarillo cadmio y blanco zinc juntos en el pincel, sin mezclarlos, para que el color quebrado captara la vibración de la luz.

El chico se preguntó si alguna vez volvería a ver a su padre. Entonces oyó el vago sonido de un helicóptero y se olvidó de todo lo demás.

90

Henry Durning oyó el lejano sonido del helicóptero casi en el mismo instante que Paulie y Langiono.

El ministro de Justicia estaba bajando de su coche donde acababa el sendero, y todavía le quedaba una buena caminata hasta llegar al claro. Consultó el mapa para buscar un camino por el bosque, lo encontró a unos veinte metros a su izquierda y empezó a subir.

Avanzaba con paso ligero y cauteloso, portando la bolsa que contenía las pruebas en la mano izquierda y la automática de 9 milímetros en la derecha. El sol parpadeaba produciendo pequeñas manchas brillantes entre las hojas, y el aire olía a pino tras la lluvia nocturna.

Entonces pensó en Carlo Donatti e inmediatamente tuvo visiones de serpientes y demonios que activaron delicados sistemas de alarma en su camino. Eso le hizo sonreír.

Habían acordado que irían solos, con la excepción de que el don llevaría a Irene. Pero Durning conocía demasiado bien a Donatti y sabía que con toda probabilidad habría apostado a un par de hombres en el bosque como apoyo. Exactamente lo mismo habría hecho él si en el último momento no hubiera decidido trabajar solo y ahorrarse los testigos.

Desconfianza mutua. ¿Qué mejor base para una relación duradera? Aunque de un modo u otro, ésa estaba a punto de terminar.

De pronto el sonido del helicóptero se hizo tan intenso que Durning levantó la vista.

Masculló una maldición.

«Es él», pensó, y un espasmo malsano surgió de su estómago y alcanzó su cerebro.

A través de las copas de los árboles vislumbró el helicóptero, que descendía trazando círculos como una criatura de otra era. El sol se reflejaba en las hélices y los cristales. Violentas ráfagas azotaban las hojas, y los arbustos se inclinaron y se doblaron mientras el helicóptero se quedaba suspendido en el aire antes de tomar tierra.

Durning recorrió agachado el resto del trayecto. Cuando llegó a la altura del claro, divisó las dos figuras casi al instante. Arrodilladas entre la maleza a unos veinticinco metros de distancia, observaban cómo aterrizaba el helicóptero. Un hombre y un niño. Aunque era la primera vez que Durning los veía, supo que el chico era el desaparecido Paulie. ¿Y el hombre?

No podía ser ni Battaglia ni Garetsky. Era una persona mayor, de cabello cano y un rostro curtido y con arrugas. Seguramente se trataba del guardaespaldas de Donatti.

Durning se acuclilló detrás de un arbusto y aguardó. No comprendía qué hacía el niño allí ni de dónde había salido, aunque suponía que no tardaría en averiguarlo. Sin embargo, la presencia del pequeño representaba para él un elemento de confusión, algo que nunca le había gustado.

«Limítate a observar, y deja de quejarte.»

Vio cómo el helicóptero tomaba tierra suavemente en el centro del claro. La perturbación aerodinámica agitó la hierba. Los rotores fueron parando, y se abrió una portezuela. Donatti y la mujer que un día había conocido Durning, pero que ya no correspondía a la imagen que él tenía de Irene Hopper, salieron del helicóptero, y corrieron hacia el borde del claro.

Casi de inmediato, los motores volvieron a rugir, y el helicóptero despegó, rozando las copas de los árboles y alejándose rápidamente. Pasados treinta segundos, no era más que una mota perdiéndose en el cielo.

Entonces Henry Durning vio que el chico corría hacia el claro, agitando desesperadamente sus delgados brazos y piernas, como si tuviera las articulaciones de goma. Tenía el pelo alborotado a causa de la brisa que levantaba al correr.

«Qué pequeño y qué delgado –pensó Durning–. Nunca imaginé que sería tan pequeño y delgado.»

La madre del niño no se movió. Se quedó de pie, paralizada, junto a Carlo Donatti, tapándose la boca con las manos, viendo cómo su hijo corría hacia ella.

Durning sintió una intensa sequedad en la garganta. Era ridículo. «Dios mío, ¿cómo he podido llegar a esto?»

Otra vez aquella estúpida pregunta, con la misma respuesta irrefutable. «Para mantenerme a flote. Cuando habría podido dejarme hundir hace mucho tiempo. Todavía estoy a tiempo.»

Por un momento, mientras lo pensaba, estuvo tentado. Luego al considerar lo que eso significaba, le costó respirar.

En el calvero, el niño y su madre se abrazaron bajo la mirada de Carlo Donatti.

Durning se puso en pie, se acercó sigilosamente a Frank Langiono y le descerrajó un tiro en la nuca. El arma llevaba puesto un silenciador, y el ruido del disparo apenas fue un susurro.

El ministro de Justicia enfundó la pistola y dio un rodeo por entre los arbustos antes de aparecer ante quienes estaban en el claro. Luego, con la bolsa en la mano, caminó hacia el hombre, la mujer y el niño que en silencio lo observaban acercarse.

Reparó en la larga bolsa que llevaba Donatti y recordó el principio de todo. Estudió el rostro de Irene, modificado por la cirugía, y en él advirtió el suficiente miedo y el suficiente odio para hacerle creer en los demonios. Al ver los ojos de Paulie se le heló el corazón, porque sabía que también tendría que matar al niño.

Les ofreció su mejor sonrisa y su más cálido y atractivo talante.

–Ha pasado mucho tiempo, Irene, y estás tan guapa así como lo estabas hace nueve años. Carlo, nunca he visto una entrada más espectacular. Caer del cielo de esa manera. Hasta los dioses deben de estar celosos. –Luego Durning se inclinó para saludar al chico–. Y tú debes de ser Paulie. ¿Dónde has estado todo este tiempo? ¿No sabías que medio mundo estaba buscándote?

Paulie escrutó los ojos de Henry Durning como si intentara entrar en ellos.

–¿Dónde está mi padre? –preguntó–. ¿Qué le ha hecho a mi padre?

Henry Durning sostuvo la mirada de Paulie. Durante un largo momento se puso en su piel.

–Me temo que no sé dónde está tu padre. Ni siquiera lo conozco. Pero tengo entendido que es una buena persona.

–Es mejor que usted.
–Seguro que sí.
El ministro de Justicia se irguió lentamente, sintiendo una irracional necesidad de acariciar el cabello a aquel niño. Luego se dio la vuelta y miró a Carlo Donatti.
–¿Has traído todo el material, Carlo?
El don asintió con la cabeza.
–¿Y tú?
–Lo tengo todo dentro de esta bolsa.
–Entonces, manos a la obra.
Aparentemente el intercambio estaba desprovisto de dramatismo. Al fin y al cabo, pensó Durning, aquel asunto parecía bastante vulgar. Lo único que tenía de exótico era el escenario: un claro magníficamente iluminado por el sol bajo un cielo mediterráneo azul intenso. Por lo demás, no eran más que dos hombres maduros abriendo sus bolsas y entregándose el uno al otro diversos papeles y objetos, mientras una atractiva mujer y su hijo observaban en silencio, y un muerto al que no veían yacía con la mirada fija en las ramas de los árboles.
Cuando Durning se cansó por fin de fingir que examinaba el rifle envuelto en plástico, las joyas y el material forense, alzó la vista. Carlo Donatti lo observaba por encima del acero azulado del cañón de una automática.
El ministro de Justicia parpadeó; un puro reflejo.
–Siempre has tenido un sentido del humor un poco raro, Carlo.
–Lo sé. Por eso nunca hago bromas.
–¿Cómo llamarías a esto?
–Diría que es algo muy serio, Henry. –Donatti lo miraba con firmeza, con los ojos fríos como el hielo–. Mira, no pienso entregarte a la señora Battaglia ni al niño. Creo que ya estamos todos conformes. Y por el amor de Dios, basta ya.
Durning seguía acuclillado en la hierba. Entre otras cosas, se sentía sumamente ridículo. Miró a Irene y Paulie, que lo contemplaban con tanta gravedad que hasta la hierba y el aire parecían contagiadas de ella. De pronto echó a reír. No tenía ni idea de qué significaba aquella risa, pero en aquel momento era lo único que se le ocurrió que podría hacerle sentirse un poco menos ridículo y devolverle cierta compostura.

–¿Por qué no? –dijo, y les dedicó de nuevo su sonrisa–. No tengo ningún inconveniente. Con tal que todo el mundo sea feliz.

Nadie parecía convencido.

–Estamos en paz –dijo Donatti–. Tú tienes el rifle y las pruebas forenses, de manera que ya nadie podrá acusarte de nada. Y la señora Battaglia me ha asegurado que lo único que quiere es olvidar todo este triste asunto.

Durning se volvió hacia ella.

–¿Es eso cierto?

–Ya te lo dije cuando hablamos por teléfono –dijo Peggy–. Deberías haber confiado en mí antes. Yo nunca te habría traicionado.

–¿Y ahora?

–Ahora lo único que deseo es estar con los míos y vivir tranquila.

Henry Durning asintió con la cabeza lentamente. «Enternecedor», pensó, y sintió una ligera desesperación por lo mucho que ansiaba creer que aquel repentino camino hacia la luz, hacia una vaga esperanza de redención, pudiera ser todavía posible. Consideraba que había cosas buenas en él que todavía estaban por brotar. Estaba seguro de que las tenía.

Miró a Paulie, que estaba pegado a su madre, y vio todo en la increíble solemnidad del rostro del niño. «Qué niñito tan serio», pensó, y se preguntó si reiría alguna vez, si al menos sonreiría. Exploró aquellos ojos oscuros, trágicos, que seguían fijos en los suyos, y sintió cómo penetraban en su corazón. Había prometido a Mary que salvaría al chico y se preguntó si todavía podría hacerlo. De pronto parecía más importante hacerlo por él mismo que por Mary.

Durning sonrió al niño.

–¿Y tú, Paulie? –dijo con el tono tranquilo, mitad serio y mitad jocoso, con que siempre conseguía ganarse a niños de todas las edades–. ¿Crees que todavía hay esperanza para mí?

El chico lo miró. No entendía dónde estaba la gracia. Poseía una profundidad de percepción que ahondaba en la realidad y no se fijaba en los hechizos.

–No sé qué quiere decir –contestó.

–¿Crees que si me esforzara mucho podría llegar a ser la mitad de bueno que tu padre?

Paulie consideró la pregunta.
–¿Es usted pintor? –preguntó, porque hiciera lo que hiciera su padre en el curso de su vida, para Paulie siempre sería, ante todo y sobre todo, un pintor.
–No. Aunque a veces me gustaría serlo.
–¿Entonces qué hace?
–Soy abogado.
–No me gustan los abogados.
El ministro de Justicia rió.
–A nadie le gustan.
Entonces Durning recordó al hombre muerto oculto tras los arbustos y sintió que todo dentro de él se estropeaba.
«Ya verás cuando lo descubran.»
El tiempo para soñar se había acabado.
De todos modos aquello había sido una locura. Había llegado muy lejos y derramado mucha sangre para empezar de pronto a contar con la buena voluntad para mantenerlo a flote. Había demasiada gente que sabía demasiado sobre él. Quizá pudiera controlar a los de Washington, porque ésos dependían de formalidades tales como consideraciones legales y políticas. En cambio la gente como Donatti, Battaglia y Garetsky no estaba limitada por semejantes restricciones.
«Mala suerte», pensó, y sintió algo parecido al desánimo total, como si aquel sincero remordimiento lo convirtiera de algún modo en una persona mejor. Al final, no se es ni más ni menos que lo que se hace. Y él sabía exactamente dónde lo colocaba aquello.
–¿Y ya está? –preguntó al don.
–Eso depende de ti, Henry.
–No soy canalla por naturaleza, Carlo. No he disfrutado, he tenido que hacer un gran esfuerzo. Como mis necesidades básicas de supervivencia parecen estar cubiertas, no tengo inconveniente en retirarme de todo esto.
–Perfecto. *Tutto buono.* Para todos nosotros.
–¿Puedo contar contigo para que se lo hagas saber a Battaglia y Garetsky?
–En cuanto los encuentre.
Durning se arrodilló en la hierba y empezó a guardar en su bolsa las joyas y las pruebas forenses que Donatti le había llevado.

–¿Crees que te escucharán? –preguntó–. ¿Aceptarán un armisticio? ¿O tendré que pasarme el resto de la vida rodeado de guardaespaldas?

–No hay ningún problema. Lo único que Vittorio quería era recuperar a su esposa y a su hijo. Ahora ya los tiene.

Henry Durning asintió con la cabeza mientras colocaba la última prueba forense en su bolsa.

«Y yo te tengo a ti», pensó, y disparó con la enorme magnum 357 a través de la lona de la bolsa de Adidas; la tremenda detonación –el arma no llevaba silenciador– invadió el claro y rebotó en los acantilados. El don salió despedido hacia atrás como si lo hubieran golpeado con un bate. Durning vio la automática del don volar por los aires y perderse en la hierba. Peggy y el chico se quedaron perplejos, aturdidos por la explosión, tratando de comprender qué había pasado. Entonces Henry Durning se levantó con la magnum fuera de la bolsa, apuntándolos, y entonces entendieron.

Paulie notó que su madre lo estrechaba, pero no la miró. Estaba demasiado ocupado mirando a los dos hombres. La explosión había llenado su cabeza y la había colmado hasta que ya no cupo nada más.

Observaba al hombre llamado Henry de pie, empuñando aquella pistola enorme, y al otro hombre, Carlo, tendido en la hierba con la camisa teñida de rojo a la altura de su hombro derecho.

Carlo todavía tenía los ojos abiertos y se apoyaba en el brazo izquierdo para ver mejor a Henry, quizá para adivinar qué pensaba hacer a continuación. Y era bastante ridículo, pensó el chico, porque cualquiera habría comprendido que lo que Henry haría a continuación era disparar a Carlo en la cabeza.

Pero había otra cosa todavía más absurda, porque, ¿dónde estaba Frank Langiono? Si se suponía que era el guardaespaldas de Carlo, ¿por qué no había salido e intervenido?

Porque estaba muerto. Paulie lo comprendió al tiempo que se lo preguntaba. Y comprendió también que Henry iba a matar a Carlo, luego a su madre, y por último a él. No sabía por qué, pero sí que ocurriría.

Henry no parecía tener prisa por hacerlo. Continuaba de pie, blandiendo el arma, mirando a Carlo mientras éste lo miraba a él con una extraña expresión en el rostro.

–Si vas a hacerlo, hazlo de una vez, maldita sea –dijo Carlo–. No soporto este estropicio.

–Lo siento, Carlo.

–Ya lo sé. Tú siempre lo sientes. Pero eso no te hace cambiar, ¿verdad?

Henry no contestó.

Sin apartar la vista de Henry y moviéndose con mucho cuidado, Paulie sacó su revólver del bolsillo donde lo había llevado durante los dos días y las dos noches pasados. Lo levantó, sujetándolo con las dos manos, y apuntó a la nuca de Henry. Su madre ya no lo retenía, y Paulie notaba su mirada y esperaba que no se le ocurriera decir ni hacer nada que provocara que Henry se volviera. Sabía que Carlo lo veía desde donde estaba, tendido sobre la hierba, pero Carlo no le preocupaba, pues él comprendería exactamente qué debía y qué no debía hacer.

–¿Cómo te enteraste de que había un hombre escondido entre los arbustos? –oyó que preguntaba Carlo para que Henry continuara hablando.

–Porque sé cómo piensas.

El chico respiró hondo, como Dom le había enseñado, contuvo la respiración y empezó a apretar el gatillo.

«Sólo podré disparar una vez», pensó, y entonces Henry se giró y lo miró. Paulie percibió algo extraño en su rostro, quizás el principio de una sonrisa, como si compartieran un secreto divertido que sólo ellos dos conocían y entendían.

Entonces el revólver disparó y lo destrozó todo.

91

Gianni Garetsky recobró lentamente el conocimiento.

Veía el cielo con un solo ojo. Estaba boca arriba, en el suelo, pero no estaba muerto. La cabeza le escocía muchísimo.

Se incorporó hasta quedar sentado. Con el ojo sano, vio el coche destrozado a unos metros y el suyo, intacto, un poco más abajo del camino. Entonces recordó al hombre con el rostro ensangrentado levantando el arma y volvió a experimentar aquella familiar sensación de caída.

Gianni se palpó la cabeza donde le escocía y se tocó el ojo ciego. Había sangre seca en los dos sitios. Si la bala le hubiera alcanzado medio centímetro más abajo, ahora no estaría sentado. No habría vuelto a sentarse nunca.

Consultó su reloj y comprobó que había estado casi dos horas inconsciente. Se puso en pie y caminó, vacilante, hasta el hombre que le había disparado. Esta vez estaba tan muerto como su compañero. Por fin.

Con gran esfuerzo, un poco mareado, Gianni llegó hasta su coche y permaneció unos diez minutos sentado en él. Pensó que todo estaba perdido.

Tardó unos cinco minutos en conseguir pensar con suficiente claridad para coger el teléfono del coche y marcar el número directo de Bruselas de Tommy Cortlandt.

Contestó una voz de mujer.

–Querría hablar con Tom Cortlandt –dijo Gianni–. Es importante.

–¿Con quién hablo?

–Soy el amigo de Charlie.

Hubo una larga pausa.

–No cuelgue, por favor –dijo la mujer–. Voy a comprobarlo.

Volvió al cabo de un momento.

–Le daré otro número.

Gianno anotó el número de teléfono, colgó y se quedó contemplándolo. O la herida en la cabeza le había afectado el cerebro, o aquél era el número de teléfono particular de la doctora Helene Curci, en Monreale, Sicilia. No cabía duda de que era el que había marcado cuando habló por última vez con Lucía. No tenía sentido, pero últimamente nada tenía sentido.

Gianni Garetsky marcó el número.

–Al habla Cortlandt –dijo el agente de inteligencia.

Gianni no entendía nada.

–Gianni Garetsky –consiguió decir, y esperó.

Había un murmullo de interferencias.

–¿Dónde estás? –La voz de Cortlandt había cambiado, pero conservaba la calma–. Cuéntame qué ha pasado.

Garetsky se lo explicó fríamente, con todo detalle, como si fuera una grabación.

–¿Estás seguro de que los dos hombres están muertos? –preguntó Cortlandt cuando Gianni hubo terminado.

–Sí.

El agente suspiró.

–Todo esto es terriblemente desastroso. –Gianni aguardó, aturdido–. No es culpa tuya –añadió Cortlandt–. Tú no podías saberlo. Todo ha salido muy mal. Esos hombres que te has cargado eran de los nuestros.

–¿De los vuestros? –preguntó Gianni, incrédulo.

–Sí.

–¿Y qué demonios hacían tus hombres...?

–Se suponía que debían alejaros a ti y Mary Yung de Durning. Nada más. Pero no tenían que desencadenar una guerra.

–¿Dónde está Durning ahora?

–Lo esperamos. No se encuentra en su hotel. Debió de largarse mientras nuestra gente te perseguía a ti.

Aquello era demasiado para Gianni.

–¡Tú y tu maldita gente! ¿Qué demonios nos habéis hecho? No entiendo toda esta mierda. Creía que intentabas ayudar a Vittorio y su familia.

–Es lo que he hecho –respondió Cortlandt–, sigo en ello. Vittorio está aquí conmigo, en la habitación. Henry Durning es el ministro de Justicia de Estados Unidos, y yo tenía ciertas obligaciones con los intereses nacionales.

Gianni perdió definitivamente el control.

–¡Me cago en ti y en tus malditas obligaciones! –exclamó–. No tenías ningún derecho. ¡Yo confié en ti, maldita sea! ¿Sabes cuántas vidas han costado tus jodidos intereses nacionales? Esos inútiles de la compañía han matado incluso a...

Gianni se interrumpió. No eran más que especulaciones; no lo sabía con certeza.

–Mary Yung no ha muerto –dijo Tommy Cortlandt, adivinando sus temores–. No se encuentra muy bien, pero está viva, y están atendiéndola.

Gianni dejó que la noticia se instalara en él.

–¿Dónde está? –balbució.

–En el Hospital General de Sorrento.

Antes de colgar el auricular y poner el coche en marcha, Gianni esperó un momento más.

–¿Qué hay de Carlo Donatti y la esposa y el hijo de Vittorio? –preguntó–. ¿Hicieron esos gilipollas tuyos algo positivo respecto a ellos, por lo menos?

–Me temo que no.

–¿Qué demonios significa eso?

–Por lo visto Donatti se los llevó. No encontraron a la señora Battaglia ni al niño.

–Maravilloso –dijo Gianni.

Gianni, sentado en la habitación de hospital de Mary Yung, con los ojos limpios y la herida de la cabeza curada, esperaba a que la muchacha despertara.

El sol de la tarde penetraba por la ventana, y unos haces de luz iluminaban el rostro de la joven; aquella nariz y aquella boca increíbles, todavía visibles entre los vendajes.

Cuando Mary abrió los ojos, vio a una enfermera, un médico que acababa de pasar para leer su historial y por último a Gianni.

–¿Gianni? –musitó.

Él le cogió la mano; sonreía y asentía con la cabeza como un idiota.

–¿No estás muerto? –preguntó Mary. Gianni negó con la cabeza–. Pensé que lo estabas –dijo Mary.

–Y yo pensé que tú lo estabas –dijo Gianni, sintiendo unas

lágrimas secas, imposibles, que nacían y morían en su pecho–. Sólo entonces conseguí decírtelo. Hizo falta que te creyera muerta, que no estuvieras allí para oírlo.

–¿Para oír qué?

–Que te quiero, que nunca he dejado de quererte y que aunque sea un estúpido sin remedio, jamás dejaré de quererte.

Más tarde, mientras ella dormía, Gianni explicó todo a Teresa, aunque no era necesario. ¿Quién podría comprenderlo mejor que su esposa?

Tenían que realizar unas pruebas a Mary Yung, por lo que Gianni Garetsky, con la cabeza vendada, salió a pasear por los pasillos de la zona de urgencias. Y allí se cruzó con un pequeño grupo que caminaba en dirección contraria.

Abstraído, tuvo una vaga visión del hombre tendido en una camilla con ruedas, flanqueado por un niño que le sostenía la mano una mujer.

–¿Gianni?

Ya se habían cruzado, y se hallaban a unos diez pasos de él. La voz de la mujer era indecisa, interrogante. Gianni se dio la vuelta, y se disiparon las débiles dudas que quedaban.

–¡Gianni!

A Garetsky todo aquello le pareció una particular epifanía profana, mientras Peggy le abrazaba, y el niño, Paulie, lo contemplaba con sus ojos oscuros y serios, y Carlo Donatti trataba de incorporarse en su camilla como un cadáver de rostro ceniciento recién resucitado.

Entonces todos, excepto Paulie, empezaron a hablar a la vez, a formular preguntas y narrar sus historias, pero Gianni sólo atendió a los datos más importantes: Vittorio Battaglia, adorado padre y marido, estaba vivo, y Henry Durning, ministro de Justicia de Estados Unidos, había muerto.

Cuando por fin habló Paulie, fue para preguntar:

–¿Cuándo podré ver a mi padre?

–Me ocuparé de que el helicóptero os lleve a tu madre y a ti inmediatamente –dijo Donatti–. Llegaréis a Monreale en menos de una hora. –El don seguía sujetando la mano de Paulie–. ¿Ves a este niño, Gianni? ¿Sabes lo que ha hecho este niño?

Gianni sabía exactamente qué había hecho Paulie; acababan de contárselo. Pero aquello no era suficiente para Carlo Donatti, que debía explicarlo otra vez.

–Nos ha salvado a los tres, así de simple. Con ocho años, *questo fanciullo,* este niño, ha tenido los *coglioni* para cargarse al *assassino,* volarle la cabeza y convertirse en un hombre hecho y derecho.

92

Paulie no se sentía como un hombre hecho y derecho cuando entró en la habitación de su padre, en casa de la doctora, en Sicilia, se sentía más bien como un bebé.

Y resultó que ver a su padre por fin no se parecía en absoluto a lo que había imaginado que sería durante todos aquellos días y noches. El chico había tenido muchas visiones diferentes de aquel reencuentro, y la más feliz de todas era aquella en que su padre aparecía solo, concentrado en su trabajo, en el estudio. «¿Papá?», decía él. Y cuando su padre se daba la vuelta y lo miraba, ojeroso y con los ojos enrojecidos a causa de la preocupación y la falta de sueño, Paulie cruzaba corriendo el estudio y se arrojaba a sus brazos. En esa fantasía, todos los movimientos eran lentos, silenciosos, irreales, un ballet sin música, en que los pinceles de su padre saltaban por los aires y fiotaban, y él y su padre se abrazaban, se besaban y volaban junto con los pinceles. El único sonido era el de la risa de su padre, y cuando Paulie lo miraba, ya no tenía los ojos enrojecidos, sino brillantes y risueños.

La realidad no era así. Cuando Paulie entró en la habitación y vio a su padre, Vittorio Battaglia yacía en la cama, dormido, con el rostro tan pálido, delgado y demacrado que el niño apenas lo reconoció. ¿Qué habían hecho a su padre?

Oyó que su madre emitía un pequeño sonido detrás de él, un suspiro que sonó como el vapor. Aquello confirmaba la tragedia.

–¿Papá?

Apenas pudo pronunciar la palabra en medio de un súbito aluvión de lágrimas. Se sentía como un bebé. ¿Qué le pasaba? Apretó los labios para contener aquel vergonzoso llanto. Con las manos revoloteando como pájaros, se enjugó furiosamente las mejillas, deprisa; su padre no debía verlas.

Pero su padre las vio.

Primero vio a su hijo, luego a su esposa. Allí estaban. Pero tenía mucha fiebre y no pudo creerlo.

Después, finalmente lo creyó.

Cuando por fin fue posible una especie de conversación racional, Vittorio Battaglia dijo a su hijo:

–Cuéntame, Paulie. Cuéntame dónde has estado y qué has hecho.

El chico le explicó todo desde el principio, desde el momento en que Dom le golpeó en la cabeza y lo raptó, hasta el momento final en que apretó aquel gatillo y disparó aquel único tiro en el claro. No olvidó nada; un hijo contando a su padre una historia para dormir, un cuento de hadas, un sueño de mágicos paisajes poblados de dragones y un solo gigante que en realidad no era máss que un niño pequeño.

Vittorio se sentía débil, confuso, desconcertado. ¿Su hijo, su pequeño, que todavía se chupaba el pulgar, había hecho eso? Mientras él, su padre, ¿qué había estado haciendo? Matar a quienes no tenía que matar, dejar que lo hirieran y quedarse allí tendido, soñando con la muerte.

Había demostrado que no estaba preparado para aquello. Debía cosas a su esposa y su hijo que no había sido capaz de proporcionarles.

Sin embargo, aunque pareciera increíble, había criado a un tigre, y sintió los primeros y débiles temblores entre las lápidas sepulcrales de su pecho. Eso provocó que lo mejor de él quisiera levantarse y echar a volar.

93

Fue Vittorio quien se lo contó a Tommy Cortlandt, y Peggy acompañó al jefe de la estación de la CIA al claro donde todo había ocurrido.

Cortlandt estaba solo, contemplando a Henry Durning, que yacía sobre la hierba. Peggy se había limitado a indicarle el camino y se había quedado en el coche. Una suave brisa mecía la crecida hierba. El ministro de Justicia no se movía. A lo largo de los años Cortlandt había visto muchos cadáveres. A veces daba la impresión de que estaban durmiendo. Pero Henry Durning no, ése no dormía.

Cortlandt regresó al coche y pidió a Peggy que lo dejara solo un momento. Entonces utilizó el teléfono móvil para llamar a Arthur Michaels a su teléfono privado de la Casa Blanca.

–Escucha y no me interrumpas –dijo, y explicó al secretario de estado de la Casa Blanca dónde se hallaba y qué había sucedido.

Michaels tardó un rato en hablar, algo impropio de él.

–Me temo que tendremos que consultarlo con el presidente, Tommy. Espera un momento.

El momento se prolongó bastante. Cuando el presidente se puso por fin por otro teléfono, Michaels ya le había informado.

–Según me cuentan, el resultado ha sido el peor que podíamos esperar –dijo el presidente Norton con voz cansina.

–Sí, señor presidente –convino Cortlandt–. Pero si me deja actuar deprisa, todavía podemos controlar los daños.

–¿Cómo?

–Convirtiendo todo esto en un trágico accidente.

–¿Crees que es posible? –preguntó el presidente con voz vacilante.

–Ocurre continuamente en estas carreteras asesinas.

–No lo sé, Tommy. Esa clase de encubrimiento resultaría terrible si alguna vez se descubriera algo.

Cortlandt guardó silencio.

–¿Quién sabe la verdad? –preguntó Arthur Michaels.

–El niño y sus padres, Gianni Garetsky, Mary Yung, Carlo Donatti y unos cuantos de nuestros agentes.

–Madre mía –susurró Norton.

El agente de la CIA no dijo nada. Miró a Peggy Walters, que estaba de pie a unos metros del coche, observando los árboles. Cortlandt se sentía como si estuviera al borde de un precipicio; hacía apenas dos horas, lo había estado. De pronto se le ocurrió pensar que todo había comenzado a causa de aquella mujer.

–¿Cómo podemos confiar en que no hablará? –preguntó el presidente.

–No es una cuestión de confianza.

–Entonces ¿qué es?

–Se trata del bien de la nación, señor presidente. Además, ninguna de esas personas tiene motivos para querer causar problemas. Sólo desean olvidar este asunto y seguir con sus vidas.

–¿Y si algún día deciden que no quieren olvidar?

–Entonces sólo dispondrán de una historia inverosímil, sin pruebas convincentes, que nadie en su sano juicio creería jamás.

–Tal vez –dijo Norton–. Pero creo que no me sentiré tranquilo mientras lo sepa tanta gente. –Hizo una pausa–. ¿Qué opinas tú de este asunto, Arthur?

–Mi opinión es muy diferente a la suya, señor presidente –respondió el secretario de estado de la Casa Blanca.

–¿Por qué?

–Porque si no nos decantamos por esta solución, sólo nos queda la cruda realidad, que desde luego es muy cruda. –Ninguno de los tres habló durante un buen rato–. Porque en este caso en particular –prosiguió Arthur Michaels–, lo que la realidad significa es que un fiscal especial o un comité del Congreso disfrutarán de un interminable día de picnic para desenterrar sospechosos asesinatos, encubrimientos, abusos políticos y quién sabe qué más. Y todo eso perpetrado por un ministro de Justicia de Estados Unidos, elegido y nombrado por usted.

»Por no mencionar qué cantidad exacta de esta mierda conocía presuntamente usted antes, durante o después de los hechos. –En esta ocasión, el silencio que siguió parecía incluso más largo que el anterior–. Dígame, señor presidente –inquirió el secretario de estado de la Casa Blanca–, ¿de verdad quiere hacernos pasar por todo eso?

Norton exhaló un suspiro apenas perceptible.

–Aquí estás perdiendo el tiempo, Artie. En realidad deberías dedicarte a vender alfombras.

94

Fue un período extraño para Paulie.

Estaba contento, por supuesto. ¿Cómo no iba a estarlo? Su madre y su padre estaban vivos, y los tres estaban juntos de nuevo. Sin embargo en ocasiones se sentía triste, eso le preocupaba, porque parecía que no le bastara con que sus padres no hubieran muerto, como si de algún modo quisiera algo más. Y no era verdad.

Sin embargo...

A veces cuando estaba solo, sentado, o de pie, o haciendo algo, o acostado en la cama por la noche, de pronto veía a toda aquella gente. Era como si aparecieran flotando, uno por uno, o en pequeños grupos, o quizá todos a la vez... Allí estaban Dom, Tony, aquel chiquillo con su pelota y Nino, el camionero, con su colchoneta, y Frank Langiono, Carlo Donatti y Henry Durning.

No, se corrigió Paulie; no sólo «y Henry Durning», sino sobre todo Henry Durning, porque era él quien se le aparecía mucho más que los demás.

Y aquello era lo más extraño de todo, ya que Paulie ni siquiera había oído hablar de él antes de aquellos breves momentos que habían pasado juntos en el claro del bosque. E incluso entonces, Paulie ignoraba quién era Henry Durning. Fue al día siguiente, cuando su padre y él veían las noticias de la televisión en la habitación de Vittorio, cuando Paulie se enteró de ciertas cosas.

El resumen del locutor, que hablaba con semblante sombrío, describía todo:

«El ministro de Justicia de Estados Unidos, Henry Durning, murió anoche en un trágico accidente cuando el coche que conducía se despeñó por un precipicio en la carretera de Amalfi, cerca de Sorrento, y estalló en llamas.»

Transmitieron imágenes del coche calcinado, cuando era rescatado con una grúa del fondo de un barranco; se veía también una valla abollada y una bolsa verde oliva que introducían en una ambulancia.

Luego imágenes del ministro de Justicia Henry Durning conversando con los periodistas en el aeropuerto de Nápoles en el momento de llegar con la delegación estadounidense a la Conferencia de Justicia de Sorrento, y un primer plano del ministro de Justicia riendo por la pregunta que uno de los periodistas acababa de formularle.

Paulie tenía sus propias preguntas.

Vittorio intentó explicarle que era preferible que la gente creyera que el ministro de Justicia de Estados Unidos había muerto en un accidente de coche a que se enteraran de que lo había matado un niño de ocho años a quien el propio ministro se proponía asesinar, junto con la madre del pequeño y un *capo di tutti capi* americano llamado Carlo Donatti.

Paulie entendía algunas cosas, pero no todo, de modo que intentó imaginar lo que no comprendía. En realidad no podía hacer nada más con los pocos datos que le había proporcionado su padre.

Varios días más tarde, cuando vio el funeral de Henry Durning, transmitido por satélite, todavía le asaltaron más dudas.

Fue un funeral muy majestuoso en Washington D. C., que contó con la presencia de personajes importantes y el mismísimo presidente de Estados Unidos, quien pronunció algunas palabras acerca de Henry Durning. El niño escuchó con atención. Como el presidente estaba hablando del hombre a quien él, Paulie Walters, había volado la cabeza con un revólver de cañón corto,

Paulie tenía la impresión de que en realidad el presidente se dirigía a él.

¿Y qué oyó decir al presidente ante tan numeroso auditorio? Que Henry Durning era un destacado patriota americano y uno de los más grandes hombres de su tiempo; que Henry Durning era un héroe de guerra que había puesto en peligro su propia vida para salvar la vida de otros y que había sido condecorado con los más altos méritos militares de su país; que como jefe del Ministerio de Justicia de Estados Unidos, Henry Durning había dado a la palabra «justicia» un nuevo significado que se había extendido por todo el mundo civilizado; que la muerte de Henry Durning era una tragedia que inevitablemente afectaría a las gentes de todos los rincones del planeta.

Mientras escuchaba todo aquello y más, Paulie se preguntó: «¿Cómo es posible?».

Cuando terminó el funeral, habló con su padre, que había estado viendo la televisión con él.

–¿Sabe el presidente de Estados Unidos lo que le ocurrió en realidad a Henry Durning?

–Sí –contestó Vittorio.

–¿Cómo lo sabe?

–Porque se lo conté a un amigo mío que es agente de la CIA, y él se lo explicó al presidente.

Paulie miró a su padre, que todavía guardaba cama, pálido y débil.

–¿Por qué se lo contaste?

–Porque de todas formas se habría enterado. Y consideré que sería mejor que lo supiera por mí.

El niño intentó asimilarlo. El presidente de Estados Unidos sabía que él, Paulie Walters, había matado de un disparo a aquel hombre tan famoso.

¿Podía sucederle algo peor? La respuesta a esa pregunta llegó rápidamente. Habría sido peor que aquel hombre tan famoso hubiera matado a su madre, a Carlo Donatti y a él. Tal pensamiento asustó y enfureció al niño.

–¡Mierda! –exclamó, utilizando esa palabra delante de su padre para que se diera cuenta de cómo se sentía.

–¿Qué pasa?

–¿Por qué es tan mentiroso el presidente de Estados Unidos? –inquirió–. ¿Por qué se ha inventado todas esas mentiras sobre Henry Durning?

Vittorio Battaglia miró a su tigre de mirada solemne, a aquel milagro demasiado serio que había criado.

–No eran mentiras –confirmó–. Ese hombre hizo verdaderamente todas esas cosas. Y muchas más que el presidente ni siquiera ha mencionado.

–¿Ah, sí?

–Sí.

–Pero ¿cómo es posible?
El chico tenía los ojos muy abiertos, una expresión de confusión. Podía comprender muchas cosas, pero aquello era demasiado para él.
–Se proponía matarnos a todos –dijo–. Te lo juro, papá. Si yo hubiera tardado un minuto más, lo habría hecho.
–Lo sé. Te creo. Las personas no somos buenas o malas; tenemos diferentes facetas, algunas de las cuales pueden ser francamente fabulosas, y otras, en cambio, terribles.

Para Paulie, aquélla era una idea perturbadora y temible que quedó grabada en su mente.
La idea de que las personas tuvieran aspectos diferentes le entristecía. No le importaba haber matado el aspecto negativo de Henry Durning, pero ¿qué ocurría con todos aquellos rasgos fabulosos que había destruido también?
Aquella noche, acostado en la cama, el niño evocó la imagen de aquel hombre famoso dándose la vuelta para mirarlo durante aquellos últimos segundos. Rememoró aquella extraña mirada que era como el principio de una sonrisa. Como si compartieran un secreto divertido que sólo ellos dos pudieran entender.
Ahora Paulie había comprendido que no era un chiste, sino los aspectos positivos de aquel hombre, que se despedían.
En lugar de reír, Paulie se echó a llorar.

95

Gianni Garetsky no sentía la misma necesidad de llorar que sentía Paulie cuando deslizaba su pincel por un lienzo recién montado y recordaba cómo era ser pintor. «Mejor que ser pistolero», pensó.

La gente continuaría disparándose, desde luego. Suponía que eso nunca cambiaría. Por fortuna, aquello ya no le incumbía, por lo menos no directamente. Ahora sólo le interesaban Mary Chan Yung y el contenido de los días que compartirían. Teniendo en cuenta lo que había vivido durante las últimas semanas, consideraba que había progresado. A partir de esos momentos gozaba de las mismas posibilidades de felicidad y dolor. Las aceptaba de buen grado, al igual que Mary.

Gianni la había trasladado desde el Hospital General de Sorrento a una casa de campo de Capri, donde la luz era suave y regular la mayoría de los días y las únicas limitaciones para los artistas y los amantes eran las que ellos mismos se imponían.

Aunque Mary todavía estaba pálida, débil y convaleciente, Gianni había iniciado ya su retrato. ¿Cómo podía esperar? No importaba lo que ella hubiera perdido. Para Gianni lo que permanecía en las cansadas y enjutas mejillas, en los ojos hundidos y en los labios heridos y vulnerables era mucho más que cualquier cosa que Mary hubiera perdido a causa del sufrimiento.

El pintor retrocedió, secó los pinceles con aire abstraído y entornó los ojos mientras examinaba lo que había pintado. Era un retrato al óleo de trazos toscos y vigorosos, con pinceladas fuertes y seguras, la pintura espesa, y colores brillantes y desiguales. Los ojos de Mary ardían oscuros desde lugares ocultos, las mejillas brillaban, pálidas y demacradas, sobre cordilleras de hueso, y su boca era un arco escarlata de labios carnosos con la misma expresión de una sonrisa. El cuadro parecía teñido de una tristeza inefable.

–¿Es ése el aspecto que tengo?

Mary se había levantado silenciosamente de la silla y se había situado detrás de Gianni.

–No lo sé –contestó él–. ¿Lo es? Tendrás que decírmelo tú.

Ella lo miró fijamente.

–¿No eres tú el pintor?

–No. Yo sólo sostengo y muevo los pinceles. Eres tú la que hace que el cuadro sea como es.

–Entonces lo siento –susurró Mary tras un silencio–. No sabía que posaba así.

–¿Cómo?

–Tan triste –dijo, y se apretó contra él.

Gianni la abrazó y sintió lo frágil, lo ingrávida que se había vuelto.

–Y no debería de ser así –musitó Mary.

–¿Por qué no?

–Porque te quiero demasiado para estar tan triste.

En realidad no era tan extraño. Gianni se había fijado hacía tiempo en que quienes más amaban solían tener la mirada más triste. Incluso cuando eran felices, en el fondo de ellos había siempre algo que se preparaba para el sufrimiento. Suponía que se trataba de una especie de protección; les costaba confiar en lo que pudiera depararles el futuro. «No te emociones demasiado –decían sus ojos–. No seas demasiado feliz con tu amor, porque no durará. Lo perderás. De una forma u otra, siempre se acaba.»

«Y es cierto –pensó Gianni–. El amor es perecedero. Tarde o temprano uno de los dos, o tú o tu amor, cambia, se esfuma, se aleja o muere. Y los ojos lo saben.»

Pero Gianni no ignoraba, por supuesto, que con Mary no era tan simple.

Más tarde, sentados juntos, con el mar ante ellos, mientras el sol se ponía y teñía de carmín el mar y una bandada de gaviotas chillaba sobre sus cabezas, Gianni sintió la necesidad de abordar el tema de su fantasma común. De todos modos era imposible huir de él. Aunque no pudieran verlo, Henry Durning seguía presente.

–Nunca te dejará tranquila, ¿verdad? –dijo Gianni.

Mary guardó silencio unos instantes.

–Voy mejorando.

Gianni lo dudaba. De hecho, el difunto ministro de Justicia parecía haberse vuelto más omnipresente después de muerto de lo que habría conseguido serlo en vida. Y la carta del abogado oficial, recibida aquella misma mañana, en que se informaba a Mary que había sido nombrada principal heredera de Henry Durning, no había contribuido a reducir la obsesión de la joven.

–No creas que no entiendo cómo te sientes –dijo Gianni–. Pero no olvidemos cómo era ese hijo de puta.

–¿Acaso podemos estar seguros de que sabemos cómo era?

Gianni miró a Mary Yung y vio los restos del día reflejados en sus ojos.

–Estamos seguros –afirmó–. A menos que consideres que dos docenas de muertos no bastan para disipar cualquier duda. –Mary guardó silencio, lo que incomodó a Gianni–. O quizá plantee alguna sentencia, al parecer inolvidable, de Durning –prosiguió con voz queda– de que si vivieras cien años, continuarías sabiendo que nadie te quiso nunca como él.

Mary Yung suspiró.

–Me parece que no debí contarte eso.

«Pero ¿qué mujer se lo habría callado?», pensó Gianni.

Era, sencillamente, la naturaleza del amor, la de Mary Yung, por supuesto la de Henry Durning, a quien, pese a todo lo que había provocado, Gianni no había llegado a conocer. De hecho, Gianni no necesitaba conocerlo para saber de él, pues tratándose de amor, Henry Durning no podía ser muy diferente. Nadie lo era.

¿A quién no le encantaba hablar de su amor? En un momento u otro, con los años y unas cuantas copas, Gianni había escuchado a gángsters, asesinos, matones, ricos y pobres, idiotas e inteligentes. Y su único denominador común, lo único que compartían, era una necesidad imperiosa de comunicar cuán sincera y profundamente habían amado.

«¡Mírame! –parecían exigir–. Presta atención. No importa lo que yo parezca o aparente. No importa lo que haya hecho y lo que la gente diga de mí. Yo siento, me preocupo; yo amo. Y eso me hace condenadamente adorable. –Y luego los ojos decían–. Escucha. Ámame, por favor. Perdona lo que he hecho. No era mi intención.»

Sin embargo, por mucho que lo intentara, Gianni Garetsky no conseguía encontrar ningún aspecto positivo en Henry Durning. Habían muerto demasiados inocentes.

«Tal vez el tiempo me ablande, y cambie de opinión respecto a él.» Gianni lo ignoraba.

Sí sabía, en cambio, que cualquier perdón que pudiera suplicar el alma atormentada de Henry Durning a partir de ahora, tendría que proceder de Mary Yung. Gianni no podía pensar en ningún otro corazón lo bastante grande para extraer la cantidad necesaria de amor.

Gianni miró a Mary, que aguardaba en silencio a que él terminara sus ridículas reflexiones y empezara a amarla de nuevo.

Gianni sonrió y ella le devolvió la sonrisa. «Todavía quedan refugios», pensó él.

Título de la edición original: *Deceptions*
Traducción del inglés: Gemma Rovira,
cedida por Plaza & Janés Editores, S.A.
Diseño: Winfried Bährle
Ilustración: Xavier Martínez

Círculo de Lectores, S.A. (Sociedad Unipersonal)
Valencia, 344, 08009 Barcelona
3 5 7 9 6 9 1 0 8 6 4

Licencia editorial para Círculo de Lectores
por cortesía de Plaza & Janés Editores, S.A.
Está prohibida la venta de este libro a personas que no
pertenezcan a Círculo de Lectores.

Depósito legal: B. 31374-1996
Fotocomposición: Fotoletra, S.A., Barcelona
Impresión y encuadernación: Printer industria gráfica, s.a.
N. II, Cuatro caminos s/n, 08620 Sant Vicenç dels Horts
Barcelona, 1996. Impreso en España
ISBN 84-226-6007-5
N.° 35741